U0931900

僕人領袖的教導與領導

提多書、提摩太前書析讀

曾思瀚 著
曾景恒 譯

基道出版社

▼

聖經通識叢書

僕人領袖的教導與領導

提多書、提摩太前書析讀

Rediscovering the Bible

Book of Titus and 1 Timothy

作者

曾思瀚 Sam Tsang

譯者

曾景恒

責任編輯

許寶瑩

裝幀設計

奇文雲海・設計顧問

■

出版 / 發行

基道出版社

香港沙田火炭坳背灣街 26 號富騰工業中心 1011 室

LOGOS PUBLISHERS

Unit 1011, Fo Tan Ind. Centre, 26 Au Pui Wan St., Shatin, Hong Kong

電話：(852) 2687-0331　傳真：(852) 2687-0281

網址：http://www.logos.com.hk

承印

雅聯印刷有限公司

●

6/2013 初版

Cat. No. LP186

ISBN: 978-962-457-464-7

Printed in Hong Kong

刷次	10	9	8	7	6	5	4	3	2	1
年份	2022	2021	2020	2019	2018	2017	2016	2015	2014	2013

聖經書卷析讀——新約系列

出版研經工具書的主要目的，是要將上帝的話語向現代人闡明，讓愛好研讀聖經的信徒得到適切的指引。近代聖經研究無疑對於這項工作提供莫大的幫助，可惜學者採用的語言往往晦澀難明，令平信徒望而卻步。「聖經通識叢書」的出版試圖作為兩者的橋梁，將那些看來深奧的學術理論，化成顯淺的文字，讓平信徒可享受當今學者努力鑽研的成果。本叢書設「聖經鳥瞰」、「聖經書卷要領」和「聖經書卷析讀」3個層次，提供信徒不同程度的需要。

「聖經書卷析讀」是「聖經通識叢書」第三層次，以「聖經書卷要領」為基礎，進深分析每本聖經書卷的內容和信息。它近乎釋經書，對有關書卷進行逐段解釋，針對每一書卷類別，按其文學格式、歷史背景，以及神學主題作出提綱挈領的分析，又從每書卷中挑選一些課題作較深入的討論。編者期望藉著這一系列聖經書卷深入淺出的介紹，讓信徒能跨過學術的門檻，得以認識近代華人學者對聖經不同類別書卷整體的研究，成為讀者掌握這些書卷的入門。現已出版的新約書卷析讀有：《奔走風塵的僕人——馬可福音析讀》、《逆轉人生的上帝之子——路加福音析讀》、《道成為人的耶穌——約翰福音析讀》、《風起雲湧的初代教會——使徒行傳析讀》、《情理之間持信道——加拉太書、帖撒羅尼迦前後書析讀》。此層次的叢書既反映個別學者嚴謹的學術研究，又務求達致活潑和生動的表達，其內容除了包含淺白易明的析讀，也在每章結尾附加「釋經短註」（以❶、❷等標示），以幫助讀者更深入了解經文。此外，本書也加插「信仰反省」部分，以引導讀者將經文內容繫於他們的信仰生活中。本叢書也提供溫習及思考問題，一方面讓讀者重溫此書的內容，也幫助讀者思考經文如何應用在信仰生活中。這些問題可供個人研讀或小組討論，讓上帝再次藉著聖經向每一個人說話。

最後仍須一提的，是本書所採用的聖經經文。除特別標明外，本書所列的經文均引自《和合本修訂版》（內文以「和修版」示），並且凡經文引自這書討論的書卷，無論是一段，其中的短語或字詞，皆以「標楷體」標示。

序言

最近有關甚麼是「真正的」福音事工的講座和爭議，引發起不少討論。友人施諾博士的《令人噴飯的謝飯》（香港：青森文化，2011）確實叫很多教牧與平信徒「噴飯」，而本書也會在這段爭論不休的日子中加入戰場。本書可能會導致一些人噴飯，其他人則很高興。然而，沒有人能否認它對華語世界是多麼適時。有些人會感到被冒犯，有些人則會歡天喜地。盼望所有人（包括我自己）都受到挑戰。

這本書是授課的結果。然而，我跳過了很多專門的細節，因為這本書是為了幫助平信徒掌握一卷聖經書卷的重點信息，它是為了普羅大眾而寫的。斯托得（John R.W. Stott）有頗多類似教牧書信的著作，我屬靈生命的成長深受他的影響，而在這本書裏，我將從應用層面回饋他的洞見，但是我在提多書和提摩太前書中所發現的應用，可比這些更要多。閱讀教牧書信中的提多書及提摩太前書會大大幫助教會的成長。不過，教會確實忽略了這些寶貴著作裏很多的教導。我忠告讀者好好讀這本書，不是因為讀者可以像他們的牧者那樣學習，而是因為我有更多的異象：我的著作將要向我的讀者證明，這兩卷書對教會十分重要，事實上對每個人也非常重要。

我的論題主張，教牧書信並非如很多傳統派所想的那樣。相反，它們是寫給一個羣體的書信，而這個羣體在羅馬帝國的政治大氣候下，正在漸漸成形。我記得有一次在一所神學院中發表一份有關保羅的專文，一位回應者說：「我真的不明白，新約怎會涉及政治呢？」對他和其他人，我會說是因為我們看錯了聖經許多的經文。事實上，我引用了一節又一節的經文來回答我的回應者。雖然在香港神學界中，不少人會認為我是一位從政治角度去研讀聖經的學者，但我並不是刻意這樣的。我也沒有在我所有著作中以同等分量使用這個進路。我甚至不是一位自由派的神學家。反而，我是一個客旅，意外地在新約世界的研究和授課的過程中，以及與我好些親愛的西方學界朋友對話時，遇上這個重要的主題。在這裏，我刻意地採用政治框架來研讀，因為我認為這是研讀提多書及提摩太前書的正確框架。

保羅對政治的關注遠超過他在提摩太前書第二章開始時要人為那些在位的人祈禱的吩咐。我提議整個倫理框架都是政治性的。只是，現代解經家看不見這一點，因為我們建構政治框架的方式與保羅時代的不同。根據 1 世紀的政治氣候，提多書及提摩太前書（特別是後者）是保羅塑造這個羣體身分的方式。我會詳述保羅怎樣使用這些書信去塑造他理想的羣體，我也盼望這個研讀方法可以打破有關女性角色與教會職位這兩個議題的僵局，這些正是現代信徒討論這些書信時解不通的問題。我的進路涉及多個範疇，我認為這是重要的。我鼓勵讀者仔細考慮我的理論，並為了他們本身的信仰羣體生活，且認真地看待這些問題。我在這本書裏提出的問題是配合我的理論，而我將證明我理論是正確的。

撰寫這本書的另一個原因，是為了回應另一個在教會常見的「傳統」（也是頗為錯誤的）概念，這個概念沒有使人理解提摩太前書或提多書。這實在太可惜了，因為這兩封書信充滿了保羅生命在這段時期的豐富資料。更重要的是，若把這兩卷書並列一起來看，而忽略各自的獨特背景，就會挪去了保羅的書信獨特的應用。既然不敢輕看每封保羅書信的背景，為甚麼又要忽略教牧書信的背景呢？我認為這是因為他們想建構一所在這個世上並不存在的理想教會。這是我從政治角度研讀保羅時得出的信念。假如我們按著每封書信的背景來研讀它們，不難發現雖然這兩封書信的內容很相似，卻有截然不同的時代背景和不同的處理方法。我把提摩太前書和提多書併在一起來作析讀的目的，是要説明把這兩卷書當作不同的書卷來研讀的重要性。

撰寫這本書實在要感謝很多人。我大部分著作都涉及多個範疇，而這次則是為了平信徒而寫的，說明我實在要感謝基督教學術界內外的同僚和出版社。我實在無法一一提名致謝，但我必須在這裏特別感謝幾個人：感謝基道出版社「聖經通識叢書」組稿編輯許寶瑩邀請我撰寫這本書。我們有很好的合作關係。對作者來說，編輯可以決定一本書的成與敗，許姊妹的鼓勵與友誼大大幫助了我。能有這樣友好的關係，我實在很感恩。我也感謝已為我翻譯了兩本書的曾景恒姊妹，她把我時而凌亂不堪的文稿譯得井井有條。她同時兼顧撰文、編輯、翻譯、教學的工作，她的工作效率實在驚人！我也要極度感謝我敬愛的牧者路斯內（Harry Lucenay），他慷慨地讓我在他教會講道。路斯內牧師向我展示了「應用理論、滿有恩典」的真諦。我也感謝我的神學碩士學生，他們在我的新約世界研討課題中所提出的問題和發表的文章，都刺激了我向多方面思考。能夠教導他們，實在是我的福氣。最後，我也為著我的妻子與孩子感恩。他們隨著我到世界各地移居，展示了他們對我無比的忍耐。最後，惟願上帝得著一切榮耀！

曾思瀚

www.engagescriptures.org

預苦節 2013

錄

第一篇　提多書析讀

第二篇　提摩太前書析讀

專欄目錄

第一章

提多書及提摩太前書導論

- 作者
- 成書日期
- 讀者和他們的處境
- 怎樣研讀提摩太前書和提多書
- 書卷的結構
- 主題與內容
- 參考書目

1.1 作者

據教會歷史留傳下來的傳統，一直都認為保羅是那位寫信給提多和提摩太的作者，或至少承認這些書信都是由同一位作者寫成。這可從羅馬天主教的禮儀年曆明顯反映出來，因為他們將紀念聖提多及聖提摩太的日子放在同一天（1月 28 日）。然而，自從鑑別學得以發展後，問題就變得不再那樣簡單。雖然大部分學者承認這兩封書信都是由同一位作者所寫，但是這位作者到底是誰，卻有很多爭議。現試從以下 3 個不同角度探討此事。

1.1.1 未能支持作者是保羅的論點

根據外證顯示，初代教會一直認為教牧書信是保羅寫的，但這個說法並不是壓倒性的。馬歇爾（I. Howard Marshall）列出了一些圖表，說明教父引用教牧書信的可能性。很自然地，引用**沒有作者爭議的保羅書信**的機會最多，其中羅馬書、哥林多前後書及加拉太書——那些最接近保羅時代的著作——有最高的引用率。但是，與此同時，提摩太前後書有可能在頗接近使徒時代的坡旅甲（Polycarp of Smyrna；約 69～155 年）的著作中引用過（伊格那丟〔Ignatius of Antiochus；約 35～107/112 年〕也可能引用過），而提多書則有可能在革利免一世（1 Clement；92～101 年）和伊格那丟的著作中引用過。普遍來說，教牧書信比那些沒有作者爭議的保羅書信較少在教父著作中引用。「穆拉多利經目」（Muratorian Canon）所列出的新約正典書卷名單，也包括了教牧書信。大部分的學者都視這經目為最古老的新約書卷正典名單，它是由拉丁文寫成的。一位耶穌會的樞機主教穆拉多利（Ludovico Antonio Muratori）在 7 世紀發現這經目，並估計它屬於 2 至 3 世紀期間一份譯自希臘文的作品。這些資料肯定地顯示，在使徒時代較後期的教父著作中，較多使用某些教牧書信。不過，這些資料極其量只能證明教牧書信屬較後期的作品，卻無法證明作者是不是保羅。

普遍已接受沒有作者爭議的保羅書信包括：羅馬書、哥林多前後書、加拉太書。

另外，再參考看似不應扯上關係、但聖經學者一直認為是提供了新約正典書目的重要資料，即出現於 2 世紀由異端馬吉安（Marcion）所寫成的一份正典名單，當中也沒有將教牧書信列入正典。不過，很多學者——無論接納或拒絕保羅是教牧書信的作者——都承認馬吉安的正典沒有包括這些書卷，並不是因為馬吉安對作者身分有不同的理解，而是因為馬吉安拒絕教牧書信中一些支持妥拉的言論（參提前一 8～11），又或許是因為馬吉安完全忽略了這組書信。無論馬吉安帶出的最終歷史事實是甚麼，對那些期望得到作者身分的肯定答案的人來說，正典欠缺了教牧書信並沒有幫助他們解決問題。再者，稱為「貝蒂蒲草紙抄本集」（Chester Beaty Papyri；2 至 3 世紀時期的抄本）中最古老，也是相當可靠的抄本 P^{46}，也欠缺了教牧書信，不過，這也未能解決保羅是不是作者這問題。這些外證指向的是一個較為浮動的「傳統」，而不是肯定的「事實」。接下來，筆者將會從近代學術研究的結果，來看誰是作者這問題，讀者要有心理準備，這些探討將會衍生更大的問題。

近代學界一般同意，教牧書信不是由保羅所寫的。有些學者甚至**質疑歷史上是否真的有提多及提摩太出現過**。哈理遜（P. N. Harrison）是率先帶起討論作者問題的主要學者，他的討論大都建基於不信任初代教會的外證。另有學者——諸如伯格（Marcus Borg）和克羅森（John Dominic Crossan）——很快便表明立場，表示這些書卷不會是由保羅所寫的，原因是書卷當中極端保守和充滿羅馬色彩的語氣。他們哀歎這位「託保羅名的人」為「可悲，且極度、極度的可悲！」

馬歇爾主張「提多」只是作者虛構出來的人物，是寫作上一種修辭的表達方式。

1.1.2 支持作者是保羅的論點

雖然如今的學術趨勢傾向認為教牧書信是較後期和非由保羅所寫的著作，但是 2 世紀的教父，如坡旅甲的「致腓立比人書」（*Epistle to Philippians* 4.1）和愛任紐的「反駁異端」（*Adversus Haereses* 1），早已宣稱保羅是這些書信的作者。另外，孟恩斯（William Mounce）也為這一點提出很好的論據。他從那些曾經在羅馬和小亞細亞事奉的教父的著作中得出證據，指出他們全部肯定教牧書信的權威，也肯定這些書信是由保羅所寫的。這些教父都是活躍於保羅死後不到 50 年期間，其中一位教父是約翰的門徒坡旅甲，他最有可能認識保羅或他的同工。雖然一卷書的正典性不一定由作者身分去決定（例如希伯來書），但教牧書信在「穆拉多利經目」肯定為正典，這或多或少表明初代教會的取態。因為假如保羅是教牧書信的作者這說法只不過是一個謊言，那麼，這些書信要在當時認受為正典，就會顯得十分困難。

1.1.3 反駁支持作者是保羅的論點

然而，即使初代教會有如此的證據，很多現代鑑別學者仍可根據某些準則來反對保羅是作者的說法。首先，教牧書信是寫給個人的書信。學者大都認為這打破了保羅慣常寫信的習慣，他們以為保羅只寫信給一個羣體而不會寫信給個人。此外，還有兩個重要的準則，可反駁支持作者是保羅的論點，就是從神學角度及其用詞方面。

1.1.3.1 神學角度

就神學角度而言，教牧書信中的保羅似乎對守妥拉有很多正面的說法，這標示著作者對律法的態度傾向保守，這是有別於沒有作者爭議的保羅書信的觀點（提前一 8～11；參羅二 12～16，三 20～31，八 1～8；加三 19～ 24）。

這是希羅時代普遍的一種寫作體裁，內容是關於德育訓誡，教導讀者如何以美德對待家中的成員。

舉例來說，在提摩太前書五章 1 節、六章 2 節所關注的「**家訓**」（household code），聽來好像是羅馬家庭中的家訓，又像是保羅在監獄書信（這些書信是否保羅所寫也是眾說紛紜）所關注的其中一些事情。提摩太前書所提到的家訓與獄中書信中關注的一些事情肯定有明顯的差別，但事實上作者又真的使用了家訓的體裁，這是很值得留意的。

那些根據神學角度而反對保羅是作者的論證，往往有這樣說法：教牧書信中的保羅並沒有教導太多有關律法的事情。他們最大的關注，似乎是認為教牧書信欠缺了有關稱義的用詞和相關的討論，反而對律法的意義予以正面的評價，且積極鼓勵讀者按律法行事。

若回應以上就著神學角度看書信作者的學者，在此得先從宏觀的方向看。我們不得不承認，任何一封書信，包括沒有作者爭議的保羅書信在內，都有其個別的神學主題，因此，並不能單從教牧書信有與別不同的主題而斷定它們是與保羅無關。此外，當他們說教牧書信中的保羅並沒有詮釋太多有關律法的事情時，他們慣常的做法，是將教牧書信與羅馬書或加拉太書作對比（或許他們會認為這兩卷書較多講及律法）。然而，這樣研讀保羅的著作，明顯沒有考慮到作者當時的處境，把理應從歷史和修辭角度研讀保羅書信的方法完全抹煞了。這舊有的釋經習慣實在是很難除掉的。若細心研讀羅馬書和加拉太書較後的部分（參羅十，十三章；加三～五章）有關妥拉的討論，其實是直接與教會當時內部出現的問題有關的，而這些問題重點，並不是要表達保羅個人對妥拉的看法，而是為了解決教會當前的問題。保羅對妥拉的立場，並不如很多學者所宣稱的，即書信所討論的就是他的核心思想。要明白保羅對妥拉的立場，詮釋者若不進入保羅的思想裏，就得親自問問保羅。保羅對妥拉的確實看法，是無法單從研讀每封書信的表面內容，卻不去理解他寫書時背後所使用的修辭而能掌握的。保羅對一個問題的神學觀點，看似會因應不同書信而有不同詮釋，其實是因為詮釋者對這些問題有不同的詮釋，而不一定是保羅有不同的詮釋。

1.1.3.2 用詞方面

用詞方面則比較複雜。教牧書信約有 175 個詞彙是沒有出現於新約的，也有接近 1/3 的詞彙從未在沒有作者爭議的保羅書信中出現，而其中有 93 個詞彙則見於 2 世紀的教父著作。這情況遠比監獄書信更為顯著。因為用詞如此的不同，這意味著教牧書信的作者可能不是新約書卷裏的其中一位作者。我們在這裏只能列舉一些比較明顯的例子作討論，因為單是這個課題，也可以寫一整本書。舉例來說，提摩太前書二章 2 節的「敬虔」（*eusebeia*）在教牧書信出現 10 次，而在整本新約裏共出現了 **15 次**）；而「莊重」（*semnotēs*；提前三 4；多二 7）這詞和它的**同源詞** *semnos* 在教牧書信裏出現 3 次（提前三 8、11；多二 2），但卻並不見於保羅其他的書信。❶ 這些詞彙的用法可以追溯到希臘式的論道德的講論（參亞里士多德〔Aristotle〕，*Rhet.*

提摩太前書出現 8 次，提摩太後書及提多書各分別出現 1 次。另外的都不是在保羅書信，1 次在使徒行傳，4 次在彼得後書。

同源詞（cognate word）是指在詞形和意義上與某些詞（或另一種語言的詞）相似的詞。

Al. 1406^{b}7, 1423^{b}28；伊索克拉底〔Isocrates〕12.124, 213），它是較多貼近一個受人敬重的社會標準而不是宗教準則。另一個例子是在提摩太前書六章 20 節所用的「託付」（*parathēkē*；可譯作「傳統」，也出現於提摩太後書一章 12、14 節）。把信仰的內容當作傳統的觀念，並沒有在其他保羅書信中出現。超過一半的 *hapax legomena*（即是只出現 1 次的詞彙）可在 2 世紀教父的著作中找到，這可以說明這些書信是在保羅死後寫的。反對保羅是作者的聲音是很實在，且是不能忽略的。

用詞方面的問題，的確十分複雜，這也是那些主張保羅是作者的學者所面對的難題。他們必須找出一個可以解釋不同用詞的理論，才可以釋疑。接下來，筆者將討論我們可以怎樣理解教牧書信中的不同用詞。按著上述的鑑別問題，以下將以 3 個基本的理論（第四個理論是由筆者本人提出的），來總結學者是怎樣理解教牧書信的作者身分。

第一，詮釋者可以簡單地說他接納保羅是作者。在教會歷史大部分時間裏，這個看法一直主導著保守的學者。

第二，詮釋者可以基於他們所列出的諸種困難，而拒絕教牧書信是保羅所寫的。然而，第二個理論會遇到嚴重的正典性和歷史性問題。我們必須認真地看待託名著作並不能列入正典這事實。這個理論衍生的問題，比它所解決的還要多。從歷史角度來看，在初代教會時期，託名著作與正典是互相排斥的。作者的誠信肯定是新約正典形成的重要考慮之一。就如唐納（Philip H. Towner）指出，託名著作是時代錯置的，因此把這些作品看為典外文獻更為適合，就像兩約之間或後使徒時代的文獻一般。除非教牧書信是例外，否則新約正典並不能包括這些託名著作的。[2]

第三，詮釋者可混合理論一和理論二，直說真正執筆的並不是保羅，而是他其中一個門徒。他這樣做為要傳遞保羅的教導，而這些教導同樣是保羅所關注的，並繼而傳遞到以弗所和克里特的基督徒羣體那裏。

第四，筆者提議另外一個說法：古代世界（即是在有印刷品和現代電子傳遞出現之前的時代）對理解作者身分的標準與今天有別。就以弗所書為例，保羅大可以口述大綱，而由他的一位門徒以傳統方法進行文本的編輯及合併，然後再由保羅複核內容，確定那是他對以弗所和克里特教會的關注。因著有不同的代筆人，即使是出自同一個人的思維——保羅，也可以產生不同的寫作風格。韋特寧頓（Ben Witherington III）直截了當地說，或許路加有分參與撰寫教牧書信。當留意到保羅時代的複雜代筆情況，學者在決定教牧書信的作者身分上，一直面對著類似問題的挑戰。鄧雅各（James D. G. Dunn）察覺到歌羅西書的複雜代筆問題，他主張保羅絕對可以寫下一個大綱，而由代筆人寫上內容，最後由保羅複核其中的內容。這樣，就可以解釋提摩太前書及提摩太後書獨特的用詞（例如上文所提及的「託付」; *parathēkē*）。保羅對於教義和其他事情有不同的態度，或用不同的詞彙來表達，這是因為當時的歷史處境，而他的門徒在寫作中可能會為那個立場加上一些意見。基於筆者剛才提到的因素，鄧雅各的假設十分吸引，但若然有保羅的簽署，這封信就更加好比是由保羅所寫的。或許這些都是假設，但帕拉亞（Michael Prior）在研究古代著作時，他為教牧書信所下的結論與鄧雅各一模一樣。

總括來說，有關保羅書信作者的討論上，有以下的問題出現。

第一，無人不帶著其自身的前設去討論作者問題。對於保羅會或不會寫甚麼內容，有些人已有先入為主的觀念。

第二，比較其他存疑的保羅書信，某些有關正典準則（例如羅馬書及哥林多書信等）的假設是必須的。因此，學者必須在教會認為是正典的書卷當中，建構一個肯定的保羅書信的正典性。換言之，在這裏有關作者身分的討論背後，是有某種循環論證，而它是這樣的：學者大致根據用詞方式和神學角度，廣泛認同某些書信是由保羅所寫的。按著這個構思，學者繼而根據他們本身的準則，去衡量哪些是存疑的書信。試參照孟恩斯那有說服力的論點，他根據加拉太書和羅馬書這兩卷沒有作者爭議的保羅書信的用詞上，計算出一些數據。從這些數據，他指出這些用詞若非在其他沒有作者爭議的保羅書信中較少出現，就是完全沒有出現。也許除了加拉太書和羅馬書之外，這個根據數據而生的循環論證，便把所有看保羅是作者的著作都推論為存疑的。

第三，學者必須假設，不論書卷篇幅的長短和寫作時的情況，由同一位作者所寫的所有書卷，所計算出來用詞的數據應該是一樣的。這是一個很大的假設，因為公元1世紀的寫作情況，與今天的很不同，同樣的數據，可以用來證明或否定作者的身分。

第四，學者也必須假設，保羅沒有能力學習新的詞彙，以及新的表達方式。這可能正確，但也可能不正確。希臘文既非保羅的母語，我們就只可以想像，保羅是在市集或其他修辭的處境中學會説話的方式。不過，對如此傑出的保羅，新的修辭和詞彙是可以完全在他的掌握之中。

1.1.3.3 代筆人的出現

前文討論到文本的世界時，已討論過有關保羅書信的作者問題，代筆的存在肯定是答案的一部分。假如代筆人有分參與寫作，又假如有很多代筆人撰寫不同的書信，那麼，出現不同的用詞，就是因為有不同的代筆人撰寫不同的書信。

保羅書信的代筆人

在保羅的時代，代筆的情況是怎樣的呢？要解決這個問題須作出一個很大、但正確的假設：在那些日子，代筆寫作的習慣與我們今天大為不同。這是一個關鍵的概念，它有重大的影響，但是大部分的詮釋者並沒有全面地思考這個問題。假如我們假設在保羅的時代，寫作的情況是與我們一樣，我們就犯了一個很大詮釋上的錯誤了。

指新約書信中傳統公認為保羅書信的某些書信其實是託保羅之名寫的。他們大體認為第二保羅書信包括：以弗所書、歌羅西書、帖撒羅尼迦後書、提摩太前書、提摩太後書，以及提多書。

彌克（Bo Reicke）是正確的，在他評論分辨真實由保羅親筆寫的書信與「**第二保羅書信**」（deutero-Pauline letters）的可能性時説：「於現代人看，若一位作者坐在他或她的桌前，完成撰寫其著作後，這著作是有版權的。這現代觀念，是不能應用在分辨保羅書信的真偽與誠信這問題上。」孟恩斯進一步指出，若假設一個作者只有單一的寫作風格，而他的風格是不會改變的，這假設是錯誤的。根據上述提到代筆的角色對當時傳遞口傳信息的重要性，你認為保羅本身的著作有沒有暗示代筆的參與呢？加拉太書六章11節「你們看我親手寫給你們的字是何等的大」這話表示，保羅所寫的字是很大的。他要清楚表明這一點的原因很簡單，因為其他的字都與這有不一樣的筆迹。他的簽署保證了這些內容都是由他而來的。即使是由代筆執筆，單憑保羅的簽署，就賦予整封書信的權柄，好像是保羅親自執筆一樣。哥林多前書十六章21節「我保羅親筆問安」(另參門19節)這話也顯示了類似的做法，他寫到他要親自執筆簽署問安。至少，結語的部分幾乎總有個人化的意味。最明顯的暗示仍然是羅馬書十六章22節：「我這代筆寫信的德提，在主裏向你們問安。」德提清楚寫到他是代筆寫信的，因為偽造書信是個嚴重的問題。難怪在使徒行傳十五章22至29節中記載，由耶路撒冷送去安提阿的書信要有兩個可靠的見證人了。這背後所說的是，即使是由保羅的門徒撰寫書信大部分內容，只要書信是由保羅簽名，並由一或兩個可靠的見證人送遞，初代教會就不認為它是偽造的了。保羅按著羅馬人的慣常做法寫信，就是依靠聽寫和代筆的人寫出文稿，經保羅簽署後，由保羅的使者大聲向收信人誦讀書信。可見，作者身分的真實性是受到重視的，這才導致保羅要親自執筆簽署他的書信。

在保羅生平中的某些時段，會有某個代筆人為他工作，而在其他時段，就有另外的同工幫助他。難怪部分書信中的用語，對那些不是研究保羅的現代鑑別理論家來說，是這樣陌生。若是如此，如果能夠找出誰是代筆人，是否就能找出誰是作者？這又未必！哈頓(Mark Harding)認為要在一些存疑的書信中，確定誰是代筆人是十分困難的，但是，在寫作過程中若有一個羣體(包括代筆人以外的同工和助手)的參與，就不能單靠因為沒有提到代筆人的名字，就否定這是保羅所寫的。用詞似乎是確定作者身分最客觀的準則，但它又並非最客觀的，因為1世紀的寫作狀況十分複雜。

有鑑別學的學者認為，教牧書信並沒有代筆。在這個情況下，論證就可以倒過來：若然教牧書信真的全是由保羅寫的，而保羅其他書信就由代筆人加以潤飾，那麼，如張永信所說，保羅是因視力有問題而寫了如此大的字這看法，筆者就無法認同了。保羅也許只是在他事奉的後期才使用代筆人而已。但是，我們也沒有證據顯示，保羅在他事奉初期一定沒有使用代筆人。事實上，帕拉亞正正使用了這個邏輯：在一些所謂託保羅名的著作中，大部分的內容都使用了代筆人，而帕拉亞花了一整本書去討論這個議題。在大部分書信裏，也許是由保羅和他的代筆人一同撰寫，而在某些書信裏，代筆人的參與比保羅其他的書信更多。

還有一點，假如保羅是採用源自初代教會信徒的傳統，並連同一些希羅文化的寫作習慣融入於教牧書信裏，那又會怎樣呢？假如他按著這個寫作方式而改變了他的策略，那麼，就無法透過用詞和神學角度，去判斷這些書信是否由保羅所寫，又或這些思想是否源自保羅。鮑姆（Armin D. Baum）的數據詞彙學分析給予很大的幫助，他指出雖然教牧書信比保羅書信有較豐富的用詞，很多這些獨特的詞彙的語義範疇，是很配合那些沒有作者爭議的保羅書信所用的同義詞彙。因此，「精確」其實是個假象，它只是根據現代電腦在印刷品上作拼寫檢查的假設。即使我們不認為保羅親自執筆撰寫整封書信，我們也可以在這些存疑的書信中，看見保羅的傳統或保羅的重大影響力。

為了明白在撰寫書信與最後把它送達教會之間發生了的事，我們必須理解典型的傳遞過程是怎樣的。我們可以猜想，保羅的著作是從他取得 20 至 30 尺長的蒲草紙卷開始的。他先請他的同工或代筆人來開始他的寫作過程，然後，以連接的字母所拼合的詞彙抄寫下來，字與字之間並沒有留空位。之後就有人幫他檢查字母，看看有沒有串錯字或因聽錯而寫錯了字。保羅繼而會以海綿輕擦錯誤的地方，並以正確的字詞或另外的文字填補空隙。當紙卷乾透後，他會把它交給他的同工，然後送給他的收信人。為免收信人誤解保羅的意思，送信的人會代保羅詮釋那些收信人不明白的地方，這樣，書信就有了第一個詮釋者。在保羅的例子中，信差就是他的同工。當書信送達目的地後，整個信仰羣體就會聚集在一起，聆聽信差誦讀書信，而他也可以解釋細節。這就是一封保羅書信寫作過程的結束。保羅也可以根據他當時的習俗，吩咐一位代筆人按著大綱撰寫他的書信，在發送出去前他才再檢查一次。

即使上述的情況可能距離我們這個 21 世紀的世界太遠，但某程度上，我們仍可找到一些與保羅的處境相類似的現代情況。現代詮釋者或能明白接著的類比。在現代社會裏作上司的，可以指示他辦公室裏可靠的祕書寫出他的指令。這些祕書就如公元 1 世紀的代筆人一般，上司可以透過口傳，指示祕書將字逐一默寫出來；又或給予祕書部分內容和一個大綱，讓祕書將其餘的部分填寫，經上司審閱後並稍作修改，最後在文稿上簽署。上司亦可以只寫出一個大綱，給予一些不太系統的指引，讓祕書為他撰寫下去，上司繼而審閱最後文稿。上司也可以叫祕書根據一個簡單的題旨撰寫內容，接著可以不作任何審閱，就簽署信函。

當我們細看保羅的代筆情況時，我們可以説，教牧書信是在一個有別於之前的保羅書信的情況下撰寫的。由於保羅有不同程度的參與，這些書信也可能在保羅參與的程度上是有別於其他書信。現代讀者是無法掌握或理解形成這套獨特詞彙時保羅的參與程度。因此，即使保羅的門徒能夠收集某些保羅傳統，保羅本身必定藉著簽署，而確認這封書信。經過這麼多年日，教會可能已有足夠的保羅筆迹，去確定那個簽署是屬於保羅的。奈特（George W. Knight III）指出，學者已就作者怎樣根據一套真理立論，而提出修辭的討論。奈特對作者有訴諸一套真理這觀察是正確的，單憑這個觀察似乎已「確定」而非「否定」保羅是作者，假如這些書信是在較後期寫成，而那時候正開始將一套真理形成為教義。若留意到這一點，再與上述提到的正典性一併討論，我們便可以接納保羅的門徒是有分協助撰寫內容，而最終得到保羅的簽署。這個理論無疑十分吸引，因為它保存了保羅書信的誠信度，視之為保羅是為針對某些真實的問題而寫書，同時也容讓保羅的門徒彈性地（和有不同程度的）參與內容的表達。更重要的是，這個有一羣助手參與的理論，是十分配合詞彙的數據。假如有超過一半只出現一次的詞彙，而只見於 2 世紀教父的著作，那麼，是否表示當時有某些教父極可能就是那個協助保羅寫出教牧書信的助手團的一員？歷史中出現的保羅，似乎很像那類會招募和訓練門徒去幫助他的領袖。換言之，代筆人的參與，以及 2 世紀著作有教牧書信的相同用詞，這兩個理論都印證保羅很大可能一直參與在撰寫教牧書信的過程中。因此，單憑「保羅是作者」這句話，是未能足以面對現代學術的挑戰。這個議題的背後，必須有一整套涉及公元 1 世紀文獻是如何在信仰羣體中形成的理論。

1.2 成書日期

假如要認真看待保羅是作者這説法，那麼，教牧書信就必須在較後期成書的。這些書信的內容不斷地採用和訴諸傳統，展示了一個相對成熟的初期**彌賽亞式信仰**。這些

彌賽亞式信仰是指相信救恩是藉著彌賽亞耶穌的死及復活而成就，而且這一切都應驗舊約先知所預言的。這救恩不單止為猶太人，也為外邦人而設。

訴諸傳統的修辭，反映了書信很可能是由第二代領袖傳遞出來的，是一些屬於較後期的教會書信，也可能是在保羅生平中一些不能考究的日子裏撰寫的。若要確定一件已發生事情的日期，很多時要先重構那段時期許多的事。

假如我們認定使徒行傳二十八章16至31節記載的是保羅第一次被囚，那麼，教牧書信就是在這次被囚事件之後寫成的。雖然教牧書信所反映的長老和執事那有系統的領導，與使徒行傳二十章17節的描述相符合，但仍須留意的是，提摩太前書和提多書是在保羅仍享有自由的情況下寫成的，而在寫提摩太後書之時，保羅才表示自己正在被囚禁。因此，保羅極有可能是在第一次被囚獲釋至第二次被囚之間寫成這些書信的。另外，保羅在提摩太前書曾提及教會已有結構組織這事實，這可謂是另一個明確的指標。提到教會組織結構方面，從2世紀的著作可見，教會的組織已愈來愈系統化。雖然教會最終演變成單一的「主教制」(bishopric)，但教牧書信所反映的，卻依然是屬於較早時期的體制，因為當時仍傾向多名長老管治的制度。而教牧書信裏的教會結構，卻又與使徒行傳六章所描繪的圖畫有所分別，後者比前者較有組織。這樣，就會把書信的寫作日期推論為1世紀60年代初期至中葉。

還有另一件事可以確定教牧書信的日期，就是關於尼祿在羅馬逼迫基督徒一事。一位羅馬的歷史學家塔西圖(Tacitus)的著作(*Annals* 12, 15.3～8)把這事件記錄下來，並得到另一位羅馬歷史學家蘇埃托尼烏斯(Suetonius)的確認(*Nero* 16.2)，事件記載羅馬的大火是在公元64年發生，而保羅的殉道是不容質疑的，因為西方教會的傳統強烈確認他殉道這事；但事實上，對於保羅是怎樣殉道則眾說紛紜，卻正因如此，這些不同傳統的記載反而確認了他的死。假如成書日期是在尼祿逼迫信徒之前，我們可以推斷這個日期有哪些影響。教牧書信或許約在這段時間寫成。

從成書日期的角度來看，教牧書信或許就如很多新約學者所接納的，就是寫於馬可撰寫他的福音書之後不久。當時一直有一個耶穌的傳統在留傳著，不單在猶太人當中，也在外邦羣體中。這個耶穌的傳統，很有可能最終形成福音書的新約傳統(Q和馬可的來源)，並且早已廣泛流傳。那時大約是耶穌升天後30年。這正是一個需要保存和流傳耶穌傳統的一代。保羅就是在這個處境下執筆的。請務要留意這個看似很明顯的事實的重要性。

假如我們要從語言溝通裏的「互動模式」(interactionist model)解釋這個現象，教會所收集到有關耶穌、上帝與教會的傳統，就代表了過去的一些事實，而這些事實帶有現代的含意。對以弗所信徒、克里特信徒、提摩太與提多來說，彌賽亞的傳統與希羅宗教和社會的傳統是會產生衝突，就如**現代身處於西方的穆斯林**，他們同樣經歷穆斯林與西方價值之間的衝突一樣。丹仙(Norman K. Denzin)視當代的文化衝突——在這個情況是指彌賽亞傳統的模式——為現實和現實所代表的一些結果。因此，任何違反或攻擊這個理想的，都會視為攻擊歷史現實本身。

曾有學者對居住在加拿大的伊朗人進行一些研究。這研究指出雖然那些伊朗人已移民至加拿大，又居住了一段很長時間，但他們的身分與價值觀依然沒有受到西方社會的影響。

接下來的研究似乎違反了筆者之前研讀保羅書信的方式。筆者一般會把保羅書信看為個別的書信，每封信是在一個歷史處境之下，為一個場合而寫的。筆者不會將正典的資料與書信之內容混為一談，因為原來的讀者是否知道關於正典這方面的資料，是值得懷疑的。基於教牧書信成書的日期，這個研究方法在此便稍有不同。雖然筆者在小心且保守地研讀保羅書信的過程中，甚少像這個研究般考慮到正典的處境，但是教牧書信至少應該顧及歷史的耶穌，以及最早期的教會歷史所面對的正典處境，以及其他保羅書信的正典處境。

有多個見證人在其中的口傳文化，以及抄寫員工作的出現，令到初代教會的信徒有一次又一次的機會去理解他們所相信的事情。比克里特教會還要早出現的信徒，很有可能十分理解耶穌，以致他們保存了大量有關耶穌的資料和教導、及至後來有關保羅的教導。他們搜集到這麼多資料，顯示教會早已明白到他們的信仰羣體會為自己的信仰營造一些新的東西，因此便開始處理、詮釋和確認這些教導。教會很有可能在那時(這時候已有別於較早的保羅書信所描述的情況)已經建立了足夠有關耶穌、初代教會歷史，以及傳閱保羅書信的傳統，去賦予一個在教牧書信、福音書，以及使徒行傳之間的文本互涉。

1.3 讀者和他們的處境

為了明白書信的內容，我們必須假設保羅是寫給真實存在的讀者，也就是說，提摩太和提多都是真實存在的人。無可否認，他們兩人都有參與保羅的事工。接下來要知道的是，我們對這兩位同工的觀點將會影響我們研讀這些書信的方式。筆者撰寫這部分的內容，或許對某些讀者來說，會發現當中的解釋方法與常見的頗為不同，但假如讀者留意到一個簡單的事實，就能明白到這樣的事實所帶來的影響。這個事實就是：保羅兩位同工對保羅既重要，且也是他忠心的跟隨者，這兩位同工在保羅書信成書之前，已為保羅解決了很多危機。韋特寧頓稱他們為善於解決問題的人。筆者很認同他的說法。現在，就讓我們先討論提摩太，然後再討論提多。

1.3.1 歷史中的提摩太和他的處境

誰是歷史中的提摩太呢？有足夠的證據顯示，這人已認識保羅一段時間。雖然大部分學者都認同提摩太長時間與保羅有聯繫這歷史事實，但他們往往忽略了這一點對詮釋提摩太前書的影響。在此先簡單地概述一些有關提摩太的歷史事實，繼而進一步說明這事實是怎樣影響提摩太前書的詮釋。根據提摩太後書一章5節「我【指保羅】記得你【指提摩太】無偽的信心，這信心先存在你外祖母羅以和你母親友妮基的心裏，我深信也存在你的心裏」，顯示了提摩太的母親和外祖母都是信徒。我們假設提摩太年約30歲，那麼，他的母親至少就40多歲了。假如保羅是在公元63至65年左右寫提摩太前書，那麼，提摩太就大約是在基督受難、復活、升天，並在五旬節建立教會時出生。提摩太的母親或許屬於那個在五旬節的事件中歸信的羣體。當時她可能仍是個少女，她若不是藉著上耶路撒冷時接受福音，就是從那些經歷過五旬節事件而歸信的人那裏聽到福音的。而外祖母很可能也在同時期歸信。提摩太似乎是由屬於第一代彌賽亞式信仰羣體的母親和外祖母，按著基督教的教導養育成人的。那麼，他的信仰內容是怎樣的呢？

在公元1世紀，猶太教羣體似乎若不是非彌賽亞式，就是彌賽亞式了。提摩太的家庭必定屬於彌賽亞式的羣體，期待著一位彌賽亞來臨。因此，他們面對的問題就是：耶穌到底是不是彌賽亞，抑或仍需要等待另一位彌賽亞呢？使徒行傳的作者記載提摩太的父親是希臘人，母親是猶太人，而且也是信徒（徒十六 1～2）。這樣的描述暗示了提摩太的父親並不是信徒。而且，似乎提摩太也不是從保羅那裏歸信基督教的，因為當保羅在路司得傳道而遇見提摩太之時，提摩太不但已信主，並且已開始事奉（參徒十六 3～5）。雖然提摩太可能受到一些希臘文化的影響，但毫無疑問，他的信仰完全是猶太教的。然而，令人好奇的是，根據使徒行傳十六章 3 節記載，提摩太出生時並沒有按猶太律法行割禮。他沒有行割禮表示了他的母親沒有嚴謹遵行妥拉而行，因此可以說提摩太是在猶太會堂環境以外成長的。他的母親**與外邦人結婚**，在當時並不是常見的事，或許令一些猶太人為之側目。提摩太的家庭沒有嚴守妥拉，但提摩太卻很熟悉聖經，並且知道怎樣詮釋它（提後一 5，三 15）。這位提摩太似乎充滿了張力。假如他不屬於主流的會堂羣體，他又是怎樣從他的母親和外祖母學習聖經呢？或許他的外祖母可能與會堂的猶太人有聯繫，因而學習了聖經，而他的母親則從外祖母那裏學習聖經，又或他只是跟隨一個沒有太多猶太教禮儀，而又簡單的彌賽亞式信仰。他的聖經知識可能直接從保羅那裏更詳細地學習回來的。提摩太肯定有很複雜的個性。由於他熟悉聖經，並有希臘和猶太血統，他可能是保羅在公元 49 至 50 年事工中的完美夥伴。

並非所有猶太人都反對異族通婚。Joseph and Asenath 這第二聖殿時期的浪漫小說，說明有些猶太人對異族通婚沒有抗拒，只要那外邦人要信奉猶太教便是了。

對於保羅處理提摩太個人的事情，還有值得留意的地方。提摩太及提多同是沒有受過割禮，但保羅給提摩太行割禮，卻沒有如此對待提多(參徒十六 3；加二 1～3)。為何保羅對他們兩人有如此不同的態度呢？於提摩太的處境，很可能除了提摩太，當時並沒有其他猶太人是沒有行割禮的。使徒行傳十六章 3 節清楚表示「只因那些地方的猶太人都知道他父親是希臘人，就給他行了割禮。」那地區的所有猶太人都知道提摩太這猶太人，有一個希臘裔的父親。這會令到提摩太在事奉中處於劣勢，因為他不只有與外邦人結婚的母親，他也沒有行過割禮。使徒行傳的作者只是略為一提此事而沒有深入探討事件。保羅其實只是為了事工可以順利進行而運用他的自由，所以為提摩太行割禮。除此之外，這個禮儀並沒有其他意義。行割禮這事件的時序與耶路撒冷會議中所討論沒受割禮的人這事件是平行的（徒十五章）。或許作者嘗試說明，會議的法例主要是為外邦人而設，但提摩太是猶太人，他當然要行割禮了。至於歷史中的提多，卻正因為他是希臘人，若按耶路撒冷會議所議決的，他不行割禮才是恰當的。我們討論提多時，這個事實顯得非常重要。

提摩太的確是保羅的好助手。提摩太曾與西拉一起在庇哩亞教導那些受教的庇哩亞人（徒十五 14）。保羅為了避免反對他的猶太人在那裏煽動羣眾，他自己便離開庇哩亞去了雅典，留下提摩太與西拉（徒十七 1～15）。保羅留下他們兩人跟進庇哩亞那些年輕而好學的羣體，表示保羅信任這兩位同工。除了接觸這羣願意開放自己的庇哩亞人，提摩太也有接觸好爭鬧的哥林多人（徒十八 5；羅十六 21；林前十六 10；另參帖前一 1；帖後一 1）。此外，參與保羅第三次宣教旅程的同工名單中，是有提摩太的名字，這顯示提摩太在這旅程跟隨保羅，而提摩太留在小亞細亞那裏工作（徒二十 4～5）。從以上所列使徒行傳多處經文的記載，顯出提摩太參與保羅的許多事工。而且，在保羅的宣教旅程當中，提摩太在保羅事工上很多重要的時刻，都與保羅一同工作（參腓一 1，二 19；西一 1；門 1 節）。在教會不同的危機中，保羅總是率先派提摩太去處理，這反映了他是保羅在不同危機中的首位解決問題者。當他在保羅所建立的教會中出現之時，似乎就代表著保羅的同在，這可從他被稱為保羅的「真兒子」或「親愛的兒子」可見一斑（提前一 2；提後一 2）。這樣簡單地鉤勒出歷史中的提摩太，無疑說明了他是保羅可信靠的夥伴，或許他在教義上和屬靈上都有最高的質素。假如提摩太是保羅的右手，那麼，提多就肯定是他的左手了。下文的歷史重構將說明提多的重要性。

1.3.2 歷史中的提多和他的處境

保羅形容提多是「夥伴，為服事……作……同工的」（林後八 23）。自提多自願幫助保羅處理哥林多教會的問題時，他就在最混亂的教會處境中開始作領袖（林後八 16～17）。根據所記錄的資料，教會大都認同他確實適合幫助處理一些混亂的狀況（林後八 23，十二 17～18），甚至是涉及金錢的問題，因為他曾處理哥林多教會捐獻的事（林後八 6）。聖經最早提及提多的事跡，是他與保羅一同去耶路撒冷（參加二 1～3），保羅提及過，提多在某個有分參與的會議中，感到要行割禮的壓力（加二 3）。若要追溯提多最早的事工，就要追溯加拉太書第二章的日期，這可有兩個方法。第一，由於加拉太書這章的內容看似十分配合使徒行傳十五章，很多人認為那是耶路撒冷會議進行的時期，大約是公元 49 年。然而，有些人對那個日期存疑，因為也有很多細節並不配合使徒行傳第十五章。反而，保羅奉了啟示上耶路撒冷這事（加二 1），也配合使徒行傳十一章 28 節記載的為饑荒籌款一事。再者，假如保羅真的想解決加拉太教會就割禮的糾紛，而他手上也有耶路撒冷會議的信函，那麼，他可以輕易地抄寫這個諭令，連同他的書信一同送給加拉太教會。為甚麼他沒有這樣做呢？豈不因為耶路撒冷會議仍未發生嗎？因此，把為饑荒籌款一事的日期推斷為在會議之前，大概是使徒行傳第十一章與第十五章之間，即約在公元 46 年，這會比較容易接受。

另一個問題是保羅到底有沒有叫提多行割禮？學者以兩個方式理解「勉強他受割禮」（加二 3）。第一，他們解釋這句話可意會為「即使提多是外邦人，他仍可以行割禮，但要在自願的情況下，而不是勉強的。」這是保羅極不願見到的。若真的有如此意思，保羅在耶路撒冷會議就是在討論一件令人遺憾的事。保羅不但達不到目的，反而影響加拉太人的觀念，本以為日後可以不再行割禮了，但若連提多也行割禮，他就開了一個錯誤的先例。第二，大部分的學者都解釋這句話可意會為「就是因為提多是外邦人，他就不用被勉強行割禮。這樣，就解釋了為甚麼他始終沒有行割禮。」若是這樣，提多就成為了所有外邦人不用行割禮的典範。

「勉強」(ēnagkasthē) 這希臘文動詞是過去不定時被動式第三身單數。究竟誰勉強提多行割禮？這個爭論是基於「勉強」的被動語態是沒有指出誰發動勉強這行為，因而導致出現是誰在勉強人這問題。

聖經只是提及「勉強」，究竟提多會受到甚麼人**勉強**他行割禮？學者對誰是那勉強提多的人，都沒有定見。勉強提多的人可能是加拉太書二章 2 節提及的耶路撒冷教會領袖或保羅。根據加拉太書，保羅不似是那向提多施壓，勉強他行割禮的人。而根據接下來的敘事，另一個可能是假弟兄的出現（加二 4）。但根據使徒行傳十六章 3 節，保羅曾經為提摩太行割禮，他依然有可能是勉強提多的人。另一個不太可能的，是提多自己選擇行割禮，並強調「勉強」一詞。有些學者認為就文法而言，完全有可能指提多在使徒或保羅的鼓勵下，選擇行割禮；而或許保羅對提多的決定感到遺憾，又或保羅是以這件事為例子，說明信徒有自由選擇是否行割禮。朗格內克（Richard N. Longenecker）認為正確的說法是，保羅強烈地反對那些煽動者，為了避免提多的割禮成為一個嚴重的詮釋問題，因而勉強提多服從。馮蔭坤對事件的解釋可能較為正確。他認為當提多和保羅來到耶路撒冷，有些壓力羣體要求提多行割禮。耶路撒冷的領袖不假思索就同意，完全沒有考慮到那會帶來甚麼影響。他們以教會合一為理由向保羅施壓，但保羅卻拒絕了，提多就成為了試驗的個案，導致耶路撒冷會議決定完全棄絕外邦信徒行割禮的事。保羅之所以拒絕，很有可能是因為有哥尼流的歸信（徒十章），以及在安提阿的教會的事工（徒十一 19～26）這兩件事。可見提多早期的參與可說成為將來的外邦人事工的分水嶺。

從事件發生的次序看，就會發現提多在保羅宣教事工的很早期，就已經是保羅的同工，甚至比提摩太更早。他在保羅背後擔任統籌的工作比提摩太更多。為確保一切順利進行，當提摩太在前線作戰，提多就在背後工作，這是常發生的事。總括來說，提多的工作似乎像個信差，同時也協助保羅處理教會的問題（參林後七 6、13、14，八 16）。對比擁有部分猶太血統而需要行割禮的提摩太，提多並不需要這樣做。就著福音應該如何向外邦人展示，提摩太和提多就成為保羅宣教的完美例子。兩人各有重要之處，這不單透過他們的工作，也透過他們參與保羅的事工所作的許多貢獻。因此，提摩太和提多是處理外邦人問題的完美代表，因為他們清楚知道外邦人的界線是在哪裏。

1.3.3 第二讀者和他們的處境

除了討論類似提摩太和提多這兩位主要讀者之外，我們也必須討論當時的第二讀者，就是他們的羣體。這些人也是書信的聽眾。從提摩太前書及提多書可見，保羅似乎不只在向提摩太和提多問安（參提前六 21；多三 15）。換言之，這些書信是保羅先寫給兩位同工的私人信件，然後也要求他們將書信在教會公開地讀出來。朗讀的時候，保羅彷彿就在他們當中。希爾（John Paul Heil）在他的著作（*The Letters of Paul as Rituals of Worship*）中，已強烈證明有這樣的公開敬拜聚會出現。宗教社會學家早已留意到，有不同的原因促成一個宗教聚會。例如一些非信徒如果邀請了一位信徒在家中聚會，侃侃而談之中可能**成為一個宗教聚會**。有學者視教牧書信寫成時期，信徒已察覺到耶穌不會很快就回來，而教牧書信則是記錄初代基督教如何發展成一個宗教的文獻。筆者認為這裏出現一個詮釋上嚴重的謬誤。即使是在教牧書信的歷史層面裏，保羅並沒有嘗試向現代讀者説明有關宗教的歷史。相反，他是在解決當時教會一些真實的問題。關於提摩太前書和提多書的第二讀者，我們能知道多少呢？故此，簡單討論以弗所城（即是提摩太前書的第二讀者）和克里特島（即是提多書的第二讀者）的背景是需要的。

朱克曼（Phil Zuckerman）指出他的父親是一位無神論者，但他的父親也會為了某些社交生活和種族身分的緣故而去會堂聚集。另一位學者涂爾幹（Émile Durkheim）視「神明」的象徵意義，是源自社會的依賴感。這一點筆者卻不認同。

1.3.3.1 關於以弗所城

此乃以弗所城遺址，城中大道是由大理石建成

近代最重要的一系列對以弗所的討論，是由一羣精於考古學、古典文學、新約聖經與歷史的學者作研究。他們撰寫了文章，並由古斯特（Helmut Koester）編輯成書。❸ 以弗所有很多宏偉的建築物，而保羅寫了一封信——以弗所書，是針對它當時的處境。與很多帝國主義和殖民主義勢力相同，羅馬人把他們的意識形態滲透進他們的建築物裏。在奥古斯都墓地的碑文裏，曾有這樣的一段話描述奥古斯都：「我發現羅馬時，是個滿是磚頭的城市；而我離開之後，所留下的是個鋪滿大理石的城市。」（*Res Gestae divi Augusti*；這拉丁文短句的意思是「神聖奧古斯都的功績」）沒有人知道奥古斯都有否真的說過這番驕傲的話，但它展示了羅馬帝國內的建築物有多重要。很多羅馬建築物是由工程師監督，由羅馬軍人建造。軍人和工程師會因著他們的勤奮而得到獎賞。事實上，很多建築物至今依然屹立不倒，這說明了羅馬人的建築物如此堅固，是為了炫耀他們國度可永垂千古，即使他們的帝國早已消失了。以弗所的建築是在這樣的意識形態下建立起來的，它的城市風貌是羅馬意識形態的經典之作。近代對古代文明的社會層面的研究，揭開了一個有關地區性的意識形態的共同主題。帝國主義本身就是地區性的。建築物只是帝國主義理想的副產品。羅馬人在他們所有的地區裏散播他們的理想，為要在他們所管轄的人民裏殖下帝國主義的思想。

以弗所城的人會為這城在宗教、政治，以及所有涉及文化的東西所取得的成就，而感到驕傲。它之所以繁榮，主要因為它位處主要的商貿路線中心。根據公元 2 世紀的人口統計資料，除了羅馬城，以弗所的人口比羅馬帝國其他城市的人口都要多。這城市因有能力開創工作機會與商貿發展，所以支持了城內很多人的生活，令到城市人口增長。這增長不只是基於當地的出生率，更與它當時在所有城市中間的身分有關，而這身分明顯來自它的成就。從宗教角度看，假如小亞細亞是個拜偶像的地方，那麼，以弗所就是那地區宗教文化的代表，因為它是以敬拜亞底米聞名。亞底米神廟本身是個古代奇蹟，它的規模比雅典的巴特農神殿（Parthenon）還要大 4 倍，並花了 120 年去建成（參老皮里紐〔Pliny the Elder〕著作 *Natural History* 36.11.95）。雖然以弗所從埃及和希臘引入了很多宗教的神明，但是因為宏偉的亞底米神廟的建造，當地宗教——

供奉亞底米——的地位，從來沒有被其他城市的宗教篡奪。亞底米神廟顯然為這城市帶來額外的財富，尤其是神廟的庫房。神廟的重要性又可從它扮演著逃難的人的聖所可見一斑。即使是外來的入侵者，都會尊重這個建築物的神聖。神廟提供了救恩！然而，保羅主張，救恩存在於那羣被揀選並聚集在一起的上帝子民裏面，而他們就是聖殿。

在以弗所城一座廟內高達 2.9 米的亞底米神像

根據路加的記載，保羅在以弗所工作，是一個痛苦的經歷。在他給以弗所的領袖臨別的講論中，他曾描述他事奉的困難（參徒二十 18～35）。他表示過他沒有收取教會任何薪金，而是靠自己親手工作，努力賺取金錢來支持事工的需要（徒二十 33～35）。這個宣稱很重要，因為領受保羅所傳福音的社羣，不少是靠宗教或以宗教領袖這身分維生的羣體。就以銀匠底米丟為例。他以「製造亞底米神銀龕」維生，也使「從事這手藝的人生意發達」（徒十九 24）。使徒行傳的作者明確地指出銀匠底米丟反對保羅，並不是因為他關注亞底米神明的聲譽，而是因為保羅的宣教工作影響了他的收入，他關心的是他鑄造偶像的生意（徒十九 27）。活在羅馬制度下，而同時也重視業務的一個商人，自然也會反對保羅。保羅不接受以弗所教會的薪金，是為了反對這樣的制度，並要推使以弗所的社會向前多走一步。事實上，當以弗所人歸信之後，再不能做一些涉及偶像的工作，他們經濟方面可能變得很差，以致以弗所教會的經濟可能受到很大影響，因此導致他們沒有能力支付保羅的薪酬。這是對以弗所事工的挑戰。

除了拜偶像的環境之外，還有小亞細亞的政治文化處境：它很依賴羅馬人的財富，從約翰撰寫的啟示錄可見一斑（參二9，三17）。在羅馬人的意識形態中，帝王好比整個國民式大家庭中之首或父親。而在羅馬人的意識形態中，一個家庭的源起會帶來榮與辱（意思是指若一個家庭源於貴胄就令整個家族感到光榮，源於奴隸就帶來世世代代的羞辱）。雖然以弗所擁有大部分羅馬城市都有的東西，但它也承載著羅馬文化中的「**恩庇制度**」（patronage system）。富有的恩庇者會資助和支持較不富有的受恩庇者。之後，受恩庇者就欠了富有的恩庇者一個人情，以及欠了他的債，這會形成一個不平衡的權力架構。最終的恩庇者當然就是帝王，他的人像會坐落在城市廣場中央，以提醒所有人民要向誰忠心。帝王執行他權力的方式是透過住在城市每個角落的地主，而這些地主是由王差派他們去住在那裏的。這樣就可鞏固羅馬王的霸權。事實上，保羅也要面對這樣的官員（徒十九31）。筆者曾經在其他著作詳盡地描繪關於這個城市的面貌，而上述的概論雖然簡略，但已足夠幫助讀者理解提摩太所要面對的人。

這是羅馬帝國一種社會制度，是指恩庇者（通常指在經濟及權力上較強的人或羣體）與受恩庇者（與恩庇者相對較弱的人或羣體）的關係。

1.3.3.2 關於克里特島

克里特島是提多事奉的主要地方，也是他嘗試鞏固保羅宣教的地方。公元前1世紀一位撰寫歷史的希臘歷史學家，西西里人狄奧多羅斯（Diodorus）對這島有很好的描述。他描述眾神明在這個島上建立它們的家園（*Bibliotheca historica* 5.64.1～3）。克里特人相信他們是出於這島上的泥土，因此宣稱他們才是原始希臘人。不管他們是否屬最早期的希臘人，也不管他們後來遷移到內陸或由內陸遷移到此，總之，這個島的人有很強的希臘文化，而且可追溯至很多世紀之前。事實上，內陸的邁錫尼（Mycenaean）文化甚至可追溯至青銅時代晚期（約公元前1550～1200年）。遠至公元前15世紀Linear B（指一種音節式書寫的字母，是邁錫尼文明中最早的文字）語言的發現，證明在很早以前，已有很強的書寫語言的文化存在。

一塊刻上 Linear B 文字的古老泥版

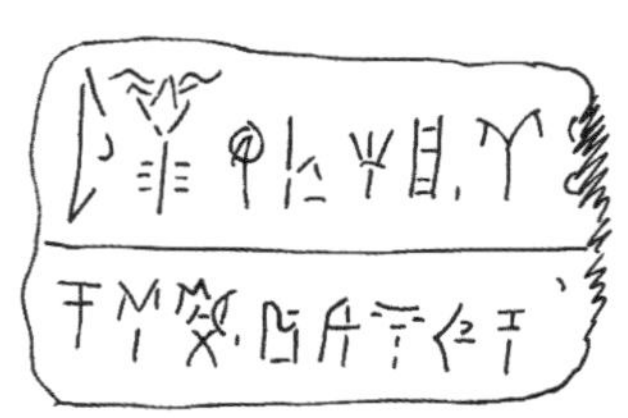

泥版上的部分文字

這樣的讀寫能力有悠長的歷史，容讓早期的米諾人（Minoan）去反思並分析他們當時的現實。荷馬（Homer；*Iliad*）記載了內陸的阿加曼農王（Agamemnon）曾經在一次戰爭中剝奪這島上的權力。整件事在大衛王朝之前發生，這說明克里特島的人比以色列人的文明有更悠久的歷史。考古學家有證據相信，米諾人（又稱為克里特人）是舊約聖經中的非利士人的祖先。**有別於保羅在提多書的描述**，克里特人（即米諾人）是很先進的，他們很早已懂得以精細的方式使用鐵器，而這也很配合他們自己的神話（參狄奧多羅斯的 *Bibliotheca historica* 5.64.5）。即使在很遠古的歷史裏，米諾人（克里特人的祖先）已建起相對於當時十分穩固的皇宮，就是著名的克諾索斯皇宮（Palace of Knossos），可惜的是它因一次島上的火山爆發而被摧毀，而這王國也在公元前 1450 年也被戰爭毀滅。至現今若到這島遊覽，依然能見到克諾索斯宮漂亮的藝術和建築遺迹。它得以在這麼多年後仍遺留下來，足以證明這島的人擁有某程度的先進技術，是當時的世界無法相比的。根據狄奧多羅斯就克里特文化的描述，克里特民族那強烈的自豪感，肯定是從他們的歷史成就而來的。當我們

保羅形容這島上的人「常說謊話，是惡獸，貪吃懶做」（多一 12）。

讀到保羅就著他們先進的文明，而論述克里特人的狀況時，這一點就很重要了。這個島長久以來都有人居住，或許這是沒有野獸居住其中的原因，因而使它成為一個理想居住的地方（老皮里紐著作 *Natural History* 8.83）。

克諾索斯皇宮遺址空瞰圖

克諾索斯皇宮遺址

比他們的文化更重要的是克里特人的宗教和道德觀。宗教方面，克里特人是泛神論的。克里特人的祖先曾移居巴勒斯坦，成為非利士人。所以，他們可說是非利士人的祖先。根據估計，非利士人是如何容易適應不同的環境，便推算出克里特人的祖先是頗容易接受當地的神明，並將之成為他們的神明之一。若按 1 世紀的背景來看他們的歷史，不難發現克里特人樂於採納其他文化（例如羅馬文化），以此使自己富強起來。克里特人很迷信，他們慣常行巫術和使用咒語（參狄奧多羅斯的 *Bibliotheca historica* 5.64.3）。當與內陸的希臘宗教相競，克里特人會宣稱他們供奉的宙斯神較希臘的久遠，但希臘眾神明的傳統卻少有提及（*Bibliotheca historica* 3.61.1）。上文所描述的似乎完全是幅異教的圖畫，但是斐羅（Philo）寫道，猶太教對這島的人是有關鍵性的影響力（*Legatio ad Gaiam* 282），而這也符合提多書三章 9 至 11 節記載教會內部一些家譜及分黨的問題，以及後來的歷史學家塔西圖的宣稱（*Histories* 5.11）。換言之，這個島在道德方面是與猶太教相似，並且是有關聯的。提多要面對一個挑戰，就是哪一種道德觀才符合新的彌賽亞式身分呢？在寫信給提多時，保羅可能正面對著加拉太人的挑戰。基督教信仰當然不只是屬於一小個羣體的事，艾斯拿（Philip F. Esler）基於克里特當時的社會給予教會極大的挑戰（多一 12），便十分肯定地把基督徒的身分理解為一個羣體整體的一分子。

位於克里特島上主要城市戈特納城（Gorthyna），建於 7 世紀的聖提多教堂，以紀念提多在克里特的事奉

1.3.3.3 研讀這兩個地方背景的策略

根據上文的討論，社會及宗教身分的形成理當主導著經文的解釋。筆者有這樣的理解是有其原因的。首先，這個讀經策略與提摩太在以弗所為保羅處理教會備受教義攻擊這問題有關。以弗所教會是在公元 52 至 55 年成立的，當保羅寫信給提摩太時，教會已約有 10 年歷史。建立教會初期，保羅必定為新的歸信者提供了密集的訓練，因為約在公元 57 年他們很快便設立長老（徒二十 17）。從以弗所教會的迅速發展可見，教會是令人讚賞的。然而，在提摩太前書裏，保羅似乎正在處理一些威脅著教會的教義問題。這些問題源自教會內外。似乎假教師正在攻擊教會（提前一 3～4），而這正是提摩太去那裏的原因。一些假教師，例如許米乃和亞力山大（提前一 20）早已被逐出教會，但或許仍繼續影響著教會。與此同時，保羅亦暗示著教會內亦有另一些麻煩，其中包括教義和倫理謬誤（五 15、24～25），這與提多在克里特教會的情況大為不

同，對於克里特教會，保羅仍未預期會有教義上的挑戰。使徒行傳二章11節説猶太的朝聖者因為五旬節而從克里特上耶路撒冷去，但我們無法肯定他們有否歸信彌賽亞信仰；我們也無法肯定，假如他們有歸信的，之後是否會回到克里特建立一個好像教會般的有系統的彌賽亞羣體。根據提多書一章5節，保羅很有可能早已在克里特島上成立了一些年輕的教會。克里特這年輕教會所面對的問題，與以弗所教會的不同，它較為是關乎倫理而不是關乎教義。提多面對的挑戰是，克里特的文化正威脅著教會，像要奪去新的歸信者。而提多牧養的這間教會似乎是較後期成立的，或許是他建立的。

筆者建議上述讀經策略的另一個原因，是與攻擊教會的領袖架構問題有關。由於我們早已表明，保羅兩位最親密和一同事奉最長時間的門徒——提摩太和提多——是不可能不知道怎樣建立教會的，保羅寫信給他們兩人，是為了執行一些他們無法推行、卻又是已走歪了的教會政策。

學者對保羅寫信給提摩太及提多的內容的理解

學者梅斯（Annette Merz）基於對提摩太前書的理解，認為這些書信是保羅為了讓提摩太知道，假使使徒沒法來到，提摩太要怎樣教導會友去處理教會的事情。但是，筆者強烈反對她的解釋。她的提議是站不住腳的，因為提摩太和提多是保羅多年且親密的同工，他們理應知道怎樣教導會友。韋特寧頓也有同樣想法，認為保羅寫給他們的書信，當中的目的是有教導成分的，因為教牧書信與有教導成分的文本很類似。韋特寧頓所謂「教導」的範疇是存疑的，因為它暗示了保羅是在提供資料，但似乎保羅並不需要提供任何資料，尤其是對著他兩位最親密的同工。筆者同樣也無法認同他的説法，因為問題依然是：他們兩人是否這樣無知，以致保羅要寫信提醒他們這些基本的事情嗎？筆者確實不認同這點。這就如互動社會學家指出，賦予一件事情的意義，只能藉個體之間的互動衍生出來的。如果要教導，當保羅與提摩太和提多一起之時，理應早已帶出了這些書信所教導的內容。

加利（John N. D. Kelly）寫道：「一個忠心如提摩太的同工，是否需要保羅再次以書信肯定他對提摩太的教導？這實在存疑；但是，假如這封信是為了要在以弗所的會眾之中讀出來，而當中有很多存有壞心腸的人，那麼，保羅寫這些內容就有道理了。」對提多也是一樣。即使這個觀察很明顯，另一位學者希爾雖沒有強調保羅給提摩太及提多的書信是為他們兩人而寫，他則認為：保羅書信全是為了公開敬拜的場合而寫的。而且從所有書信的修辭本質明顯可見這點，可是當人詮釋提摩太前書和提多書時，甚至有時候在學術詮釋中，也幾乎時常忽略了這一點。文本的意思必須建基於保羅與提摩太，以及保羅與提多之間彼此向來的認識及同工的關係。保羅並不是要藉著書信來教育提摩太，就如韋特寧頓的結論所暗示的，真正的目的是為了提摩太要在教會裏所處理的事情。給提摩太（和給提多）的書信包含了這些同工早已知道的事情。這些書信其實是幫助保羅的同工執行信中內容的一份文獻。這些書信賦予保羅的門生權柄。換言之，當時這兩地教會的領袖並不是按著保羅要求的規例而行，且更可能在玩弄政治的遊戲。提摩太在那裏是要控制狀況，糾正眼前的問題。提摩太和提多都是成熟的人，這一點很重要。

以弗所教會應該早已有一個保羅早前按立的長老（使徒行傳二十章 17 至 18 節出現多名長老），甚或可能已有執事架構。因此，教會理應知道保羅揀選領袖的條件。提摩太前書第三章似乎是重複申述很基本的原則。保羅並不是在提醒提摩太所不知道的事情，而是透過提摩太誦讀書信，提醒以弗所教會羣體早已知道、卻沒有遵行的事情。就如希倫（Holly Hearon）和很多新約學者都注意到，當保羅的書信被誦讀時，是代表著他的同在。他沉重的話是要提醒教會羣體應有的立場，而這立場是當時的教會已失去的。再者，書信內容並沒有清楚表示提摩太要長期留在以弗所。保羅似乎將提摩太留在以弗所，主要是為處理混亂的情況，直至得以解決為止（提前一 3）。事實上，提摩太可能只是暫時留在那裏，直到問題得以解決。保羅藉著書信重提一些有關該教會需要處理的重要事情，解經家往往視這些書信為告訴提多和提摩太所不知道的事情（參上文專欄）。這是個沒有基礎的策略，也有違我們對保羅的宣教策略的認知。可悲的是，市面上大部分註釋書和研究，尤其是在華人教會圈子中，都把教牧書信（以及保羅其他許多的書信）理解為教導教會所不知道的事情。這種常見的處理經文方式，並沒有認真考慮到歷史中的提摩太和提多，以及以弗所和克里特的歷史情況。

筆者建議上述的讀經策略的第三個原因是，這與基督教的發展有莫大的關係。與一些留傳至今的宗教相同（例如猶太教和伊斯蘭教等），基督教之所以昌盛，很大可能是靠內部增長，意即會友結婚生子，他們的下一代就自然成為會友了。各位基督徒讀者！若你感到震驚，請先想想新約聖經記載的事實。當然，我們不能把五旬節時，彼得的宣講使多人歸信視為常規（徒二章），即使是在使徒行傳的時代也不能。事實上，早於哥尼流的事件，歸信明顯是透過家庭聚會而出現的（徒十章）。假如我們借用人類學範疇的「象徵」，某些東西不只是物質上的，也是富象徵性的。假如我們跳進 1 世紀教會的象徵世界，家庭不只是眼見的建築物，也不只是某些成員的制度，例如夫妻、長幼、主僕的關係，而是有更廣泛的含意：它象徵著教會；難怪保羅很關注家庭的事項，尤其在提摩太前書及提多書。今天，對我們這些局外觀察者，他們的家庭可以是一個象徵，但是對 1 世紀的聽眾來說，他們完全不需要懷疑這象徵的意思，因為他們已在其中。他們是以家庭為基礎而作為信仰羣體其中的一分子。

考古學的發現與這樣的信仰模式有很密切的關係。大部分大型的羅馬式房屋可能得以在天井容納 40 至 50 人。換言之，沒有人會在教會中迷失，像今天的超級大型教會般。所有人都認識教會中的其他人，他們彼此有密切的關係。當時的信仰並不是以某種宗教的形式來形成，它滲入了生活的每個環節，例如聖餐與作為主餐；它滲入人與人之間的每段關係，例如主人與奴隸；它也在不同關係之間的行動，例如性行為或神聖之吻。在這種場合形成的社會關係，是有別於在聖殿或會堂等正式的宗教場合中形成的關係。羅馬家庭是會為它本身的利益和榮辱而努力，但這個新的家庭教會，會為了使它以外的人得好處，便會透過敬拜並傳福音，致力為上帝的榮耀而工作。

我們可能會質疑，家庭教會體制怎可以如此迅速地增長？怎可以從猶太教內一個無名的宗派，發展成一個我們今天稱為基督教的一個完整的羣體（雖然保羅當時的教會規模依然很小）？答案很簡單：家庭的歸信。這歸信以兩種方式出現，就是婚姻和生孩子。假如丈夫或妻子成為堅信者，那麼，其配偶就有機會歸信，這樣就會使教會的規模擴大一倍（即使我們只是在討論家庭教會）。若他們的孩子也歸信了，人數還會進一步增加。這個家庭不斷孕育出第二代的基督徒。這情況就像很多信奉猶太教的年輕孩子從會堂學習律法一般。這些基督徒從他們父母的家庭教會中學習聖經，長大後成為領袖。家庭是一個人身分形成的地方。因此，孩子會自然地延續他們父母的宗教。當然，在孩子長大成人的過程中也有例外，但是由於這個模式在初代教會是這樣的根深柢固，例外的可能都只是很少數。只要孕育兩名歸信的孩子，就會令教會有雙倍增長。假如第二代基督徒的增長是按血緣增長，並連於家庭，那麼，保羅就要透過提摩太作他們的領袖，確保能夠將保羅所要傳遞的知識，全部教導信徒，以致教會能繼續增長及保持穩定。事實上，提摩太對後世人是個屬靈遺產的最好例子。社會學家稱這個過程為「人際關係的適應」。大部分帶有福音派觀念的教會或學者往往忽略了這適應人際關係的過程，但它卻是基督教發展的重要一環，即使是在初代教會。普遍學者大都認為，保羅所關注的是要傳遞基督教教義，並教導讀者遵守這教義。他們從不過問這樣的教導是在怎樣的社會環境下出現。這本書會顧及初代都會第二代信徒在基督教傳統中所扮演的角色，而他們的信仰的起始點是在家庭裏。上述的評論對提摩太前書和提多書同樣適用。接下來，將更詳細地說明應該怎樣研讀這兩卷書。

1.4 怎樣研讀提摩太前書和提多書

現今，很多人視提摩太前書和提多書為教牧書信，但並非一開始就是如此。將這些書信視為「教牧書信」這種概念，是十分後期的事，大概只有300年的歷史。或許這個理解是源於把這些書信內容視為對教會運作的建議。再者，這樣的研讀會把這些書信當為一本**信仰手冊**，說明在教會中應怎樣處事，但是當時很多教會的政治架構至今已面目全非。雖然這刻評論這個「傳統」的研讀方式是否合理，實在言之過早，但是這個研讀方式並不是處理這些書信的惟一方法。

學者孟恩斯認為提多書是一本教義問答的書，它「對初信者尤其適切」。

在研讀提摩太前書和提多書時，我們理應假設一個簡單的事實：以弗所的信徒羣體對當時流傳著有關福音的信息，是有悠久而豐富的宗教集體回憶；而克里特相對只是略略接觸過福音。這一點會於本章稍後再作討論，並且在解釋經文時會再討論多一點。對於那些追隨著研究保羅著作的人來說，筆者是對保羅信書之間的「文本互涉關係」(intertextual relationship)較為懷疑的其中一個詮釋者，原因是當時很多讀者並沒有保羅其他的書信來幫助他們理解經文。反之，他們較有可能是取得部分舊約聖經書卷，而不是保羅其他的書信。筆者堅持這樣的信念是有原因的。這些原因來自兩個問題的答案。這個問題就是：讀者知道的是哪些知識？他們所得的這麼多知識，若不是從保羅其他書信而來，那麼，是從哪裏來的？這絕對與成書當時的教會背景有關。由於教牧書信的成書日期較遲，而教會也建立了10多年的日子，透過10年左右的教會羣體生活，當時的讀者可能早已知道並累積了不少集體的信仰傳統及回憶。因此，筆者認為教牧書信不是為教導提摩太及提多如何牧養教會，筆者亦因此轉換了慣常的詮釋策略——從**修辭角度**去看此類書。接下來的內容將詳細分析這詮釋策略。

有關修辭的策略或修辭鑑別法的應用，可參考筆者的另一本著作：《新約鑑別學手冊》（天道書樓，2010）頁131～138。

1.4.1 研讀保羅書信的策略

1.4.1.1 集體回憶的概念

研究有關集體回憶的形成，可以幫助我們理解為何如今筆者會以有別於以往對保羅的理解的方式，來研讀提摩太前書和提多書的原因。教會傳統的資料既已見於提摩太前書，就讓我們先討論集體回憶或社會架構的概念。這個架構最好標籤為「通識」。紀爾茲（Clifford Geertz）正確地指出，「通識」這詞意指一種社會架構。它是一組有系統、慢慢組成的知識，而這裏的知識則是指從耶穌升天開始，經過了數十年後，漸漸成為許多基督教羣體的「常規」。宗教社會學家**龍斯科**（George Lundskow）觀察到：「我們的敍事愈是接近今天，就愈發現宗教會變得愈來愈個人化，並愈來愈少制度化和集體化。」為甚麼筆者沒有使用21世紀的個人主義和敬虔主義模式去探討這些文本？答案很簡單。在基督教信仰形成的階段，並沒有足夠的資料讓一所相對年輕的、以外邦人為主的教會建立起來，筆者是以21世紀的思考方式進行個人反思（這並不是要貶低個人化的信仰表達的價值）。當時的教會依然處於收集資料（即他們的傳統）的階段。因此，羣體要努力判斷並整合所收集回來的資料，來形成一條基督教信仰最基本的底

龍斯科也留意到今天的宗教已很個人化。這個人化在保羅時代並不存在，因為在1世紀後期，所有事情都依從類似保羅或提摩太等權威領袖的言行標準。

線。他們至少每星期聚會一次，就如猶太人守安息日般，只是他們在「每逢七日的第一日」進行聚會(參林前十六2)。這些週期性的聚會，人類學家稱為「宗教禮儀」。當資料累積起來，聚會時就會處理和詮釋這些資料。當某些詮釋令人存疑時，保羅(或其他巡迴傳教的使徒代表，例如提摩太)就會以他自己的詮釋糾正他們，因為「正確」的詮釋會即時對當時羣體的處境作出適切的應用。這對於以個人化、而非以羣體化的進路來表達基督教信仰的信徒而言，是一種不容易理解的概念，因為我們生活在一個有過多基督教信仰和傳統資訊的社會裏，而且我們每個人也能夠閱讀，不需要其他人為我們作詮釋。1世紀末的以弗所或克里特教會卻並不是這樣，如現代宗教那樣由個人各自判斷取捨的情況是不存在的，因為當時信仰基礎還是在成形的階段。

班恩斯(Barry Barnes)在70年代主張一套極端的理論：所有規範的做法或信念都可以簡化為社會根源。雖然我們無法得知傳統在1世紀的人中間是怎樣形成，但有足夠的資料説明社會習俗是如何容讓傳統在初代教會中的形成。經過約30多年後，即使未算是個大型羣體的教會，但已對敍述宗教的事情有某個通識的概念。筆者所指的「通識」，並不是某些普世性的理想或源自現代主義哲學家的宏大敍事，而是借用有代表性和普遍共識的一些事情，並以一個細小和明確的組別為對象。在教牧書信中的「教會傳統」，是一個勢不可擋、值得從社會學探討的主題。筆者並不是説其他的學科無法提供好的解釋，只是初代教會裏形成傳統的社會因素是值得我們留意的。「傳統」在上文已稍作討論，如今要進一步探討其中的理論，而筆者的研究再次側重文本在社會學及人類學範疇內的口傳方式。在此要説明，這「傳統」在教牧書信所針對的保羅羣體中是怎樣形成的。

在探討傳統的形成之前，我們必須先回答一個問題：「在以弗所這等地方，是否可能建立起保羅以外的傳統？」回答這個問題的一個方法，是透過理解它在小亞細亞的位置。羅馬帝國在無意之中很可能已助它一臂之力。在廣為人知的2世紀希臘演説家阿里斯蒂德(P. Aelius Aristides)的著作裏(*Sacred Tales* 的講詞"Regarding Rome")中，曾讚揚羅馬帝國永不會日落西沉(26.10)。這是誇耀羅馬帝國的興盛，強調其版圖之大，正如在擴展殖民時期的英國也曾如此自稱為「日不落之國」。羅馬帝國不單有廣大的版圖，更有優良的道路規劃，正如人常說：「條條大路通羅馬。」所以在這裏有兩點值得討論：保羅的宣教策略與羅馬的道路規劃。

1.4.1.2 羅馬都市化與保羅的宣教策略

保羅宣教的方式，是以小亞細亞（首都是以弗所）為重要的樞紐。在他最早期的宣教工作中，他首先去到位於旁非利亞的帕弗和彼西底的安提阿（徒十三 13～14），以及附近地區。他最早期的聽眾包括猶太人和敬畏上帝的外邦人。他主要的講道基礎是妥拉中記載以色列人出埃及的事件（徒十三 16～41）。他第一次旅程是沿著小亞細亞的東部行走，大部分是沿岸而行（徒十四章）；在他第二次旅程中，他（在聖靈的引導下）進入內陸，穿過小亞細亞，到達希臘；到了他第三次旅程，他才在以弗所逗留（參徒十九章）。無論是穿過內陸或是沿岸行走，保羅都是沿著羅馬建設的主要道路來拓展他的宣教旅程，他並沒有走上其他小路。事實上，他探訪的所有城市，都是主要的城市。由於這些城市附近並沒有駐守的軍營，我們就可以假設這些城市是很安全，也很開放。換言之，保羅的事工——主要是外邦人事工——早已藉著他兩次走過小亞細亞而漸趨成熟。這一點很重要，因為羅馬帝國的都市化是一個鮮為人知的歷史現象，而這現象直接影響保羅的宣教策略。

這些現代人理所當然地接納都市化，但是保羅的世界並沒有這樣的現代都市化。隨著愈來愈多人聚集在主要的城市，我們必然地可得出一些結論。首先，透過著名的羅馬軍團所維持的和諧，是吸引百姓去到大城市尋找新機會的主要原因。另外，就是中產階層的出現。雖然羅馬時期的中產階層與現代的並不相同，但當時的確仍有一羣上進而自由的羣眾，藉著周遊不同的地方，去尋找機會。在新約中，就如呂底亞，她本來是推雅推喇城的人，卻去了腓立比賣布（徒十六 11～15）；另外，本都人阿居拉和他的妻子百基拉從意大利去到哥林多，他們是以製造帳棚為業的（徒十八 1～3）。這些都是很好的例子，證明當時的人為了他們的事業而四處遷徙。這些人傾向去到能夠賺取金錢或拓展他們生意的地方。隨著這樣活躍的遷移行動，在保羅那古老的時代，很可能已出現某種程度的資訊發達的情況。類似提摩太這類追求敬虔的人，可以不一定親自聽過或見過保羅的宣講而歸信基督，這是因為他早已從那些來自猶大的人的口中，聽到福音這好消息。隨著完善的道路系統所帶來的方便，以及都市化的出現，便更有利於遷徙行動，而福音就這樣輕易地傳播到很多無法接觸到的地方和人羣。都市中心區的形成大大助長福音的傳播，這全因為良好的羅馬道路系統，而這系統是由羅馬軍事勢力來維持。

假如我們看看小亞細亞與巴勒斯坦在地理上的連繫，就會發現有兩條主要的羅馬道路把商貿帶到小亞細亞，而其中一條更串連至耶路撒冷和安提阿，難怪耶路撒冷教會和安提阿教會之間會有這樣強的宣教關係了（徒十一章）。外邦人的宣教事工由安提阿教會和耶路撒冷教會興起，實在與羅馬的道路系統有著密不可分的關係（參徒十三 1，十四 26 ～ 28，十五 1、22 等）。

1.4.1.3 教會傳統的形成

根據整個使徒行傳的記載，從耶穌升天到保羅被囚，一共有接近 30 年的時間。在這段頗長的時間裏，耶穌傳統和其他傳統一直沒有間斷地在耶路撒冷、安提阿與小亞細亞流傳。在初代教會，當使徒尚未離世的時期，教會很可能已累積了一部分的傳統，這些傳統是與他們當下的處境有直接關係，到後期他們才加上其他新的資料，成為繼後的傳統。因此，教會的傳統不只是從使徒留傳下來的，也有可能由穿梭在這些城市之間的旅客帶來的。在我們討論優西比烏（Eusebius；約公元 263 ～ 339 年）等較後期的教父著作時，我們往往會論到他們對資料來源和正典形成的理解（參 *Ecclesiastical History* 3.3.1 ～ 7），卻沒有探究更深入的問題：初代教會究竟是怎樣確定把某些著作納入正典呢？

就現代學術研究的角度而言，到圖書館查找一些資料的來源，又或測試某些資料的真偽，是十分容易的事。一個典型的例子是，張達民博士檢驗馮象的聖經翻譯時，發現有部分譯文是抄自羅馬天主教的聖經「新耶路撒冷版本」（New Jerusalem Bible），而不是從原文直接翻譯的。然而，在初代教會的日子，人是無法輕易交叉校驗抄本之間的資料。事實上，他們必須依靠公認為可靠的見證人口傳的見證，或是依靠那些他們所認識的人所推介為合法的見證人。這些見證人曾重複又重複地聽過那些有關歷史耶穌和保羅教導的信息。另外，四處遊歷的旅行者，亦有利於正確地查證那些傳統（或見證）的真偽。因此，遊歷流動愈方便，就愈造就教會傳統的形成。這些傳統藉著口傳方式傳遞，其中有些被筆錄下來。最終，教會成為一個有筆錄文本的信仰，像猶太教般。隨著傳統的形成，我們可以推斷，教牧書信寫成時，已有好些筆錄下來的傳統，其中包括保羅的教導和其他使徒的見證。而且，這些筆錄下來的資料，又會不斷地再被覆述。

傳統可以說是由每個羣體塑造和保存的敍事內容，為了賦予這羣體本身的身分。以初代教會為例，傳統是宗教身分的一部分（約二十 30～31）。崔比爾科（Paul Trebilco）留意到在討論宗教時，會出現一種「局內人」及「局外人」的用語。局內人的用語是針對局內人的，往往包含了對同一個宗教內其他文本的回應。在這個研究中，我們要注意這一點。在這個情況下，收集資料往往是在羣體內進行的，就如研究非洲口傳文化的學者費莉根（Ruth Finnegan）觀察到的。假如我們認真地把對羣體的洞見視為一種見證，在述說這見證時必然加插一些即興的內容。無論傳統是以哪一種即興的方式傳遞，資料的準確性都會隨著傳遞的年日增加而有所改變。毫無疑問，在傳遞傳統的過程中，因有很多即興的創作，而影響到信息的準確性。然而，「時間」是了解寫書時處境的最大幫助。在耶穌升天到撰寫教牧書信之間，羣體傳統已經過了多次修訂和修正。很多社會學家認為這樣的宏大敍事是用來解釋生命的意義，❹ 但我們可以稍為修改這說法為這個收集而成的傳統解釋了耶穌的意義。就如奧歷克（Jeffrey K. Olick）和羅賓斯（Joyce Robbins）指出，時間和記憶是取得知識的重要因素。因此，這些記錄下來的敍事就與很多文化的史詩有相同的功用：把記憶變得容易收藏；也便於回味的一種形式。再者，迪維特（Thérèse de Vet）對巴里人（Balinese）戲劇甚具洞見，她從那些戲劇中的口傳研究裏發現，某些文化是嚴禁即興創作的。因此，某些詞彙與框架只可適用於某些處境。

至於新約傳統，迪維特的觀察可以解釋為何某些敍事的情節是所有福音書都要緊緊依循的，即使所採用的詞彙或許有不相同，但所有福音書對某些敍事往往呈現一個基本的框架（例如關於聖餐的傳統，參太二十六 26～29；可十四 22～26；路二十二 15～20；約六 51～58）。初代教會是同時以筆錄和口傳的形式來形成福音書的傳統（參路一 1；約二十一 24）。至於保羅，他在傳遞自己的傳統（林前十 1 起）的同時，也努力取得福音書的這些傳統（參林前十一 23）。這樣敘事傳統的框架，是透過保羅和教會不斷複述見證而形成的。早期的使徒就如那些巡迴佈道者，他們周遊不同的地方（這是當時一種普遍的現象，參上文），宣告有關耶穌的故事。這些使徒也會透過這樣的旅行，糾正聽眾對耶穌故事的謬誤。在傳遞耶穌故事的同時，保羅也會建構他自己的傳統。因此，基於這個理論，教牧書信的聽眾很可能對新約聖經很多的內容（雖然不是以現有的形式出現），以及新約書卷經常引用的五經、以賽亞書、以及詩篇的詮釋都十分熟悉。這些「筆錄」的文獻常在羣體公開的宗教禮儀中誦讀和傳講。因此，羣體所記憶到的敘事就隨著年月而漸漸積聚，成為一個愈來愈複雜，屬於局內人的敘事。這樣隨著年月積聚的敘事，漸漸為聽眾形成了一個屬於他們的世界。筆者形容這是「局內人」的敘事，因為我們無法假設非信徒會詳細知道誰是耶穌和他所作過的事情。保羅就是帶著這樣的敘事來撰寫教牧書信的。然而，單憑局內人的用語並不足以描述這個漫長過程所衍生的敘事，因為任何固定了的文本已無法再容許局內人在彼此之間傳遞信息時，完全地靠口傳的方式。由於保羅的信仰羣體是一個歸信的宗派，而那些有閱讀能力卻還未歸信的局外人可以取得筆錄下來的文本，最終這些筆錄下來的文本就可以叫它的讀者歸信，並分享相同的信仰和道德價值觀。在傳統形成時，羣體必須愈來愈與這樣的「正統的說法」一致。與此同時，傳統的形成也為現存的宗教制度謀求改革的出路，尤其是在帝國的社會以及猶太教的圈子裏。因此，保羅的教牧書信可以從不同的方向去處理傳統的形成。

在一份文本互涉的研究中，布魯迪（Thomas L. Brodie）列出了新約書信中的 3 種文本互涉。第一，新約書信可以引用舊約書卷的內容；第二，新約書信可以引用其他新約書信的內容；第三，新約書信可以影響之後寫成的福音書和使徒行傳的內容。基於上述的討論，筆者稍為修改布魯迪的建議，作為研讀教牧書信的原則：第一，新約書信毫無疑問引用了舊約書卷的內容；第二，教牧書信也可以引用其他保羅書信的內容；第三，因福音書和使徒行傳或有可能採用了一些早期傳統（M, L, Q；馬可福音）的資料，教牧書信也可以引用這些早期的資料。這些研讀教牧書信的原則，都是建基於保羅的聽眾已經有一段時間來收集和掌握這些資料的立論上。

1.4.1.4 讀寫能力與口傳方式

一、讀寫能力

在我們討論怎樣研讀提摩太前書和提多書之前，我們必須先略為理解保羅時代的讀寫情況。首先，按著筆者慣常研讀保羅的方式，認識筆者的大部分讀者早已明白筆者如何重視口傳方式，故在此不再詳細覆述的研究策略，也不會與重要的先驅者如昂格（Walter J. Ong）、萊特（Albert B. Lord）或派利（Milman Parry）展開對話。有興趣研究他們理論的讀者，可參考這些重要人物的著作或筆者的另一些著作。❺ 這幾位學者的理論十分重要，因為他們為所有的口傳學術研究，以及為筆者的保羅書信研究奠下基礎。與其覆述他們的理論，倒不如為那些不熟悉我慣常研讀保羅書信的進路的讀者，再概略說明。

接下來，討論當時的人讀寫能力的情況是切題不過的。一直以來，社會學家和古典文學學者都十分關注讀寫能力這議題，且維持了一段很長的時間，只是，聖經學者對這方面的研究卻始終大為落後。❻ 很多人以為羅馬人是一羣很會讀寫的人。有些學者如希莎（Catherine Hezser），甚至以為基督教是踏入了希羅世界的處境後，才進入筆錄的階段。這樣的謬誤源於盲目地仰慕西方古典文化，然而，有某些因素可以證明這個盲目的仰慕是錯誤的。我們的世界有很多地方至今依然有文盲的出現，尤其是貧窮和生活環境不穩定的地區。只有現代普及的教育，伴隨著普及的印刷術，才會帶來人民讀寫的能力。事實上，讀寫能力要到大概宗教改革時期發明了印刷術後，才得以提高。大量聖經的印刷，導致普羅大眾得以閱讀聖經，讀寫率因而也增加。根據哈里斯（William V. Harris）的估計，當時羅馬的讀寫率可能低至 10%。他的資料來自 1871 年的意大利到 1960 年的摩洛哥，並以這些資料作為研究羅馬世界的模式。以這樣模式來計算古代讀寫率有時候看似徒勞無功，但沒有讀寫能力似乎是當時羅馬的正常現象。即使我們樂觀地說，在保羅的會眾中有 15% 至 20% 的人有讀寫能力，但是問題依然存在，因為今天我們大部分的讀者都能夠讀寫，因此無法推敲當時讀寫能力的情況。但試從另一角度看，今天有某些偏遠的地方或部族仍沒有印刷術，不能大量印製書籍；又或教育仍未能普及化。這些地方的家庭負擔著沉重的經濟壓力，因而顯得十分貧窮。他們甚至連溫飽也成問題，更談不上讀寫的機會。由此可見，即使沒有完整的數據證明羅馬當時的讀寫能力，我們可以從今天的現況，來推論羅馬人是一個沒有讀寫能力的社會。由於讀寫能力低，大部分的受眾就要憑聽覺，聽取有讀寫能力的人朗讀書信而得到知識。然而，並不是每個聖經學者都能把羅馬時期出現的文盲、口傳和溝通過程聯繫起來。費莉根說：「事實上，那些指出演繹（performance）的重要性的人往往不是文學學者，而是人類學家、民謠家、文化歷史學家和其他學者（和實踐者）。他們透過親身的表演藝術，以及在西方正典慣常的高度藝術以外的經驗，討論這些問題。」雖然其他學科有愈來愈多有關口傳的研究，有些聖經學者卻忽略或不知怎樣處理這些重要的洞見。

二、口傳方式

上文已略為提及教會的傳統如何藉著口傳方式傳遞至教會裏，接下來再具體討論，當時這樣的口傳需要，如何影響保羅撰寫書信的內容格式及特色。這可以分兩方面討論。

第一，引言及結語有凸顯全書主題的作用。保羅的書信經由口傳謄錄和傳遞。口傳謄錄有甚麼影響呢？上文早已討論說明代筆的重要。在這樣的情況下，書信需要某些內容去標明它的口傳質素；這就像一篇由口述傳遞的現代講章裏，引言和結語是重要的元素，以此告訴聽眾信息的重點。保羅的書信似乎也相同，這絕非巧合。相反，含糊的引言和結語往往會教聽眾不明所以。觀察過保羅書信的引言後，理查斯（Ernest R. Richards）指出：「書信的主題往往會以某些方式在書信的開首提及，為要建立共通的基礎……」。由於這些書信往往是經由口述來抄錄，口傳和撰寫書信之間必定有密切關係。換言之，引言是為了建立書信的主體，因此，引言必須清楚、簡單，為要引起聽眾的注意力。再者，引言若不是為了揭示作者寫信的目的，就是要為預備聽眾留心注意書信的內容。至於結語的目的也類似。它是要提醒聽眾有關作者寫書的主旨和目的，這總結性的提醒是為免聽眾會忘記書信的內容。假如作者寫作的目的都在引言和結語中表達，那麼，書信主體的每段內容必須連於引言和結語這兩個部分了。因此，引言和結語可說是為保羅書信大部分的信息建構了主要的詮釋框架。筆者認為每個現代的保羅詮釋者都必須細心留意這一點，因為大致來說，保羅書信總有一些主題內容，是連繫於引言或結語的。

第二，重複詞彙及重述主題。保羅書信出現詞彙的重複及主題的重述，是直接與口傳方式有關的。瑪嘉烈．甸（Margaret E. Dean）留意到，保羅透過刻意重複使用某些詞彙和重述某些觀念來引入他的論據，藉此加強他的主題重點。假如重複表達是口傳學習之母，保羅和其他很多書信的作者就已精於此道了。對現代聽眾來說，保羅書信可能過於累贅，但對保羅的聽眾來說，卻不會出現任何這類的問題（除了吹毛求疵的哥林多人之外）。換言之，當我們看見重複的主題（或詞彙）時，我們必須優先處理它們，而不只是觀察到重複的表達。這與推斷保羅的聽眾是怎樣取得或理解舊約聖經很有關連（在此當然是指舊約聖經）。保羅很有可能隨身攜帶著記錄了重要的舊約聖經經文的筆記本，又或是他早已背熟很多經文，以此教導他的聽眾。再者，他可能要求他的聽眾覆述他的話，直至他們能夠記熟為止。詩篇或其他用來敬拜的資料會很容易記熟，因為它們會配以音樂誦讀。

1.4.2 應用在提摩太前書及提多書

了解過保羅書信的引言，以及結語所凸顯全書主題的修辭特色，其實與當時口傳方式息息相關後，我們就嘗試應用這些原則來研讀提摩太前書及提多書。根據我們對以弗所及克里特教會的認識，我們必須從 3 方面處理提摩太前書及提多書的資料。

1.4.2.1 應用的 3 個角度

一、集體回憶概念的應用

集體回憶的概念可以幫助我們解釋這兩卷書。作為一所有系統的教會，又有一系統的領導機制，提摩太所事奉的以弗所教會必定已建立一個相當整全的傳統。雖然提多也曾跟隨保羅，但他在克里特的教會並沒有建立類似以弗所教會的架構。因此，在此便立刻發現即使提摩太和提多都受過保羅的培訓，以及強烈地受到保羅的傳統影響，但解釋保羅寫給他們的書信的內容卻截然不同，例如提多書並沒有「無愧的良心」（*suneidēseōs agathēs*；參提前一 5、19）這短語表達的修辭方式。出現這情況，理由很簡單。當提摩太牧養以弗所教會之時，這教會已成立了一段日子，可說是一間較為成熟的教會，也早已知道很多由保羅和其他基督徒領袖傳遞給他們可靠的教導。但是，當提多在克里特教會之時，教會仍很年輕，仍在面對著「初代教會雛型時期會面對的問題」。因此，雖然這兩卷書都有類似的內容，但基於教會背景各有不同，我們就當對書信的內容有不同的理解。

二、古代社會處境的應用

在研讀任何一卷新約書信時，必須留意從羅馬社會的角度去詮釋書信中的所有詞彙。像教牧書信這類的書信，往往看似很容易理解，因為它們使用的語句和處境「似乎」與今天的教會十分接近，因而更容易應用在今天的教會裏。因此，有些學者為教牧書信寫釋經書時，都是以「古代等於現代」的範式作主導。然而，古代的羅馬帝國與現代社會對事物的看法大為不同。現列舉一些例子，便可以發現我們常見的謬誤。我們今日往往把「福音」（*euaggelion*；提前一 11；提後一 8、10，二 8）連繫到一些福音小冊子；但在 1 世紀，它實際上是個非常認真的政治用詞。❼ 又如我們往往把教會中的「老年人」連繫到那些需要幫助和那些軟弱的人；但事實上，在羅馬社會中，老人權力很大，也因著他們擁有的權力，他們的需要也會得到滿足（參提前五 1～2；多二 2～3）。上述這些簡單的例子足以展示現代解經家常遇到的陷阱：沒有充分理解 1 世紀羅馬社會的情況，就直接將經文應用在現代教會的處境中，這往往與文本內的意思背道而馳。我們應該將經文先放回古代世界的社會框架裏，先了解經文對他們的基本意義，然後才將它應用在現代處境中。因此，我們不應不經過社會學的批判，就理所當然地「應用」經文的某些信息。事實上，當我們釋經時，確實需要對古代的處境有敏銳的觸覺。

三、從經文尋找教會當時的處境

提摩太前書及提多書的詮釋者也要留意的是：指控保羅的人（或教會的煽動者）。兩封書信都直接展示出保羅與他們辯論的詞彙。我們需要從經文尋找並描繪以弗所和克里特教會那些製造麻煩的人。有關在以弗所教會的煽動者，保羅形容他們「聽從無稽的傳說和冗長的家譜」（提前一4），也「因貪戀錢財而背棄信仰」（六10）；而在克里特教會的人則是「無稽的傳說和背棄真理……的命令」，這裏沒有提及家譜，但似乎也是源自猶太人的（多一14），可能是涉及對律法的詮釋（三8、13）。這些教導似乎有著源自猶太人的意味（然而外邦人也可以學習了一點後，就輕易地作教導）。在以弗所教會，這些人想要作「律法教師」（提前一7），並且頗強硬地主張他們的教導是真的。此外，這裏有人為了一些不知名的原因而「丟棄良心」，就在真道上如同船「觸了礁」一般（一19～20）。這些人嚴重影響著以弗所的信徒，他們似乎導致教會所有人偏離了正確的焦點，生活頹廢。保羅在此提到一些有問題的寡婦，她們「好宴樂」（五6），「學了懶惰，習慣於挨家閒逛；不但懶惰，而且說長道短，好管閒事」（五13）。而她們有如此的生活模式，極可能也是受那些不妥善的教導所致。保羅特別提到這些有問題的寡婦，藉此指出那些不妥善的教導所帶來的嚴重影響。那些教導很可能一方面危害著以弗所教會那深厚的彌賽亞傳統，另一方面則危害著正在建立彌賽亞傳統的克里特教會。從正面的角度看，保羅所關注的是，正確的教導才會帶來正確的信仰觀念，以及好的行為。

1.4.2.2 應用在提摩太前書的 3 個角度

有了上述的資料，便總結研讀提摩太前書的 3 個步驟。

第一，我們要根據這卷書的引言和結語來找出作者的方向（詳細討論可參第六章）。

第二，我們要根據當時世界在以弗所都會可能已形成的傳統（無論是保羅的或耶穌的），來評估那些沒有解釋的言論。大概因為當時的讀者是在一個「高語境文化」（high context culture）的情境中，所以當中有很多言論都沒有解釋說明。[8] 筆者相信，研究如何在一個古代社會中使用口述作傳遞，一定會提升華人的學術研究水平。提多書較提摩太前書短，這大概可以確定保羅使用了原本寫給提多的內容，然後再加上他自己的一些資料，或從其他人得來的其他傳統的資料去寫提摩太前書。我們可以見到某些明顯的段落似乎是來自某一個傳統的，而保羅是使用了提醒的詞彙來傳達。書信中那些沒有作解釋的言論尤其重要。假如保羅沒有解釋這些言論，那麼，他必定是假設當時的聽眾早已明白。德利普（Jonathan Draper）主張，在誦讀的過程中，知情的演說者一般不會在沒有加上解釋的情況下，誦讀這些資料。德利普的說法或許對，或許不對。無論演說者會否解釋所誦讀的資料，最終都無法完全解答或補充沒有寫下來的資料。在這情況下，可能引發我們想起一些問題：以弗所教會存有多少耶穌的傳統？若與保羅的傳統相比，哪個傳統更為廣泛？當保羅在指導提摩太之時，他如何重整這些傳統？我們能否猜測到究竟我們需要哪類資料，才能使那些沒有解釋的言論變得合理呢？至於那些簡單的言論，又附帶著怎樣的傳統呢？最後一個問題的答案肯定會帶出一些重要的洞見，那是關乎保羅在簡單的言論中可能浮現的其他信息和意義。

第三，我們應該把每段經文中較為含蓄的言論（即沒有解釋的言論）理解為覆述一些舊有的資料，這種重複只為提醒當時的讀者。而且，只有當我們把提摩太理解為保羅舊有的同工，而以弗所教會又是保羅宣教事工中相對地較成熟的信仰羣體，才能夠這樣理解經文。

嘉爾巴對保羅可能是反對律法這立場，以及他對口傳的一些立場，似乎證據支持不足。律法與口傳之間並沒有足以聯繫的資料，讓人可以把它們連起來。

上述第二和第三點讓我們可以從現時已經寫成的保羅正典中抽取資料作研究，又或從現時記載在福音書裏的那些早已流傳，並且重複演說（即是透過不同的說故事者的見證）的耶穌敘事中抽取資料作研究。**嘉爾巴**（Werner Kelber）在他有價值的研究中指耶穌出生、死亡與復活的福音敘事，並沒有單一的直線發展。筆者認為這實在言過其實。或許這個發展並不如所想般那樣直線或一致，但當中必定有一個最基本的骨幹（或結構）。否則，保羅及其他使徒又以甚麼基礎作宣講呢？因此，雖然筆者甚少主張從正典鑑別法去研讀保羅書信，我們必須以此為例外，因為提摩太前書的歷史處境要求我們這樣做。

1.4.2.3 如何研讀提多書

我們可以怎樣研讀提多書？筆者建議採用一個簡單的策略來研讀它。由於它比較短，我們可以假設提多書是先寫成的。費爾（Gordon Fee）力言，基於提摩太前書裏有迫切「語氣」的表達，它是「先」寫於提多書的。然而，這個迫切性未能表示它是先寫成的。保羅或許先寫提多書，然後聽到一些從提摩太而來關於教會的壞消息，保羅才迫切地寫一封信給提摩太。其實次序的先後並不是最重要的歷史資料。基於現有的資料及有限而貧乏的證據，解經家只可以根據這些證據來作出選擇。而筆者卻選擇視提多書較提摩太前書更早寫成，再者，基於提多書較提摩太前書短，本書先為提多書作析讀。

研讀提多書時必須留意兩個步驟。第一，我們要根據引言和結語找出作者寫此書信的方向；第二，我們把書信主體的資料理解為保羅透過提多把這封信傳遞給克里特教會，從而表明保羅自己的權柄。保羅在書信中是要回應克里特教會的問題。換言之，書信中很多的內容可以透過**反照閱讀**（mirror reading）來理解。很多學者提醒，要避免不小心地使用反照閱讀。然而，當一封書信像提多書那樣個人化和明確地處理某個問題，而且大部分的內容都是出於對話的一方；這封信很有可能基於保羅意識到提多在建立教會時所面對的一些問題，於是他寫信提出解決的方案。

嘗試從「書信」現存的內容資料去尋索「書信背後的處境」，從而更明白這「書信」的內容。

總結而言，由於保羅與提摩太和提多這兩位同工的特別關係，我們必須從兩個範疇的言論，來解釋這兩卷書。這兩個範疇是：有些言論是作者沒有解釋的，但當時的讀者早已理解的；另一些言論對當時的讀者來說是重複的，因為他們早已知道這些言論了，而之所以重複，只為再提醒讀者。這兩卷書的詮釋完全是建基於這兩點。

1.5 書卷的結構

1.5.1 提多書和提摩太前書的結構

為提多書和提摩太前書分段可有不同的方法，其中最常見的是主題式的分段，但大多沒有將主題綜合為全書涉及較廣泛的關注和範疇。大部分的研經書都同意提多書和提摩太前書有一個很短的引言(提前一 1～2；多一 1～4)。相對於較長及較複雜的提摩太前書，一般的釋經學者對提多書內容則較有一致的看法。

1.5.1.1 提多書的結構

幾乎所有人都同意提多書第一章是獨立的，雖然當他們進一步對這章作第二層次的分段時，卻沒有共識。此外，幾乎所有人都同意提多書二章 1 節至三章 11 節是一個大段落，內容是對應不同的羣體作出不同的教導。短短的結語見於三章 12 至 15 節。因此，整個大綱大致可分為 4 大段如下：

1. 引言：保羅的身分與事工(一 1～4)
2. 文化的問題(一 5～16)
3. 基督教倫理的問題(二 1～三 11)
4. 跋(三 12～15)

1.5.1.2 提摩太前書的結構

關於提摩太前書的分段結構，此書不會概述其他釋經書所提出**可能有的分段**，因為其中涉及太多複雜的討論。當解經家愈是嘗試按著主題來研讀提摩太前書，簡單的副標題就愈顯得不夠用。於是，繁多而複雜的副標題便愈益出現；類似奈特的釋經，副標題大綱所包括的內容，就相當詳細。當大綱愈變得精細和零碎，其中的銜接和條理就不能清楚地顯出來。保羅確有可能在信中收集了許多傳統的資料，以致書信的內容顯得沒有條理。但是，也有可能的是，解經家並沒有理解到傳統章節分段之上那更廣闊的主題。所以，筆者會俯瞰這些從註釋書不同的分段所浮現出來的主題。在此先探討大部分解經家都認同的那部分。他們都同意提摩太前書一章 1 至 2 節是個引言，這是最基本的認同，而他們也同意六章 20 至 21 節是結語。現在讓我們討論出現分歧的部分。

筆者所總結提摩太前書的分段，大部分建基於馬歇爾的。他提供了一個很好的圖表，列明了可能的分段。筆者也查閱了自 1999 年至今出版的註釋書，似乎沒有學者對這兩卷書的結構有革命性的討論。

雖然大部分解經家都同意一章 3 至 20 節是同一個段落，有部分解經家會進一步仔細作分段。在四章 1 節之後，解經家便開始出現分歧。有些人喜歡把四章前部分連於之前的段落，其中最極端的例子是把一章 12 節至四章 11 節當作單一的段落，視四章 12 節至六章 21 節為結語。然而，我們對段落結構的劃分應該涉及 3 個準則：第一，分段的交界點可能出現某些標記，例如短語，「這話可信，值得完全接受」(*pistos o logos kai pasēs apodochēs axios*；四 9；「和合本」譯作「這話是可信的，是十分可佩服的」)；重複的詞彙或短語，「我希望」(*boulomai*；二 8，五 14)、「所以」(*oun*；二 1，五 14；二章 8 節及三章 2 節原文是有 *oun*，但「和修版」沒有譯出來)。第二，分段的交界可能出現關係上的轉移，例如代名詞的轉移，我－你的關係「我……勸你」(*parekalesa se*；一 3)轉移至我－他們的關係「有人〔複數〕……」(*ōn*；一 6)第三，主題上的轉移，例如從勸勉祈禱(二 1～8)這主題轉移至勸勉女人的生活表現(9～15)。關於不同解經家在提摩太前書分段上的分歧和問題，以下分 3 點作討論。

第一，究竟分段位置是在四章 1 節開始，抑或四章 12 節？有些解經家會在四章 1 節開始分段，亦有在四章 12 節開始，這樣的分歧取決於怎樣解釋保羅所討論的主題。在四章 1 節開始分段的解經家，就認為接著的內容是給提摩太個人的指引；而在四章 12 節分段的解經家，則必須將四章 1 至 11 節看為教會架構指引的一部分。因此，真正的問題依然是：「究竟寫給提摩太的個人指引是在四章 1 節開始較好，抑或四章 12 節才開始較好？」事實上，若要指出四章 12 節比四章 1 至 11 節更有個人化表達的結構標記，是十分困難的，反之亦然。但是，若根據上文有關結構的理解所涉及的 3 個準則中，四章 9 節可說提供了一個綫索，讓我們發現一個段落的轉移。「這話可信，值得完全接受」所指的「這話」其實是指四章 9 至 11 節這部分的內容。然而，在此段落並沒有任何代名詞的轉移。在這段落中，保羅是對著提摩太說話，並且論及與提摩太有關的事，只是所論及的主題內容已轉移了。再放眼看四章 1 至 11 節，這段落的討論是環繞著教會普遍出現的問題，而四章 12 節至六章 21 節則較著重在家庭教會的處境中，提到有關家庭教會的不同問題。因此，四章 12 節至六章 21 節很有可能是與四章 11 節分開的。

第二，究竟四章12至16節是與五至六章連繫著，抑或分開的？有些解經家將四章與五至六章分開，另有些則由四章12節開始劃分，將四章12至16節視為五至六章這個單一段落的一部分。上述的論點引發起一個更廣闊的問題：假如我們把五章之後的經文純粹詮釋為家訓，就有理由相信四章12至16節和接著的經文是分開的。然而，若認為四章12至16節是可以與接著經文聯繫，那麼，就必須提供足夠的理由，來支持這樣的說法。不過，從經文內容看，已有足夠的理由把四章12至16節和接著的經文連起來。在12節，保羅提醒提摩太說：「不可叫人小看你年輕。」這固然與接著的經文論到他應如何與家庭裏其他成員相處的方式有關，其中應包括如何與老年人和年輕人相處（五1～2）。這樣，四章12至16節的討論就不只是保羅教導一位年輕領袖的一段獨立經文，而是反映出保羅在一個困難的情況下鼓勵提摩太的一種方式。由此可見，兩段經文中出現的相似主題和詞彙，可以成為連繫兩段經文的元素（參四12，五1～2）。

第三，究竟六章3至21節是否另一個獨立的段落？有些解經家選擇把六章3至21節從其他的段落抽出來。作出這樣分段的學者一般也會將四至五章列為另一個段落。換言之，他們會認為此書的主要論題並不是在書卷開首便浮現出來，而是在第四章之後。大部分學者繼而留意到由四章開始，保羅修辭上的論點是較難處理的，而一至二章的修辭則相對較為直接。再者，六章3至21節似乎顯示著主題的轉移，由之前討論關於家庭的事情，在此轉移至討論有關教義的正統性及在社會上有地位的人。雖然這部分看似性質不同，但它的論點與第一章是平行的（參一18，六12）。保羅尤其關注「假冒知識的矛盾言論」和提摩太的領導能力（六20）。另一方面，假如以羅馬式家庭和保羅發展他的教會為背景來研讀六章3至21節，卻又能完全理解這段落與五章1節至六章2節的家訓的關係。再者，從保羅在五章17至20節的指示，若就家訓來說，似乎頗為奇怪，但它肯定與六章3至10節有關財富的討論吻合。另外，在家訓當中有一個關於長老的獨立討論，實在說不通，除非保羅是在討論一個家庭教會制度。因此，把六章3至21節理解為由四章11節開始的段落的一部分，也是合理的。從以上分析可見提摩太前書的主題是一環扣一環，頗難劃分段落，但為方便讀者於掌握全書結構，筆者會將這卷書分為6個主要部分來分析，而接著的析讀內容，都是以這個分段大綱作為骨幹（結語因篇幅較短，將列入第六部分）：

1. 引言（一1～2）
2. 假教義的問題（一）：以弗所的挑戰（一3～20）
3. 打美好的仗（一）：公共崇拜裏的合一（二1～15）
4. 打美好的仗（二）：教會職事（三1～13）
5. 保羅對提摩太個人的勸勉（三14～六2）
6. 假教義的問題（二）：危機與對策（六3～21）

不過，如上述的結構所示，這卷書環繞著一個以下的扇形結構來表達其主題：

A – 假教義的問題
　B – 政體的問題
A – 假教義的問題

有別於很多解經家，視扇形結構的中心點是整個段落的核心主題，筆者卻認為近代人所定的結構只是解釋保羅如何整理大量資料的方法，尤其是從口述傳統的角度來看。馬歇爾簡潔地聲稱：「至今沒有任何一個扇形結構看來是可說服人的。」事實上，保羅十分關注正統教義如何受著假教師的攻擊。他在最後部分重複此點，為要凸顯他非常關注教義如何影響下一代這個主題。

1.6 主題與內容

提摩太前書與提多書雖然在內容上有許多不同的地方，但這兩卷書仍有一些共同的主題，是保羅期望與這兩地的教會一同探討的。接著是討論在這兩卷書出現的共同主題，主要有4個，現逐一探討。

1.6.1 信徒與教義：信心、在信裏面及這信仰

提摩太前書和提多書其中一個共同主題是「信心」。保羅使用了希臘文 *pistis*（字幹是 *pist-*）這詞的不同形式及不同的語法結構，來表達他對「信心」這主題的論述。從書信中可發現保羅沿著 3 個不同的方向作出論述，以下分別說明這 3 個不同的方向。

1.6.1.1「信心」的基本意義

保羅在其他書信如何使用「信心」這詞，在教牧書信也會如常使用，尤其是沒有帶定冠詞（definite article）的形式（參提前一 2、4、5，二 7、15，三 13；多三 15）。從最基本的層面看，「信心」這詞是指一種特質，是以質素來量度（提前一 5）。信心也可以指從純正的教義所學習到的原則，並依隨這些生活的行為表現（提前一 3～5）。一般來說，信心這概念是連於稱義的，但在教牧書信卻不然。為何這樣？試從另一角度看這詞。在教牧書信曾出現「教導」（*didaskō*）或它的同源詞，這類詞在全書不斷重複出現，至少有 23 次之多（參提前一 10；提後二 24；多二 10 等），可見保羅的焦點是以教導為主。雖然很多人想把 *pistis* 直接理解為完全的忠誠，但筆者卻認為，最好是把它理解為基督徒生命中所包含的質素，其重要性並不少於隨之而來的愛和良知。另外，信心亦標誌著全然的效忠（因此也可以譯作「忠心」），這效忠導致一種忠誠的行為，而這行為是以純正的教義為依據的。

1.6.1.2「在信裏面」的意義

這「信」是以介詞短語形式出現，它可直譯為「在信裏面」（*en pistei*）。「和修版」普遍譯作「因信」或「憑著信」（提前一 2、4 等）。這短語標誌著一種連於真理的宗教（提摩太前書二章 7 節譯作「在信仰上」）。再者，保羅的使徒身分也是連於這個宗教的真理裏面，而這個真理是連於彌賽亞（提前二 7）。這介詞短語所指的「信」是有別於提摩太前書一章所描述的「信」，這並不是指人忠誠的行為。這宗教的真理似乎是等同於福音。然而，若把信心的最初概念看為完全的委身，便發現這意義似乎洋溢於整本提摩太前書凡出現「在信裏面」這

介詞短語裏，因為這意義的特質似乎同樣用來描述執事（三 13）和提摩太（四 12）。當「在信裏面」這短語標誌著一個令人欽佩的個人特質時，同時也暗示內含「教義」在其中，即使這 *pistei* 沒有帶定冠詞。這正是提摩太前書一章 2 節和提多書三章 15 節在 NIV 譯作"in the faith"的原因了。這標誌著在教義上看，他們的信仰是成熟的，而不只是有委身的行為那麼簡單。事實上，在研究由 *pistis* 組成的短語時，馬歇爾曾聲稱：「難以分開賓語式和主語式的用法。」他說法可能是正確的。但是，在不同的處境使用這短語，其意義是有少許分別的。主語式的經驗可能與相信耶穌是彌賽亞有關（參提前一 16）。那麼，「在信裏面」這短語的意義事實上是從哪裏來的呢？

「在信裏面」這介詞短語的意義在學術界極具爭議性，而最理想、也是最可靠的解釋出現於加拉太書二章 20 節：「現在活著的不再是我，乃是基督在我裏面活著；並且我如今在肉身活著，是因信上帝的兒子而活；他是愛我，為我捨己。」「在信裏面」可以有 3 個意思：第一，描述上帝的兒子的信實。上帝應許要拯救人類，祂的兒子因著他的信實便承擔並完成這使命；第二，描述上帝的兒子所擁有的信心，這大概是指上帝的兒子對父上帝的信心；第三，描述保羅對上帝的兒子的信心。筆者傾向接納第三個解釋（這也稱為「傳統改革宗」的解釋），因為經文似乎是在討論「相信」的問題（參加二 16）。無論是指哪一個意思，都顯示了上述有關信心的概念的發展，是從保羅向加拉太人宣教時最初的講道開始。而更重要的是，保羅在救恩論發展的早期使用了這個詞彙，這明顯反映他對已復活的基督的信念，並繼而傳遞給他宣教的廣大受眾。

1.6.1.3「這話可信／這信仰」的意義

以「這話是可信的」（pistos o logos）來確定這宣言，是教牧書信典型論到宣言傳統的常見的說法（或可說是一種表達公式）。這短語在教牧書信出現了 5 次。

保羅論述「信心」的第三個方向，是用了 *pistos o logos*（參提前一 15，三 1，四 9；提後二 11；多三 8；「和修版」譯作「這話可信／**這話是可信的**」）這從句。❾ *pistos o logos* 這從句及 *o pistis*（提前一 19，四 6，六 21；提後三 8、10，四 7；多一 13，二 2）這帶定冠詞的名詞短語，同樣連繫於教義內容。以下分別作扼要的分析。

第一，當保羅使用 *pistos o logos* 這從句時，往往帶著「可信」（或信實）的意義。類似的語法結構，也見於保羅所寫的其他書信（參林前一 9；*pistos o theos*，「和修版」譯作「上帝是信實的」）。這是一個常用的從句，用來表示某個早已廣為人知的傳統。因此，保羅是在這些書信中先重申這樣的傳統，並以此來發展他的論點。這傳統包括了創世記的墮落故事（提前二 13～三 1）。毫無疑問，這傳統在保羅的救恩論（參羅五 12～21）和終末論（參林前十五 45）裏都十分重要。這樣的結構陳述，似乎在保羅宣教事工較早期的階段早已形成。這個「可信」的話表示保羅深知道聽眾早已知道「這話」的內容是甚麼。由於這樣的概念是保羅的救恩論及基督論的基礎，所以很難相信他較早時在以弗所的宣教沒有就此作過詳盡的講論。

第二，這名詞短語可以直譯為「這信仰」（*o pistis*；提前一 19，四 6，六 21；「和修版」譯作「信仰」）。若換以現代說法，這個詞彙可以指類似「教義」的東西；因此，*o pistis* 其實就是指教義的內容。從保羅書信的表達中可見，保羅期望整間教會都持守這信仰，而提摩太的職責，就是要提醒他的會眾持守信仰，而會眾的本分就是要捍衛這信仰。

從上述簡短的討論看來，保羅理解信心（或信仰）與實踐是結合在一起的。雖然在教義和倫理之間是有些差別，但保羅很有彈性地使用「信心」（*pistis*）這詞彙及它的不同詞形，無論所面對的是較成熟的以弗所教會，或是較不成熟的克里特教會，保羅都應用這詞彙來說明真正的信心當包括教義和倫理。

1.6.2 上帝之家：家庭成員

教牧書信對信徒的一個稱呼是「弟兄姊妹」。就如崔比爾科指出，這個概念顯示了隱喻性或非血緣性的家屬關係。保羅在提摩太前書和提多書裏一致地以這種隱喻性或非血緣的家屬關係稱呼對方，因為他在書信中稱提摩太及提多為「真兒子」（提前一 2；多一 4），這是保羅書信中，惟一對他的學生如此稱呼的兩卷書。此外，「父上帝」是他所有書信中常見對上帝的稱呼（提前一 2 下；多一 4 下；另參羅一 7；林前一 3 等）。這個概念所涉及的事情十分廣泛，在此不作詳細的解釋，只作簡單闡述。「父上帝」基本的意思是指上帝像羅馬家庭中的「一家之父」(*paterfamilias*)，⑩ 或是帝國的統治者，又或是**祂子民的父**(類似耶和華與以色列立約的關係一樣)。因此，上帝是父的概念涉及的不只是父子關係，更是與主權及愛有關的家屬關係。「家庭」可以是一個政治上的用語，下文將會更詳細說明這方面。當保羅這樣特別稱呼提摩太時，表示上帝在過去養育祂子民的方式也在保羅與兩位「兒子」身上得以延續。在提多書，保羅指出他把提多留在克里特的原因，是要提多完成他在那裏的工作(多一5「我從前把你留在克里特，是要你將那沒有辦完的事都辦妥，又照我所吩咐你的，在各城設立長老。」)，保羅的表達展示出他滿有權威的一面。而在提摩太前書，保羅則論到提摩太的事工(提前一18～19「我兒提摩太啊，我照從前指著你的預言把這命令交託你，使你能藉著這些預言打那美好的仗，常存信心和無愧的良心……」)，保羅在這裏的表達就像一個父親鼓勵兒子一般，鼓勵提摩太完成他的職事。

在摩西的時代，耶和華曾與以色列人立約，宣稱祂是以色列人的上帝，而以色列人就是祂的子民。

除了上述的隱喻性或非血緣的家屬關係外，肉身上的家屬關係也同樣值得討論，因為隱喻性或非血緣的家庭與真實的家庭有密切關係。保羅關注家庭這概念，最初啟發自肉身的家庭，因為肉身的家庭正是信仰羣體的起始點。在描述家庭之時，保羅展示出獨特的保守主義，某程度上反映了羅馬當時典型的家庭，但在言論上卻好像是在談論一所教會。保羅在提摩太前書和提多書先論及那些擁有自由身分的成員，繼而才處理奴隸的問題；他也先提及男性的議題，然後才提到女性。在較長的提摩太前書，保羅為家庭生活秩序提供了較詳細的教導，五章的內容對家庭中所有年齡的人都適切，他甚至關注不同年齡的寡婦(提前五5～13)。跟平常一樣，保羅也處理奴隸和主人的問題(六1～2)。不過，在這段論及家庭秩序的教導中卻提到長老(五17～22)，這是頗令人疑惑的。除非解經家有意把保羅的思路理解得支離破碎，否則就有必要解釋這個奇怪的次序。筆者認為長老納入這段關於家庭的討論中，是因為他們的教會是在家庭背景中運作的。假如家庭衍生了宗教羣體，那麼，長老就必定是「一家之父」，而他們就是家庭中作領導的男性。因此，家屬關係和保羅的教會結構是無法分開的。

在此，我們可以略為說明家庭這概念來自哪個傳統。實際上，所有的保羅書信都充滿這樣的概念，其中一組書信特別值得一提的是以弗所書(參二19)和歌羅西書(參四15)。無論這兩封信是否由保羅所寫，但毫無疑問，它們本質上都屬於保羅書信。保羅也將書信送到廣泛的地區，就如提摩太前書一樣。這些書信有強烈的家訓意味(弗五22～六9；西三18～四1)，都以處理兩性之間的關係作開始，並以主僕關係作結束。由於這些書信是寫給與提摩太前書相同地區的受眾，因此所論及的家庭傳統必定從原本的家訓延伸出來，然後用來提醒教會每位成員在教會的職責。

仍須補充討論的是，透過「家庭」這概念，保羅為受眾建構了隱喻性或非血緣的家屬關係，這關係亦可應用在政治層面上。在1世紀裏，國民看整個羅馬帝國為一個大家庭、一個身體，而帝王是「一家之父」。這一個觀念十分重要，因為帝國是多元化的；然而，因為有了一位「一家之父」，這帝國就有人工化強制推行的政治一體性。不過，保羅關注的是要保持一個健康、有秩序的隱喻性或非血緣的家屬關係，他肯定傳遞著一個新的國度的信息。設立這個家屬關係，為的是對比當時的政治氣候。它要比舊有的制度做得更好，否則彌賽亞的信仰就會失去它的公認性。這個關注不純粹只是神學或理論上的議題，也涉及真實的生活。這樣的傳統所用的語言完美地配合傳統羅馬人的家庭觀念。當然，有些人因而認為有充分理由相信保羅正主張某種帝國保守主義；然而，無論是指向隱喻性或非血緣的關係，或是指向真實的家屬關係，保羅創新的隱喻性或非血緣的家屬關係，似乎打破了典型的羅馬家庭模式。換言之，保羅革新了文化，建構了一個主流的媒介去為福音作見證。

1.6.3 敬虔：神聖美德

提摩太前書和提多書特別強調敬虔。雖然提多書只提及「敬虔」這詞彙1次(一1)，但提及的是「合乎敬虔的真理」，表示整個信仰的內容直接與敬虔有關。在我們按著基要派的敬虔定義來思想敬虔之前，應該先探討外邦人是怎樣理解這詞。「敬虔」(*eusebeia*；提前二2，三16，四7、8，六3、5；提後三

5；多一1）一詞往往是根據基督教的習俗來翻譯，然而它又是一個外邦人普遍使用的詞彙，指向所尊敬的對象表示一種尊崇或效忠的行為，所尊崇的對象除了神明之外，也包括父母。在羅馬世界，所有聚會場所都豎立著他們神明的圖象，包括戲院、運動場，以及貿易地方。他們不只像基督徒般表示神明與人之間的超自然的關係，同時也展示神明神聖的美德。保羅在當時的處境使用了這詞彙，我們今日必須先按當時外邦人對這個詞彙的定義來理解這詞。

1.6.3.1 敬虔與運動

即使保羅是按希臘人對敬虔的理解來解釋基督徒的敬虔，他仍稍為修改這詞的定義。在提摩太前書四章8節，保羅才開始為敬虔一詞下定義。他將「運動場」的概念放入敬虔這詞彙裏。他或許刻意有異於希臘人的定義。保羅也刻意地建構「運動場」的意義，這意義有別於希臘的運動場，因為當時的運動場是兒童教育的重要場所。運動場其中一個功能是提供兒童進行體能訓練，它可以分作兩個部分：第一，讓兒童在此做運動；第二，讓兒童在此學習一套健康的飲食習慣來提升運動質素，這些訓練是嚴謹的，所以有時候要受一點約束。保羅似乎是根據上述希臘運動場用於兒童教育這特殊的意義，借用來處理有關敬虔的一些行為，這些行為很有可能與苦行的習俗有關。保羅很可能要否定那受飲食條例規限的敬虔(提前四1～3)，事實上他也曾鼓勵提摩太「喝點酒」(五23)。那時候，以弗所教會很可能有假教師存在，他們主張完全缺乏信仰內涵的外表行為（六1～5）。保羅看敬虔的基礎（參提前四6～7，六2～5）有別於哲學範疇的希臘倫理，他直接把敬虔連繫於他的彌賽亞信仰。因此，對保羅來說，領受到好的教導之後，理應會生出好的行為（多一1），但是他所講的行為，到底是指怎樣的行為呢？

1.6.3.2 敬虔與家庭

似乎希臘人對敬虔的概念是連於家庭的。假如家庭是人實踐他的宗教的地方，那麼，這個觀念就很合理。就如上文所說，希臘對敬虔的定義，除了涉及神明之外，也與父母有關。若要解釋這個關連性，惟一的可能就是，實踐敬虔和孝道都在家庭的框架裏出現。假若如此，保羅在提摩太前書和提多書的框架也就與此完全吻合了。這樣，保羅有關敬虔的討論就不只局限於宗教生活而已，而他整個有關管理家庭的討論亦突然變得很重要了。綜合以上的討論，保羅根據家訓，對敬虔作了定義，現列出如下：

在提摩太前書五章1節，保羅建議提摩太不要嚴責老年人，而是要對待他像父親一樣。對習慣這個孝道的華人讀者來說，應用這樣的建議是很正常的。假如我們跳出了我們本身的文化框架，並按著希臘人對敬虔的定義來讀這個吩咐，那就看出保羅就是在說一些非常重要的事情。這樣，會把討論帶到上文提到的隱喻性或非血緣的家屬關係。保羅的敬虔用語是連繫到隱喻性或非血緣的家屬關係上，然後，把敬虔的概念伸延到家庭所有成員身上（提前五章）。若是如此，敬虔便成了隱喻性或非血緣的家屬關係的指標。若讀者對此說法尚有懷疑，那麼，保羅在提摩太前書五章23節有關喝酒的評論，必定可以更確定此說法。

1.6.3.3 敬虔與喝酒

假如我們從一個基要派的範式來詮釋提摩太前書五章23節「為了你的胃，又常患病，不要只喝水，要稍微喝點酒」，將焦點放在討論那酒是否真正的酒，那麼，我們將會再次錯過了這段經文背後的處境。對這節經文最直接的理解是，保羅准許提摩太喝酒，但這並不是保羅在這段經文裏惟一提到的事情。很有趣的是，保羅在六章1節又回到家庭中的奴隸這議題上。有關奴隸問題的討論，可說是與第五章連繫，因為這一章的焦點似乎是討論家庭的議題。那麼，五章23節的喝酒是個家庭問題嗎？五章24至25節的假教師又是家庭問題嗎？明顯地，保羅認為：是！那麼，這些看似隨意的主題是怎樣連繫起來呢？惟一可以找到這個連繫的地方，就是回到四章1至4節和7至8節有關討論敬虔這議題上。在家庭中討論家訓是很重要的，因為它超越倫理之上，且是與敬虔有關。換言之，當教會以彌賽亞式隱喻性或非血緣的家屬關係在外邦人呈現，是為要在他們面前作見證。這見證是基於現存的倫理，但卻又超越了它。這已說明真正的敬虔是在彌賽亞的信仰裏才可以找到，而不是在道德標準或哲學思想裏找到。接下來，我們可以見到，保羅以嶄新的方法使用現存的價值觀和社會結構來討論敬虔。

1.6.3.4 敬虔與領袖

還有一個關於敬虔的問題會迷住現代解經家的。無論保羅在何時使用「敬虔」這個詞彙，或討論與之相關的問題，他總是將身為領袖的提摩太與當地的領袖作對比。提摩太是由保羅差派去以弗所的領袖，目的為要處理以弗所教會的問題，因此嚴格而言，提摩太是外來的人。他是一位扮演「一家之父」的外來者，來到確保這家庭的質素。與此同時，他也要確保自己要成為別人的榜樣，在眾人面前活出一個敬虔人的樣式，以及表達一個敬虔人的生命所當追求的正確事情（提前六 6～10）。因此，敬虔不單是教會的見證，也要展現出一個領袖的質素。

1.6.4 關係：長幼、尊卑有序

提摩太前書和提多書充滿著有關領袖的議題。事實上，傳統將這些書信標籤為「教牧書信」，其實就已確認這些書信有這個主旨。然而，有一點並不常討論的，就是書信中提及各種不同關係的秩序。

尤其突出的是，在這組書信中，保羅特別稱自己的親密同工為他的兒子。若再仔細去讀，其實每一章都充滿著與關係有關的詞彙，例如父上帝與你們（提前一章）、男人與女人（二章）、教會內不同的關係（多二章）等。這些關係可以從兩方面來描述：上帝與祂子民之間的關係；教會成員之間的關係。這些書信並不像羅馬書和加拉太書般有很多複雜的神學理論，但是這組書信在實踐方面，卻有一個關係的框架，這框架背後是有神學意義的。

1.6.4.1 耶穌與信仰羣體的關係

用來描述信仰羣體和耶穌之間關係的用詞是「主」（*kurios*），但奇怪的是，這個詞彙並不見於提多書。在提摩太前書一章 12 節，保羅稱耶穌基督為「我們的主」（*tō kuriō ēmōn*），他並沒有說「我的主」，這表達了主耶穌基督與整個羣體有密切的關係，而不只是與某個人（如保羅或提摩太）才有密切的關係。這個「主」的稱呼，不應單純地視為一個神學概念，因為保羅在以弗所書以同樣的詞彙來描述奴隸對主人的稱呼（弗六5「作僕人的，你們要……聽從你們肉身的主人」）。不過，在提摩太前書、提摩太後書及提多書中，保羅則使用另一個詞彙去描述地上的「主人」（*despotas*；提前六2；提後二21；多二9）的，「和修版」依然譯作「主人」。保羅使用了兩個不同但同義詞分別稱呼「主耶穌」和「地上的主人」，可能只是以兩個類似詞彙的不同風格來描述當時社會一個現象。這可能是保羅想將至高的主耶穌與一個在有瑕疵的制度裏作主人的人區分出來。後者的理解若是正確，就反映保羅的思想較之前寫以弗所書更為慎密。無論我們怎樣理解這兩個詞彙的差異，保羅使用了一個表示了權威的詞彙來描述耶穌。*kurios* 這詞彙同樣可以用來描述君王，當保羅用這詞彙來描述耶穌，就表示在保羅思想中，主耶穌有如君王般要求他的子民效忠於他。這個觀念實質上包含尊卑的概念，耶穌和他的信仰羣體之間並沒有某種平等的關係。耶穌明顯是駕馭羣體之上的主人。對現代人來説，即使是上司下屬的關係，在工作以外彼此仍可以成為朋友，而友鄰和兄弟之間仍有平輩論交的關係，但這些關係都不能描述耶穌和信仰羣體之間的關係。對保羅來説，任何人在這信仰羣體之中，不願意順服這位主的人會受嚴厲的責備（提前六3～6）。雖然他們當時看不見這位主，但這一位主是超越時間的，並終有一天會向他的信仰羣體顯現（六14）。換言之，所預期的關係是建基於超越時間的主將會回來這事實上。

另一方面，強調耶穌是羣體的主，並不意味羣體中每一個人都千篇一律地與這一位主有相同的關係，而成員之間亦毫無等級之分。在提摩太前書，保羅就明顯地把自己分別出來（一12「我感謝那賜給我力量的我們的主基督耶穌，因為他認為我可信任，派我服事他」），他形容自己被委任擔當特別崗位的事奉。因此，他擁有特別的權柄，是羣體中一般成員沒有的。這同樣的權柄對提摩太在以弗所教會推行羣體章則，是十分重要的。保羅提到他自己的權柄時，總是追溯到他的蒙召（12～14節）。這個聲稱的傳統，源自保羅在早期宣教時，向教會領袖辯護他的使徒身分（加一章）。然而，從以弗所教會背景看，他們似乎沒有像其他地區那樣質疑保羅的使徒身分，因此保羅對以弗所教會亦只作宣稱，而不多作解釋。所以，相比之下，保羅在提摩太前書就顯得較為溫和了。保羅介紹自己之時，他只說自己是罪人中的罪魁，而主卻為要顯明一切的忍耐，便拯救了他，並「給後來信他得永生的人作榜樣」（提前一 16）。

1.6.4.2 使徒與領袖之間的關係

至此，所討論的關係層面都是縱向的，是指向上帝與人類之間的關係。在這裏開始，則討論橫向層面的關係，這指向保羅與他同工的關係，以及這關係如何影響羣體裏的關係。保羅一方面稱呼提摩太和提多為他的兒子，另一方面，保羅也清楚地展示了他們之間在架構上是有階級的分別，他要將從主所領受的，承傳給在基督裏的這兩個兒子。無可否認，提摩太是受保羅的差派去到以弗所，但他只是暫時代替保羅管理教會的事情，終有一天保羅會返回以弗所（提前三 14～15），保羅也似乎視提摩太為他的代表（四 13）。實質上，提摩太在以弗所教會所做的工作，是與保羅相同，他在那裏工作到保羅回來為止。由此可見，保羅兩個主要的工作就是管理教會及宣講教導，保羅將執行這兩項工作的權柄都傳給了提摩太。這種階級之分的關係同樣出現在提多身上（多一 5）。保羅把提多留在克里特教會，為要處理那裏的問題。提多在克里特教會的工作也是暫時的，保羅會另再差派亞提馬或推基古去那裏接替提多的工作（三 12）。保羅希望提多在那過渡階段，能為一度紛亂的教會重新建立秩序。

1.6.4.3 不同階層的領袖之間的關係

提摩太前書所描述的人際關係，在理想與現實之間總有一股張力。提摩太毫無疑問由保羅賦予權柄，實質上，他較那些年紀比他大的人更有權柄（提前四 12）。然而，即使有這樣大的權柄，提摩太仍要按著當地的習俗行事，提摩太依然要向不認同他的長者表示基本的尊敬（五 1）。若提摩太能夠自我節制地運用他的權力去服事，那就最理想不過了。保羅大概也早已料到提摩太的處境，所以在信中特別囑咐他要稍為收斂自己。結果，提摩太不但能應付以弗所教會的問題，他更有能力處理如哥林多教會那般混亂的教會（林前十六 10）。

與此同時，保羅並沒有囑咐提多要像提摩太一樣收斂（多二章），或許因為克里特教會比以弗所教會較後期建立，相對是較為年輕的教會，所以沒有那麼多元老在其中；又或許因為保羅先寫提多書，當吸取更多的牧養經驗後才寫信給提摩太，勸勉他以較溫和的態度來處理人際關係；亦有可能是，提多的性格比提摩太隨和，而事實上提摩太也是個頗有己見的人。

1.6.4.4 彼此關係的實踐

保羅寫信給哥林多教會時，曾提及若信徒有不信的配偶，而那不信的因為不接納歸信的而離開，保羅說就由他離開（林前七 15）。可見信仰是會帶來家庭的不和諧。

無論如何，保羅在理想與現實之間搖擺中努力取得平衡。即使是在現實中，保羅在許多有關彼此關係的講論上，有如論述典型的羅馬家庭的家屬關係，但在這現實生活的規範裏，保羅卻作出了改革。桑那斯（Karl O. Sandnes）觀察到，在古代世界以及一些現代家庭（例如華人家庭），一個家庭成員的歸信可以被視為**破壞家屬的關係**。不能和諧共處的其中一個原因可能是，歸信的成員與整個家庭傳統所供奉的神明不同，這影響了家庭的生活，因為舊有的習慣如今不能再維持了。對此，保羅在哥林多前書七章的教導是值得留意的。此外，賀治（Caroline Johnson Hodge）亦提醒我們，家庭在羅馬世界裏，是進行大部分權力談判的地方。在保羅所設立的新秩序中，家庭教會裏明顯有權力與階級的存在，我們從保羅書信中也可見到教會裏存在某種的政治架構（提前一 3；多一 5 ～ 7）。這個帶有政治制度的家庭早已在上文提及了，但在這階級架構中，保羅卻提倡以關懷和憐憫來革新這「官方式」的關係，並具體地落實在財政資源的運用上。

雖然我們無法完全了解初代教會是怎樣處理財政和資源的分配，而這些都是在受薪的神職人員出現之前發生的，但可以肯定的是，保羅並沒有忽略將經濟資源應用到處理關係的問題上。在提摩太前書第五章，我們可見一個最有代表性的例子：保羅論到年輕寡婦問題，她們會墮入懶惰的習慣裏，會被假教義所誘，以及面對其他的危險（提前五 11 ～ 15）。另一方面，保羅要求信徒在請求教會接濟寡婦之前，各人應先肩負自己家中寡婦的生活擔子（五 3），可見保羅在此要釐清真正的家屬關係與家庭教會之間的分別。還有很重要的一點是，保羅把經濟責任放回真正的家屬關係裏。假如信徒中有親屬是寡婦，這信徒就當負起照顧她的責任，而不能將之推卸給教會。這暗示了以弗所教會裏有人沒盡本分，肩負起照顧親屬的責任。假如提摩太要在隱喻性或非血緣的家庭裏扮演「一家之父」的角色，他就要負責平均地分配經濟資源，以確保沒有人不負責任地從這個制度中取利。

總括而言，提摩太和提多生命裏的橫向關係展示了理想與現實之間、非血緣性與血緣性家屬關係之間的張力。當提摩太和提多處理這些張力時，背後顯然有保羅在他們二人身上行使他督導的權柄。因為保羅在保存傳統的家庭關係的同時，又會重整這家庭的制度，使它有架構、有家長領導，以及有公平的體制。另一方面，保羅似乎從不會讓個人層面的事阻礙他作出公務的決定，也不會在維持教會各種關係上失去平衡。這不是單方面的涉及政治權力，或單方面的涉及家庭關係，而是兩者兼全。這樣有秩序而和諧的關係實在與當時社會的各種關係形成強烈的對比。保羅或許正是要教會在權力與關係上兼全，以展示基督徒見證的超越性。關係實在很重要，但對保羅來說，有秩序的關係更能為社羣帶來一個可供參照的願景和遠象。

1.7 參考書目

1.7.1 專題著作

Aageson, James W. *Paul, the Pastoral Epistles and the Early Church*. Peabody, MA: Hendrickson Publishers, 2008.

Bockmuehl, Markus N. A. *Revelation and Mystery in Ancient Judaism and Pauline Christianity*. Grand Rapids, MI: Eerdmans Publishing Co., 1997.

Danker, Frederick W. *Benefactor: Epigraphic Study of a Graeco-Roman and New Testament Semantic Field*. St. Louis, MO: Clayton Publishing House, 1982.

Fowl, Stephen E. *The Story of Christ in the Ethics of Paul*. Sheffield: JSOT Press, 1990.

Knight, George W. III. *The Faithful Sayings in the Pastoral Letter*. Kampen: J. H.

Kok, 1965.

Yarbrough, Mark M. *Paul's Utilization of Performed Tradition in 1 Timothy: An Evaluation of the Apostle's literary, Rhetorical and Theological Tactics*. London: T & T Clark, 2010.

Young, Frances M. *The Theology of the Pastoral Letters*. Cambridge: Cambridge University Press, 1994.

1.7.2 註釋書

張永信：《教牧書信》。天道聖經註釋。香港：天道書樓，1997。

Fiore, Benjamin S. J. *The Pastoral Epistles: First Timothy, Second Timothy, Titus*. Collegeville, MN: Liturgical Press, 2007.

Houlden, James L. *The Pastoral Epistles: I and II Timothy, Titus*. London: SCM, 1989.

Johnson, Luke T. *Letters to Paul's Delegates: 1 Timothy, 2 Timothy, Titus*. Valley Forge, PA: Trinity Press International, 1996.

Kelly, John N. D. *A Commentary on the Pastoral Epistles*. London: A & C Black, 1963.

Knight, George W. III. *The Pastoral Epistles: A Commentary on the Greek Text*. Grand Rapids, MI: Eerdmans Publishing Co., 1992.

Marshall, I. Howard, *The Pastoral Epistles*. ICC. London: T & T Clark, 1999.

Mounce, William D. *Pastoral Epistles*. WBC. Waco, TX: Word Books, 2000.

Saarinen, Ristro. *The Pastoral Epistles with Philemon & Jude*. Grand Rapids, MI: Brazos Press, 2008.

Stott, John R. W. *Guard the Truth: The Message of 1 Timothy & Titus*. Downers Grove, IL: IVP, 1996.

Towner, Philip H. *The Letters to Timothy and Titus*. Grand Rapids, MI: Eerdmans Publishing Co., 2006.

釋經短註

❶ 提多書二章2節出現 *semnotês* 的同源詞 *semnos*，也同時出現於腓立比書四章8節。有較批判性研究保羅的學者認為，腓立比書不是保羅所寫的；因此，即使腓立比書出現 *semnos* 一詞，也不能推翻教牧書信用這詞的獨特性。

❷ 有學者建議採用託名著作的進路來研讀監獄書信和啟示錄。筆者曾在其他著作裏詳述這些問題。參：曾思瀚：《啟示錄——狂波浪濤唱凱歌》（香港：明道社，2007），頁4～15；曾思瀚：《歌羅西書——多元世界，獨一真理》（香港：明道社，2009），頁8～17；曾思瀚：《以弗所書——得勝有餘》（香港：明道社，2010），頁10～29。

❸ 讀者可細閱：Helmut H. Koester, ed. *Ephesos Metropolis of Asia: An Interdisciplinary Approach to its Archaeology, religion, and culture, Harvard Theological Studies*（Valley Forge, PA: Trinity International Press, 1995）。

❹ 有關「生命的敘事」的意義，是建基於60年代，由伯格（Peter Berger）提出的生命意義理論，他提出了4個問題：「我是誰？我為甚麼會在這裏？我應該怎樣生活？我死時會發生甚麼事？」當然，伯格的問題並不是1世紀信徒會問的存在主義（也頗為個人主義）問題。

❺ 有關昂格、萊特與派利的理論，可參：Walter J. Ong *Orality and Literary: The Technologizing of the Word* (London: Methuen, 1982)；Milman Parry *The Making of Homeric Verse: the Collected Papers of Milman Parry.* Adam Parry ed. (New York, NY: Oxford University Press. 1987)；Albert B. Lords ed., *The Singer of Tales* (Cambridge: Harvard University Press, 1960)。有關筆者對口傳方或的評論，可參：曾思瀚：《羅馬書解讀：基督福音的嶄新視野》（台北：校園書房出版社，2009），頁109～114；Sam Tsang, "Are We 'Misreading' Paul? Oral Phenomena and Their Implication for the Exegesis of Paul's Letters." *Oral Tradition* 24 Iss. 1 (2009): 205～225。

❻ 關於讀寫能力的討論，讀者可

參：曾思瀚：《誰的保羅，哪個福音？——保羅詮釋現象的反思》（香港：基道出版社，2012），頁218～220。

❼ *euaggelion* 原本意思是「給報喜訊者的報酬」。這詞帶有「報酬」的意思，是有它的歷史背景。古時有一種職業是專賣政治情報的。當他們收到某些情報，而這情報若對某國家或某地方有利，他們便將情報告訴有關的人，以獲取酬勞，這些酬勞就是 *euaggelion*（撒下四10），而做這行動就是 *euaggelizō*（參「七十士譯本」撒上三十一9；撒下十八19、20、26、31；王上一42）。這名詞後來漸漸簡化為「好消息」。以賽亞書五十二章7節所描述「報佳音……報好信息」（這兩個動詞在「七十士譯本」所採用的動詞是 *euaggelizō*）的人，其實就是指報「好消息」的人，他們正在宣布猶大人即將回歸到耶路撒冷（另參詩四十9，六十八11）。早期基督教以這詞專指一個有關彌賽亞來臨的消息。因為它是關乎人類與上帝關係的消息，因此是一個好消息（太四23；可一1；徒十五7等）。

❽ 相對於「高語境文化」，便是「低語境文化」（low context culture）。這兩個術語是由人類學家霍爾（Edward T. Hall）率先提出。所謂高語境文化，是指一個社羣的成員彼此之間早已有著緊密的聯繫，而且彼此關係已維持了一段頗長的時間。因此，他們在文化上各方面的表現或表達，不一定需要刻意作太多解釋（俗稱「心照不宣」），因為大部分成員已多年共處，早已知道對方的想法或行事方式。「家庭」就是最好的例子。若是如此，「低語境文化」就是指這社羣大部分成員可能是為了某個共同原因而連繫在一起，他們共處的時間不多。因此，為要凝聚這些成員，某程度上，這社羣的共同文化的表現及信念是需要闡明，讓加入的成員知道這文化處境中的表現是如何的。若要更多了解這方面的資料，可參考：Edward T. Hall, *Beyond Culture*（Garden City, NY: Anchor Press, 1976）。

❾ *pistos o logos* 這個由兩個名詞組成的句子譯作「這話是可信的」，似乎內含一個動詞「是」（NIV 譯作 "Here is a trustworthy saying"）。在希臘文的語法結構中，它不是兩個平行的名詞，也不是其中一個名詞用作修飾另一個名詞，而是主語與謂語並列，它們之間有 *estin*（「是」）這個隱藏的動詞的。

⑩ 雖然，拉丁文 *paterfamilias* 這詞是譯作「一家之父」，但在羅馬時代，這詞是帶有法律意義。實際上這是指家中最年長的那位男性，他執掌著家庭中最高權柄。這法律上的地位大都由父親擔當著。若父親離世，就由長子接續其地位。

第一篇
提多書析讀

提多書全書可分為4大段落，如上文說的（參1.5.1.1「提多書的結構」）。第一、四段落是引言及結語，第二、三段落是主體內容。這一篇會按著提多書4個段落分為以下4章：

- 引言：保羅的身分與事工（一1～4）
- 文化的問題（一5～16）
- 基督教倫理的問題（二1～三11）
- 跋（三12～15）

第二章

引言：保羅的身分與事工（一1～4）

- 引言的特色：較長的引言
- 引言的內容

經文

引言：保羅的身分與事工

1 1 上帝的僕人、耶穌基督的使徒保羅，為了使上帝的選民信從與認識合乎
敬虔的真理——2 這真理是在盼望那無謊言的上帝在萬古之先所應許的永
生，3 到了適當的時機，藉著傳揚福音，把他的道顯明了；這傳揚的責任是按
著我們的救主上帝的命令交託給我的——4 我寫信給在共同的信仰上作我真兒子
的提多。願恩惠、平安從父上帝和我們的救主基督耶穌歸給你！

2.1 引言的特色：較長的引言

若稍為留意提多書的引言（一1～4），第一眼便看出它比起保羅其他書信的引言，相對地是較為長了些。書信若有長的引言，這引言很可能就是由保羅所寫的。舉例來說，書信內容較短，而又肯定是由保羅寫的**加拉太書**，也有一個很長的引言，它比**提多書**的略為長。而在沒有作者爭議、內容較長的保羅書信裏，**羅馬書**的引言似乎是最長的。但是，即使相比那些沒有作者爭議的保羅書信中，如**哥林多前書**，都不及提多書的引言長。由這簡單的觀察可以推斷，保羅傾向寫長的引言。韋特寧頓（Ben Witherington III）說：「這肯定是所有保羅書信的特色。這引言不只記載許多有關保羅個人的資料，也記載了上帝在基督裏的救贖計劃。」我們需要看看為甚麼這封短短的書信會有一個相對地這麼長的引言。

若按希臘文計算，加拉太書的引言約70多個字，提多書的約60多個字，羅馬書的約90多字，哥林多前書的大概50多個字。

2.1.1 較長引言的原因

保羅在這卷書撰寫了較長的引言，是有3個可能性。第一，較長的引言可能純屬巧合，是保羅即興使然。這說法缺乏說服力。保羅寫的書信一直頗為用心，他在引言裏甚至記載了很多細節。他寫引言的模式似乎是很公式化的，其中某些元素如：恩惠、平安，以及他與上帝或耶穌基督的關係，總會在他的引言裏出現。因此，純屬巧合的可能性並不大。

第二，較長的引言可能與聽眾曾接收的知識有關。保羅愈多介紹自己身分，就表示聽眾愈不熟悉他個人或他的事工。若是很少或甚至沒有介紹自己的身分，往往就暗示聽眾已十分認識他。除了他的身分，保羅對信仰內容的介紹也是如此。詳細的解釋表示了聽眾欠缺某些資料，或某個真理而需要再提醒，羅馬書便是最好的例子。我推測羅馬教會整個信仰羣體並不認識保羅這個人，因此當保羅寫羅馬書時，必須花很長的篇幅去介紹自己。

第三，較長的引言明顯地可能是因某個修辭情境的需要。而作出適當的修辭表達。認真去理解文本背後獨特的歷史是十分重要的，不能視保羅是一概而論地寫他的引言，反而要視之為一個帶著修辭技巧的作品。❶ 加拉太教會對保羅頗為熟悉，然而，保羅用了很長的篇幅描述他自己的生平（一～二章），而引言（一 1～5）最為明顯地描述他作使徒這身分及基督的救贖。這種修辭表達或許是需要的，因為保羅必須提醒受眾他到底是誰，以及他有甚麼資歷。在這樣的情況下，保羅是在展示他們大都早已知道的事情，並表示這些資料是可以認證的。

2.1.2 提多書較長的引言：提醒式修辭

根據上述 3 個可能性，我們可以怎樣理解提多書較長的引言呢？保羅是寫信給最熟悉他的提多（一 4），保羅當然不需要寫這樣長篇的引言介紹自己。但是，三章 15 節下「願恩惠與你們眾人同在！」的結尾暗示，這封信可能不只是寫給提多，也是寫給整個克里特的信仰羣體。那麼，這個信仰羣體認識保羅嗎？根據一章 5 節「我從前把你留在克里特，是要你將那沒有辦完的事都辦妥，又照我所吩咐你的，在各城設立長老」，他們是認識保羅的，而他有可能曾在那裏開展事工，然後由提多接手去管理。

因此，按第一個可能性，引言記載的資料，就顯得頗為累贅了。對已認識他的克里特的信仰羣體來說，保羅可能選擇了第三個可能性，就是以長篇的引言作為一個修辭工具，去平息任何挑戰他權柄的聲音。保羅在此使用了「提醒式的修辭」（rhetoric of reminder），而研讀這引言之時，也必須以一個提醒式修辭的表達方式來理解它。那麼，保羅到底要提多去提醒克里特的信仰羣體甚麼事情呢？下文將詳細討論。

2.2 引言的內容（一 1～4）

分段大綱（一 1～4）

1. 提醒受眾關於他的雙重身分（一 1）
   甲、雙重身分（一 1 上）
   乙、解釋雙重身分的目的（一 1 下）
2. 信心（忠心）和知識（一 2～3）
   甲、永生與盼望
   乙、永生與時間
3. 問安（一 4）
   甲、真兒子——提多（一 4 上）
   乙、恩惠與平安（一 4 下）

2.2.1 提醒受眾關於他的雙重身分（一 1）

為要了解保羅究竟需要提醒克里特教會哪方面的資料，在此我們必須先看看保羅怎樣形容自己。保羅形容自己有兩個主要的身分：上帝的僕人、耶穌基督的使徒。

2.2.1.1 雙重身分（一 1 上）

一、上帝的僕人

保羅稱自己為「上帝的僕人」（*doulos theou*；1 節上）。這名詞短語可更準確地譯作「上帝的奴僕」。這名詞短語把保羅描繪為保羅是從比他地位更高的那位得著權柄的。保羅在他其他的書信從沒有這樣自稱。然而，它內含的意思卻十分清楚，就是作奴僕的要順從他們的主人。使徒是為一個使命而被差派，為一個目的而被揀選（參下文他的第二個身分）。須留意的是，保羅沒有為「上帝的僕人」這身分作任何解釋，這是因為他不認為需要作任何解釋。為甚麼如此？因為當這樣的稱呼只出現於提多書，就表示了這名稱是保羅在克里特事奉時，首先提出的，可說是在這地方原創的。另一方面，這也表示當保羅最初向克里特人宣教時，克特里人是如此稱呼保羅的。在那卷極度憤怒之下寫的加拉太書裏，保羅也使用了類似提多書的用語（使徒及僕人的身分；加一1、10）來自稱，但卻沒有使用完全相同的名詞短語。在那裏當提及僕人，保羅形容自己是基督的僕人。事實上，他很多時候都以基督耶穌／基督的奴僕（*doulos Iēsou christou / doulos christou*；參羅一1；林前七22；加一10；弗六6；腓一1）自稱。

> 在使徒行傳，一個被鬼附的使女稱保羅及他的同工為「至高上帝的僕人」；在彼得前書，作者稱收信人為上帝的僕人。

「上帝的僕人」在**新約其他書卷**也曾出現過（徒十六17；參雅一1；彼前二16），不過，它更多出現在舊約聖經（參拉五11；但三26）。❷ 在舊約時代，使用這名詞主要是表達一個被上帝揀選、遵行祂旨意、服事祂的人，其中包括領袖（摩西；書一1）、先知（耶利米；耶七25），他們都是被膏立的人。這稱呼可能都是保羅時代某些地方普遍使用的，但基於不是保羅慣用，因此只能說是克里特人普遍地也使用的稱呼，而他們是基於其他傳統來源稱呼保羅。無論是由於耶和華受膏的僕人這傳統，又或是初代教會領袖形容自己的方式，保羅使用這個詞彙的用意是指出他看基督的奴僕和上帝的奴僕的身分都是相同的，而且可以互換使用，使他與初代教會形容他們最顯赫領袖的方式一致。

二、耶穌基督的使徒

他稱自己為「耶穌基督的使徒」，也與加拉太書一章1節吻合：「我作使徒不是由於人，也不是藉著人，而是藉著耶穌基督與使他從死人中復活的父上帝」。不過，他在提多書只講出他的身分，而不像在加拉太書般為這身分多作解釋。保羅在此的稱呼也與其他書信的有分別，其他的書信指出他是「蒙召」的（*klētos*；羅一1；林前一1），或是「奉旨意」（*thelēma*；林後一1；弗一1；西一1；提後一1）作使徒的。此外，保羅同樣地沒有描述有關他身分的事，這表示他不用多提了。既是如此，保羅會在哪一種環境下以這稱呼來形容自己，然後再加以解釋這身分的目的呢？可能性有兩個：第一，可能因為整個聽眾羣體並不認識他（羅一1）；第二，可能因為他使徒身分的權柄遭人挑戰（林前一

1；林後一1；加一1等）。

於提多書，第一個可能性是不成立的，因為保羅早已認識克里特人，但他認識他們到哪種地步？這可以從保羅面對的挑戰尋索。不同的羣體對保羅作使徒的權柄作不同的挑戰。在與保羅友好關係的羣體裏，保羅是不需要像提多書一般去堅持自己的權柄（帖前一1；腓一1）。在哥林多教會，這是一個「修辭－政治」（rhetorical-political）的挑戰。在加拉太教會，或多或少這也是一個政治上的挑戰，不只是指教會的政治，也是指教義的議題上。在克里特教會，保羅面對假教師的挑戰（一10～16）。保羅用的策略是再次提及克里特教會之前已知道的事情，來叫指控他的人閉嘴。

2.2.1.2 解釋雙重身分的目的（一1下）

保羅提及他的身分之後，便論到他雙重身分的兩個目的。第一個目的是為了「上帝選民的信心」；第二個目的是為了「真理的知識」。❸「真理的知識」是「和合本」的譯法，「和修版」是譯作「認識……真理」，筆者會採用「和合本」的譯法。

episteuthēn 是被動式第一人稱單數動詞，它的詞體形式（dictionary form）是 pisteuō，表示保羅是被信任的。

論到信心／忠心（*pistis*；參1.6.1.1「『信心』的基本意義」）這詞，若與3節的動詞「交託」（**episteuthēn**）並列來看，特別有意思。這兩個詞彙的字幹有相似的地方，前者是 *pist-*，後者是 *pisteu-*；兩者的詞義都與「信」有關；前者是名詞，後者是動詞。「交託」說明上帝相信保羅可擔任福音的管家。換言之，保羅看「上帝選民的信心」（參「和合本」）不只是指最初的因信稱義，也延展至一條以健全的道德倫理去行的信心之路，而這正是提多書其中極大關注的事（參一10～14）。把 *pistis* 這詞譯作「信心」的馬歇爾（I. Howard Marshall）也相信，保羅在一章1節談論的，是接著起初得蒙救贖那一刻之後更多的事情。

論到「真理的知識」這短語的意思，是指教牧書信所論及使人得救的知識（參提前二4「他願意人人得救，並得以認識真理」），這知識要在悔改之後才可以得著（提後二25～26），而所指的真理並不是普遍真理，乃是關乎上帝如何在耶穌裏的定意，使人邁向敬虔的真理。這表示那知識不只是指最初「我接受耶穌為我的救主」的知識，也是指持續地去按著敬虔的美德這標準，透過教育而得的知識。若是這樣，我們就可以把「上帝選民的信心」譯作「上帝選民的忠心／可信性」，而這也是新約希臘文「信心」眾多意思中的其中一個（參提前三 1）。這個詞彙不一定每次都連於因信稱義，尤其是在強調倫理教導的提多書裏，以及連於「敬虔」（*eusebeian*）時。「和修版」（甚至許多中文譯本）的譯法「認識合乎敬虔的真理」（多一 1）含糊了敬虔實際的功用。敬虔究竟是真理知識的基礎抑或是目的？NIV 的譯法 "the knowledge of the truth that leads to godliness" 可說較為清楚（或包含較多詮釋）。這譯本選擇以希臘文的句子結構來翻譯，**把敬虔理解為知識的目的**。就如上文（參 1.6.3「敬虔：神聖美德」）曾提到，敬虔對於希臘人是一種美德，它帶出的結果是要與神明及人類建立健康良好的關係。如今敬虔成為真理知識的目的。因此，最好的解釋（雖然這裏只有「一個」解釋）或許是認識真理（指確實的教義所提供的知識），「目的」是為了使人成為敬虔。所以，測試一個人是否明白教義的內容其中一種方法，就是看看他是否敬虔。保羅寫這個引言時，腦海中浮現了克里特教會中專以傳遞假教義（提摩太前書「和修版」譯作「別的教義」；參提前一 3，六 3）的教師，保羅在接著的內容描述這些教師的生活行為是與敬虔相反（一 10 ～ 15）。換言之，為了使真理的知識得以實現，它的基礎——敬虔——必須放在最首要位置。

「敬虔」原文是介詞短語 tēs kata eusebeian，它由介詞 kata 加上直接受格名詞 tēs eusebeian，這種結構把「敬虔」成了事情的目的。

2.2.2 信心（忠心）和知識（一 2 ～ 3）

保羅繼而在一章 2 至 3 節開始探討信心（忠心）和知識。他的描述十分詳細，也是他在提多書所關注的事的總結。在這詳細的描述裏，有很多獨特的元素是沒有出現於其他的保羅書信。其主要的基礎是「盼望……永生」（一 2）。傳統上，保羅理解這「盼望」為：

- 是一些看不見的事情：「……可是看得見的盼望就不是盼望」（羅八 24）。
- 是在困難的環境下能加強人信心的原因：「我們又藉著祂，因信得以進入現在所站立的這恩典中，並且歡歡喜喜盼望上帝的榮耀。不但如此，就是在患難中也是歡歡喜喜的，因為知道患難生忍耐，忍耐生老練，老練生盼望，盼望不至於落空，因為上帝的愛，已藉著所賜給我們的聖靈，澆灌在我們心裏」（羅五2～5）；「在盼望中要喜樂；在患難中要忍耐；禱告要恆切」（羅十二12）。

- 因著有終末的榮耀出現，所以有盼望：「因為受造之物屈服在虛空之下，不是自己願意，而是因那使他屈服的叫他如此。但受造之物仍然指望從敗壞的轄制下得釋放，得享上帝兒女榮耀的自由」（羅八20～21）。
- 因著可能有一個美好的結局，所以有盼望：「他不全是為我們說的嗎？的確是為我們說的！因為耕種的要存著指望去耕種；收割的也要存著分享穀物的指望去收割」（林前九10）。

2.2.2.1 永生與盼望

在保羅其他的書信裏，保羅並沒有將盼望和永生相提並論。永恆雖然甚少在保羅書信中出現(另參三7)，卻代表著上帝的屬性(羅十六26「永生上帝」)，這屬性是以上帝的榮耀展示出來（加一5「願榮耀歸給上帝」）。從這角度看時間，其重點並不在將來，而是在延續一個不變的事實。當連繫於信徒的生命時，保羅將永生的盼望這觀念，建基於上帝在「萬古之先所應許」(一2)之上。在討論提摩太前書六章12節時，會加以說明這一點。「那無謊言的上帝」自然地就是那位通向「真理的知識」的上帝（1、2節）。從真理的知識這觀點來看上帝信實的屬性似乎有點累贅，但這是保羅聲稱上帝的信實的另一個方式。由於上帝是不說謊的，任何真實的事情必定從祂而來。所以，真理的知識是由上帝那裏揭示出來的，而保羅視講道為傳遞這個盼望的工具（3節）。因此，認識真理就是認識上帝。

2.2.2.2 永生與時間

當我們從經文看「永生」（2節），就會發現保羅無疑是用來指時間，因為他提到這個應許是在「萬古之先」（2節）。究竟受眾是從哪裏得到永生這概念呢？除了保羅（又或是保羅所差遣的宣教士）在過往宣教時提過之外，也有可能是來自耶穌（太十九 29；可十 17、30；路十八 30）。這可能說明了有一個最先由馬可記錄，然後廣泛流傳的概念（根據新約有限的證據顯示，馬可有可能曾與保羅一同宣教）。❹ 這些福音書的平行經文指出一點：基督的來臨是有一個歷史的目的。這個概念廣泛流傳，說明了它是這羣體裏主要宣講的核心。受眾很有可能已很熟悉異教徒的歷史觀與保羅的歷史觀之間的分別。永生的概念只有當彌賽亞來到之後才出現，否則歷史只是一系列無意義、無目的的事件。整個「永生」的概念似乎在最初的宣教裏十分突出，為克里特人的歷史賦予一個意義，他們的歷史有成功的地方，也有許多失敗之處。宣講或許並沒有在福音敘事停下來，而是從保羅對復活明顯和清楚的概念繼續發展下去（林前十五章）。從這一點開始，基督的復活因此而轉移到信仰羣體身上。換言之，基督的永生就成為信徒的永生了。

「時機」（kairois）是一個複數詞彙，它的詞體形式是 kaipos，意義是與時間有關。它可以指一個特定的場合、一個時期、一個季節、一個時代、一個機會，或指定事件發生的日子。

保羅提及「到了適當的時機，藉著傳揚福音，把他的道顯明了」（一 3），這裏所指「適當的時機」，就是上帝所命定的日期。「**時機**」（*kairois*）是指保羅宣教的時期，基於它是一個複數名詞，表示在這個時期，保羅遇到很多機會分享他的福音信息。馬歇爾觀察到，教牧書信使用「日期」，總是帶著一個性狀形容詞（qualifying adjective）。以這節經文為例，就在 *kairois* 之後加上 *idiois*（譯作「他自己的」）。這說明了上帝親自參與整個為啟示定下日期的過程。這同時也是指這是上帝的時機，是有著上帝的旨意和行動在內。保羅嚴肅地處理這個信息，不只因為這是上帝藉著祂的命令交託給他，也因為這信息所宣講的內容是按著上帝的計劃實行的。一切的焦點是在上帝的權柄裏，因為保羅用了「傳揚」（*kērugmati*；3 節）來形容他的信息，這詞彙表示有一位使者在傳遞他主人的信息，而保羅就是傳遞信息的使者，他的主人便是上帝。保羅稱上帝的信息為「祂的道」（*ton logon autou*；3 節）。「道」是以單數名詞表達，這種表達確實很有趣，因為保羅似乎傳揚過上帝很多的話語。這裏最好的解釋是視這些道的內容為應驗上帝之前所有應許的一個總結，也表示這道只有一個來源，又帶著惟一的目的 —— 傳揚上帝的心意。

接下來，是要處理與時間有關的另一些事情。就神學上來說，保羅在引言所談論的很有意思，他論到上帝在「萬古之先」所應許的，會在祂所定的日期顯明出來。雖然這個觀念是今天的基督徒認為是理所當然的，卻不是保羅時代一般的想法。外邦人大都認為時間是循環不息地轉，歷史也是不斷地重演。他們有如此看法，是因為他們認為圓形代表完全，但他們這種時間觀，似乎沒有將神明行事的目的放在其內。他們相信神明離他們很遠。按他們這樣的邏輯推論，假如他們的神明沒有參與人類生活，歷史當然便成為只有生命與死亡循環在轉，而生與死便穿插於歷史中。至於死後是怎樣，卻沒有人知道。對保羅來說，歷史有一個更大的目的。上帝在時間開始之前，早已有一個計劃，而且在適當的時候，祂會透過保羅的宣教揭示祂的計劃。基於這個啟示，歷史就有意義了。歷史不再是一個循環，而是一條直線，在它終點是有一個目的。換言之，從保羅的歷史觀看，歷史賦予人類一個盼望。這些教導並不是新的，早於他寫羅馬書時已出現過（羅八 18～25）。保羅在提多書裏，延續了傳統對盼望的觀念。

一章 3 節稱上帝為「救主」（*sōtēros*），這種表達十分特別，也是**教牧書信的特色**（提前一 1，二 3；提後一 10；多一 4，二 10，二 13，三 4、6）。在新約時代，「救主」的概念在大部分情況都是用來形容耶穌（參使十六 17，二十七 34 等）。現代讀者普遍都有一種概念，就是以接受耶穌為他們個人的救主。然而，當保羅在提多書以「救主」（4 節下）來指涉上帝或基督耶穌之時，他並沒有帶著這意思。在希臘神話中，神明宙斯（Zeus）往往與其他神明同樣有「救主」這稱號，例如酒神（Dionysus）、太陽神（Apollo）、農神（Demeter）、赫密士（Hermes；宙斯之子）、醫治之神（Asklepios）（參亞里斯多芬〔Aristophanes〕的 *The Frogs* 376）。換言之，「救主」是神祕宗教教徒對他們所供奉的神明常見的稱號，因為他們期盼著神明會為他們的人生帶來好運。若要成為這些宗教團體的成員，若非生於信奉這些宗教的家庭，就是要付錢才可以加入這些團體。這些團體沒有一個像保

新約書卷除了教牧書信，彼得前書也有出現「救主」這名詞（彼前一11，二20，三2、18），這暗示彼得前書與教牧書信可能採用同一傳統。

羅所信的宗教。當保羅在提多書提及上帝或基督耶穌是救主，他所帶出的意義更是超越其他宗教，他所指的那位「救主」是會帶來生命，而且這信仰羣體的成員不需要靠家庭關係，不需要付錢，只要傳揚祂就可以加入了。因此，他要求提多傳揚他所信奉的。

在希羅傳統中，人以崇拜帝國英雄的態度稱統治者為救主（例如多利買一世．梭得〔Ptolemy Soter〕、安提阿古．梭得〔Antiochus Soter〕等）。在羅馬傳統中，「救主」可以是帝王的稱號。從離以弗所不遠的普里埃內（Priene）找到的碑文顯示，羅馬王奧古斯都也稱為「救主」，因為他使戰爭停止。將一個帝國看為救主這個傳統，於保羅時代並非新鮮的事。它可追溯到約公元前290年，那時候，希臘統治者以同樣的稱號自稱，以此來誇耀他們的軍事成就。保羅在提多書有如此的稱聲，完全可能與一**個傳統**有關，就是耶穌反對帝王（就國度來說）和反對異教神明這傳統。無論來源是甚麼，這裏有關「救主」的信息十分清楚。雖然帝王聲稱可以為國民帶來和平，並拯救世界，但只有那位真神，透過救主耶穌基督，才可以帶來永遠的和平（4節）。上帝又稱為「我們的」救主，表示祂是猶太人（像保羅的猶太人）和外邦人的救主。換言之，就如科連（Brenda B. Colijn）指出，救恩的觀念是有一個共同目的，而不應停留於個人層面。如果救主這稱號標誌著上帝的管治與權柄，那麼，保羅所說的救恩，就是指一個順服或忠心的羣體的形成，而這順服超越任何一種對任何一個名字的效忠。

保羅某程度與約翰很相似（參約四42），雖然約翰的著作是較後期寫成的。這反映保羅和約翰引用相同的傳統資料。

2.2.3 問安（一4）

2.2.3.1 真兒子——提多（一4上）

這封信是寫給提多——保羅的「真兒子」的。就如上一章已討論過（參1.3.1「歷史中的提摩太和他的處境」及1.3.2「歷史中的提多和他的處境」），這個給提多和提摩太充滿愛意的稱呼，肯定表示保羅與他們兩人關係密切。雖然提摩太的歸信與保羅無關，保羅也稱他為他的「真兒子」（提前一2），但這並不表示提多的情況也相同。費安利（Benjamin Fiore）主張提多的歸信與保羅有關。費安利這樣的主張可能是正確的，因為沒有證據顯示不是這樣。更重要的是，保羅要借助一個希羅家庭熟悉的關係來作隱喻性表達，來提醒受眾關於他與提多的關係。假如我們將提摩太前書第一章的引言與後書的作比較，就會發現前書是「給……真兒子」(*gnēsiō teknō*)，後書是「給……親愛的兒子」(*agapētō teknō*；提後一2)，兩者是不同的，後者的表達較個人化。為甚麼保羅有如此不同的寫法？筆者相信在充滿著愛意的「真」兒子稱呼背後，更有一個修辭目的。作為兒子，他要**繼承**「一家之父」(*paterfamilias*)的所有責任和好處，必須延續那位「一家之父」的工作和權柄。這個稱呼說明提多有糾正事情的權柄。當這封書信公開誦讀時，聽眾就當尊重提多，視他為保羅事工的真正繼承人，並順服他。所以，這個稱呼不僅是要表達親密的關係。

保羅所用「兒子」的希臘文是teknon，(原文意思有：孩子、後代、門徒)，而不是uios(原文大多用作有血緣關係的兒子)。這正反映保羅與提多的關係，不在於血統上，而在於承傳上。

反之，隱喻性或非血緣的家屬關係是保羅的家庭教會的基礎，而這在教牧書信裏佔著重要的位置。隱喻性或非血緣的家屬關係，就如哈蘭(Philip Harland)指出，是保羅信仰的獨特元素，而這也見於他那個時代的**商貿關係**裏。每個家庭都有它本身的身分，這身分是有別於其他家庭，而家庭裏每個關係也有別於其他關係。若要歸屬於一個家庭，就要跟隨那個家庭的階級制度，以及要肩負起自己的角色所要負上的責任。在上帝的彌賽亞式家庭裏，提多有他的角色，而保羅也一樣。保羅與提多的關係因此成為克里特的領袖架構的模範。因此，只認為這個刻意的修辭是要表達兩人的情感關係是錯的，它要表達的比這些還多。

家庭教會裏的成員與當時社會的人建立許多商貿關係。保羅在他宣教時，同樣也透過商貿關係建立了許多網絡。因此他很熟悉家庭關係的同時，也明白這些商貿關係對他們帶來的衝擊。

家庭教會模式延伸的真兒子關係

關於「真兒子」，仍須留意一件重要的事，就是要注意某些人類學家是如何按著羣體的特質來標籤一個羣體，這會給我們很好的洞見。馬利那（Bruce J. Malina）指出教會是一個隱喻性或非血緣的家庭組別。他的說法出於他兩方面的觀察，因為書信中出現一些家庭式用語，而這些用語在字義上的確表示家庭教會的成員是有親屬關係，但亦有一些情況卻是隱喻性或非血緣的，例如保羅稱呼提多為他的「真兒子」。而馬利那觀察到一些比字義與象徵用法作對比更重要的事是，隱喻性或非血緣的家屬關係和其他組織當中的差異。舉例來說，一個有組織的團體之所以形成，是因為它有其獨特的存在目的或意義，而加入的成員必須經過挑選，或至少他們是認同這個羣體的存在目的，以及與這羣體有共同志趣。不過，有些成員亦可能因為生活的需要而被逼加入這些團體。然而，家庭式的團體（即家庭教會）卻不相同，它的成員可以有很多不同的志趣，來自不同的社會階層，卻仍可以自由地屬於這個團體。這個新的家屬關係，推使所有家庭教會持守著共同的屬靈親屬的定義，而且是超越種族的，也有別於教會內部那些煽動者（10 節）。

藉著指向猶太人與外邦人的隱喻性或非血緣的家屬關係，保羅果斷地斥責克里特教會的煽動者。聽眾必須從話語裏尋找蛛絲馬迹，才可以看見保羅如此以他和提多之間的關係，來設立領袖階層的制度和家庭成員制度。這個階層的制度是針對克里特當時沒有領導管治的情況下而設的（一 12）。會員制度同時也否定了煽動考所主張持守種族的習俗的需要（10 節）。

2.2.3.2 恩惠與平安（一 4 下）

一章 4 節下是一個典型的問安：先說恩惠，後說平安。身為僑居者的猶太人保羅，他的問安包含猶太人和羅馬人的特色。保羅使用了「恩惠」（*charis*）這詞，是用了一種希臘文文字遊戲表達，將一般人打招呼時，彼此說「你好」這詞修改（參徒二十三 26「請安」; *chairein*）。這詞被修改後，它不再表示「你好」的意思，而是表達了他所信那福音的本質：恩典。除了恩惠，保羅也提及「平安」（*eirēnē*）。這詞源自猶太人在會堂彼此問「**平安**」的詞。這詞

在舊約聖經裏，「七十士譯本」通常都將希伯來文的平安（šālôm）譯作 eirēns，與 eirēnē 同一詞體形式。

並不是指人感到平安、安全，而是指因為人與上帝和平共處，而人與人也因此可以和平共處。這個詞彙也暗示了一種帝國的背景。羅馬帝國承諾一個「羅馬承平」（*Pax Romana*），又或是奧古斯都帶來的和平，但是保羅的福音所應許的是永恆的和平。帝國的和平之所以十分重要，是因為它是由羅馬軍團的軍事力量而成的，他們的目的是以軍力使國家再沒有戰爭。但是，保羅的福音宣告的是，上帝要使世界和平的計劃，大大有別於羅馬的和平。對那些在帝國下生活的人，因著羅馬和其中給予（空洞的？）的賞賜和好處的承諾而「和諧地」與羅馬人共處。保羅想展示一個更好的盼望，這盼望超越帝國所承諾的，它可以兼容一個人同時效忠於救主上帝，以及救主耶穌基督。保羅盼望他的猶太信仰可以使羅馬軍事體制黯然失色，因為保羅的福音並不需要藉著爭戰而平息戰爭，以此來締造和平，他所指的和平是在恩典之後。主張恩惠與平安的那一位來自「我們的救主」基督耶穌，而不是那些締造他們自己羣體的其他救主。另外，保羅的用語也是以羣體為主導的，他沒有說「我的」救主耶穌，而且他也宣告這和平同時來自上帝和基督耶穌。因此，這表示了祂們兩人同是萬有的統治者。雖然保羅的宣教並沒有反帝國的意圖，但是福音本身反對所有屬世的國度。

在此要為引言作一個總結。究竟這個引言如何呈現整卷書信所關注的問題呢？在一個相對已有久遠文明的島嶼克里特，保羅關注的有兩點：第一，他恐怕當地文化會影響新建立的信仰羣體，以致教會像是一個社會，而不是基督的身體。在倫理觀的勸勉上，保羅用了一個早前已形成的傳統，就是關於他成為上帝的僕人和使徒這身分，來提醒教會。這身分是眾教會普遍所接納的。第二，他依然關注來自假教師的不純全教義，他們同時也以他們的教導和生活方式損害了敬虔的見證。這些內憂外患成為詮釋整封書信的焦點。因此，保羅給克里特人的福音既支持，也反對文化。他在這裏的教導反對羅馬締造的和平，卻支持一個由他最初的宣講建立的新文化。

信仰反省：真教義與真兄弟

究竟這引言對現代讀者有何信仰的反省呢？書中提及很多不敬虔的例子，其實都未必配合現今這個處境。第一，真理的教師同樣可能會有錯誤的動機和沒有誠信，但他們依然在教導，就如保羅在腓立比書一章15至18節提到的那樣；第二，傳假教義的教師亦可以帶著崇高（卻有偏差的）動機來教導，但保羅在提多書並不多提及這個情況。因此，我們不一定可以把提多書的引言當作辨別真假教師的測試準則。換言之，假教師不一定是行惡的。但是，在克里特情況卻不然。那些傳假教義的教師不但教導錯誤的內容，並鼓吹錯誤的宗教行為。保羅在這裏遇到最壞的情況，他們的教導與行為同樣是惡劣的！

除了教義與行為方面，另一個較為相關的應用，是涉及隱喻性或非血緣的家屬關係。第一，以現代家庭觀念來看家庭教會是絕對不足夠的；第二，民主的觀念在保羅的隱喻性或非血緣家屬關係裏是不存在的。事實上，民主制度會導致克里特教會進入無領導階層狀態。根據這兩點，在應用隱喻性或非血緣的家屬關係時，是指向兩方面。第一，完全的民主領導模式並不是保羅的教導；第二，以針對某個目標羣體為教會發展的進路，無論是按階級、種族或生活習俗，都是逆保羅而行的。隱喻性或非血緣的家屬關係繼續在社會的不同層面運作。

家屬的比喻在現代世界裏，往往用來表示人與人之間的聯繫和親密關係。在黑幫社團裏，這關係大派用場。一位在香港服事妓女的朋友與筆者分享了一個故事。普羅大眾一般認為，不少願意加入妓女這行業的女性，都是因為她們因賭博或吸毒而致債台高築。這個推斷實在太簡單，事實的背後其實仍有不同的原因。她們成為妓女其中一個途徑是，她們原先是在香港的夜店內擔任服務員，後來很快獲得晉升機會，成為部長。接下來，當她們發現陪有錢的客人過夜會叫她們得到豐厚的收入，且比持大學學位的 還要多，她們因此便當上妓女。與此同時，這些行業背後往往有黑幫社團撐著。這些社團的老闆稱為「阿爺」，他的門生稱為兄弟姊妹。社團甚至會照顧這些妓女，彌補她們在自己家裏曾失去過的東西。在那裏有真實的歸屬感和愛。因此，她們感到有責任去為社團賺取更多金錢。隱喻性或非血緣的家屬關係為這樣的人提供經濟收入和虛假的親密關係。即使她們有機會離開妓女這行業，但她們也認為沒有這樣做的必要。

保羅所信的福音，當論到隱喻性或非血緣的家屬關係時，同樣也涉及愛和歸屬感，而這隱喻性或非血緣家屬關係到今天仍在延續。所以，我們稱身邊的基督徒為弟兄姊妹，即使大家可能沒有血緣關係。這關係與上文所提及社團所宣稱的成強烈對比。

溫習及思考問題

1. 若與其他新約書信相比，提多書的引言是否屬於較長的那類？保羅如此寫他的引言，背後有何目的？
2. 保羅在他的引言中，只聲稱他是「上帝的僕人」和「耶穌基督的使徒」(1節)，卻沒有解釋他這身分。你認為背後帶著甚麼意思？
3. 在採用「上帝的僕人」這身分時，保羅可能採用了哪些傳統？
4. 保羅怎樣定義「真理的知識」？
5. 一章1節的 *pistis* 是甚麼意思？當我們按著這書信的寫作目的來看，而把「信心」譯作「忠心」，這兩者會有甚麼分別？
6. 「敬虔」是否一個宗教詞彙？希臘人認為敬虔這詞帶有甚麼意思？保羅如何理解敬虔？你認為敬虔的生活是怎樣的？
7. 當提到「時機」，保羅所指的是甚麼意思？保羅所指的「永生」又是甚麼意思？
8. 保羅稱提多為他的「真兒子」(4節)是指他與提多哪種關係？隱喻性或非血緣的家屬關係是指甚麼關係？
9. 羅馬傳統中，「救主」是甚麼意思？它帶有哪些帝國涵義？保羅如何賦予這詞另一個意思？
10. 保羅建構引言的方式塑造了怎樣的羣體？這關係與地上的社團如何成強烈對比？你認為兩者在哪方面有著最明顯的分別？

釋經短註

❶ 筆者認同萊昂斯（William J. Lyons）指出，這個分析接收（reception）的過程，是嘗試客觀地鑑別歷史與完全廢棄後現代讀者回應之間的橋梁。這方面理論還需要進行更多研究，其中是分析原本聽眾，這討論是在本書範圍以外。華人學者仍未接觸到這種方法。參：William J. Lyons, "Hope for a Troubled Discipline? Contribution to New Testament Studies from Reception History," *JSNT* 33 (2010): 207～220。

❷ 「上帝的僕人」希伯來文是 *ʿabdôhî*。它是由 *ʿebed* 與 *YHWH* 這兩詞合併組成的另一個名詞，而希伯來文 *ʿebed YHWH* 是譯作「耶和華的僕人」（希臘文譯作「主的僕人」〔*doulos kuriou*〕；書一 1，二十四 29；士二 8；詩三十四 22；耶七 25 等）。但以理書六章 20 節「永生上帝的僕人」（*ʿăbēd ʾĕlāhāʾ*）這名詞的希伯來文與上述的不同，但也是指「上帝的僕人」。雖然以賽亞書六十一章 6 節在「和修版」譯作上帝的僕人，但希臘文原文是 *leitourgoi theou*，NIV 譯作 "minister of God"，這不是指「僕人」，所以不能列入這稱呼中。

❸ 一章 1 節「和修版」是「為了使上帝的選民信從與認識合乎敬虔的真理」，意思似乎是「為了使上帝的選民信從……合乎敬虔的真理」。但是，原文是 *kata pistin eklektōn theou kai epignōsin alētheias tēs kata eusebeian*。「和修版」將「信心」（*pistin*）這名詞譯作動詞「信從」。「和合本」的譯法「憑著上帝選民的信心與敬虔真理的知識」較貼近原文的意思。

❹ 默理．史密斯（Murray J. Smith）寫到，筆錄下來的福音書的來源，可能早於公元 40 年左右已出現，而正典福音書可能早於公元 60 年已形成。無論史密斯是否正確，普遍的 Q- 來源必定很早已經存在。參：Murray J. Smith, "The Gospels in Early Christian Literature," in *The Content and Setting of the Gospel Tradition,* Mark Harding, Alanna Hobbs eds. (Grand Rapids, MI: Eerdmans, 2010), 184；另參：Eusebius *Ecclesinstical History* 3.39.14 有關馬可福音的討論。

❺ 隆格（Thomas G. Long）曾在他的一本著作形容使者應有的 3 個

特色。第一，他有兩個責任，就是領受信息，以及清楚地講述出來；第二，使者只能放下自己，高舉信息。第三，使者是上帝和教會呼召去負起責任的。在筆者的《講道實用手冊》裏，指出了使者還有其他責任。第一，使者宣講時用的修辭應該由理解信息「到底」是說甚麼來主導；第二，他所傳遞的不應充滿著個人議題（即神學或倫理議題）；第三，他宣講的內容不應因為要討他的聽眾歡心而作出妥協；第四，他需要考慮他與受眾的溝通方式，以致他的受眾得以明白信息。參：Thomas Long, *The Witness of Preaching* (Louisville, KY: Westminster John Knox Press, 2005)；曾思瀚：《講道實用手冊》（香港：天道書樓，2009），頁 18～26。

第三章

文化的問題（一5～16）

- 吩咐提多按立長老
- 長老的質素
- 按立長老的原因——對抗煽動者
- 總結
- 附篇：時間的文化觀念——古代和現代

經文

文化的問題

1 [5]我從前把你留在克里特，是要你將那沒有辦完的事都辦妥，又照我所吩咐你的，在各城設立長老。

[6]若有無可指責的人，只作一個婦人的丈夫，兒女也是信主的，沒有人告他們放蕩，不受約束，就可以設立。[7]監督既然是上帝的管家，必須無可指責、不自負、不暴躁、不酗酒、不好鬥、不貪財；[8]卻要樂意接待外人、好善、克己、正直、聖潔、節制，[9]堅守合乎教義的可靠之道，就能將健全的教導勸勉人，又能駁倒爭辯的人。

[10]因為也有許多人不受約束，說空話欺哄人，尤其是那些奉割禮的人。[11]這些人的口必須堵住，因為他們貪不義之財，將不該教導的事教導人，敗壞人的全家。[12]克里特人中有一個本地的先知說：「克里特人常說謊話，是惡獸，貪吃懶做。」[13]這個見證是真的。為這緣故，你要嚴厲地責備他們，使他們在信仰上健全。[14]不要聽猶太人無稽的傳說和背棄真理之人的命令。[15]在潔淨的人，凡物都潔淨；在污穢不信的人，甚麼都不潔淨，連心地和天良也都污穢了。[16]他們宣稱認識上帝，卻在行為上否認他；他們是可憎惡的，是悖逆的，不配做任何好事。

這段落的修辭結構既簡單又清晰，它以 3 個段落表達一個完整的思想：第一，吩咐提多在各城按立長老（一 5）；第二，說明長老的質素（一 6～9）；第三，說明按立長老的原因（一 10～16）。在這段內容中，保羅把壞的對比好的，藉此說明一點：教會領袖應該成為照耀黑暗世界裏的明燈。他的生活不應融入社會裏，但卻要與社會中敗壞的事情抗衡，為要向信眾展示他們的信仰對倫理的要求。

參考經文：羅一8；林前一4；弗一16；腓一3；西一3；帖前一2；帖後一3；提後一3；門4節。

唐納（Philip H. Towner）指出，**典型的保羅書信**中，保羅必定有為收信人感恩這部分，若是沒有就顯得不尋常了。不過仍有某些保羅書信是沒有這部分的，例如哥林多後書、加拉太書、提摩太前書，以及提多書。哥林多後書沒有感恩語，是因為延續之前書信的內容。有學者認為加拉太書沒有提及保羅的感恩語，可能因為事情迫切，為了趕快地說出重點，便省略感恩語。至於提摩太前書和提多書，則有兩個可能性：一、保羅可能很迫切地寫信；二、因為提摩太和提多是第一讀者，而不是會眾，以致他省略了一些書信表達的禮節。然而，趕急完成書信而省略感恩語這說法較為薄弱，因此對於提摩太前書和提多書而言，後者的原因較為容易接納。至於加拉太書，保羅當時正因教會的狀況而憤怒，所以沒有值得為教會感恩可言。

3.1 吩咐提多按立長老（一 5）

雖然短短 1 節的經文，卻包含保羅對按立長老一事有豐富的思想。這節經文的內容可分為兩方面：吩咐提多在各城按立長老，以及保羅對長老職事的概念。

分段大綱（一 5）

1. 在克里特各城按立長老
2. 長老的主要職事
   甲、長老這名字
   乙、從名義帶出長老職分

3.1.1 在克里特各城按立長老

保羅在這段開首，就重提他把提多留在克里特的原因。他這樣做是為了要整頓這所年輕教會的一些問題。當保羅說在那裏有「沒有辦完的事」(*ta leiponta*；5 節)，表示那所教會欠缺了一些東西。「辦妥」(*epidiorthōsē*)是指甚麼意思呢？首先，這個詞彙在整本新約聖經裏只出現在提多書。在新約以外的地方，這詞可以指繼續修正仍未修改好的事情，又或索性指糾正一些事情，所修正的事情則視乎處境而定。很明顯，根據保羅所用的詞彙，他是在告訴提多，教會要達到某個層次的成熟度，而他所指沒有辦完的事很明確是指：「在各城設立長老」(5 節)。孟恩斯(William Mounce)提出沒有辦完的事是否只是指委任長老這一事，這視乎怎樣理解第 5 節「在各城設立長老」之前出現的 *kai*(譯作「和」;「和修版」沒有將這連接詞譯出來)這連接詞。孟恩斯這說法是正確的。這個「和」究竟是指接下來所描述的內容，抑或是進一步解釋「和」之前的事情呢？未解答這問題之前，先處理一件可肯定的事，就是保羅當下最關注的事情——委任長老。而這事件對教會的發展有多重要，則會在下文討論。保羅關注的是，他心目中教會的圖像，是不可能沒有長老的領導。因此，保羅期望在每個城鎮設立長老。亦是如此，當我們詮釋「和」一字，就不能過於簡單或抽象。若第 5 節的聲稱可以包括其他沒有辦完的事，例如教導教會倫理(二 1 ~ 三 8)，以及鼓勵西納和亞波羅往克里特以外的地方宣教(三 13)等，這說法也是正確的。然而，保羅心裏最優先想處理的是設立長老，因為單憑提多一人是無法教導這地方所有的教會。他需要一些長老協助提多。按立長老既是如此重要，保羅對長老職事又有甚麼要求呢？

3.1.2 長老的主要職事

從保羅所使用的詞彙，大概可以知道長老在教會的主要職事，因此，討論長老的事奉之前，需要花一些篇幅談論他們及與其有關的稱號的意義。

3.1.2.1 長老這名字

「**長老**」（*presbuteros*）是一個陽性名詞。保羅使用了這陽性詞彙來形容長老，因為當時的女性從來不會擁有這樣高的社會地位。保羅不會想到女長老，因為當時大部分的女性都沒有受過任何教育、技能訓練或身分受人敬重，以至可以擔任這工作。因此，保羅眼中的長老只有男性可以擔任，卻沒有將女性包括在內。仍有一事必須提及的是，若將「長老」與「監督」這兩個詞彙作比較，便會發現一些有趣的事：「長老」（*presbuterous*）是以複數名詞表達，而「監督」（*episkopos*；7節）則以單數名詞表達。究竟這兩個名稱是指兩個不同的事奉崗位，抑或是同一個崗位，但有兩個不同稱號？保羅很可能是以兩個稱號來指同一個事奉崗位的人。他要透過名稱表達長老的身分與職事。

「長老」是一個普通的名詞，意思是「老年人」（約八9；徒二17；提前五1），它也指民間有地位的官長（太二十七1），也指「古人」（可七5；來十一2）。新約書信也用來形容教會領袖（提前五17、19；雅五14；彼前五1等）。

多位長老，一位監督

保羅以複數名詞表達「長老」一詞，有可能表示每間教會都有多名長老。根據使徒行傳二十章17節「保羅從米利都打發人往以弗所去，請教會的長老來」的「長老」是以複數表達，而「教會」（*ekklēsias*）卻以單數名詞表達，由此可見一間教會絕對有可能出現多位長老，即使如此，保羅依然可以不需要以複數名詞形容克里特教會的長老。我們不能只從文法上看這種的表達。

複數的長老可能暗示著一間很有系統的大「教會」當時的狀況。從提摩太前書三章看，我們可以肯定地説，當教牧書信成書的時候，教會已經發展為一個有多位長老和多位執事的羣體。然而，問題並不在於多少個羣體或多少位長老。根據我們對以弗所的認識，這城市可説是一座大城，社會階層包括為數甚多的奴隸以及少數的非奴隸。根據我們對新約聖經的認識，歸信往往（但不一定是）是一家一家的（參徒十六31；林前一11）。假如歸信的家庭散居於像以弗所這樣大的城市裏的不同角落，而當時的奴隸又不可能離開自己崗位，那麼，那些奴隸就無法聚集在某一個中心地點崇拜。他們可能去到所住家庭附近的聚會點。因此，以弗所最有可能是有一間教會，而這教會是由多個家庭教會組成，這教會可能是由一位或多位長老管治，而其中一位是「一家之父」。我們並不清楚教會發展成多位長老，究竟是保羅對發展教會的一種理想，抑或只是當時處境的需要。為了方便管治，每個家庭教會可能亦有一位長老，而一所大型教會內有多位長老來管治。但是，從提多書複數長老的表達，就可以肯定地說，克里特每個城鎮都有多個家庭教會，因此每個城鎮就出現多位長老。至少，第 7 節單數的「監督」說明了這位監督是所有監督或長老的榜樣。

孟恩斯認為提多書使用了兩個詞彙足以說明，初代教會並未確定哪一個稱呼才是公認的(參徒二十 17、28)，這名稱可能於當時是互用的。至於這個稱呼最後有沒有得到當時教會的確認，就不可而知了。然而，我們應該從一個文學與修辭角度去思想這個差異。就內容而言，沒有證據顯示保羅在第 7 節正在討論另一個稱為「監督」的人；就文法而言，我們不可以把兩個稱號當作是兩個職事，因為第 7 節是以「因為」(*gar*；「和修版」沒有將這連接詞譯出來)開始。換言之，第 7 節是進一步解釋 5 至 6 節的內容。保羅使用兩個不同的詞彙，是有他的目的，極可能是為了傳遞對同一個長老職事的兩個不同概念。當他使用「長老」一詞，或許表示他對教會領袖的尊敬，而「監督」一詞則表示他們崗位要擔負的工作。保羅在接著的內容沒有作任何解釋，也沒有說明使用兩個不同的詞彙的原因，這再次表示保羅和提多彼此已很了解對方，所以也很明白這些詞彙的意思。提多只需要向克里特教會讀出這封信，而不需要保羅加以說明當中的意思。

假如人的行為與他的年齡相符，那麼，年長的理應受人尊敬(二 2；參提前五 1)，二章 2 節「老年人」這用語與一章 5 節「長老」一詞很相似。由此可以推論教會中的老年人很可能就是長老，因為「一家之父」(*paterfamilias*)往往都是年老的人，但這也不是必然的。我們怎樣知道年齡並不是委任長老的惟一要求呢？試從保羅用詞的方式作討論。雖然「長老」(*presbuterous*)這詞同時帶著老年人的意思，但保羅在二章 2 節提及的「老年人」，卻用了*presbutēs*這另一個詞。即使前者包含後者的意思，但保羅卻不用前者，他極可能是要將長老從老年人區分出來。這反映了「長老」這詞對於保羅來說，其意義超越於年齡以外，而是一備受尊敬的身分。

3.1.2.2 從名義帶出長老的主要職分

保羅在第 7 節使用了「監督」一詞，可理解為他以另一個詞彙來表達長老的職事。沙阿爾拿（Risto Saarinen）把「監督」理解為長老工作的一部分。總括來說，長老的工作就是監督教會。他們具體的工作可能包括在家庭中舉行家庭聚會，因此，當提及長老的資格，保羅只集中討論他與家庭的關係是不足為奇的。他要懂得監督家庭，才能管理教會。**「監督」的動詞**（*episkopeō*）也出現於羅馬的社會架構中。在羅馬的制度下，作領袖的要監督他下屬的事情。因此，保羅藉著使用兩個詞彙來表達成為長老的兩方面：被尊敬和領受職責。保羅根據由羅馬人創立的家庭和社會架構來討論長老制度的結構，為要展示一個像羅馬人建立穩固的制度，但同時又指出他訂的制度是有別於羅馬制度的管治。第7節「管家」（*oikonomon*）一詞，是表示在一個家庭或在一個政治處境下作管理工作的人。在每個城鎮委任長老（一5）聽來好像羅馬政府在各城鎮委任一個官員，去治理不同的政治區。換言之，由上帝設立嶄新的政治與家庭體系裏，長老有著重要的功能。從神學角度來說，保羅正正就是要描繪一幅上帝在祂新的國度裏所創建新社會的圖畫。

「監督」的動詞 episkopeō 在新約聖經出現2次：希伯來書十二章15節（譯作「謹慎」）；彼得前書五章2節（譯作「照顧」）。

3.2 長老的質素（一6～9）

當提出了提多當今在克里特的急務後，保羅接著是要描述作為長老的一些質素，就是要有良好的個人品格（6～9節）。這段經文與提摩太前書三章1至7節十分相似，且近乎平行。保羅在提多書這段經文用了2次「**無可指責**」（*anegklētos*；6、7節；另參提前三2）這詞彙來表示他要勸勉長老的兩個主題：第一，自己的家庭無可指責（6節）；第二，個人的行為無可指責（7～9節）。

若參考「和修版」，提摩太前書三章2節也出現「無可指責」，但這詞的原文 anepilēmpton 與提多書一章6節的不同。即使用不同的詞彙，意義卻相同。

分段大綱(一6～9)

1. 自己的家庭無可指責(一6)
   甲、對待異性(一6上)
   乙、教養兒女(一6下)
2. 個人的行為無可指責(一7～9)
   甲、負面的行為(一7)
   乙、正面的行為(一8)
   丙、堅守教義(一9)

3.2.1 自己的家庭無可指責(一6)

當提到管理家庭，保羅提醒作長老的要先好好管理他與異性的關係，並好好教導自己的兒女。保羅雖然只用1節經文，卻很詳細地描述作長老的應如何管理家庭，這教導十分適切他時代的人。保羅認為長老對待家庭的原則是「無可指責」，意即是作一個婦人的丈夫，並且有信主的、服從約束、不放蕩的兒女。這樣，「無可指責」不是說他個人從不犯錯，而是說他**不會被別人嚴厲指控**沒有管理好他的家庭。就保羅所關注教會的見證而言(二1～三8)，他最不想見到的是，教會其中一位長老在異教徒和猶太人當中敗壞了福音和教會的名聲。對於異教徒而言，他們可能會認為這個新羣體與一般的希羅組織沒有多大分別；對於猶太人而言，他們會指控這個新羣體只是一個道德上的笑柄，因為他們沒有猶太教裏令人感到自豪的優點。

斯托得(John R. W. Stott)指出，保羅在無可指責的要求裏，預視一個集體認同的道德觀。提多要揀選長老，候選人也必須達到會眾的道德要求。斯托得的說法是正確的。

3.2.1.1 對待異性(一6上)

作長老的是要作「一個婦人的丈夫」(*mias gunaikos anēr*)。這短語是可以引起一些爭議，因為現代有部分華人教會把這節經文理解為作長老的必須是已婚的。假如把這短語放置於當時已歸信的家庭處境中，婚約一般來說就是為了「一家之父」度身訂造的，而這「一家之父」自然也成為教會的長老。再者，這項要求也可能顯示了保羅沿用源於猶太傳統對猶太人加入猶太議會的基本條件，來對長老作出同樣的要求。這資料可以從較後期的資料來源尋找到，但是這些來源都是不完整的，以致我們無法確定事實是否這樣。

然而，在此仍可以根據歸信家庭當時的社會歷史處境，去尋找另一個方法理解這短語的意思。假如家庭是教會聚會的地方，那麼，身為丈夫又是長老的，與他的妻子之間的關係，對外人而言就是一個很重要的見證了。因此，這為的是一個見證，而非一個人的婚姻狀況，現代解經家不可以只因為當時社會環境而把婚姻定為一個對長老不假思索、不可改變的定規。故此，*mias gunaikos anēr* 這短語其實很可能不必是有一個妻子的人才可以作長老。保羅這個對克里特教會的要求，並沒有出現於羅馬當時的社會中。原因是甚麼呢？筆者相信這是與道德範疇有關，而非婚姻狀況。加利（John N. D. Kelly）堅稱這個詞彙「只適用於描述在妻子死後，或離婚後沒有再婚的男人」，但他的觀點並不正確。斯托得以耶穌的教導（參太十九9）和初代教會的詮釋為論據，較為溫和地説它的意思的確可以指離婚後沒有再婚的男人，但試從字面解釋這短語，它可直譯為「一個女人的男人」。這短語可能是當時一個通俗用語，用來指結了婚的或沒有結婚的人。「有一個女人的男人」可以用來表示一個人如何對待異性。以一個已婚的男人來説，他就要對他妻子忠誠；以一個沒有結婚的男人來説，就是以貞潔對待其他女人。婚姻只是一個作描述用的主題，為要説明長老在性倫理方面的要求，而不是律法主義上的一個規條。換言之，人不能站在兩個極端去看領袖。保羅並沒有如羅馬天主教般主張領袖要守獨身，也沒有如一些華人教會般要求作領袖的必須已婚。否則，保羅可能就會被排斥在有資格的長老名單以外了，雖然大部分按字面來詮釋的解經家可能辯説，保羅本身都「不是」長老，所以這要求與保羅無關。這似乎不是保羅一向處理事情的方法。保羅的重點其實並不在於單身與否，而是貞潔與否。

3.2.1.2 教養兒女（一6下）

保羅的教導看來都很直接，但若把對兒女的要求應用在現代的處境中，卻會引起許多爭議。表面上，這個吩咐看似直接，但當我們稍為細心地將現代人對這個要求連於婚姻的契約上，便會發現它其實是在挑戰我們詮釋經文的能力。當然，若認為長老必須有兒女——就如必須已婚般——才能擔當這個職事，實在是不可思議。事實上，保羅許多直接的吩咐，簡單如對長老的要求，對現代詮釋學也是一個很大的考驗。不過，理解這節經文仍有不同的方法。

首先，可以直接地解釋為兒女必須是信徒。這種解釋之所以被接受，只因為在一個家庭結構中，一個強而有力的領袖帶領的家庭，理應會使一家人都歸信基督，而兒女的歸信只是整個過程的一部分。假如一個在羅馬家庭制度下作家庭領袖的，卻無法使他自己的兒女歸信基督，那麼，他如何能夠叫教會內其他的人歸信基督呢？很多解經家對 6 節「兒女也是信主」這短句中的「信」(*pista*) 的解釋，是受到「放蕩」、「不受約束」這兩個描述所影響，而修改了它的意義。有些解經家甚至會進一步認為，兒女不只是要成為信徒，甚至要在他們的言行上對上帝忠誠。根據初代教會時期的人歸信宗教的模式，無論父母信哪個宗教，兒女也會跟著父母歸信那宗教。就著 1 世紀的情況來看，兒女因父母而歸信是很自然的事，父母的歸信便是他們歸信的前設；反之，若兒女不歸信父母的宗教，這個家庭便出現問題了。整個有關兒女的歸信的詮釋，不會是當時受眾的問題，卻是現代人的問題。現代西方的基督徒，以及那些受到西方宣教運動影響的基督徒(例如大部分福音派華人基督徒)，大都認為信仰是屬個人的，而不是集體的事情。所以，兒女不一定會跟著父母歸信他們的宗教。相反，若放諸新約的社會處境來看，保羅在這裏提到兒女的歸信應該是必然的事，而不是一個目標。

第二，若根據 1 世紀的社會及宗教狀況來解釋第 6 節的「信」，這種理解可能性較高。就如一章 1 節當提及 *pistis* 這詞，可以解作「信心」，同時也可以指「忠誠/可信任」(參 2.2.1.2「解釋雙重身分的目的〔一 1 下〕」)。這樣，經文的焦點就不在於兒女是否成為基督徒(保羅甚至可能從來沒有這樣想過)，而在於兒女是否成為一個忠誠/可信任的人。這理解傾向指出他們是因為有忠誠這質素，而驅使他們自守不放蕩，而不是因為他們的宗教使然。這裏形容的「放蕩」，很有可能與醉酒有關(參弗五 18「不要醉酒，酒能使人放蕩」)，「不受約束」原文是 *anupotakta*，在新約聖經只出現4次（另外3次可參提前一9；多一10；來二8），都是用來指涉不順服的行為，它與不配合彌賽亞羣體的生活方式有關，這詞當出現於一章10節，是用來描述那些不順服的假教師的行為。換言之，長老的兒女的道德倫理，應該符合基督徒家庭的標準；至於兒女歸信的問題，就留待上帝來處理吧！在家庭裏，不受約束的兒女肯定會損害任何有意義的事工。為了家庭秩序而與兒女建立友好的關係，是一些羅馬人所重視的（參迪奧．屈梭多模〔Dio Chrysostom〕的作品 *Discourse* 40.41）。這種教養兒女的方針應該再次向現代的社會展示。由此可見，保羅的福音比世俗的哲學理念更加優勝。

3.2.2 個人的行為無可指責（一7～9）

討論過長老的家庭後，保羅如今重回到長老個人的事（7～9節）。在7節開始時，保羅提到監督一詞，這監督其實是指長老（參上文）。接下來，保羅重複提到「無可指責」的要求，並在7至9節進一步作解釋。這「無可指責」是指3方面的事情，首先保羅列出負面的行為（以5個「不」列出；7節），然後列出正面的行為（以6個「要」列出；8節）表達他對長老個人品格的要求，最後他再提醒長老要堅守教義（9節）。

3.2.2.1 負面的行為（一7）

保羅在這裏以5個「不」（*mē*），說明長老不可以作的事情：

- 「不自負」：*mē authadē*（另參彼後二10）
- 「不暴躁」：*mē orgilon*（只出現於一章7節）
- 「不酗酒」：*mē paroinon*（另參提前三3）
- 「不**好鬥**」：*mē plēktēn*（另參提前三3）
- 「不**貪財**」：*mē aischrokerdē*（另參提前三8）

馬歇爾將 plēktēn（「好鬥」）理解為欺負人的一種表現；aischrokerdē（「貪財」）原文是有「貪不義之財」的意思，「和合本」譯作「貪無義之財」，但「和修版」卻沒有將「不義」譯出來。

書信所提5個「不」的詞彙，除了提摩太前書及彼得後書，新約其他書卷都沒有提及過。即使如此，這一系列詞彙仍是基督教和非基督教羣體用來描述惡行的清單，而不能只說因為它幾乎不出現於新約書卷，而看為只是異教徒用來描述那些偏離他們道德倫理要求的清單。有這種想法是錯誤的，因為這樣是忽略了當時文化上獨特之處。加利評論說，在他的時代（即 20 世紀 60 年代）有很多人批評說，若把這份品格要求的清單當作是對現代人的要求，實在過於屬世了，但這卻正是重點。在加利的時代有人作如此的批評，說明了當時的人在聖與俗的價值觀之間出現了一條明確的倫理分界線；但必須留意的是，事情有時候並不是這樣黑白分明的。保羅是一個務實的人，所以他會處理信徒所面對社會上實際的問題。事實上，後使徒時期的「十二使徒遺訓」（*Didache*）也有類似的清單。❶ 沙阿爾拿對這些負面的質素，有一個很有趣的看法。他根據保羅所使用這些「不可作」的詞彙，與某些古典文學出現的平行記載對比，指出這些詞彙聽起來像是用來抨擊那些患了精神病的人。沙阿爾拿有這樣的看法，是因為他相信保羅是借用這些詞彙來指涉那些代表假教義的人是處於不健康的精神狀態。保羅不只為了譴責那些人，同時也有一個更廣的目的，就是指出一個有健康思想及不健康思想的人的分別。沙阿爾拿進一步解釋，當保羅在接著的經文使用健康的詞彙之時，是為了描述教會純全的教義。因此，從保羅使用文本互涉的技巧，可以反映出他的刻意。❷ 但是，在作出否定或支持沙阿爾拿的理論之先，可考慮他所提及的，確實也是一個值得思想的範疇。雖然提多或許已知道這些要求，但保羅仍要再作提醒，因為這封信要接觸更廣大的聽眾羣，而他們可能完全不明白保羅的要求。這些要求有可能也讓受眾預備自己去斥責教會內的煽動者（一 10）。這些負面詞彙中，最值得保羅一提的是貪不義之財的問題。他們的問題並不只是擁有不義之財，也是貪圖它。斯托得指出：「教導教義的老師得到他們所教導的人的供養是對的，但若因為貪愛錢財而利用他們的教導，就是錯的。」就著斯托得的看法，保羅在這裏要處理的不只是態度的問題。他直接進入問題的核心——在教會事奉的動機。

7 至 8 節的「不」可以分為兩個不同的類別，而這全都與成為一個優秀的監督（即長老）有關。第一，「酗酒」和「貪財」與長老本身的自我節制能力有關。若是酗酒，他就無法清醒地監督教會（下文將會交代在克里特有醉酒的問題）；

若是貪不義之財，他過於著重謀取個人利益，因而無法作出有利教會的決定。再者，假如他詐騙教會，他就與說謊的克里特人同樣不濟（參 12 節）。就著 1 世紀的人出現**修辭技能**這現象來看，假如作長老的主要目的是以他的修辭技能來賺取金錢，他就有麻煩了。

所謂「修辭技能」是以遊說技巧來說話的技能，務要說服受眾接受他的意見、思想或要求。這可能是說客一種賺錢的技能。

第二，長老本身與非家庭成員的關係也很重要。「自負」、「暴躁」、「好鬥」影響他處理其他人意見的方式。這些負面行為會阻礙他以謙卑、包容的態度監督教會，他也無法再聽取其他的意見和從比他更有經驗的人身上學習。當有與他不同意見的人出現，他的「暴躁」和「好鬥」傾向就暴露出來。若他不能控制脾氣，就無法處理教會衝突，也不能暢順地監督教會的運作。假如涉及欺凌的行為，他也沒有能力藉著修辭技巧以真理說服其他人，惟有倚賴他最基本的人類本能——恐嚇——來作領導。這份負面言詞的清單看似很理想化，事實上，它不但展示一個理想，也展示有別於一般希羅文化的處事方法。

對於希臘人，其中一個最偉大的價值就是尊榮。根據荷馬的著作（*Iliad*），它記載到有一場戰爭是源於海倫（Helen）被綁架（又或是私奔）而開始。海倫丈夫的尊榮受到損害，因而發起爭戰。即使要以暴力回應，並失去很多人的性命，作丈夫的也要取回尊榮。這故事反映了尊榮對希臘人有多重要。此外，精明和狡猾都是希羅文化重視的，保羅所列出的完全源自他的猶太背景，因為它與異教徒的標準完全不同。新羣體於一個異教環境裏，是為彌賽亞作見證。這份清單凸顯的，不但是有別於希臘人或羅馬人對他們的領袖期望的領導方式，更展示了一個新的身分。為免我們只看見一份清單，卻完全看不到保羅的爭論，在此一提的是，鼓勵自我節制的其實是斯多亞派式（Stoic）的一種理想，而抑制情慾也是斯多亞學派的一個特色。在作為理想長老的描述裏，也須具備某些情慾上的抑制。不過，在此卻與斯多亞派有一些分別，其分別在於這個理想背後的動力並不是一套希臘哲學，而是彌賽亞的福音。就如較早前有關的討論，指出教牧書信裏會帶出一些理想的理念（參 1.6.4.3「不同階層的領袖之間的關係」），而這裏便是一個很好的例子，說明保羅把理想的長老職事化為一個新的身分，而這身分是有別於克里特人的文化所描繪的。

3.2.2.2 正面的行為（一 8）

在眾多「不」的評論後，保羅在 8 節正面地討論長老應有的哪些質素，然後再提及長老要如何堅守教義。保羅如此鋪排他的內容，並不表示教義不重要，而是因為事奉人員的品格是這封書信的焦點。克里特教會很有可能面對比教義更大的挑戰，就是品格的問題。又或從另一個角度看，我們可以這樣說：教會內的人與「律法教師」（或許是指主張猶太教主義的人）在宗教上的爭論，並不如他們在異教徒面前作見證那般重要。在權衡這兩個重要議題中，保羅較關注信徒要如何作好見證。

第 8 節以「卻要」（*alla*）作開始，表明接著的內容是與第 7 節相反的。8 節的清單似乎是與 7 節下所描述的反義。根據 8 節所列出的，共有 6 個正面的詞彙表達長老應該做的行為，就是：

提摩太後書三章 3 節出現的是 philagathon 的反義詞 aphilagthoi。

- 「樂意接待外人」（*philoxenon*；參提前三 2；彼前四 9）
- 「好善」（*philagathon*；參「所羅門智訓」7.22；**提後**三 3）
- 「克己」（*sōphrona*；參二 2、5；提前三 2；另參「馬加比四書」1.35，2.2、16、18、23、3.17、19，15.10）
- 「正直」（*dikaion*；提前一 9〔「和修版」譯作「義人」〕；提後四 8〔「和修版」譯作「義」〕；另外這詞彙在新約其他書卷都較多出現，不在此列出）
- 「聖潔」（*osion*；這詞在舊約書卷較多出現，而在新約書卷則有：徒二 27，十三 34、35；提前二 8；來七 26；啟十五 4，十六 5）
- 「節制」（*egkratē*；「多比傳」6.3；「馬加比二書」8.30，10.15，17，13.13；「所羅門智訓」8.21；「便西拉智訓」6.27，15.1，26.15，17.30，1.39）

從上述列出的參考經文，可以為這清單內所使用的詞彙作出以下結論：

- 除了「聖潔」一詞在新約書卷出現次數較多外，其他的都甚少出現。
- 這些詞彙曾出現於不同的新約書卷，包括：使徒行傳、提摩太前書、提摩太後書、希伯來書、彼得前書、啟示錄。即使如此，出現的次數也不多。

- 這些詞彙也多次出現在典外文獻裏。
- 即使提摩太前書有列出這些詞彙，但都不是全部出現於三章1至7節(與提多書平行的經文)。其中沒有出現的包括：「好善」、「正直」、「聖潔」、「節制」。

此外，這些詞彙與希羅時代一些哲學或歷史學家論及道德倫理體系中常用的詞彙平行出現(參**伊比德圖**〔Epictetus〕的 *The Discourses* 1.28.23；**普魯他克**〔Plutarch〕的 *Moralia* 140c, 776d；**波利比烏斯**〔Polybius〕的 *The Histories* 6.53等)。保羅無疑在希羅倫理觀念中找到很多與基督教道德觀共通的地方，但不同的是保羅的這些觀念是建基於其彌賽亞式的信念裏。「好善」、「正直」、「聖潔」、「節制」這4個詞沒有在提摩太前書三章1至7節出現，原因很簡單，因為這是對應克里特這地方不道德的情況，這可見保羅寫提多書是富有當地色彩的(參一12)。因此，在一個不道德的環境裏，長老的貞潔顯得十分重要。

伊比德圖(公元55～135年)是羅馬時代一位斯多亞學派希臘哲學家；普魯他克(公元46～120年)是希臘歷史學家及傳記作家；波利比烏斯(公元前200～118年)是希羅時代一位希臘歷史學家。

在這一系列詞彙中，仍有一點須留意：首兩個詞「樂意接待外人」及「好善」原文所用首個字母都是 *ph*，這以頭韻作開始是一種文字遊戲，以幫助聽者記熟這兩個詞，而這兩個詞用來表達對某些人或物的愛慕。保羅要求所有基督徒樂意接待人(參羅十二13，十六23)，這表示他們對別人的愛，而好善則表示愛慕那些尊貴的質素。韋特寧頓(Ben Witherington III)指出，在世俗社會裏，基督徒要擁有這些尊貴的質素是十分重要的，因為這樣就可以避免非信徒看基督徒為討厭的人。換言之，長老的心是向著那些需要幫助的人，以及向著追求尊貴的質素，而不是為追求不義之財和放縱自己(一7)。為甚麼保羅要在這裏特別提到長老的品格？莫非其他的信徒就不用如此了嗎？事實並非如此，只是保羅的重點並不在於信徒整體，而是在家庭中的首領——長老。假如初代教會的發展模式是倚賴富裕**家庭的恩庇者**慷慨的施予，這

路加福音及使徒行傳提及的提阿非羅大人，又或羅馬書十六章24節提及的財務官以拉都，可能就是這些恩庇者。

個品格的要求就是假設了長老應該有他的途徑及空間服事那些有需要的人，而他的服事不是為滿足自己的私慾。因此，保羅不只是在討論某些僵硬的質素，更是指向長老與人的關係、他的品格，以及處理事情的優先次序和心態。

3.2.2.3 堅守教義（一 9）

除了良好的品格，長老也要持守他所領受的信息（9 節）。「堅守」這詞表示保羅假設了長老早已從其他人學習「可靠之道」，如今便要守著它。一個好學生將來會成為一個好教師；同樣地，一個好的教師也要先成為一個好學生。*kata tēn didachēn pistou logou* 這短語事實上可譯作「對應著那所教的信實話語」。但是「那所教的」（*tēn didachēn*）和「信實話語」（*pistou logou*）都是單數，所以這裏不是指正統教導的多元性，而是表示教導的合一性。馬歇爾觀察到：「雖然新約較早寫成的書卷已有一套既定、認可的教導觀念，但到了寫教牧書信之時，這觀念更需要凸顯出來，原因是教會正處於面對異端的處境中。」因此，單數的教導是指一個忠於保羅的傳統教導，而那是在建立信仰羣體最早之時已傳遞給克里特人。這些長老最初的教師很有可能就是提多或保羅。保羅在此要求他們堅守這些重要教義，是有兩個原因。

「健全的」原文 ugianousēi 是分詞作名詞用，它的名詞是 ugiēs。這名詞曾出現新約書卷多處地方：太十二 13，十五 31；可五 34；約五 6、9、11、14、15；徒四 10；多二 8。

第一，長老需要持守保羅和他的同工所教導的教義，以至他可以透過一個健全而有力的教義來鼓勵其他人。保羅形容這些教義為「**健全的**」（*tēi ugianousēi*；這詞可以解作「純全」），它頗常見於醫學用法（一 13，二 1、2；參路五 31，七 10，十五 27；提前一 10，六 3；提後一 13，四 3；約叁一 2）。保羅在這裏以一個醫學用語來描述教義，是在延續一個「身體－教會論」的傳統，他這種表達只見於教牧書信。換言之，正確的教義對教會的純全和合一十分重要。這個獨特的詞彙用法與教會純全的整體觀念很配合。提多肯定知道這一點，因為他曾與保羅緊密合作，一同在哥林多宣教（林後八 16～24）。雖然克里特人不一定知道這一點，但保羅肯定想使用他這個「身體－教會論」去提醒提多，要教導教會這個神學真理。一所有病的教會是一所沒有受教或受了錯誤教導的教會。

第二，長老需要持守初代教會的傳統，目的是為駁斥那些反對正統教義的人，並堵住對方的口（一 11）。保羅在這裏從那些對初代教會的教義有許多不同理解中，呈現了一個統一的教義。這些聲明十分重要，因為它們說明了初代教會的領袖都同意某一個對教義最基本的理解，而這個最基本的理解需要代代相傳。至於他們怎樣理解那些教義，我們無法肯定。我們只能推斷，信仰的核心就是不需要猶太禮儀的救恩，而是耶穌的傳統。它強調的是耶穌的倫理教導，他的死亡和復活。另外，它也可能指某個以基督論敍事進路來理解舊約某些書卷，例如摩西五經、以賽亞書和詩篇。筆者認為應以敍事理解，因為不是所有外邦人的教會都有那些抄寫下來的舊約書卷，不過他們大都能夠理解那些著作中所陳述的故事。保羅在這裏以文字當作圖畫，來描繪有關克里特教會的故事。基督的身體——教會——在野獸的口裏被吞噬，這些野獸必須被驅逐出去（參一 12）。

信仰反省：長老的身分與職事

「長老」和「監督」這兩個詞彙究竟如何應用在信仰生活中？從第 6 節提及長老要如何與異性相處，以及好好治理他的家，表示了他在家（或家庭教會）裏有一定的尊榮，因此，雖然這一節談論的是行為，但確實是與他的尊榮有關。須留意的是，如果家庭裏的問題也屬於討論長老的一部分，長老的尊榮必須先從他的家庭裏確立。至於監督的工作，7 至 8 節的討論似乎更加重要。在談論他的工作之先，所要求他的，是要他有良好的品格：自我節制和有良好的溝通技巧（沙阿爾拿稱這些質素為「社交技巧」）。這可能是說明了保羅在處理兩組不同的品格（負面及正面）時，使用了兩組不同的詞彙來表達兩個重點。

另一個與長老職事相關的議題，就是選立長老要考慮的性別問題。這事究竟如何應用在現代社會裏？保羅明顯認為長老是屬於男性的特權。論到女性在福音派世界的領導角色時，這個爭論往往十分激烈。激烈的爭論是因為很多人會把這幾節經文當作教會政策的基礎。事實上，經文不能作如此的理解。這些經文並沒有支持或否定男／女性任何一方的領導地位。當時的女性可能沒有受過教育，她們主要的工作是在家中打理家務及照顧孩童。在這情況下，她們很難登上長老這領導的位置。再者，當時的女性甚至也沒有機會擔任羅馬議員。在這社會背景下，我們便可以推論，沒有女性作長老根本就不是因為保羅看輕女性，而是與當時的社會處境有關。我們只能說，在保羅的時代，基於種種不同的因素，男性自然會擔任領導的角色。這只是歷史問題，不能放諸今天的處境中。反之，我們卻要使用歷史處境化的方式，使我們更清楚的見到，保羅撰寫關於長老這議題的討論，重點是為了反對當時那個處境裏出現的假教師。切勿將重點轉移至性別歧視這議題上。若果我們不顧及當時核心爭論的處境，就無法將經文應用在今日的信仰羣體裏。

3.3 按立長老的原因——對抗煽動者（一 10～16）

提供了初步的長老職事要求後，保羅繼續描述需要按立長老的原因（10～16 節）。根據 9 節和 10 節之間出現的修辭分段標記「因為」（*gar*）這連接詞，10 至 16 節其實是接續 6 至 9 節的討論，它雖然屬另一段落，但仍是圍繞同一個議題來討論。10 至 16 節清楚說明需要長老的原因：有煽動者——假教師及說謊話的克里特人——的出現。保羅從兩個方面來指出他們的行為，並教導提多要如何回應。第一方面要指出假教師的 3 重不道德的行為及如何回應他們（10～11 節）；第二方面是指出他們說的謊話及如何對應他們的謊言（12～16 節）。

孟恩斯認為基於提摩太前書已使用了較長的篇幅去討論假教義，而單憑提多書一章 10 節的「因為」，是不足以表示在克里特有很多事情正在發生，或較所寫下來的還要多。孟恩斯似乎不認為異端在克里特的影響很大。

換言之，設立長老不只為了教會運作，也是為了駁斥從教會以外進入的，並且在教會內部發起煽動的入侵者。因此，1 至 16 節這段落的核心並不只描述這些煽動者，更帶出保羅留下提多在克里特各處設立長老的原因。**孟恩斯**對此事有他的論點，但筆者不確定孟恩斯所說煽動者在提多書裏扮演著微不足道的角色是否正確。假如委任長老是為了對抗當時的假教義，就如 10 節的「因為」所指的，那麼，傳假教義的人就似乎無處不在，甚至在「各城」裏了（5 節）。

精簡地分析這些負面及正面詞彙後，解經家往往會將這段經文與提摩太前書三章 1 至 7 節作比較。這兩段經文確實有相同的地方，但也有相異之處（參本書第六章）。然而，相同的地方似乎表示保羅對教會職事資格的要求都是相同的。或許保羅曾經列出一些章則，吩咐他的門生按此來管理教會。若是這樣，凡差異的地方可能就是修改原本章則的那部分，目的為了配合當地教會的需要，特別是提多所牧養相對較雛型的教會。不過，假如真的有一份章則，為何提多會不知道，而要保羅寫信告訴他？同樣地，為何保羅也要如此提醒提摩太？豈不是因為他們兩人都需要一些白紙黑字的證據，向當地教會的人證明這就是長老的資格嗎？難道這不是保羅留下一些寫下來的東西，以至提多（或提摩太）需要牧養保羅其他教會時，可以用得著嗎？這些修辭上的問題是重要的，也是值得我們留意的。

分段大綱（一10～16）

1. 駁斥假教師3方面的行為（一10～11）
   甲、對假教師3重的描述（一10）
   乙、回應他們的行為（一11）
2. 駁斥克里特人的謊話（一12～16）
   甲、說謊話（一12～13上）
   乙、嚴厲的責備（一13下～14）
   丙、指出敵對者的敗壞（一15～16）

3.3.1 駁斥假教師3方面的行為（一10～11）

第10節以3個形容詞來形容這樣的人：「不受約束」（*anupotaktoi*）、「**說空話**」（*mataiologoi*）和「**欺哄人**」（*phrenapatai*），第9節下說要駁斥的就是這些人。然後，保羅再指出回應他們的方法就是，堵住他們的口。

mataiologoi 和 phrenapatai 原文是兩個獨立的形容詞，指「說空話的人」和「欺哄人的人」。「和修版」將它譯成「說空話欺哄人」。

3.3.1.1 對假教師3重的描述（一10）

這3重描述又要說明甚麼呢？保羅對他們的描述涉及3方面的事情：

- 「不受約束」。這詞與6節用來形容兒女的「不服約束」（*anupotaktos*）是同一個詞彙，只是後者是一個形容詞，而前者則是形容詞作名詞用，這形容詞一般是指沒有秩序的行為。若從榮辱的觀念來理解，如果家庭中有這樣的兒女，對於長老的家庭是一種羞辱。若再作類比，這家若出現這樣的人，上帝的家就蒙羞辱。再者，兒女若不服約束，他們就是拒絕順服他們敬虔父母的權柄；同樣地，當假教師不受約束，他們也就是拒絕順服他們敬虔領袖的權柄（也就是指拒絕接受保羅和他的同工提多的使徒權柄）。

- 「說空話」。說空話可直譯為「說廢話的人」，他們滿口所說的話沒有一句是有真實內容的。當保羅用這詞，所指的是他們所傳講的信息，無論對聽的人或講的人，都沒有任何價值。說空話的人與不服保羅的話有連帶關係，這是第一個錯誤的合理發展：他們拒絕學習真理（即是不順服保羅），導致他們那假的教導包含了空泛的內容。
- 「欺哄人」。那欺哄人的，所說的話帶著的是錯誤的意圖和錯誤的信息。

就這個3重指控來看，不順服不只導致那些被誤導的跟隨者說話沒有內涵，也沒有真理。保羅不只想到一些個體，他也擔心他們對整個羣體的影響。因此，總括來說，這羣體在信仰上既非正統，行為和動機也是不道德的。

3.3.1.2 回應他們的行為（一11）

保羅指出解決煽動者問題的方法，就是要令他們的口「被堵住」（*epistomizein*）。保羅同時也提出這樣對待他們的理由（11節）。*epistomizein* 這詞彙不但在新約只出現1次，在希臘其他著作中，都不是一個普遍使用的詞，它曾出現於1世紀末到2世紀初期的著作中，而普魯他克較多使用這詞（*Life of Antony* 28；*Cato Minor* 38等）約瑟夫的《猶太古史》用作為動物的咀套上口套（*Antiquities of the Jews* 17.251）。從這些作品對這詞的用法，反映了保羅使用了一個生動的詞彙，提醒提多要如何面對這些假教師。這與12節的引文很配合。保羅提出這樣激烈的行動對待假教師，因為他們的信息損害家庭教會，也損害他們的家庭。「敗壞人的全家」中的「全家」（*olous oikous*）是複數，表示假的教導正在廣泛地流傳。保羅並不是反對那些在成長中的基督徒因無知偶爾會「弄錯」教義，而是反對那些連自己都不知道在說甚麼，或是刻意扭曲真理的教師。他們帶來的影響十分之大，因為一個家庭除了包括核心家庭成員外，也包括奴隸，以及其他為一家之主工作的雇工。複數的「全家」也暗示保羅並不只是指一個家庭中所有成員，更是指多個家庭。由於假教師的目的是「欺哄人」（10節），所以必須以激烈的行動制止他們。

保羅以「貪不義之財」（*aischrou kerdous charin*；可直譯為「以賺取羞恥的財物為樂」）這修飾從句來表達他們極壞的情況，這與7節「**貪財**」（*aischrokerdē*）對應。保羅在這兩節內所說的基本上都是同樣的話。追求不義之財的長老展示了敗壞的品格；假教師作假的教導，同時也展示他們的品格出了問題。兼且，這裏的描述，似乎表示假教師是自知並刻意地教導那些胡鬧的道理，他們的目的是要調走家庭教會中的貲財。若退一步看，即使他們有正確的動機，錯誤的教導如何有道理，不竟仍是錯的，何況帶著錯誤的動機？那錯誤就更加糟糕了。對待這樣的人，保羅主張要以激烈行動來回應。就著這一點，我們要先返回那從家庭而組成的信仰羣體的理論基礎：損害克里特的家庭會帶來危機，也損害基督徒的身分。

這詞是一個複合詞，由 aischros（不誠實）及 kerdos（賺回來的東西）這兩個名詞組成。

3.3.2 駁斥克里特人的謊話（一12～16）

保羅引用了一句諺語「克里特人常說謊話，是惡獸，貪吃懶做。」（12節）來指出克里特人負面的品格：說謊話。保羅也提出回應他們的方法，就是嚴厲的責備。

3.3.2.1 說謊話（一12～13上）

有學者認為這引文來自埃庇米尼得斯（Epimenedes），❸ 但其準確詞組似乎早已失傳。這是其中一句保羅有解釋的說話。這諺語背後帶著一個來自希羅文化的悠久傳統，它也很負面地描述克里特人，其部分內容也可以在不同的**希臘著作**中找到。斯托得相信12節可能是指向11節所提

這些著作的作者包括：柏拉圖（Plato）、亞里士多德（Aristotle）、波利比烏斯與西塞羅（Cicero）。

的假教師。他固然可以有這樣看法，但是根據 13 節的責備，它或許應該指向克里特教會的會眾。在本書的第一章（參 1.3.3.2「關於克里特島」），我們早已探討過克里特歷史的文明，其中所描述的都較為正面，但保羅的引文描述這地方的人卻很負面。筆者認同這個引文可以作為保羅在提多書列出某些道德要求的背景。這引文指出，即使有美好的文明也無法確保當地人一定有好的道德倫理。克里特人之所以被看為醜惡，重點並不在於諺語的內容，而是在不同歷史時段也有不同的作者從不同的角度都使用了這引文。克里特人或許都不是經常地粗暴和說謊，但是較接近保羅時代的作者西塞羅，卻對克里特人有負面的想法。因此，克里特人出現倫理問題已是悠久的事，甚至早於羅馬統治時期。對克里特人定性為「說謊」這看法更導致希臘語出現了「說謊話」（*krētiszō*）一詞（參普魯他克的著作：*Life of Aemilins* 23；*Lysander* 20）。

這諺語本身是帶點諷刺意味。假如他們中間有一位先知——應該是在保羅之前 600 多年活著的埃庇米尼得斯——說克里特人是說謊的人，那麼，這位先知到底在說謊，抑或說真話呢？另一個更諷刺的是，早已有人聚居，而又文明的克里特，且早已被譽為再沒有野獸出沒的地方，何以埃庇米尼得斯會使用「惡獸」這詞？那麼，「惡獸」很可能就是指這個島嶼上的人。保羅在 11 節已採取了一個用來描述動物的詞彙「被堵住」來諷刺克里特人，他在 12 節繼續帶出這諷刺性的表達。

總括來說，這句話有兩個帶諷刺的地方。第一，我們不知道埃庇米尼得斯到底是在說真話抑或只是故弄玄虛；第二，雖然克里特是文明的，那裏的人卻奇怪地比喻為島上的野獸。保羅也以兩個方法來解答這些問題。第一，他表示埃庇米尼得斯的見證是真實的（13 節上），他也澄清了埃庇米尼得斯是認真地說，而不是在開玩笑；第二，他藉著以真教師來堵住任意說話的動物的咀（11 節），以及嚴厲地駁倒他們（13 節；參林後十三 10）來解決問題。

3.3.2.2 嚴厲的責備（一 13 下～14）

在理解這個看似嚴厲的斥責時，我們必須以希臘道德哲學和文化為背景看這樣的斥責。受責備某程度暗示了那受教導的人正受著某程度的教育，這批受教育的人必定是在社會中有地位的人，因為只有他們才有機會受管教。亞里士多德是希臘人最偉大的智者，他的道德倫理觀只傳授給精英分子，並只以上層社會的男人為對象，女性和奴隸卻完全沒有分兒；但是，保羅的教導卻不同，他的教會總有不同階層的人，而他的責備説明了一件事：保羅期望每個歸信的人，無論他屬於社會哪一個階層，都應有很強的道德倫理觀。他相信尊貴的身分並不是來自天生貴族家庭，而是來自他們是否重視上帝所賜予的永生（參一2）。若從希臘的道德倫理觀的框架看，保羅的責備其實就是把克里特所有社會階層的人封為貴族，可見保羅對信徒是有很高的要求。在嚴厲背後可以反映出保羅所宣講的福音是給所有階層的人，而這些人全部都要實踐這福音。對於保羅而言，這是沒有例外的。保羅吩咐提多以嚴厲的責備對待假教師，背後是有他的原因。根據第9節，要有嚴厲的責備，其目的不是為了引起憤怒，而是去幫助這些人「**在信仰裏健全**」。除非保羅的關注是教會的健全，否則教導怎可能是健全？得到健全有時候是需要採取激烈的行動，這可能是惟一方法，就如保羅在這裏所主張的。另一個動機是要令教會內的人不聽從「猶太人無稽的傳説」和「背棄真理之人的命令」（14節）。

en tē didaskalia tē ugiainousē；「和修版」譯作「將健全的教導勸勉人」。

説謊話的是哪種族的人？

究竟誰在説「無稽的傳説」及「命令」？若只有14節，我們很容易會把説話的人（或煽動者）如此失敗的行為，完全歸咎於猶太裔的人，不過經文並沒有清楚説明克里特的煽動者是屬於哪種族的人。若果必須以煽動者的種族為焦點，保羅肯定會把這責任歸於克里特的外邦人身上，因為他們就是那羣聽從這些話的人。原因是基於保羅在此完全不引用舊約聖經作教導。此外，在這時期克里特島的居民中，猶太人算是佔小數的。再者，猶太人不會有家庭教會的宣教事工。孟恩斯甚至把12節這引文，理解為保羅在描述克里特社會部分的情況。但更正確的是，保羅的重點是在克里特教會的情況。這節顯然有部分是描述克里特教會的假教師，同時也有部分是描述他們的聽眾。煽動者很有可能是那些學會了猶太教某些教義的外邦人。他們扭曲了這些理念，違反真理，並為了個人利益而教導他們自己的宗教。

這段引文諷刺地指出假教師是外邦人，這些外邦人學會了一些扭曲了的猶太教教義。斯托得似乎想為保羅的修辭並沒有種族偏見而辯護。然而，筆者認為不應像斯托得那樣說，把這句話只理解為指向假教師，因為 13 節下的「為這緣故」（*dia ēn aitian*）把 12 節的諺語和接著尖銳的責備相連起來。因此，這個諺語是 11 節和 13 節下的內容的轉接位。由於第 10 節論到那些來自「奉割禮」羣體的人，因此假教師極可能就是受了割禮的外邦人，但是太過仔細地標籤這些煽動者會帶來更複雜的問題。他們的信息比他們的身分更加重要。

3.3.2.3 指出敵對者的敗壞（一 15～16）

若仔細反思保羅借用這個原本形容社會的諺語，便會發現保羅其實是要指出假教師的道德倫理與社會的並沒有分別。很明顯，保羅期望真理的教師會持守基督教倫理，並拒絕世俗的核心價值。他們創建的宗教——即是保羅稱為「猶太人無稽的傳說」的——也許已錯誤地詮釋猶太教，而不是猶太教原本的樣貌。

究竟甚麼是「猶太人無稽的傳說」？若解經家嘗試解釋這些言語的內容，實在是個挑戰，因為保羅沒有提過這些內容，這也暗示了他的聽眾已知道這話的意思。15 節提及潔淨與信心，保羅在這一節使用了「污穢」（*miainō*）共 2 次。那麼，信心或欠缺信心會怎樣影響人的潔淨觀？保羅所反對的這個宗教，很可能對相關的食物條例有某種詮釋。在加拉太書的開始，同樣的問題也影響著保羅的宣教（加三 1～3）。我們必須留意，根據保羅所說的，這些煽動者是為了不義之財而這樣做的（多一 11）。換言之，他們至少知道部分真理，但卻選擇為了自己的利益而扭曲所知的真理。他們宣講的內容究竟是何物，實在令人摸不著頭腦。

當解釋 15 節，我們很容易就會簡單地解釋這節經文，說這些煽動者只不過教導人有關潔淨的禮儀，類似猶太教的教導。當然，這就如現代教會裏有一些人教導禁慾主義是潔淨和敬虔的真正標記。保羅並沒有主張那樣的屬靈生活，這一點從他給加拉太人的書信中得見（加二 15～21）。然而，另一個可能是習慣了非信徒生活方式的克里特人（多一 12）正與新的基督教倫理苦苦掙扎。

此刻，假教師為他們提供了一個出路：只要他們參與某些苦修，他們的罪就會被塗抹（現代教會也有很多類似的教導）。保羅繼而在15節稱那些鼓吹這信仰行為的人為「不信的人」（*apistois*）。保羅一直都很一致地把實踐信仰和信心結合起來，因此，相信真理的人就會實踐真理。

16節進一步確定他們的宣稱與行動之間是有差別的。雖然何爾馬斯（J. M. Holmes）說這些煽動者並不是基督徒，但筆者卻無法找到證據，指出他們認為自己是屬於某種福音的信徒以外的。從宗教模式來看，這一刻的猶太教並不熱中於宣教活動。他們所作的這些事對傳福音的宣教士會產生角力，他們甚至可能認為自己才是正統的。可惜的是，他們即使宣稱認識上帝，卻與他們所宣講的或所做的不相稱。因此，保羅形容他們是「可憎惡的，是悖逆的，不配做任何好事」。「可憎惡的」（*bdeluktoi*）一詞在新約書卷只在這裏出現（舊約書卷出現的有：箴十七15，另參「馬加比二書」1.27），且甚少在希臘著作中使用（參**埃斯庫羅斯**〔Aeschylus〕的著作 *Eumanides* 34）。這是一個表達極度鄙視的詞彙。「不配」（*adokimoi*）的意思是指無法通過測試。若是如此，保羅所指的是甚麼測試呢？16節上清楚指出他們「宣稱認識上帝」，但敗壞的行為卻有違於所宣稱的。這即是說，他們在克里特的工作已測試出他們「不配做任何事」，以致他們帶來了混亂，所以提多要去處理這混亂的局面。我們可以輕易見到，當保羅描述這些說「無稽的傳說」的人時，把他們形容為「可憎惡的，是悖逆的，不配做任何好事」，這表示了保羅看這些人大大傷害了教會和社會，而且從詞彙的語境中更體會保羅當時的感覺是何等的憤慨。

埃斯庫羅斯（公元前525～456年）是希臘一位作家，以寫悲劇為主。

討論完按立長老及按立他們的理由，保羅將長老與煽動者作一個對比，以凸顯保羅的論證。保羅以爭論的詞彙來處理克里特這班煽動者，這與對長老的描述產生強烈的對比。韋特寧頓在對比長老和煽動者的描述層面上，提供了一個很好的對比：

長老的行為	煽動者的行為
管理家庭	破壞家庭
無可指責的良心及工作	污穢的行為
不貪不義之財	為了貪財而肆無忌憚地教導
控制脾氣	像野獸般發泄行為
持守可靠的傳統	擁抱荒渺的言語
忠心、駁倒謬誤	以説謊欺哄

3.4 總結

為要了解保羅到底在創建哪種社會身分，以及克里特信徒之後到底有哪樣的身分，在此為第一章作一個詮釋上的撮要。克里特人顯然因著保羅之前在這島上的宣教，而熟悉保羅所論證的，他們也可能已掌握福音敘事的基本信息。另外，提多也肯定知道委任長老的要求，但是這些克里特人可能依然在社會道德標準和煽動者的苦修方案之間舉棋不定。藉著寫信給提多，保羅賦予提多向整個教會讀出這諭旨的自由，因著假教師敗壞的行為，就要設立領袖來堵住任何反對之聲。論到長老的資格，保羅表達了他對教會的道德倫理榜樣的要求。與其以技能和外表為焦點，保羅更重視關係建立，而這關係可以建立一個在道德行為上去見證，去保持其聖潔的教會。他嘗試藉著處理最有能力的成員——一家之主——來創建一個不一樣的社會。當一家之主成為眾人的榜樣，眾人便效法他而行。

信仰反省：神學教育與福音

第 9 節「堅守合乎教義的可靠之道，就能將健全的教導勸勉人，又能駁倒爭辯的人」所用的詞彙是直接描述真正教導的內容，也刻意與 11 節「貪不義之財，將不該教導的事教導人，敗壞人的全家」的假教導作對比。上述有關教導的討論雖然簡單，卻有深層次的意義及影響力。保羅先論到教義，再論到教導教義的能力。他假設長老能深入地理解核心的教義，而不是含糊不清的（即是他那個時代「無稽的傳說」）。長老的工作並不容易，因為保羅認為長老是有豐富的經驗，去詮釋聖經和教義，以確保教會有健全的教義。因此，長老要有良好的溝通能力。換言之，保羅寫提多書時，認為內容與修辭並重。內容沒經過修辭是無法正確地表達出來；而沒有內容的修辭或只有華麗的言辭，卻是空洞的。身為領袖的提多，他要興起一些好的教師，這些教師必須有能力辨別核心真理與從外而來含糊的教導，並且要清楚地傳遞這些真理。今日的教會——尤其是華人教會——往往缺乏保羅所要尋找合標準的人，因為很多作教導的既不明白核心的教導，也無法辨別哪些是從外而來含糊的教導。有些基督教機構甚至會以外而來含糊的教導為基礎，稱自己為作福音事工的監督。有部分這些機構的事工及這機構的負責人（或牧者），所持守的價值觀和做事方式，與世俗的社會並無分別，就如那些在克里特教會傳假教義的人一樣。這些人應受到嚴嚴的責備。在斯托得那十分有價值的提多書註釋裏，他滿有智慧的寫著：「愈是有假教師的出現，就愈需要真教師的存在。這正正就是為何教會的關鍵組織是神學院。在所有國家，教會是神學院的倒影。」即是説，有怎樣的神學院就有怎麼樣的教會。

若把斯托得的觀察連繫到克里特，這清楚地説明神學院的教育是不能離開聖經、神學與宣講。若神學院以別的範疇為焦點，而沒有好好教導學生清晰地和準確地傳遞真理，它肯定會危害教會。華人教會傳統上都投放許多資源在「宣教」和「傳福音」上，卻甚少支持學術上的研究。一直以來，那些「蒙召」牧會的，比那些蒙召去參與學術研究的更受重視。這樣，教會便會出現危機。根據提多書第一章作應用，教會（以及它的神學院）如今正面對不加批判地接納異端或部分真理的危機，而這個問題早已在世界不同地方發生，包括華人地區教會。不久將來，本地或海外宣教的，再也沒有福音可宣講，因為四處充斥著異端！難怪很多基督教機構為了生存（包括香港、東南亞華人聚居地、北美華人聚居地）都以「傳福音」為籌款的口號。對著那些高呼這些口號的硬銷方法，信徒（包括傳道人）是沒法抗拒，也會毫不猶疑地慷慨解囊。他們不會分辨籌款者傳講的福音到底是否真正的福音，因為他們沒有能力進行鑑別工作。這都因為神學教育實在有太多的不足了！今日的教會之所以成為這麼樣的身分和羣體，皆因教會長期忽視更深入地、更學術性地理解「福音」所帶來的後果。重新調配資源，並將之投放在神學教育和招募有能力的牧者上，是拯救教會脱離現況的惟一方法。

另外，身分建構也與基督教領袖有關。在北美華人（和亞洲人）聚居的地方，若是有教會，這些教會都一直缺乏牧者。神學院為了招攬更多學生而不惜降低要求。畢業生甚至不知道他們是教會的牧者，而會眾也不知道教會領袖應該是怎樣的。斯托得的話正確而有力，他説：「在缺乏牧師時，教會就會落在降低資格、接受和委任所有應徵的人的試探中⋯⋯今天在某些教會裏，作領袖的候選人若有個人名聲，即使誠信不夠，信與行不一致，這都不會阻礙他被按立⋯⋯而有分參與提名和接受按立這樣的人，都在藐視使徒的教導，他們實在很可恥。」同樣的事也可以在神學院的入學階段發生。這並不只是一個社會理論，而是從上至下都帶來實際的影響。教會必須效法保羅和斯托得，因為他們都重視真實而健全的教義。斯托得委身牧會超過 60 年，但他最優先委身的是神學教育。

3.5 附篇：時間的文化觀念——古代和現代

為了理解教牧書信裏多項參考資料和對時間的概念，在此必須加一個附篇作解釋。我們必須把時間理解為古代和現代文化的一種，藉此來思想今天基督徒應怎樣看時間或花時間。巴爾（James Barr）在他的著作（*Biblical Words for Time*〔2005 年再版〕）描述了「時間」這觀念在新約裏的重要性。若要了解「時間」這概念，一般的學術討論的重點會以研究詞彙為主。保羅在一章 2 至 3 節使用了 3 個與時間有關的詞彙（按希臘文出現的次序）：「永」（*aiōniou*、*aiōniōn*；NIV 譯作 "eternal"，這詞在第 2 節共出現兩次）、「之先」（*chronōn*；NIV 譯作 "beginning"）、「時機」（*kairois*；NIV 譯作 "season"）。總括來說，有幾個表達時間的新約詞彙，傳遞著不同的觀念：

- *aiōniou*、*aiōniōn*：詞形是 *aiōniōs*。這詞有「永遠」的意思，是要表示終末的時間，或是上帝透過特別的歷史事件或經歷，去展示祂的工作時間，例如基督第一次和第二次的來臨（太二十五 41「永火」的「永」；羅二 7「永生」的「永」；彼前五 10「永遠」）。

所引經文使用的詞彙來自「和修版」。即使有不同的希臘文詞彙，「和修版」也會用相同的詞彙譯出來，讀者必須參上下文才會找到意義上的分別。

- *chronōn*：詞形是 *choronos*。這詞表示它帶有一段可計算的時間（太二十五 19「許久」；加四 4「**時候**」；來十一 32「時間」）。在宗教處境裏，舊約學者華基爾（Bruce Waltke）將這詞定義為「在創造的秩序裏所命定，有規律的敬拜時間」。如此看來，安息日和祈禱時間等，也是有規律的、按時進行的時間。這樣按時進行事件的時間，不只是用作數算日子，也是用來數算敬拜的日子，這絕非巧合地與收割的季節配合。

- *kairois*：詞形是 *kairos*。這詞往往用來表示機會，連繫於某些場合（可十三33「那時刻」；徒二十四25「有機會時」；啟二十二10「時候」）。華基爾將這詞定義為「關鍵的時間，就如救贖歷史次序所定的」。

由於無法在這些學者精湛的研究上再附加多一些資料，所以讓我們的焦點轉移到以文化的角度看時間。「時間可說是一個社會象徵，它在過去和現在不同的文化中受到不同的塑造」。在此提出這個簡短的討論，是因為它適用於整個基督徒生命，無論是個人或羣體。時間不只是由時鐘計算出來的東西，它曾經是保羅世界裏，同時也是我們世界裏的一個文化概念。

為要作現時釋經的需要，我們必須明白保羅對救恩上的時間觀念，是基建於他當時圍繞著他的宣教工場的人作比較（下文會作較多解釋）。

3.5.1 月份名稱反映羅馬人對時間的概念

對於羅馬人而言，時間除了標示日頭大部分時段之外，他們的曆法更清楚地展示一個重大意義。其實他們的宗教曆法，至今依然影響著我們，在西方文明裏仍使用著他們的宗教曆法。這西方年曆所採用月份的英文字，其實是與羅馬文化背景有關。

西方月份名稱的意義

月份	名稱意義
January	拉丁文是 *Ianuarius*，是「門」的意思。這名字也與古代羅馬一位神明雅努斯（Janus）有關，這神明又稱為「兩面神」，因為它有兩個臉面，一個臉面是望著過去（太初），另一個是望著將來（終末）。
February	拉丁文是 *Februum*，它的意思是指「潔淨」。古羅馬時代的一個宗教潔淨禮（稱為 Februa）是在這一個月的月圓之日（即 15 日）舉行。這月又稱為「潔淨之月」。
March	拉丁文是 *Martius*，命名自一位神明馬爾斯（Mars），它是一位戰神。對於古羅馬人而言，這個月才是一年的開始。

April	以拉丁文 *Aprilis* 命名。這詞解作「打開」，因為這日子正是地中海地區的地張開口，使植物發芽的日子。
May	以女神美依雅(Maia)命名。傳說這位女神其實是古羅馬的繁衍之女神邦拿．滴雅(Bona Dea)，因為慶祝這神明的節期就在這月份，故命名之。
June	以婚姻女神朱諾(Juno)命名。傳說它就是朱庇特(Jupiter；即宙斯)的妻子，有學者認為它就是希臘女神赫拉(Hera)，即眾女神之神。
July	拉丁文原本稱為 *Quintilis*，意思是「五」(若以 March 為一年的月首，這個月就是第五個月)。後來奧古斯都為了歌頌凱撒大帝(Julius Caesar)，便以他出生的這月份改為他的名字。
August	拉丁文原本稱為 *Sextilis*，意思是「六」。後來奧古斯都以他自己的名稱之。據說這月份是用來紀念他的戰事功德，因為他在這月份贏得最多的戰事，包括戰勝埃及。
September	源自拉丁文 *Septimus*，意思是「第七」，表示這是一年中第七個月。如果以 March 為一年的月首，這個月就是第七個月。
October	與拉丁文 *Octo-* 有關，意思是「八」，表示這是一年中第八個月。如果以 March 為一年的月首，這個月就是第八個月。
November	與拉丁文 *Novem* 有關，意思是「九」，表示這是一年中第九個月。如果以 March 為一年的月首，這個月就是第九個月。
December	與拉丁文 *Decem* 有關，意思是「十」，表示這是一年中第十個月。如果以 March 為一年的月首，這個月就是第十個月。

綜合以上所列出的資料，可以發現以下 3 方面的事情：

- 這個曆法對耕作的農民來說是非常重要，因為它確認了農作業的種植循環。
- 一月至六月的名稱都是與神明或宗教有關，這些月份都有紀念羅馬神明的意味。雅努斯是太初之神，象徵著一年的開始；馬爾斯是戰神，象徵著軍事力量；美依雅是繁衍之神，象徵著生命的延續，也表示準備收割不同的農作物之時，以及繁殖的重要性；女神朱諾是眾神明的女王。七月至八月，是與兩位羅馬君王的名字有關。這個曆法也確認了偉大的羅馬之父——凱撒和奧古斯都。如果羅馬是崇尚君王崇拜，那麼，這些名稱同樣都是與宗教有關。
- 餘下的月份只是以七、八、九、十的拉丁文數目命名。羅馬曆法在加上凱撒和奧古斯都之前，只有 10 個月而不是 12 個月。

由此可見，宗教和農業是羅馬意識形態的基本搖籃。羅馬成為強國後，才在曆法上加上凱撒和奧古斯都。換言之，當羅馬漸強大時，他們期望在曆法裏加上政治元素，藉以紀念帝國的偉大之父。因此，羅馬的時間概念就環繞著3個主題：宗教、農業與帝國。

3.5.2 羅馬人的生活反映時間概念

除了從月份的名稱看見羅馬人的時間概念，他們每天的生活也受到他們對時間的概念所影響。羅馬人引入了古代巴比倫人發明的日晷，作為計算時間的工具。由於季節有變遷，而日晷也沒有分、秒的計算，不像現代先進國家計算時間的方式，因此羅馬人主要是倚賴日出至日落之間的時間去耕種和進行商務貿易。換言之，羅馬時間除了曆法裏的元素之外，還有經濟和繁殖上的層面。再者，假如我們以季節來把時間的觀念擴展，時間就是與一切的生產力有關；故此，人就不能以分秒，而是以它的目的來衡量時間。因此，我們必須從較大層面的角度來看時間。首先，它是不會失掉或互借的，因為所有人都有相同的時間。其次，人亦不是每分每秒都投放在生產力之上，就如現代商業運作的方式。此外，每樣事物都有它的時間和與它有關的地方。因此，這種時間概念有別於保羅在一章3節的記載和他所有的聲明。

3.5.3 提多書一章反映的時間概念

3.5.3.1 時間的社會學

表面上，第8節「卻要樂意接待外人、好善」肯定是指長老要愛那些需要幫助的人，它其實也是一個關於時間的最佳例子。假如我們把這樣的要求連繫於「時間的社會學」(sociology of time)裏去看，整個要求就有了截然不同的文化理解。當克里特人(以及他們的希臘人祖先)似乎很重視空暇時間的同時，保羅卻鼓勵長老尋找時機去服事其他人。這樣做，是要求人撥出他所寶貴的時間，去服事另一個人。同樣地，長老使用時間的方式，就會成為信仰羣體的榜樣。這樣，整個羣體便如此地生活。社會這種對時間的概念，有助於保羅將他的終末論應用在教會羣體的生活中。在相信耶穌之後(事實上是指耶穌藉著道

所指終末性工作，是指整個救恩，以及與將來耶穌會再回來有關的事件。我們的生活已不是只為了暫時的，也為了那「永恆」。

成為肉身、被釘在十字架上、復活和升天而打破了人類的時間－空間之後），我們對時間的概念必須改變，因為上帝的時間應該影響我們的時間概念。上帝的**終末性工作**應該在我們的工作、娛樂和休息中展示出來。

3.5.3.2 時間與文化－地理結構

當留意保羅在評論有關時間，我們必須留意「時間」是我們世界的一個文化，它與地理結構有關。雖然現代人喜歡根據我們計算時間的工具（例如時鐘或手錶）來定時間，視時間為客觀的東西；但是，時間並不是客觀的，也不是分秒嘀嗒嘀嗒地漸逝。一直以來，時間依然是象徵性的東西，超越現代人計算時間的方式。暫且不由古代的時間概念來開始作討論，而是先論到不同的現代文化，藉以說明時間的概念依然是由地理、文化，以及其他社會因素主導著。社會心理學家利維爾（Robert Levine）其中一本著作（*A Geography of Time*）或許有助於探討這議題。這書在 1997 年出版，並在 2006 年作修訂和更新。筆者借用他引述的一些例子，說明時間的概念如何與現代人慣常所想的如何不同及如何地多樣化。他發現不同的文化可以呈現極之不同的時間概念，例如說話的速度、吞嚥食物的速度、行路的速度、駕駛的習慣、按照所定日程而行的習慣、生活清單的記錄、神經系統的能量、等候著的時段等等，都各有不同。

筆者曾經去到世界各處發表演說，對利維爾的發現深感認同。筆者曾在英國居住了 3 年，在此必須說英國人是最意識到時間的人。與此同時，他們很珍惜下午茶時間和餘暇時間。與這文化相反的是，意大利人似乎珍惜中午休息時間過於下午工作的時間。好幾年前在羅馬之時，尤記得一次想在午間購物，卻發現大部分商店（除了餐廳之外）都關了舖。事實上，很多商店下午是休假的。有些在接近黃昏時才再次開舖工作。很多店主顯然享用完一頓美味的午餐和葡萄酒後，下午便休息不作工了。利維爾在他的旅行途中也留意到巴西人對時間有截然不同的理解。相比巴西人，美國人較多戴手錶。因此，巴西人往往都不守時，經常在約會中遲到。假如要向一個巴西人問時間，那人大多沒有戴手錶，而他肯定會告訴你一個錯誤的時間（有時候甚至會相差兩個小時）。普遍來說，在巴西人的文化裏，看重午間的空暇時間和休息，這比守時更重要。利維爾記述他一次與巴西一間大學的副校長一同午餐。為了享用一頓有美味食物、歡笑聲、美酒、孩子的午餐，午餐前那位副校長會把他正式的工作服飾，換上汗衫和短褲，餐後他還有一片刻的小睡。在大學工作的人，午餐後大都要到下午 3 時才繼續工作。但是，日本人卻正正相反。他們行走的步伐急速，工作時間很長，更以他們工作的機構定義自己的價值。在日本，時間就是金錢，而工作就是個人身分的象徵。這些例子說明了文化的價值，是由它的文化如何處理時間的方式來斷定。時間的概念讓我們更加認識一個文化的價值觀和身分象徵，而不只是時鐘裏所顯示分秒的跳動。這些對時間的概念極可能也影響了保羅如何理解基督徒生命。

在執筆之時，筆者正身處香港。根據利維爾的研究，那是世界上其中一個最急速、最忙碌、最沉迷工作的城市。它也許是僅次於日本的工作壓力之都。筆者大部分時間都是在美國居住，亦留意到美國和香港有明顯的分別。雖然美國有很多高舉物質主義的地區，例如紐約城、波士頓、矽谷，但香港的物質主義更加嚴重。香港人願意花許多精力及金錢追求最新穎、最先進的電子產品。香港的商場是個購物天堂，連接著巴士站、地下鐵和奢華的屋苑（香港人慣稱這些為「豪宅」）。每當筆者夜間課程下課後，都驚訝地發現在最繁華地區各街道裏，仍有很多人在流連消費，為要尋找或購買任何他們認為最新穎的玩意及東西。城市的規劃標誌著社會的價值觀，而香港這個城市是為了這樣的消費主義而建立的。城市規劃與城市人的需求息息相關，這樣便出現一個循環：由於人想消費，因此就建造許多商場；由於建造了許多商場，就刺激了人的消費慾，因此消費者及消費地區增加起來。愈是多人在這些商場流連消費，就愈多新的產品和商場出現，而新的產品令消費者更想消費，因此又再刺激更多商品和商場的出現 …… 這動作不斷循環出現，且像雪球般愈滾愈大。購物似乎只是一個簡單的行動，但消費者卻要花時間去研究、討論、比較，然後才作出決定是否購買（頗為常見的行動）那最新穎和最好的產品。由此可見，如何花時間就標誌著社會的價值觀如何。筆者在此列出一個較為明顯的對比。筆者曾到不同教會負責崇拜講道，往往遇到一些慣性在一星期一次的崇拜聚會裏遲到的人。他們之所以遲到，是因為聚會前一晚有很多其他活動，令他們在主日那天不太願意起牀。因為睡眠不足，他們返教會也感到十分疲累。身為在終末日子裏的基督徒，時常質疑基督徒在使用時間上，會否都有不一樣的方式，又或他們其實與非基督徒一樣地花時間？假如是後者，又怎能説我們是「確實的」理解保羅對時間的概念呢？

溫習及思考問題

1. 長老這詞與年齡有何關連？長老與監督這兩個詞彙有何不同的意義？
2. 「長老」這詞是一個陽性名詞，這是否暗示保羅反對按立女長老？它與當時社會背景有何關連？
3. 長老在哪兩方面的事情無可指責？為甚麼長老無可指責的質素在克里特的異教和猶太背景裏這樣重要？對今天又有甚麼道德倫理上的影響呢？
4. 保羅要求長老對待異性及兒女的態度怎樣？為甚麼對婚姻和兒女的要求這樣難以詮釋？
5. 對婚姻的要求可以直接用於現代教會嗎？為甚麼？是否需要有兒女才能測試長老的管治能力？為甚麼？
6. 對於兒女，「信」有甚麼意義？為何需要明白羅馬家庭的背景，才能正確地詮釋兒女的「信」？我們面對哪些詮釋上的限制？
7. 試略述保羅在一章 12 節提及的引文的意思。這引文是泛指克里特社會抑或是教會的狀況？試從經文找出原因。
8. 從希羅的道德觀和哲學來看，我們如何理解保羅對克里特人這麼高的期望？
9. 從保羅的責備，如何看見他是一致地對待社會所有階層的人，以及一致地表達他的福音？
10. 你對附篇所討論「時間」的觀念有何新的定見？有沒有影響你今天看時間的觀念？

釋經短註

❶ 「十二使徒遺訓」屬後使徒時期的一份教會文獻，估計約於 140 年以希臘文寫成，它惟一一份最完整的抄本，大概抄於 1056 年。這份文獻記載著早期教會的章則，全書共 16 章，分 3 部分：第一部分（1.1 ～ 6.3）稱為「生死兩道」，論及信徒的生活道德倫理，以「可」與「不可」表達；第二部分（7.1 ～ 15.4）論及教會禮儀、紀律；第三部分（16.1 ～ 16.8）論及終末的預言。這份文獻可說是一份管理教會的手冊，作為當時各地帶領家庭教會的指引。這份文獻與保羅在提多書描繪有類似的內容，可能就是指第一部分的內容。

❷ 有關沙阿爾拿將那些傳揚假教義的人說為精神不健康的人，而傳揚真教義的人說為健康的人的論述，可參考他著作的附錄：Risto Saarinen, *The Pastoral Epistles with Philemon & Jude* (Grand Rapids, MI: Brazos Press, 2008), 243 ～ 249。

❸ 埃庇米尼得斯是克里特人，生於大概公元前 7/6 世紀，他被公認為一位預言家，他也善於以詩歌表達他的哲學思想。有傳說他曾睡在洞穴中有 57 年之久，之後便獲得說預言的能力。按他的同鄉描述，他活到 300 多歲，死在克里特，後被一些同鄉封為神明。不過，也有另一傳說，他是在一場內戰中被捉拿，囚在監內為戰俘，後來被擄他的人殺了。他被殺的原因是他不願意為捉拿他的人說預言。他死後被發現他整個身體都紋上許多圖畫。按希臘傳統，只有奴隸才有紋身，這對埃庇米尼得斯而言未必是事實。不過，現代學者認為這些紋身可能反映他是薩滿教（Shamanism）的承繼人。後來的希臘作者曾引用他的著作，例如波利比烏斯及阿特納奧斯（Athenaeus），而新約聖經作者除了保羅在提多書引用他的著作，路加也曾如此引用他的說話（參徒十七 28「就如你們的詩人也有人說：『我們也是他所生的。』」）。

第四章
基督教倫理的問題（二1～三11）

- 標題
- 保羅對教會在道德倫理上的勸勉
- 保羅吩咐提多勸勉眾人
- 總結二至三章

經文

基督教倫理的問題

2 1至於你，你所講的總要合乎那健全的教導。
2勸老年人要有節制、端正、克己，在信心、愛心、耐心上都要健全。
3又要勸年長的婦女在操守上恭正，不說讒言，不作酒的奴隸，用善道教導人，
4好指教年輕的婦女愛丈夫，愛兒女，5克己，貞潔，理家，善良，順服自己的
丈夫，免得上帝的道被毀謗。6同樣，要勸年輕人凡事克己。7你要顯出自己
是好行為的榜樣，在教導上要正直、莊重，8言語健全，無可指責，使那反對
的人，因說不出我們有甚麼不好而自覺羞愧。9要勸僕人順服自己的主人，凡
事討他的喜悅，不可頂撞他，10不可私竊財物；要凡事顯出完美的忠誠，好事
事都能榮耀我們救主上帝的教導。11因為，上帝救眾人的恩典已經顯明出來，
12訓練我們除去不敬虔的心和世俗的情慾，在今世過克己、正直、敬虔的生
活，13等候福樂的盼望，並等候至大的上帝和我們的救主耶穌基督的榮耀顯
現。14他為我們的緣故捨己，為了要贖我們脫離一切罪惡，又潔淨我們作他自
己的子民，熱心為善。15這些事你要講明，要充分運用你的職權勸勉人，責備
人。不要讓任何人輕看你。

3 1你要提醒眾人，叫他們順服執政的、掌權的，要服從，預備行各樣善
事。2不要毀謗，不要爭吵，要和氣，對眾人總要顯出溫柔。3我們從前
也是無知、悖逆、受迷惑，作各樣私慾和宴樂的奴隸，在惡毒、嫉妒中度日，
是可恨的，而且彼此相恨。4但到了我們救主上帝的恩慈和慈愛顯明的時候，
5他救了我們，並不是因我們自己所行的義，而是照他的憐憫，藉著重生的洗
和聖靈的更新。6聖靈就是上帝藉著我們的救主耶穌基督厚厚地澆灌在我們身
上的，7好讓我們因他的恩得稱為義，可以憑著永生的盼望成為後嗣。8這話是
可信的。我願你堅持這些事，使那些已信上帝的人留心行善。這都是美好且對
人有益的。9要遠避愚拙的辯論、家譜、紛爭和因律法而起的爭辯，因為這都
是虛妄無益的。10分門結黨的人，警戒過一兩次後就要拒絕跟他來往；11因為
你知道這樣的人已經背道，常常犯罪，自己定自己的罪了。

這一章是討論有關基督徒倫理的議題。全章可分為兩大段落：第一，保羅對教會在道德倫理上的勸勉（二 2～15）；第二，保羅吩咐提多勸勉眾人（三 1～11）。第 1 節則是二章 2 節至三章 11 節的標題。第一段落是這一章討論的重點，是保羅吩咐提多要如何勸勉不同年齡組別和性別的信徒，以及作奴隸的信徒應如何守著基督徒的倫理。第二段落主要是對教會整體的勸勉。

4.1 標題（二 1）

這節經文是以「至於你」（*Zu de*；直譯為「但你」）作開首。在希臘文，這短語是為加強與前一句（或前一個思想）作對比。保羅在這段落把他的論點從責備假教師轉為鼓勵提多去講「健全的教導」（*tē ugiainousē didaskalia*；二 1）。「健全的教導」這短語也見於一章 9 節「健全的教導」（*tē didaskalia tē ugiainousē*），但這節的「健全」與「教導」似乎要強調這樣的教導是否健全，因為這兩個詞的次序與二章 1 節的不同。須留意「教導」（*didaskalia*）這名詞是以**單數表達**。不過，也有以複數表達這詞的情況（即使頗為罕見），但都是用來形容負面的事情，例如邪惡的教導（參提前四 1「鬼魔的教訓」）。至於使用單數時，也要留心所要強調的是哪些事情。在提多書的情況，是表示雖然有許多的教導，但這都只有一個單一的特色：使教會健全。因此，單數的「教導」（*didaskalia*）可能是因為要講出一個事實，就是這教導促使教會內部健全起來。健全的教導理應形成良好的行為，因此二章 1 節便成為二章 2 節至三章 11 節的標題。接著的經文繼而描述良好和健全的教導有甚麼內容，也包括了配合健全的教導的行為（參二 11）。

保羅尤其喜歡在教牧書信中以單數表達這詞（參二 7、10；另參提前一 10，四 6；提後三 10、16；四 3 等）。

4.2 保羅對教會在道德倫理上的勸勉（二 2～15）

這勸勉主要的對象都是克里特教會內的信徒。保羅有 3 個層面的教導：對不同年齡及性別的信徒（2～8 節）；對奴隸（9～10 節）；持守道德倫理的態度（11 一 14 節）。最後，是總結（15 節）。

分段大綱（二 2～15）

1. 勸勉不同年齡組別及不同性別的信徒（二 2～8）
   甲、對老年人的勸勉（二 2）
   乙、對年長婦女的勸勉（二 3～5）
   丙、對年輕人及提多的勸勉（二 6～8）
2. 勸勉作奴隸的（二 9～10）
3. 持守道德倫理的態度（二 11～14）
   甲、上帝在過去已顯明祂的救恩（二 11）
   乙、上帝在現在顯明祂的救恩（二 12）
   丙、上帝在將來顯明祂的救恩（二 13～14）
4. 總結（二 15）

4.2.1 勸勉不同年齡組別及不同性別的信徒（二 2～8）

這段落是提及教會中不同年齡組別及性別的勸勉：老年人（2 節）；年老的婦女（3～5 節）；年輕人與提多（6～8 節）。

對於不同的年齡層，保羅在這段經文把老年人放在優先討論的位置，表示他對他們有很高的要求。若再讀接著的經文，也同時反映了保羅看一個理想的師傅，最好只教導那些與他同性別的人。保羅吩咐提多教導老年人和少年人，而女性和男性也需要教導，但對少年婦女親密指導的職責卻要留給「**年長的婦女**」（3、6～8 節）。保羅大致按著家屬關係來劃分倫理教導，之後才轉到適用於克里特所有信徒的普遍原則。這個劃分準確地反映了保羅的社會觀是由男性主導，而年老的男人是領導者。這也反映了對長者的尊重，在當時的社會以男性作領袖，以及現時華人社會裏以年長的男性和女性去領導眾人，這都屬正常的。為甚麼保羅要依循著這個傳統呢？答案很簡單。費安利（Benjamin Fiore）指出，當時的社會對新的宗教仍抱著懷疑的態度。因此，任何偏激的行動都會導致社會動盪，這樣會危害新的彌賽亞羣體。

有學者把二章 3 節提及「年長的婦女」為女長老。這樣的看法較為不合理，因為經文只提到她們的年齡，並沒有提到她們在教會的職事。

4.2.1.1 對老年人的勸勉（二2）

關於對老年人的勸勉，在分析經文之前，會先處理這些老年人在當時的社會地位，然後再談論保羅的勸勉。在處理這些老年人的社會地位之同時，也要弄清楚他們與長老的關係。

一、老年人的社會地位

關於對「老年人」的勸勉，首先要弄清楚的是這些老年人與長老的關係。雖然毫無疑問，老年人當中總會出現有潛質成為長老的人，但筆者質疑把老年人理解為長老。筆者有這樣想法其中一個原因，正如馬歇爾（I. Howard Marshall）所說的，老年人和長老所用的詞彙是不同的。「老年人」的原文是 *presbutas*，與長老（*presbuteros*）這詞不同。因此，保羅在此不是勸勉長老，而是整體教會內年老的人。

保羅對「老年人」的勸勉像是特別抽出來作討論般，這是為甚麼呢？原因很簡單。由於提多當時仍作眾信徒的榜樣，他可以兼負對少年人指導的工作；在這情況下，老年人就不用像老年婦人般要負起指導少年婦人的責任了。這樣的分類同樣也暗示，假如提多不在克里特，老年人就要肩負起指導少年人的責任。在當時這種社會裏，老年人很自然地因為他們的年齡而賦予權柄。馬歇爾對古希臘人認為甚麼是老年提供了一個很好的總結：「**斐羅**（Philo）參照利未記二十七章 7 節，視超過 60 歲的人為長者（*De Specialibus Legibus* 2.33）……那裏記載著凡超過 60 歲的人禁止擔當職事……根據斐羅在他的著作（*De Opificio Mundi* 105）頗為固定風格的評論，他依隨希坡克拉底（Hippocrates）的說法，將人的生命分為 7 個階段……而就著這裏【指提多書】來看，所指的年齡階段是包括所有超過 50 歲的人。」希坡克拉底仍有最後一階段的人生年齡，是 57 歲以上的人（*De Septumanis* 5）。❶ 雖然我們無法肯定人到了哪一個年齡才算為老年人，但更重要的是，要明白在保羅時代的老年人有其社會的地位，他們是有權威的，不像今日很多文化裏所認為，他們被視為弱者。

斐羅（約公元前 20 ～公元 50 年）是亞歷山太城猶太哲學家。他崇尚希臘主義，將希臘哲學思想注入他的哲學作品中。

老年人的地位與權威

對於羅馬人而言，老年人並不是完全以一個數字去衡量，同時也考慮到他的身體及精神狀況。他們沒有退休的觀念。老年人在社會的地位如何，在乎他年輕時所曾經爭取過的社會地位、財富，以及質素所影響。因此，若與年輕人相比，年輕人擁有的是強健的體魄及正常的性生活，但老年人可以（在公眾或在家庭中）擁有崇高的地位及權力。在任何情況下，老年人在家庭中很自然是合法地擁有家中最高的權力，除非那人因某些原因受律法阻止；即使身體衰殘，老年人仍可以操控家中年輕的一代，而年輕的供養家中年長的也是一件必然的事。

老年人通常給予人的特徵是禿頭，眼部及面部起縐紋。這卻正正是受人尊重，也是一種威嚴或擁有社會地位的象徵。雖然年長，他們對外會關心國家大事，對內要使他的家庭維持美好的名聲。家中的成員會期望他可以為家庭賺取金錢，或為兒女爭取更多賺取財富或提升社會地位的機會。他有責任透過兒女的婚姻，擴闊家庭的人際網絡，以此為下一代謀求更好的生活。

老年人雖然體魄不及年輕人，但他們仍有他們的活動。他們會鑽研哲學、閱讀，如果有口才，他們會在公開場所演講；如果有學問，他們可以作教導工作；有部分老年人也會選擇耕種。

這些對老年人生活的記述，可能都是屬於一些貴族或有社會地位的人，至於羅馬大部分的老年人生活如何，卻很難尋找到資料記述。但是，有一件事情是肯定的，在任何一個羣體，無論是家庭或社交團體，年紀最長的那位就是最備受尊重的人。這可能亦都反映為何保羅如此著重家庭教會中最年長的，必須有好的品格的原因。

因此，年齡可說是社會地位的象徵，而不只是一個法定所公認的數字。在此必須在此提醒現代讀者，當應用這樣的倫理教導的經文時，必須很謹慎。某些現代社會——尤其是受到西方實用主義影響的社會（例如香港）——會因著老年人身體機能衰退，而視他們為軟弱和無助。這個觀念與希羅的世界觀相違。提多書所提及的「老年人」相等於現代有勢力的人士。今日的聖經學者和作宣講的人是時候停止從「年齡」特徵來讀這段經文，反而應該從社會地位來理解它。提多似乎想借用老年人可以擁有社會地位這特質，來確保他自己有足夠的性情去影響其他的教會。

二、對老年人品格的要求

界定保羅時代所指老年人的年齡及社會地位之後，接著是討論有關保羅對老年人所要求的品格。保羅吩咐提多要勸勉老年人在品格上有 4 個質素：

- 「節制」(*nēphalious*)：這詞在新約聖經也出現於提摩太前書(參提前三 2、11)。這詞可以追溯到柏拉圖時代的用語，意思是「沒有喝醉」。
- 「端正」(*semnous*)：這形容詞在新約聖經也出現於腓立比書(*semna*；四 8)、提摩太前書(*semnous*；三 8、*semna*；三 11)。這詞可以追溯到亞里士多德(Aristotle)時代的用語，意思是「尊貴」。
- 「**克己**」(*sōphronas*)：這詞在「馬加比四書」共出現 8 次，而在新約聖經，也出現於提摩太前書，而於提多書共出現 4 次(提前三 2；多一 8，二 2、5、6)。這詞也可以追溯到柏拉圖時代的用語，意思是「審慎地審判」。「克己」在放縱的文化裏，似乎是信徒最常見的特徵。假如這個特徵在保羅的倫理中這麼常見，他在這裏宣教時極可能早已教導過。那麼，保羅的吩咐就只是一個提醒；否則，在這個與保羅福音背道而馳之希臘社會的道德風氣中，信徒又怎樣可以判斷「克己」這標準呢？

第 6 節出現的「克己」(sōphronein)與 5 節「克己」相同字幹，只是以動詞表達。

- 「在信心、愛心、耐心上都要健全」(*ugiaanontas tē pistei, tē agapē, tē upomonē*)：這短語包含一個在提多書經常出現的詞彙「健全」(一 13，二 1、2；*ugiaanontas*；參 3.2.2.3「堅守教義〔一 9〕」)，這詞在新約聖經也出現於路加福音、提摩太前書、提摩太後書、約翰三書。「健全」延伸到 3 個層面：信心、愛心、耐心。在保羅的信仰行為公式上，是以「信、望、愛」為核心(參林前十三章)，但在提多書，卻以忍耐取替了盼望。出現這情況，原因很可能是受眾早已從保羅起初來到宣教時，已認識保羅的「信、望、愛」公式，只是這刻克里特人最大的需要是忍耐。保羅在這裏的修改表示他關注某個獨特的情況。就如上文提過，信心或許可以譯作忠誠較為好(參多一 2)，那是一個倫理與關係的詞彙，表示誠信。

明顯地，第一至三個質素也出現於後來才寫成的提摩太前書三章。保羅或許藉著在提多書二章 2 節討論關於老年人的事而得到啟發，繼而借用在提摩太前書三章來描述執事和他們的妻子（或女執事）。第三個詞彙「克己」也見於提多書用來形容長老的質素（一 8）；保羅也重複了他在提多書愛用的常見醫學用字「健全」（或譯作「純全」；參 9 節）。就著保羅重複使用它們的方式來看，這組詞彙似乎是某種已有的倫理標準，而某些質素也用來形容教會的長老（參一 7～9）。在保羅的社會觀裏，老年人肯定是最適合成為家庭教會裏長老的候選人。至少對於提多來說，這些美德無論在克里特或其他地方，都是保羅所期望信徒應該有的行為模式。當長老要成為榜樣，老年人也當如此的跟著去行，使少年人也要如此行在同一的方向裏。我們或許留意到，下文接著討論的質素，幾乎全都源自古希臘所處理與倫理有關的事情。換言之，希臘的倫理有值得重複教導的部分，但是這裏則是與在基督裏的新生命有關。如此，這些質素又有甚麼意思呢？

馬歇爾指出，當這些質素應用在老年人身上時，是沒有必要排除其他年齡組別的人。「節制」、「端正」、「克己」這 3 個詞似乎沒有指明是描述哪一個年紀，哪一個性別的人，因為它同樣適用於老年、少年婦人（二 5），以及年輕人（6 節）。在此反而要問的是，為甚麼保羅特別以這些質素形容老年人呢？答案來自另一個問題：這些質素彼此之間有何共通之處？上述 4 個質素都有一個共通點，就是它們是與描述假教師和這個島嶼的文化對照（參一 10～16）。❷ 因此，這裏列出的質素與背後的處境有關，而不是現代信徒所誤以為這些質素是強調律法上的要求。如果我們把保羅以健康來比喻信徒的質素這說法，延伸到某種文學敘事裏，就會發現保羅是在勸教會內的人，要提防那些由假教師和社會而來的社會問題，它已傳染教會了。一所有病的教會要繼續行在真理中，就需要健康的成員（即是男性領袖）帶領眾人走向健康的靈性。

在此，整體的原則是：克里特信仰羣體那反主流文化的生活方式，是衝著社會的。對現代基督徒來說，或許較適切的問題是，在今天的世界裏，信仰如何成為反主流文化的？又或者說信仰曾經有這樣做過嗎？根據保羅估計，面對著主流文化，最好的解決方法並不是開展某種「保守的」文化戰爭，以此來對抗世俗化的社會，而是要克里特的信仰羣體在這樣的社會裏作榜樣，以行動來自我證明自己的行為，並以耶穌基督新建立的信仰為基礎。

事實上，特意地勸勉老年人要有這樣的質素依然令人不解，但由於老年人這年齡組別所包括的人最為全面（希坡克拉底所指50歲以上的人），而且同時也頗為精簡，我們仍可以從家庭模式去解釋老年人是首先提到的年齡組別的原因，同時也可以解釋對他們有這樣全面要求的原因。假如那個家庭有一位比任何人都年長的男人，那麼，他在那裏就擁有最大的權力。假如保羅所指的教會是許多的家庭教會，那麼，那家庭教會中最年長的那位男信徒的品格，對保羅的福音能給予他人一個美好的第一印象，顯得最為重要。這就是保羅時常主張的愛與父權的教導，也就是指老年人要肩負起領袖一職。當他肩負這職責時，不僅是指他擁有權力，他更要成為眾人的榜樣。

4.2.1.2 對年長婦女的勸勉（二3～5）

第二個要關注的年齡組別是年長的婦女，她們的生命與年少的婦女密不可分。3節出現「**又**」（*ōsautōs*）這修飾性副詞。這詞在6節也有出現，「和修版」譯作「同樣」。在希臘文的文法上，這副詞是一個分段詞，表示下一段開始一個新的話題，但同時也是上一段落的補充。然而，奇怪的是，論到勸勉奴隸的那段落，卻沒有這副詞（9節；下文會再作討論）。對於年長的婦女，保羅有兩方面的教導，第一，要求她們恭正地生活（3節）；第二，好好教導年輕的婦女。（4～5節）

馬歇爾提出一個有趣的看法，認為6節「又」連接5節的「克己」。事實上這樣的聯繫是不必要的。

一、過恭正的生活

在3節，保羅勸年老的婦女要活出「恭正」（*ieroprepeis*；參「馬加比四書」9.25，11.20；《猶太古史》11.329）的生活方式。這詞彙在新約只在這裏出現，普遍用作宗教的術語，來標誌女祭司應配得的行為（I. Priene 109，216）。❸ 在保羅的角度，「恭正」是指「不說讒言」（意思是不喜歡說閒話）及「**不作酒的奴隸**」（*oinō pollō*

保羅是以現在完成時態被動語態分詞來表達「不作酒的奴隸」這短語。換言之，作這行動的人是酗酒的，甚至已成癮。這短語也與「克己」（sōphronas；2、5、6節）同義。

dedoulōmenas），但「用善道教導人」。2至6節重複使用了與喝酒相關的詞彙，表示也許酗酒於當時的確是一個問題。當筆者還在雪菲大學（University of Sheffield）時，鄰居是個精於克里特考古學系的主任，並在雪菲大學擔任考古學系的主管。他證實即使他今天去到克里特挖掘考古遺迹時，他依然可以帶克里特的酒回來；因為到了今天，那些依然是美酒。根據這個事實，我們應該修正我們對喝酒的詮釋。保羅並不是阻止信徒喝酒，而是關注是否過度沉溺於杯中物。對於克里特人而言，酒是美好的東西，因為這是古代和現代克里特人的普遍飲料；只是：保羅認為若一個年老的婦女過度沉溺於酒，這是會叫她失見證。沉溺會使好的東西變為壞的東西。

有關喝酒的規條，還有一個有趣的問題出現，就是為甚麼保羅主要針對女性？很明顯，一章7節所指的並不只局限於女性，但談到家庭這議題，這卷書主要都是針對女性。為甚麼如此的呢？從希臘人對女性的觀念中，尤其是年老的婦女，醉酒和說讒言是她們的特徵。雖然我們不應對人有偏見，但是每個偏見當中都應該有其真實性。保羅不希望教會的女性擁有社會中最壞的特徵。反之，保羅期望教會打破社會的弊病。喝酒的主題有一個更廣闊的倫理原則，就是教會成員的道德行為標準應該比社會的更高。

上述有關年長婦人的特徵（即是不說讒言和不酗酒，卻要教導人）的共通點是這些全都與口有關。婦女不可以讓帶傷害性的話從她的口而出，又或讓太多酒進入她的口裏，而是要讓造就人的話說從她口裏而出。「用善道教導」在希臘文不是一個短語，而是一個形容詞（*kalodidaskalous*），它是一個由「美善」（*kalos*）與「教導」（*didaskalos*）組成的複合詞，表明了婦女的話語要充滿美善的教導。假如我們從人類學－社會學角度來理解保羅這樣的吩咐，就會發現保羅對口有一個更廣闊的理解。他討論人如何使用口的方式，會引致聖潔或污穢。換另一個角度來說，保羅以新約的潔淨規章來包裝某種倫理。❹ 再者，假如希臘人所指的「恭正」（*ieroprepeis*）一詞是帶著宗教意味（參上文），那樣，保羅使用這詞之時，極可能也帶著宗教意味。這意會著當保羅吩咐這些婦女禁說讒言和不酗酒，已不只是道德倫理的問題這麼簡單，而是要求她們負上一些宗教責任。這表示她們使用口的方式，是會影響她們對宗教的篤信程度。

二、教導年輕的婦女

根據4至5節，年老的婦女的生活目的，似乎包括兩方面的事情。第一方面，如4節所描述的，她們要教導年輕的婦女去愛她們的家庭（即是指愛她們的丈夫和兒女），要「克己」（就如二章2節的老年人和6節的少年人），要貞潔（可能與上文論老年婦人的品格有關）、料理家務、待人有恩，以及順服自己的丈夫。大部分年輕的婦女可能已婚，因為那是當時的習俗。因此，年老的婦女有責任教導年輕的婦女作好妻子。在這段落，保羅再次列出一系列有美德的行為。若只從這些行為看，似乎貶低了女性，但試從不同角度看這些詞。「善良」（*agathas*）這詞早已在一章6節出現過（譯作「好」）。那節經文是形容假教師沒法做到甚麼好的事情；若與這一節比較，實際上年輕的婦女可以藉著行美善的事情，來抗衡假教師帶來的影響。這樣，她們操練品德的生活也不只是為了自己，也是為了對抗教會以外的挑戰。第二方面，根據5節所描述，是為了作見證。雖然4節的「指教」（*sōphronizōsin*）與2節的「克己」（*sōphronas*）意義不同，但字幹卻相同。因此，指教不只是公式上的講授，更是實際行動的訓練。這訓練的方式是要使年輕的婦女控制自己，以至她們同樣可以顯示正確的見證。「上帝的道」（*o logos tou theou*；5節）是以單數名詞短語表達，表示假如這些年輕婦女行差踏錯，她們會將整個信仰的所有真理打擰！

關於寫給婦女的規章，必須以那段初代教會時期家庭教會的背景來理解。有些婦女的丈夫絕對有可能是非信徒。雖然類似哥尼流一家的歸信（徒十章）也有出現，但是家庭仍是由男性掌權，作一家之主。所以，已歸信的婦女未必這麼容易説服她們的丈夫歸信。若是如此，保羅所關注的就不只是性別的問題。他謹慎地教導這些婦女，以致她們的生命可以在家庭——她們主要活動的地方——成為見證福音的途徑。批評保羅的人往往會把焦點放在他處理性別的議題上，我們必須反對那些將保羅有關性別的教導直接應用在今天對性別的看待和社會處理中。其實保羅自己也是十分謹慎，他如此的表達都是為免教會破壞了家庭的秩序，以致危害了那些在家中作見證的婦女。

信仰反省：婦女在家庭的角色

就著今日男女平等的角度來看這段經文，保羅的教導像是來自另一個星球似的。然而，婦女在他的時代(即或是今天)還有甚麼選擇？在保羅時代，大部分婦女很年輕就結婚，也沒有受過甚麼教育。除了以順服丈夫來影響別人，她們還有甚麼方法可行的呢？基於有限的教育程度，她們的主要生活範圍都是在家裏。即使她們可以像現代女性一樣獨立，但有限的教育程度和她們當時的社會地位，又能為她們提供甚麼獨立生活的希望呢？我們需要留意一點，這議題的重點並不是在於當時已習慣了的父權模式是否正確，而是在於基督教在當時根本不是一個宗教，更談不上是主流的宗教。保羅的宣教——即使是在克里特——都只不過是屬猶太教其中一個派系(或可稱彌賽亞運動)。因此，這派系內成員的行動若未能達到理想的程度，整個運動就受到威脅了。在家庭裏聚會對當時其他不信的人來說必定是十分奇怪的現象。這是一個由男性領導的家庭組織，透過歸信而吸引其他家庭的成員，形成了一個看似公共機構的羣體。這機構並不是商貿社羣，也不是一個因有共同興趣而聚集一起的小組，而且凡參加的成員都不需要繳交會費。可見這是一個又奇怪又不需要付任何會費的組織。假如有很多歸信的婦女聚集一起，而她的丈夫卻仍未歸信，這個由許多女性聚集一起的組織，就會引起另一個問題：這個家庭像是一個外邦人的妓院。

保羅肯定有關注這一點。因此，他在這段落中最後論到「免得上帝的道被毀謗」，原來上帝之道的名聲才是重點所在。換言之，無論怎樣應用這個倫理，務要留意的是，信徒必須在異教徒面前尊崇上帝的話語，以此見證上帝之道的真實性。另一點是即使在今天，家庭見證對向不信的親友傳福音也是重要的。這些婦女的生活方式可以推進或阻礙著福音事工嗎？當時，順服丈夫，好好料理家務，就是她們最能表達她們美德的事情，也是她們表達信仰的途徑，所以女性應否順服丈夫，已不是討論的重點。故此，若將之應用在今天的信仰生活中，也要謹慎處理。

既然重點不在於順服丈夫或料理家務，今天的婦女要在家庭中如何見證她們的信仰呢？其實夫婦關係貴乎互相尊重及愛。即使丈夫未信主，也會因妻子對他的尊重及愛護，終有一天或許會因妻子美好的見證而歸信上帝。

4.2.1.3 對年輕人及提多的勸勉（二 6～8）

這段落中，保羅除了吩咐提多勸勉年輕人（6 節），也給予提多一些建議（7～8 節）。他把提多放在這裏有兩個可能性：年齡和重要性。第一，保羅在此勸勉提多，因為若與那些老年人相比，提多相對較**年輕**。因此，即使他可能已經是所有人的榜樣，他仍要成為年輕人模仿的對象。第二，須留意提多在整個描述裏的次序和位置。他被置於勸勉所有自由人的年齡組別之後，在奴隸之前，換言之，他或許是要成為整個自由人家庭的榜樣，而不只是因為他年輕。將提多描述為家庭裏的自由人是修辭上的高潮。

馬歇爾提醒我們不要把提多簡單地看為一個年輕人。假如保羅宣教旅程的初期，是有提多伴隨著（加二章），當保羅寫提多書之時，提多應該已接近中年。他的說法是正確的。

一、對年輕人的勸勉

保羅將年輕人與提多相提並論，也反映了他們的生活與提多有密切的關係。這些年輕人有多年輕呢？根據波利比奧斯（Polybius）的著作（*The Histories* 18.125），30 歲也算為年輕。保羅在 6 節以「同樣」（*ōsautōs*；參上文 3 節的分析）作開始，使經文可能存在兩個方向：第一，這個有關年輕人的討論可以是屬於前一個段落的補充，就如二章 3 節般，因此「同樣」可以當作是一個分段結構指標；第二，它可以用作指出保羅要求年輕人的品格與婦女的相類似。

第一個方向肯定是對的，問題在於應否如第二方向所指，6 節的內容是與 1、3 節的內容是共通的？第二個方向也可能是對的，因為關於對年輕人品格的要求中也有提及要「克己」，這重複了對老年人（2 節）及婦女（5 節）的勸勉。

二、對提多的勸勉

在二章 7 節，保羅形容提多的職責是要做「**好行為**」（*kalōn ergōn*；二 7）。這短語也曾在提摩太前書出現（三 1，五 10、25，六 18），這短語不但用來描述長老的職責，也是對寡婦、普遍信徒、財主的要求。這短語有時候專形容事工，有時候只是一個普遍的用詞。無論如何，保

除這節經文，提多書也曾出現這短語（二 14，三 8、14）。除了提摩太前書，其他某些書卷也有出現這短語（來十 24；彼前二 12）。

羅討論的不是一些低劣的，而是受人尊敬和尊貴的事情。這裏的規條主要與教導有關。訂立這些規條的原因很簡單，就是因為教會正受到假教師的攻擊（8節；參一 10～11）。第 8 節提及的「反對者」（*enantias*）是以單數名詞表達。孟恩斯（William Mounce）認為這是一種集合名詞用法，反映保羅是視他們為一個整體來標籤假教師。至少，那是反對「我們」（8 節）的人，也有他們共同的一個目標。保羅再提出一個反擊的方法，指出最好的方法就是成為「無可指責」（*akatagnōston*）的真理教師。對於那些反對保羅的人，保羅以 3 方面來對付他們：

- 保羅吩咐提多要在教導上「正直」（*aphthorian*；直譯是「不要敗壞」）。
- 保羅吩咐要提多「莊重」（*semnotēta*），這詞有受人尊敬的意味（參提前二 2，三 4）。
- 保羅吩咐要提多展示出「言語健全」（*logon ugiē*），「言語」（*logon*）是單數名詞，表示言語內表達一個整全的信息。「**無可指責**」是指言語。保羅是要指出提多要說一些「**健全**」的話，叫人「無可指責」，讓克里特成為健康、純全的教會。這個「無可指責」是一個法律的用詞，可能是指提多沒有被指控有教導錯誤的信息。

「無可指責」（akatagnōston）及「健全」（ugiē）是形容詞，在希臘文，它們的語法完全與「言語」相同，因此它們是用來修飾「言語」。

保羅在這裏關注的是提多教導的內容、所用的修辭和教導的結果。他關注的目的，是要令「反對的人」覺得「羞愧」（*entrapē*）。凡希臘人都追求尊榮，而「羞愧」則是尊榮的負向層面。因此，要明白羞愧，就必須先明白甚麼是尊榮。林頓（Joe E. Lendon）為尊榮提供了一個摘要：「尊榮是一面觀看整個世界的濾鏡，是希羅思想的深層結構，或許是古代社會管治的一種隱喻。對我們來說，價值全視乎價錢；對於希臘人，就借用了「尊榮」（*timē*）這詞彙來代表『價錢』。所有人和東西的價值都可以按著尊榮，以及他在不同的人際關係組別中找到，如：羅馬議員的尊榮、騎士的地位階層、在法庭裏的身分，又或是根據團體中不同成員的身分，以及他們之間的恩怨情仇，來衡量其價值。」❺ 他的說法也很準確。沒有尊榮的人在社羣中是沒有地位的。活在羞愧中的人無法在社羣中站立起來。因此，保羅就是要吩咐提多用真道顯明反對的人的虛假，使他們因為羞愧而閉口。提多所教導的純全話語，是叫這些惡毒的教師不再傳假教義。為要成為教會合宜的僕人，提多就與那些教導錯誤信息、品格低劣的假教師映襯出鮮明的對比。

4.2.2 勸勉作奴隸的（二9～10）

接下來，保羅轉為討論奴隸（9～10節）。在希臘文裏，這段落之前沒有一個修飾性副詞（*ōsautōs*）作分段標記，看似年輕人和奴隸兩者之間的討論並沒有作任何分段，因此，要作解釋確實不容易。大部分註釋書都不願意處理這個問題。在沒有解決方法的情況下，馬歇爾認為凡這些組別有共通討論的地方，保羅便會使用「又」。這原因可能是正確的。我們可以把奴隸視為特別的組別，與之前的年齡或性別無關。他們獨自抽出來討論的原因也可以是因為他們並不像自由人般有自主權，可以管理「自己」的事。由於他們在社會的法律地位，以及古時的人視奴隸為主人的財產這觀念，導致他們不需要自制。但與此同時，我們也可以因著前兩個組別所提供的結構中得到線索，而把奴隸視為另一個組別：

- 年老的婦女和年輕的婦女的結構：規條（3～5節上）→結果（5節下）
- 年輕人的結構：規條（6～8節上）→結果（8節下）
- 奴隸的結構：規條（9～10節上）→結果（10節下）

或許沒有任何原因可以解釋為甚麼這段經文沒有出現 *ōsautōs*，甚或可能簡單地說只是保羅忘記了。不過，以上列出的這個結構可以給予線索，足以說服讀者相信，二章9至10節是討論另一個不同的組別的人。保羅給奴隸的勸勉包括一些命令要做的事，以及一些禁止做的事，共有5項：

- 「順服自己的主人」（9節）。須留意的是，保羅用了「順服」（*upotassō*）這同一個詞彙來勸勉年輕婦女（5節）及奴隸，保羅似乎對這兩組羣體頗為嚴厲。對於奴隸，保羅首先勸勉的是要他們「順服」那些比他們的社會地位更優越的人（即是丈夫或主人）。這節的「順服」（*upotassesthai*）是以不定詞表達。

- 「凡事討他的喜悅」(9 節)。這句子出現一個不定詞 *einai*,「和修版」沒有將這不定詞譯出來(NIV 譯作“to try to”)。
- 「不可頂撞他」(9 節)。「頂撞」(*antilegontas*)是以分詞表達。
- 「不可私竊財物」(10 節)。「私竊財物」(*nosphizomenous*)是以分詞表達。
- 「要凡事顯出完美的忠誠」(10 節)。「顯出」(*evdeiknumenous*)是以分詞表達。

在希臘文的文法裏,首兩個勸勉的動詞是以不定詞表達,而第三至第五個是分詞。以獨立不定詞來表示一個命令語氣這樣的修辭手法,是十分罕有的。保羅這樣的表達,有可能是要賦予首兩個勸勉一個優先次序,表示強調其重要性,因而加強了它的修辭力量。接著的 3 個分詞就解釋整個信主的奴隸生活方式是帶著甚麼意思。第四個勸勉記載於 10 節,是「不可私竊財物」。第五個勸勉是要展示「完美的忠誠」(*pasan pistin*)。「忠誠」這詞與一章 1 至 2 節的「信」是同一個詞。就如較早前曾提到(參 2.2.2「信心〔忠心〕和知識〔一 2 ~ 3〕」),這節經文譯作「忠心」似乎較切合內容。奴隸要忠於他們所託付給他的職責,其目的與給婦女和年輕人的要求相同:要在家庭裏確保福音的名聲。保羅在此將福音描述為「救主上帝的教導」(*didaskalian tēn tou sōtēros ēmōn theou*)。此書較早時已解釋過一章 3 節以救主來形容上帝是不尋常的(參 2.2.2.2「永生與時間」),因為「救主」這名稱代表著一個帝王的稱號,而不是我們慣常所理解「賜予我進入天國的權利的救主」。保羅的福音基本上反對希臘主義所建構、在羅馬帝國依然盛行的救主崇拜。保羅再次使用「我們救主」,表示所有相信這個福音的人,都是活於這個新的「救主-統治者」(Savior-Ruler)這同一個新制度或羣體裏。在此,保羅又如常以單數來形容「教導」(*didaskalian*;參一 9,二 1、7),表示他強調初代教會早已熟悉的基本教導。藉著比較奴隸的忠心與成為上帝是救主的見證人,保羅賦予奴隸一個被歷世歷代的社會拒絕的尊貴身分。不能忽略的是,奴隸是不可以參與羅馬家庭中任何宗教禮儀活動的。保羅的福音顛倒眾生,難怪斯托得會把這個福音比作一顆要被展示出來的寶石,而最矛盾的是這個福音瑰寶要在社會最下層——奴隸——展示出來。讀保羅的提醒時,會浮現一些實際生活的問題,就是他的提醒與那些奴隸實際生活有何關連？他們的行為如何使他們活出那教導？

一、保羅的勸勉與實際生活

為甚麼奴隸會有偷竊的意圖呢？他們為甚麼會頂撞主人？在羅馬制度裏，奴隸只是他主人財產的一部分，是沒擁有任何屬於人的權利。在這樣的情況下，主人和奴隸擁有的權力或權利是非常不平等。主人可以向奴隸作出很多不合理，甚至令奴隸感困擾的要求。那時代，奴隸或許會有一些收入，好讓他們在往後的日子可以透過稱為「解放」的過程中買回他們的自由。因此，唐納（Philip H. Towner）主張奴隸偷竊的動機，是為了改善他們在作奴隸時的狀況是不正確的。另外，主人某程度會視奴隸為他們的儲蓄戶口，奴隸有一天會還款給主人，以「解放」買回他們的自由。這對主人來說，無疑失去了一個儲蓄戶口，因此會帶來很多經濟的不利，這也令某些主人減少給奴隸的收入，同時也加強了奴隸去偷竊這行動。有時候，某些奴隸也會作管家，他們可能會管理大量的金錢。若其中一小部分金錢不見了，主人也未必會留意到——尤其是當奴隸取得主人的信任，代表主人作一些管理和投資，他們會為主人賺取到豐富的利潤。因此，他們會從中偷取他們認為是屬於自己的利潤。不過，古代的奴隸偷竊是因「解放」或個人利潤未必是常見藉口，但提多書所述情況中的奴隸，很可能會是因「解放」的費用或個人利潤而偷竊。

二、奴隸示範保羅宣講的福音

上述的叛逆和偷竊的試探必定在奴隸當中甚為常見，以至當一個歸信的奴隸按著保羅的教導而行時，反而成了反主流文化的人，這似乎是保羅的意思。一般不是歸信的奴隸會與其他奴隸的生活倫理互相配合。這些奴隸沒受過教育，並不知道上層社會有怎樣的道德觀。因此，即使他們偷竊也不以為然。福音帶來的神蹟，就是教導了那些奴隸在書本中和基於他們卑賤的社會地位而無法學會的東西。

此外，還有其他元素讓我們更明白奴隸的生活情況。一個家庭信哪個宗教，家中的成員大體上都跟著信奉那宗教。因此，奴隸也自然會膜拜他主人所膜拜的神明。由於保羅的宣教是為選擇這個「新」宗教的人開創先河，其中也有奴隸選擇一個有別於主人的信仰。他可能從他的家庭以外接觸這宗教。這情況會導致出現一股張力，甚至令歸信的奴隸遭人嘲笑。當奴隸想參與另一個信主家庭的崇拜時，他的主人或許需要他在家中工作而不能參加聚會。當奴隸想幫助服事一些貧窮人之時，他富有的主人已經佔據了他的時間和精力。這正是保羅想奴隸順服主人的原因，這樣是為了使福音更加吸引。由於異教徒家庭可能在很多方面都有別於福音的教導，但保羅給奴隸的建議似乎很實際。若然奴隸忠心服事主人，也不偷竊，他就在主人面前作美好見證。保羅或許預視到一個顛覆的世界，在那裏奴隸將要使主人歸信，而不是主人命令奴隸去信奉他們家庭的宗教（參普魯他克〔Plutarch〕的 *Moralia* 1. 140D）。因此，福音使沒有尊嚴的人得到尊嚴。

信仰反省：奴隸制度與福音

要將對奴隸的教導應用於今天的生活並不容易。現代基督徒很多時候只會把 9 至 10 節詮釋為雇主與雇員關係。這樣的應用欠缺了對奴隸制度的理解。事實上，這個錯誤的類比漠視了奴隸社會的嚴重性和邪惡性。若我們以現代字面詮釋去解釋奴隸與主人關係，便是欠缺理解當時代僵硬的帝國制度。我們這相對民主，而且可以作出一些改變的社會，是多麼的不同！

因此，給奴隸的規條不能對現代的情況作任何類比，至少在華人世界如是。即使是現代人的性奴貿易也不能配合保羅在這裏的教導，這樣邪惡的行為是基督徒應該反對的。如此，我們需要以一個不一樣的倫理濾鏡，才能明白保羅所説的，而不應錯誤地把古代的情況直接對照現代情況，反而是要留意保羅作出這些看似「保守」的言論背後的文化處境。在保羅的邏輯裏，那較廣闊的原則就是基督徒倫理不應該是一些抽象的東西。假如人沒法改變社會環境，那麼，保羅就建議繼續留在現存的法例所規限內，盡本分做好自己分內事，須知道仍有一位更大的救主一統治者將要再來，他保證以公義及完全的制度來管治世界。然而，我們這些活於現代世界的人會輕易忽略了保羅的異象，看不見奴隸也會使他們的主人歸信。即使保羅在這裏的教導似乎是支持社會的奴隸制度，但是他的宣教理想使他超越了這些社會範疇。藉著持守自己的社會地位，奴隸也可以展現出影響主人、不尋常的宗教力量。

4.2.3 持守道德倫理的態度(二 11 ~ 14)

談論完奴隸的行動(9 ~ 10 節)在神學上的影響後，保羅如今轉為解釋他們要持守某種行為及態度的原因。這個解釋是建基於二章 11 至 14 節所描述的上帝是救主。保羅在他的解釋裏把救恩信息對過去、現在和將來的影響連起來。

4.2.3.1 上帝在過去已顯明祂的救恩(二 11)

在過去，「上帝救眾人的恩典已經顯明出來」(11 節)，表示祂在過去已為全人類帶來救恩。艾格臣(James W. Aageson)留意到提多書論到恩典時與加拉太書有點相似。❻ 當考慮到提多正是處理一所年輕的教會之時，艾格臣的說法是合理的。保羅的神學是一致的，他相信救恩是給予全人類。救恩的普世性導致保羅要向外邦人傳福音。這個普世性的聲明可以從保羅整體的宣教事工方向去理解，這就是他要使外邦人與猶太人、主人和奴隸之間，在福音之下彼此合一。這正是保羅事工的異象。

保羅在 11 節所用的「**顯明**」(*epephanē*)再次表達出上帝恩典的啟示和經驗，甚或是超自然的層面。它與 13 節下的「**顯現**」(*epiphaneian*)相同，在語法上前者是動詞，後者是名詞。在此不難發現 13 節下的「顯現」是指耶穌基督，而保羅也重複了同樣的詞彙來形容耶穌基督(下文將更多討論 13 節)。保羅指出過去上帝曾啟示的基督事件，並確認這件事背後是上帝使救恩臨到所有人。救恩與救主上帝之間的關聯也滿有神學意味。假如我們認真看待保羅有關上帝是救主的聲明，就可以說在提多書裏，上帝主要的性情是連繫於祂的救贖工作。不過，救主拯救人會引起另一個問題：「救主拯救祂的忠信聖徒脫離甚麼？」標準答案是「脫離上帝的憤怒」。當然，那是羅馬書所說，而羅馬書的傳統出現在提多書也固然是可能的，但保羅在羅馬書當**形容上帝的憤怒**時，並沒有使用救恩的詞彙。然而，直接讀入提多書的經文，理應給予我們有不同的結論。救

「顯明」這動詞(epiphainō)在新約書卷共出現 4 次(路一 79；徒二十七 20；多二 11，三 14)；「顯現」(epiphaneia)在新約書卷出現 6 次(帖後二 8；提前六 14；提後一 10，四 1、8；多二 3)。

最接近的平行記載可能是帖撒羅尼迦前書一章 10 節「等候他兒子從天降臨，就是上帝使他從死人中復活的那位救我們脫離將來憤怒的耶穌。」但經文裏所用的詞彙卻並不平行，只是意思平行。

主似乎拯救克里特人脱離他們本身敗壞的文化，甚至是假教義。從提多書主要討論的倫理神學，已足以説明這一點。但這也不是説提多書沒有提及有關永生的事情，因為一章2節早已提到「永生」。但是，永生是一個前設，抑或是提多書要宣講的目的呢？筆者認為保羅在他首次接觸克里特人時，早已向他們提過永生。如今保羅是以社會責任和相關的態度來把福音處境化，為要帶出福音的另一個層面的事情。

與救恩有密切關係的倫理討論，是指向一個有別於當時聽眾的世界。很明顯，當向克里特人宣教的時候，希臘人及羅馬人對脱離社會敗壞的救恩倫理會有不同的回應。問題在於思考這樣的道德教導，都是屬於哲學範疇的事。而這樣的教導對象就是那些能夠閱讀或有能力聘請人為他們閱讀的上層社會人士。換言之，道德教導是上層人士的特權。當時的道德觀是按著受人尊敬，而不是某種以信心為基礎的結果為準則。有別於外邦人的道德觀，保羅賦予道德倫理所須的執行權力，把救恩連於道德觀。更重要的是，保羅的福音和倫理是真正的普世性，打破了希臘人和羅馬人定下的社會階級界線。

4.2.3.2 上帝在現在顯明祂的救恩（二12）

處理過救恩在過去的影響後，保羅在12節轉為討論救恩在現在的顯明背後意思。保羅在這節經文表示，上帝的恩典是可教導的。「訓練」（*paideuousa*；12節）一詞表示教導的重點並不只是提供資料，也包括如何應用。在**保羅其他的書信**裏，這個詞彙往往有負面的意思，多用來指刑罰。因此，這種教導並不是學生喜歡的，「和修版」譯作「訓練」，是要帶出學員在這教導背後是要付代價。這個教導的內容肯定涉及基督徒生活方式較嚴苛的一面。

> *參：林前十一32「管教」；林後六9「懲罰」；提前一20「學會」；提後二25「勸導」。*

首先，信徒要拒絕「不敬虔」（*tēn asebeian*）和「世俗的情慾」（*tas kosmikas epithumias*）。「不敬虔」是一個單數名詞，是指一種生活方式；而「情慾」是複數名詞，「世俗」是修飾「情慾」，是指這個世界裏很多的試探。有別於似乎把「情慾」視為負面的斯多亞學派（參戴奧革尼〔Diogenes Laertius〕的 *Lives of Eminent Philosophers* 7.111），保羅使用「情慾」這詞，並不一定帶有負面的意思(參腓一23「情願」),要視乎經文而定。但在提多書,因為有「世俗」這形容詞,它把「情慾」添上負面的意味。在克里特的處境裏,保羅特別提到的酗酒可能是其中一樣的情慾,而其他情慾可包括說謊、行惡、貪心和懶散(一7、12)。「世俗」這詞彙不只是形容一個**羅馬世界的公民**,也是指他掌握到羅馬世界的文化、社會狀況等等。「世俗」也是形容一個被世俗價值觀佔據了心思,而在基督裏的新生命的特徵卻一樣也沒有的人。10節以「榮耀」(*kosmōsin*)來描述福音,與12節負面的「世俗」(*kosmikas*)連繫,這是一個文字遊戲。「榮耀」一詞在新約世界裏往往是用來形容裝飾物(參提前二9),但提多書二章10節則用來形容來自真誠見證的福音,而不是掛在奴隸身上的珠寶。這兩個字有相同的頭韻,這似乎並不是偶然的。在保羅的修辭中,這個文字遊戲表達了一個簡單的信息:假如有人使福音變得吸引,世俗的情慾(和它的吸引力)就會減少。

保羅不只是一個這樣的羅馬公民,且更像是當時整個世界的公民,因為他擁有的學識及宣教旅程經驗,讓他不只熟悉當時的希羅世界,同樣也包括不同種族的世界。

到這刻為止,已發現保羅的修辭既強而有力,且又一致。他主張主動拒絕社會的核心價值觀,並在所有信徒的生命中展示上帝的價值觀。他提供了希羅哲學無法提供的,以救主為中心的倫理解決方案後,他接著力言,指信徒需要在現今活出「克己」(*sōphronōs*)、「正直」(*dikaiōs*)與「敬虔」(*eusebōs*)的生活。保羅已多次提到「克己」(參一8,二1、2、5、6),而「正直」的意思是符合一個公義的標準,「敬虔」也是保羅在教牧書信中喜歡討論的事情(參2.2.1.2「解釋雙重身分的目的〔一1下〕」對一章1節「敬虔」的分析;另參提後三12)。「敬虔」也是希臘人的品格——代表委身於他們的神明,在提多書則是指委身於獨一的上帝。保羅提到要在「今世」(*nun aiōni*)行這些事情,這「今世」似乎代表著耶穌的復活與他再來之間的終末階段。

4.2.3.3 上帝在將來顯明祂的救恩(二13~14)

保羅接著稱將來的世代為「福樂的盼望」(*tēn makarian elpida*;13節),這短語可譯作「快樂的盼望」。在「盼望」這詞之前是有一個定冠詞 *tēn*,表示這是一種盼望,是耶穌基督第二次再來時的盼望,他的第二次再來是要糾正所有過錯。然而，在一個滿有神學意味的行動中，保羅把耶穌的第二次再來的終末論連於 14 節救贖的教義中。13 節下「我們的救主耶穌基督」這短語出現一個解釋上的困難。「救主」究竟是連於耶穌基督，抑或上帝？連於上帝或連於耶穌又有甚麼分別？如果稱耶穌為「上帝和救主」會出現甚麼問題？希臘文完全沒有作表示。假如我們把上帝和救主連起來，就與一章 3 節配合；假如我們把救主和耶穌連起來，也能配合把焦點放在耶穌而不是上帝身上，那麼，這就與一章 4 節配合；假如我們把上帝和救主理解為形容耶穌基督，這就是一個罕見的直接聲明。保羅不只暗示耶穌是聖子，也直接表示耶穌就是上帝。救主與上帝之間的聯繫就提多書而言，似乎是很自然的。然而，若整個上帝和救主是用來描述耶穌基督的描述，這也是說得通的，因為焦點是在基督身上。直到保羅寫提多書為止，整個新約傳統並不太強調上帝最後的榮耀，反而較為著重耶穌基督最後的樣子。基於保羅沒有為這陳述句作解釋，因此最好就是按著正典性的理解來讀。

令人感到好奇的地方並不只對耶穌基督的描述，因為 14 節以救贖開始，以倫理結束。保羅說耶穌藉著「捨己」，以致受苦的上帝救贖了「我們」。代贖神學常見的聲稱「耶穌為我的罪而死，付上我的債」是不足以描述保羅在提多書的重點。在此，保羅認為救贖是使人脫離「一切罪惡」（*pasēs anomias*），並要潔淨他們，使他們可以成為上帝的子民，而他們也要熱心「為善」（*kalōn ergōn*；參上文）。「一切罪惡」在這裏所指的是不守法律，犯罪的人像活在沒有法律的世界中。表面上，這節經文似乎只是指救人脫離罪和它的權勢，但這裏的罪惡是集體性的，也是延續的，因為一章 12 節表達了一個罪惡的文化。因此，救人脫離罪惡就有特別的社會意味，它似乎是指抽離於社會某些罪惡的文化。「潔淨」（*katharisē*）並不是一個法律用的詞彙，而是指就著他們持續的善行和尊貴的工作來說。務要留意的是「為善」是以複數表達，表示所有的善工都是從擁有不同恩賜的人而來。因此，總括來說，保羅所說的救贖與救人脫離社會的敗壞有關，透過不息的善行來表達「潔淨」。

4.2.4 總結(二 15)

15 節總結了上述的議題。關於以上的事情,保羅吩咐提多要「講明」(*lalei*)、「勸勉」(*parakalei*)與「責備」(*ekegche*)人。這 3 個命令愈來愈嚴厲,而高潮是「責備」。首兩個命令在新約裏相對普遍,但是命令人去責備則較少見。很明顯,保羅極可能接受以責備去對待那些不順服的克里特人。

4.3 保羅吩咐提多勸勉眾人(三 1～11)

筆者認同馬歇爾說三章 1 節是一個新段落的「新開始」。二章 15 節出現的第二人稱命令語氣,勸勉提多要以如何的態度去教導教會內不同組別的人,但三章 1 節「要提醒」(*upomimnēske*)雖然仍是以第二人稱命令語氣,但之後有「眾人」(*autous*)這第三身複數代名詞,它是 *upomimnēske* 的賓語,表示保羅吩咐提多要向眾多的人説話(或簡單地説向克里特眾信徒),而不再是一個特定的組別。可見保羅吩咐提多要提醒的對象已有很大的轉移,這明顯是一個新段落的開始。假如二章記載提多要做的主要工作是教導,那麼,提多接著的主要的工作就是去提醒眾人(三 1～11)。除了教導會眾之前並不知道的資訊,也要提醒他們早已知道卻沒有應用的東西。

分段大綱(三 1～11)

1. 保羅吩咐提多勸勉眾人要謙卑(三 1～2)
2. 保羅闡述信徒的狀況(三 3～7)
   甲、歸信之前的狀況(三 3)
   乙、歸信之後的狀況(三 4～7)
3. 保羅對提多個人的吩咐(三 8～11)
   甲、吩咐提多切切地教導信徒(三 8)
   乙、吩咐提多要處理的事情(三 9～11)

4.3.1 保羅吩咐提多勸勉眾人要謙卑（三 1～2）

三章 1 節的「要提醒」（*upomimnēske*）是現在時態命令語氣，表示持續地提醒，有可能要直到那些愛理不理的成員回到正軌為止。這句子在希臘文有點不通順，它可以直譯為「提醒他們去服從執政的，服從掌權的」。大部分英文譯本都會在「執政的」、「掌權的」之間加上「和」（and）。順服這樣的「執政者」似乎是出於自願。馬歇爾認為「順服」這個規條與煽動者不遵從政府有關，但這是過度詮釋了。相反地，保羅並不需要面對兩方面的攻勢：煽動者和政府。保羅命令提多去作提醒，表示保羅假設信仰羣體在帝國制度之下在公眾場所的表現，是他們初信時期生活方式的先決條件。保羅在三章 1 至 2 節總結了教會的公共角色，而那個角色或許會因應不同的制度下而改變。在 1 世紀的現實裏，信仰羣體的公共角色某程度是有助於保羅的宣教工作。假如馬歇爾是正確的，那麼，煽動者可能就是在教導另一種生活方式。他們以這個新信仰為名，去反對所有帝國的權柄。若然如此，保羅不得不去阻止這樣的宗教運動，否則新的彌賽亞信仰的合法性就會進一步遭到損害。教會若不守社會秩序，他們又怎可以在不屬於帝國官方宗教的情況下，進行宣教工作呢？從保羅的用語反映出他察覺到「執政的」和「掌權的」有一種管治的功用。有時候，這樣政治性的管治甚至可以變為欺壓。務實的保羅因此定下了界線，以兩個不定詞及兩個帶不定詞的修飾性從句作界線，說明教會可以臣服執政的人到哪個地步。這 4 個不定詞就是：

- *peitharchein*（「服從」；1 節）。保羅很希望克里特人可以「順服」。這個命令或許不是絕對的，但有可能是針對克里特人中間存在著不順服的文化(參一 12)。
- *einai*（1 節；「和修版」沒有譯出來，NIV 譯作“to be”）。這是帶不定詞的修飾性從句「預備行各樣善事」（*pros pan ergon agathon etoimous einai*）。「善事」是以單數名詞表達，表示要有好的工作質素，也是指任可造就人的工作。
- *blasphēmein*（「毀謗」；2 節）。保羅希望克里特人「不要毀謗」（*mēdena blasphēmein*）。
- *einai*（2 節；「和修版」沒有譯出來，NIV 譯作“to be”）。這是帶不定詞的修飾性從句「不要爭吵，要和氣」(*amachous einai, epieikeis*)。「和修版」將 *amachous* 譯作「不要爭吵」，但原文是沒有「不」的意思，它可譯作「和平」，而 *epieikeis* 可譯作「溫柔」。NIV 將句子譯作 “to be peaceable and considerate”。「爭吵」與「要和氣」之間並沒有「和」一字，情況與「執政的」、「掌權的」相同。

這 4 個不定詞以一個現在時態分詞作動詞用的從句「對眾人總要顯出溫柔」(*pasan endeiknumenous prautēta pros pantas anthrōpous*)。總括來說，信仰羣體要謙卑地對待所有人。保羅為何要在最後一個從句不繼續以不定詞修飾性從句，反而以分詞來表達？他所要凸顯的是甚麼呢？筆者認為這可能是因為保羅嘗試使用不定詞來形容那些質素是回應反動的事件，是較為被動的(例如順服那些作出某些要求的掌權者，又或即使某些敵人正在逼迫信徒，也不去毀謗人等)，而分詞則用來描述一些主動的回應。被動和主動的回應都很重要，因為克里特人所作的事很可能與保羅的教導背道而馳。這系列的討論似乎是要處理一些早在保羅於克里特最初宣教時教導過，但克里特的信徒卻沒有遵行，而且是繼續受著任性的文化所支配。

這些討論可能只是基督徒最基本要守的倫理行為。保羅以 3 個層面作焦點討論，就是行動、說話、態度；所指的行動包括順服權威及作善工；所指的說話包括不去毀謗；態度包括以和平、溫柔和謙卑待人。保羅的討論對今天的基督徒看信仰與政治的關係肯定有影響。我們也要留意保羅在 1 至 2 節的論證是從政府發展到普羅大眾(即是「眾人」)身上。保羅最關注的是，當教會面對著公眾之時，它的面貌會怎樣(下文將進一步討論基督徒倫理在公眾領域中的影響力)。至少，保羅認為基督徒向著公眾的一面，是會影響著福音事工的。

4.3.2 保羅闡述信徒的狀況(三 3～7)

根據孟恩斯的觀察，三章 3 至 7 節的討論與提摩太後書一章 9 節最為相似。雖然這些經文有平行的概念，但在用語上卻不是平行的。提多書這整段說話是由兩個句子(3、4～7 節)組成，看似是某種信條。因此，這段說話可能是源自初代教會傳統，但是它到底是從何而來，則不得而知了。我們只可以說它的神學內容為提多書三章1至2節的倫理要求奠定基礎。把這段經文理解為源自一份信條是很合理的，因為三章3節以「我們」(*ēmen*)這詞開始，而從「我們」放置這動詞的次序，在希臘文語法裏，表示加強語氣。❼ 這個「我們」應該包括保羅、他的同工和克里特的信徒。這段經文可分為兩個部分：「歸信之前」(三3)和「歸信之後」(三4～7)。在3節出現這部分似乎是補充上文議題，為要說明一些原因，而在希臘文裏以「因為」(*gar*)來描述(「和修版」沒有將它譯出來)，說明為甚麼提多需要提醒克里特信徒。

4.3.2.1 歸信之前的狀況(三3)

關於歸信之前的景況，保羅從兩方面描述，就是歸信前的生命，以及歸信前的生活態度。

一、歸信前的生命

3節上從3方面形容那個生命：「我們」是「無知」(*anoētoi*)、「悖逆」(*apeitheis*)、「受迷惑，作各樣私慾和宴樂的奴隸」(*planōmenoi, douleuontes epithumiais kai ēdonais poikilais*)。首兩個形容詞與非信徒的本質有關，而第三個短語是與信徒有關。

- 「無知」並非一般的無知，而是指對福音和隨之而來的倫理要求一無所知。這表示對教義和倫理是在沒有知識的狀態。保羅認為福音事工所包括的，除了宣講救恩，也包括教導無知的人。
- 「悖逆」代表在上帝的倫理標準以外的狀況(參羅一30；提後三2)。保羅在一章16節曾以這詞形容那些敵對者(參3.3.2.3「指出敵對者的敗壞〔15～16節〕」)。
- 「受迷惑……」是指人類在歸信之前所描述的「無知」和「悖逆」的狀態裏，很自然就會受迷惑，被各樣私慾和宴樂奴役。「迷惑」(*planōmenoi*)是以被動語態來表達，表明犯罪的人是完全被奴役。因此，當一個人在沒有足夠資料下分辨對錯之時，是很容易受騙，並作出錯誤的判斷。被奴役是當人欠缺能力去打破由錯誤判斷而產生出來的生活模式，從而令這個人變得軟弱。務要留意在被迷惑和被奴役背後承受的壓迫力。究竟這是一種怎麼樣的力量？保羅稱之為「各樣」（*poikilais*），這個希臘文詞彙事實上是指很多不同種類，而不只是一種力量（參太四24；可一34；路四40；提後三6；來二4，十三9）。保羅是以負面角度來描述「私慾」（*epithumiais*）和「宴樂」（*ēdonais*），聽來像是指斥當時那個強調要控制人的慾望和情感的哲學思想，特別是斯多亞學派，因為保羅指出這是信徒在「從前」所行的。保羅可能在嘗試展示出跟隨基督之人的品格比斯多亞學派的理想更勝一籌。

二、歸信前生活的態度

討論完人的生命狀況後，保羅就在3節下討論人的生活態度，而他只討論受迷惑和被奴役的狀況下包括的兩種生活態度：常存惡毒、嫉妒的心，以及一種行為：可恨和彼此相恨。

- 兩種態度：「惡毒」（*kakia*）表示人在生活中主動地展露出一種奸惡的態度。「嫉妒」（*phthonō*）則表示人當看見其他人的成就，心裏便產生不快的感覺。它發自內心，然後形成人與人之間的矛盾，最後「彼此相恨」。
- 一種行為：「可恨」（*stugētoi*）是一個惡性循環的生活態度，它可能從惡毒和嫉妒開始。

4.3.2.2 歸信之後的狀況（三4～7）

保羅不只說明人信主前的生命如何，也在4至7節表示信主後的生命有何不同。與3節的「從前」不同的是，4節以「但到了」（*ote de*）作開始，兩者形成一個對比，表明4節已進入了另一段時間。「但」（*de*）是一個強烈的反義詞，對比著3節。這個強烈的對比是為要說明兩段時間是截然不同的。馬歇爾留意到，這是初代教會常用的修辭技巧，尤其是在保羅的著作裏（參羅六17～23，七5～13；林前六9～11；加四8～10等）。這個常見的表達方式，表示作者已預料到初代教會的信徒會有這樣極端的轉變。

一、闡述新生命的特色——得到白白的救恩（4 節）

這個有別於從前的新生命，又有甚麼特色呢？保羅在這裏以一個很特別的方式論到道成為肉身和彌賽亞的事工。它之所以特別，是因為保羅從沒有提及耶穌這名字，但卻提及耶穌事工的質素，就是「恩慈」（*chrēstotēs*）和「慈愛」（*philanthrōpia*），這兩樣事情會透過耶穌事工「顯明」（*epephanē*；參二 11）出來。這裏的用語令人聯想到古代希羅世界裏的恩庇者（或羅馬帝王）向受恩庇者（或他的臣民）施予的恩惠（參 1.3.3.1「關於以弗所城」這部分提及的「恩庇制度」）。保羅再次在帝國式的用語上加上「我們救主上帝」，這一點我們早已討論過。然而，在「恩庇制度」裏施予的恩惠與從上帝而來的恩典大大不同，前者會對受恩庇的人有很多嚴苛的要求。但是，保羅所傳講彌賽亞式福音裏的恩典，卻是白白的賜予，於當時代是獨一無二的。

它之所以重複，並不是這動詞的重複，而是指執行這「救」的行為的那位，即 4 節的「救主」。

保羅接著在 5 至 7 節的描述，會更詳細說明這白白的恩惠。4 節另一個重點是保羅所用的兩個質素在第 5 節裏的一個「他」身上出現。「他」是誰？根據**重複**出現的詞彙「救」（*esōsen*）這詞，這個「他」應該是指 4 節的「救主上帝」。然而，對那些曾經聽過保羅（或保羅的同工）向克里特人宣講基本彌賽亞敘事的人來說，上帝是透過耶穌施行救贖的。因此，上帝那救主的屬性是透過耶穌的工作展示出來的。再者，「顯明」往往是用來形容人而不是物件。但是，這個救贖工作的基礎是甚麼？答案就在接下來討論的 5 至 7 節裏。

二、闡述救恩的內涵——基礎、途徑、聖靈的更新（5～7 節）

保羅在 5 節很快以一個短語指出救恩的基礎是甚麼，以此總括地說出他的救恩論（參羅三 21～31）。三章 5 至 7 節可能源自一份宣言（參 1.6.1.3「『這話可信／這信仰』的意義」）。在這份宣言裏，他首先指出哪些不是救恩的基礎：「不是因我們自己所行的義」（*ouk ex ergōn tōn en dikaiosunē a epoiēsamen ēmeis*；5 節），接著他提到惟一的基礎：「照他的憐憫」（*kata ton autou eleon*；5 節），即上帝的「憐憫」（*eleon*；參羅九 23）。在此，人所行的義與上帝的憐憫是有一個鮮明的對比，而且是絕對的。這兩個句子由一個連接詞「而是」

(*alla*)連起來，表達救恩兩個南轅北轍的基礎。對保羅來説，白白的救恩正正使道德倫理變得重要。除了基礎之外，5節又指出上帝拯救「我們」(指猶太人和外邦人)的途徑是「藉著重生的洗和聖靈的更新」(*dia loutrou paliggenesias kai anakainōseōs pneumatos agiou*)。有些解經家和受人歡迎的傳道人會把「洗」這用語連於洗禮。斯托得指出幾乎所有早期教父都會這樣做；但是，保羅只是將「重生的洗」與「聖靈的更新」作類比，形容聖靈潔淨了人而將人帶入義的狀態。若欠缺這一點，救恩就無法具體化地實現(參羅六章)。聖靈與水的類比可能來自洗禮，但保羅在這裏講的卻不只是這些。他借用了一個所有信徒都要做的禮儀，來說明聖靈在信仰羣體裏的工作。由於保羅的時代與今天的不同，當時並沒有未受過洗的信徒，所以，以洗禮與聖靈的工作來作類比，是最為準確的。再者，洗禮的禮儀也是一個標記著身分的見證，表示一個人歸信時得到聖靈的潔淨。

6節表明，上帝是透過耶穌將聖靈澆灌在「我們」身上，使我們成為新的後嗣，繼承「永生的盼望」(*elpida zōēs aiōniou*；7節)。這句話形成了後期西方教會教義(例如公元589年的托萊多第三次會議〔Third Council of Toledo〕)中，建立了**聖靈的雙重來源**的基礎(即聖靈從聖父和聖子而來)。然而，我們不可忽略的是，最早提及聖靈被澆灌這傳統，就是來自使徒行傳二章17節彼得對約珥書二章28節的理解。彼得在五旬節的講章大部分都有保存下來，這說明了這樣的詮釋是初代信徒所接納的，而且流傳到保羅那裏。尤其重要的是彼得的救恩論引用了約珥書二章，指出無論任何年齡、性別和社會地位的人都可以經驗到聖靈的工作。這個傳統也能配合保羅對外邦人的宣教工作。因此，「澆灌」的類比並不能按字義來表示洗禮的禮儀，而是以五旬節最初的彌賽亞工作為基礎。

保羅的言論沒有暗示聖靈有兩個來源，因為他表達上帝是透過耶穌基督的工作賜下聖靈，而耶穌嚴格來説並沒有差遣聖靈來到(這觀念可能有別於約翰福音的)。

除了「澆灌」的類比之外，保羅也論到「永生」和「盼望」(7節)。保羅早已在一章2節詳細論到生出盼望的永生。他的用語與約翰著作的用語很相似，這表示在基督徒當中有一個公認，且共通的耶穌的教導，而這教導是保羅和約翰都認同的(參約三5、16，四14，七38～39)。藉著提及五旬節傳統的敍事，保羅表明聖靈的工作並不限於某個時段(即五旬節)、某個地方(即耶路撒冷)、某個種族(即耶路撒冷的猶太人)。這些工作在不同處境和文化中，同樣地在人歸信時重複出現。保羅正在把五旬節的預言普世化，即使在他最初的宣教也是一樣。**費安利**進一步指出，「重生」(*paliggenesias*；5節)的用詞只見於馬太福音十九章28節(譯作「萬物更新」)，他以此進一步說明保羅的聲明是建基於耶穌的傳統。這個共通的傳統是否暗示早於向克里特宣教時已宣講過的呢？

費安利又指出難以確定馬太有沒有反映斯多亞學派的用語，也不能確定馬太(或保羅)有沒有與斯多亞學派一樣，借用了一個當時常見的詞彙或意識形態去表達他的概念。

這節經文又以「後嗣」這家庭用詞作隱喻，表示保羅是在討論一個與舊有家庭對比的新家庭。新家庭以上帝為父，而接受救恩前的舊家庭以一個有罪的人為首。這個隱喻對比信主前後的生命，不只是個人層面，也涉及希羅家庭的集體層面，為要提醒每個家庭中誰是新的領袖。對保羅來說，新家庭標誌著人在地位上的改變。這人應該以一個嶄新的身分、嶄新的生活方式表現出來。救恩既是個人的，也是集體性的，保羅以「我們……為後嗣」(7節)作結束，說明上帝最終要建立一個有祂的義的新羣體。

總括來說，救恩的基礎是上帝的憐憫，救恩的要求是義，這兩者都需要聖靈的更新工作，而救恩的最後結果就是新的家庭樣式。4至7節同時出現上帝、耶穌基督、聖靈這三一上帝的用語，說明了整項工作都是從上帝而來，而聖父、聖子、聖靈在救恩中分別擔當著重要的角色。因此，一個新的倫理家庭最能表達出三一的神學。

4.3.3 保羅對提多個人的吩咐(三8～11)

4.3.3.1 吩咐提多切切地教導信徒(三8)

保羅在8節結束他給提多的吩咐，他要求提多切切地以救恩論為基礎去作倫理的教導，其主要原因是克里特的信徒早已忘卻了這些教導。保羅形容三章1至7節的內容是「美好」(*kala*)的事，而且是「有益」(*ōphelima*)的。當保羅說這些是美事之時，他的意思是它們有好的質素。當保羅說這些事情是與人有益之時，他的意思是它們可以讓其他的人得到很大的「益處」(參羅三1「割禮有甚麼益處呢？」)，因為當保羅說對人有益處這話時，表示益處很大。保羅以複數去描述「對人」(*tois anthrōpois*)來強調受益的範圍很廣。他清楚指出他所吩咐要行的是有利於所有人。當他說這些是美事，對所有人有益時，他到底指的是甚麼意思？其意思就是：救恩是要祝福所有人。因此，保羅是說，遵行他在三章1至2節要求那尊貴的好行為，也會使混亂的克里特社會帶來優勢。所有克里特人，無論是信徒或非信徒，都會從教會得到益處。換言之，雖然教會似乎很細少，而且也不算為正式的宗教，它卻可以為社會帶來益處，以致增加信徒在社會上的地位；又因他們的影響力，使社會賦予他們權力。保羅要求提多教導他們去「行善」(*kalōn ergōn*；參二7)，類似三章1節的「行各樣善事」(*pros pan ergon agathon*)。雖然這裏的短語有別於三章1節，但這些詞彙似乎是同義詞。保羅強調美好的事，強調行善，因為他想有高質素的行為表現，為所有與教會有接觸的人帶來益處。基於相信耶穌基督和救主上帝，教會如今便會從沒有權力變為擁有權力，有了權力之後，並不是為獨霸權力，而是透過權力，更加發揮行美事的能力及機會；如此，信徒便可以提供那個社會所欠缺的美好質素。

4.3.3.2 吩咐提多要處理的事情(三9～11)

有別於他要教導的事情，9至11節記載了保羅吩咐提多處理兩件事情，第一，提醒提多不可討論某些佔據了克里特的煽動者之心的課題(9節)；第二，教導提多如何對待分門結黨的煽動者(10～11節)。

一、提醒提多避免討論佔據克里特的煽動者的心的課題(9節)

這些課題包括：「愚拙的辯論」、「家譜」、「紛爭」，以及「因律法而起的爭辯」。一章10節曾提及教會有一輩「奉割禮的人」，他們可能沉迷於這樣的課題。保羅稱這些有爭議的課題為「虛妄」(*anōpheleis*)和「無益」(*mataioi*)的，與三章8節的美善和有益的事剛好作對比。斯托得指出，這裏並不是指要禁止討論所有引起爭議性的課題，而只是要禁止那些愚昧的討論。保羅的事奉生涯裏，總有很多惹人爭議的討論，他期望教會知道甚麼是重要的討論，並有智慧地去處理這些事。「虛妄」和「無益」這兩個負面的詞彙似乎是同義詞，說明了這些討論是如何空洞。與其起爭辯，保羅更希望提多著重於對福音事工這更有意義的事情上，例如追求美好品格的生活方式（三1～2）。

二、吩咐提多對待分門結黨的煽動者的方法（10～11節）

為要對抗那些使教會分裂的敵對者，保羅在10節吩咐提多警戒他們最多兩次，才棄絕他們。保羅稱這些煽動者為「分門結黨的人」（*airetikon anthrōpon*；10節）並以單數名詞表達。保羅有如此的描述，並不是說製造麻煩的人只有一個。早於一章10節，保羅已表示煽動者似乎組成了一個黨派，而保羅採用單數名詞，有可能是針對他們當中一個主要的領袖，又或是想把他們所有的壞品格總結為一個「背道」（*exestraptai*）、「常常犯罪」（*amartanei*）、「自己定自己的罪」（*autokatakritos*）的人（三11）。第一與第三這兩個詞彙**並不見於其他的保羅書信**。第三個詞在希臘文中相對較罕見，在新約書卷中只在這裏出現；第二個詞是一個較普遍的用詞。首兩個詞是動詞，第三個是一個形容詞。

第一個詞也曾出現於「七十士譯本」舊約書卷（申三十二20；結十三20；摩六12；亞十一16），都是用來指責以色列人的。第三個詞只出現於提多書。

「背道」是以完成時態被動語態直說式語氣表達，表示一個人在過去已有這敗壞的行為，而現時仍在敗壞中。保羅所指的「背道」，很可能是按著一章10至16節，指道德和教義的問題。「常常犯罪」是以現在時態主動語態直說式語氣表達，表示以犯了罪的動詞來形容一個繼續犯罪的生活方式。換言之，那人不只過去在道德和教義上偏離正軌，而且一直活在罪裏，至今仍未悔改。假如「罪」保留了它「達不到目的」的意思，那麼，保羅所描繪傳假教義的圖像就十分生動了。由於那個人從來沒有遵從真理的道德教導和教義，在保羅寫信時，他仍然未達到那個標準。或許他被人誤導，不經意地落入敗壞裏，但他現在所犯的罪卻肯定是刻意的。「自己定自己的罪」這形容詞正符合「背道」與「常常犯罪」這個描述，就如「新譯本」較字面的譯作「定了自己的罪」，反映了它的意思。這並不是說他們知道自己的罪，並且責備自己，而是說他們的罪會繼續使他們在上帝的義面前為他們帶來責備。

4.4 總結二至三章

在研讀二至三章時，我們必須回到較早前討論過的課題上。這可以為整個段落的詮釋作出 3 個總結：第一，我們必須看看保羅期望克里特的信徒將會形成哪一種的社會身分；第二，我們必須看看這些沒有任何說明的宣言，如何作為這些倫理教導的基礎；第三，我們必須解釋為何要重複某些概念，作為給克里特教會的提醒。

論到社會身分，保羅直接使用當時政治上和希羅道德觀上的用語，來建構一個不一樣的身分，但卻沒有完全抽離他面對社會與政治的實況。他也沒有使提多捲入一場與行律法一派沒完沒了的辯論裏；相反，他的焦點卻放在源自新的救恩和正面的生活方式內。結果，信徒的身分不只藉著認信去表明與別不同的忠心，也藉著沒有血腥革命的行動表明出來。

這部分提及的宣言頗為特別，因為它們很多方面的內容都與保羅所陳述「一般」的教義不同；但是，在概念上它們與保羅其他書信的並沒有太大分別，也肯定沒有任何矛盾。這些聲明所關注的是一個從神學角度出發的時間觀念：現在是耶穌基督第一次與第二次到來之間的等待期。因此，教會是一個終末性的羣體，要迫切地做美好的事，以等待耶穌第二次再來。

這段經文重複出現的「救主上帝」這傳統，代表著一個有新律法的新國度，這國度是帶著一個目的，就是以行動和言語來延展福音。克里特教會應該隨著這條路，而不是社會的路而走。保羅藉著家庭用語來引導克里特信徒去建立上帝的新家庭。這位上帝已拯救他們脱離社會的敗壞，朝向耶穌作王的美好將來。

信仰反省：現代信徒如何應用保羅的倫理教導

這份長篇的倫理教導中所列出一系列行為的教導，對21世紀的現代人所面對的問題有很多提醒。香港和北美的基督徒不時面對著文化戰，又或教會像先知般（而且很多時是自以為義的）去責備「異教徒」的情況下，保羅的討論就顯得有深遠的意義。這些從來不是保羅在處理異教環境中所要討論的重點。他認為社會充斥著各樣惡行，而他卻期望信仰羣體可以在這樣的社會中展示出一個改變了的生命。另外，他也期望當教會在討論政教問題上，仍有向著公眾的一面。任何堅持信仰屬於私人而不將之應用在公共範疇的，都有違保羅在提多書的教導。就以美國為例，信徒在應用上就傾向兩個極端，世界各地的華人教會應該以美國基督徒為鑑。有些人堅持在美國的民主制度下，將宗教和政治完全分割（導致某種極端的宗教私有化）；有些人則堅持一個極端的公共與政治議論（無論是左翼或右翼的），引致不同黨派之間引發一場文化與宗教衝突。這兩種做法均對發展福音都沒有任何好處，也是美國近年信主的人數並沒有上升趨勢的原因。

在我們應用保羅的原則（其實我們要謹慎去應用）之前，有些問題是值得留意的。保羅所面對的是哪一種「公眾」，而我們今天所面對的又是哪一種「公眾」？他的時代是哪一種政府在管治著，而我們的時代又是哪一種政府在管治著？任何人當要直接應用保羅勸勉人順服政府的那一套，必須先緊記保羅是在寫信給一羣極度不順服帝國管治之下的克里特人。現代政府卻不一定是那樣（雖然有些國家仍與保羅時代的情況類似）。

總括來說，保羅並不是直接攻擊異教的文化。相反，他借用了最能表達福音倫理的外邦人倫理詞彙，來鼓勵克里特的信徒實踐信仰。保羅是一個歷史人物，受到歷史環境的限制，而他的策略是很實際的，為了讓在基督裏新的信仰得以持續下去。因此，我們需要反思保羅的倫理教導對現今的應用有甚麼限制。至少，他讓所有在羅馬社會中，原本沒有機會得救的人得到救恩。

當保羅以負面的詞彙來形容煽動者時，我們可以有智慧地問一些有關的問題。當保羅堅持領袖不應沉迷於愚昧的爭論，現代人往往會無知地直接把他的言論指涉凡所有的爭論都是不對的。這樣的律法主義式讀經法並不是在應用真理。保羅及耶穌本身也曾與不同的人或羣體作多番的爭論。事實上，保羅勸提多反對當地的主流文化和煽動者，已經引起了爭論，也會惹人非議。因此，重點並不是在應否有爭論，而是在於為著何事而爭論，而爭論的議題是有智慧的抑或是愚拙的？保羅反對的是愚拙的爭論。他這樣堅持是期望教會（尤其是教會領袖）成為一個持守真理的榜樣，以致信徒可以辨別智慧和愚昧。這是保羅對教會的理解。這樣的討論叫我們必須去問：今天的教會是否真的有智慧和向著屬靈的方向走？教會是否健全是視乎它有多少的智慧和所願意學習的事情有多少。教會學習得愈少，就愈是反對智慧。最後，教會便開了一道門，讓各式各樣較為次要的爭論竄進來。因此，保羅期望的教會是一個願意學習的組織。雖然學習並不是惟一的東西，但它肯定可以阻止信徒誤入歧途去追求錯誤的觀念，引致白白浪費了寶貴作事工的時間。

當仔細觀看二至三章這整幅圖畫，不禁看到保羅所關注的不只是政教關係，也關注推動福音事工和福音對文化的影響。假如只停留在政教的問題上，就無法深入理解一個從歷史社會背景衍生出來更大的圖畫。假如我們把整個倫理教導理解為反對文化的條文，而不是要求人依從的規則，那麼，這些命令只會引伸出一個問題：我們的文化怎樣主導著我們的福音，以致我們的福音事工會被阻礙？假如我們看看出名的福音派著作論到有關教牧書信的應用，就會發現當中明顯地缺乏了保羅反對文化主導的爭議，卻充斥著律法主義式的應用。保羅是在使用政教關係或外邦人的倫理用語，來討論更重要的事情：基督徒反對主流文化。應用二至三章之時，凡以細微的律法主義的解經方式應用經文，都是忽略了保羅整體的信息。

溫習及思考問題

1. 保羅對家庭中不同成員有不同的品格要求，說明了當時社會是以甚麼年齡及性別的人作主導？大部分的家庭成員都有哪些常見的共通品格？
2. 為甚麼將羅馬時代的家訓應用在現代基督教世界時，對「年齡」的看法卻不能像昔日般應用？若「年齡」不是重點，我們應該怎樣理解家訓？
3. 在基督徒倫理的勸勉上，為何保羅要優先討論老年人？希羅時代如何界定一個人為老年人？他們擁有哪種社會地位？保羅對老年人的品格有何要求？
4. 保羅要求年長的婦女要過恭正的生活。這「恭正」帶著甚麼意思？在羅馬時代，女性被定型為有甚麼特色？保羅勸勉年長的婦女要逃避甚麼？要持守甚麼？這些要求如何應用在今日的基督徒女性身上？

5. 保羅如何勸勉年輕人，這與提多有何關連？
6. 保羅勸勉為奴隸的，應該有怎樣的品格？他們的誠實與他們的社會制度有甚麼關係？奴隸的社會背景告訴我們，保羅的社會公義觀是怎樣的？我們應如何將這教導應用在今天的信仰上？
7. 保羅所描述上帝的救恩是怎樣顯明出來？「顯明／顯現」這詞有何特別意義？在時間上，上帝怎樣在過去、現在，以及將來顯明祂的救恩？
8. 保羅如何描述一個信徒在信主前及信主後的分別？今日的信徒是否也有同樣的經歷？
9. 在保羅的時代，政府與教會的情況是怎樣的？保羅的條文怎樣針對政府與教會情況？
10. 現今的政府與教會情況與保羅的時代有何不同？我們要如何謹慎去應用提多書所討論有關政府與教會的內容？
11. 保羅勸勉提多應如何逃避無意義的爭論？如何應用在今天的信徒身上？作為信徒的你，認為哪些議題值得討論？哪些不值得？

釋經短註

❶ 希坡克拉底（Hippocrates；公元前 460～377 年）是一位古希臘醫生，被譽為「醫學之父」，是他首先將醫術發展成專業學科的。除了醫術，他也將他對醫學的心得寫成書，對後世貢獻良多。至於他對年齡階段的分層，他將人的生命分為 7 階段：嬰兒（*paidion*；0～7 歲）；男孩（*pais*；8～14 歲）；少年（*meirakion*；15～21 歲）；青年（*neaniskos*；22～28 歲）；成年男人（*anēr*；29～49 歲）；長者（*presbutēs*；50～56 歲）；老年人（*gerōn*；57 歲以上）。

❷ 一章 10 至 16 節所描述的假教師及克里特的文化有 4 樣：「不受約束」、「說空話」、「欺哄人」、「說謊話」。雖然「說空話」、「欺哄人」、「說謊話」看似都與言語有關，有相近的意思，但保羅使用這些詞彙之時，各有不同重點（參 3.3.1.1「對假教師 3 重的描述〔一 10〕」；3.3.2.1「說謊話〔一

12～13上〕」）。二章2節與之對照的有：「節制」、「端正」、「克己」、「在信心、愛心、耐心上都要健全」。

❸ 第3節保羅所使用的「恭正」（*ieroprepeis*）是一個宗教術語。在「彼爾尼碑文」（Inscription of Priene）曾出現這詞（I. Priene 109, 216）。彼爾尼（Priene）是希羅時代一個古老城鎮。它位於以弗所以南28公里，米利都以北17公里，建於山坡上。有學者相信以弗所教會的長老從以弗所去米利都與保羅會合時，曾經過這城（徒二十13～18）。在古希羅時代，它是一座宗教之城。有考古學家從這城的廢墟發掘出女神雅典娜（Athena）神廟的遺迹，估計是雅典娜神廟最原初建成的地方。這地方可能都有許多女祭司，而所發掘出的碑文第109、216塊很可能就是描述這些女祭司的生活行為。當《猶太古史》及「馬加比四書」使用這詞之時，都是用來描述與祭司或宗教生活有關的事情。由此可以見，保羅所用「恭正」是一個當時普遍使用的宗教術語，也是凸顯「恭正」這行為是一個宗教行為多於道德行為。

❹ 有關以人類學與社會學角度來理解保羅所指如何用人的口，是會引致宗教上的聖潔或污穢的問題，可參考奈雷伊（Jerome H. Neyrey）的言論。他的研究雖然比較舊，卻很配合這裏的討論。他相信保羅的著作是在一個猶太人的生活及宗教環境下寫的，所以他的用詞或思想都受著猶太人的文化影響。至於聖潔，他認為猶太人看人的整個身體是一個潔淨的整體。當他們獻祭之時，不能獻上殘疾的動物（參利二十二17～25），而從身體而出的東西——例如排泄物——是可以危害人，使人成為污穢。從不包容不潔淨的事情（特別是法利賽人）可以看出，於猶太人的世界，他們十分重視人潔淨的整體。除了行潔淨之禮，再沒有其他方法解決污穢的問題。奈雷伊絕對相信保羅在其他的書信——例如哥林多前書——也有討論過口怎樣污穢別人（參林前十四章）。參：Jerome H. Neyrey, *Paul, In Other Words* (Louisville, KY: WJKP, 1990), 32, 102～146。

❺ 林頓（Joe E. Lendon）的一番評論節錄自：J. E. Lendon, *Empire of Honour: The Art of Government in the Roman World* (Oxford: Clarendon Press, 1997), 73。

❻ 關於艾格臣這方面的討論，可參：James W. Aageson, *Paul,*

the Pastoral Epistles, and the Early Church (Peabody, MA: Hendrickson, 2008), 13。

❼ 三章3節「我們從前也是無知」(*ēmen gar pote kai ēmeis anoētoi*)按原文可直譯為「因我們曾經——而且我們——是無知的」。這短語兩次出現「我們」這代名詞，第一個是動詞「我們是」，第二個是代名詞「我們」。這表示了保羅要強調我們是何等的無知。

第五章

跋（三 12～15）

- 保羅需要提多處理的一些事務
- 保羅再次表達對倫理的關注
- 問安與祝福

經文

跋

3 12我打發亞提馬或推基古到你那裏去的時候，你要趕緊往尼哥坡里來見
我，因為我已經決定在那裏過冬。13你要趕緊給西納律師和亞波羅送行，
讓他們沒有缺乏。14我們的人也該學習行善，幫助有迫切需要的人，這樣才不
會不結果子。15跟我同在一起的人都向你問安。請代向在信仰上愛我們的人問
安。願恩惠與你們眾人同在。

進入提多書的結尾，就是它的跋（三 12～15）。這跋有 3 個主要的內容：第一，保羅需要提多處理一些事務（12～13 節）；第二，再次表達對倫理的關注（14 節）；第三，問安與祝福（15 節）。

5.1 保羅需要提多處理的一些事務（三 12～13）

保羅在此需要提多去做兩件事情。首先，他表示他想亞提馬或推基古去到提多那裏之時，提多可以盡快往位於馬其頓的「尼哥坡里」那裏見保羅。保羅提及他要在「尼哥坡里」過冬。❶ 保羅在信中沒提及他為何要在那裏過冬，原因可能保羅不便在此公開信中說明他的意願，又或許提多早已知道原因，而保羅不必多提了。亞提馬（Arteman），這名字似乎是一個異教徒的名字，可能是將亞底米（徒十九 24）女神這名字改為以陽性語法性名詞表達。從他的名字看，這位亞提馬歸信之前很可能是供奉亞底米女神的。推基古（參徒二十 4；弗六 21；西四 7；提後四 12）是保羅一個可靠的同工，他在亞細亞地區有很高的地位（弗六 21；西四 7）。此外，律師西納和亞波羅（徒十八 24；林前一 12）也需要提多的送行。從這份同工名單來看，保羅表明了他是與一羣來自不同背景、不同恩賜的人一起工作。西納律師和亞波羅或許並不像提多那樣會到保羅那裏，但他們極有可能是在克里特與提多同工的。

5.2 保羅再次表達對倫理的關注（三 14）

交代了一些具體的事情後，保羅依然表達他對倫理的關注（14 節）。保羅再次以「行善」（*kalōn ergōn*）來形容克里特教會所負的職責，這個詞彙早已在三章 8 節中提及過。保羅把「行善」的目的定為幫助那些「有迫切需要的人」（*anagkaias chreia*），免得他們「不結果子」（*akarpoi*）。換言之，行善最能透過結果子表現出來。這也可以說，信徒好比一棵樹，它的主要工作就是結果子，其中一個這樣的果子就是在每天盡忠於工作中，而這就是行善的一部分。保羅有這樣的願望肯定源於一章 12 節提到的克里特文化。若我們認為喜愛空暇時間只是克里特人的特色，我們就大錯特錯了，希臘人也喜愛空暇時間。他們的社會流動（social mobility）❷ 的目標就是要達到一個社會地位，使自己不需要以工作賺取金錢，卻仍可以繼續生活下去。克里特人只是更清楚地傳遞這個希臘文化價值觀吧！他們對紳士（即是受人尊敬的人）的理解與維多利亞時期的英國人很相似。若是紳士，就可以選擇不需要工作，因為他從他的祖先繼承了一筆可觀的遺產。保羅所要的是一個不一樣的價值觀。雖然很多人會認為保羅是在主張簡樸生活，但是把這些經文理解為反對 1 世紀的社會文化則較為貼切。在那些日子，社會中並沒有中產階級。大部分人要為每天的生活而去工作，甚至很多人活在貧窮線之下。因此，當保羅提出那些吩咐，他期望克里特信徒能正常地過活，以致他們可以自給自足。保羅也可能是想從旁攻擊那些只會說空話的煽動者（一 10）。就保羅的倫理教導來看，這些善工是保羅的救恩論進一步的標記。那些結果子的人，是在展示從救主上帝而來的救恩。

5.3 問安與祝福（三 15）

保羅最後以問安結束，這是保羅寫信慣常的格式。保羅指出問候克里特教會的，不只是他一個人，也包括與保羅一起的人。與此同時，他也問候那些克里特教會的人，不只是問候某些人，也問候全間教會（15 節）。

這個跋也是總結克里特教會的狀況。由於這教會是很年輕的，以致教會中沒有太多已穩固建立的傳統。事實上，似乎提多的工作是要透過耶穌是王這世界觀，來建立一個穩固的工作倫理觀。這穩固的工作倫理觀反對希臘人喜愛空暇時間的觀念，但是保羅的教導也是一個見證，這見證由彌賽亞的盼望而生，而且帶著不一樣的文化見證。

溫習及思考問題

1. 短短 12 節的經文能否讀出保羅當時是處於甚麼的背景之下寫信的？
2. 保羅在 14 節所指「行善」是甚麼意思？為甚麼保羅會論到要結果子？教會的煽動者怎樣幫助我們理解結果子的討論？
3. 保羅在這裏要反對的是哪些主流文化？

4. 就整封書信來看，明白彌賽亞是王怎樣幫助我們理解保羅給予收信人的鼓勵？

釋經短註

❶ 12節「尼哥坡里」的意思是「勝利之城」。這不是一個城鎮的名稱，而是指好幾個城鎮，而這些城鎮特色是，它可能在希羅世界裏那些因某次戰爭獲勝而得的城鎮。它們大多是初建的城鎮，所以仍未改名。由於它是希臘人所建的，所以這些城鎮都十分希臘化。據考古發現，羅馬帝國有大概9座這類的城鎮，而保羅寫完提多書之後便去「尼哥坡里」城鎮去了。「那裏」（*ekei*；12節）這副詞表示，保羅當時並不在那些城鎮，只是他正在計劃去那城鎮。或許保羅當時剛從獄中獲釋（指第一次被囚），而他想去那裏作一些宣教工作。他期望提多陪同他一起在那裏工作。

❷ 社會流動是一個社會學用詞。它是指一個社會中個人在社會不同階層中的移動，它可以是階級或社會地位等級制中向上或向下的移動。若一個人向上流動，表示他的社會地位被提升，由一個階級晉升至另一個更高的階級。若一個人向下流動，表示他社會地位向下降。對於希臘人而言，他們希望不斷向上流動。

第二篇

提摩太前書析讀

在第一章的導論已提及過提摩太前書是難以作結構分段，原因是保羅可能加插了許多傳統資料，以致書信內容似乎顯得沒有條理。即使如此，為了易於討論書卷內的命題，仍需要作一個概括性的大綱。如上文所提，因為提摩太前書的主題是一環扣一環，是難以分段落，但為方便讀者易於掌握提摩太前書的內容，筆者會將這卷書分為6個主要部分作分析，而接著析讀的內容，都是以這個分段大綱作骨幹。此書的結語因篇幅較短，將列入第六部分；至於「打美好的仗」這主題的討論，因為篇幅頗長，為方便讀者翻閱，將它分為兩章作討論：

1. 引言（一1～2）
2. 假教義的問題（一）：以弗所的挑戰（一3～20）
3. 打美好的仗（一）：公共崇拜裏的合一（二1～15）
4. 打美好的仗（二）：教會職事（三1～13）
5. 保羅對提摩太個人的勸勉（三14～六2）
6. 假教義的問題（二）：危機與對策（六3～21）

第六章

引言（一 1～2）

- 作者
- 受信人
- 祝福語

經文

引言

1 1 奉我們的救主上帝，和我們的盼望基督耶穌的命令，作基督耶穌使徒的
保羅，2 寫信給那因信主作我真兒子的提摩太。願恩惠、憐憫、平安從父
上帝和我們主基督耶穌歸給你！

提摩太前書整個引言是以普遍希臘式寫書信的格式作開始：作者（1節）、受信人（2節上）、祝福語（2節下）。這引言與提多書一章4節很相似，但比提多書更加簡潔。這封書信很有可能是在尼哥坡里寫的（參多三12）。這封信可能是在撰寫提多書之後寫成的（參1.2「成書日期」）。根據保羅慣常編輯的理論，他可能刪減了提多書引言中與提摩太無關的事項，我們必須留意有哪些是簡化了提多書的和有哪些是留下來的，才能明白提摩太前書的引言的意思。

提摩太前書與提多書的引言平行比較

提摩太前書（一1～2）	提多書（一1～4）
	[1]上帝的僕人、
[1]奉我們的救主上帝，和我們的盼望基督耶穌的命令，作基督耶穌使徒的保羅，	耶穌基督的使徒保羅，為了使上帝的選民信從與認識合乎敬虔的真理——[2]這真理是在盼望那無謊言的上帝在萬古之先所應許的永生，[3]到了適當的時機，藉著傳揚福音，把他的道顯明了；這傳揚的責任是按著我們的救主上帝的命令交託給我的——[4]我
[2]寫信給那因信主作我真兒子的提摩太。願恩惠、憐憫、平安從父上帝和我們主基督耶穌歸給你！	寫信給在共同的信仰上作我真兒子的提多。願恩惠、平安從父上帝和我們的救主基督耶穌歸給你！

接著是討論提摩太前書的引言。基於提多書的引言與提摩太的十分相似，在分析這引言的同時，也與提多的引言作比較。

6.1 作者（一1）

在談及作者前，讓我們先看看保羅從提多書一章1至4節刪減了的內容。第一，提多書整個有關作為「上帝的僕人」這短語被刪減了。就以耶和華的僕人或上帝的僕人等傳統來看，保羅並不需要向以弗所人強調他的權威，因為他與他們的關係是友好的。第二，提多書一章1節下至3節整段宣言都被刪去了。這簡化了的記載可能表示保羅對以弗所人對教義理解的關注，不及提多那麼多。

讓我們看看保羅在他簡潔的問安中保留了些甚麼。如常一樣，保羅稱自己為耶穌基督的使徒。他這樣的稱呼並不是因為以弗所人——如羅馬書的聽眾般——從來未見過他，而需要解釋自己的身分（羅一1），反而是因為他要行使他的權柄去解決問題（參2.2.1.1「雙重身分〔一1上〕」）。提摩太前書再加以解釋這個使徒的職分是來自上帝的呼召。這呼召出自我們救主上帝，以及我們盼望的基督耶穌之命令。「我們救主上帝……的命令」（*epitagēn theou sōtēros ēmōn*；一1）表明了上帝的主權或王權。在分析提多書之時已提及過救主的理念來自希臘人的英雄崇拜或帝王崇拜（參2.2.2.2「永生與時間」）。「我們的救主」進一步表明一個包羅所有跟隨耶穌的人的國度，而不只是為了一些個人利益的事情。在此並不需要把「救主」這用語連繫於救恩論而談，卻要把它連繫於昔日的政治背景中的用語。再者，以弗所當時在小亞細亞一帶是羅馬帝國主義的樞紐，這是廣為人知的。簡單來說，帝王就相等於救主，因為他所有的臣民都要倚賴他的恩惠，但是他所有的恩惠都是有條件的。當描述上帝是救主，固然就是與以弗所人熟悉的制度作很好的類比。另外，「命令」（*epitagēn*）一詞肯定了這是個權威用語，在新約中它總是代表著權柄（參羅十六26；林前七6、25；林後八8；多一3，二15）。這個字明顯有帝國或軍事意味，因為它是從軍事用語借來的（參波利比烏斯〔Polybius〕的*Hist*. 1.26等）。保羅描繪出一幅軍事圖畫，這對詮釋提摩太前書十分重要。

6.2 受信人（一2上）

保羅在此稱提摩太為「真兒子」（參2.2.3.1「真兒子——提多〔一4上〕」）。根據有關國度和家屬關係的討論（參下文），這個家庭關係的概念與提摩太是保羅的「真兒子」其實是一致的，因此保羅賦予提摩太非凡的憑據，為要使他去到以弗所執行保羅的吩咐。無可否認，提摩太是保羅其中一位最早期和與他事奉最長時間的同工，他配得擁有「真兒子」的地位。費安利（Benjamin Fiore）指出，提摩太在保羅其他的書信裏，一般都稱呼為「弟兄」（林後一1；西一1；門1節等）或「同工」（羅十六21），以及「僕人」（腓一1）。為甚麼保羅在這裏使用「兒子」呢？費安利似乎認為原因是提摩太是由保羅帶領歸信的，但筆者認為有比這更好的解釋。筆者甚至不認為要視之為一個表示親密關係的詞彙，親密的概念可能更適合形容提摩太後書一章2節那較個人的內容，因為那裏帶有「遺言」的意味。雖然提摩太後書一章2節似乎給予人溫馨的感覺，但其實哥林多前書四章17節也稱呼提摩太為親愛的兒子。假如我們深入去讀哥林多前書十六章10節，就會發現「親愛的兒子」（林前四17）所標誌著的，是作為賦予提摩太權柄在哥林多傳遞和執行哥林多前書的吩咐，而不只是為要表現某種關愛。而提摩太前書一章2節「真兒子」的概念則使提摩太成為保羅的繼承人，行使保羅的權柄。馬歇爾（I. Howard Marshall）認為，保羅或許以這個詞彙來表示他期望提摩太可以分享他的世界觀。有一件事是肯定的，很明顯（尤其是根據本書第一章導論的討論）提摩太並不是由保羅帶領歸信的。換言之，隱喻性或非血緣的家屬關係的概念，與一個人是歸信的原因是沒有任何直接的關係，但卻與以弗所教會內的「一家之父」（*paterfamilias*）是否能夠賦予真兒子的權柄，去保羅成立的教會執行保羅的吩咐有關。

在羅馬社會，隱喻性或非血緣的家屬關係的力量是強大的，比現代的血緣家屬關係之間的愛更有力量，屬於有勢力的「一家之父」的工具。它也是一個政治實體，與其他家庭組成一個網絡。「一家之父」是家中最有權力的人物，而在那個隱喻性或非血緣的家庭裏的人都要倚賴「一家之父」那「有條件性」的恩惠。但是，在耶穌基督的隱喻性或非血緣家屬關係裏，「一家之父」就是父上帝；但這刻的歷史情況裏，保羅這位管家則扮演著父的角色。保羅的敘事世界讓他能夠借用社會常規的意象，提供另一個有別於這常規的意象。這裏的隱喻性或非血緣家屬關係，並不是一種以修辭來表達的一種親密關係，而是表達一種權力傳遞。這裏的情況促使有勢力的人**互相競爭**，而可能只有一個得勝者。由此可見，家屬關係只是一個修辭工具，囊括著「真兒子」的隱喻。如此，就能夠預備迎接那即將出現的爭論。不能忽略的是，當時仍有很多假兒子。因此必須避免以感性角度來詮釋聖經。因為若如此看，就必須解讀為保羅是一個擁有溫和「父親形象」的父親，又或必須解作提摩太是由保羅帶領歸信的。事實上，提摩太成為兒子後可以享有繼承權，這是其他家庭成員（例如自由的人、奴僕）沒有的，其中最重要的是教導的權柄。

根據提摩太前書一章3至4節，教會裏也有一些假弟兄。因此，所指的爭戰就是要對抗這些假弟兄。

6.3 祝福語（一 2 下）

保羅以教牧書信標準的問安——「恩惠」、「憐憫」、「平安」——來結束這個引言。然而，這裏的問安有別於提多書。首先，這裏的基督耶穌是「主」而不是「救主」。在此其實也不需要刻意擴大兩者的分別。即使有不同的描述，但這兩個詞表達了相同的概念：耶穌是主，而他如今是這個新的國度的首領，這國度是一個有「恩惠」、「憐憫」、「平安」的國度。雖然這裏提及 3 件事，但「憐憫」與「平安」可以併在一起而論。

- 「恩惠」：恩惠是賦予人恩賜，而這福氣是人不配有的，而且在帝國制度裏也從來沒有出現過。
- 「憐憫」與「平安」：憐憫是指不將應有的刑罰加諸一個罪人身上（因著一個新的立約關係），這在帝國制度裏也從來不會出現。馬歇爾指出，不尋常的「憐憫」是源自類似加拉太書六章 16 節的公式，在那裏它與平安一詞組成一對。或許把平安和憐憫組成一對是源於保羅在以弗所的宣講。然而，更重要的是要了解在以弗所的政治氣候中的，平安帶著甚麼意義。這裏的平安肯定有別於羅馬以軍事力量來促成的和平。唐納（Philip H. Towner）正確地指出保羅在使用「救主」的用語裏看見存著與帝國爭論的意味。平安不是如孟恩斯（William Mounce）所詮釋的那樣似乎是暗示一種感覺，而是一個由上帝的國度帶來的事實，修補了上帝與人以及人與人之間的關係。

> *在大多數情況下，當這兩個詞出現之時，都同時被使用。參：羅一 7，十五 6；林前一 3；林後一 2；加一 1、3；弗一 2，六 23；腓一 2；西一 3；帖前三 11；帖後一 1；提後一 2；多一 4；門 3 節。*

再者，保羅使用了「父上帝」（*theou patros*）和「我們主基督耶穌」（*Christou Iēsou tou kuriou ēmōn*；2 節）這兩個詞，而他在書信中沒有加以任何說明。**其實這兩個詞在保羅的書信中甚為普遍**，於提摩太前書並不例外，反而應該視之為保羅在最初的宣講中，對有關上帝和耶穌的整個神學上一種公式的一部分。這些用詞像是個顛覆一切的策謀，衝擊著以弗所社會的規範（一 3）。在那裏，羅馬帝國的統治是至高的，而當時宣傳帝國主義是甚為猖獗。以基督為中心的國度與此同時也組成了一個隱喻性或非血緣的家屬關係，而以上帝為「一家之父」，也與以羅馬全國為一個大家庭的隱喻性或非血緣的全國性家屬關係對比。

根據上述的討論，保羅那沒有加上解釋的陳述，究竟建構了一個怎樣的社會身分呢？簡單而言，這個社會身分就是建立一個隱喻性或非血緣的家屬關係。而這個關係能夠於羅馬的社會中，提供另一個不一樣的家庭。再者，保羅和他的同工提摩太也在推行一個不一樣的國度。這樣的體制會在真實的時間和地點於以弗所裏發生。

溫習及思考問題

1. 試列出提摩太前書與提多書的引言相同及相異之處。普遍信徒對「真兒子」有怎樣的理解？
2. 保羅在這卷書如何介紹自己？背後帶著甚麼神學意義？
3. 提摩太前書一章 2 節提及的「真兒子」是甚麼意思？
4. 這個引言描繪的家庭意象是怎樣的？這與你今日的教會生活相似嗎？
5. 究竟保羅有沒有帶領提摩太歸信？你以甚麼論據支持你的看法？
6. 隱喻性或非血緣的家屬關係的用語與羅馬社會的家庭理念有何不同？

第七章

假教義的問題（一）：以弗所的挑戰（一 3～20）

- 以弗所面對的假教義
- 好僕人與壞僕人的模樣

經文

假教義的問題(一):以弗所的挑戰

1 [3]我往馬其頓去的時候,曾勸你留在以弗所,好囑咐某些人不可傳別的教義,[4]也不要聽從無稽的傳說和冗長的家譜;這樣的事只會引起爭論,無助於上帝的計劃,這計劃是憑著信才能了解的。[5]但命令的目的就是愛;這愛是出於清潔的心、無愧的良心和無偽的信心。[6]有人偏離了這些而轉向空談,[7]想要作律法教師,卻不明白自己所講的是甚麼,也不知道所主張的是甚麼。[8]我們知道,只要人善用律法,律法是好的;[9]因為知道律法不是為義人訂立的,而是為不法和叛逆的,不虔誠和犯罪的,不聖潔和戀世俗的,弒父母和殺人的,[10]犯淫亂和親男色的,拐賣人口和說謊話的,並起假誓的,或是為任何違背健全教義的事訂立的。[11]這是按照可稱頌、榮耀之上帝交託我的福音說的。

[12]我感謝那賜給我力量的我們的主基督耶穌,因為他認為我可信任,派我服事他。[13]我從前是褻瀆、迫害、侮慢上帝的人;然而我還蒙了憐憫,因為我是在不信、不明白的時候做的。[14]而且我們的主的恩典格外豐盛,使我在基督耶穌裏有信心和愛心。[15]這話可信,值得完全接受:「基督耶穌到世上來是要拯救罪人」,而在罪人中我是個罪魁。[16]然而,我蒙了憐憫,好讓基督耶穌在我這罪魁身上顯明他完全的忍耐,給後來信他得永生的人作榜樣。[17]願尊貴、榮耀歸給永世的君王,那不朽壞、看不見、獨一的上帝,直到永永遠遠。阿們![18]我兒提摩太啊,我照從前指著你的預言把這命令交託你,使你能藉著這些預言打那美好的仗,[19]常存信心和無愧的良心。有些人丟棄良心,在信仰上觸了礁;[20]其中有許米乃和亞歷山大,我已經把他們交給撒但,讓他們學會不再褻瀆。

寫完引言，保羅不再繞圈子，他直接進入要討論的話題。他這麼直接，也表示他十分著緊以弗所教會的情況。第一個他要討論的，就是傳假教義的問題。這主題對於提摩太前書而言相當重要。保羅在此是第一次討論這議題，在六章3至21節，他再以另一角度作討論。在這段落中，這議題可以分兩大方面作討論。第一部分是論述以弗所當時正面對著的假教義的面貌（一3～11），至於第二部分，亦可分兩大主題作討論（一12～20）：第一個主題是保羅藉著描述自己歸信及蒙召的經歷來與假教師爭辯，以此指出一個好的僕人的樣貌是怎樣的（12～17節），第二個主題是保羅藉著將提摩太與假教師作對比，引述假教師的面貌是怎樣的（18～20節）。

7.1 以弗所面對的假教義（一3～11）

分段大綱（一3～11）

1. 假教義的情況（一3～7）
   甲、關於假教義（一3～5）
   乙、假教義發展帶來的結果（一6～7）
2. 與假律法教師爭辯律法（一8～11）
   甲、保羅使用「律法」這詞的意義（一8）
   乙、保羅在不同的修辭情境看律法的功用（一9～10）
   丙、保羅論律法時的修辭情境（一11）

7.1.1 假教義的情況（一3～7）

提摩太要面對的問題在一章3至4節清楚說明：「我往馬其頓去的時候，曾勸你留在以弗所，好囑咐某些人不可傳別的教義，也不要聽從無稽的傳說和冗長的家譜；這樣的事只會引起爭論，無助於上帝的計劃，這計劃是憑著信才能了解的。」保羅在此**沒有為受信人感恩**，為甚麼

保羅其他的書信中沒有加上為受信人感恩的說話的包括：哥林多後書、加拉太書，以及提多書。詳細討論可參第三章引言部分。

呢？第一，因為提摩太是第一讀者，他與提摩太關係密切，所以不需要說這樣的客套話，以致他省略了一些書信表達的禮節；第二，保羅因迫切糾正以弗所的問題，所以沒有寫感恩語，但這原因較為牽強。第一個原因較適切這卷書。當保羅叫提摩太留在以弗所，他的意思可能只是要提摩太短暫地留在那裏，代表著保羅的身分來事奉，而如今保羅有些特別的關注想提摩太處理——停止教會內的假教義繼續發展。

7.1.1.1 關於假教義（一 3～5）

「和修版」是以名詞表達，原文是一個動詞。這詞在新約聖經只出現 2 次，另一次是在提摩太前書六章 3 節。

保羅吩咐提摩太要「囑咐」（*paraggeilēs*；3 節）某些人不可傳「別的教義」。「囑咐」這一詞表示要傳遞一個命令。保羅似乎吩咐提摩太要嚴肅地處理那些傳假教義的人。提到假教義，保羅用的詞彙是「**別的教義**」（*eterodidaskalein*），是「別的」（*eteron*）與「傳授」（*didaskaleō*）的複合詞，意思是一種截然不同的教導。雖然這與加拉太書一章 6 節描述的情況不同，但所侵害的都是一樣，因為保羅使用了與加拉太書類似的用語「別的福音」（*eteron euaggelion*）。藉著使用這樣的用語，保羅假設了基督教有某個核心的本質是可以用不同方式來表達，但內容基本上是一樣的。只要違反了那個基本的教義規範，那個教導就成為另一種教導。

這裏所提及假的教導包括：「無稽的傳說」（*muthois*；4 節；另參四 7；提後四 4；多一 14；彼後一 16）和「冗長的家譜」（*genealogiais aperantois*）。「冗長」（*aperantois*；4 節；參「馬加比三書」二 9）這詞不是新約書卷普遍使用的詞，它只出現於提摩太前書。「無稽的傳說」並不像現代人說法般，是一個帶貶義的詞語，它是指一些可以成為象徵某一羣體的身分所擁有的基礎。不過，擁有這樣身分的人，對保羅的福音並沒有建設性。事實上，保羅負面地使用這詞，暗示當時已有某套正典思想，而在這套思想裏已介定哪些是信仰核心，哪些不是。「聽從」（*prosechein*）是以現在時態不定詞表達，表示這個聽從的動作，是一直進行中，指某些人不只在過去對這些教導有興趣，他們也沉迷於這方面的課題和概念。保羅的心意並不是阻止人的好奇心。他最優先關注的是人要明白真理，而不是帶出去尋索難以理解的東西。這些追尋到頭來是會引起爭論，而不是帶出「上帝的計劃」（*ē oikonomian theou*）。「計劃」（*oikonomian*）一詞與「管家」（*oikonomon*；參路十二42，十六1、3、8；**羅十六**23；林前四1～2；加四2；彼前四10）是有相同的字幹，但不同語法。「計劃」在希臘文的原意是「管家的職務」，大部分指管理家庭（參**林前九**17）。這個用法與保羅在提摩太前書的敍事世界很一致，因為教會的場景就是家庭。

羅馬書十六章23節「財務官」的「官」就是 oikonomon。

哥林多前書九章17節譯作「責任」；原文可譯作「管家的職責」（參「呂振中譯本」）。

「無稽的傳說和冗長的家譜」是一些難以理解的事情，或許是它們與一些在第二聖殿時期的猶太著作有關。一些難以理解的著作，例如「以諾一書」和「禧年書」，可能會深深吸引著那些愛好這些書卷的教師，他們根據某種詮釋而發展出某些教義。大部分學者相信從保羅所使用的詞彙「別的教義」（3節）和「律法教師」（*nomodidaskaloi*；一7），可以反映出他們的教導是帶著猶太背景。但是，到底這些假教師是否猶太人則不得而知，我們也不必把這些假教師理解為猶太人。他們可能也是外邦歸信者，然後從他們在會堂裏與他熟悉的前輩那裏學到這些東西。另外，斯托得（John R. W. Stott）拒絕某些人所認為是諾斯底主義的可能性，他的看法是有智慧的。這些教導與諾斯底主義是沒有關係的。然而，有一件事是可以肯定的：這些假教義和它們的模式的出現，並不是新鮮的事。當讀到新約書卷裏提及很多有關假教義的描述時（參徒二十四14；加一6～9；西二4～5；彼後二1），就不會因為今天也有很多類似的異端而感到驚訝。

無論假教義的問題從何而來，保羅正面地告訴提摩太，他吩咐的目的只為「愛」（*agapē*；一5）。蘭斯迪（Ray Van Neste）留意到這裏呈現出一個扇形結構，藉著提摩太前書一章3節「別的教義」，以及7節的「律法教師」，將「愛」放在這段經文的核心位置，以此指出愛是良好的品格。❶ 這裏的吩咐指向一章3節，保羅在那裏吩咐提摩太要命令人停止傳「別的教義」。這個吩咐源於3方面（5節）：「清潔的心」、「無愧的良心」、「無偽的信心」。我們很容易就會誤以為保羅是在討論一個概括性的吩咐，其實他是在論到提摩太對那些假教師的命令或禁令。在希臘文的表達裏，停止傳「別的教義」的目的是為一個「愛」

（以單數名詞表達），之後便提及 3 個來源。保羅為甚麼會提到這 3 個來源呢？答案很簡單，假如欠缺心、良心或信心，就無法達到愛的目的了。換言之，這 3 個來源必須連起來，不可分開，才能達到保羅所說的愛。這些來源可以理解為在個人裏面成長的事情，但更有可能的是，保羅是在概括地指出教會應有的特質。因此，這 3 個來源是值得仔細去看的。

一、出於清潔的心的愛（*agapē ek katharas kardias*）

須留意的是，同一個詞彙可以有多個不同的用法。這節經文出現的希臘文 *agapē* 可直譯為「愛」，但它有別於一般人所理解的愛或講道中經常提及的愛。這「愛」指作上帝或神聖的愛。假如這是指上帝的愛，這愛的主語必定是上帝（即發出這愛的是上帝）。但這也不是指一個純全的愛，因為同一個詞可以有許多不同的用法，它可以用來形容不道德的行為（參「七十士譯本」撒下十三 1「大衛的兒子押沙龍有一個美貌的妹妹，名叫她瑪。大衛的兒子暗嫩愛上了她」）。然而，每次使用這個詞彙，都包含了決心和行動。基督徒有這個愛的質素，部分原因是因耶穌基督是他們的主，而對他作出回應，因他曾命令門徒要彼此相愛。這個詞彙在某些地方使用時，是指以神學或倫理標準為基礎，作出某程度上由意志推使的決心，而最後導致某種態度或行動。因此，我們可以說這是一種由理性推使的愛，這愛往往是以行動來表達。從道德層面發出的愛的質素，是由道德基礎決定，而它會推使態度和行動。因此，保羅形容這愛是從一顆「清潔的心」而出。若從醫學角度看「清潔」（*katharas*），它是形容一種健康的狀態，沒有被疾病或不潔所玷污。保羅所說的「心」並不是指身體器官，而是人類情感之泉源。換言之，保羅期望的，並不只是藉著提摩太在以所弗教會當中，透過工作表達愛，更是指藉著整體教會的健康（即是清潔）帶來愛。「心」就是以單數名詞表達，若這單數不只是指個別基督徒，保羅心裏所想的，就是以教會整體為基督的一個身體，而它的「心」是清潔的。

二、無愧的良心（*suneidēseōs agathēs*）

這短語非常獨特，在新約書卷只在這裏出現，而且只有 2 次（另參一

19）。「無愧」（*agathēs*）原文是解作「好」，有時候亦可以解作「令人愉快」，但保羅在這裏所指的是道德上的正直（參一 19）。馬歇爾（I. Howard Marshall）指出，有果效的良心會作出「好的道德決定，導致敬虔的行為，這是因為人忠於使徒的信仰」。馬歇爾洞悉到「無愧的良心」這短語不只是指信徒的道德觀，也為四章 2 節鋪路。在那裏，保羅形容假教師的良心如同被熱鐵烙慣了一般。提摩太有部分的目標是要透過教會羣體建立無愧的良心。

三、無偽的信心（*pisteōs anupokritou*）

「無偽」（*anupokritou*）事實上解作「不虛偽」或「不假」的信心。這樣的信心有別於一章 3 節「傳別的教義」的假教師。真正的信心似乎與一章 4 節做上帝工作的方式有關。假教師有錯誤的動機，只想得到經濟上的利益；而他們傳遞錯誤的內容，只是為了欺哄人（參六 3～5）。

讓我們在這裏總結這 3 個來源如何生出一個目的：愛。「清潔的心」說明一個沒有受到「別的教義」或不道德的教導玷污的心。玷污了的愛並不是保羅的目的。「無愧的良心」是由一個以良好的教義為基礎的道德觀引導著而生出愛來。「無偽的信心」生出一種真誠的動機去實踐愛。沒有真正的信心，就不會有好的良心，也不會有清潔的心。務要留意，保羅是在處理人類存活的所有範疇。這一點很重要，因為非信徒和故態復萌想作壞事的信徒都可以有正直的道德觀；但是保羅的福音乃是超越道德範疇的。道德、純全的教義和真誠全都在愛裏扮演著重要的角色，且缺一不可。這全都是保羅預視他的教會所需要擁有的。這個愛的願景也對抗著假教師的願景，他們的動機在六章 3 至 5 節裏清楚地揭露出來，他們只想藉著所做的去謀取利益。

馬歇爾及很多學者都認為這段經文不是要提醒別的人，而是以說明一個教會領袖的榜樣來勸勉提摩太。筆者並不同意這樣的說法。提摩太多年來一直都是可靠的，為甚麼他仍需要一個榜樣來效法，甚至一個提醒？筆者認為保羅除了是從旁攻擊煽動者，也鼓勵以弗所人不可過於包容那些沉迷荒渺無憑的話語的人。這樣的描述是保羅的一種修辭工具，為要攻擊那些煽動者那站不住腳的位置，以及以弗所教會所包容的某些事情。

7.1.1.2 假教義發展帶來的結果（一 6～7）

保羅接著是要清晰地表明，那些沒有向著保羅的目標和教義進發的教會所帶來之結果，就是教會的兩方面事情會出現問題，包括教義上和慾望上。

一、教義上（6 節）

保羅在一章 6 節清楚表示問題是「偏離」（*astochēsantes*；6 節），而當人偏離真理時，他們也「轉向空談」（*exetrapēsan eis mataiologian*），意思是說「沒有內涵的說話」。這裏指的肯定不是普通的交談，而是指涉及教義的問題。當這些假教師選擇偏離正確的教義，他們就會以不正確的詮釋來取替真理，導致他們的教導只能歸類為空話。「空談」是指他們的教導，保羅是以單數名詞表達，因為總括來說，他們所有的教導都可以歸納為一個「空談」。換言之，他們以虛假的教導來填滿原來的空缺裏。

二、慾望上（一 7）

除了他們的假教義外，保羅也論到他們想要作「律法教師」的錯誤慾望（7 節）。有別於之前談論有關所有以愛為目標的好質素的描述，他們的慾望卻是朝向相反方向的。他們的目標並不是為了建立別人的生命（即保羅愛的目標），卻是為了建立他們自己的名聲。有趣的是，在路加福音及使徒行傳，當使用「律法教師」（*nomodidaskaloi*；參路五 17；徒五 34）這詞之時，這詞是用來描述猶太宗教領袖。這是個明顯的線索，表示保羅的宗教與會堂有關。但是，保羅使用這個詞彙看似是很矛盾的，因為他歸信之前可能也是個「律法教師」。但是，亦因為如此，他就了解並能辨別真假的「律法教師」。這些「律法教師」並不真的想在會堂中作領袖，而是想成為新的羣體的領袖（類似會堂裏受人敬重的律法教師一樣）。保羅清楚指出這些律法教師因為循著他們的慾望而行，因而帶出的結果是：這些教師不明白自己所宣稱自己認為有信心的議題（7 節下）。因此，這兩個教義上的罪行，可以從他們的說話和思想來作總結，而屬靈上的罪行可以從他們錯誤的慾望來作總結。他們的教義和慾望都不是來自一個清潔的心、無愧的良心和無偽的信心。當教義和慾望都出現問題時，所帶來的失敗便真的很大。在這羣人裏面，動機和真理似乎互相影響。保羅接著轉了另一個話題，他繼而在一章 8 至 11 節討論律法的功用（8～11 節）。

7.1.2 與假律法教師爭辯律法（一 8～11）

7.1.2.1 保羅使用「律法」這詞的意義（一 8）

8 節「我們知道，只要人善用律法，律法是好的」似乎會令讀者混淆，以為保羅是支持守著律法行為的人。解經家對 8 至 11 節的解釋，往往出現錯謬，以為這段經文是保羅對律法的觀點作微觀的總結。有些人羞於接受保羅為律法主義者，於是主張這「律法」（8 節）其實是指**基督的律法**，因為基督徒已不再需要遵守妥拉了。對於作者有如此臣服於律法這一點，有些解經家甚至有一個較為極端的看法。他們認為這絕對不是保羅的手筆，而其他的書卷（如羅馬書及加拉太書）所反映的律法觀，才確實是保羅所寫的。他們認為提摩太前書是由保羅一個較後期，且持保守觀念的門生，修正了保羅較極端的律法觀。這個完全錯誤的二分法是建基於錯誤的先入為主觀念。它假設了保羅只有一個對律法的標準看法，而沒有留意到加拉太書和保羅其他的著作都有爭論性的修辭表達。事實上，不同的處境和不同的煽動者，都導致保羅處理這個複雜的課題時有表達上的差異。因此，若認為保羅「肯定地」相信關於律法的某些觀點，幾乎是不可能的。因此，當讀 8 至 11 節時，我們必須採納一個基本的假設：8 至 11 節是因反對 3 至 7 節的錯誤和雄心勃勃的「律法教師」的爭論而作出回應。他作詳細的解釋，可能是基於不同的修辭情境而令他有這樣做的必要。因此，我們不能單向地解釋他「支持」或「反對」某些東西。

韋特寧頓（Ben Witherington III）直接道出這是討論基督的律法，而保羅是在玩著一種「文字遊戲」的修辭法。

7.1.2.2 保羅在不同的修辭情境看律法的功用（一 9～10）

保羅在這裏論到律法的兩個功用：第一，論到對上帝的責任：「而是為不法和叛逆的，不虔誠和犯罪的」(9節中)；第二，論到對人的責任：「不聖潔和戀世俗的，弒父母和殺人的，犯淫亂和親男色的，拐賣人口和說謊話的，並起假誓的，或是為任何違背健全教義的事訂立的。」(9下～10節)保羅甚少在他其他的書信中論到律法的正面功用，可能是因為那些書信並沒有需要討論這些事情。但從另一角度看，當有煽動者堅持基督徒要守律法之時，保羅往往不會讚揚律法的美德，反而會使用一切強而有力的修辭方法來拒絕律法主義，如加拉太書般。既是如此，他怎會明知道有人錯誤地教導律法，也去讚揚律法呢？提摩太前書這情況，必定有迹可尋。其實，這段經文可能與出埃及記二十章的文本結構之間有一定的關係。

摩西的十誡與提摩太前書作對照

提摩太前書一章9至10節	出埃及記二十章
不虔誠和犯罪的 不聖潔和戀世俗的	除了耶和華以外，不可有別的上帝(3節) 不可拜偶像(4～6節) 不可妄稱上帝的名(7節) 要遵守安息日(8～11節)
弒父母和殺人的 犯淫亂和親男色的 拐賣人口和說謊話的 起假誓的	要孝敬父母(12節) 不可殺人(13節) 不可姦淫(14節) 不可偷盜(15節) 不可作假見證(16節) 不可貪婪(17節)

* 因為是結構上，而不是文本上完全相同，所以只有大綱式的對照。

簡單來說，罪行的第一部分——即是得罪上帝的部分——大致對應著十誡的第一部分(參出二十3～11)；而第二部分的罪行——即是得罪人的部分——大致對應著十誡的第二部分(出三十12～17)。那麼，與保羅所對立的是哪個修辭的情境呢？

7.1.2.3 保羅論律法時的修辭情境(一11)

當保羅討論律法時，他考慮到兩方面的修辭情境。第一，他所列舉出來各種的罪行與小亞細亞的社會有關；第二，當時的假律法教師可能正在教導另一個版本的十誡，又或是將十誡作另一種的應用，以致保羅要重新列出正確的應用。上述情況很可能同時都存在，但是無論是哪種情況，是次爭論讓以弗所人略為明白舊約倫理是怎樣對應福音，因為保羅指出這樣的應用是對應著「交託我的福音」（*to euaggelion ... o episteuthēn egō*；11 節）而說的。*o episteuthēn egō* 這短語可以正確地譯作「那個〔指福音〕我被交託的」，而**重點是「我」**，直接表明保羅作福音的管家的權柄是上帝託付的。把福音與律法連在一起討論是既有趣，又不尋常的做法。接下來，保羅論到他的倫理教導大部分是來自十誡或是詮釋那些律法的其他模式。但是，保羅稱這些罪行為「違背健全教義的事」（*tē ugiainousē didaskalia antikeitai*；10 節下）是甚麼意思？這短語也可以譯作「有別於健全的教導」。這「教義」（*didaskalia*）似乎是指初代教會時期由使徒訂立的一些倫理規範，在這裏可以連繫於十誡。「**健全**」可說是一個關鍵詞彙，來幫助理解這樣的教義是與基督的身體有關。在提多書裏，這樣的教導是為了警告基督徒離開社會的敗壞，但在這裏，這教導有不同的功用，因為似乎社會的敗壞並不是主要討論的議題。相反，這樣的教導是為了對抗雄心勃勃的律法教師，他們的倫理和教義都備受質疑。保羅提倡真正的教導（單數），以此來對抗假教義。

在希臘文裏，episteuthēn 這個動詞已隱含一個單數第一人稱主語「我」，但作者再加上 egō「我」這第一人稱代名詞，凸顯它的重點是「我」。

「健全」（ugiainousē）這詞曾以不同的詞形在教牧書信出現（參六 3；提後一 13，四 3；多一 9、13）。參 3.2.2.3「堅守教義（一 9）」對這詞簡單的論述。

保羅的福音？

在外邦人的說法中，「福音」到底是甚麼？道爾（Arthur J. Dewey）為此作了很好的摘要。他指出雖然外邦人有使用「福音」一詞，但他們的福音與「我們的福音」並不相同。公元前 9 年的「普里埃內碑文」（Inscription of Priene；參第四章釋經短註 3）裏記載，「福音」一詞是用來形容奧古斯都的出生。這是一個用來刻意宣傳的詞彙。在同一塊碑文裏亦有提及一個有拯救角色的君王同樣稱為「救主」。希臘著名的演講者雅里斯底德（Aristides）的著作曾記載說，在希臘宗教裏，宙斯是好消息的賜予者（*Oration* 53.3）；故此，將帝國的宣傳連繫於好消息似乎是羅馬人獨創的。換言之，福音包含一個救主，而救主的出生就是個好消息。早於 1991 年，佐治（Dieter Georgi）已經清楚指出，很多類似「福音」、「主」、「上帝的兒子」與「救主」等詞彙既是保羅神學的重點，也與羅馬帝國用語很相似，但華人學界甚少留意到這個重要的觀察，且超過 50 年之久。幾乎沒有任何現今的華人研究有系統地回應佐治的觀察。現代對宗教與政治二分化似乎是錯誤理解當時代的背景。筆者已經提出過這方面涉及帝國的層面，而不只是宗教層面。❷事實上，要討論保羅對福音的理解，最好是由羅馬書開始。那似乎是他最全面地闡述「福音」，並提供了所須的羅馬帝國主義背景的書卷。

帝國主義遺留下來最顯赫的歷史遺迹是在公元前 13 年在羅馬由眾議院豎立的「和平的祭壇」（Alter of Peace/Ara Pacis Augustae），這壇是為紀念羅馬人在高盧和西班牙打勝仗而立起的。今天在這地方起了一間博物館，整個博物館是環繞著這個偉大祭壇，讀者依然可以花上大半天去參觀這座宏偉的藝術品。這個祭壇傳遞著一個清晰的羅馬式福音信息：羅馬的和平是由奧古斯都帶來的。這可見於在奧古斯都較後期的宣傳作品，就是他在 76 歲時撰寫的，詳細記錄了他做的事情，此著作名為「功績錄」（Res Gestae）。當羅馬這麼快速地向所有人展示它的權力時，保羅也迫切地向他已知的世界——甚至指羅馬最西面的邊界——展示上帝的王權。保羅的福音不一定反羅馬，但卻肯定是革命性的。雖然奧古斯都發明了「福音」這個宣傳用語，但保羅把它帶到另一個層次，賦予這詞有基督教的意義，同時也保留了原本那帶著帝王意味的意思。

「福音」這詞帶政治性，它往往是用來形容一些與政治有關的節日，例如慶祝帝王的出生。因著這是全國要慶祝的日子，就足以說明羅馬帝王對國家的支配性。在羅馬的帝國敘事裏，錢幣往往展示出帝王是「救主」（關於王是「救主」這一點在提多書已有討論；參 2.2.2.2「永生與時間」），這與基督教看耶穌是基督徒的救主相似。對保羅來說，沒有任何人配得有這樣絕對的王權，惟有上帝配得。難怪保羅最愛稱耶穌為「主」，以此重新調校羅馬書和他書信的聽眾的想法。對於保羅而言，凱撒從來都不是這個世界的主，甚至不是他那小小的土地之主。羅馬公民大都宣告帝王是主，但保羅卻以誠懇態度堅持惟有耶穌配得這樣的尊榮。畢竟，除了帝王之外，有誰可以喚起萬民聯合在一起？然而，基督的管治並不是「專橫的」，是能夠使全人類合一，並使不能合一的人類聯繫起來。

根據上述的討論，福音不只與保羅當時的文化作類比，也說明了甚麼不是福音。福音這詞可以有不同的用法，但全都有一個共通之地方：在每個用法的背後，都有一個要把好消息具體化的敘事，可能是帝王的出生，或是從它而來的和平。這個較廣闊的敘事，超越了現代人所構想關乎我們的福音這議題。這個福音是一個敘事，記載了一個王的工作（死亡與復活），他的工作形成了一個信念作為基礎：上帝在末後的日子之工作已經開始了，而在適當的時候，祂的國度將要吞噬這世上任何強權。現今的信徒若相信這樣的福音，他們就能參與上帝的工作，而這最後會使信徒得永生。令人驚訝的是，今日的後現代對敘事的強調竟然令人對福音的理解超越了命題本身，更提供了一個空間，就是從聖經角度理解福音。

7.2 好僕人與壞僕人的模樣（一 12～20）

保羅評論完假教義的面貌，在接著這一部分的評論，看似某種自傳形式的記載。雖然斯托得也認為是這樣，但筆者卻相信不只是這樣。在這段落裏，保羅其實在對比兩類的僕人的模樣：好僕人（12～17 節）及壞僕人（18～20 節），藉此針對上述提及過以弗所的處境。保羅如此的表達是有兩個目的，就是為爭辯和為自己辯護。在詮釋這段經文時，務要留意這兩個目的。換言之，我們不可只是根據保羅所寫的內容來詮釋這部分，也要留意保羅所用爭辯的言詞來帶出他的用意。因此，在這段落，保羅運用了特別多的修辭技巧來說出他的用意。

分段大綱（一 12～20）

1. 好僕人的模樣（一 12～17）
   甲、保羅的感恩語（一 12）
   乙、爭辯一：保羅人生的轉折點（一 13～14）
   丙、爭辯二：保羅所信的福音（一 15～16）
   丁、結束語（一 17）
2. 壞僕人的模樣（一 18～20）
   甲、從稱呼顯示提摩太的不同（一 18 上）
   乙、以軍人的隱喻顯示提摩太的不同（一 18 下）
   丙、以船觸礁的隱喻顯示提摩太的不同（一 19）
   丁、兩個壞的僕人（一 20）

7.2.1 好僕人的模樣（一 12～17）

一章 12 至 17 節的焦點主要是以保羅自己為好僕人的例子作爭辯。在這辯論中，他以個人的歸信來與煽動者爭辯。在結構上，它可分為 3 大部分：感恩語（12 節）；爭辯內容（13～16 節）；結束語（17 節）。

7.2.1.1 保羅的感恩語（一 12）

他在這段落以感恩開始，論到「主基督耶穌」是他感恩的對象。在這段落已不再需要說明「耶穌是主」是甚麼意思，因為上述的討論早已處理這事情。保羅強調「我們的」（*ēmōn*）主，代表他的感恩包括了所有人，讓他的讀者明白他的故事就是他們的故事。與此同時，這「我們的主」也與 3 至 11 節提及的煽動者劃清界線。

「和合本」將 piston 譯作「忠心」。按照上下文，「忠心」的譯法較貼近內容。關於 piston 可譯作「忠心」，可參考：1.6.1.1「信心」的基本意義。

感恩之後，保羅接著的宣稱就有點令人費解，因為基督認為保羅是忠心的，所以委任他去「服事」（*diakonian*）。服事的描述很直接，意思是某種工作或作管家。但是，基督認為他是「可信任」（*piston*；即「**忠心**」），這又是甚麼意思？忠心是保羅蒙召的先決條件嗎？或從另一角度看，因為保羅是忠心的，所以上帝繼續把職責託付他。這裏所記載的並不是自傳，保羅也不需要再次告訴提摩太或以弗所人關於他是怎樣蒙召的，因為這是初代教會早已知道的事，否則保羅又怎樣有權柄宣講呢？事實上，保羅以這個小小的簡述來與假「律法教師」作對比，這些假「律法教師」不但不忠於任何教導，更摧毀了他們的信仰（參一 19）。馬歇爾認為這句話運用了「**神人同形論**」（anthropomorphism），指上帝以保羅的為人作基礎來委任他作使徒。但是，初代教會早已知道保羅在往大馬士革的路上，曾經歷過獨特和戲劇性的改變，因此保羅確實不需要在此多作描述。事實上，我們未必需要很複雜地看這句子，只要簡單地去闡釋便可。如果我們把它理解為保羅以一種修辭方式來反對煽動者，其實也是合理的，因為這都與上下文吻合。除此之外，這也很清楚地表示了，站在忠心僕人一方的上帝與站在煽動

神人同形論是一個修辭用語，指用人的特徵、行為的詞彙來形容上帝。

者一方的撒但（參 20 節）有一個鮮明的對比。感恩之後，保羅繼而論到他的過去。

7.2.1.2 爭辯一：保羅人生的轉捩點（一 13～14）

保羅第一個爭辯是藉著表述他自己人生的轉捩點來與假教師作爭辯。13 與 14 節這兩節經文有兩個不同的中心意思，13 節述說保羅的過去，14 節述說他如何被改變。14 節有「而且」（*de*）這連接詞，將 13 節與 14 節連成一個完整的思想。以下分為兩點論述：

一、保羅的過去（13 節）

保羅以 3 個特徵來形容過去的自己：「褻瀆」、「迫害」、「侮慢」：

- 「褻瀆」（*blasphēmon*）的意思是說別人壞話，而在這裏，保羅肯定是指說上帝壞話。保羅很可能認為煽動者是褻瀆上帝的，而且也可能是逼迫提摩太和他教會的人的。在 20 節，保羅提及那些煽動者也有褻瀆的行為。無論這些人是誰，他們與上述的都是同一類人，雖然我們無法確定他們是否猶太人，但是保羅指出他們與保羅蒙召前的行為很相似。保羅如此給自己標籤，即暗示了這些煽動者並不是信徒。他們不屬於那羣與上帝立約的羣體裏面的，因為褻瀆是羣體以外的人所做的事情（參六 1）。
- 「迫害」（*diōktēn*）是指向某人施壓。從保羅所使用的詞彙已反映他不是寫傳記，而是直接抨擊那些煽動者。
- 「侮慢」（*ubristēn*）是指自大、惡毒的人。「侮慢」這詞彙在希臘文化裏不一定是帶負面的，因為希臘戰士為要展示出操控權和能力的超然，他也會有侮慢人的行為，這可參考荷馬的著作（*Odyssey* 1.227）。很多時候，這樣的侮慢是源自熱中於維護自己的尊榮或是一種意識形態，這兩者是促使希臘的榮辱文化造成很大破壞的原因。然而，保羅基於他信仰而負面地使用這個詞彙。假如我們看未歸信之前的保羅為天生侮慢人的，我們就誤解了保羅的話了。根據他所用的詞彙，他侮慢人明顯的原因似乎是為了榮耀他所信的耶和華，而不是為了自己的榮辱。在他蒙召之前，保羅或許並不接受一個被釘十字架的彌賽亞，因為他是一位落在極度卑微、最為羞愧的人類境況裏的彌賽亞。這並不是保羅預視的上帝。

若有了這3項罪行或壞質素，就表示人就是全面的犯罪，因為是包括得罪上帝和得罪別人。我們也須留意的是，這3項罪與9至10節所列出的，在本質上都是相同，都是包括得罪上帝和得罪人。這3個描述也符合了使徒行傳對保羅的每個記載。有趣的是，這樣的配合說明了保羅透過一個廣為人知的事實，加強他對煽動者的抨擊。因此，保羅在這裏是運用了修辭的工具來攻擊煽動者。

另外，這節經文提及「不信」(*apistia*)和「不明白」(*agnoōn*)這兩個詞彙。保羅把蒙召前的錯誤行為解釋為他是在「不信」和「不明白」的情況下做的。「不明白」與欠缺某些知識有關，這些知識可能是與上帝是救主，以及祂的兒子是主耶穌有關。「不信」是指那人已經懂得關乎救恩這方面的知識，只是他仍不相信。若將兩個詞結合，就會形成一幅似是完全在約以外的圖畫。

假如我們按著近年新觀點的學者那亟欲指出要以以色列的立約傳統來理解這節經文，便發現保羅的自我表述表達了一個別有洞見的故事，而這個故事也是反映有關煽動者有趣的故事。那個發展成猶太教的以色列故事其實是帶著立約的含意，所以凡接受立約條款的人(即使是外邦人)全都可以成為立約的子民。在保羅蒙召「**之前**」，他漠視基督的復活和拒絕這樣的事。同時，他也投入他所相信的猶太教中那約的架構裏。然而，在他「**蒙召**」之後，他決定了他的猶太教需要根據那新信仰的新知識來改頭換面，並更新他對以上帝為救主和以基督為主的理解。這節對他過去的描述，更似是在描述一個約以外的人的描述(參羅二4，三3)，但是，這反映了他蒙召後的信念。藉此，保羅要指出煽動者仍然在這樣的約以外，除非他們從保羅之前的生活方式改變過來。

「之前—之後」的修辭風格很常見於保羅書信(羅六20～22；加一23)。

二、保羅的改變(14節)

13節提及的褻瀆是與得罪上帝有關，逼迫和侮慢是與得罪人有關。上述有提到彌賽亞不是保羅預視會接觸到的，既然如此，難怪他在14節論到恩典時，他說這恩典「格外豐盛」（*uperepleonasen*；原文可譯作「豐盛地傾倒他身上」）。在希臘文這節經文以 *uperepleonasen* 這動詞作開始，表示保羅要強調恩典是何等的豐盛，也反映了他如何的罪大惡極。當聲稱耶穌有這樣崇高的地位，保羅便要立即回應耶穌，為耶和華的榮耀而作辯護。這正是為甚麼一個超自然的呼召——就如初代教會早已知道的——是必須的，這樣，保羅才能改變他對耶穌和在耶和華救贖計劃裏之角色的看法。他相信皆因這恩典，而使他產生了信心和愛心，而這一切都出於基督耶穌裏面的。

這樣豐盛的恩典讓保羅得以對抗煽動者，這些煽動者肯定會誇耀其他質素而不是恩典。透過貶損自己而帶出這種諷刺的修辭力量，可說是非常特別。假如我們把保羅這個轉變連繫於他宣稱的使徒身分和救主上帝的屬性上（1節），就會發現這是一個效忠對象的轉移，而不是慣常典型的悔改歸信。

保羅把蒙召歸功於「我們的主的恩典」（*ē charis tou kuriou ēmōn*）。這裏再次出現「我們」，表示保羅再次把羣體的元素帶進14節的修辭裏。這樣，保羅不單表達他自己的意願，「我們」這羣體也肯定了他的宣稱。14節提及的信心和愛心（以及保羅在每封信都有提到的恩典），像是對保羅過去的褻瀆、逼迫、侮慢、不明白與不信等這些行為作反駁。

至於耶穌作為「主」這討論，我們也要看看傳統對「主」有怎樣的理解。第一，它是連於一章2節下；第二，這個連繫也展現在同一個主之下的羣體；第三，在同一個主之下的這個羣體，是有責任去為他們的領袖辯護，在這處境下保羅就是他們的領袖。作為「主」這用語也是一個對煽動者的標籤，保羅並不認為這些煽動者與保羅及他的教會是在同一個主之下的。作為「主」這概念是值得我們留意，尤其常見的現代的解經家往往偏離了1世紀對作為主的理解。

假如我們從教會的隱喻性或非血緣的家屬關係來看主的概念，那麼，主就是「一家之父」（*paterfamilias*），管理著所有在他以下的人。艾格臣（James W. Aageson）觀察到：「愈來愈多人明白到希羅世界的家庭管理傳統是新約『家訓』的原本背景。」在保羅的社會裏，「一家之父」（指政府官員）會要求他的臣民對他絕對忠心，而不會期望對方與自己有平行的權力。然而，「恩典」是保羅建構他的家庭的關鍵。在恩庇者與受恩庇者的社會模式下，並沒有白白的恩惠，也肯定沒有無條件的恩惠，但保羅預視上帝的新家庭裏的主是截然不同的。就政治層面來看，凱撒一般稱為「主」凱撒，而這樣的主也有別於現代所理解的，但與保羅的政治用語「我們的救主上帝」與羅馬一致的地方，就是要聽命及絕對忠心於主，不只是對這國家大業絕對忠心，對王本身也是如此的忠心。基督是絕對的至高無上，這是毋庸置疑的，這與人不斷視耶穌為一個沒有傷害力的「朋友」截然不同。若比起現代教會常見主張以完全自由選擇、平等主義等作為他們信仰生活的前題及中心，保羅的社會裏所要求對主的忠心，更顯極其階級制及專制。保羅一方面以古代的「一家之父」這觀念，另方面以凱撒是主這習俗之下，再從初代基督徒的「主的羣體」這傳統來描述他自己的生命。保羅並不是說他「選擇」耶穌為主，而是當耶穌選擇他之時，就已經認定了耶穌是他的主。

基於13節的思想貫徹至14節。對於13節，我們還有一些事情要補充的。首先，這節的內容也算是12節的一部分。在此，請先留意當中一個難以處理的一個連接詞「然而」（*alla*；13節）。這一節的「然而」會導致邏輯上的問題，因為當使用這連接詞，一般是指與前一個句子相反的行動。讓我們想像希臘文慣常的「然而」會怎樣影響這句話，假設13節可能出現的不同的句子：

- 按邏輯可讀作「我從前是褻瀆上帝的，逼害人的，侮慢人的，然而我現在讚美耶穌、宣講福音、愛教會……」這可能是比較好的「然而」的用法，但這並不是保羅的話。
- 「因為我的褻瀆、逼害、侮慢，我當被審判，然而 我蒙了憐憫……」這也不是保羅的話。

13節的「然而」展示出保羅的話裏有一個隱藏了的邏輯。惟有當我們把以上兩個假設性句子結合起來，才能明白「然而」是怎樣被保羅使用。因此，假如我們將13節內容延伸至14節，這裏的邏輯應該是這樣的：「〔雖然我現在讚美耶穌、宣講福音、愛教會，〕我從前是褻瀆上帝的，逼害人的，侮慢人的〔這些罪行會惹起上帝的憤怒〕，然而，我仍蒙了憐憫，因為我是在不信、不明白的時候做的。並且我主的恩典是格外豐盛……」這樣的聲明並不是弱者的聲明，而是帶著權柄的。這段整理過的說話方式，嘗試堆砌出保羅沒有在 13 節以文字上表達出來的話，13 節可以包含兩方面的意思（參 12 節）。第一，保羅事實上並沒有受到上帝任何的刑罰，這足以確定他事工的有效性；第二，保羅完全的改變也進一步確定他真誠的事奉。因此，保羅對自己的描繪是有修辭作用和目的，而不是純粹為了記載自己的故事。

7.2.1.3 爭辯二：保羅所信的福音（一 15～16）

15 至 16 節雖然只有短短兩節的經文，但從句子結構、使用的詞彙、蒙召敘事的描述，反映出保羅使用了不同的修辭方法來表達他所信的福音。他運用如此多姿多彩的修辭技巧，只有一個目的，就是為福音爭辯。概括而言，他有以下 3 方面的修辭技巧：

一、以引句的修辭方式

保羅在教牧書信裏常以「這話可信」（*pistos o logos*；參提前三 1，四 9；提後二 11；多三 8；另參 1.6.1.3「『這話可信/這信仰』的意義」）這短語作開始，像是他寫作的一個公式。在這短語之前或之後往往會有一句神學的宣言，視乎內文而定。接下來，保羅引述了一句應該是當時教會常聽到的說話：「基督耶穌到世上來是要拯救罪人」（一 15），或許是為了總結耶穌傳統的某些教導。這樣，這一節經文的重點是在這引句，道出基督向世界所作的事工；至於「罪人中我是個罪魁」這句子，則是保羅將自己應用在上述常聽到的那句說話。仍須留意的是，在原文「這話可信，值得完全接受」（15 節）這句子之後是有一個連接詞「因為/以致」（*oti*），而大部分中英文譯本都沒有將這連接詞譯出來。這連接詞的功用在於將**前後兩句子**的意思連繫一起，肯定了「這話可信，值得完全接受」（15 節）與之後的句子有連帶關係。使用這樣的句子結構來引用一些傳統的說話，顯然有其修辭目的。保羅是為進一步確認他的權威，他也極之需要他的羣體支持他去對抗那些煽動者。除了這是傳

> *整節經文可直譯為：這話是可信和值得完全接納的，因為基督耶穌降世，為要拯救罪人，在罪人中我是個罪魁。*

統的說話之外，它也可以視之為與初代教會羣體在禮儀上一個彼此的聯繫。若是如此，我們便會問：「這樣的傳統公式是甚麼時候使用的？」答案很明顯。它曾經在崇拜內宣讀認信或教條之時使用。無論如何，這句話背後有著很廣闊的羣體處境，而不是一些個人委身的信仰反省。唐納（Philip H. Towner）可能是正確的，他指出這句話可能是**來自福音書**，認為與馬可福音二章17節或路加福音十九章10節相似。無論如何，保羅似乎是在總結耶穌的一句話，而這話是常聽到的。

費安利（Benjamin Fiore）的看法卻不同。他認為保羅的引句有別於與福音書，他繼而認為這個公式寫法並不是出自福音書。

二、以宣言的修辭方式

論到「這話可信」的內容，值得注意的是有關基督耶穌「拯救」（*sōsai*）罪人的討論。很多受歡迎的解經家把這節的救恩用語理解為個人的救恩，但是保羅這話所強調的未必是這樣。就如我們之前討論過，「救主」這詞彙與王權有密切關係。因此，當上帝是施行拯救的那一位的同時，上帝是「救主」（一1；這「救主」是一個專有名詞）。但是，當施行拯救的是基督耶穌，他自然地也是救主（不是專有名詞）。以此推論，耶穌與上帝同樣都是救主。既是如此，兩者有甚麼關係呢？第一，上帝作為「救主」（專有名詞）這身分是透過耶穌的救贖行動展示出來；第二，耶穌可見的王權和他的國度彰顯出上帝不可見的「救主」（專有名詞）身分；第三，人類被耶穌拯救脫離他們的罪，表明耶穌已勝過罪。這也呈現出耶穌的另一面：他不只是「耶穌我個人的救主」那滿有愛的「救主」，也是為了表達上帝的王權而勝過罪的得勝者的那位。這個有政治意味的修辭表達，實在強而有力，它足以顛覆煽動者對律法詮釋的聲稱（一3～7）。藉著訴諸一個神學宣言，保羅的目的是要說明「他」的真理版本，比煽動者的更符合初代教會的羣體身分。

但保羅的聲明並沒有在強而有力的宣言這層面上止住。他還加強語氣的「我是」（*eimi egō*；原文可譯作「我是，我」）表明保羅將這救恩連繫到他個人層面上。他表達了他那個身分的特點是罪人中的「罪魁」（即最差勁的罪人），❸ 但他卻被最有能力的救主基督耶穌和我們的救主上帝所拯救。15節的聲明時常被人誤解為保羅歸信是因為他是一個罪人，又或是他在寫信的時候論到自己是最差勁的罪人。這兩個極端都無法配合保羅在這裏的信息。第一個極端傾向是把現代歸信的經驗讀進保羅的記載裏，甚至是像史坦頓（Krister Stendahl）嚴詞責備的那樣，把西方人的自省觀念讀進保羅的信息裏（即是所謂的馬丁．路德〔Martin Luther〕觀念）。保羅不需要在歸信那刻認為自己是罪人，才能發現他之前的生活方式是罪。事實上，他似乎在蒙召前就已有很健全的善惡觀念（參腓三4下～6）。很多人引述羅馬書七章來指出保羅歸信前與良心的掙扎可能導致他歸信。即使是最傑出研究保羅的學者，也無法確定羅馬書七章的內容主要是保羅歸信前或歸信後的信仰反省，甚至無法確定那到底是否在談論保羅自己。這樣的心理學解釋無法說服人。這並不是說保羅沒有在歸信前與他的良心掙扎，而是他並不需要在他的書信裏提出這樣的掙扎，尤其是以此作為他的改變的原因。第二個極端可能認為保羅在他生命終結時，愈來愈覺得自己是個罪魁。這更是誤解了「我是」的現在時態。

三、以蒙召敍事的修辭方式

在這段經文裏，保羅肯定是指他在歸信階段中那過去的一段日子。他犯罪的證據來自他是褻瀆上帝的、逼害人的、侮慢人的、不信和不明白的（13 節）。因此，這個關於他以罪人身分的討論，肯定是指他蒙召前的行為和態度。那麼，我們應該怎樣理解現在時態的「我是」？須留意希臘文的現在時態並不等於英文的現在時態。事實上，假如這節經文是指從前的事，那麼，這裏的現在時態就有其他功用了。它其中一個功用是生動地描繪保羅過去那罪人的身分，而且是一個持續參與罪行的人。他述說從前作罪人這狀態，為要在許多教會這修辭情境下，按他當時遊說時所使用修辭式回應的一種表達而已。馬歇爾說得好：「提摩太前書第一章的個人見證的應用與之前的應用不同。」馬歇爾所指「之前」應該是指使徒行傳記述保羅信主經歷的敍事。務要避免把保羅的書信當作他生命的歷史記載來看，而忽略了他的修辭方式。這裏「我是」的現在時態在文法上稱為「歷史現在時態」（historical present），是指將一個過去的行動戲劇化，看似這行動現時仍在繼續進行中。再者，「我是」這短語在希臘文同時是在強調這「我」。一般來說，它可以在敘事裏出現（參約四 11、15、19 等），但提摩太前書這段獨特的經文，有一個配合它用法的敍事特質。保羅的意思很簡單：基督得勝這宣言，並不只是一些讓人去相信的事情，也是要人去經歷的，這可以從他的蒙召證實出來。這樣，對於那些反對保羅宣言，並主張另一個既不是個人化或不相信這樣的宣言的福音的人，就會失去他們的可信性。這種修辭表達的方式，目的是要以弗所羣體（和提摩太）反思應該准許那些煽動者這樣的活動繼續出現，又或者是要立即終止它。

保羅繼而在 16 節指出上帝「憐憫」（*ēleēthēn*；參 13 節）他，以致基督耶穌在他這個「罪魁」（*prōtō*；參 13 節）身上（回想從前的事），顯明了耶穌自己無限的忍耐。這節的「憐憫」，是 2 節的「憐憫」（*eleos*）這名詞的動詞。保羅給提摩太的問安中提到「憐憫」，因為他本身就是領受「憐憫」的好例子。到最後，很多人會透過相信耶穌而領受永生。16 節的聲明是補充有關保羅是罪人的討論，這補充十分完美，因為這裏用了強而有力的修辭技巧。罪愈深重，憐憫和恩典就愈多。惟有保羅所宣講的內容，方能描繪這個真理。假如上帝沒有讓保羅以看見他過去而為今日的權柄爭辯，煽動者就能夠否定他的權柄。

保羅從前的罪行怎樣有助於他現在與煽動者的爭論呢？第一，保羅過去的經歷已經成為教會的傳統；第二，由於保羅不尋常的見證，人難以質疑他的福音之可信性。很多護教者指出，基督復活的最大的證據，就是那原本敵對福音的保羅，極端地轉變為最熱心投入宣講福音的人。因此，當保羅寫信提醒提摩太和以弗所教會時，不可能假設聽眾不知道保羅的往事。保羅在這書信重提這個敍事，只為提醒收信人一些教會廣泛接納的事情，目的是要加強保羅的宣稱。根據這節的記載，他更新的生命應該從他的歸信開始，這生命時刻見證著復活的基督。惟有一個真正復活的基督，才能叫一個從前逼迫彌賽亞羣體的人，如今成為這個羣體的一分子，並為這個羣體辯護。這就如討厭猶太人的希特拉（Adolf Hitler）突然變成喜愛猶太人般教人吃驚。假如由經歷了這個轉變的人來述說這個改變，就更有說服力了。保羅這個經歷十分獨特，是煽動者沒有經歷過的。保羅用如此手法申辯，或許是要直接回應那些聲稱保羅過去是一個逼迫者，如今仍不配事奉的煽動者。保羅的回應正正是因為他的過去，以致他更有資格去事奉。他的過去及現在正活生生地描繪出上帝在福音裏的憐憫，而保羅就是活著的福音。因此，為配合這個小小的傳記，雖然以「憐憫」作為書首的問安語是不尋常，但這是合理的。

7.2.1.4 結束語（一 17）

保羅以榮耀頌來結束這段描述關於一個良善監督——即他自己——的事的段落（12～17 節）。雖然在文法上看，15 節與 17 節沒有直接的關係，但從修辭的角度看，筆者認為 17 節與 15 節有密切關係。15 節「基督耶穌到世上來是要拯救罪人」是初代教會在崇拜禮儀或用作宣言的一句說話，可見是當時信徒中間重複述說的話；而 17 節肯定地，就是一句在崇拜禮儀中普遍被宣讀的說話。保羅要將這兩句話連在一起，來闡述上帝在他生命中的工作。因此，不可以把 17 節從這段經文，或與 15 節的原初教會中傳統的話抽出來單獨處理，而是要同時處理這兩節經文。那麼，就著 15 節的宣言來看，17 節有甚麼意義呢？

一、17 節與 15 節的關係

對當時的讀者而言，15 節「基督耶穌到世上來是要拯救罪人」這句話不需要作解釋是理所當然的，這足以說明聽眾早已接納和明白這句話的意思。耶布魯（Mark M. Yarbrough）觀察到描述基督在世上的工作並不是保羅一向的主旨，因此 15 節這話是來自其他傳統中早已形成傳統的說話。筆者認為這個觀察大致上是真確的。這個傳統或許是來自一個比較像約翰傳統的，而約翰的傳統明顯地把世界理解為基督事工的對象。保羅說這話時已把它當作一個普遍接納的一句真理的聲明，這真理可能建基於其他彌賽亞羣體，也是以弗所人熟悉的。上文已討論過衍生出這樣有關耶穌事工的聲明的歷史來源，在此不需要再討論，但有另一更重要的事要留意的，就是這句話反映了某種羣體的樣貌，也可能是以弗所教會的樣貌。這所教會原來早已熟悉好些傳統或敍事。他們熟悉保羅蒙召前和蒙召後的生命，也熟悉耶穌的故事和耶穌的教導。這所教會也是一所「成熟」的教會，因為它已浸淫在很多傳統裏面，以致教義也開始成形。將

保羅的故事與耶穌的故事融合起來是十分重要的，因為這說明了或許有人開始質疑保羅的故事要怎樣與耶穌的故事連上關係。藉著把他的故事，放在來自耶穌的教導的總結之陳述句裏，保羅就可以在以弗所的假教義和煽動者面前捍衛他的尊榮。

二、分析 17 節的內容

根據上述有關羣體身分形成的討論，17 節以一句與禮儀有關的句子帶回到主要的議題上。因著這句話有禮儀的意味，就顯出他的重要性，因為它把整封書信置於一個敬拜的背景裏。唐納確認了這樣的禮儀背景在希臘化猶太教裏也有出現（「多比傳」14.7、11），而禮儀的作用是叫所有人來參與敬拜。這整個陳述句沒有一個動詞，只有形容詞及名詞，它可譯作「給永活、不朽的王……」或是「王是永活的、不朽的……」。這樣的話否定了把這封信理解為是給提摩太作私人的指引，也否定了這信是為教導提摩太要如何一間建立教會。從內容看，17 節的內容是顛覆當時的觀念，但是與 15 節的道成為肉身和救贖的平行記載，這裏的顛覆元素卻淡化了。那麼，這句話有甚麼意思呢？

第一個是短語「*給永世的君王*」（*tō basilei tōn aiōnōn*），用來描述這君王，它也可以譯作「給世世代代的君王」。「世世代代」這詞加強了這顛覆王權的意味。這種描述透露了某個歷史的宗教哲學，基督徒一般稱之為終末論。對猶太人來說，世界分為不同的時期。而在後被擄時期的猶太人當中，他們進一步認為歷史至終要面對的是審判，就如「以諾一書」所記載的。無論猶太人是否按著「以諾一書」以星期抑或「禧年書」以 49 年來看世界，他們都認為時間是有其目的的。在這節經文中當提及君王是世世代代的出現，這就顯得有意義了。世上的君王只活在某段時間裏，但保羅所說的這位君王卻是永遠活著。

保羅書信中曾出現「不朽壞」這詞彙的有：羅一 23（形容不朽的上帝）、林前九 25（形容不朽的事奉）、林前十五 52（形容不朽的身體）。

第二個是以形容詞「*不朽壞*」（*aphthartō*）來描述這位君王。保羅在他其他的書信中也使用「**不朽壞**」這詞彙。當約瑟夫論到死後不能朽壞的靈魂（*Bellum Judaicum* 2.163）之時，他也使用了同樣的詞彙，來形容上帝透過摩西的口所發出之聲明(*Antiquities of the Jews* 3.88)。就著這些證據來看,保羅形容這位君王是存在於那不可見的領域裏,這領域有時候可稱為死後的世界,而不朽壞的屬性在那裏可以完全表達出來。

從聖經作者使用這詞的情況來看,這詞似乎是有特別意義。它不是指已有一個實物,只是人看不見,而是指肉眼根本是不可能看見的東西,因為沒有真正的實物。

第三個也是形容詞「**看不見**」(*aoratō*)。這是一個罕見的詞彙(羅一20;西一15、16;來十一27)。在歌羅西書一章15節形容上帝是看不見的,祂要藉著耶穌基督將祂自己彰顯出來;在羅馬書一章18節,這個詞彙形容上帝那不能看見的屬性。當然,也有類似約瑟夫所用的非神學用法,只用來形容平常沒有被人看見的東西(*Bellum Judaicum* 1.152;3.160)。須留意的是,這位「永世的君王」似乎是指上帝本身,而不是耶穌基督。

接著兩個詞彙是名詞「尊貴」(*timē*)和「榮耀」(*doxa*),它們都很重要。就社會地位來説,「尊貴」對希臘人是一個很重要的質素。❹ 假如人失去了尊榮,就必須做些事重新提升自己的身分。然而,保羅把尊貴歸於上帝自己。至於「榮耀」,在保羅書信中往往與上帝有關,有時候是在救贖的處境下(加一5),亦有時候是在敬拜的處境下(林前十一7)。保羅在加拉太書一章5節形容上帝的榮耀與在這經文尤其類似。這榮耀看來就像是連繫那個終末世界,這世界是在耶穌拯救他的子民離開現今的世代之後有的。與此同時,榮耀也可以是屬於人類的(林前十一15)。在聖經以外的用法中,這個詞彙也可以解作「意見」。保羅對上帝的描述既特別,又大膽地顛覆當時的觀念,因為他是在談論一位上帝,這位上帝擁有帝國最偉大人物中最好的特質。一個帝國或許還會在世上存在好一段時間,但這位上帝和祂所有已知的屬性都會永遠存留。

15至17節這整個段落以禮儀規格這樣的鋪排是值得留意的,因為它超越了禮儀而進入一個爭論裏。很明顯地,這些經文與保羅其他的文本平行,甚至也與一些新約以外的文本平行。保羅也是沒有加以解釋這些句子,表示保羅假設了這些傳統是提摩太和以弗所人所熟悉的。這些傳統來自保羅的終末論的傳統,這終末論是關乎一位不能朽壞的上帝。按照保羅簡潔的陳述,不能看見的上帝這傳統，似乎連繫於歌羅西書第一章的道成為肉身這事件。某程度上，道成為肉身和不能看見的上帝之彰顯，對小亞細亞一帶地區的教會是十分重要的。或許這與遍布整個帝國可見的偶像有關。然而，保羅在這裏加上這個傳統，乃是要警告以弗所教會，這封書信不只討論保羅本身（15～17節），也要展示出好的教師如保羅或之後的提摩太的可信性，藉此反駁假教義。假如這些假教義是與猶太教有連繫（4節），那麼，一神論的陳述似乎也為保羅的正統說法作辯護。因此，保羅所借用的傳統就是一種修辭工具，把這封書信設定了它公眾格式的一面，為要與那些可能成為麻煩製造者的人爭辯，而這些事情肯定是保羅所憂慮的。使徒行傳的作者也留意到保羅所憂慮的事，這一點可從記載保羅與以弗所的長老對話時發現到（徒二十29～31）。保羅也藉著這個沒有解釋的聲明去提醒以弗所人，那些進入到他們羣體當中的假教師，可能會危害真正的教義。

7.2.2 壞僕人的模樣（一18～20）

保羅從不同角度將提摩太與那些教會中煽動者作對比，從而帶出這些人與保羅的事工不同之處。保羅在此也用一些實例指出事實的真確性。

7.2.2.1 從稱呼顯示提摩太的不同（一18上）

18至20節再次論到假教師。在這段落之前，保羅以自己為榜樣，來與煽動者作對比。在這個最後的段落，保羅以提摩太與他們作對比。保羅先以提摩太為榜樣（18～19節），然後再指名道姓地羞辱這些異教分子（20節）。保羅以「我**兒**」（*teknon*；原文沒有「我」）這修辭的字眼作開始，而他在2節早已用過這詞。由此可見，隱喻性或非血緣的家屬用語似乎不只是表示親暱的關係，也是為了針對著敵人。在這段落裏，家屬用語描繪出保羅的意識形態。「我兒」這親暱的稱呼似乎是要與煽動者劃清界線。這稱呼把提摩太放在一個重要的位置上：作保羅的代表。因此，當這封書信在會眾前讀出來之時，提摩太就會受人尊敬，尤其是在責備假教師之時。因此，提摩太與保羅的親密關

這詞可直譯為「孩子」。關於這詞的意思，可參2.2.3.1「真兒子——提多（一4上）」。

係，是提摩太面對外憂內患的教會之時得到更多權柄的時刻。在這一刻，保羅要處理的是來自教會以外假教義的挑戰。

保羅在18節也有給提摩太作一些指引。「**交託**」（*paratithemai*）是以現在時態表達，那時態是指在傳遞整封書信的時候。在保羅其他的書信，保羅會以類似「領受」（*parelabon*）和「傳給」（*paredōka*）的用語來表達傳遞耶穌的傳統（林前十一23）。在這裏，傳遞信息並不如承傳耶穌傳統那麼嚴重，但是基於以弗所的處境，它也是刻不容緩的。

18節的「交託」與一章11節的「交託」（episteuthēn）不同。前者是有「放在你面前」的意思；後者可參11節那段落的分析。

7.2.2.2 以軍人的隱喻顯示提摩太的不同（一18下）

保羅要求提摩太在當時的情況下順服，去打那「美好的仗」（*kalēn strateian*）。保羅在這裏使用「美好」（*kalēn*；是這卷書經常出現的一個詞），是指有好的道德質素的工作（參三7）。換言之，這場仗就是指提摩太要負起道德責任。他不可以退縮或冒上道德失敗的風險。那麼，保羅所指的仗，到底是怎樣的呢？保羅所說的是提摩太要像一個士兵般以作戰的狀態，與那些煽動者或傳假教義的人爭戰。提摩太是帝王軍隊中的士兵（17節），理應遵行他的職責。根據保羅在18節上的記載，提摩太現今的責任是照著從前指示他的預言去行。保羅並沒有解釋這預言是指甚麼，只是說這是在按手的事件中出現的（參四14）。提摩太顯然知道這是甚麼，而以弗所人也可能是知道的。這些預言似乎是一件公開的事，並與提摩太和他身邊的人有關。很明顯，這些預言包括了提摩太當時作為代表保羅的身分，因為保羅說「**照**」（*en autais*）著這些預言，他要打美好的仗。換言之，提摩太要相信這些預言，並努力地遵行他的職責。

en autais直譯是「在它們裏面」。按照希臘文顯示的語法性，這「它們」是指「命令」。

7.2.2.3 以船觸礁的隱喻顯示提摩太的不同（一19）

提摩太要好好地遵行他的職責，就要「常存信心和無愧的良心」（19節）。

較早時保羅也形容信徒要有「無愧的良心和無偽的信心」(5節)，保羅之後也再關注「清白的良心」(三9)這一點，可見他繼續使用類似的詞彙，但我們會留待稍後才討論三章9節。這裏的信心有4個可能的解釋：第一，它可以指忠心；第二，它可以指相信；第三，這個「信心」在希臘文並沒有冠詞，所以，它不是指信仰，但可能是指信念；第四，它可以解作某種宗教。但它究竟屬於哪一個意思，就視乎怎樣詮釋9節下。提摩太要常存無愧的良心也可以解作「健康的良心」，表明了屬靈上的健康，因為他所做的是正確的。

當保羅鼓勵提摩太遵行他的職責，這也暗示了提摩太領受了祝福和權柄去這樣做，保羅繼而用一些特別的用詞來討論以弗所人面對的問題。保羅形容假教義為「在信仰上觸了礁」(19節)。保羅似乎以「信心」(*pistin*)一詞來表示信仰，尤其是這裏的希臘文「在信仰」(*peri tēn pistin*)之前有冠詞，這對比著提摩太純全的信仰。航海的隱喻「觸了礁」(*enauagēsan*)描繪信仰是個旅程，充滿著障礙和危機。那些沒有持守信仰和無愧的良心的人，乃是把他們的船駛進這樣的危險裏，最後會面臨重創。保羅在這一節勸勉提摩太「常存信心」，這「信心」之前是沒有冠詞，可能是指提摩太有一個很大的信心，而不是指他的「信仰」。保羅暗示了這些假教師應該有一個很壞的信仰。我們可以從這些得出甚麼結論呢？筆者認為保羅是藉著他的邏輯來暗示一些隱藏了的信息。以下的對比平行清楚説明這個邏輯：

19節上：信心(*pistin*；意味著「丟棄良心」的人的信仰)

19節下：信仰(*peri tēn pistin*；意味著提摩太的信心)

有關整個信仰如同船破壞了的隱喻，在孟恩斯(William Mounce)的著作裏有詳細的討論。他認為船觸礁這隱喻的意思可以指那些煽動者，他們原初已主動拒絕這整個正統的信仰，又或可以指因為他們個人信仰出了問題，於是他們拒絕了這正統信仰。因為他們不接受這信仰，因此作了許多的事，叫這正統信仰蒙羞。至於如何解釋「觸礁」，全視乎「有些人」的信仰是甚麼意思。毫無疑問，這必然涉及他們的個人信仰，但是複數的「有些人」與單數的「信仰」似乎指向一個普遍認同的正統信仰，而這就是他們所拒絕的。換言之，焦點是他們破壞了基督教信仰，其中也包括他們自己也拒絕了它。與此同時，他們也危害了教會，因此保羅要公開地譴責他們。假如我們全面地理解這個航海的隱喻，就會發現保羅視信仰旅程就像一艘向著正確航道航行的船。這船一旦偏離了正確的航道，就會遇上不同的問題，且足以摧毀船中的羣體，甚至可能帶來致命的結果。

總括來説，士兵與船這兩個隱喻描述了基督教的兩個方面：士兵的隱喻描述教會領袖應該有的態度，以致他們才能面對挑戰；船破壞了的隱喻描述信徒應朝著的方向，以致他們才能留在正確的航道上。前者面對假教義的挑戰；後者處理假教義問題。兩者對解決以弗所的問題同樣重要。

7.2.2.4 兩個壞的僕人(一 20)

保羅繼而公開譴責兩個有罪的成員：許米乃和亞歷山大，以他們為眾人的鑑誡。由於許米乃不只出現於提摩太前書(20 節；提後二 17)，而亞歷山大則是當時一個常見的名字，因此這兩人可能是人所共知的假教師，因為保羅並沒有説明他們是誰。保羅説他「已經把他們**交給撒但**」，使他們受責罰，就不再謗瀆他們了。交給撒但這樣的表達似乎暗示一個已發生的事件，但為甚麼保羅仍然需要作出警告呢？這可能是因為將他們逐出教會並沒有完全解除到問題，而他們所帶來的禍害可能依然影響著現今的會眾。這些假教師「褻瀆」(*blasphēmein*)上帝，就如保羅在成為信徒之前一樣(13 節)。保羅在哥林多前書五章 5 節使用了類似的詞彙來形容這刑罰。從保羅的表達方式可以看出，這是一個嚴厲的責備。這短語的意思最有可能是指把人驅趕到撒但的領域裏，具體而言，就是把他們放在教會彼此團契以外的地方。保羅並沒有解釋這個交給撒但的詞彙之意思，因為他曾如此寫信給哥林多(參林前五 5)，而提摩太可能知道這事，因此他也必明白這個詞彙的意思。保羅提出「**讓他們學會**」(*paideuthōsin*)這整個行動背後的概念，是以驅逐這些假教師為目標。保羅的目標不只要將這些假教師趕走，也是要教會學到功課後，最終能得到復興。除非這些人悔改，否則他們

13 節所用的是一個名詞，表示保羅描述自己是一個褻瀆者。

paideuthōsin 原文是「受責罰」，以被動式表達；參「和合本」。

就要留在羣體以外，與以基督為中心的團契隔絕。因此，執行教會紀律是犯罪的人和教會學習的機會。對犯罪的人來説，他要學習被排斥的痛苦教訓。對教會來説，信仰羣體就知道純全的教義是最重要，且不可輕看。

在這個第一次討論假教義的議題：假教義對教會的挑戰，我們可以思想以弗所人的社會身分，以及保羅嘗試藉著這封信所建構的身分。我們可以從沒有加以説明的聲明，以及保羅寫信給提摩太所用的修辭技巧，來明白這一點。「這話可信」(15 節）與及後的經文最能啟發我們去思想這方面的事情。保羅把自己連於耶穌傳統，這句帶有救贖的聲明，表示以弗所教會早已對耶穌傳統有深入的認識。保羅有趣地在討論假教義時提及耶穌傳統，是因為假教義和耶穌傳統是互相排斥的。保羅在修辭上的表達，於現代人聽來可能是無法容忍的，但在基督教信仰仍在雛型的階段，保羅關注的是教會教義的取向。15 節這句話在修辭上也很配合 17 節，雖然 17 節就文法上是另一句話，有趣的地方是它不但延續了 15 節那句傳統已認許的陳述句，更加上了一點禮儀元素。就如早已在上文提出過，17 節與保羅其他的著作有很多平行的記載。因此，保羅是在宣稱他們一些他們早已知道的禮儀公式。這樣的聲明對持守保羅宣教的教導是十分重要的。因此以弗所教會要繼續持守保羅在此曾經留下的教導。

保羅提到他的蒙召也很有趣，因為它完全不像那些沒有説明的聲明，但又肯定地沒有提及很多細節。根據路加著作（使徒行傳）和在保羅較早期的著作（加拉太書）裏有關保羅蒙召的資料是很豐富的，但在這段落卻省略了，很有可能是因為這已是初代教會廣為人知的事實。教會認同他的使徒身分，至少有部分原因是因為他的蒙召。那麼，為甚麼保羅要向以弗所教會再次提到他的蒙召？原因可能是因為敵對保羅的人在嘗試敗壞他的名聲，挑戰著他的蒙召。因此，重提蒙召是為了提醒以弗所教會（肯定不是為了提醒提摩太），他的蒙召是事實，且是公眾都知道的事，所以毋容置疑。這樣的提醒，至少令他們相信保羅，同時也相信提摩太。他們被信任的原因有部分是基於保羅的蒙召，同時也反照著呼召他的上帝。

信仰反省：要怎樣著重上帝的話？

上述的討論對今天的教會意義很明顯。保羅清楚地從教義和聖經準確性的重要性，來表明他的信仰立場。保羅強調教義和品格都是煽動者可悲地欠缺，而教義和品格這兩者必須認真地平行存在。很可惜，這兩者都不是信徒所著重的。信徒不讀聖經的情況，在一些教會裏甚為嚴重；不但如此，講壇也只著重分享，甚少宣講聖經的話語，會眾也甚少翻開聖經來聽道。很多信徒都有一個錯覺，將基督教的教育歸於神學院，但基督教教育精神並不是神學院較強的基督教教育系統下的產物，而是透過站在講壇上的講員展示出來。很多教會在崇拜講道時使用投影片，其實這幫助不大。因為所投射出來的只是節錄講員講道時涉及的經文，而沒有上下文，這導致聽眾不去留意與這段經文有連帶關係的其他經文。

社會的娛樂文化也滲入了我們今天的教會，很多聽眾只會渴望去聽滿足他們願望的演説，而不是那些宣講聖經的道。在這個環境下，講員可以輕易地操控會眾，而那些沒有認真地按著經文的處境來閱讀聖經文本的會眾，也可以輕易地偽裝成牧者 —— 事實卻是盜賊的騙子 —— 所欺騙。一不留神，這些事情，連帶著很多其他的現代挑戰都滲透性地危害教會。以弗所教會的情況和現代教會的情況十分相似。在這樣的情境下，我們必須提出與保羅文本一樣的問題：我們已經形成了哪一種信仰羣體的身分？我們正在建構著怎樣的信仰羣體的身分？而我們又應該建構怎樣這身分？每個現代領袖與跟隨者都必須認真地問這些問題，免得在真道上如同船破壞了一般。

溫習及思考問題

1. 保羅在第 3 節提到他吩咐摩太留在以弗所，保羅的主要目的是甚麼？這似是長時間的停留嗎？
2. 保羅在 3 至 5 節所描述在以弗所裏「別的教義」是怎樣的？保羅又如何正面地教導教會面對的方法？如何才能達致「愛」？
3. 假教義帶來哪兩方面的結果？你所處的教會曾否面對這些問題？
4. 保羅在他的書信中如何引用「律法」這議題？他如何在以弗所教會這修辭情境中闡釋律法？

5. 保羅的自我描述目的何在？我們怎樣述說個人見證？
6. 第 13 節的「然而我還蒙了憐憫」有甚麼意思？它帶有甚麼影響？這節經文有甚麼進一步更深的意思？
7. 根據一章 15 及 17 節「這話可信」的言論，以弗所教會是一個怎樣的羣體？保羅嘗試在以弗所教會當中建構怎樣的新身分？
8. 保羅使用了哪兩個隱喻來指出提摩太與假教師的分別？
9. 20 節保羅提及的「許米乃和亞歷山大」是指甚麼人？他要將他們「交給撒但」又是指甚麼意思？「交給撒但」的最終目的是甚麼？保羅這種說法如何應用在今日的教會？
10. 保羅對假教師嚴厲指責對今天的教會有甚麼提醒？

釋經短註

❶ 蘭斯迪提議 3 至 5 節扇形結構是：

A 傳別的教義（*eterodidaskalein*；3 節）
　B 這樣的事只會引起爭論，無助於上帝的計劃（4 節）
　　C 但命令的目的就是愛（5 節）
　B' 空談（6 節）
A' 律法教師（*nomodidaskaloi*），卻不明白自己所講的是甚麼（7 節）

第 3、7 節都有一個相同詞根的希臘字：*didask-*。參：Ray Van Neste, *Cohesion and Structure in the Pastoral Epistles* (London; New York, NY: T & T Clark International, 2004), 20。

❷ 參：曾恩瀚著，《誰的保羅，哪個福音？——保羅詮釋現象的反思》（香港：基道出版社，2012 年），頁 188～206。

❸ 15 節「我是個罪魁」原文 *ōn prōtos eimi egō* 在希臘文裏可直譯為「我、那個第一的是我」。「罪魁」這詞譯自 *prōtos*，事實上它是「最先」的意思。譯者是參考上一句「拯救罪人」而將這詞譯作「罪魁」。保羅在此並不是說他是第一個犯罪的人；相反，他是說按著他得罪上帝的程度，他歸信前他是列於罪人之首。這種極致的表達，反映了他是一個重犯。不過，仍有學者如唐納，也主張保羅的確是

在說他是第一個罪人，因為他是第一個為了作為拯救外邦人的工具，而被上帝拯救的罪人。

❹ 關於「尊貴」和「榮耀」這兩個詞，馬歇爾（I. Howard Marshall）指出它們是同義詞。筆者不清楚希臘人對「尊貴」的理解是否等同於「榮耀」。雖然在希伯來文裏，「尊貴」的確有「有分量」（有分量、受人敬重的意思）的意味，把它當成是「榮耀」則有點說不通。或許這兩個詞彙組成了重名法（hendiadys），同時指向上帝的偉大。祂配受希臘社會最大的尊敬，並向歷史裏所有信徒揭示祂的榮耀。

第八章

打美好的仗（一）：公共崇拜裏的合一（二 1～15）

- 公共祈禱
- 男人和女人在崇拜中的角色

經文

公共崇拜裏的合一

2 1 所以，我勸你，首先要為人人祈求、禱告、代求、感謝；2 為君王和一切
在位的，也要如此，使我們能夠敬虔端正地過平穩寧靜的生活。3 這是好
的，在我們的救主上帝面前可蒙悅納。4 他願意人人得救，並得以認識真理。
5 因為只有一位上帝，在上帝和人之間也只有一位中保，是成為人的基督耶
穌。6 他獻上自己作人人的贖價；在適當的時候這事已經證實了。7 我為此奉
派作傳道，作使徒，在信仰和真理上作外邦人的教師。我說的是真話，不是說
謊。8 我希望男人舉起聖潔的手隨處禱告，不發怒，不爭論。

9 我也希望女人以端正、克制和合乎體統的服裝打扮自己，不以編髮、金
飾、珍珠和名貴衣裳來打扮。10 要有善行，這才與自稱為敬畏上帝的女人相
稱。11 女人要事事順服地安靜學習。12 我不許女人教導，也不許她管轄男人，
只要安靜。13 因為亞當先被造，然後才是夏娃；14 亞當並沒有受騙，而是女人
受騙，陷在過犯裏。15 然而，女人若持守信心、愛心，又聖潔克制，就必藉著
生產而得救。

接著第一章之後，保羅延展打那「美好的仗」（一18）的主題。按這主題，可分為兩大部分：教會公共崇拜合一的議題（二1～15）；教會職事的議題（三1～13）。第一部分同時可以分為兩大主題作討論。第一，關於祈禱（二1～7）；第二，關於男人和女人在教會的角色（8～15節）。按希臘語法結構，8節是屬於第二個主題，但因為8節同時處理祈禱的問題，所以在內容上它亦可以屬於第一個主題。此書會將8節歸入在第二個主題（下文會作詳細交代）。保羅清楚和有條理地說明以弗所教會所有內部的問題。

雖然提摩太前書二章是開了另一個話題，但基於二章1節有一個連接詞「所以」（*oun*）的出現，我們不能把這個新段落與前一個段落分開。究竟這段落是連繫到前面哪一段？筆者會認為這是連於一章18節所帶出主要的概念，保羅在那裏提醒提摩太打美好的仗。因此，二章1至3節上至少可以理解為屬於要打美好的仗之吩咐其中一部分。提摩太是否忠心打仗，就能預計到他有沒有恰當地執行保羅那有關公共崇拜的建議（1～3節上）。

為甚麼保羅首先關注的事，是教會的崇拜？斯托得（John R. W. Stott）的註釋中再次出現他智慧的表達：「我們往往會說教會最重要的是傳福音，但事實並不是這樣。崇拜比傳福音更加重要，因為愛上帝是第一個誡命，而第二個是愛鄰舍。崇拜如此重要，其中一個原因是當教會傳福音的工作完成之後，上帝的子民仍要繼續敬拜祂，直到永遠；另一個原因是傳福音本身就是一個崇拜。」就一章17節看，斯托得的終末性觀點尤其合理。崇拜也是保羅為以弗所教會定下最重要的事項。如上文所提，這個公共崇拜包括兩大方面的事情：公共祈禱（1～7節）；男人和女人在崇拜中的角色（8～15節）。

8.1 公共祈禱（二1～7）

保羅第一個關注的主題，是公共的祈禱。提摩太必定面對著以弗所教會裏有關崇拜秩序的一些問題。在這整個段落，保羅以「**首先**」（*prōton pantōn*）來形容，暗示9至15節是處理第二個主題，因為那段落涉及崇拜裏的婦女。

「首先」在希臘文是一個短語，由副詞 prōton（「第一」）加上一個修飾性不定詞 pantōn（「所有」）形成，直譯為「所有的第一」。「和合本」索性譯作「第一」。

分段大綱（二 1～7）

1. 公共祈禱背後的意義（二 1～2）
   甲、改變敵對者對信徒的印象
   乙、禮儀與政治的連帶關係
   丙、綜合評論
2. 公共祈禱的重要性（二 3～4）
3. 總結公共祈禱這議題（二 5～6）
4. 保羅重申自己的身分（二 7）
5. 附篇：贖罪是源自「古老」傳統的修辭用法？

8.1.1. 公共祈禱背後的意義（二 1～2）

在二章 1 節，保羅以 4 個詞彙來描述祈禱的不同層面：「祈求」（*deēseis*）、「禱告」（*proseuchas*）、「代求」（*enteuxeis*）、「感謝」（*eucharistias*）。除了「感謝」之外，其他 3 個詞彙似乎是同義詞，或至少彼此十分相似。我們可能不會太過在意這 4 個名詞有甚麼分別。其實它重點是這 4 個祈禱的樣式都應該在崇拜裏出現。整個句子的主要動詞是「要為」（*poieisthai*），它是以現在時態不定詞表達，表示這樣行為是一種習慣，且是恆常的，它最有可能是在每星期的崇拜中出現。令人困惑的是，二章 1 節開始的連接詞「所以」。這個連接詞如何將「祈禱」連繫到前一章（假如有的話）？首先，「所以」是連於一章 18 節所帶出主要的概念：「打那美好的仗」。那麼，祈禱這主題又如何與「打仗」連上關係？似乎保羅是指就著之前提到「假教義」的情況，現時就有需要作出這樣的祈禱。假教義與當時的情況有甚麼共通之處？2 節為我們加以說明。「為君王和一切在位的」祈禱，目的是使人「敬虔端正地過平穩寧靜的生活」。3 至 4 節更清楚地指出，整個目的是為了使人在上帝面前蒙悅納，又叫萬人得救。因此，共通之處是假教義和政治上的動盪，會為福音事工帶來危機。這樣，1 節開始的「所以」就有意思，也看見保羅是刻意如此表達的，它也綜合了保羅整個論點。亦都因為如此，提摩太若要打美好的仗（一 18），就要為所有人祈求。孟恩斯

（William Mounce）甚至主張，煽動者是在傳播著一種排他的宗教。唐納（Philip H. Towner）也猜測保羅為何會鼓勵以弗所教會這樣祈禱。對唐納來說，這個迫切性與假教師可能在教導某種宗教派別之主義有關。這些假教師是否在傳播某個屬於精英分子小圈子的宗教，而這宗教是屬於另一個世界的？這宗教可能從不處理社會上的問題。為了反對這樣的排他性，保羅便主張一個能包羅所有人的祈禱，而且是一個經常提及的祈禱，這祈禱應該是解決他當時問題的方法。或許假教義已大大影響了教會當時的情況，以致提摩太必須像打美好的仗般的心態，才能勝過他們。但在這段落，卻是要藉著在公共祈禱的秩序，來打那美好的仗。

保羅陳述有關「*為君王和一切在位的*」（*basileōn kai pantōn tōn en uperochē ontōn*；2 節）禱告，必須謹慎按著歷史背景來理解。「*君王*」和「*一切在位的*」可能是指同一羣人。如果「王」簡單地視為國家中的王，複數的「*君王*」（*basileōn*）可以指所有代表著君王的王室成員，例如大希律是統治猶太人的王；第二個詞「*一切在位*」可能進一步形容這些王。假如我們要把這說話絕對化地放諸現代的處境，我們就會擱淺於僵硬的應用之上。就著新約聖經的教導來看，這節經文似乎是說保羅是個保守派的人，他主張傳統那種「羅馬承平」的觀念，不能接受政治上的異見者，也不接受像今日社會對有勇無謀的政府公開反對者。很多時候，很多人會立刻指出約翰在啟示錄中也曾使用挑釁性修辭表達（例如以巴比倫來比喻羅馬政權）來反對欺壓人的政權。根據最可靠的資料，假如提摩太前書是由保羅所寫，那麼，這封書信最有可能是在尼祿作王時期，在他活躍地在羅馬逼迫基督徒之前寫成的。保羅寫信之時是帶著修辭的情境，而不是為現代教會定下一個行事的標準，讓他們絕對地完全照字面意思去遵守。相反地，他的聲明是在逼迫之前已存在。他的目的是針對他宣教實際的需要，因此，把這樣的聲明絕對化地應用在現代的處境中，當作是基督徒與政府的關係之要求，是不合宜的。

為何保羅要挑選政治家為公禱的對象？答案必定來自政治、道德哲學、法術與宗教習俗彼此之間的關聯。很多受歡迎的講員和解經家都認為，這個祈禱裏的政治元素與 1 世紀沒有任何關係，但我們必須從這樣的角度看這段經文。假如我們追溯保羅的宣教事工，就會發現他深受政治氣候的影響。他必須作一些事情來減低這些影響。現在就讓我們探討 1 至 8 節的祈禱要處理之兩個層面。

8.1.1.1 改變敵對者對信徒的印象

在公元 49 年，不少信主的猶太人被克勞第驅逐出羅馬。當大部分猶太信徒離開後，留下小數的外邦人來發展羅馬教會。這樣的情況就變得更加複雜。然而，在寫這封書信前不到 10 年，保羅寫了羅馬書，為要處理猶太人——尤其是信主的猶太人——回歸羅馬教會的問題。他們的回歸是由尼祿促成的。這個情況大大影響了保羅往西班牙宣教的旅程。雖然他想經過羅馬到西班牙去，但羅馬教會裏回歸的猶太人和外邦歸信者之間的衝突，肯定影響了保羅往西班牙的宣教。這些衝突或許影響了教會在社會中的形象。這個情境是保羅要面對的。費安利（Benjamin Fiore）也引述後期的教父特土良（Tertullian）的著作（*Apologeticum* 31.1～2），指出這樣的公禱改變了那些敵對信主的人曾經所給予信主之人的印象，他們可能宣稱信徒會危害社會。假如這是提摩太要面對的情況，那麼，這樣的公禱就能幫助保羅挪開宣教上某些障礙物。提摩太是在對抗異教徒對信徒的偏見。凡來到家庭教會聚會的人，必須正確地認識這個新羣體和它與政治掌權者的關係。

8.1.1.2 禮儀與政治的連帶關係

雖然上一章已討論過崇拜禮儀與政治的關係（參 7.2.1.5「結束語〔17 節〕」第二點：分析 17 節的內容），在此我們必須再論到禮儀和政治，才能明白保羅在崇拜中要有為政治家祈禱的吩咐。假如我們看看羅馬帝國這大的圖畫，就更能見到新的彌賽亞信仰所面對之危機。在麥穆倫（Ramsey MacMullen）的經典著作（*Enemies of the Roman Order*）裏，他指出很多哲學家會成為政府的敵人，其中一個尤為明顯的是犬儒主義者（Cynics），❶ 毫無疑問，他們已跨越對社會層面的批評，而提升到批評帝國秩序之上。帝王為了他們曾經一次不小心的言論，而禁制和放逐了整個哲學羣體。某程度上，保羅的宣講也有些道德元素與一些哲學學派相類似。但是，藉著公開地為政治家祈禱，保羅期望可以避免任何誤解，以致危害更大的宣教事工。至少，為了在獨裁政權的管治下可以有果效地宣教。因此，教會予人那「帝國秩序的朋友」這公眾形象是必須的。與此同時，祈禱是個宗教禮儀。在異教徒的眼中，這樣的禮儀與法術和巫術並沒有分別，尤其是要向不能見的靈或神明祈禱。在異教徒眼中，所有異教的神明都是可見的，即使可能被人敬拜之耶穌也是可見的，耶穌的跟隨者會被異教徒視為在供奉一個有能力的法術師。由於大部分的法術師對異教徒來看都極為負面，且會引起公眾的懷疑。根據塔西圖（Tacitus）的著作（*Annals* 2.32；12.52），占星家必須向政府登記。這代表著國家對超自然事物存著恐懼，而政府嘗試監管和控制這些占星家。沒有帝王會願意看見占星家在他們不知道的情況下，可以預知他們的命運。羅馬掌權者會視這樣的行為潛在著顛覆國家的可能性。在這種種情況下，向當權者釋放友善是必須的。

8.1.1.3 綜合評論

論到祈禱的禮儀，總括來說，基於1世紀的社會充滿迷信的氣氛，異教徒對基督教產生懷疑和恐懼都是合理的。當法術儀式視為反對帝王，進行這些儀式的人，就自然成為政府的敵人。因為會面對這樣的危險，保羅再次確保不會被人誤解而作出這公開的禱告禮儀。保羅公開為社會政治人物祈禱的主要策略，並不是為了取悅掌權者，而是為了避免非信徒誤解那個源自重新詮釋的猶太信仰（如今以基督為中心）。關於這公開的禱告，仍有兩點須提及的：

一、要為所有人禱告

保羅提到要為所有人祈禱（二1～2上）。費安利正確地指出這裏的祈禱有宣教意味。提摩太要藉著展示出福音的對象包括所有人，所關注的事也很廣泛；它不是一個私人俱樂部或是一個神祕的宗教，它是以個人需要為焦點，來打這場美好的仗。建構一個公共場景為討論保羅的議題提供一個最好的社會背景，因為這封書信討論的每個層面，幾乎都在某些方面衝擊著整個家庭教會之架構。事實上，保羅使用了集體複數詞彙「人人」（*pantōn anthrōpōn*），其中包括君王和一切在位的，以及傳假教義的人和受假教義所害的人等。這類祈禱要求祈禱的人全面地理解當時社會情況。保羅的公共祈禱在每方面都是一個「公共的」祈禱。這不只是指在一個公共的場景作的祈禱，假如祈禱要包括所有人，它的內容也必定是公眾的。這暗示保羅期望教會要參與公共事務，它必須有向著公眾的一面，且明白他們身處的時代所面對時事的狀況，以致教會知道怎樣為不同的人祈禱。這樣的祈禱展示了教會亦是一個宣教機構。

二、禱告目的是為美好的信仰生活

希臘文的次序：平穩、寧靜、敬虔、端正。

除了論到要為甚麼人祈禱之外，保羅也論到祈禱的基本目的（2 下～4 節）。這目的包括 **4 種**生活：「敬虔」（*eusebeia*）、「端正」（*semnotēti*）、「平穩」（*ēremon*）、「寧靜」（*ēsuchion*）。保羅使用了羅馬人的詞彙，很可能這是信仰羣體也常用的。接下來是論述這 4 種生活。

第一，「敬虔」（*eusebeia*）這個詞（NIV 譯作“godliness”）在羅馬世界不一定是指宗教上的敬虔。敬虔通常用來指一個良善的羅馬人一種特徵，就是他以正確的態度對待神明，如約瑟夫（Titus Flavins Josephus）著作所說（*Against Apion* 1.60）。保羅可能使用了這些詞彙的一般意思來指涉信徒的信仰生活態度。

第二，「端正」（*semnotēti*）這詞在這段經文中，是指有秩序和體面，這可能超過基督徒常見對聖潔的理解。若敬虔有宗教的意味，端正就意味著與關係有關。那些接觸歸信者的人，可以見到歸信者有秩序和體面的那一面，而這是歸信者應有的一個美好見證。保羅不期望看見他們的言行舉止有羞辱福音的成分。保羅在這裏展示了羅馬人美好的社會質素是值得持守的，這樣質素已滲入了彌賽亞信仰的元素裏。換言之，保羅認同並不是所有與文化有關的事情都是壞的，更重要是使用非信徒的品格，在其他人面前作見證。另外，更重要的是保羅明顯地反對煽動者之言行舉止是有違這些質素（一 3～11），煽動者代表著的是行那些有違福音的事，而保羅的歸信者代表著的是來自福音的倫理教導。

第三，「平穩」（*ēremon*）這詞指平安地生活，這概念非常政治化。偉大的羅馬帝國承諾透過沒有戰爭來維護和平，而提摩太要藉著公共的祈禱，展示出這裏有另一個國度，是可以和平地與屬世的國度共存，以此來打這美好的仗。

這一點早已在上文有關「平安」（參 6.3「祝福語〔2 節下〕」）的討論中提及過。假如保羅在最初宣講福音時，把這平安與改革了的猶太教結合起來，那麼，這個平安就是指上帝賜予的平安，使上帝與人、人與人有良好關係，這會讓信徒進入超越羅馬所承諾的狀況裏。

第四，「寧靜」（*ēsuchion*）**這詞在新約聖經其他地方也有出現**（二 11、12；另參徒二十二 2；帖後三 12；彼前三 4）。這個詞彙並不表示完全的安靜不說任何話，若參考希羅多德（Herodotus）的著作使用這詞彙時，是指平靜的性情（*Histories* 1.107）。因此，這詞包含和諧、安靖的意思。

二章2節及彼得前書三章4節（「嫻靜」）是形容詞；另以名詞出現的有：徒二十二2；帖後三 12（「安分」）；提前二 11（「安靜」）、12（「安靜」）。

8.1.2 公共祈禱的重要性（二 3～4）

討論過祈禱的基本目的之後，保羅詳細描述這些目的（3～4 節）。3 節開始時，保羅說「這是好的」。「這」（*touto*）簡單說是指從祈禱而來的整個生活「是好的」，❷ 且在「上帝面前可蒙悅納」。這不只是「好」，保羅說是「在我們的救主上帝面前可蒙悅納」。他在此可能稍為強調「救主」一詞，它指向一章 1 節的主題。這位救主強烈地對比著屬世的掌權者——人民的救主；但是，上帝才是真正的救主。唐納甚至在此看見一個與帝王崇拜直接對比的意思。「好」（*kalos*）的意思是指理想的東西、是可敬的。4 節的下一個短語是有救恩論的意味，目的是為了「認識真理」（*epignōsin alētheias*），因為那是在上帝的普世福音計劃之內。如果只抽出 4 節簡單直接去讀，這節經文很奇怪，因為保羅說「人人得救」，保羅也沒有加以說明「人人」（*pantas anthrōpous*）是甚麼意思，這似乎在主張一個普世救恩。然而，令人驚訝地，保羅似乎多次使用「人人」（參林前七 7；林後三 2；西一 28）或「人」（林前十一 28；林後四 2；加一 10，五 3，六 1；弗二 5）這詞彙來形容信徒。❸ 保羅曾記載所有人都在亞當下犯了罪（參羅五 12、18），這用法最接近提摩太前書。羅馬書的處境提供了很多解釋，表明經文並不是討論普世的救恩觀。因此，提摩太前書二章 4 節即使沒有清楚說明「人人」的意思，但可以透過羅馬書來解釋這思想。由此推論，這「人人」肯定不是指信徒。提摩太前書二章4節的背景似乎可以框入保羅在這裏或在羅馬書所提及基督與亞當的關係（參林前十五20～28），而後來學者稱保羅這種思想為「亞當基督論」（Adam Christology）❹。或許救恩中的普世觀，主要是針對那些因為亞當的墮落而出現「人人」有罪的情況。馬歇爾（I. Howard Marshall）主張另一個可能的解釋，認為這是對抗傳假教義的人的宣稱。若根據第7節的內容，馬歇爾的主張是合理的。保羅重新表明他的立場和權柄，是有他的原因，他提醒了現代讀者知道自己的言論所應當包含一些為福音而自辯的元素，其目的是要對抗那些可能挑戰福音和福音權威的煽動者。

8.1.3 總結公共祈禱這議題（二5～6）

討論完保羅如何將祈禱與他的宣教連結起來後，保羅以一個提要式的陳述（5～6節），再加上個人的評述（7節），來總結上述的內容。這提要式的陳述，可以分為以下兩個議題作討論：

一、一位上帝和一位中保

保羅首先提到「只有一位上帝」，這符合申命記六章4節「以色列啊，你要聽！耶和華－我們的上帝是獨一的主」的記載，而在上帝和人中間也只有一位「中保」（提前二5）耶穌基督。申命記六章4節是猶太教最基本的認信，因此保羅在此是對這個認信作了新的表述，成了他的基督教版本。一位上帝和一個中保這同一個構想似乎有違加拉太書三章20節的記載，那裏表示這個上帝在祂的約裏並不需要中保。我們不需要擔心這個差異。加拉太書的處境是一場爭論，因為有人宣稱妥拉比亞伯拉罕更加重要；而提摩太前書的情況只是保羅借用某個認信去確定他的正統性。換言之，提摩太前書的處境並不涉及亞伯拉罕的約。當亞伯拉罕的約受到質疑時，保羅才使用「沒有中保」的論點。在這裏他以中保耶穌基督來表明他認同耶穌傳統和救贖歷史。保羅會使用任何所須的論據來反駁個別煽動者所宣稱的。因此，「一位上帝」就是管治猶太人和外邦人的那一位上帝。或許以弗所人的祈禱已受到煽動者影響，以致提摩太如今要糾正以弗所公共祈禱的情況。

二、中保的救贖

接下來，保羅為這個簡單的「一位上帝」和「一位中保」的認信，提供更廣和更深入的解釋，而它的信息也是以「基督為中心」（Christocentric）。為這個認信加添一道基督論色彩的關鍵詞彙是「贖價」（*antilutron*）。❺ 這個認信從一神論轉到贖罪論。「贖價」到底是指甚麼？保羅再次主張，「人人」有普世意味，指向二章1、2、4節。毫無疑問，最簡單的意思是指全人類都可以得到這救恩。*antilutron* 這詞是一個複合詞，由*lutron*（意思是「一個價錢」）這詞加上 *anti*（意思是「代替」）這前綴組成。整個詞彙的意思是「以一個價錢去換回一件東西」。它的意思就像當一個人已付一個價錢買了一個奴隸之後，有另一人以另一個價錢去買回這奴隸。一直以來，這贖價引起的爭論就是，究竟這個贖價是付給誰的？雖然贖罪的觀念很複雜，其中「基督是得勝者」（*Christus Victor*）❻ 和代贖論是最常見的兩個概念，但根據這節經文的處境，最好不要把這個隱喻強解為這節經文是帶著某種寓意。最有可能是，保羅借用了從被擄中贖回以色列人的概念（即第二次出埃及）來形容人類的狀況，就是從原本的墮落捆綁中得釋放。這個釋放是首先透過基督的工作在某個時間成就的，因為保羅這樣說：「在適當的時候這事已經證實了」（*to marturion kairois idiois*；6節）。保羅對基督贖罪的詮釋明顯是終末性的。然而，更重要的是保羅把這個精簡的神學上的聲明，應用在他的祈禱裏，而這代禱的對象包括所有人。換言之，包括信徒和非信徒的公共祈禱就是這個神學概念的表達方式了。由於基督的贖罪是給予所有人，上帝的子民就必須為「人人」祈禱。

8.1.4 保羅重申自己的身分（二7）

概括地討論完禱告這議題，保羅在此重申有關他的身分，以此表示他的教導的確實性。保羅在7節指出，他被委任作傳道和作使徒，以此進一步解釋一章1節的記載，並與一章3至11節提及的假教師作爭論。藉著形容自己為「傳道」、「使徒」和「教師」，保羅以傳道者的身分傳遞王者的信息；以使徒的權柄把福音傳遍遠地；以教師的身分正確地教導及留傳給他的傳統。宣講（「作傳道」）、宣教（「作使徒」）和教導（「教師」）這3個詞彙連在一起為描述一點：

保羅並沒有在他自己的事工裏刻意分開這些恩賜。這些恩賜和權柄是同時運用的。以爭議模式來解讀保羅在這裏的討論，就能夠說明保羅在堅持他的蒙召（即作「傳道」）、他的信息（即「信仰和真理」）和他的管家身分（即「作外邦人的教師」）是誠實可信的。這個誠信藉由二章 7 節的「信仰」（*pistei*）和「真理」（*alētheia*）來說明。

信仰反省：現代教會崇拜聚會中的公禱

整體而言，保羅期望提摩太對公共禱告有以下 6 樣的特色：

- 要恆常祈禱。這可以從保羅以現在時態去形容祈禱而得見。忽略祈禱會危害我們與上帝的關係，就如一對沒有溝通的夫婦會危害他們的婚姻一樣。
- 祈禱的內容應包括社會裏所有階層的人。這足以證明保羅關心這個世界。
- 祈禱不一定是個私人活動，它可以是公共的活動，這可從複數「人人」的祈禱可以得見。
- 祈禱要謙卑，因為祈禱的教會是在為了它的需要而去請求上帝。因此，祈禱不是告訴上帝有關我們需要的東西，而是知道上帝有我們所需要的一切。
- 祈禱需要以真理為基礎，這可以從保羅與那些煽動者的爭論可見之。祈禱不只是一個表達，也是以原本由我們想像出來的上帝為基礎，而漸漸以正確態度認識上帝的屬性。
- 祈禱是聖潔的，這從保羅形容「舉起聖潔的手」（一 8）顯示出來。男人可以利用他們的手去做每天的工作，同時也藉著說明需要聖潔的手，保羅就是在說要有聖潔的行為。

反省現時教會在崇拜中公禱扮演的角色。很多時候崇拜主席在領禱時都沒有細心思考禱告的內容，只認為是整個崇拜中其中一個程序，卻沒有特別重視如何作公禱。他們禱告的內容大多數先以認罪、敬拜作開始，然後便有代禱，而代禱的對象主要都是個別有疾病的會友，或是為他們的工作及學業代禱，接著便會為教會事工禱告；他們沒想過為社會、為國家禱告都是重要的。保羅禱告的領域是很廣闊，他所顧慮的是上帝救贖的計劃如何成就在「人人」身上。當為不信的當權者禱告之時，並不表示要教會參與某種政治活動或為某種政治立場表態，反而是當為掌權者禱告的同時，也鼓勵會友關心自己身所處的社會，並透過禱告學習如何過敬虔的生活。

8.1.5 附篇：贖罪是源自「古老」傳統的修辭用法？

在很多不同的解經圈子裏，一直都十分小心處理贖罪這事。馬歇爾評閱那些新約研究有關這議題的不同進路，其中包括以下的方案：贖罪是要實現但以理書「我觀看，這角與眾聖者爭戰，勝了他們」（七21）的預言；贖罪是義人受苦的一種倫理上的範例；贖罪就像忠心的猶太人為國家殉道（例如馬加比家族）；贖罪就像希臘不少英雄會為自己的城市而捨命。

馬歇爾又認為其中最能代表贖罪意象的，包括從廣義看是一個救贖，從狹義看是一個代贖祭；它也是稱義的工具；它也指一種復和。較為近期的看法，例如韋法（J. Danny Weaver）認為也有來自重洗派傳統的。他們反對比他們更傳統的暴力圖象。大部分存這想法的人，都會譴責任何人將上帝描繪成一個暴力的神，因為耶穌似乎是不暴力的。他們立場似乎較反映一個現代的政治議題，而不是古代複雜的社會情況。

在教會傳統裏，贖罪幾乎是討論救恩論的溫牀。為這個課題著書的也不少，且已有一本又一本的系列著作出版，但這附篇不是要探討這個課題。筆者只想討論保羅在類似提摩太前書二章5至6節的精簡說明背後是帶著甚麼意義，而那似乎是某個宣言式的聲明，保羅也加上他自己的額外應用（7～8節）。在提多書二章14節已使用這個詞彙（參4.2.3.3「上帝在將來顯明祂的救恩〔二13～14〕」），但卻把焦點完全放在贖罪的結果——歸信後的倫理。基督徒是活在十字架的影子下。根據上文曾經討論過的，「基督是得勝者」和代贖論是眾多所討論可能性裏其中兩個贖罪方式。前者的模式是處理嚴重罪惡的問題，而後者則處理嚴重犯罪的問題。打從開始，雖然上帝的得勝就在「救主」與「君王」的主旨中清楚展示出來（一1、17），但「基督是得勝者」的概念在這段經文卻不是這樣明顯。那麼，這符合「基督是得勝者」的模式嗎？這問題困擾著提摩太前書的讀者。在這附篇的結束便會解答這個神學問題。

然而，代贖的概念需要多加留意，因為保羅曾經至少一次作過這樣頗為強烈的宣稱（羅三24～26）。在羅馬書一至三章的處境裏，保羅論到犯罪的嚴重性時，一致性地指出代贖是必須的。保羅在此使用了一個罕見的詞彙，而他也沒有提供任何解釋來幫助我們明白它。有些受人歡迎的解經家甚至會說，基督為了我們的罪行付上代價，藉此平息父上帝的憤怒。這樣詮釋相當於看上帝創先把虐兒合法化。羅馬書三章從沒有說明關於贖價與上帝對犯罪感到憤怒這兩者的關係。不過，羅馬書一章 18 節和五章 9 節清楚提到上帝的憤怒這概念，但依然沒有清楚說明它與贖價的關係。因此，這兩者可能真的有關係，亦可能沒有。既是如此，最理想是不去胡亂推敲。明顯地，贖罪的用語背後概念來自猶太人的贖罪日。贖罪日是透過獻祭除去以色列人的罪行，這樣做為要回復以色列人與耶和華那健康的立約關係。就著這樣的神學來說，我們需要提問：是哪個傳統導致保羅有這樣的聲明呢？為了建構可行的意義，我們要探討這個詞彙如何在不同表達中使用，也從以弗所書探討以弗所教會如何看「贖價」。

一、從詞彙了解「贖價」的意思

與「贖價」(*antilutron*)意思相同的另一個名詞 *lutron* 可以為我們提供一些可能的解釋，說明這個詞彙對保羅的意義。現代解經家必須細看這個在新約聖經罕見的詞彙，如何在聖經內外較廣泛的使用，這樣，我們才能明白它的意思。這個詞彙是一個崇拜活動的用詞，就像是舊約時代般使用的一種言語(參來九 12～28)，它在羅馬書三章 24 節的複合詞用法已在上文討論過。當這詞以動詞或名詞模式出現於**非宗教著作**，則是指奴隸或囚犯的贖價。這同一個詞彙也可以是一個隱喻，用來指沒有清楚說明交易過程而得的釋放(路一 68，二 38)。這個象徵性用法有時候代表著一個羣體得釋放，而沒有說明是「從哪裏」或「為了甚麼原因」而得釋放。試參考路加福音一章 68 節所引述詩篇一百一十篇 9 節的句子，所記載的可能是以色列人被救贖離開埃及，又或是被擄者被救贖離開巴比倫。在這情況下，有些個別的人會選擇不返回巴勒斯坦，但就整體來說，耶和華已為祂所有的子民預備了自由。在這情況下，很難想像這個集體意象，是涉及耶和華付贖價給法老或波斯王，去贖回上帝為奴的子民。因此，主人與主人之間為了奴隸的個別交易這情況，似乎不能完全應用在

參：約瑟夫的作品(Antiquities of The Jews 14.371)、西西里人狄奧多羅斯(Diodorus Siculus)的作品(Bibliotheca historica 5.17.3)、普魯他克(Plutarch)的作品(Moralia 2.295c)等。

集體的情況裏。根據這裏簡略的討論，這個詞彙明顯強調的，是有兩樣不同的事情：贖價或釋放，而不是以物換物。

二、使用詞彙的修辭背景

看過上述概念後，我們可以進一步討論這段經文的處境，再嘗試找出有哪些可能的概念在影響著和建構保羅的想法。一章13節最能將保羅文本背後的傳統連起來。這節經文延伸了救贖罪人的概念。就如上文提過，這傳統可能來自**福音書卷**。這些經文都出現類似保羅在他書卷中使用的詞彙，例如捨己、贖罪等等。就如斯托得重複指出，這些傳統無疑是來自以賽亞書五十三章。唐納補充指出，保羅在他的其他書信也以不同方式來使用馬可福音十章45節（參加一4，二20；弗五2；多二14）。至於約翰福音「上帝的羔羊」這傳統肯定源自耶穌的教導，因此，「**以命換命**」的概念十分清晰。保羅在提摩太前書這番話絕對有可能源自福音書形成這些經文的傳統。保羅很清楚一點：耶穌是交易的中保（二5）。耶穌這方面的言論依然頗為隱祕，他沒有很長的敍事去説明那個贖價交易是指甚麼。那麼，保羅所指的交易到底是甚麼？大部分解經家都只能猜測而已，卻沒有具體答案。

參考經文：太二十28；可二17，十45；路十九10。

很多現代解經家反對「代贖」一詞是如約翰所指「以命換命」，因為這行為太野蠻。但是這詞彙是難以避免附帶這樣意思，正如上文所提要挽回上帝對罪的憤怒一樣。

但是，「贖價」的隱喻其實是可以透過被擄來理解，因為被擄的故事和保羅在這節經文所提到的，都是要救贖一整個羣體，與個人救恩沒有任何關係（即是將救恩視為個人的東西這常見概念）。這幅集體的圖畫在華人圈子並不常見，但卻能夠包括代贖和挽回上帝對罪的憤怒（指在某些提到有關這兩個議題的背後處境及文本）的概念。最重要和最大的救恩故事除了是耶穌來到世人這事，就是那叫以色列人脱離埃及人的奴役這故事。毫無疑問，保羅透過希伯來文聖經的引文和暗喻（參羅二24〔引賽五十二5〕，九15～17〔引出九16，三十三19〕、27～28〔引賽十22〕，十6～8〔引申三十11～14〕、15〔引賽五十二7〕、16〔引賽五十三1〕、20～21〔引賽五十五1〕；林前一19〔引賽二十九 14〕，十 7〔引出三十二 6〕，十四 21〔引賽二十八 11〕；加四 27〔引賽五十四 1〕；弗六 2～3〔引出二十 12〕等），教導歸信者明白有關脫離埃及及得自由和從被擄得釋放的事件。假如保羅早已以不同和如此彈性的方式來使用這個傳統，我們可以作結論說，以弗所教會肯定已聽過這些傳統。對於猶太人而言，雖然出埃及比被擄歸回更重要，然而，在保羅時期信徒們記憶起的這兩個故事裏，以色列人的身分畢竟都是奴隸身分。因此，被擄者的回歸就像奴隸的贖回，使他們重得自由。在此，雖然我們可以小心地說保羅從來不相信任何一種以交易方式進行的代贖，但保羅借用了被擄這主題來象徵不需要如此代贖的救恩。這是因為他的焦點是在那罪的捆綁得釋放，尤其是亞當的罪。❼

保羅說「作人人的贖價」，這與整個羣體都能得到這救贖有關，而在這裏明顯是指人類，而不是個別的人或某一個種族（只有某一個種族才有這救贖似乎是煽動者所主張的；參一 3～4）。耶穌被稱為「人」（二 5），表明耶穌是以人類的身分而不是猶太人的身分來作中保。這裏要表達的概念是集體性和普世性，而不是個體或某個種族羣體的。因此，並不需要把討論的焦點放在是否每個和所有人都會得救，又或上帝向誰或為了某些原因而付上贖價。根據這兩個解釋，保羅的意思似乎較接近釋放，而不是以物換物這概念。

傳統上，「基督是得勝者」和耶穌在贖罪中所扮演中保的角色這兩方面使用的詞彙，一直都是分開且彼此排斥。然而，最近的系統神學討論似乎傾向把兩者結合起來作討論。值得留意的是，這樣的構思對解讀提摩太前書有很大幫助，因為在這卷書裏，這兩個主題似乎是並存的。史賓斯（Alan Spence）嘗試建構一個統一的贖罪理論，並試圖把這兩個模式結合起來。他融入了根頓（Colin E. Gunton）的研究，駁斥賴特（Nicolas T. Wright）稱義的討論，並嘗試說明那個戰場（即「基督是得勝者」）、法庭（即「滿足上帝的公義」）與祭壇（即「贖罪／代贖」）是怎樣一起運作的。在提摩太前書，上帝是管治者與救主，同時是「一家之父」（一 1～2）。透過耶穌基督的工作，祂展示出祂的得勝和王權的建立。這樣的勝利，同時可以透過釋放人類脫離所有使他們與上帝隔絕的救贖／贖價，展示出來（二 6）。在此先指出，這裏並沒有提及贖罪的倫理模式。無論上帝的憤怒與保羅的救贖觀有沒有關係，都不是這段經文要處理的事。這文本留給我們的意象，只有「基督是得勝者」、奴隸的市場與中保（並不一定包括祭壇）。身為中保，耶穌呼召全人類去相信他和他的父上帝。這個復和的呼召，繼而展示出上帝的勝利，也透過耶穌基督的死亡與復活表達出來。而且，就如馬歇爾指出，中保也可以連於雙方，把雙方合而為一。因此，十字架所帶來的釋放是普世性的，以致保羅可以宣布這是「作人人的贖價」。上帝賜予的好處不再局限於給以色列人，而是給全人類不同的種族。

三、以弗所書論贖價

當然，提摩太當與保羅同工之時，已得知上述的敍事，但是以弗所教會又對這個重要的神學立場所知有多少呢？那麼，最理想是打開以弗所書看看。沈尼（Jerry L. Sumney）在他論文裏曾記述有關他透過瀏覽保羅很多贖罪的言論，以證明贖罪傳統似乎廣泛地傳遍不同地方的基督徒羣體。在以弗所書，討論的焦點並不在上帝和人類之間的復和，而是人與人之間的復和（弗二 14）。基督的「血」是一種工具，使外邦人和猶太人歸於同一旗幟下（弗二 13）。人類復和是因著基督的「救贖」（*tēn apolutrōsin*），這也與赦罪有關，而赦罪其實是來自父上帝（弗一 7）。保羅也進一步論到得贖之後人就成為上帝的產業（弗一 14）。然而，這個救贖還有一個將來的層面，是今生仍未成就的，就是成全救贖日子的來臨（弗四 30）。以弗所書二章 12 節和提摩太前書一章 1 節，都是處理一個廣泛的概念，而這概念是關於上帝國度的。這國度與世界公民相對。換言之，以弗所書借用了奴隸市場和法庭的意象，提供了一幅較大有關贖罪的圖畫。提摩太前書二章則收窄了範圍和時間。以弗所教會肯定知道救贖（即贖價）較闊和較窄的層面，卻從來不會忽略十字架反映政治上的層面(即是「基督是得勝者」)。

看過上述的可能性，我們就重新回到保羅的心意。根據我們對煽動者的有限認識，保羅心意並不是提供一些資料性的描述，因為這都是他們已知的，而是為了攻擊煽動者。他以以弗所教會早已知道的東西為基礎，並使用這普世性的理想，叫人質疑那些煽動者，因為那些煽動者把焦點放在一個獨特和狹窄的猶太基督教信仰之上。因此，艾格臣（James W. Aageson）把提摩太前書和加拉太書作比較。孟恩斯甚至作了這樣總結：「因此，不去為所有人祈禱就是輕看基督之死。」這段經文重複了「所有」(*pantōn*;4、6節,即「人人」)一詞,足以確定保羅的目的。因此,即使保羅有提及代贖或普世救恩,這並不是保羅主要意圖;相反,他目的是要藉著提及他首次在以弗所宣教時所應用出來耶穌最初的教導這古老傳統,來叫人不去信任煽動者,這是保羅修辭表達的一種。事件的意義與修辭目的密不可分,惟有考慮到作者要「如何」之時,信息裏的「甚麼」才有意思。

8.2 男人和女人在崇拜中的角色(二8～15)

關於教會內部政策這議題,保羅談論完公共崇拜中的公開禱告之後,便是另一個議題。這議題確實考驗那些只一貫性地詮釋提摩太前書的人,因為它涉及一個惹人爭議(卻不必要)的主題——女性在教會裏的角色。1至7節和8至15有甚麼共通之處?將8節主要的分析連於這個主題,並不是因為它不配合之前有關祈禱的主題,事實上它的確與上文有關聯。但是,筆者較傾向將這節經文放在這部分,以它的結構作分析,因為保羅確實刻意以主要的動詞「我希望」(*boulomai*)這句法把8節與接著的經文連起來。這個表達願望的動詞主導著保羅在這一章餘下部分所提出的建議。這部分與上一段經文的共通之處是它們都在討論公共崇拜。保羅期望提摩太要整頓好以弗所公共崇拜裏一些有問題的地方。這些問題全部與話語有關,先是祈禱的內容,接著是婦女在公共崇拜中說話時使用的詞彙。

假如公共崇拜是一個被一張面紗遮蓋著的處境,那麼,8至15節就像將面紗揭開,更清楚說明公共崇拜。1至7節針對的是整個會眾,而8至15節則以男女性別作討論。第8節之所以與上文有密切關係,是因為這節的 *oun*(「因此」)這連接詞(「和修版」沒有將它譯出來)將它凸顯出來,而9節則以「也」(*ōsautōs*)這副詞將8節連起來。那麼,「也」是甚麼意思呢?保羅給男人的話和給女人的話,有哪些相似的地方?這議題極有可能與3至7節中的贖罪有關,而這似乎是所有公共祈禱的基礎。這「也」是指保羅期望女性參與公共祈禱時,也遵守某些規矩。公共祈禱可能是指向一個更廣闊的意義,那就是公共崇拜,因為在巴勒斯坦和猶太散居地建立的會堂往往都是一個祈禱的地方。

換言之，1 至 7 節是為所有在以弗所教會的崇拜——特別是公共祈禱——提供了一個概略指引，而 8 至 15 節，是保羅在概略指引以外加上一些特別的教導。整個二章的思想邏輯可以如下分析：

- 1～2 節：公共祈禱背後的意義
- 3～7 節：公共祈禱背後的贖罪意義和宣教基礎
- 8 節：「【因此】我希望……」——是寫給男人
- 9 節及後：「我也希望……」——是寫給女人

分段大綱（二 8～15）

1. 願男人祈禱（二 8）
2. 願女人端正（二 9～15）
   甲、論女人的服飾（二 9～10）
   乙、論女人的行為態度（二 11～15）
   丙、從 9 至 15 節看女性角色對現代的詮釋和影響

8.2.1 願男人祈禱（二 8）

這裏的主題與保羅在這封書信其他地方所說的一致。從內容看，第 8 節可說是這段落的結束句，他呼籲男人不「發怒」（*orgēs*）和不「爭論」（*dialogismou*），要合一地地祈禱。「禱告」（*proseuchesthai*）這動詞是以現在時態不定詞表達，表示這行為是持續在進行。提摩太要藉著跟隨保羅的道路去作傳道，以及持守純全的使徒傳統去打美好的仗，又對抗那假的合一（即是在假教義裏的合一），並阻止教會分裂（即是脫離正統教義）。

第 9 節是以「同樣地」（ōsautōs；「和修版」譯作「也」）這副詞作開始。從希臘文語法去看，第 8 節是連於接著的內容。

從內容看，第 8 節提及另一種的祈禱，這與之前經文的主題配合。這節經文可以說屬於這部分，不過，從**希臘文語法**看，這節也可以說屬於下一部分。馬歇爾傾向把這節視為 9 至 15 節的開首語，因為下一個段落似乎是個有討論空間的議題。至少，筆者只能說 8 節是個很好的轉接

點，可以連接到下一個段落。保羅刻意地、有技巧地撰寫這個段落。現代基督徒會因為女性的議題而引起激烈爭論，但這並不表示在保羅的時代也是如此。無論我們把 8 節連於下文，又或是視之為上文主題的總結，全視乎我們會否把接著的段落理解為煽動者提出來的爭論作討論，但這樣的看法沒有明確的答案。

假如我們不去理會緊密的文法結構，而只按著主題來讀這段經文，便可以把 8 節理解為前一個段落的一部分，因為保羅可能仍在回應一章 4 節下提到煽動者所作的行為，指出他們只會產生辯論。8 節的「所有」(*panti*；「和修版」沒有翻譯這個詞彙)配合二章 1 至 7 節重複出現的「所有」(*pantōn*)。換言之，要合一敬拜，信仰羣體的言行舉止不可以像那些產生辯論的人一樣。從另一角度看，保羅本身也惹人爭議，甚或基督也是如此；但重要的是，保羅在這裏是說煽動者——根據保羅的評估——是導致不必要爭論的源頭，也是損害健全教會生活的罪魁禍首。有趣的是，保羅要求教會內的男人不要像這些人一樣。換言之，保羅期望人能辨別哪些是必須辯護，哪些是不必要的。人應該能夠辨別哪些是優先或次要的真理，以及所涉及的是甚麼問題。他或許期望「男人」能夠判斷哪些爭論是值得討論的。因此，辨別真理是教會的責任，而不只是保羅或提摩太的責任。那麼，保羅為甚麼在這裏只提到男人呢？可能性有很多。其中最有可能的是，在一個父權社會裏，男人是惟一可以接受教育和有資源去作這樣決定的人，這與今天的情況完全不相同。「舉起……手……禱告」這動作就好像在公共場合的祈禱，即公禱。然而，我們必須留意斯托得那十分實際的建議：這裏提及的祈禱姿勢與那時的文化有密切關係，我們不需要去僵硬地依從或去避免它。提摩太要打那信仰上美好的仗最終是要教會負上一些責任。故此，這場仗並不是由提摩太獨自一人去打的。

8.2.2 願女人端正(二 9～15)

這段落的開首出現「也」這副詞。最簡單解釋這副詞的意義，就是保羅先告訴男人要在崇拜中(即是公共祈禱)需要做某些事情的同時，保羅也認真地告訴女人需要留意的事。論到女人，保羅談論她們的兩方面事情，包括服飾和行為態度。唐納認為保羅這樣的評論，是提升女性在世俗的羅馬社會中的角色，保羅這樣的評論會被視為顛覆社會。但是，從下文可以看見，性別可能不是保羅所談論最終的問題。唐納主張這些議題是與公共祈禱有關，且是為針對會眾的見證在公眾面前之認受性。保羅想一致地在以弗教會所應用這兩方面的事情。

8.2.2.1 論女人的服飾（二 9～10）

論到衣著，保羅既提到服飾，也提到髮型。由於保羅用的詞彙似乎反映了他正在評論他當代那些不正當女人的打扮，可見衣著的指引完全與當時的文化有關。溫頓（Bruce W. Winter）指出 1 世紀羅馬社會認為女性的外表衣著，可以反映她們在社會的角色。如果一個女人在公開場所——例如在羅馬劇院——沒有束起頭髮，這往往代表著**她在性這方面很隨便**，而當已婚的女人束起頭髮，或許是表示極度哀傷，仍未能再婚。保羅有關衣著和飾物的用語，與某些道德主義者和社會詮釋者在討論這些議題之時

不少希臘著名作家有描述關於羅馬時代女性對性這方面的事，參：詩人俄維丟（Ovid）的著作（Metamorphoses 4.794 ～ 803）、悲劇作家歐里庇德斯（Euripides）的著作（Hippolytus 198～202）、散文作家阿普留（Apuleius）的著作（Metropolitan 2.17）等。

羅馬人普遍穿的「寬身長袍」。圖中女性所遮蓋的部位比男性的多

所採用的詞彙相似。在保羅的時期，女人是不可穿著某些衣服，因為這些服飾很容易引發起她們挑逗男人的天性。何爾馬斯（J. M. Holmes）指出，羅馬人認為女性穿著薄薄的「寬身長袍」（toga）是不端莊的，❽ 因為這明顯會露出女性的身材。假如我們看看女性在當時的地位，就會發現何爾馬斯的觀察是正確的，因為端莊的女人穿的衣服比男人有更多「被遮蓋」的部位。麥真（Thomas A. J. McGinn）指出妓女會像男人一樣穿上「寬身長袍」，並且不加上內袍以遮掩身體，因為這與她們的工作有關。

保羅在此並沒有提出明確的指引（衣服的長度等），只提到與衣服相配的飾物，以及衣服的價格。為甚麼保羅主要以髮型和飾物，而不是衣著打扮為焦點呢？有部分原因是與當時社會習俗有關，凡受敬重的女人永遠不違反這習俗。即使保羅沒有詳細說明，她們也都知道。若要更全面地（或從文本）回答這個問題，服飾的主題與 10 節的「善行」作對比。保羅所關注的是倫理教導和宣教，而不是外表衣著及潮流。「善」（*agathōn*；一 5、19）一詞在提摩太前書多次使用。它是另一個字「好」（*kalos*）的同義字，而這個詞本身可以解作做一些取悅上帝的事（參二 3）。當兩個詞同為同義詞來使用時，它們帶有的特性包括幫助有需要的人、服事他人、遵行職責等行為（參五 10）。換言之，保羅提出的主題並不是為了主張另一種新的律法主義，而是為了強調好的行為，而不是著重於外表上。現代讀者實在難以解釋為甚麼保羅這樣教導，我們只能推測當時的女人可能無法選擇她的衣著服飾，又或選擇她的社會階層，因為衣著已代表了她的身分。在這男權的社會中，她的身分是由男人決定的。即使如此，每個女人都可以為了敬拜上帝而行善。至於保羅在衣服的價錢上只提出一些概括性的指引，卻在髮型和飾物上提出較嚴謹的指引，則有另一個答案。只要看看和比較在 1 世紀女性在社會的地位時，就能找到答案。

女人曲髮與當時的文化背景

1 世紀後半葉的著作如：普魯他克的 Moralia 141E、辛尼加（Seneca）的 On Benefits 7.9、伊比德圖（Epictettus）的 Enchiridion 40 等等，都有評論羅馬人的服裝與髮式。

在 1 世紀後半葉，很多女性雕塑都是曲髮的。這時期突然出現很多曲髮的女性雕塑，可能是因為那時代興起一些新的女性美容的潮流——可能類似現代的捲髮器——以致在髮型上出現了一股新潮流。❾ 唐納注意到**1 世紀後半葉某些作家**很活躍地批評女性的衣著。他認為這是不足為奇，因為這些作家也屬於那個時代。溫頓也注意到當時的社會標準因為已被破壞，而導致女性受到很多的批評。❿ 當時的社會確實是這樣，但保羅會否為了福音事工的緣故，嘗試跟著當時批評社會的風氣而如此寫書信呢？這實在難以確定。唐納也宣稱保羅知道社會的標準，但筆者認為唐納的研究不夠深入，只是概括地描繪保羅。筆者相信保羅或許知道，又或許不知道確實的標準，這就留給解經家各自持他主觀的看法來作詮釋。但是，在那個世紀那段時期戲劇性的轉變，卻導致保羅關注教會的文化。何爾馬斯認為男也好女也好，都應該留意祈禱這場景，誇張的髮型和挑逗的服飾都會使祈禱的人分心。在那時候的社會，大部分女性都不能花上大半天時間去為頭髮裝扮，因為她們從早到晚都有很多工作要做。如果這些女性展露她們的頭髮而沒有蒙頭（參林前十一章），可能也表示她們沒有被婚姻約束。她們可能是單身的年輕女子，更有可能是年輕的寡婦。在保羅時代，已婚女子一般會以頭紗蒙著頭，表示她們是忠於婚約。但學者對這一點有很大爭議。對保羅來説，在公眾崇拜之時，女子可能都要蒙上頭紗。無論上述有關單身女性的討論是否正確，上層社會的女人因為不用為生計去工作，每天的生活可能都只為吩咐她的奴僕和雇工為她們奔波勞碌，此外就沒有其他事情可做。她們極可能吩咐她們的女僕為她們花上大半天時間去整理頭髮。因此，她們的髮型可以維持一整天而不會凌亂不堪。撇開衣著的討論，假如社會階層相對於善行是保羅當時要討論的議題，那麼，保羅的討論就十分合理了。在 1 世紀，男性和女性的衣著都很類似，只有髮型不同。由於女性的髮型是留著長髮，所有頭飾都可能表明她是屬於哪個社會階層。因此，女性可以利用教會這地方來炫耀她們崇高的地位，而這是有違保羅的想法。在二章 1 至 7，保羅主張一個屬於「人人」的福音；然而，當女性有這些炫耀的習俗，便與「人人」可聽福音這概念背道而馳。若是由這些少數富有的女人主導著以弗所教會文化，那麼，在公眾祈禱裏的「人人」，就只能停留在一個幻象裏，無法實現了。

在羅馬時代，既然衣著與髮型表徵著一個女人的身分，而以弗所教會也在這情境中，我們也要從社會情況來理解這段經文。假如涉及任何道德上或社會上的問題出現了，整個彌賽亞羣體就會受到威脅。保羅的概念不單純是理論，而是十分實際的。麥真一個對有關古代妓女那截然不同的研究，或許能啟發我們思想這問題。在這個研究中，他以妓女的社會地位來作討論。他認為妓女不是性工作者，而是女奴隸，而當時的妓院可能是由男人開辦的。試想像這個新彌賽亞羣體中若是由男性領導（參三章有關長老的議題），而在這些男人之下則有一羣打扮惹人非議的女人在教會來來往往。從這角度看上去，教會便失去應有的見證。因此，女人要有端莊的衣著，是為要在教會內未信的人面前作見證，這是十分重要的。

由上文分析可見，主導著一切的原則並不在於女性要穿怎麼樣的衣服及梳怎樣的髮型。保羅的重點是「善行」，而不是外表。他也選擇了以個人的端莊，而不是以社會的地位來反映女性身分的高貴。保羅不是反對人擁有崇高的社會地位，有些資助他宣教的信徒，可能都是來自上層社會的。但是，保羅並不希望教會變成階級化，又或更惡劣的是忘記其主要的職責——祈禱。因此，保羅以珠寶和衣服的價格等為焦點，因為這些東西象徵著不同的社會階層，以致使參與祈禱的人，不是有平等的地位。而且，華麗的服飾會叫人從祈禱分心（男女也一樣）。提摩太要打美好的仗（一18），就是要在以弗所教會裏創建人人平等的形象，並嘗試勸勉他們以祈禱為焦點。打美好的仗依然是主導著這個段落的主題。保羅是要叫人得到自由及受到平等的對待，故此他不會為信徒另立一系列的法規要人去守；相反，他寧可讓女性自行定義甚麼是昂貴的衣物，就如他在前一段鼓勵男性自行判斷教義一樣。

8.2.2.2 論女人的行為態度（二11～15）

11至15節是最難詮釋的段落，這不只因為它的信息難以理解，也因為其內容對現代女性來說是十分敏感的。堅拿（Craig S. Keener）稱這為「整本聖經裏惟一明確地禁止女性作教導工作的經文，以及兩段似乎訴諸創造的次序，而把女性定於次要位置的經文之一。」保羅似乎在這裏開始一個新的主題，因為上一段落當論到女人，都是以複數（*gunaikas*；9節）表達，但接著的卻以單數（*gunē*；11節）表達。基於它在亞洲和西方的現代華人教會裏出現爭議性，此書會花多一點篇幅去討論這個議題。有部分討論會較為神學性和學術性，但讀者必須認真看待以下的討論，以致當這個問題在他們教會出現時，他們有足夠的資料來作判斷。筆者希望藉著這個詳細的討論，可以恰當地為這段經文的應用定下界線。整段經文可分兩大段落作討論：保羅先在11至12節列出他的吩咐，然後在13至15節說明他背後的原因。要理解整段經文，我們必須先理解保羅言論的意思，才能明白它怎樣配合他的時代，甚至是我們時代的需要。所以，在分析的過程有以下4個步驟：

- 藉著比較保羅在不同的歷史處境裏對女性在公眾場合中的看法，來討論一些詞彙基本的意義，這些詞義會即時影響文本的整個意義。
- 討論這段經文的文法，以致我們有足夠資料理解保羅為他當代的讀者所定之界線。
- 討論13至15節宣言的功用。
- 總結這些字義、文法、保羅當代文化與現代的關注所衍生的詮釋問題。

一、詞彙基本的意義

第一，除了10節「善行」之外，保羅是期望女人「安靜」（*ēsuchia*；11節）學道。「安靜」這詞在12節重複出現。這個詞彙究竟是甚麼意思？它在新約聖經裏較為罕見（另參徒二十二2；帖後三12；彼前三4），但在舊約聖經及次經出現次數比新約的多（共12次）。保羅這樣說，是否指女人要完全沉默不語？試從二章2節「寧靜」這形容詞作參考，就能清楚說明這個詞彙意思。保羅在那節經文所指的是人要為平安「無事」地度日而祈禱。很明顯，保羅並不是指完全的安靜，而是指沒有衝突的生活。因為這個詞彙的緣故，讀經的人很自然就會把這段經文連於哥林多前書十一章5至6節「女人蒙頭」，以及和十四章34至36節「女人講道」的問題。唐納把一些哥林多教會背景讀進這段經文裏，並細緻地論述提摩太前書二章8節關於丈夫的主題，並把9節讀為是關於妻子的主題。但是，這裏很多方面的內容都與哥林多前書的不同。哥林多前書十一章5至6節清楚地是指向女先知在公眾場合發言時的狀況（即蒙頭的問題）。保羅是否嘗試要保持經文意思的一致，所以對以弗所作相同的教導，抑或有其他的含意？哥林多前書十四章34至35節就更加清楚指出，保羅叫哥林多的婦女「閉口不言」（*sigatōsan*），並回家去問她們的丈夫。保羅在哥林多前書十四章34節的用詞與提摩太前書二章11至12節的不同，因為哥林多教會有一些已婚的婦女沒有按次序說話，破壞崇拜的秩序。她們看似有分參與教會的分裂，因此保羅吩咐她們保持安靜。不過，保羅不是指在哥林多教會所有的婦女都要閉口，他也明顯描述一些合資格的女先知，而保羅也接受她們的言論（林前十一章）。總括來說，保羅容許女性在公眾的崇拜裏發言，但卻不許一些婦女因無知和直率而破壞崇拜的秩序。

第二，澄清了這個詞重要的意義後，就要討論那主要動詞「學習」（*manthanetō*；11節）。這動詞是以第三人稱單數現在時態命令語氣表達，意思是女人「應該」要以這樣的態度「學習」。那麼，是誰在教導她們呢？最有可能是教會裏的長老（三2）。保羅從9至10節以複數描述「女人」轉為11節以單數描述「女人」，這表示他已經處理好女性整體的問題，而在這裏他要處理的是個別的問題。當然，我們不可以就著單數的「女人」來大造文章，因為保羅也在三章1節及後的那段經文，以單數來形容長老。假如主要的動詞是「應該學習」，那麼，這段經文的焦點就不是在於她的「安靜」，而是她學習的態度。她必須透過安靜和順服這態度來作信徒。這動詞的現在時態表示保羅所教導這個生活方式是適用於教會所有婦女，有可能是指在崇拜的處境裏，但不一定局限在崇拜的處境中。

第三，對於「順服」（*upotagē*）一詞，我們必須問：她們要順服誰呢？第五章清楚表示教會裏有已婚的和單身的女人。我們很快就會說妻子要順服丈夫（或女人要順服會眾中所有的男人），但是就他們眼前處境來看，這是不合理的。接著的經文清楚表明長老要運用權柄（參三5）來管理教會，因此，較合理的是「順服」教會的領袖。保羅並不是要求女性完全閉口不語，而是要她們成為好的聆聽者，以謙卑的態度順服教會的領袖。而身為聆聽者，她們也要從好的教師那裏學習，這些好的教師應該是教會的長老。

12 節是一句獨立的句子，強烈表明保羅不許女人「教導」(*didaskein*；「和合本」錯誤地譯作「講道」)和「轄管男人」，只要「安靜」。譯文不單建基於文法，也建基於解經家是從哪一個角度詮釋文本。事實上，「轄管」(*authentein*)這詞並沒有在新約聖經其他地方出現，因此在翻譯上產生很大的困難。有解經家認為這是指婚姻關係。何爾馬斯的論文依然是最全面地處理這個主題的研究，而他也明確地否定這節經文是與婚姻有關。假如像一般解經家大多的解法，認為這是講及家庭關係，那麼，單身女性又如何代入這經文的意義？奧碩克(Carolyn Osiek)與蒲雅(Jennifer Pouya)主張這裏綜合了衣著和運用權柄的討論。有某些婦女主張衣著可以讓一些上層社會的女性看起來比她們的男性同伴更有地位，而崇拜就成為展示出男人欠缺男子氣慨的地方。在這樣的情況下，當外來者參加公眾崇拜，教會就會給予人錯誤的印象，以為是破壞羅馬社會的秩序——即是男性無法管治女性，這樣教會便蒙羞辱。有些學者持唐納的立場，認為溫頓發表的文章所導出嶄新的「新女性」文化趨勢，甚或可能一些異端，都是支持以女性作主導角色的。他們甚至將「轄管男人」譯作「支配男性」。這種新的女性意識形態，都受到所有持相反看法的男性所抨擊。我們無法肯定這樣的趨勢是否只是引入了其他議題的討論，又或能夠正確地反映以弗所的情況。一些解經家把「轄管男人」(*authentein andros*)譯作「轄管丈夫」。我們不能看為錯的，因為初代教會的確是一所家庭模式的教會，只是，「轄管男人」可能是較適切的翻譯。雖然這短語的翻譯可以驅使我們把這節經文的討論，放諸丈夫和妻子的關係上，但這並不是好的選擇，因為這裏的處境仍與公眾崇拜有關，卻沒有轉移至討論家庭關係。

二、經文的文法

12 節「**我不許**女人教導，也不許她管轄男人，只要安靜」，保羅勸勉女人要做 3 件事是表達得十分清楚，但須留意句子上文法的表達。保羅是這樣建構他的句子：「我不願女人教導(*didaskein*)和轄管(*authentein*)男人；她必須處於安靜(*einai ein ēsuchia*；當中的「必須」是不定詞)。」保羅是以現在時態

「我不許」(ouk epitrepō)這動詞是直說式語氣，「教導和轄管」是這動詞的間接受格。

不定詞語氣來表達這3件事，他並沒有把教導和轄管當作名詞來處理（即作教師、擁有比男人更大的權力）。這樣的表達是要強調行動的類別，它所帶著的意思是：習慣性地、有權柄地教導。希臘文的現在時態與英文表示「這一刻」的現在時態不同，它是指一個觀點（指這個時態是在形容一件怎麼樣的事件）。它有一個「慣性」的概括意思，不論是指沒有停止、持續的行動，又或恆常的習慣。因此，現在時態並不是代表時間，而是代表著行動的類別（即是慣性的行動）。因此，當以現在時態表達之時，保羅可能指一些教導、轄管男人和要沉靜這3種生活習慣，而不只是指3個動作。保羅可能指當有需要之時，女人也可以不安靜，也要好好地教導及轄管男人這些行動（例如作女先知的時候），只是不能概括性地成為習慣。如此看，保羅有一致看事情的方式，至少對女性的看法是如此。哥林多前書與這裏的共通之處是：必須先要學習，這標誌著一個女性如果沒有受過教育，她就很難作教導工作。不過，哥林多教會的情況比以弗所教會更惡劣，因為那些婦女已威脅著所有公眾的崇拜，而在以弗所教會，保羅只是概括地去討論這事。

關於「教導」，還有一些事情要留意的就是，「教導」與文化有密切關係。三章2節也出現「教導」一詞，它是指監督應該是有能力的教師。當這詞重複使用之時，是否表示這兩段經文都在討論以弗所教會內一些相類似的情況？再者，若再讀三章6節，與謙卑和安靜學道相反的事情，正出現在那些初入教但被委任為監督的人身上。他們變得自高自大，繼而落在魔鬼所受的刑罰裏。保羅再提及這些質素，為要提醒讀者防避傳假教義的人，而且也要加倍留意那些初入教但太快冒升的人。這些初入教者和某些女人共通之處（參二11）是，兩者都是在保羅的時代沒有受過太多教育的人。假如我們按著三章的邏輯來理解有關女人的段落，就會發現有很多內容是與資格有關，而他們兩者都不符合資格。筆者這樣說並不是概括地指所有女人。當時或許有很多女貴族都有接受教育，但可以肯定的是，大部分女性平民都沒有機會受同樣教育。以所弗教會究竟有沒有受過教育的女性，依然是一個謎。在提摩太打的美好的仗（參一18）裏，並不包括性別之爭，他反對劣等的質素——無論那是指以弗所沒有受過教育的女性，抑或指不合資格的長老。筆者並不是在寓意釋經，而是在探討過歷史和文本「之後」，按著文本意思所作的詮釋。

從討論有關女人的教導工作和她們的質素（二 11 ～ 15）轉為討論關於監督之時，我們不難發現兩者都出現同樣主題（三 1 ～ 7），所以兩段經文是有關連的，這可見保羅的論點是精心設計過的。不過，愈是探討整個處境，就愈發現即使是 13 至 15 節那創造宣言中宣稱為普世真理的事情，其實表達都不太清晰。須留意賴特有一個很有智慧的看法。他相信聖經內容「取決於文化狀況」，他又認為若要假裝有某些部分可以某程度上視為「主要的」或「普世的」，而其他部分則可以安心置之不理的話，就是無知了。

三、13 至 15 節宣言的功用

現在讓我們轉到 13 至 15 節的宣言，這兩節經文對現代解經家同樣富挑戰性。禾特斯（Kenneth Waters）等人甚至認為這段經文充滿疑難，他們為了逃避問題，而把經文理解為只是一個寓意的表達。事實上，創造和墮落的記載一直都困擾著基督教和猶太教的古代解經家。堅拿指出「墮落」觀念在後保羅的拉比時期（post-Pauline rabbinic period）也有很多解釋，尤其是夏娃的角色，以及隨之而來對女性順服的要求。在當時代，有多少個拉比，就有多少個解釋。有些學者則像張永信一樣，認為這宣言背後暗示著雛型的諾斯底派的思想，因此這羣被吩咐不可教導和轄管男人的女人，是受到諾斯底思想所影響。⓫ 張氏的構思似乎指向一種古代的女性主義。然而，諾斯底思想在保羅的時代是否如此盛行，則無法確定。事實上，即使真的如此，那個思想是否符合一章 3 至 11 節的議題，我們更加無法確定。因此，與其是明確地指出保羅的宣言是基於當時的哲學思想，倒不如說這裏的女人因著她們的教育程度而受到假教義的傷害。

對於懷疑女人易受假教義的影響這一點，可以透過保羅這宣言的表達得到肯定（13 ～ 15 節）。保羅透過 3 方面議題來論證：創造的次序（13 節）、墮落的次序（14 節）和救贖的次序（15 節）。除了 15 節的結束語，這整個聲明可說是十分直接，它總括了創世記二至三章從創造到墮落的記載。當我們把這句話對比小亞細亞出現的異教信仰，就能輕易看見它正正就是與當時那些社會習俗

爭辯。科洛格夫婦（Ricahrd & Catherine Clark Kroeger）就著這個主題寫了一本名為 *I Suffer Not a Woman* 的著作。對於這段落主張女性領導的方面，他們以福音派的角度作了最全面的回應，有關小亞細亞宗教的部分也有十分詳盡的討論（參他們的著作頁 49 至 54）。他們指出以下 3 點：

- 以弗所最偉大的建築古迹是亞底米女神廟。有些異教的神話故事記載了亞底米是首先出生的，之後才嫁給一個男性作配偶。科洛格夫婦質疑以弗所人是否對創造存著一些誤解，以致保羅要發表這個宣言。
- 源於保羅時代之前 100 多年的赫人宗教大母神教（the Great Mother cult），在當時的小亞細亞地帶也很盛行。
- 在保羅時期，膜拜婚姻女神（Demeter）和月神（Kore），以及膜拜農神－司陰府之神（Isis-Osiris）的異教早已滲入小亞細亞。小亞細亞很強調女神的卓越，因此導致異教中出現大量女性的信眾。

即使有這樣的宗教背景，這也不可以說當時的女性會因她們的宗教信仰而得到更多社會權利，但這些背景資料少不免令我們去質疑，這新的彌賽亞信仰會否與這些宗教相似，而這樣的相似會否對彌賽亞信仰帶來威脅。告魯雅（W. Hulitt Gloer）甚至進一步指出，保羅在這裏是要與亞底米女神廟的主要女祭師作對比。這句宣言可能是要與這文化抗衡，同時也鼓勵男性更多參與信仰羣體活動。這是其中一個可能的詮釋。在此不能確定所提及的假教義是否與當地的異教有密切的關係，從而確實地理解為保羅是與異教徒爭論，除非提摩太前書的文本內容不明朗，以致有空間可以充塞一大堆從推測而來的資料。或許，提摩太要打那美好的仗（一 18），是指對抗傳假教義的人，但是這段經文的主要爭辯很可能不是為對抗傳假教義的人。不過，有學者如格理爾（Thomas C. Greer）曾主張那些傳假教義的人，可能在以弗所的女性當中找到他們傳教的溫牀。

在理解保羅的宣言之時，還須留意保羅理所當然地認為以弗所人早已知道那宣言，因為他只有描述性的表達而不作任何解說。有些人提出支持男性作領袖的論點，他們認為這是來自兩個原則：創造的次序（13 節）和墮落的次序（14 節）。毫無疑問，保羅心裏希望作領導的應該是男性，而這是給以弗所教會的原則。然而，他並不只提到由男性領導，他也花了一些篇幅來討論被引誘的問題和解決方法（14～15節）。14節「亞當並沒有受騙，而是女人受騙，陷在過犯裏」的表達很奇怪，因為那明顯不符合創世記三章9、17節的記載。在創世記，上帝似乎要求男人也要負上同樣的責任。事實上，保羅在這裏的話也與羅馬書五章12至21節所提的不相符，因為那裏記載亞當要負上責任。假如我們假設以弗所教會知道創世記二至三章的敘事內容有弦外之音，那麼，保羅的話就很清楚。亞當有上帝給他（更多的？）的資訊，因為他是先造的，但後來從亞當那裏得到資訊的夏娃，卻沒有遵照那些資訊的要求而行。由於上帝把資訊先給亞當，亞當就要成為作領導的那位；但是亞當並沒有照著去做，這樣，夏娃就繼而成為領導的那位，因此也帶來可怕的結果。由此推論，即使根據創世記的敘事，從創造的次序看，這也關於上帝先給哪一位資訊，那位就是帶領者，而帶領的也要為事件負上責任。這樣，我們就可以把以弗所教會「可能」知道的創造傳統（Creation Tradition）和保羅簡短的聲明結合了。假如這個推測是正確的，創造和墮落的次序這簡單的議題就變得複雜起來，因為它延伸出另一些論題：亞當擁有更多資訊而夏娃有的則較少。這樣，他們兩人之失敗在於亞當不能作稱職的領導者，而夏娃則成為一個被騙者。當保羅引述這敘事，是否只單純地以描述這整個敘事，來展示有關失敗領導者更多資料，而不是要針對女性作領導的問題？堅拿稱這種引述舊約敘事方式為類比方式。不過，保羅是否在暗示當他最起初宣講福音時，他都遇到以弗所類似的情況，及後以弗所的婦女被傳假教義的人誤導，而使她們得不到正確的福音？我們需要問一些這類的問題。這個宣言很可能是借創世記故事與以弗所教會的情況作類比，這是提摩太要面對並糾正的事情。

在解讀13至15節這沒有加以解釋的聲明時，我們只能說這句話本身未能表達一個完整的神學概念，它只能說在功能上是用作一個總結，讓以弗所教會掌握到創世記二至三章的敘事。即使在解讀以弗所書五章31節時，保羅似乎也假設了以弗所人知道創世記二至三章。那麼，為甚麼需要這個總結呢？在1世紀，這些新的信仰羣體很可能沒有聖經抄本，因為大多是放在會堂裏。因此，當保羅來到他們當中宣講福音時，他必須選取聖經某些經文，從中找出一些簡單的真理成為他救恩論的基礎。這些形成他救恩論基礎的引文包括：出埃及記、以賽亞書和詩篇。這些經文會與保羅所宣講有關耶穌基督的死與復活敘事一併使用，而創世記二至三章可能是被選取的其中一段經文，成為保羅宣講福音的一部分。因此，以弗所教會可能透過保羅最初向他們講道時已得知這敘事。有些學者如孟恩斯，嘗試為保羅的聲明作辯護，指出亞當並沒有被引誘，他只是與夏娃一同承擔過犯。筆者認為當出現這些看似矛盾的言論，確實不需要嘗試為保羅辯護，因為假如這是一個宣言，必然就沒有詳細的內容作交代（上文已補充了這部分）。這宣言的目的並不是為了表達墮落事件的每個可能出現的意義，更不是為了完整地表達保羅豐富的神學思想。

四、總結一些釋經的問題

處理完 13 至 14 節，便要解釋 15 節這充滿爭議、十分難解、與前一節格格不入的經文。還未講解這經文之前，我們必須先處理三章 1 節這經文的次序。它是指向 13 至 14 節宣言的本質的證據。三章 1 節「這話是可信的」（*pistos o logos*）的希臘文在這節經文是放在節首，而「和修版」則放在節尾。它可直譯為「這話是可信的。如果有人渴望監督的職事，他就是愛慕善工的」。聖經的翻譯者作了如此翻譯，因為他們相信這短語是屬於三章 1 節監督和執事的討論裏。唐納與很多學者一樣，也認為監督與執事的討論是傳統資料的一部分，所以他認為「這話是可信的」屬於三章 1 節監督和執事的討論。他認為由於監督與執事的討論，與提多書的有很多平行的地方，因此兩者可能採用了同一個傳統。但是，保羅同樣可以借用提多書的資料來寫提摩太前書，這豈不更方便嗎？唐納的話或許頗有道理，不過即使如此亦未能足以否定「這話是可信的」是屬於二章 15 節的一部分。在未解答這問題前，首先要指出「和修版」把「這話是可信的」放在節尾，實在大大誤導讀者，因原文明明是以「這話是可信的」這個公式作開始（參 1.6.1.3「『這話可信／這信仰』的意義」；7.2.1.3「爭辯二：保羅所信的福音〔一 15～16〕」）。因此，「這話是可信的」可以屬於監督與執事這議題的開首語，也可以是二章 15 節的結束語。雖然兩者皆可，筆者卻選擇後者，因為這似乎較能夠解決 15 節難解的問題。加利堅持如果將「這話是可信的」歸入為15節的結束語，這節就沒有甚麼不尋常的地方。毫無疑問，二章13至15節也是一個宣言。如果他以「這話是可信的」作結束，他肯定是要確保讀者要明白保羅的意思，這也是無可厚非的。保羅如此的鋪排，並不表示他完全否定亞當犯罪，而是在引述一個宣言時，他補充了一個總結，大致是叫人留意創造和墮落的次序。為免讀者產生不必要的誤解，在此要再次強調，這宣言不是一個絕對性的神學宣言，它也不是要否定創世記二至三章任何一個部分。

當弄清楚關於假教義與這宣言的關係，便處理15節這看似格格不入的經文。若夏娃被引誘會令人感到困擾，有關分娩的言論更是異乎尋常。富爾文（Sebatian Fuhrmann）提供了一些有關2世紀的背景資料作解釋。根據醫學上和諾斯底派一些文獻記載有關女人子宮的古代傳統，有些人認為救恩有違煽動者所主張的禁慾主義，這暗示了以弗所教會的婦女跟隨著假教師的原因。富爾文的看法出了一個問題，他忽略了保羅在15節以單數代名詞來描述女人，甚至很多以社會釋經法的解經家把女人當作一個典型（prototype）。但是，須留意的是一些翻譯上的問題，單數和複數的動詞是與富爾文的看法不吻合。這節可直譯為「然而，她〔單數的女人〕就必透過『那個』生產而得救——假如她們〔複數的女人〕常存信心、愛心，又聖潔自守……」這裏的單數動詞「得救」（*sōthēsetai*；以被動式表達）似乎是指一個女人。這動詞在保羅著作裏總帶有救恩的意味（參羅五9；林前一18；林後二15；弗二8）。這裏有兩個釋經的可能性：第一，單數的女人是指二章11節開始的單數的女人；第二，單數的女人可以指二章14節的夏娃。現在的困難就是我們應否把二章13至15節理解為一個宣言。假如不這樣做，11至15節所有內容就會纏在一起，這樣，便會使宣言某些內容不能應用；但不可忘記的是，保羅是為了有一個完整的信息才提及這些內容。基於這封書信有部分討論的內容是保羅沒有加以說明，再加上「這話是可信的」的緣故，筆者選擇第二個解釋：這節的女人是指夏娃。保羅絕對不可能說女性只可以透過分娩而得救，因為那就會把單身和不育的姊妹排除在外。有些人嘗試令這話變得比較溫和，說忠心的女人會在生產時比較舒服，但不論是從女人的一些經驗上或從釋經上，都無法證明這種說法。

接下來，保羅引述了一個整體來說較為完整的宣言，這是為幫助以弗所教會想起他原本的宣講，而不是作出一個逐部分對應他論點的宣言。保羅的引述只是為了方便他表達信息。宣言在15節上的原本意思是夏娃是那個透過彌賽亞的分娩而得救的人，這與保羅在11至12節的論點沒有任何的關係。另一方面，複數的「女人若持守」(*ean meinōsin*；而 *meinōsin* 是以假設語氣表達的動詞）這短語中的女人，是指一羣女人。

在希臘文語法裏，凡出現 ean + 假設語氣表達的動詞，它意思通常是：如果……將來就會……。

15節下是夏娃得救所包含的意思的真實應用。夏娃的救恩是彌賽亞式之時所要求女人要持守「信心、愛心，又聖潔克制」的美德。15節下的希臘文是以**未來條件性假設語氣**表達，表示這個條件狀況是涉及將來。這表示了信心、愛心和聖潔都是在救恩的過程裏，並且是可以掌握的。對以弗所教會而言，這些美德的作用尤其重大。總括來說，在夏娃之後的女性並不是透過分娩而得救。所以，夏娃在救恩中是有一個獨特的位置，她是第一個分娩的女人，因著她的分娩，她為亞當和她自己帶來盼望。因為分娩，她帶來彌賽亞，而所有人（包括夏娃）都需要經歷這救恩，這說明了為甚麼「信心」是那3個美德「信心、愛心，又聖潔克制」(15節下）的第一個。對保羅來說，分娩與他對個人救恩的概念無關，他如此引述，只為較完整地表達他對救恩的想法而已。保羅想借用這個看似不常見的表達，並不是為了鼓勵女性因這樣的救恩而生許多孩子，而是為了表達夏娃為人類帶來彌賽亞的盼望之後會有甚麼事發生。對女性來說，她們透過信心、愛心和聖潔的生活，而活出由夏娃所帶來的救恩盼望。有趣的是，二章9節和15節下同時都有使用「克制」(*sōphrosunēs*；在新約只在這裏出現這詞，且都是描述女性）來形容一個基督徒女性，這表示二章9至10節與二章15節有密切關係。保羅在二章9至10節叫女人有好行為，並在這裏叫女人除了有這些善行之外，還要有恰當的態度。

上述的討論頗為複雜，或許需要在這裏停下來了。在這段經文中，有些內容沒有清晰地表達，但卻能夠理解。二章8節那沒有帶憤怒或爭論意味的祈禱在句法上與二章9至15節很相似。保羅在此是否要解決一些在教會出現有關社會階層的爭論？而這些爭論是源於女性的衣著，以及她們在以弗所教會的角色嗎？若是如此，二章13節至三章1節「這話是可信的」很有可能是創造宣言的一部分，而保羅是借用它來支持他的論點。假如這個宣言是為幫助人回憶起創世記二至三章的敘事，那麼，現代神學家就不應就著它的神學論點來大造文章了。⓬ 究竟保羅有沒有其他的敘事記載，是與這個宣言內容持相反意思的呢？這段的主要議題是女人被引誘，但內容很可能與五章13節不相符。這段經文有很多內容是不清晰的，但以下議題卻是清晰的：第一，保羅在他那其他書信中提及的救恩觀與分娩沒有任何關係；第二，根據保羅其他書信的記載，保羅並沒有絕對地禁止女性教導男性；第三，保羅很有可能是在針對會眾當中一些被引誘的婦女，但是他並沒有清楚説明這一點；第四，若我們只因為保羅以創造為論據而隻字不漏去跟著他吩咐而行，救恩必定是來自分娩，因為夏娃成為每個女性的典範。然而，整個問題可以簡單地只指向以弗所教會的婦女作領袖的資格。創造的論點只為方便保羅以一個他們早已知道的敘事為基礎，來解釋他的論點。

當解讀這樣的經文，很多人會把二章11至15節理解為實踐信仰規範的一部分，並把二章9至10節理解為只與1世紀有關。他們的論點是這樣：每次當保羅使用創造為他修辭表達的一部分之時，他是在討論一個永恆的原則。雖然這是一個常見的説法，但卻沒有任何證據支持這説法。持這看法的人假設了創造的修辭表達，等同於保羅的規範應用，從經文的處境可見，這個假設並沒有立足點。事實上，二章15節論到女人要有信心、愛心和聖潔，是可以指向二章10節女性應有的善行，而一章14節出現的信心和愛心這些品格，則是指所有在基督耶穌裏的人都可以擁有的。另外，我們無法相信二章10節只是與1世紀有關，而二章15節則是任何時間也適用。除了提摩太前書之外，保羅在哥林多前書十一章7節論到蒙頭的問題之時，也引述了創世記一章27節作教導。但是，保羅在其他教會當禁止女性教導或講道時，卻沒有根據哥林多前書十一章3至10節的教導來要求女性蒙頭。這個從創造作規範的論點，並不易於在類似哥林多前書的其他保羅文本中實踐。真正可以直接、規範地應用的，是信心、愛心和聖潔，因為較早時在一章14節提及信心和愛心，這些是指向萬人的。換言之，所有文本或多或少都與當時的文化有關。規範的實踐並不似只是留意到保羅引述了創造的文本這樣簡單，尤其是那個宣言有部分似乎與當時的爭論無關，就如上文所說那樣。除了上文提及的問題，還要處理其他的詮釋問題。我們實在要問一個更大、更重要，卻截然不同的問題：保羅所關注的到底是甚麼？筆者相信保羅關注的是「資格」，而不是性別。他所關注的，是一個當時教會面對的實際問題。提摩太要打那美好的仗是要對抗不符合資格的男性和女性，這一點在第三章顯露出來。

8.2.2.3 從 9 至 15 節看女性角色對現代的詮釋和影響

有關現代基督徒處理女性領導角色的典型傳統方法，路得．塔可（Ruth A. Tucker）的故事最能夠說明出來。

> 我曾與一位跟普里茅斯弟兄會（Plymouth Brethren）——一個宗教運動，以嚴格限制女性的角色聞名——有關聯的男士談話。我對他說，普里茅斯弟兄會過去曾有女士教導男士，我也提到楊．費羅倫斯（Florence Young）在查經班曾教導數以千計的男士這事情。他肯定地說我將其他的弟兄會與普里茅斯弟兄會混淆了。我堅持說不是，並進一步告訴他有關費羅倫斯在所羅門羣島（Solomon Islands）事奉的細節。當提到這個地方，他好像突然明白了，說：「噢！你的意思是她教導那地方的『土著』?」這樣，他就解釋了費羅倫斯不是在教導「男人」。很多人認為這個故事很幽默，但女性或歸信的「土著」肯定不會這樣想。

現代解經家怎樣應用二章 9 至 15 節？我們必須把整段經文連貫起來看，尤其以一章 18 節「打那美好的仗」為焦點時，提摩太是否真的與某些事情對抗？他與甚麼作戰？今天論到女性的角色時，某些教會起了十分激烈的爭論。它討論的議題往往涉及平等地位（在創造中女性與男性是平等的同伴）與角色身分（妻子、母親的身分）這兩方面。那些持平等主義立場（某些人稱為「女性主義」）的人傾向理解地位的平等是等同於角色身分上的平等，而那些反對這立場的人清楚地區分地位的平等及身分的不同。格魯瑟斯（Rebecca M. Groothuis）根據加拉太書三章28節「……不再分男的女的，因為你們在基督耶穌裏都成為一了。」來支持平等主義的立場，應同等地看待角色身分和地位的平等。她的研究是討論兩性平等的精心傑作。無論我們是否認同她的結論，都不可忽略她的研究結果。⑬ 持中立的人傾向保持在兩者中間，但是雙方的爭論都很情緒化，而部分可見於研究提摩太前書二章的修辭表達這議題上是頗為激烈。普卓斯（Vern Poythress）甚至稱所有反對他的詮釋的人的行動為「公開反對聖經原則」。筆者十分關注他這樣傲慢的表達，他的解釋是「簡化現代主義」（simplistic modernism）的直接產物。這批人解經的原則是自行詮釋「聖經經文字面的意思」，而不理會不同的聖經作者撰寫著作時，會因他們不同的目的而有不同的體裁。他們將自己的詮釋某程度等同於「上帝默示和聖經無誤」這原則上。這些爭議只有愈來愈激烈，並且整個教會的祈禱生活也因此受阻，導致違反了這段經文主要的前提（即二章8節「我希望男人舉起聖潔的手隨處禱告」）。筆者沒有意圖要説服讀者認同所肯定且顯然易見的立場，因為筆者有更廣和更開放的目的。在此甚願所有人都把這討論當作一個詮釋的練習，像練習其他經文的詮釋一樣，且相信這是值得認真地思考的議題。筆者不是主張相對主義，而是要指出因為這討論可以引致很多不同的結果，所以才衍生很多不同的研讀方式。無論我們採取任何立場，都必須留意所持立場的強項，但更重要的是要留意它的弱點。只合著眼宣稱某個立場比其他的更合乎聖經，這種態度對增進我們對事情的了解毫無幫助。

一、如何應用11至12節的吩咐

單憑現存的這個著作文本去尋找與當時社會相稱的證據確實是很難，因為很多文化因素是我們不知道的。雖然如此，若從文本浮現出來希臘文的文法結構來研讀，似乎比起大部分基要派信徒（尤其那些只會從中文或英文譯文中「直接」和「按字面」閱讀的）更容易理解經文。我們如何嚴肅地對待保羅在二章11至12節的吩咐，我們也要如此對待9至10節的內容。我們不可以直截了當地説我們「絕對」不許女人教導男人，而卻説編髮是一種「文化」使然。一致性邏輯是詮釋學的基石。若照字面解釋，9 至 10 節吩咐女人要扮演卑微的角色，那麼，美國和華人社會大部分的教會都應被剷除，因為這些教會大部分成員都屬上層及中產人士的。他們愛穿最好的衣服(甚或花費超過他們平均的收入)。欺壓女性肯定不是保羅的意願。我們必須承認，這些經文背後有很多保羅時代的文化因素，是現代讀者不知道或不能應用的。就教義來說，今天的女性不一定比男性較易被引誘；今天的女性也往往比男性有更高的教育程度。我們最多只能説，保羅在這段經文裏並不願意看見因階級的分別而導致紛爭；他也不想教會將性別的問題成為爭論焦點。保羅可能期望男性盡責地擔當教會領袖的角色，這是因為女性在很多小亞細亞的異教羣體當中扮演著主導的角色。二章 8 節「我希望男人舉起聖潔的手隨處禱告」的主要信息常被忽略。保羅期望教會可以放下階級的分別，而且不受其他文化的侵擾，以致可以有一個恆常合一和理想公共祈禱的地方。若從這一點看，或許保羅的信息對今天的教會也適用。

二、如何應用 13 至 15 節的教導

假如我們不額外小心地讀保羅在 13 至 15 節的宣言，它就成為欺壓教會姊妹的工具；但是假如我們小心處理這句話，就可以從其中獲得益處。我們必須承認保羅在二章的結束語對女性這樣的討論，事實上是個謎。我們可以聯想到小亞細亞女性的性生活和分娩的事情，但令人驚訝的是，一些現代神學反省巧合地為我們提供了幫助。研究有關女性的經文(尤其是分娩)解經家——尤其是男性解經家——在應用或討論保羅這段難解的經文之前，是需要明白現代人所關注及古代文本所表達真實的事情：分娩是一個疼痛的過程，這是男性無法想像的。卡利南(Colleen Carpenter Cullinan)在一份文章裏詳細描述分娩過程中可以出錯的事情，尤其是在醫療設備較為落後的地方，即使今天也是一樣。除了上述的研究，即使是在普世的女性經驗裏，根本無法想像分娩本身是象徵救恩。福音派往往忽略了如卡利南的洞見。雖然她的討論不是一個釋經的討論，但這普世經驗是需要留意的。另外，道成為肉身是透過一個女人發生的，女性因此被賦予一個尊貴身分，而這身分是在人類墮落時已被挪走。這是

不能否定的事實。卡利南又指出，藉著藥物的治療事實上已可以減輕因墮落而引致分娩的痛楚，這使女性同樣可以成為一個新的恩典的對象。卡利南的基督論非常紮實且健全，她將他的神學觀點連繫到我們今天的時代獨有的科學的世界觀。卡利南這令人驚訝的洞見，直接針對和幫助我們解釋保羅最困難的言論。

在討論這段經文時，現代解經家是無法逃避性別這議題。福音派往往出現兩個陣營，一稱為平等主義者（即男女完全平等），另則稱為「互補主義者」（complementarian），或如唐納所說的「等級主義者」（hierarchicalist；即男性被上帝賦予特權，而女性則扮演助手角色）。基於以上兩個陣營是根據已定的二分法去標籤解經家，而這些標籤所關注的只在於支持或反對女性主義，卻不是詮釋經文的過程，所以不適用於提摩太前書這段經文。再者，今天的情況與保羅時代的不同。任何出於支持或反對女性主義的詮釋，都貶低保羅的世界與我們的世界之間的距離的重要性。筆者並不是說女性主義的關注在我們的時代不重要，只是說保羅在此不是作這樣的關注。他的關注雖然也涉及兩性的議題，但更實際的是資格（或更清晰說是「教導」的資格）的問題，因此他接著便討論監督和執事的資格。所以於今天教會，性別不應再是討論的議題（不過，現代社會依然出現很多女性即使有能力，卻也因她們的性別，而遭受限制或歧視），因為更好的教育制度及不同的文化處境，已經解決了女性作教導的資格問題。任何人，無論男或女，都可以根據能力而不是性別「取得」教牧職事。女性明顯不是按著她在等級架構上的角色來定義她的身分。教會不應阻止她發揮恩賜，即使這些恩賜與教導或領導有關，相反地，卻要認同和欣賞她。因此，若將之應用在現代教會，就應該把焦點放在資格上，而不是性別上。故此，在此若不討論女性按牧的問題，這個討論就不完整了。

三、女性按牧

在討論女性按牧這個議題前，且先評論不同學者對保羅這段經文的一些詮釋方法。有些人如鮑爾（S. M. Baugh）主張因為保羅不是在回應古代有關「女性主義者」這議題，所以，當應用在現代的處境之時，這段經文應稍作調整。他不贊成僵硬地應用經文或許是對的，但筆者認為保羅既然不是針對他那個時代的女性主義這議題，就不應以性別為中心的任何方式來應用經文。有些人甚至會以感性的詞彙來看女性作領導，像魔鬼在創世記向夏娃的提問：「上帝真的這樣説嗎？」無論我們採取哪個立場，我們都不應太聳人聽聞。

另外，有些學者如孟恩斯，以希臘文的文法力言，當保羅在教牧書信使用現在時態之時，是用來指任何時間都適用的常規。這樣的論點表面上似乎頗為客觀，事實上卻帶著許多前設。在此，我們必須問：「誰決定這些現在時態是普世性的常規，又或只是一個普通的進行式動作？」豈不依然是解經家吧！再者，若這樣辨別一些事情是普世性的常規，會帶出兩個基本的詮釋問題：

- 它假設了我們可以肆意地決定這個古代文本（或任何古代文本，無論是神聖的或世俗的）有哪些事情是在 21 世紀都普遍地適用。
- 它假設了每個文本在任何情況下，都只有一個修辭的情境。

第二個假設導致孟恩斯和與他看法相近的學者，都只能單從文本的文字裏獲得概念，卻不容許任何與以弗所有關的情境作任何推斷，而這些推斷可能也是合理的，例如假教義的存在和當時的社會因素。大部分好的解經家至少有一樣事情做得好的，就是一致性。他要選擇根據書信的本質來推斷背景，又或不去選擇這樣做，不能忽然這樣，忽然那樣。如果假定孟恩斯的兩項假設是互相矛盾的話，這假定都是合理的。

筆者毫不懷疑保羅有為以弗所教會的女性定下一些嚴格的規限，就如柯斯坦柏格（Andreas J. Köstenberger）在他對二章 12 節的句法研究中所證明的。但是，不能只停留在這想法中。我們仍要尋根究柢的問「為甚麼？」對柯斯坦柏格來説，他似乎滿足於看見保羅想表達一些有關永恆的真理，但這是否就是經文包含的所有的事情，抑或還有其他呢？須留意保羅提出嚴謹的規限並不像一個遊戲的終結，反而是一個開始。首先，我們必須假設每封早期的書信裏的修辭情境是第一和最重要的情境。假如不是這樣，這些就不是書信。其次，我們必須假設文本只能提供保羅與他的讀者之間一半的對話。我們不可以經常找出他的讀者是處於怎樣的情況，但是我們仍然應該努力去嘗試尋找。

討論完以上一些釋經原則之後，便進入討論女性按牧的問題。處理現今的女性按牧問題時，這段經文更是進一步離開現代處境討論的一個話題，這是很多人不喜歡承認的。保羅要處理幾個問題：女性沒有讀寫能力；那些傳假教義的人可能大大影響著沒有讀寫能力的人；為一些不確定和具爭議性的概念而爭論會導致分裂（參一4，二8）。保羅那較為奇怪的宣言（13節）可能進一步表示這些問題並沒有絕對的答案。從上述的不確定因素來看，肯定的是規限女性按牧應該視為一個現代概念，而且會惹人爭議。我們必須留意「牧師」一詞是來自以弗所書四章11節「他所賜的……有牧者和教師」。這節經文將「**牧者**」（*poimenas*）連於「教師」，這不是指一個職位，而是按著屬靈恩賜而言，可見保羅從沒有意思把這個詞彙當作教會一個職位。因此，並沒有證據顯示「牧者」一詞是按著我們今天的用法來使用。下文將會指出，「牧師」一職的功用較似是長老，但是假如「牧師」一詞是按著原本指屬靈恩賜的意思來使用，女性按牧就是沒有問題了，因為這只是承認她的屬靈恩賜。然而，我們若把按牧等同於現代教會的按立長老，問題就變得更加具爭議性。假如保羅作出這些評論之時，是在處理讀寫能力的問題（因此宣言是便於論證），那麼，禁止某些人在教會職位（即是監督）上教導和轄管男人，就是保羅那時代的文化，而這文化不一定與我們的文化相關。我們可以就著我們所知道的，按著不同的觀點來處理這些經文。根據這段經文的文化背景和句法，以下這些觀點都是成立的。

「牧者」這名詞意思是指牧羊的人（參太九36；可十四27；路二18；約十2；來十三20；彼前二25）。

- 對那些認為保羅的吩咐與我們的時代相關的人來說，或許就會慣性的把教導歸男人來負責，只在某些情況下，才由女性來負責。這個習慣符合文本的文法。當然，應用時只針對公共崇拜，而沒有涉及生活裏其他範疇。然而，持這個立場的人也必須坦白地承認，保羅並不是在處理性別的問題。
- 對那些依然重視那看似普世性的男性領導觀念的人來說，他們也需要考慮幾點。將經文應用在女性教導男性上，是建基於我們對教會的權威架構的理解。重視由男性領導的斯托得，可以在他自己的聖公會宗派裏輕易為女性按牧辯護，因為教會是由主教（男性職員）來管理的。這領導架構沒有違反由男性主導的原則。換言之，文化表達與教會架構可以維繫許多人去持守這原則。

因此，「牧師」這名銜並不會出現問題，但這名銜的功用卻是一個大問題。假如問題出現於誰在主導，那麼，女性仍可以作教導，但必須要向一位男性職員負責，這就不會違反主導的基本原則（這似乎是保羅在以弗所教會所推廣的）。最後一段經文（13～15節）似乎暗示保羅的心意不只如此，而有以上這樣理解的人，也要察覺到保羅不只在處理性別問題。假如任何一個爭論都只停留於性別角色之上，爭論就沒完沒了，也沒有任何新的發現。兩方只會愈來愈自成一格。

根據我們有關修辭表達、社會情境和文本的討論，問題歸結為兩點，而第一點優先於第二點。第一，假如保羅是在處理資格而非性別的問題，那麼，按立女牧師就不一定違反他的修辭目的，提摩太所指要打的仗也是關乎人的資格，而不是性別。若應用於現代教會，就是指無知的人就應安靜學道，就如昔日以弗所教會的女人一樣。唐納堅持「將女性在保羅教會的角色變成普遍行事原則這觀點，是一件似乎很令人存疑的事」，他的看法可能是正確的。第二，假如從保羅主要關注的議題去看，按立女性作牧師其實是可以的（雖然對某些人來説，這是很具爭議性），那麼，那些大聲僵硬地堅持禁止按立女牧的人，就是在製造不必要的爭論，最後會令教會分裂，因為他們定下錯誤的界線。雖然很多人會把教會分裂一事歸咎於女性，但問題並不一定是出於女性。要求在教會裏得到平等對待的女性不應視為分裂教會的罪魁禍首。對一些只想持守他們的傳統的人來説，他們可能會説「牧師」只是一個稱號。假如這真的如現代人所想只是一個稱號，那麼，問題就是：「為甚麼不給予她們那個稱號？」假如我們發現雙方的爭論都有些灰色地帶，我們就要從保羅的自由平等的神學觀來看看這個問題。

這些討論使我們對保羅所寫的文本作神學詮釋之時，賦予一個清晰的圖畫。保羅在很多封書信所關注的，可以歸納為一個短語：界線。提摩太正在面對的是一個界線的問題。當保羅發現教會定下了錯誤的界線，他就要發聲作糾正和責備。若有質疑的地方，筆者認為保羅採取的政策是傾向自由平等，而不是禁制。簡言之，只要候選人符合資格，且有恰當的恩賜，現代女性按牧也是可以的。當前的討論並不是指「假如某人認同女性按牧，他就是隨意解讀上帝的話語。」若真的如此，那些准許女性不蒙頭的更隨意地解讀上帝的話語了。與此同時，根據釋經而標籤那些反對女性按牧的人，同樣是過分簡化和不是以公平來看事情。我們應該聽聽西方一位反對女性在教會作領袖，也是著名於研究保羅的學者施賴納（Thomas Schreiner）的心底話：「我渴望相信女性事奉是不受限制的，而每個事奉崗位都開放給她們。但當閱讀那些支持女性作領袖的文章時，筆者在認知和詮釋上都無法說服自己相信，這些具爭議性的經文可能帶有『新』的詮釋。」經文應用與詮釋者的神學正統性或性別主義無關，它甚至可能與詮釋者是否女性主義者無關。問題反而與詮釋學和把文本中包含上帝的話語連繫21世紀的上帝的話語有關。因此，達致解決問題的過程比我們究竟屬於哪一個陣營更加重要。

總結這個爭論和其中的議題，有一方嘗試證明經文當中帶有一些女性主義的文化因素在內，而另一方則嘗試證明沒有這些因素。屬於前者的解經家把文本當作社會科學家稱為「高語境文化」的文本般看待，當中有很多沒有提及的資料，是因為作者和讀者之間對文化已有某程度的理解，而不需要再以文字作詳細解釋（有關「高語境文化」，可參第一章釋經短註7）。屬於後者的解經家則訴諸古老的邏輯，他們會質疑對方是否相信聖經是上帝的話語，而較極端的甚至會與聖經無誤論一併作討論。無論如何，他們都可以證明保羅所說的嚴厲禁令確實是表達了他的立場。就文法而言，無論我們怎樣看經文，這些禁令確實很嚴厲，然而，每當我們想處理「怎樣應用在這現代」之時，情境化研究的模式會讓我們知道今日的界線與昔日的並不相同。很多人責難那些把女性主義讀進保羅的時代這方法為時代錯置的做法。然而，即使沒有時代錯置這問題，情境化研究也要求有其他與保羅時代平衡、卻不涉及關注女性主義的議題或選擇。假如女性主義的關注並不是保羅的關注，那麼，現代女性的按牧問題就不應該與應用經文混為一談，而「相信聖經是上帝的話語」這議題也不應該成為討論的一部分。雖然提到女性按牧，但筆者是為了說明現代應用是多麼不確定，因為這些應用根本不符合保羅要討論的問題。這個討論令我們稍感安慰的是，教會並沒有一些主要的教義（根據教會歷史）是建基於這個討論之上的。因此，按立女性是否正統，也不是這裏的討論。總括來說，與提摩太論到女性與打仗這議題涉及的有兩方面：社會階層方面（9～10 節）和資格方面（11～15 節）。現代教會可能應該更多以這兩方面為探討的焦點，而不是集中於討論女性是否可以或應該怎樣帶領教會。

溫習及思考問題

1. 保羅在 1 節如何描述祈禱的不同層次？這種禱告是在甚麼場合發生的？保羅是在怎麼樣的歷史背景說「為君王和一切在位的」這短語？他為何挑選政治家為公禱的對象？你如何應用這節經文在你的信仰生活中？
2. 保羅論公禱的目的是為信徒 4 種信仰生活（2 下～4 節）。這 4 種生活帶著甚麼意思？這對你的信仰生活有何意義？
3. 在總結禱告的禮儀，保羅先提及「一位上帝」和「一位中保」。這兩個名詞有何特別意義？上帝如何藉著中保帶出救贖？對於贖罪與贖價，你了解多少？你對耶穌為中保經歷有多少？
4. 保羅如何評論以弗所教會當時女性的服飾？為何他如此仔細地描述女人如何裝飾她們的頭，卻只稍為簡單評論服飾？當時女人的衣著如何凸顯她們的社會地位及身分？這些事情如何應用在教會內？這些教導是否同樣可以應用在男信徒身上？
5. 「女人」這名詞，保羅在 9 節以複數表達，但在 11 節卻以單數表達。這有何特別意義？它如何影響經文的詮釋？
6. 10 至 12 節出現的「善行」、「順服」、「安靜」、「學習」、「教導」、「管轄男人」這些詞彙，是帶著甚麼意思？它背後帶著怎樣的修辭情境？保羅在 12 節如何使用他的希臘文文法來表達他的信息？至終保羅是否要一貫性地教導不同時代裏所有教會的女性？
7. 試略述 13 至 15 節這宣言的內容及特色。三章 1 節與這宣言有何關係？不同學者有哪些不同的看法？保羅透過哪 3 方面來論證他的宣言？
8. 整體而言，保羅在二章 9 至 15 節的內容所要表達的目的何在？他背後真正目的是否要教導女性如何在教會生活，抑或他是另有目的？這段經文如何與他吩咐提摩太打那美好的仗有密切關係？

9. 你如何看 15 節的詮釋？如何從釋經、當時的社會背景，以及神學角度看這節經文？你如何理解女性主義運動？保羅是否帶著歧視的眼光看女性？

10. 整體而言，9 至 15 節的討論如何影響現代教會看按立女牧的立場？不同學者有哪些不同的看法？你如何看按立女牧師？

釋經短註

❶ 「犬儒主義」（Cynicism）是公元前 4 世紀至公元 6 世紀希臘哲學思想其中一個學派。它的鼻祖是安提斯替尼（Antisthenes；約公元前 365 年卒），後由另一位哲學家戴奧革尼（Diogenes；約公元前 400～325 年）推廣為一個運動。此學派提倡一種以自然簡樸、摒棄慾望的生活方式。它影響了後來的斯多亞學派（Stoicism）。

❷ 對於 3 節的「這」（*touto*）這修飾性代名詞到底是否指前一節的「生活」（*bion*），眾說紛紜。「這」是以中性表達，但「生活」是陽性。在希臘文裏，若這兩個詞彙是互指對方的話，它們就必須是一樣的。因此，「這」不可能是指「生活」。它極可能指整個來自 1 至 2 節有關祈禱和它的結果這概念。

❸ 第 4 節的「人人」所指的與哥林多前書七章 7 節相同，但在哥林多前書，保羅不可能是指他想人人都像他一般選擇單身。他討論的是教會的情況。「人人」所指的也與加拉太書一章 10 節一樣，是概括地指他要服事的人，因為他是在處理來自耶路撒冷（甚或是從雅各而來）的煽動者的某個宣稱。

❹ 「亞當基督論」是由鄧雅各（James D. G. Dunn）開創的一個詞彙。這詞是用來指涉保羅對基督論的一種思想。這基督論建基於第一亞當（指上帝創造的第一個人）與第二亞當（指拿撒勒人耶穌）的一個對比（參羅三 23，五 12～21）。鄧雅各指出因第一亞當犯了罪，虧缺了上帝的榮耀，而基督的來臨，是要更新那上帝在創造亞當時，祂在亞當裏的形象。因此，研究關於「亞當基督論」，就是研究耶穌基督如何拯救人類的罪，並使他們回復上帝創造人類時所擁有上帝的榮耀及形象。參：James D. G.

Dunn, *Christology in the Making: A New Testament Inquiry into the Origins of the Doctrine of the Incarnation*, 2nd ed (Philadelphia, PA: Westminster Press, 1996), 107～107。

❺ 「贖價」(*antilutron*)這名詞在新約聖經只出現 1 次。另一個與它詞根相同的詞是 *lutron*(參太二十 28；可十 45)這名詞，意思解作「贖」。它另有一個陰性名詞 *lutrōsis*(參路一 68，二 38；來九 12)，它的動詞是 *lutroō*(參路二十四 21；多二 14；彼前一 18)。同樣地，這些詞在新約聖經也很少出現，但在舊約聖經的「七十士譯本」卻經常出現。因此，這詞背後的概念極有可能與舊約時代的處境有關。這詞有另一個複合詞 *apolutrōsis* ，它是由 *apo*(意思是「由」)這前綴及 *lutrōsis* 這陰性名詞組成，意思也是與「贖」有關。

❻ 「基督是得勝者」(*Christus Victor*)這術語源自瑞典一位神學家古斯塔．奧倫（Gustaf Aulén；1897～1977 年）。在他一本論述初代教會對贖罪的理解著作中創建的。他對「基督是得勝者」有這樣的描述：「基督最優先、最重要的工作，就是要勝過一切使人類落在罪惡、死亡、邪惡的權勢。」參：Gustaf Aulén, *Christus Victor: An Historical Study of the Three Main Types of the Idea of the Atonement*, trans. A. Gabriel Hebert (London: SPCK, 1970), 20。

❼ 當解釋保羅在提摩太前書二章5至6節提及罪得釋放這一點時，有解經家加插以亞當來作預表。因為經文沒有明確地提及亞當，馬歇爾認為這樣的推論是不對的。馬歇爾的確有道理。令我們產生這麼多的推測，皆因保羅作了一個精簡的神學聲明後，並沒有提供任何線索讓我們了解他的用意。不過，亦因為這樣，便可以提出有多個的可能性，又或是沒有任何可能性。

❽ 「寬身長袍」是古羅馬特色的一種男女皆穿的衣服。它只是一塊大概有6米長的布，是用來裹著身體。裹上這布之前，必須穿上一件內袍以遮蓋身體。有些男人也會不穿內袍而只裹上這布。公元前 2 世紀之後，這種衣服只供男人穿上，而且只有羅馬公民才有資格穿這衣服，而女性卻穿「及踝的長袍」(stola)。不過，妓女卻可以穿「寬身長袍」，以示識別她的身分與其他的婦女不同。參：Thomas A. J. McGinn,

Prostitution, Sexuality, and the Law in Ancient Rome (Oxford: Oxford University Press, 1998), 154～170。由此可見，妓女的工作是非常公開，因為她的服飾已標誌她的身分。

❾ 女性曲髮可能是當時的潮流，是有學者著書作大量例證，他們可以支持筆者的論點。參：Susan Walker, *Roman Art* (Cambridge,MA: Harvard University Press, 1991), 19；Susan Wood, *Imperial Women* (Leiden: Brill, 1999), 371；Nancy H. Ramage & Andrew Ramage, *Roman Art* (New York, NY: Harry N. Abrams, 1991), 136 ～ 137；Peter Stewart, *Roman Art* (Oxford: Oxford University Press, 2004), 60。

❿ 溫頓（Bruce W. Winter）的研究很重要，他確定了女性的髮型的確成為社會關注的問題，但是無法得知這是否都是保羅主要關注的。無論我們是否同意溫頓的結論，我們必須在討論提摩太前書及哥林多前書十一章有關女性的髮型和公眾的形象時，留心他的發現。參：Bruce W. Winter, *Roman Wives, Roman Widow: the Appearance of New Women and the Pauline Communities* (Grand Rapids, MI: Eerdmans, 2003), 4～7。

⓫ 張永信引述提摩太後書三章6至7節來證明教會有這樣的女人，但是這段引文是無法作證據的，因為提摩太前書是在後書之前寫成。假如這是個問題，保羅就會指明道姓地指責那些犯罪的人（參一20），而不是把他所指責的人隱藏起來。參：張永信著：《教牧書信》，天道聖經註釋（香港：天道書樓，1996），頁150。

⓬ 亞伯勒（Mark M. Yarbrough）使用了「演繹傳統」（preformed tradition）來標籤這選段。「演繹傳統」是指當新約作者寫書信之前，那些被標籤的選段可能早已公式化地使用，而在形成的過程可能曾經被不同的新約作者作過修訂。於保羅書信，當保羅使用一些包含「演繹傳統」的選段，這些選段極可能源於保羅自己或從他而來的傳統。而演繹這行為，是指把一些早已公式化的選段，在一羣人面前大聲朗誦出來，類似某些教會主日學裏的兒童背誦聖經金句一樣。由於是整個選段背誦的，所以保羅並沒有拆開這個單元，而是為了完整的緣故，把所有內容堆砌在一起。這些標籤選段反映了某程度的真相。就以二章15節來說，這

樣的宣言會為了完整的緣故，而當作為一個單元來記錄，因為它是經過記憶過程組成的。Mark M. Yarbrough, *Paul's Utilization of Preformed Traditions in 1 Timothy* (London; New York, NY: T&T Clark International, 2009), 5。

⑬ 格魯瑟斯（Rebecca M.Groothuis）的著作，可參：Rebecca M. Groothuis, *Good News for Women: A Biblical Picture of Gender Equality* (Grand Rapids,MI: Baker, 1997), 31。

第九章

打美好的仗（二）：教會職事（三 1～13）

- 對監督的要求
- 對執事的要求

經文

打美好的伕（二）：教會職事

3 1「若有人想望監督的職分，他是在羨慕一件好事」，這話是可信的。2 監
督必須無可指責，只作一個婦人的丈夫，有節制、克己、端正，樂意接待
外人，善於教導，3 不酗酒，不打人；要溫和，不好鬥，不貪財。4 要好好管理
自己的家，使兒女順服，凡事莊重。5 人若不知道管理自己的家，怎能照管上
帝的教會呢？6 剛信主的，不可作監督，恐怕他自高自大，落在魔鬼所受的懲
罰裏。7 監督也必須在教外有好名聲，免得被人毀謗，落在魔鬼的羅網裏。

8 同樣，執事也必須莊重，不一口兩舌，不好酒，不貪不義之財；9 要存清
白的良心固守信仰的奧秘。10 這些人也要先受考驗，若沒有可責之處，才讓他
們作執事。11 同樣，女執事也必須莊重，不說閒話，有節制，凡事忠心。12 執
事只作一個婦人的丈夫，要好好管兒女和自己的家。13 因為善於作執事的，為
自己得到美好的地位，並且無懼地堅信在基督耶穌裏的信仰。

處理完教會的公共崇拜後，保羅現在要討論的是教會行政上另一層面的事，就是教會的職事。他討論的先是監督（三 1 ～ 7），後是執事（三 8 ～ 13），而最後是勸勉提摩太（三 14 ～ 四 16）。就如之前已提過，卻要在這裏再強調，保羅並不是要「教導提摩太一些東西」。相反地，保羅嘗試藉著書信去賦予提摩太權柄，以致他可以向那些早已知道這些資格的人再次讀出這些要求。在一所設有監督的教會裏，若再提醒應有的行為表現，實在沒有甚麼意思，除非以弗所教會漠視作監督和執事的資格，且明顯違反對監督身分的要求，否則這段經文與其他經文一樣都很累贅。因此，這段經文嚴格來說，並不是教導怎樣設立監督和執事（雖然好好理解它肯定會有幫助），而是藉著一份品格要求的條文，來糾正以弗所教會的錯誤，並對抗教會面對的問題（即是假教義和教導的能力）。保羅並不是在象牙塔裏獨處而寫此書信，而是當教會從第一代領袖轉到第二代時，在現實裏很多張力和掙扎中寫的。

9.1 監督的要求（三 1 ～ 7）

分段大綱（三 1 ～ 7）

1. 監督的稱號及職事（三 1）
2. 監督的職事質素（三 2～7）
   甲、監督的個人生活（三 2～3）
   乙、監督的管理能力（三 4～5）
   丙、有關作監督要成熟這議題（三 6～7）

9.1.1 監督的稱號及職事（三 1）

這一章第一個提及的職事是「監督」（*episkotēs*；三 1）。監督與長老是否與普遍所想像是一樣的呢？很多羅馬天主教解經家認為兩者是分開，但卻有密切關係的職事。假如我們與提多書描述長老的質素（多一 6 ～ 9）作比較，便會發現在提多書論到監督的要求，也同樣出現在提摩太前書裏（提前三 1 ～ 7）。

而且，保羅繼續如提多書般將「長老」(*presbuterous*；多一5；參提前五1、2、17、19)及「監督」(*episkoton*；多一7；參提前三2)互相替用。可見這是同一個職事，但有兩個不同的名稱。為甚麼保羅要以兩個不同的名稱去形容同一樣的工作？在提多書析讀那部分已作了一些討論(參3.1.2.1「長老這名字」)，指出這是身分與職事的分別，不過在此再作少許補充。「監督」形容監察的職責，這是一個在政治場合中會出現的詞彙，它往往用來形容市鎮裏的一些立法委員，這可參考約瑟夫(Titus Flavius Josephus)的著作(*Antiquities of the Jews* 10.53, 12.254)。「監督」一詞多使用於有外邦人的教會(徒二十28；腓一1；提前三2；多一7；彼前二25)。「長老」除了是形容一個職分，也會用來形容長者(或古人)，而這詞似乎是指那些隨著年紀增長而受尊敬與得尊榮的人(徒二17；提前五1；來十一2；彼前五5)。

雖然提摩太前書三章1節的「監督」(*episkotēs*)是單數，但從路加的著作(路加福音及使徒行傳)使用這詞的情況，反映了複數的長老似乎較常使用。在教會歷史裏，主教以單數職位出現，是在2世紀的教會歷史及社會其他環境下才有。因此可推論，在保羅的時代，領袖當中似乎並沒有單數的長老。在舊約摩西時代，摩西授命70位長老去施行公義，其中包括處理報血仇一事(申十九12)；處置頑梗悖逆的兒子(申二十一18～21)；審判信口開河的指控(申二十二13～20)，以及處理娶寡嫂制(申二十五5～10)。被擄歸回後至新約時期之前，在重建聖殿中長老仍擔當領袖的角色(「以斯拉二書」6.14)，他們甚至參與猶太人政治事務(「馬加比二書」13.13)。在新約聖經裏，長老肯定是會堂職員其中一分子(太十六21)。當保羅用這詞之時，他是混合了外邦人的用法(監察)和猶太人的用語(一個職位)來形容這個職事。因此，他更可能是以「監督」來形容領袖的工作，以「長老」形容擁有尊榮的品格。這與提多書析讀那部分指出這是職事(監督)和身分(長老)互相配合。提摩太似乎不算是長老，但是他要與長老同工。再者，新約聖經裏的長老並沒有直接與年齡有關，因此可能類似提摩太年紀的人也有機會擔當這個職事。

保羅以單數的「監督」來開始他對監督職事的論點，目的是為要強調每一個監督都要符合這樣的資格。監委會並不是一個商貿協會，而保羅也沒有為這委會提供監督成員的數目，似乎暗示提出特定的某個數目或填補成員的空缺以達致某個特定的數目，都直接地違反保羅的心意。在三章 1 節，他稱監督的工作為「好事」（*kalou ergou*）；NIV 譯作“noble task”，直譯為「尊貴的**工作**」）。保羅說「若有人想望……」中的「想望」（*oregetai*）是以現在時態表達，以此說明人可以渴望得到這個職事，另外，這同時也反映以弗所教會有人想得到這個職事，而保羅也沒有反對。如今當提摩太重新整頓教會時，保羅給予他們一個機會。至於作監督的資格或質素，保羅在接著的經文說明此事。

關於「工作」（ergon）這概念也在提摩太後書四章 5 節出現，保羅在那裏討論到要在敵對的世界裏忍受苦難，做傳道的工夫。

9.1.2 監督的職事質素（三 2～7）

保羅在 2 至 7 節以一個現在時態不定詞「必須」（*einai*）這動詞來表達他的指引。這現在時態表示接著所列出的一些條件，表示擔崗這職事的人是有能力達致這些條件的要求。這時態同時也表示，這些監督並不只是在某段時間，而是要在所有時間都要符合要求。**不定詞不只是指職責，也是指品格或習慣**。保羅從 3 個角度來看監督的資格：第一，監督的個人生活（2～3 節）；2 節從正面看，3 節從負面看；第二，監督的家庭生活（4～5 節）。唐納（Philip H. Towner）從希臘文句法觀察到 1 至 3 節由一連串的形容詞轉為 4 節以分詞短語，因此 4 節標誌著觀點上的轉變。第三，監督有成熟的處事態度（6～7 節）。

在這封書信裏，保羅喜歡使用現在時態不定詞來形容某些標誌著教會的慣常做法（參 8.1.1.「公共祈禱背後的意義〔二 1～2〕」，另參二 8 的析讀）。

9.1.2.1 監督的個人生活（三 2～3）

有美好個人生活是作監督最先決的條件。關於這方面的事情，是有以下正、負兩方面：

一、正面的生活

這正面生活分別有 3 方面：第一方面涉及「無可指責」（*anepilēmpton*）。

這詞在新約聖經只出現 3 次，全都是在提摩太前書（參五 7，六 14）。這與提多書的「無可指責」（*anegklētos*；多一 6、7；另參林前一 8；西一 22；提前三 10）原文不同。雖然如此，這兩個詞都是同義詞。這詞的意思顯然不是指一個人從來未被指責過，而是說他從來未被證實有罪。

這節的「丈夫」(andra)與提多書一章 6 節的不同(anēr)，原因前者的名詞是以直接受格式表達，後者則以主格表達。

第二方面涉及正面的生活，就是他們與異性的關係。保羅指出監督必須「只作一個婦人的**丈夫**」（*mias gunaikos andra*）。須留意的是很多人都濫用這節經文，它可被誤解為這是指對監督的婚姻要求。這有別於擁有三妻四妾、甚至是有私生子的羅馬人。我們早已說過，這短語似乎是個口語表達方式，它並不是指婚姻狀況，而是指一個人的品格，因為這短語直譯是「有一個女人的男人」（參 3.2.1.1「對待異性〔一 6 上〕」）。假如這短語只是指監督必須已婚，那麼，保羅或其他單身的人也無法成為教會的監督；甚至是耶穌以單身的身分作救主也無法符合資格運作他自己的教會。保羅在此論到婚姻和接著論到兒女，他的心意不但是指監督，也包括所有的人。婚姻和生兒育女並不是他定規的要求。禁止監督單身並不是這裏的意思，保羅在三章 5 節論到家庭，也不是要求監督要有兒女和僕人——雖然這些都是一般希羅家庭常有的。導致保羅有這樣的言論，最有可能的是，很多（假如不是所有）以弗所教會的監督都是已婚和有家庭的。馬歇爾（I. Howard Marshall）推斷保羅列出監督的資格，其實是要與當時主張禁慾那假教義的人爭論。

第三方面涉及的是監督要如何處理他的個人事務。首先，是討論他自己的生活要如何地過。保羅提到「節制」（*nēphalion*；指保持警惕和清醒）、「克己」（*sōphrona*；指明智）與「端正」（*kosmion*；指有秩序）。換言之，保羅期望作監督的個人生活必須要有紀律。接著是監督對待其他人的要求，當中有「樂意接待」（*philexenon*）和「善於教導」（*didaktikon*）。「樂意接待」直譯是「愛陌生人」。古代的旅店其實是下流社會活動的地方。在那裏有進行各種不道德和不安全的活動，這些旅店甚至更充當妓院。所以普通的旅行者是不會住這些地方，他們反而去找親友，期望會被收留住宿。若親友不收留他們，就會四處敲門，希望有家庭收留他們。基於猶太人的祖先亞伯拉罕曾因為接待客旅而接待了天使這優良傳統，敬虔的猶太信徒大都願意接待客旅。作為彌賽亞信仰的領袖——監督，就更是如此。因此，保羅提醒他們要接待陌生人。這不一定指把陌生人留在他家中住宿，亦可能是指接待參加家庭聚會的陌生人。「善於教導」在教牧書信似乎十分重要(參提後二24；**多一9**)，原因很簡單：這是為了對抗當時傳假教義的人(參提前一3～7)。對保羅來說，對抗假教義的最好方法，就是正確和清楚地教導真理。此外，愛別人和正確地教導就成為監督個人生活兩方面重要的事情，這樣他才得以結出事奉的果子。「樂意接待」和「善於教導」這兩點指向事奉的本質是監督需要與人聯繫，同時也要自己花時間學習真理。忽略與人連繫使教會變成一所沒有關係、冷漠的宗教教義學院；忽略教導使教會變成一所沒有教義內涵的俱樂部。在羅馬世界，學院是教育的機構，哲學和修辭是在學院裏教授和示範的，而義務團體和商貿協會則是為了培養那些成員某些共通的興趣(包括專業或非專業的)。然而，以上兩者本身都不足以反映出教會羣體的真正功用。教會的特質是從領袖開始的。保羅想確保以弗所教會的領袖不會將教會羣體變成與世上的機構無異的羣體。

雖然提多書一章9節沒有出現didaktikon這形容詞，但它的短語「能……教導」已表達這意思。

二、負面的生活

保羅在第3節轉為從負面角度討論監督的個人生活。監督要「不酗酒」、「不打人」、「要溫和，不好鬥」、「不貪財」。酒是那個時代常見的飲料。保羅並不是禁止喝酒，而是反對沉迷於那些被當時的人看為好的事情。為甚麼這樣的監督會酗酒呢？他有可能從一些途徑得到或去飲那些遠超過一般酒飲量的酒。

接下來，保羅論到監督的人際關係，指出不應做的事(「不打人」、「不好鬥」)和應做的事(「要溫和」)。這3項質素有別於一章3至4節論假教師。三章3節最後的禁令涉及貪財。這是很重要的，因為它十分配合三章2節的愛妻子和愛陌生人。

綜合以上有關對監督的提醒，就會發現到以下的6點事情：

- 這些提醒的重點是人的品格，而不是技能。至於技能，經文只提及兩項，就是善於教導和管理教會。保羅並不是說技能並不重要，而是可能已假設了這樣的人擁有這些技能。保羅因為眼前的問題而列出了這些技能。
- 至於執事的品格（下文會詳論），保羅所論述的，與監督並沒有太大差異。或許保羅的異象是令每位男性基督徒都要有很高的品格。
- 品格的項目直接對比著假教師，這樣為要說明有能力的教師和無能力的教師之間的差異有多大。
- 無論對人的價值觀和任何敬虔的外在表達方式（例如愛陌生人、委身與妻子、反對貪財），保羅都同樣重視。
- 保羅對監督和執事的要求，只是最基本，而不是最高的。換言之，那些不符合這些要求的人應該自行辭職，留給有資格的人來做。
- 雖然保羅列出品格的項目是一份重要的指引，但在這份指引上，可能要加上一些配合現代文化的要求，才能讓監督稱職地事奉。

9.1.2.2 監督的管理能力（三 4～5）

上一段落處理過有關監督的個人生活之後，保羅如今列出另一套監督需要有的管理技能（三 5～6）。他在這裏把管理家庭比作管理教會。他這樣作類比是完全可理解的，因為這樣很配合家庭教會的模式。艾格臣（James W. Aageson）寫道：「希羅家庭與上帝的家的關聯在這幾節裏表露無遺。」當保羅提到「家」（*oikos*），所指的不只兒女和妻子，也包含雇工和奴隸在內。然而，5 節的焦點是兒女。因此，將這「家」及「教會」平行而看，這些問題更顯而易見了。假如監督無法管理自己的兒女，又怎能夠管理像教會——上帝的家——般複雜的地方（這也可以指在他家裏聚會的信仰羣體）的事情呢？換言之，保羅暗示了即使有人將自己的家開放，作為信仰羣體聚會的地方，他也不會自動成為這家庭教會的監督。這樣，我們就會見到一個較大的可能性：有人可能只供應教會物質或資源上的需要，但不一定是教會的領袖，因為他們在品格或擔崗教導的工作上，仍未成熟到可以成為領袖，即使他們渴望作監督。保羅指出若管不好自己的家人，就管不好「上帝的教會」（*ekklēsia theou*；5 節），他將信仰羣體稱為「上帝的教會」，以此強調這個巨大的責任。「教會」(*ekklēsia*)這詞的希臘文並不是指「呼召出來的人」，如很多講道者所說的那樣；相反，這個詞彙是指「集會」或「聚會」。這個集會的本質視乎它屬於哪一類的聚會。舉例來說，它可以是一個政治集會，這可參考約瑟夫的著作（*Antiquities of the Jews* 12.164）。它亦可以指宗教集會（林前十一 18）或普通的集會（徒十九 32），也可以指是以色列立約羣體的聚會（參申三十一 30「七十士譯本」）。在提摩太前書這一節「上帝的教會」可稱作「上帝的集會」，它泛指教會。它不是特指以弗所教會，而是泛指一個圍繞著上帝而來聚集，並以敬拜的態度，奉上帝的名來運作的羣體。故此，它可說不只是人類的一種集會。假如我們細心留意這裏的用詞，就會發現到當中隱藏著保羅的政治理想。對於保羅來說，監督是監管著一個稱為上帝的集會的家庭。這位上帝是救主（提前一 1）和普世的「一家之父」（一 2）。換言之，保羅稱這個地方為「教會」時，不只是使用宗教詞彙，而是看見上帝的國度這更廣更大的圖畫。若是這樣，監督就是上帝這位王的管家，管理著王室家庭裏的成員。保羅強調這個責任之重大，原因是以弗所教會裏有些人並沒有認真看待他們的職事。再者，保羅也要藉此引入三章 6 至 7 節的討論。

9.1.2.3 有關作監督要成熟這議題（三 6～7）

保羅在 6 至 7 節結束有關監督的討論。在這結束語中，他清楚指出哪些人是不成熟的，且不能作監督。他先指出「剛信主的」不可作監督。「剛信主的」（*neophuton*）這詞可以用來形容新生的植物。假如這個詞彙是個農耕的隱喻，就十分合理了，因為耕種植物是需要經過成長、成熟和結果才可收割。保羅先在 6 節提到初信者作監督的危險：這個人會「自高自大」（*tuphōtheis*），而保羅說他會落在魔鬼所受的刑罰裏。從希臘文看，「自高自大」這詞暗示了一種瞎眼的狀態，它可以指向一章 6 至 7 節的情況，就是有些人偏離了真理，想成為律法教師，卻不知道自己所說的是甚麼。若參考這節經文，便可說明自大的來源是錯誤地把自己與他人作比較。保羅說這樣的人會落在魔鬼所受的刑罰裏，不過他卻沒有進一步解釋為何他們會得到如此結果。保羅可能認為以弗所教會已知道魔鬼如何受審，或是魔鬼怎樣審判墮落的領袖。

很多解經家認為這兩節經文是在討論審判魔鬼。然而，若將 6 至 7 節平行去看，這記載已足以指出，在指控墮落領袖這事上魔鬼採取主動的角色。在 6 節「落在魔鬼所受的懲罰裏」，保羅肯定是在指許米乃和亞歷山大（參一 20），因為他們就是那些與信仰羣體和上帝的祝福隔絕了的人。若看 7 節「落在魔鬼的羅網裏」（這似乎較有可能），那麼，魔鬼就是在人類和上帝面前指控自高自大的領袖，這無疑會損害領袖的見證。根據三章 7 節，監督與在教會羣體以外的人的關係，也會影響他的名聲。當保羅指出不要落在魔鬼的羅網裏，他再次地沒有加以任何解釋。魔鬼的網羅最有可能是指使福音帶來壞名聲，就如一章 3 至 11 節那些教導假教義的人一樣。換言之，人可能會因他的身分而自視過高，引致自高自大。這人也可能因為沒有建立良好的品格，而成為一個壞的見證。因此，量度候選人的成熟程度，可分兩方面：與別人建立關係時是否有正確的自我價值觀，以及在信仰羣體以外的人是否能夠作美好的見證。不成熟的領袖會助長魔鬼的勢力，而不是上帝。這情況實在很嚴重。保羅感受到作為上帝面前活生生見證的羣體所面對的危機。

9.2 對執事的要求（三 8～13）

在保羅給予提摩太權柄和指引，釐清有關監督的事情之後，他繼而處理對執事的要求（三 8～13）。8 節出現「同樣」（*ōsautōs*）這修飾性副詞，以表示下一段開始是一個新的話題，但同時也是上一段落的補充。在**提多書二章 3 節及 6 節**（參 4.2.1.2「對年長的婦女的勸勉〔二 3～5〕」及 4.2.1.3「對年輕人及提多的勸勉〔二 6～8〕」），這連接詞連於它整個部分的主題，就是關於「教導」這主題。保羅期望提多也要這樣地教導。在二章 9 節，保羅勸勉女人要端莊，像男人般在公共崇拜和祈禱中有恰當的行為。「同樣」這連接詞與前一段落因此成為平行經文。而三章 11 節也似乎是針對著一個平行的處境，但是我們要留待稍後才討論。這裏有一點是清楚的：對監督有如此嚴格的要求，對執事本身也要有同樣的要求。或是保羅是藉著這個邏輯，來形成平行：「監督必須無可指責……同樣，執事也必須莊重……」（2、8 節）。

> *保羅在提多書三章 3 節出現「又」及 6 節出現「同樣」這修飾性副詞這兩個副詞原文是 ōsautōs。*

分段大綱（三 8～13）

1. 對執事職事的理解（三 8～10、12～13）
   甲、新約書卷的意義
   乙、監督和執事的比較
2. 對女執事的理解（三 11）

9.2.1 對執事職事的理解（三 8～10、12～13）

究竟我們如何理解「執事」這詞？我們必須先按著新約時代常見的用法來定義這詞的概念，然後再將它與監督作比較，顯出他們職事不同之處。

9.2.1.1 新約書卷的意義

「執事」（*diakonos*）是指服事的人。新約書卷共出現 29 次，現將「和修版」的不同譯法列於下：

- 這個詞彙可以表示卑微地服事，且較著重職責。「和修版」譯作：「用人」（參太二十 26，二十三 11；可九 35）、「侍從」（太二十二 13）。
- 保羅稱自己和他的同工為執事，有時候都是指為了福音而服事的人。「和修版」譯作：「上帝的用人」（羅十三 4；林後六 4）、「基督的用人」（林後十一 23）、「受割禮的人的執事」（羅十五 8）、「上帝的執事」（林前三 5）、「新約的執事」（林後三 6）、「上帝的差役」（林後十一 15）、「福音的僕役」（弗三 7；西一 23）、「忠心服事主的」（弗六 21）、「在基督裏忠心的」（西一 1）；「教會的僕役」西一 25）、「忠心的僕役」（西四 7）。
- 教會的職事。「和修版」譯作：「執事」（羅十六 1；腓一 1；提前三 8、12，四 6）。

從以上的資料顯示，「執事」這詞在新約書卷使用時，大都指上帝的僕人或為福音而服事的人。至於用作教會裏一個職位，則只有教牧書信中的提摩太前書。這可見執事的職事有濃厚「服事」的意義。當保羅用作教會職事之時，這個詞彙本身也不一定需要解作帶有卑微的服事。若從保羅的用詞及職事的描述，執事和監督的分別是在於功能上：監督比執事在領導上要更為卓越。唐納指出，監督和執事的關係反映了會堂中的長老與助手的關係。雖然這個詞彙所包含的可以指不同種類的工作，但是孟恩斯（William Mounce）指出一個重點：希臘人和羅馬人普遍不重視去服事他人。事實上，保羅時代的世俗社會重視的是被服事多於服事人，因為他們重視個人休閒的時間。因此，保羅對執事有如此的要求，是有別於當時社會常規的。保羅的福音在這裏直接針對當時的主流文化。

9.2.1.2 監督和執事的比較

另一個理解保羅對執事的看法，可從比較監督和執事之間相同及相異之處尋找到。他們相同之處有如下 6 點（參三 2～12）：

- 監督與執事應該能夠理解教義的內容（2、9 節）；
- 監督與執事都應該好好維持婚姻（假如他有結婚）的關係，他們要作一個妻子的丈夫（2、12 節）；
- 當監督要無可指責，執事也要先受試驗，若沒有可責之處，才可作執事（2、10 節）；
- 監督與執事都應該留心喝酒的分量，這可能會影響他的判斷能力（3、8 節）；
- 監督與執事都應該注意自己的經濟狀況（3、8 節）；
- 監督與執事都應該好好管理家庭（4、12 節）。

這些比較顯出了一個原則，就是兩者在道德行為上都要正直。從相同之處來看，保羅關心所有在教會中服事的人，無論他們是擔當領袖的角色，或是在背後提供支援；他關注個人和公開生活的一致性，以及對真理有相當的認知。正因為在背後支援上仍需要有人去負責，這些背後的支持者除了有良好的品格，同時也要有穩固的信仰認知基礎。在一個主要以口述知識的社會裏，要清楚理解真理可能需要某些技能來幫助。當教會某些概念被異教徒攻擊之時，這些技能可以幫助他們去抗辯，所以他們必須擁有討論教義的基本能力。亦因如此，他也可能需要閱讀和理解使徒書信的能力，以致可以持守某些教義上要求的標準。馬歇爾指出，教會領袖普遍來說都是有地位的人。若是如此理解，保羅的要求似乎立時排除了較低社會階層的或較沒有知識的人；但這也不是必然的，當時代有些奴隸會為了他們的主人而學習閱讀和書寫。後期的教會歷史亦有證據顯示，較低社會階層的人也可以成為教會領袖。因此，保羅所要求凡作執事的，只需要某些基本技能，便可以作領導工作。

至於執事與監督在角色上的分別可以詳述如下兩點（參 2～12 節）：

- 在保羅眼中，似乎容許女性作執事，他卻沒有提到有女性作監督（11 節）。
- 他描述監督與執事的職責各有不同。監督主要是教導和管理教會（2、5 節），而執事的主要職責是服事教會（13 節）。

9.2.2 對女執事的理解（三 11）

保羅在 11 節所用「女執事」原文是 *gunaikas*，意思是「女人」。因此，有學者認為這不是指女執事，而是指執事的妻子。雖然保羅在此沒有解釋這「女人」所指涉的是哪一種身分，但明顯他討論的是女執事而不是執事的妻子，原因很簡單。假如保羅想論到執事的妻子，他就應該在討論監督時，同樣也提及他們的妻子；若不是，莫非執事的妻子就需要教導，而監督這擔當領袖的妻子這麼重要的角色就不需要嗎？至於保羅是否接受有女執事，他在其他書信中曾提到非比這位女性，她是**執事**（羅十六 1），這表示保羅認同有女執事這職事。或許在希臘文裏因為沒有「女執事」這名詞，所以保羅用了「執事」指涉男女執事。再者，在提摩太前書三章 11 節論女執事之前，保羅再次用「同樣」（*ōsautōs*）這連接詞，似乎是要讓讀者知道，同樣地若有女人事奉，她都應如此如此行。有支持 *gunaikas* 應譯作「妻子」的學者如孟恩斯則認為，假如把二章 11 至 15 節理解為作妻子應有的行為，三章 11 節的女人就是執事的妻子。須留意的是，11 節 *gunaikas* 即使不譯作女執事，這詞仍指向女人，未必可以用來指執事的妻子，持這觀點的人必須引例子指出這詞肯定指向執事的妻

這節經文所用的原文是 diakonon，雖然是一個陽性名詞，但明顯指的是非比這姊妹。

子。因此，希臘文 *gunaikas* 極可能是指女執事而不是執事的妻子。

若仔細看這段經文便發現它的內容很特別，似乎保羅是先提及女執事，才提到整體的執事角色。筆者認為這裏的結構可能是這樣的：對男執事的要求（8～10節）；給女執事的附記（11節）；關於男執事的討論（12節）；給所有的執事提供應用的教導（13節）。若將8、11節的「同樣」（*ōsautōs*）這連接詞作為將3至7節、8至10節、11至13節為平行經文看，整個段落能配合「監督－執事－女執事」的結構。若是如此，11節的「莊重」（*semnas*）也是指向教導8節男執事的。同樣地，女執事也必須像2節所描述監督一樣「節制」（*nēphalious*）。監督要教導和管理教會（2、5節），而執事的主要職責是服事教會（13節）。好好服事教會會使他帶來好名聲。提摩太必須打美好的仗，確保以弗所教會的領袖的質素和資格符合保羅的標準。這並不是一件容易的事情，但卻是一件必須要做的事情。

信仰反省：實踐保羅對領袖要求的教導

我們應該反思這段關於討論領袖資格的經文與今天的關係。現列出兩位牧者的爭論，來說明這個應用。有一位牧者說：「教會職事終身制符合聖經教導嗎？」另一位牧者回應說：「有限期地委任符合聖經教導嗎？」這些都是從經文而來的實際問題。很明顯，提摩太需要除去或糾正不合資格的人。這樣看來，職事並不是終身的。與此司時，對那些合資格的人，保羅並沒有定下時限。因此，只要是合資格而又有能力和願意事奉的人，是不需要為他定下時限。換言之，關鍵並不是時限，而是資格。時限可能是個現代和實際的問題，以確保教會的領袖不會守舊。故此，除了資格之外，並沒有不容變通的規例。

或許每個教會有它獨特的情況和挑戰，這些正正要求人不時要評估教會當時的策略到底是在幫助教會或阻礙教會。類似這裏的經文給予人很多自由度。我們大多很想保羅明顯地講清楚所有規限，那麼，我們便可以很容易，且在沒有爭拗之下擬定一些制度。但是保羅偏偏就是留了許多應用的空間，他只寫下一些品格的要求及個人質素。這可能因為收信人本來都已明白如何執行那些制度，另一方面亦都因為要讓不同的教會當讀到這段經文時，將一些具體的實踐交由教會領袖按當時實際的情境而決定。

溫習及思考問題

1. 提摩太前書提及的長老與提多書（多一5～9）的有何相同之處？若與今天相比，教會長老的質素如何？長老是否需要接受訓練？他最需要的是哪方面的訓練？
2. 從保羅的角度，哪一類人未能作長老？為何保羅會有這些要求？若然他們被按立，教會將面對甚麼問題？按保羅的表達，你認為他贊成按立女長老嗎？這些事情如何應用在今日的教會？
3. 長老與執事有何相同及相異之處？如何應用在今日的教會？

第十章
保羅對提摩太個人的勸勉（三14～六2）

- 提摩太個人的事奉
- 有關教會不同的成員

經文

保羅對提摩太個人的勸勉

3 14我希望盡快到你那裏去，所以先把這些事寫給你；15倘若我延誤了，你
也可以知道在上帝的家中該怎樣做。這家就是永生上帝的教會，真理的柱
石和根基。16敬虔的奧祕是公認為偉大的：上帝在肉身顯現，被聖靈稱義，被
天使看見，被傳於外邦，被世人信服，被接在榮耀裏。

4 1聖靈明説，在末後的時期必有人離棄信仰，去聽信那誘惑人的邪靈和鬼
魔的教訓。2這是出於撒謊者的假冒；這些人的良心如同被熱鐵烙了一
般。3他們禁止嫁娶，又禁戒食物—就是上帝所造、讓那信而明白真理的人存
感謝的心領受的。4上帝所造之物樣樣都是好的，若存感謝的心領受，沒有一
樣是不可吃的，5都因上帝的話和人的祈禱而成為聖潔了。6你若把這些事提
醒弟兄們，就是基督耶穌的好執事，在信仰的話語和你向來所服從的正確教
義上得到了栽培。7要棄絕那世俗的言語和老婦的無稽傳説。要在敬虔上操練
自己：8因操練身體有些益處；但敬虔在各方面都有益，它有現今和未來的生
命的應許。9這話可信，值得完全接受。10我們勞苦，努力正是為此，因為我
們的指望在乎永生的上帝。他是人人的救主，更是信徒的救主。11你要囑咐
和教導這些事。12不可叫人小看你年輕，總要在言語、行為、愛心、信心、
清潔上，都作信徒的榜樣。13要以宣讀聖經，勸勉，教導為念，直等到我來。
14不要忽略你所得的恩賜，就是從前藉著預言、在眾長老按手的時候賜給你
的。15這些事你要殷勤去做，並要在這些事上專心，讓眾人看出你的長進來。
16要謹慎自己和自己的教導，要在這些事上恆心，因為這樣做，既能救自己，
又能救聽你的人。

5 1不可嚴責老年人，要勸他如同父親。要待年輕人如同弟兄，2年老婦女如
同母親。要清清潔潔地待年輕婦女如同姊妹。3要尊敬真正守寡的婦人。
4寡婦若有兒女，或有孫兒女，要讓兒孫先在自己家中學習行孝，報答親恩，
因為這在上帝面前是可蒙悦納的。5獨居無靠的真寡婦只仰賴上帝，晝夜不住

地祈求禱告。[6] 但好宴樂的寡婦活著也算是死了。[7] 這些事，你要囑咐她們，
讓她們無可指責。[8] 若有人不照顧親屬，尤其是自己家裏的人，就是背棄信
仰，還不如不信的人。[9] 寡婦登記，年齡必須在六十歲以上，只作一個丈夫的
妻子，[10] 又有行善的名聲，就如養育兒女，收留外人，洗聖徒的腳，救濟遭難
的人，竭力行各樣善事。[11] 至於年輕的寡婦，你要拒絕登記，因為她們情慾
衝動、背棄基督的時候，就想嫁人，[12] 她們因廢棄了當初所許的願而被定罪。
[13] 同時，她們又學了懶惰，習慣於挨家閒逛；不但懶惰，而且說長道短，好管
閒事，說些不該說的話。[14] 所以，我希望年輕的寡婦嫁人，生養兒女，治理家
務，不讓敵人有辱罵的把柄，[15] 因為已經有一些人轉去隨從撒但了。[16] 信主的
婦女若有親戚是寡婦，要救濟她們，不可拖累教會，好使教會能救濟真正無助
的寡婦。[17] 善於督導教會的長老，尤其是勤勞講道教導人的，應該得到加倍的
敬奉。[18] 因為經上說：「牛在踹穀的時候，不可籠住牠的嘴」；又說：「工人得
工資是應當的。」[19] 有控告長老的案件，非有兩三個證人就不要受理。[20] 繼續犯
罪的人，要在眾人面前責備他，使其餘的人也有所懼怕。[21] 我在上帝、基督耶
穌和蒙揀選的天使面前囑咐你要遵守這些話，不可存成見，做事也不可偏心。
[22] 不可急於給人行按手禮；也不可在別人的罪上有份，要保守自己純潔。[23] 為
了你的胃，又常患病，不要只喝水，要稍微喝點酒。[24] 有些人的罪是明顯的，
已先受審判了；有些人的罪是隨後跟著來。[25] 同樣，善行也有明顯的，就是那
不明顯的也不能隱藏。

6 [1] 凡負軛作奴隸的，要認為自己的主人配受各樣的尊敬，免得上帝的名和
教導被人褻瀆。[2] 奴隸若有信主的主人，不可因他是主內弟兄就輕看他
們，更要越發服侍他們，因為得到服侍的益處的正是信徒，是蒙愛的人。

討論完教會領袖議題後，保羅以個人與提摩太對話的方式表達有關提摩太個人的事奉（三 14～四 16），以及有關教會不同的成員（五 1～六 2）的議題。在這議題之前，保羅在一章 18 節曾鼓勵提摩太打美好的仗，在三章 14 節便結束打美好的仗的吩咐。然而，我們依然從宏觀的角度擴展保羅對二章和三章的分析，他在這兩章的心意十分清晰。他從二章論到公共崇拜中的會眾，轉到三章 1 至 13 節論教會職事，再發展至三章 14 節至六章 2 節。這裏的關注既涉及教義，也是很實際的應用。

10.1 提摩太個人的事奉（三 14～四 16）

在這一段落中，保羅從 3 個層面談論他個人的事奉。首先，他吩咐提摩太照顧教會（三 14～15），然後他再作一些個人的宣言（三 16），接著他很具體地提醒提摩太個人事奉生活應有的事情（四 1～16）。

分段大綱（三 14～四 16）

1. 保羅吩咐提摩太照顧這家（三 14～15）
2. 保羅的宣言（三 16）
3. 保羅對提摩太個人生活的提醒（四 1～16）
   甲、假教義的問題（四 1～5、7 上）
   乙、提摩太的牧養工作（四 6、7 下～16）

10.1.1 保羅吩咐提摩太照顧這家（三 14～15）

保羅在這段落清楚表明他的心意。他期望提摩太確保所有家庭成員都能按著之前他所勸勉的（即是在家庭教會裏恰當的言行舉止），以及之後的教導恰當地處事。保羅稱這個羣體為「上帝的家」（*oikou theou*；15 節），這是一個源自羅馬法制下的一種組織。從福音事工的開始，保羅一直以「家」來象徵上帝的子民（參加六 10）。這個隱喻性或非血緣的基督家屬關係並不是新鮮的事，在此也不需要再去說明。事實上有時候，信徒的家就是羣體的聚會點。正如我們在上文討論過，這些家庭有不同階層的成員。若是借用羅馬家庭的概念，家庭可以是整個以帝王為首的羅馬秩序的基石，所以家庭就是社會的縮影。與日常生活中的管家有關的詞彙也連於「家」(*oikos*；參色諾芬〔Xenophon〕*Memorabilia* 3.4.12)這名詞。因此，當保羅論到「上帝的家」，他是在建構一個有別於當時社會的另一個社會。而在這樣的神學論點之下，他再補充說這家是「永生上帝的教會」(*ekklēsia theou zōntos*)、「真理的柱石和根基」(*stulos kai edraiōma tēs alētheias*)。接著便詳細討論保羅對這家的兩點描述。

一、永生上帝的教會

有關這個在當時社會看為地位卑微的家庭，保羅的描述十分豐富。他稱之為「永生上帝的教會」，是改變了它卑微的外貌。現代的講道者和基督徒理所當然地認為他們知道「教會」一詞是甚麼意思，但是保羅在這裏的用語值得我們認真地反思。在保羅的時代，教會並不如現代信徒所想般是一個宗教聚會的地方。把那樣的宗教理解讀進文本裏是時代錯置的。對保羅的時代來說，「教會」(*ekklēsia*)是一個簡單的詞彙，指帶有目的的集會(參三5)。保羅一般會以當時通用的不同詞彙來形容上帝的子民。無論「教會」這個詞彙在1世紀有甚麼意義，它肯定是指有目的的集會，而不是隨意的。假如保羅是論到上帝的集會，那麼，他就是指類似原本屬於以色列的立約羣體的聚會。保羅將卑微的家庭藉著福音轉化為一個立約羣體聚會的地方。保羅提醒提摩太這個獨特的神學概念甚是有趣。原因可能是基於教會正面對著不同掙扎和假教義的挑戰。當1世紀的基督徒年紀漸長，像提摩太的年輕人就要起來，維繫著這個立約羣體的忠誠。從保羅構思出來的建築物圖像——柱石和根基——可見他對忠誠的要求。

二、真理的柱石和根基

保羅稱教會為「真理的柱石和根基」，柱石是指教會要支撐起真理的地方，而根基是指教會一切都是建基於它的教義之上。在保羅的時代，羅馬人發明了一種特別的混凝土，當中加入了火山灰，令建築物的根基更加穩固。真理的根基表示它是穩固、不能移動的。柱石是可見的建築物，而根基則是隱藏的。保羅混合了兩樣東西作隱喻是別有説服力。雖然教會有一個深深隱藏的真理，好像它的根基一樣，教會也需要透過它的事工，叫人看見它的真理。在三章16節記載，教會其中一個功用是透過宣教中宣講。就以弗所的處境整體來説，教會的公共崇拜和教導也表明了它的功用是持守（即是柱石）真理。那麼，甚麼是真理呢？保羅以一個宣言來表達這真理。

10.1.2 保羅的宣言（三16）

16節似乎在描述這個真理時，提供了一個宣言式的詩歌「上帝在肉身顯現，被聖靈稱義，被天使看見，被傳於外邦，被世人信服，被接在榮耀裏。」保羅稱這個真理為「敬虔的奧祕」（*tēs eusebeias mustērion*）。「敬虔」（*eusebeias*）是一個希臘人美德（參1.6.3「敬虔：神聖美德」）。保羅採納它後，加在他的福音裏，意思是對上帝存有敬意和責任。這個真理稱為奧祕是源於它的獨特性而不是它的神祕性。它原本是隱藏的，如今在在基督裏被揭示出來。「敬虔的奧祕」亦可以解作導致敬虔的奧祕。保羅所指的奧祕，與羅馬世界充滿神祕色彩那異教的奧祕不同，當時的人是要付錢才可以加入那些教派。保羅宣講那白白的福音與這些神祕的異教大為不同，這福音可以被所有人接觸，從上至下、從猶太人到外邦人。

這個宣言包含了6個短的陳述句，以6個過去不定時時態被動語態動詞表達，第一個和最後一個短句「上帝在肉身顯現……被接在榮耀裏」以耶穌的事工作結束，中間4個句子記載了上帝的事工對受造秩序的影響。這些雖然是基督論的言論，保羅卻沒有直接的説明。務要留意，「奧祕」（*mustērion*）一詞的希臘文是中性的，往往用來形容一個組織，但保羅在他的宣言卻用來形容一個人，而這一點也再次表示保羅的福音與異教之間的鴻溝有多大。保羅的福音以一個人而不是一個組織為中心。保羅不需要在此提到基督，因為以弗所教會早已知道這些陳述意味著基督論。這6個陳述句是：

- 基督「在肉身顯現」（*ephanerōthē en sarki*）。這裏使用的動詞「顯現」（*ephanerōthē*）可能是指某個奧祕的超自然啟示，現時顯現出來。這配合所提及有關奧祕的討論。但是在這裏，這個奧祕是有血有肉的，並以道成為肉身的方式出現。

- 基督「被聖靈稱義」（*edikaiōthē en pneumati*）。這裏的意思是把復活理解為使基督的名字得稱為義的方式。這樣的傳統像羅馬書一章4節「按神聖的靈說，因從死人中復活，用大能顯明他是上帝的兒子」。假如基督被判死刑，而聖靈來到使他復活，那麼，他就從羅馬政府控訴中被稱為義了。
- 基督「被天使看見」（*ōphthē aggelois*），標誌著他復活的天啟式的重要性，他復活這事實最先由天使看見的。
- 基督「被傳於外邦」（*ekēruchthē en ethnesin*）。這句話十分奇怪，除非我們把外邦人放在保羅較闊的理解裏。保羅在**羅馬書**引用申命記三十二章21節作為預言，表明外邦人的歸信是上帝給以色列救贖計劃的一部分。外邦人的歸信對保羅來說，是上帝在終末的日子更大計劃的一部分，是必須成為過去的。

「我再問，以色列人不知道嗎？先有摩西說：『我要以不成國的激起你們嫉妒；我要以愚頑的國惹起你們發怒。』」（羅十19）。

- 基督「被世人信服」（*episteuthē*）。保羅在論到普世的信仰時，他強調的是，宣教是上帝主要計劃的一部分。
- 基督「被接在榮耀裏」（*anelēmphthē en doxē*）。基督的工作自然地以升天作結束。

天使在救恩歷史的角色

保羅關於天使的言論在聖經中頗為罕見。他並不時常提及天使。他對天使的概念是從何而來呢？華基爾（Bruce K. Waltke）在他的著作（*An Old Testament Theology: An Exegetical, Canonical, and Thematic Approach*）中為天使在上帝那天庭裏的角色提供了重要的研究。這個專欄會先總結華基爾部分的釋經觀察，繼而看看這些概念怎樣在第二聖殿時期發展。

華基爾的討論先以創世記一章26節的「我們」這身分作開始。傳統把它理解為三一上帝，但這是時代錯置的理解。然而，有很好的理據去把「我們」理解為天庭。這個詮釋有頗多舊約聖經的支持。採納這樣的詮釋並不是說華基爾或筆者並不相信三一上帝，而是說我們並不認為創世記一章 26 節是一個證據顯示三一上帝的觀念，創世記三章 22 節繼續暗示與天庭有關的事。當耶和華說「那人已經與我們相似」，祂是指向撒但在三章 5 節「因為上帝知道，你們吃的日子眼睛就開了，你們就像上帝一樣知道善惡」這話，而那似乎是蛇智慧的來源。撒但與上帝的對峙看來是上帝屬天的議會（「和修版」譯作「耶和華的會」，NIV 譯作 "Council of the Lord"；參耶二十三 18）的特色。這顯示了一個屬天的議會，而以賽亞書可以進一步證明這一點（賽六 8）。舊約書卷其他地方也暗示耶和華被一個屬天的議會環繞著（王上二十二 19；伯一 6，二 1，三十八 7；詩八十二 1，八十九 7；耶二十三 18 等）。

除了華基爾原本的討論，在此必須再提出一個從彌賽亞的詩篇（詩八篇）而得的觀察，這詩原本是根據創造的記載寫成。詩篇第八篇 5 節「你使他比上帝微小一點，賜他榮耀尊貴為冠冕。」把人類與天使作比較，可能是從創世記一章 26 節得到啟迪。創世記一章 26 節提到人類是按著上帝的形象造成，而詩篇八篇 5 節提到那個形象是「比天使微小一點」。令人好奇的是詩人將人類與天使的地位比較，這個比較說明了天使的地位與人類的地位是相關的，因為兩者都是按著上帝的意思創造，所以是有別於其他受造物。人類與天使從上帝那裏直接得到不同的創造級別，而天使在天庭裏是最高級的。不過，天庭中的天使是有分好與壞的，詩人曾在他的詩篇表達過（參詩八十二 1）。❶ 當上帝說祂是按著「我們的」（指上帝）形象造人，祂賦予最原始的一對人類的屬性，是從祂自己和天使中轉移過來的。筆者使用「可轉移過來的」屬性，因為察覺到上帝或天使也有一些不可轉移的屬性，是祂及他們獨有的。創世記一章 26 節單數的「形象」（*eikona*；「七十士譯本」及「馬所拉文本」也是單數）和複數的「我們」（*ēmeteran*；「七十士譯本」及「馬所拉文本」也是單數）表示所有屬性在上帝和天庭之間都是類似的。❷ 這類情況以古代近東背景來詮釋，比不太自然的三一上帝論的詮釋更為合宜，因為人類 —— 作為個體和一個種族 —— 既有主人的屬性，也有奴隸的屬性。假如我們採納以三一上帝的詮釋來理解「我們」，那麼，就要進一步去問，聖父、聖子和聖靈的哪個部分是在人類裏面。這是神學的詮釋者必須回答的問題，特別是有關聖靈這議題，但筆者認為沒有太多較具說服力的聖經答案。但是，從另一角度看，上帝和天使共有的是哪個形象，而如今又轉移到人類身上？創世記一至二章的處境暗示人類是負責管治其他受造物。這個主權的觀念在詩篇八十二篇再次出現，上帝在「諸神」（天使）當中行審判。因此，人類應該以公義來管治受造物（像上帝一樣，以及在較低的程度上，與天使一樣）。

上文簡略的概覽並不足以包括所有舊約經文論到在上帝面前的天庭，但它至少讓現代讀者得到一些教會不常教導的事情，而這些事情卻是保羅的時代 —— 至

少對保羅和提摩太 —— 頗為普遍但所須的資料。我們或多或少應該討論這個概念是怎樣在被擄後延續下去，否則我們未免太疏忽這議題了。

這個天庭的概念似乎從來沒有在以色列人的歷史中消失過，它在死海羣體中的角色可見一斑。不過研究昆蘭羣體的學者當中，都認為希伯來文聖經和昆蘭文獻之間的關係會否在概念上有新的發展，依然是個爭論不已的課題。第二聖殿時期的猶太教，並沒有把魔鬼看為天使是其中之一類。任何研究聖經的學生若以為昆蘭文獻視天使為中介者這觀念是不合乎聖經（「以諾一書」40.5～7，47.2），且是很無知。即使保羅自己也在加拉太書三章 19 節「這樣說來，為甚麼要有律法呢？律法是為過犯的緣故而加上去的，等候那蒙應許的子孫來到才結束，是藉著天使經中保之手而設立的。」展示了這種信念。昆蘭這立約羣體並不是憑空想像這些東西，他們這觀念的起源及對天使的詮釋，肯定是很多不熟悉詮釋歷史的基督徒在詮釋舊約時所忽略的。此書不會討論這個那麼值得研究的巨大課題，而卻要指出天使存在於屬天的議會對昆蘭崇拜聚會中的重要性，這一點可在馬撒大（Masada）發掘出來的文獻找到，學者一般稱之為「安息日獻祭之歌」（Songs of Sabbath Sacrifice），❸ 這可得見於他們其中的文獻（4Q403）。這份斷片記述，眾天使按著禮儀在安息日讚美上帝（4Q403 I.1.30）。它為何要數算安息日呢？這豈不因為它是根據昆蘭羣體崇拜的曆法嗎？出現這類陳述，我們又不能單純地把天使理解為敬拜者。它們是給立約羣體的一個崇拜的模範，讓立約的羣體與天使一同敬拜耶和華。在敬拜之時，帶領敬拜的人會召喚會眾加入，這得以證明他們在概念上認同人與天使是一同敬拜（4Q403 I.1.36）。對當時羣體來說，有一個他們看不見，但確信的另一個現實存在。事實上，這些存在於屬天議會中的天使也曾被描述成「諸神」（複數；4Q405 19ABCD）。很明顯，這樣的標籤是古代近東對一個屬天的議會的存在這信念遺留下來的產物。事實上，「以諾二書」20 至 21 章記載天使在寶座面前敬拜上帝，這與啟示錄第四章相同。筆者絕對懷疑以色列人是有採納了古代近東的神學，但他們著作中的用語與一神論的處境很配合。這些聖經作者可能不只將他們的用語與古代近東宗教的處境配合，也與這些宗教爭論。事實上，這個概念貫穿詩篇八十二篇 6 節「我曾說：『你們是諸神，都是至高者的兒子。』」，而耶穌在約翰福音十章 32 至 34 節也引述這節經文，來支持他與宗教領袖的爭論（約十 32～34）。

看過關於天使的議題所關聯到的主題，以及從它延伸的神學發展，我們必須思想這樣的發展對保羅聽眾的意義。毫無疑問，保羅在提摩太前書三章 16 節這個沒有太多附加解釋宣言裏，自然也沒有為天使的描繪提供太多說明。保羅像是期望提摩太去說明這樣的概念，又或可能因著屬天的議會的豐富證據，提摩太和他的聽眾早已得知保羅宣言背後的整個意思，並不需要再加以解釋。無論如何，天使在這個文本中出現，是需要向後來的讀者作解釋的。

上述的討論說明了天使是屬天議會的重要見證人，見證著上帝所做的事情，尤其是在猶太人的時間概念中，見證上帝在歷史裏做了一些事情。換言之，天使並不需要耶穌升到天上才能得見他。他們可能當耶穌在世上或升天時早已見證一切。天使是在何時何地見過耶穌其實並不重要，重點反而是他們確實地見過他，並成為他的見證人。他們證明了耶穌的工作其實就是上帝的工作，而比這更重要的是，假如屬天的議會是參考點，那麼，天使就表明了上帝就是王，因為在被擄後時期，普遍將天使視為要作管治的和與列國爭戰的。耶穌被天使看見，表示了他們的出現是為顯明耶穌是與上帝同作王的。保羅在三章16節的言論見證著上帝的救恩歷史，而不是一個標誌時序的記號。這也是表明耶穌是超越一切的王者！

在這宣言之前，保羅說這是「敬虔的奧祕」。究竟這些宣言如何成為奧祕，且又導致敬虔呢？除了在這裏的文本記載之外，必定仍有一些事情，是保羅和他的聽眾都明白的，但我們是不明白的。因此，我們惟有作一些推論。這個奧祕無疑與其他奧祕有關，例如羅馬書十一章25節「……我不願意你們不知道這奧祕……這奧祕就是……」。這奧祕更大的圖畫是關乎上帝的救恩計劃。耶穌基督是天（肉身顯現、被天使看見、被接在榮耀裏）與地（被聖靈稱義、被傳於外邦、被世人信服）的主，而這是救恩的核心。耶穌是人類的主，這也在使徒的事工中反映出來。或許保羅期望信仰羣體會因為這個偉大的計劃而改變了他們的生活方式。這樣，教會就藉著活出敬虔的生活，而反映出這些基督真理。假如上帝的計劃是這樣浩大，福音的跟隨者應該會敬虔地生活。這樣，救恩就不是關乎「怎樣得救進入天堂」，而是關乎上帝在基督裏成就了甚麼事情。假如我們按著邏輯來理解這首詩歌式的宣言，就會發現基督的工作是在「肉身顯現」開始，但是要到「被傳於外邦，被世人信服」才結束。基督行事——就是指「被……」——的目的，是要藉著宣教才得以成就。這個普世使命與二至三章時提到要向社會作見證的概念很配合，而這個宣言也完美地引入第四章，保羅在那裏提及教會要棄絕這個由宣言表明的信仰以外的其他教義。馬歇爾（I. Howard Marshall）指出這個基督論完全有別於假教義那完全沒有憑據、荒渺無憑的話語和無窮的家譜（參一4）。馬歇爾的看法是對的。無論是直接或間接，這個關乎基督的宣言可能是針對以弗所教會某個涉及基督論的爭議。

10.1.3 保羅對提摩太個人生活的提醒（四1～16）

第四章在邏輯上與第一章是平行的，保羅先提到假教義，才提到教會。兩者不同之處是第四章較為個人，而且是直接應用在提摩太個人的生活中。四章1節是以「**但是**」（*de*）這個連接詞作開始，表示之前提及隱約可見的危機愈來愈呈現出來。保羅以警告關乎假教義的問題作開始（1～5節），接著勸勉提摩太要教導真理（6～16節）。

「和修版」沒有將de這詞彙翻譯出來；但因為在希臘文文法，這詞不可以作句子開首的第一個字，所以它放在定冠詞to之後。

10.1.3.1 假教義的問題（四1～5、7上）

在1至5、7節上，保羅指出這些假教義不同的特徵。保羅描述教會的兩種情況，第一，有信徒離棄信仰（1節）；第二，有人在信仰羣體以外不斷教導和引誘信徒（2～5、7節上）。

一、有信徒離開信仰（1節）

在討論這議題之時，我們必須從這節經文所用的詞彙作一些解釋，再從這些詞彙來解釋保羅描述信徒離開信仰的情況。

第一，「聖靈明說」（*to pneuma rētōs legei*）。保羅指出聖靈已經明說會有假教義的出現。那麼，「聖靈明說」是甚麼意思？惟一可能的線索來自使徒行傳二十章28至31節。然而，並沒有證據表示使徒行傳二十章是聖靈真正在說話。可能這一章表達的公式與提摩太前書這段經文相類似，導致馬歇爾認為提摩太前書這段經文包含了一段告別的講論。無論聖靈說了甚麼話，其實只有保羅和提摩太知道，而保羅使用了現在式時態去描述聖靈的話，表示這樣的話並不是第一次出現，而是當保羅撰寫提摩太前書時，已不斷地出現。保羅預料有些人會棄絕信仰，而他們所不明白的，可能大部分與基督論有關（參三16）。

第二，「信仰」（*tēs pisteōs*）。在希臘文裏，「信仰」這詞彙之前是有一個定冠詞，有「那個」的意思。這表示是保羅正在指明一個獨特、專有的信仰。到了保羅時代，信徒對於彌賽亞福音所包括的和所排除的內容，普遍已有共識了。所以這裏肯定是指那個信仰。

第三，「在末後的時期」（*usterois kairois*）。保羅似乎指出棄絕信仰的事情是在一個特定的時期出現。究竟這是指甚麼時期？若把它推斷為彌賽亞第一次來臨之時，這可能不太合理；若把它斷定為最接近彌賽亞第二次來臨的時候，也未免太誇張了。就經文來說，保羅指的是他寫作的時候。保羅可能視他寫作的日子為末後的時候。何爾馬斯（J. M. Holmes）直譯作「比現在較遲的時候」。根據保羅，這樣的引誘是來自魔鬼的。而這些魔鬼的使者就是四章2節所指說謊之人。

二、對傳假教義的人的描述（2～5節、7節上）

「撒謊者的假冒」這詞是由「虛偽者」（upokrisei）這名詞及「虛謊的話」（pseudologōn）這形容詞組成。

保羅既然稱假教師為「**撒謊者的假冒**」（*upokrisei pseudologōn*），那麼，就要探討這個假教義的本質。孟恩斯（William Mounce）說：「他們的良心刻有撒但的記號，但卻偽裝成上帝的僕人。」由於保羅稱他們為「撒謊者」，這反映兩方面的事情：

- 這些人必定知道真正的教義，如今卻去教導有別於他們所知道的教義。在六章3至5節，保羅將他們的問題更明顯地表達。這些人為了個人經濟上的利益而傳講一些假的教義，這有違他們的判斷力或良心。
- 他們是「撒謊者」，因為他們說「虛謊的話」（*pseudologōn*；這詞是複合詞，由 *pseudo-*「假」及 *logon*「說話」組成）。這有違他們所知道的真理。

事實上，保羅似乎是說他們在假的教導中完全埋沒了他們的良心，他形容他們的良心像「被熱鐵烙了一般」（*kekaustēriasmenōn*；2節，是一個分詞作動詞用）。保羅是以一個醫療過程作類比。這醫療過程是指，醫生要弄死人身體某部位的神經線，以致那部位再沒有任何感覺。假教師那「被熱鐵烙了」的良心與真教師那「無愧的良心」(一5)可以成為強烈對比。為要清楚地描述他們的教導，就必須探討他們教導了甚麼和他們應該知道甚麼。假如我們只看他們的教導而忽略他們所知道的，就只詮釋了一半的修辭技巧。在此有需要以「反照閱讀」(mirror reading；參 1.4.2.3「如何研讀提多書」)看他們的言論，這不只用來理解故事的一面，也能看見另外一面，以致更全面地理解整個情況。

在四章3節上，保羅形容這些人傾向教導禁慾，他們所指的禁慾涉及生活的兩方面：禁止嫁娶和禁戒食物。這樣的禁令與保羅較早時在加拉太教會遇到那傳假教義的略為不同。加拉太教會遇到的是與其禁止行割禮和某些食物有關，但這裏的人禁止嫁娶和禁戒某些食物。在7節，保羅也描述了這些假教導可能的源頭——「世俗的言語和老婦的無稽傳説」(*tous bebēlous kai graōdeis muthous*；7節)。這句話帶有父系社會用詞的意味，因為它似是貶低婦女般，但這與保羅的時代吻合。在保羅的時代，老婦一般確實視為無知和愚昧的，因為她們大都沒有受過教育，可能會把道聽途説的知識，再加上她們的人生經歷，而把沒有根據的知識看為真理。若應用在今天的處境，「老婦的無稽傳説」就類似「沒有依據的猜測或推斷」。這可能是進一步解釋一章4節的「無稽的傳説」。「老婦的無稽傳説」(*graōdeis muthous*)是以複數來表達，而「正確教義」(*kalēs didaskalias*)則是以單數表達。保羅如此的修辭，是另一個強烈的對比。保羅並不是説一定有很多假教義，而是説攻擊以弗所教會的假教義有很多方面是錯誤的，而真理卻只有完整的一個。這樣荒渺的話可能源自猶太教，但我們無法肯定。我們只知道這些沒有受過教育的人當傳假教義之時，是在胡亂猜測，並自行從真的教義作出另一些的教導。

問題的核心到底是甚麼？唐納(Philip H. Towner)説這個假教義可能是誤解了創世記有關創造和墮落的經文(以及有關女人、分娩，甚至是食物的概念)，這個説法可能是正確的。或許假教義是這樣想：由於女人多以感覺為先，而分娩之痛是個詛咒，婚姻就是進一步延續這個詛咒。而且由於基督復活後，女人在基督裏已有新生命，就不再需要結婚了。所以傳假教義的人禁戒嫁娶。至於食物方面，他們可能以妥拉作他們的支持點，指出某些食物是不可吃的，所以他們認為某些食物是不潔的，所以禁戒食物。因此，婚姻和某些食物就要被禁戒了（3 節）。保羅接著便正面描述清楚他們真正的問題是甚麼（4～5 節）。他以創造的神學論點「上帝所造之物樣樣都是好的」（4 節）來回應他們有關創造的假教義。這樣的論點處理了所有的假概念。保羅又以創造中的新創造這教義為論據，為說明福音的真理容許人做很多的事情。透過彌賽亞的新創造，人早已可以藉著祈禱，把不潔的變為潔淨。即使是食物也會成為「聖潔」（*agiazetai*；即是從不潔的食物中分別出來成為聖潔），可以食用。現代解經家須小心，不要把保羅在這裏的言論理解為整個福音一個絕對的總結，卻反而要把他的話理解為給以弗所教會當時情況的教導。保羅以相反的話針對假教義的問題，反映了這些人早已知道真理，但卻選擇棄絕它。第 3 節「上帝所造之物」，可能指食物，又或指婚姻和食物，不過根據保羅所指要帶著感謝領受，就很可能指用餐。或許最好是把保羅的話理解為他的主題是食物，但也同樣暗示著婚姻也要以此原則行。任何食物都可以吃；同樣地，婚姻也是蒙福的。但是，上帝的話語怎樣使食物等東西變成聖潔呢？有兩個可能的解釋：

- 創世記第一章記載上帝看創造是「好的」，所以食物及婚姻都是好的。
- 當涉及到用餐，保羅的話可能涉及初期基督徒把每次用餐當成某種聖餐，於是餐前以感恩的祈禱開始，然後才領受，他們的禱告都會使用上帝的話語。在創世記，上帝說一切都是好的，這與他們以上帝禱告相似。

保羅把禁止婚姻與已婚的監督和執事的常規直接作對比（三 2、12）。莊遜（Luke Timothy Johnson）觀察到：「沒有感恩，這個世界依然是屬於上帝的！當這個世界沒有連於它的創造主，就會變得古怪和醜惡……（羅一 21）。但是，當食物——或性愛——是帶著謙卑和感恩的心享受時，保羅就視之為雙重的『聖潔』。」因此，保羅討論的議題，是涉及假信仰錯誤地為正統的教導的事情作了錯誤的分界線。傳假教義的似乎按著多重禁令來定義信仰，而保羅則按著信仰所賦予的自由來定義信仰。由此，凡阻礙著保羅所傳那使人自由的福音有關的事情，都算為假教導。

10.1.3.2 提摩太的牧養工作（四6、7下～16）

看過保羅對假教導和假教師的描述後，我們就要看看提摩太的工作。他的工作有部分是與保羅對假教師的描述有密切關係，因為提摩太正正是要與這樣的人對立。因此，對提摩太工作的描述，並不是單純地教導怎樣成為一個好牧者，而是要主動地攻擊那些性情與教導有別於提摩太的假教師，保羅每句話某程度上都在攻擊假教師。總括來說，假如我們按著主題來理解6至16節，保羅基本上論到好牧者是有4方面有別於壞教師的事情：作為基督執事的身分（6節）、為事奉投放的事情（7下～8節）、事奉的態度（9～10節）、事奉的職責（11～16節）。

一、作為基督執事的身分（6節）

第6節開始，保羅勸勉的對象是「你」（*esē*）這第二身單數代名詞，而第7節也以第二人稱來稱呼提摩太，與1至5的討論是以第三人稱的稱呼不同，這表示他轉了他的話題對象。保羅稱提摩太為「好執事」（*kalos diakonos*），與8節的「執事」同一個詞彙，只是他加上了所有格「基督耶穌的」（*christou Iēsou*）。他對提摩太有這樣的稱呼，與8節所提的身分有少許不同。上文已提過，新約書卷使用「執事」（*diakonos*）這詞是有3個意義。於保羅除了用來指涉教會職事，也用來指他的同工或為福音而服事上帝的用人。從保羅與提摩太的關係及提摩太在教會的事奉，這執事的稱呼肯定不是指教會職事，而是指基督福音的同工。保羅提醒提摩太若向弟兄提醒有關假教師的事，就更顯出他是基督的用人。

保羅以「弟兄們」（*tois adelphois*）來形容會眾。這個隱喻性或非血緣的家屬關係強調以家庭來暗喻教會，這在保羅的用語中甚為常見，它表達了保羅一貫對教會家庭的思想。這個家庭連於羅馬家庭榮辱的價值觀。要管理這個隱喻性或非血緣的家庭的提摩太，某程度要扮演著帶有尊榮的「一家之父」的角色。成為「基督耶穌的好執事」（或「一家之父」）是有條件的，保羅指出3方面的條件：

- 「提醒弟兄們」（6節）。是否能成為「基督耶穌的好執事」視乎提摩太有沒有勇氣指出別人的錯誤，而這是得到尊敬與榮耀的正確方式。這顯然與「撒謊者」(1 節)不同，那些傳假教義的人是邪靈的僕人。換言之，提摩太藉著指出那些服事魔鬼的人之錯誤，而稱為「基督耶穌的好執事」。

「向來所服從」是一個完成時態主動直説式動詞。這動詞表達了一個過去已完成，但到現在仍帶出行動的果效。

- 「向來所服從的……得到了栽培」(6 節)。保羅要提醒提摩太的是，他早已浸淫在真道裏。從「**向來所服從**」(*parēkolouthēkas*)這詞表達了他在真道上不是初學者。
- 「正確教義上得到了栽培」(6 節)。保羅為何要在此指出提摩太早已在真理上得栽培？因為在過去所學到的真理，是理所當然地幫助他拒絕這一刻的假教導(7 節)。

我們也必須留意，保羅論到好執事教導的是「正確教義」(*tēs kalēs didaskalias*)；「和合本」譯作「善道」)。這短語的重點是「正確」(*kalēs*)一詞，保羅在提摩太前書不斷重複使用「好」(*kalos*)這個形容詞(在「和修版」有不同的譯法)來形容監督/執事和他自己的教導(參一 8，三 1、7、13 等)。提摩太的事奉可説與他的教導有密切關係。好的僕人會有好的教導，就像這傳假教義的壞僕人(服事魔鬼的)會有壞的教導。再者，假如我們看看提摩太是在好的教義上得了栽培(即是好的教導)，我們就能推斷在他成為教師之前，他曾經是個受了正確教義的學生。換言之，好的教師要成為好教師之前，他必須先成為一個卓越的學生，精通並應用所學到的。這正好對比這些對真理一知半解、以愚昧的推測當作真理那傳假教義的人(一 3～4，四 1～2、7)。保羅的爭論説明沒有好好裝備的教師是教會中的惡者。

「操練自己」的「操練」(gumnaze)在希臘文是動詞，而「操練身體」(sōmatikē gumnasia)的「操練」在希臘文是名詞，所以字尾不相同。

二、為事奉投放的事情(7 下～8 節)

討論完提摩太的身分(當中包括他的教育背景)，保羅如今討論好僕人在事奉上投放的事情(7 下～8 節)。保羅提及一個好僕人首先要投放的是「**操練自己**」(*gumnaze seauton*)。英文字 gym 源自希臘文的「操練」(*gumnazō*)。

我們很容易就會把英文的意思(運動/健身)讀進這個希臘文裏，但是這個希臘文詞彙只是泛指一般的操練，是教育的一部分。接著保羅又說「操練身體」(*sōmatikē gumnasia*)。因著將 *gumnaze* 與英文的 gym 意思對等，於是更加誤解 *gumnasia* 這個詞彙的意思。大部分譯本都譯作「操練身體」，而當保羅說這是沒多大益處之時，他究竟指甚麼身體的操練呢？

「操練」(*gumnasia*)一詞原本的確以操練身體為焦點。對於現代人而言，大多認為「操練身體」就是指訓練自己有強健的體魄；對於希臘人而言，操練身體其實是希臘教育的一部分，像是上體育課般。這種操練可能會使很多年輕人成為未來領袖。此外，現代解經家很容易誤以為運動是保羅所指「操練」的全部，其實這只是希臘人所指操練的一部分。在當時現實裏，希臘運動員的操練包括兩方面：飲食和運動。操練是要作出犧牲的，因此這個詞彙要按著經文的上下文來定義。保羅寫這卷書一直所涉及的都是假教義及傳假教義的問題，故此這段經文也不能離開這主題。第 3 節討論的是飲食的問題，這也是與假教義有關。因此，保羅使用「操練」這詞彙在修辭上可能帶有諷刺的意味。保羅給提摩太的吩咐是帶有抗辯性的效果，因為那些傳假教義的人將嚴格飲食條例強加在提摩太身上。加利(John N. D. Kelly)相信這只是保羅經常出現其中一種修辭技巧或隱喻色彩的表達，目的為要嘲諷那些傳假教義的人的言論。他認為沒有證據顯示 *gumnasia* 是作隱喻用。加利的說法是對的。這樣的操練的兩個部分應該配合限制飲食的處境。這些飲食的限制可能源自 7 節上那「世俗的言語和老婦的無稽傳說」。換言之，當保羅寫 7 節下至 8 節時，他不願意提摩太把焦點放在宗教的禮儀上，而是敬虔的實質行動上，這包括成為信仰羣體的榜樣和教導正確的教義(1～5 節)，這與「現今和未來的生命的應許」有關。

保羅所提出的吩咐，即使也有講及為信仰作出犧牲，但卻不是傳假教義的人所說的那些。根據第 8 節，這個達致敬虔的操練，保羅提到關於飲食限制和敬虔的操練的對比，是涉及量(即「各方面」; *pros panta*)和時間(即「現今和未來」; *tēs nun kai tēs mellousēs*)。換言之，即使某些飲食限制是有益的，對比起今生和來生都有應許、並凡事有益的敬虔，它也只是暫時性，而其益處也很有限。孟恩斯認為這裏不只討論操練或禁慾主義益處甚小，也論到小小的益處與益處的持續性有關，並對比著敬虔的操練。這說法是正確的。

這場地與現代人所看的體育館或體育場地不同，那地方只是用來做運動。但對於希臘人而言，這場地純粹用來作訓練運動，與今日的學生上體育課的地方相似。

在此略為再提有關希臘人用來**操練身體的場地**。以這場地作隱喻來作修辭技巧對文本有甚麼影響？從保羅時代的碑文可見，這操練身體的場地是操練者光宗耀祖的地方。以弗所教會的情況可能源自猶太教，不過我們無法確定這些煽動者是否猶太人，但肯定的是無論他們是否猶太人，都明白希臘式操練的意義。保羅就以他們都理解的觀念來解釋他的言論。那些煽動者就像宣稱自己是操練身體場地的教練般對待那些接受他們的言論的人，他們限制受眾的飲食。這些煽動者為猶太教禮儀裏與飲食相關的規條添加了另些壓力。在操練身體這些場地的人成了一個特別且排他的社會階層組織，若要加入他們的組織就要守他們的規例。那些煽動者行為也是如此。但是，保羅的福音並不是這樣。他以他們明白的修辭表達來攻擊他們，也藉著提及上帝的應許，提供更好的出路。

保羅提到的「應許」（*epaggelia*）是在基督裏實現的終末論，可以在今生和來生表達出來。「應許」一詞往往標誌著上帝賜予祂的子民的好處，最終會在基督裏應驗（參加三 14、17、29）。這個重要的神學詞彙表示敬虔的真正益處並不需要等到來生，而是在今生也可以享受到的。雖然那些傳別的教義的人追求物質上的利益（六 3～5），但他們在今生或來生都得不到任何益處。

三、事奉的態度（9～10 節）

馬歇爾認為這段有關忠心的言論的段落應包括 8 至 10 節。這段帶中立的言論似乎有點突兀。若是把 10 節理解為論忠心會較好，尤其是它包括了關於上帝的討論，這也加強了一章 1 節的信息。

保羅繼而在 **9 至 10 節**訴諸一個宣言，來討論好僕人的事奉態度。第 9 節再次出現「這話可信」（*pistos o logos*），而保羅在 10 節以兩個生動的詞彙「勞苦」（*kopiōmen*）、「努力」（*agōnizometha*）來形容這項工作，表明上帝的僕人應有怎樣的態度。這兩個詞彙都是現在時態主動直說式語氣，表示持續不斷的行動。這並不是三分鐘熱度，而是只要人擔當著這個職事，就要持續下去的一種生活方式。「勞苦」可以形容辛勞的工作，例如耕田或其他工作；「努力」可以形容運動員的努力。筆者不肯定應否過於仔細為這兩個豐富的詞彙作分別，或許「勞苦」是形容事奉的擔子，而「努力」則形容盡力的程度。假如我們把這兩個詞彙與10節的「為此」（*eis touto*）結合起來，便顯出保羅要說勞苦努力是屬於接著要提及價值觀的範疇。很多時候，「此」（*touto*）可以指作者於上述提及的事，但是由於9至10節似乎像一段旁註，它必定與救恩的神學聲明有關（雖然「和修版」沒有把這兩節經文理解為旁註）。這兩個動詞繼續與保羅在6至8節提及的「操練」這隱喻作對比，因此，「此」很可能包含10節下「他是人人的救主，更是信徒的救主」有關，這正正要描述上帝的救恩。由於四章10節下的聲明似乎指出救贖的對象不但是給猶太人，也是給外邦人（即「萬人的救主」），保羅鼓勵提摩太向著這個目標努力工作。我們很容易就會把這句話理解為保羅有普世救恩的觀念，但假如保羅是與歸信猶太教內那些傳假教義的人爭論，那麼，這句話的重點就是指要向猶太人和外邦人宣教，而不是鼓勵提摩太辛勞努力追求「人人可以得救」這個意識形態。然而，與此同時，不可忽略的是，保羅可能是針對那些沒有辛勞努力，但卻渴望輕易得到的短暫利益的人，例如這些傳假教義的人（參四1～5，六3～5）。他們短暫的利益將與提摩太得到更多益處那偉大事工作對比。

四、事奉的職責（11～16節）

除了論到僕人的態度之外，保羅也在11至16節明顯論及提摩太的職責。他以一連串的命令語氣來吩咐其5方面的職責。第一個命令是，保羅要提摩太「囑咐和教導這些事」（*paraggelle tauta kai didaske*；11節）。「囑咐」有「吩咐」的意思，它似乎標誌著一個強烈的勸勉，而教導則標誌著傳遞某些資料。「囑咐和教導」是以現在時態命令語氣表達，表示提摩太要持續做這兩項工作。為何如此呢？因為傳假教義的人十分猖獗。「這些事」又指甚麼呢？最理想的解釋是在6至10節討論敬虔的概念和與它有關的事情，但如果它是指12節的內容，似乎十分可笑。所以，「這些事」極有可能是指有關6至10節的內容，因為人似乎是善忘的，也會因著假教義那較容易實踐的教導，而猶疑是否要去跟隨提摩太的教導。似乎傳假教義的人提供了一個以禁慾為達致敬虔的捷徑，而保羅則主張維持一個生活方式。

保羅給提摩太的第二個命令是12節的「不可叫人小看你年輕」(*mēdeis sou tēs neotētos kataphroneitō*)，而要「作信徒的榜樣」(*tupos ginou tōn pistōn en logō*)。這似乎是面對那些輕看他年輕的人的處理方法。從負面角度來看，保羅留意到提摩太相對是年輕的，大部分解經家主張他大概是30多歲。務要留意的是，年齡是受人敬重的因素之一(參專欄「老年人的地位與權威」)。就如傳統華人文化一樣，大部分人都會留意人的年齡。當然，提摩太是有資格去做他的工作，這資格不是從年齡而定。在長者備受敬重的羅馬社會，保羅卻沒有為監督(參3.1.2.1「長老這名字」)或提摩太定下年齡的要求，這可說是1世紀一個大改革，因為對當時的文化來說，「年齡」可能是考慮一個人是否合資格的優先條件。我們現今的世代情況已不同，年齡已不是一個尊重與否的因素。因此，現代解經家應該把「年齡」詮釋為古代文化面對的問題，甚至高於其他應該考慮的資格。今天，我們必須問當考慮一個人是否有資格承擔工作之時，有哪些文化因素(例如財富、社會地位、教會的長期會友等)會影響他過於他有的真正資格？從正面角度看，保羅以說「不可叫人小看你年輕，總要……作信徒的榜樣」，目的不是要向提摩太指出這個文化因素，以幫助提摩太；相反的是，提摩太要讓他的工作為他自己發言，由此得到應有的尊敬。甚麼質素會使他成為不同年齡的榜樣呢？他就要在言語、行為、愛心、信心、清潔上，成為眾人的榜樣。在言語上，提摩太要教導正確的教義。在行為上，他要致力成為好僕人，也要像好僕人般工作。在愛心上，他要使羣體建立穩固的關係。在信心上，他要勝過困難。在清潔上，他要反對教會內那不道德的影響力，以及為了清潔的禮儀而反對假教義的宣稱。這些事情讓我們知道，提摩太要在行動(言語、行為、生活)上和隨著這些行動而來的態度或忠誠(愛心、信心、清潔)上作榜樣。很有可能以弗所教會內傳那假教義的人並沒有這些質素。

保羅給提摩太的第三個命令是要「宣讀聖經，勸勉，教導為念」(*tē anagnōsei tē paraklēsei tē didaskalia*；13節)，直到保羅來到。保羅為甚麼說直到他來呢？因為保羅這位領袖本身也可能委身於這些事情，而提摩太是保羅的代表。因此，他要遵守這些命令而行，直到保羅再來以弗所。假如這些活動就像在猶太會堂裏作的，那麼，提摩太就是扮演著保羅的角色，是信仰羣體崇拜中的領袖了。保羅提到的宣讀必定是指在公共崇拜中的宣讀，這可追溯到猶太人被擄歸回的時代（尼八章），當時可能有人向這些被擄者宣讀和解釋聖經。這似乎也是初代教會經常做的事情，因此，保羅沒有向提摩太解釋這個活動的流程或條文。保羅提到的宣讀必定與勸勉和教導有密切關係。「宣讀聖經，勸勉，教導」這 3 樣事情與公共崇拜有關。宣讀奠定基礎、勸勉鼓勵實踐、教導傳授知識，這 3 樣事情在崇拜中同樣很重要。保羅提到「要……」這詞是以現在時態表達，也可以指「開始要……」。這不一定暗示提摩太沒有盡責。由於他是年輕的，也正在面對假教義，或許保羅提醒提摩太更加努力專注於這些事上。

在 14 至 15 節，保羅給提摩太的第四個命令是不要「忽略」（*amelei*）所得的恩賜，「這些事你要殷勤去做」（*tauta meleta*）。這兩個是互相對立的命令。當保羅說提摩太不可輕忽他的恩賜，可能不是指狹義上事奉的屬靈恩賜。保羅認為這些恩賜是「從前藉著預言、在眾長老按手的時候」賜給提摩太的。我們很容易會犯上時代錯置的毛病，把這裏理解為按立的最早例子。最理想是按著聖經文本的記載去理解它。先知的出現，在新約時代的教會是十分普遍的，而提摩太是藉著一次先知式的重要事件中來確認他的事奉恩賜（新約聖經沒有記載這事件）。❹ 保羅是在提醒他那次的事件，而他要視「這些事」為之前所有的事。保羅再次在 15 節下強調提摩太要展示出生命的長進，而這無疑反映教會內有較年長的成員輕看他（12 節），以及教會以外有傳假教義的人渴望得到一些經濟利益這問題（六 3～5）。保羅這樣的表達是要針對傳假教義的人而寫的。

保羅在 16 節給提摩太第五個，也是最後一個命令，要「謹慎自己和自己的教訓」（*epeche seautō kai tē didaskalia*）。這節直譯是「留心你自己和你的教導」。這樣，保羅就把整系列的職責歸納為兩點：生命和教義。我們可能期望在這裏分先後次序，把生命置於教導之先。然而，就經文來看，最理想是把事奉與生命（參四 8、12、15 等）及教導（四 6～7、11、13 等）平行去看。保羅強烈鼓勵提摩太「要在這些事上恆心」（*epimene autois*；「這些事」是指保羅命令提摩太的所有事項)。「恆心」(*epimene*)一詞形容一個人無論生活有多困難，都要盡忠職守和留在正確的道路上。堅守崗位的原因是這樣可以救自己，又能救聽他的人。這裏的重點顯然是指教導，因為保羅論到這是涉及聆聽的人。然而，保羅剛說到生命和教導都很重要，而那些都是給提摩太的指示。保羅的邏輯是：當那人在教導，他的生命應該要配合所教導的內容，且是要有秩序的。這樣，無論是講者或聽眾，都能得好處且得救，脫離傳假教義的人。這幾句話無疑不只教導人怎樣教導，也斥責那些在教義和誠信都出問題的人，就是那些傳假教義的人。毫無疑問，保羅在勸勉所有作教師的都要紀律地生活和學習，以致他們事奉會得到正面的結果。

信仰反省：對傳道人的勸勉

當保羅開始作個人勸勉之前，他先提醒提摩太在上帝的家中事奉時，他要作「一家之父」。若用在今日的教會，我們再反省傳道人的身分，便知道他就是一家之主。不過這個定義帶有行政上及關係上的身分。行政上，他是管治教會的；在關係上，他保持應有的尊嚴，並且也要關顧弟兄姊妹。以行政同時以關係牧養教會，這實在是一種藝術。有牧者很有管理的恩賜，將教會管理得井井有條，但卻是一個遠不可及的牧者，這不能達至關顧的需要；有牧者十分親民，但卻未能令教會事工有條理地進行，因為事工的策劃與議決過於人意。或許團隊可以解決這問題。但是，保羅意思並不如此。他期望提摩太作一家之主，是不怕人事關係，即使遇到事奉老手，他仍可以應付自如。這一切的祕訣是在品格上凡事作榜樣。不過，一個牧者要操練自己有美好的品格，確實是一件不可或缺同時也是很難做到的事。這世界雖然要求別人有好的品格，但從不重視自己有這樣東西。一個在這世俗中長大的人，當蒙召之後要操練品格其實是一件逆向社會主流文化的操練。正因為要逆向，更顯出品格寶貴之處。對於一個立志事奉的人，這是值得的。若人人如此，會導絕不少教會醜聞。

再整理保羅對提摩太牧養事工的要求。或許有 3 件事是值得思想的：

第一，持續地在敬虔上及教導上操練自己，如上文所說牧者要操練個人的品格。這於保羅看，操練個人的品格不是為個人的修練，而是為了別人能得福音的好處。

第二，要在教導上操練自己。一個傳道人要以真理教導信徒，這是傳道人專有的。教會本來的功能是教導聖經真理（「真理的柱石和根基」）。若然這地方也聽不到聖經的話語，教會存在又有何價值？所謂以真理教導，傳道人要先花時間讀聖經，然後作詮釋，不是傳講查經書（或釋經書）的釋經心得，也不是借用一段經文自我發揮。作傳道的不要被教會事務所佔據，而忽略了研經的需要，即使研經的過程可能很沉悶。

第三，要時常記起當初的召命。每一個傳道人當起初清楚自己的召命之時，總是帶著熱血浩浩蕩蕩進入神學院受訓。畢業後也滿腔熱血的入教會事奉，但不到3年因各式各樣的事情纏著而卻步。保羅提醒提摩太不可忽略「從前藉著預言、在眾長老按手的時候賜給你的」。這似乎是指出催促提摩太向前走的原動力就是在此。同樣，當傳道人事奉到沮喪之時，不妨靜下來回想起初的原動力。作為一個有召命的傳道人，身分是尊貴的，而且都是獨特無可代替的。

一切的總體就是，傳道人所作的一切，除了為要使弟兄姊妹成長，更是可以對抗異端。這也是保羅勸勉提摩太至終的目的。凡異端都有其特性，就是信仰行為是容易達標的；此外，他們的教主總有一些魄力吸引受眾，並且他們有大量的愛心，能夠捉摸人即時的需要。你孤單嗎？他們為你安排異性朋友；你需要金錢嗎？他們有愛心捐助；你需要傾訴對象嗎？他們義務作輔導。林林總總的，令入教的人得到即時的好處。但是，他們的恩惠是暫時的，至終侵蝕了他們的靈魂。我們所信的有別於他們，我們有一位永恆不變的上帝，祂的恩惠是由現時存到永恆的。但是，如何令人信服我們的上帝？我們就是祂最重要的工具，我們的生命與教導就是我們最好的武器。

10.2 有關教會不同的成員（五1～六2）

有時候，因著聖經翻譯本的章節分段方式，有時候未必將經文全面的意思帶出來，五章1節就是其中一個例子。孟恩斯（William Mounce）正確地指出，五章1至2節與四章6至16節有密切關係。大部分聖經譯本都會在五章1節之前加一個標題或作一些分段標記。這會令人誤以為是另一個段落，是論及有關老年人的。就著提摩太因為年輕而被輕看，以及提摩太可能因著這樣瑣碎的爭論而困擾不已的情況來看，保羅為要避免提摩太在真道上如同船破壞了一般，他對提摩太個人的勸勉仍未停止，內容仍有延續。

處理過不同的教會領袖後，保羅轉為討論家庭教會裏的不同成員。艾格臣（James W. Aageson）觀察到「在提摩太前書裏，家庭是上帝的家的縮影」。這段經文似乎是討論關於家庭成員之時，也看似是一個家訓，但我們可以發現，五章 1 節至六章 2 節也包括家庭裏經濟的層面，尤其是論到對待寡婦和長者那部分。這足以說明，當時的教會是由許多又大又富有的家庭糾纏在一起。這段落很重要，因為它逐步逐步地總結整卷書許多的議題。現代講道者往往會把這段經文分段為描述某種道德規章，它其實不只如這樣，它也與整卷書信很多內容有密切關係。我們將發現討論經濟這主題幾乎貫穿這個段落，而經濟與尊榮也有密切關係。大體而言，這段落可分為以下 4 大段落：對待不同成員的原則（五 1～2 節）；對待寡婦（五 3～16）；對待長老（五 17～22）；對待奴隸（六 1～2）。

五章 1 節至六章 2 節與提多書二章 3 至 10 節記載的內容相似，但卻有截然不同的目的。這段經文涉及提醒提摩太如何暢順地管理教會，作其他領袖的榜樣，又讓他們跟隨保羅的建議。它繼而設定了一個有別於羅馬社會的家庭模式。筆者會在討論不同的家庭成員後，再詳細討論這個課題，因為它對正確解讀保羅時代的社會身分和政策十分重要。

分段大綱（五 1～六 2）

1. 對待不同成員的原則（五 1～2）
2. 對待寡婦（五 3～16）
   甲、尊敬真正守寡的婦人（五 3）
   乙、對待年過 60 歲的寡婦（五 3～10）
   丙、對待 60 歲以下的寡婦（五 11～16）
3. 對待長老（五 17～22）
   甲、合理地敬奉長老（五 17～18）
   乙、處理有關對長老的控告（五 19～21）
   丙、要謹慎地按立長老（五 22～23）
   丁、總結對長老的議題（五 24～25）
4. 對待奴隸（六 1～2）
5. 總結

10.2.1 對待不同成員的原則(五 1～2)

希臘文的語句裏,1 至 2 節是一完整的句子,因此最理想是把這兩節當作整全的概念來理解。❺ 若是如此,我們便要問這句子的功用。首先,由於它與前幾節有些關聯(四 12～16),我們可以視之為一個轉接。不過,更重要和更基本的是,五章 1 至 2 節是一個完整單一的思想。假如我們整體來看這段經文,它就是一個概略的原則。這原則已包括所有家庭成員,但須留意的是,它沒有提及寡婦,為甚麼呢?原因是這裏是配合二章論到公共崇拜提及的家庭成員。保羅期望提摩太以不同的方式對待不同的家庭成員。提到不同年齡組別的人,是以 4 個不同的形容詞:「老年人」(*presbuterō*)、「年輕人」(*neōterous*)、「年老婦女」(*presbuteras*)、「年輕婦女」(*neōteras*)。在此,除了「老年人」,其他的都以複數表達。這暗示了「老年人」是指一位老年人,這老年人可能是長老(參 3.1.2.1「長老這名字」)或家中年紀最大的那位(未必是老年的)。不過,因為保羅在上文已為監督(長老)作了勸勉,這老年人若指家中最年長的那位,會較為合理。

在這裏他提出有關對待老年人的態度上應有的智慧。當時的羅馬社會對老年人可以有兩種極端的看法,在這邊廂,他們尊敬老年人可以到一個地步,從不去糾正他們的錯;在那邊廂,一些羅馬喜劇裏會以長者為笑柄。保羅是持中立的看法,也很務實,他給予以弗所教會的老年人應有的尊嚴,但卻沒有縱容他們。保羅以「不可嚴責」(*mē epiplēxēs*)這直接的命令式語氣表達,表示保羅嚴禁提摩太使用嚴責這方法(或態度)對待比他年長的,不過卻要把老年人當作父親/母親般「勸」(*parakalei*)他/她們。這說明保羅不希望提摩太容讓老年人犯錯,只是提醒提摩太要以一個較溫和的態度對待他們,同時又要小心處理他們犯錯的問題。嚴責與勸勉的分別可能只是修辭技巧的表達。勸勉的意思是要提摩太勸勉犯錯的老年人踏出正確一步,去糾正他們的錯誤。在此值得多花一些篇幅描述老年人的情況。若家中有一個最年長的,他可能有一定的影響力,但若他不是「一家之父」(可能提摩太擔崗了這職分),便反映了教會最受尊重的不是他。因此,極可能問題便由此而起。當保羅對提摩太作了如此的提醒,反映了這情況可能已在教會出現。另外,因為提摩太正嘗試要得到更多人的尊敬，他同時也要先尊敬年長的，看他們如同自己的父母親。至於少年婦女，保羅勸提摩太「要清清潔潔地待年輕婦女如同姊妹」。「**清潔**」（*agneia*）是隱喻，保羅如此吩咐提摩太，其關鍵都是要保護提摩太脫離那些指控者，並叫提摩太在那需要糾正的羣體中備受尊敬。

「清潔」這詞在新約聖經只出現2次，都是在提摩太前書，其意思是指清潔的思想。

10.2.2 對待寡婦（五3～16）

下一個保羅要討論的羣體是寡婦。麥爾當奴（Margaret Y. MacDonald）指出，東方社會的婦女成為寡婦後，會承繼她丈夫曾經擁有恩庇者的地位，故此這類寡婦也會有財富與權力。她的觀察肯定有重要的影響，因為以弗所是在羅馬東面。換言之，有某些寡婦可能是富有的，但保羅提到的寡婦相對地屬貧窮的那羣。所謂相對貧窮，在經文的字裏行間是沒有直接表達，因為聽眾可能早已知道這是甚麼回事。即使如此，我們仍可以從沒有記載的內容中作一些推測（下文會討論有關寡婦的經濟問題）。為甚麼保羅花了這樣長的篇幅表達他對寡婦的關注，然後才返回討論長老和假教導（17～25節）的議題上呢？溫頓（Bruce W. Winter）認為這與保羅時代的背景有莫大關係。

10.2.2.1 尊敬真正守寡的婦人（五3）

保羅說「要尊敬真正守寡的婦人」（3節）。這段經文第一次出現「尊敬」（*tima*）之時，是用來描述「真正守寡的婦人」（3節）。*timē* 這詞和它的同源詞在這段經文出現了3次，而很多的用法都與它的經濟有關。❻ 當使用這詞之時，似乎不像今天的人所指「敬重」的意思，它往往標誌著一個價值。希臘人是很實際的，他們會給予一個有尊榮的人當得的價值。很多解經家提出一個疑問，究竟當時有沒有一些特定的標準來定義真的寡婦，她們是否有階級之分？但更實際的是，當寡婦和少年婦女有不道德和放蕩的行為，她就成為社會嘲笑的對象。在東方社會，她們的曝光率愈高，就愈能在社會以行為見證她自己。

關於寡婦的問題已不是新鮮的事，這在耶穌的事工和初代教會一直持續著的問題（參徒六 1）。為甚麼保羅要在他事奉這一刻提到這個情況呢？保羅寫這封書信的時候，正是第一代與第二代信徒的交接期。那些年長時歸信的婦女可能會被不信的家人排斥。保羅沒有提及男性長者是基於他們在家中的地位。若然男性長者又是歸信者，自然地會影響家中成員歸信，但對女性來說，要叫她們那一家之主的丈夫歸信，這並不容易。假如她在年輕時歸信，後來不幸成為寡婦，她們以後生活所需的就要備受關注。保羅提出這些可能性，是由於以弗所教會獨特的情況。

保羅基本上列出兩類寡婦：年過 60 歲的（五 3 ～ 10）和不到 60 歲的（11 ～ 16 節）。這可能是最早期社會的寡婦分類，但實際情況可能更加複雜。保羅主要不只是處理寡婦身分的問題，更加是她們的經濟狀況和品格。提摩太正在面對一個情況，就是家庭教會裏要設立一個慈惠機制（參 16 節）。但是，教會經濟資源有限，只可以將金錢分配給那些真正需要和有資格的人。故此，他要很有智慧地辦理經濟這方面的事。

10.2.2.2 對待年過 60 歲的寡婦（五 3 ～ 10）

有關年過 60 歲的寡婦，保羅集中討論她們的經濟狀況。寡婦是怎樣落在困境裏？年齡可能是一個因素。年過 60 歲的寡婦放在救濟名單上（9 節），原因可能是她的兒女已經病死了，而她亡夫的遺產也已花光了。論到亡夫的遺產和社會福利，唐納清楚地形容當時社會的情況。在保羅的時代，每個已婚女性都有嫁妝，這些會成為她丈夫財產的一部分。事實上，當丈夫接受嫁妝就表示他要承擔婚姻的法律責任。當丈夫活著的時候，他可以任意處理妻子的**嫁妝**，特別是當發現妻子犯了姦淫。❼ 在這樣的情況下，若丈夫去世，她的嫁妝也會全部傳給兒女。至於普通的寡婦，國家可以提供一些支援，尤其是給貧窮的寡婦，但保羅似乎不希望已歸信的家庭接受國家的接濟，也不想寡婦濫用教會的恩惠。即使國家願意資助有需要的寡婦，保羅仍堅持先調查她有沒有親屬可以提供幫助（16 節）。由此可見，保羅的觀點是在某些社會制度上，教會也要作為另一個家和社會，承擔像社會般的責任。就如上文指出，當時是有

到了奧古斯都的時代，則以法律強制丈夫以財產的形式賣掉妻子的嫁妝。

一些社會機制去判定某些寡婦貧窮的情況，而政府的社會福利機關就屬於這樣的機制。根據這裏的討論，有兩點值得一提的。第一，政府調查寡婦的經濟援助之前，無論是信主和不信主的家庭，可能早已盡了他們的責任提供援助。畢竟貧窮並不是相對的，雖然經文似乎留有太多空間讓人濫用。當時的貧窮早已按著羅馬政府的經濟和它的社會福利制度來定義。第二，假如寡婦沒有任何親屬，她可能早已從政府那裏得到資助。或許真正需要教會資助的寡婦並不如我們所想像的那樣多。

奈特(George W. Knight III)認為那些不關心家庭的人比非信徒還差(五 8)，因為非信徒已有法律寫在他們的心上，知道怎樣幫助家人。奈特這說法不可能是正確的。羅馬政府是強制性地要求所有人供養他家中的寡婦。若然如此，信徒若不履行這責任，便視為比非信徒更差。假如書信是修辭表達的一種，保羅只需要記載聽眾不知道或需要提醒的事情。或許保羅的羣體對耶穌傳統已有充裕的認識，而這傳統的見證比很多學者所想的還要廣(參考羅馬書十二章耶穌的倫理教導的釋義)。所以，他們理應明白賙濟的事情，只是在具體執行上仍須再作提醒。在賙濟寡婦具體的事情上，在超過 60 歲的寡婦當中，保羅也把她們分為兩類：有家庭供應她們所需的和沒有家庭的。

一、有關年過 60 歲有家庭供應的寡婦

保羅立即剔除那些有家人照顧的寡婦。由於當時的社會福利制度也會調查寡婦的家庭狀況，教會同樣也要盡職責去調查這個情況。第 4 節要調查的命令暗示這個寡婦的家人是信徒，因為保羅說這個家庭應該藉著照顧老年人，「先在自己家中學習行孝」(*manthanetōsan prōton ton idion oikon eusebein*；4 節)。「行孝」(*eusebeō*)這動詞與敬虔(*eusebeia*)是同源詞，前者是動詞，後者是名詞。它可以泛指向所尊敬的對象表示一種尊崇或效忠的行為，所尊崇的對象也包括父母(參 1.6.3「敬虔：神聖美德」)。因此，不一定是基督徒才可以行孝；但是，保羅一直以它來形容信徒一些行為(參三 16)。8 節的內容反映保羅釐清了這詞的應用。保羅也強烈地勸勉信徒家庭要照顧家中的寡婦，但我們對家庭的觀念也可能是時代錯置的。孟恩斯指出「親屬」(*tōn idiōn*；8 節，NIV 譯

作“his own / relatives”)包括了一個大家庭(指叔伯姑姨)或家庭(指父母子女)中的成員。為了理解孟恩斯所觀察帶來的影響，我們必須看看家庭的情況。在古代的家庭觀念中，大家庭的成員不只是指有血緣關係的，那些在家庭裏工作的人也包括在內。8節那短語的翻譯若只譯作「親屬」就是時代錯置，它應該譯作「他自己的」。大部分解經家會認為「他自己的」是指自己的親人，但可能是指更大的範圍，例如超越血緣關係的家庭。換言之，家庭——尤其是富裕的家庭——要先照顧家中所有階層的寡婦，從主人到奴隸。若然未能解決問題，才交教會處理。

上文提及保羅似乎不希望已歸信的家庭接受國家的賙濟。保羅有這樣想法，是否因為不相信羅馬政策或間中出現的不穩定狀態，因而嘗試設立另一個福利機制去幫助教會內的人？經文在此沒有交代。不過至少，他希望信主的家庭成員照顧家中寡婦，以至當寡婦在投訴時，不需要帶到政府那裏接受調查。他的重點不是福利，而是見證。既是如此，那麼，所指的是甚麼見證呢？有認為似乎不是應用在古代家庭場境上。這樣理解是不正確的，事實上它同時應用在近代及古代的場景。保羅在後來接著的內容(六3～21上)也斥責假教義從他們的事工上獲利這錯誤行為，故此有關經濟的議題依然存在。所以，供養的擔子要落在富有家庭那主人身上，而所指的家庭成員，甚至包括奴隸和雇用的工人身上。身為一家之主，照顧家中的寡婦是他責任之一。保羅設立的經濟福利制度整個擔子是落在上層社會信徒的家庭身上。上層社會就成為教會內慈惠項目的恩庇者。這個使用金錢的方式有別於不信主的富有家庭，同時也反映保羅嘗試設立類似初代教會時期在耶路撒冷教會的福利制度。我們必須留意，教會選了7位執事，是為了服事有需要的寡婦(徒六2～3)。保羅在這裏與提摩太討論的事情，可能也是針對以弗所教會的執事。

二、對於年過60歲又沒有兒女的寡婦

保羅指出即使這類寡婦是「獨居無靠」，但仍須有符合經濟援助的質素(5～6節)。保羅論到她的屬靈生命是「晝夜不住地祈求禱告」，而不是「好宴樂」。因此，敬虔寡婦的生活方式是：仰賴上帝，晝夜不住地祈求禱告。這

讀來似乎有律法主義的意味，又或像是針對老年婦人強制性的敬虔。然而，就著羅馬法律來看，貧窮的寡婦其實早已從國家的福利制度得到幫助。保羅提出的條文是外添的，這樣，保羅就可以在他所處的社會處境內，合理地讓福利成為一件需要付一些代價，而非白白地得到的東西。從另一角度看，不敬虔的寡婦會將金錢投放在「好宴樂」（***spatalōsa***；6節）這事上。保羅嚴厲地抨擊她們為「活著也算是死」（*zōsa tethnēken*；6節）。「活著」是以現在時態分詞表達，但「死」是以過去時態直說式動詞表達，意思是她們現在即使仍活著，但其實是已經死了，而這「死」的後果不斷存在著。保羅所指的是甚麼後果？最有可能是指她的生活對教會財政所造成的壓力。

spatalōsa 這詞在新約書卷是一個罕見的詞彙（另參雅五5），解作「沉醉於奢華裏」。

保羅又提及真寡婦。婚姻的貞潔是真寡婦的第一個要求。她要成為「只作一個丈夫的妻子」（*enos andros gunē*；9節），這與三章2節的「只作一個婦人的丈夫」平行，而9節希臘文可直譯為她是「一個男人的女人」。這並不是說她成為寡婦後，不可以再婚。一個寡婦如果再婚，極有可能是因為想有一個家庭供養她，使她有穩定的經濟收入及生活。由此推測，保羅指不可以再婚，可能是指若然再婚就不能得到教會的接濟了。不過，這表達同時與道德上的清潔和婚姻上的忠貞有關，因為保羅繼而說要「行善」（***ergois** kalois*；10節），這可能是指有好質素的工作或服事；她也要「竭力行各樣善事」（*panti ergō agathō*；10節），這可能泛指「養育兒女，收留外人，洗聖徒的腳，救濟遭難的人」（10節）。這樣才可以成為合資格的真寡婦。馬歇爾指出二章10節提及女人「要有善行」（*ergōn agathōn*）中的「善行」與五章10節的「善事」是同義詞。根據現存的資料，善事在質素上和道德上都應該是美善的。這很自然就會引入一個有趣的問題：如果無法做到這些善事的傷殘寡婦，會是如何呢？這問題是沒有答案的，因為保羅所針對的是以弗所教會的情況，那裏有的是挨家閒遊、年輕，而且又懶惰的寡婦（五13）。這樣，保羅就是按著他知道和聽聞過的個別例子而執筆，他不是給予今天的教會一道普遍性的條文。因此，今天的教會在應用保羅的教導時要有很大彈性，但是整體的原則是：教會的資源不應讓懶惰的人浪費掉。

「工作」（ergois）是以複數表達，表示許多的善事，而不是只有一種。

10.2.2.3 對待60歲以下的寡婦（五11～16）

從保羅的言詞表達中，似乎接近60歲的也不可算為年輕。保羅勸勉她們要行為自守；另外，也為她們的婚姻作一些提醒。

一、勸勉她們要行為自守（11～13節）

保羅不一定指所有60歲以下的寡婦必定會有不道德的行為，他只針對以弗所教會的情況。至於以弗所教會實際情況，我們無法得知，但可以作一些推測。這些年輕寡婦和一些中年寡婦懶惰不作工，濫用了教會愛心的支持。保羅清楚說明禁止把這些年輕寡婦放在名單上，其原因是：「情慾衝動、背棄基督的時候，就想嫁人」及「廢棄了當初所許的願」（11～12節）。若與12節「廢棄……所許的願」對照，11節「背棄基督」這短語就是指她們沒有委身於她們個人對婚姻的承諾。NIV把11節下「情慾衝動」（***katastrēniasōsin***）譯作"sensual desires"（即「感官慾望」）。無論現代女性的心靈和性慾是否像保羅昔日所說的這麼簡單，保羅的言論反映了他那個時代道德主義者的典型想法。事實上，諷刺也好，挖苦也好，羅馬人往往以婦女情慾為喜劇主題，在劇院上演。按當時處境，譯作「感官慾望」也是正確的。若「背棄基督」假設為背棄對基督委身及信心，她們承諾保持單身和服事就表示委身基督。因此，「情慾衝動」就是指她們想嫁人，即使四章1節提及假教義曾倡議禁止嫁娶，這對那些婦女都沒有禁制效力。

> *孟恩斯認為katastrēniasōsin這詞的焦點是指「自我中心」，但按照上下文，「情慾發動」是正確的。*

古代人對女性的觀念令這個情況變得更加複雜。就如上文曾提到麥真（Thomas A. J. McGinn）關於妓女的研究時指出，把年輕的寡婦與老年人放在同一段落裏，是很奇怪的（關於妓女的研究，可參8.2.2.1「論女人的服飾〔二9～10〕」）。由於家庭信仰羣體是由最年長的人管理，保羅無法讓這些年輕、單身的女人（她們可能不需要蒙頭）隨便走來走去，尤其是她們情慾發動的時候。我們必須記著，基督教在當時並不是一個認可的宗教。沒有人真的知道這些家庭在做甚麼，除非他們在當中進行調查。假如年輕的女子瘋狂地跑來跑去，打扮惹人非議（參二章），那麼，這羣體的聲譽與尊榮就受損了。在保羅的時代，一個人或幾個人的尊榮可以影響那些與他們有關聯的羣體。一個人的伴侶或婚姻可以帶來尊榮或羞辱。當人的名聲敗壞了，要重拾辛苦賺取的尊榮就十分困難。難怪保羅說「不讓敵人有辱罵的把柄」（14 節）。雖然保羅並不在乎別人怎樣看他，他仍要肯定福音不會受跟隨者在當時社會的名聲所影響。為了福音的緣故，保羅也為他的教會追求社會上的尊榮。這裏的敵人可以是教會的敵人（即是某個假教義或泛指社會中不信的人）或魔鬼。有些人會因著「因為已經有一些人轉去隨從撒但」（15 節）而較為支持是指魔鬼這說法。無論如何，假如教會失去它的見證，對羣體造成的損害是實在且嚴重的。

二、為她們的婚姻作一些提醒（14～15 節）

上文提及保羅描述那些年輕的寡婦因「情慾衝動」而想嫁人，似乎保羅頗負面看寡婦再嫁（11～12 節），但到了這裏保羅卻建議「年輕的寡婦嫁人」（14 節）。究竟他如何看寡婦嫁人這事？事實上，保羅支持寡婦嫁人的。雖然他沒有直接說明原因，但至少他認為這對她們是有好處的。按推論，保羅支持這事是與經濟有關，他是看當時寡婦實際的狀況。若然寡婦不能自控，便會做出許多敗德的事，這樣會影響教會的名聲，引致教會成為敵人攻擊的把柄，保羅關注的是教會未來的發展。若然她們嫁了人，她們也有一個歸宿，可以安定地生活。這樣，她們就不再需要領取教會的慈惠（或政府的資助），這樣會減低教會經濟壓力之餘，她們也不再有機會亂花從政府或教會而來的金錢。再者，從社會角度看，她們可以藉婚姻為自己為教會帶來好處，這好處在於：

- 羅馬的生育率當時正在下降，這令政府甚為關注。假如教會成員生養兒女，則有利它在社會的形象。
- 奧碩克（Carolyn Osiek）和蒲雅（Jennifer Pouya）指出，女性的權力隨著她生養兒女而增加，這與主導著羅馬人繼承人問題的法律條文有關。保羅讓婦女在社會制度之內賦予她們權力。
- 第二代信徒是靠著生育來增長的。假如一個婦女生了兩個孩子，並養育他們成為信徒，這個羣體就有兩倍的增長。事實上，很多社會學家都推斷生養兒女與彌賽亞羣體的迅速增長有莫大關係。這推斷是合理的。研究希羅家庭的學者（但不是研究基督教的學者）幾乎必定討論家庭教會和基督教家庭，足以證明家庭增長與基督教發展有關。

在此再闡述有關 12 節「當初所許的願」（*tēn prōtēn pistin*）。這是指她們承諾保持單身。這詞含有忠信的最基本意思（參 1.6.1.1「『信心』的基本意義」），它可以譯作「信心」或「那個信仰」（即基督教信仰）。若然這詞真的與「信心」或「信仰」連繫，再婚如何與不忠或拒絕信仰有關呢？不同學者對此有不同理解：

- 有學者主張，這個「不忠」可能指破壞了原本對基督的委身。因著她們不能控制情慾，導致她們在基督教信仰上跌倒。這個解釋可能暗示寡婦會因著再婚而失去她們的救恩。
- 有學者主張，藉著與非信徒結婚，寡婦就是拒絕了這個原本要求女性與信徒結婚的信仰。馬歇爾選擇了這是指與非信徒結婚。不過，這段經文沒有提到與非信徒結婚的痕迹，而保羅也沒有強烈禁止與非信徒結婚，只是主張要與信徒結婚（參林前七 39）。
- 馬歇爾也指出另一個可能性，就是這不忠是指寡婦不再忠於已經去世的丈夫。不過，在保羅的書信裏並沒有清楚表示這是當時慣常的做法。
- 最可靠是按照「願」這原本的意思來解釋，而這「願」的行動包括「忠誠」。事實上，這個詞彙可以解作「誓言」（參約瑟夫的 *Antiquities of the Jews* 12.382）。奈特指出，這一節混合了幾個詞彙，與**希臘作家**所說的「一個誓言」有類似的意思。

參波利比烏斯〔Polybius〕的 The Histories. 11.29.3；狄奧多羅斯（Diodorus）的 Bibliotheca historica 21.20。

換言之，當人許願時，他就要忠於所許的願。若將這原則應用在羅馬的女性，就很簡單。羅馬女性一般都是已婚的。費安利（Benjamin Fiore）指出，羅馬法律期望 50 歲以下的寡婦再婚，因為這樣才能為她們提供更多法律上的保障。若然年輕的寡婦期望登記在教會慈惠的機制裏，她們就要承諾守獨身，把精力完全投放在教會的服事上。她們不應以尋找一個伴侶來交換教會合法的保護權。

我們須小心，不要把她們守獨身這事理解為一些古代修院主義的起源。筆者認同普列斯（Richard M. Price）的說法：從保羅到公元6世紀，所有鼓吹守獨身的人所推廣的行動，都是基於不同的動機和處境，不可以一概而論。再者，在這處境裏，這些寡婦有可能沒有用盡她們亡夫的遺產，因此也未必需要教會的幫助。假如她們真的要求幫助，就是濫用教會的資源。保羅特別提到年輕寡婦「**學了**懶惰」（*argai manthanousin*）、「習慣於挨家閒逛」（*perierchomenai tas oikias*）、「說長道短」、「好管閒事」。保羅使用了現在時態來表達這節的所有動詞：「學了」（*manthanousin*）、「閒逛」（*perierchomenai*）、「說」（*lalousai*）。或許保羅是說壞習慣也是透過一些習慣而來的。保羅的結論是要她們嫁人，管理她們的家。在今天提出這樣的建議似乎有點過時，但是保羅是在羅馬文化處境下執筆，而他那個時代的女性並沒有太多選擇。藉著鼓勵她們結婚，保羅就阻止了這些女人被那些傳假教義的人所利用（參四3）。

> 「學了」的原文 *manthanousin* 一般是用來形容一些來自好教師的指引（二11，五4）。

最後，保羅總結他的言論，就是「信主的婦女」要照顧真寡婦（16節），以此減輕教會的經濟壓力。上文已略為解釋若家庭能夠照顧寡婦，這家庭當盡力而行。在此，再附加解釋經文提及「信主的婦女」去照顧寡婦的意思。為何不是男人而是要女人去照顧的呢？孟恩斯認為可能的解釋是，保羅要避免兩性之間有不必要且不道德的行為發生，而這些事極可能曾在以弗所教會發生過（參提後三6）。因此，若由一個單身男人照顧有需要的婦女是不合宜的；若這男人已娶妻，就當由他的妻子照顧這寡婦。這樣，教會也不致成為社會中不信者或教會的敵對者所控訴。保羅以此結束他對寡婦的言論，他至終的目的都是一貫的，就是要提醒提摩太如何有智慧地牧養有需要的人，使教會無論在資源上或聲譽上，不會因被忽略或不當的照顧而受虧損。

為以弗所女性建構一個背景：與溫頓對話

近年一個學術上很重要的貢獻，就如在上文提及過有關溫頓對婦女及寡婦的看法，他的觀點記載在 *Roman Wives, Roman Widows* 一書。筆者教授教牧書信超過10年，每次都在課堂上力言如要為女性的角色找些新的答案，就要從分析古典文本和藝術著手。值得高興的是溫頓全面地處理這個課題（這在筆者取得博士學位後好幾年），他是支持筆者説法的，故在這裏花一些篇幅與溫頓對話。

他的主題 —— 女性 —— 在提摩太前書不斷出現。對於像提摩太前書這樣短的書卷來説，論到女性的比率比其他保羅著作還要高。很多重視社會背景而又細心的讀者，都不會把關於女性的討論直接應用在現今的教會裏，除非經文完全沒有任何關於女性的背景。溫頓為我們提供了所有關於女性的討論相關的背景。傳統上，解經家只會把整卷提摩太前書的文本連起來，嘗試從文本找出書卷的背景，而沒有認真看待羅馬社會當時正在發生的事情。溫頓的研究發表後，情況大為不同。讓筆者為一些可能正在思想「提摩太前書這些有關女性的討論到底是甚麼？」的平信徒讀者，總括他的論題。

溫頓的著作分為3部分：第一部分討論關於女性的羅馬文學著作；第二部分討論關於女性的保羅著作；第三部分根據羅馬人的理想，討論女性在公共場合的表現。這三部分都很重要。或許把第二和第三部分調轉，讓所有這方面的資料能揭示關於保羅文本中論女性的經文。這樣就更能達到溫頓的目的。

在第一部分，溫頓主張妻子或寡婦新的形象並不配合早於公元前44年羅馬保守派的思想。這問題並不是她們得到更多權利，而是她們主動的社交生活影響了家庭和社會責任。他對於羅馬丈夫的描繪則混合了許多的資料。溫頓觀察到一些羅馬雕像將丈夫繪畫成不只是一家之主，也是對妻子溫柔親切。另些雕像甚至刻上文字記載這樣傳統的價值觀。在這情況下，妻子是沒有理由要丟棄她作為妻子的職責。而在另一些情況下，也有描繪丈夫過分沉迷於與妓女行淫，引起妻子的不滿。不過，也有記載當時的婦女對性的看法也甚開放，有些有學識的婦女甚至撰寫與性有關的著作。年輕女子這樣瘋狂的生活甚至出現在奧古斯都的女兒身上。更可怕的是，甚至年長的婦女也成為喜劇裏有關性剝削的體裁其中一部分。這肯定是因為平靖的社會所關注的問題。很自然地，哲學家和道德主義者會加入討論，重申傳統價值觀的重要性。羅馬政治家看見這個趨勢的危機，就嘗試為女性的道德問題立法。不過，無法確定他們是否成功，但是嘗試立法這行動，足以説明這些女性對羅馬社會秩序已造成威脅。

溫頓著作的第二部分討論保羅有關女性的著作。這部分很直接，而且也加上以背景為基礎的社會學詮釋。舉例來説，溫頓討論蒙頭時，會論到婚姻的面紗的重要性。挪開了蒙頭的布表示女人棄絕了婚姻制度。這是一個很嚴重的問題。剪短頭髮或修剪頭髮並不是個人的選擇，這是與社會身分有關。一個女人若被法庭判決為妓女，她的頭髮必須剪短；一個女人若不蒙頭，並且剪短頭髮，就表示她背棄了婚姻。

因此，女人只可以蒙頭及留長髮。在此，保羅就像是個衣著糾察員，他要確保他的彌賽亞羣體是受人尊敬。溫頓表示保羅關注哥林多、以弗所和克里特的女性，期望她們有檢點的行為。

溫頓的著作第三部分總結了女性在公共場合的表現。羅馬的婦女可以營商，類似現代社會的女店主，但這仍與男性有分別。所謂營商，可能只是售賣一些必須品，她仍在工人階層之內，在上層社會行商就不是這麼容易了。但若真的走進上層社會，她們就不用工作。有時候，女性甚至會因著訴訟而在法庭辯論，但社會並不鼓勵這些事件發生。在政治層面，女性依然扮演著支援的角色，無論是富裕的恩庇者或是丈夫的助手。但是，也有例外的，例如普里埃內（Priene）市第一位行政官員是名為菲利（Phile）的女人，她肯定是一個例外。還有其他例外的人物，在此不詳列了。身為恩庇者，女性有時候可以行使一些權力。溫頓以關於蒂多娜（Junia Thadora）的碑文為例子。她在呂家（Lycia）甚具政治影響力，可能在公元 43 年有分參與將呂家創建成一個羅馬省分。我們從溫頓的研究可以學到很多功課。

第一，我們學到以跨越多個學科來作聖經研究的重要性，其中包括古典文學研究、藝術歷史、藝術美學分析（古典雕塑）與羅馬歷史。由於筆者的啟示錄第二本著作《啟示錄的刻劃研究——英雄、女性與國度的故事》（香港：基道出版社，2009）是以人物研究為焦點，筆者強烈感到更多華人聖經學者要大膽地致力這些學科的研究。筆者的研究絕對不是這個課題的代表作，更多華人學者應深入這些範疇內作研究。只在文本的研究是狹窄的，即使再加上歷史鑑別理論研究，也不足以回答很多老舊的問題。根據上文有關女性的討論（8.2.2.3「從 9 至 15 節來看女性角色於現代的詮釋和影響」），持平等主義及持角色身分這雙方立場的討論，聽來好像是不斷循環論證。古典研究和與其有關的研究——例如羅馬藝術歷史——都是後來才出現的。溫頓的研究鼓勵我們跳出我們的專長，進到新領域裏。溫頓的研究也展示出提摩太要面對的真實情況。若沒有溫頓有血有肉的古典研究，關於女性的文本理論和神學教義就停留在抽象的層面。總括來說，溫頓藉著描繪出一幅 1 世紀敏感於性別的圖畫而造福了我們。

第二，一些溫頓需要處理有關以弗所女性的問題是值得再思。我們都會認同溫頓使用了一些廣為人知的文學，例如來自劇院的著作。主要的問題並不是到底一般人會否知道所有精英分子當中說的閒話。當然，溫頓部分的資料來源是從精英分子的，他們可以得到並閱讀這些文學。一些羅馬道德法例主要也是針對精英分子的問題（例如奧古斯都的女兒茱利亞〔Julia〕因為淫亂而被驅逐）。保羅要處理的大部分都是非精英分子的會眾，與當時大部分的社會成員一樣。因此，溫頓的資料未必全部都有助解釋提摩太前書或提多書。另一個問題值得深入反思的是：「原本的聽眾都知道我們所用的資料來源嗎?他們怎樣知道這些來源?」最好和最可靠的來源是普羅大眾都可以去的地方——劇院。另一個可能的來源是在公共場所出現的女性圖畫和相應的碑文,尤其是關於帝國理想的女性(應該沒有人符合那些理想)。沒有讀寫能力的農民至少也能看見這些圖畫。除此之外,部分其他的來源可能只是作參考,以用來支持一般人都知道的事實。

第三,溫頓的貢獻應該導致我們會產生不同的方式的提問。第一個問題是:國家與教會的福利制度之間有甚麼關係?這個問題不易於回答。我們知道保羅以以弗所為獨特的例子,來填補羅馬福利制度那空隙的地方,他的建議建基於羅馬法律制度。現代讀者可能無法知道教會與國家之間的張力,因為我們從律法主義的角度來理解經文。我們大多假設這些文本是針對羅馬社會的。透過研究與羅馬法律有關的著作,就會發現很多問題都可以得到答案。舉例來説,保羅吩咐家庭要照顧寡婦時,這並非不尋常的教導,因為羅馬福利制度理應早已調查過申請人的背景。保羅純粹是重申他是認同那個福利制度,以致教會不會誤用資源。第二個問題是:教會應該怎樣按著保羅對國家的理解,而運用它的資源?無論是左翼或右翼的理想主義基督徒,都會對保羅的文本束手無策。對某些人來説,教會應該取締社會的福利制度並照顧所有貧窮人。對另些人來説,教會應該只照顧自己的成員(像保羅似乎主張的)。又或另外亦有些人説,教會應該讓社會照顧有需要的成員。這些都是現代人所關注的,但與保羅的時代沒有直接關係。保羅沒有打算教會要取替社會制度,這並不是他的心意。保羅的確以教會成員的需要為焦點,但他並不是説他會譴責教會任何慈善工作,這同樣不是他的心意。他純粹嘗試在一個宣教情境裏,好好處理第一代基督徒有限的財產。

因此,解讀保羅關於寡婦和長老(參下文)的討論時,我們只能説整體的原則是簡單的,就是:要有智慧地運用資源,以致教會的工人得到足夠的收入去事奉,但與此同時要確保善用教會資源,以致教會不會失見證。當然,社會可以擔起照顧公民的責任,而教會也不是要取代政府。與此同時,教會應在政府有不足時,能更有效地幫助自己的成員。教會即使是一個不一樣的社會,也不是與社會對峙。而教會與社會的分別可以透過有智慧地管理財政展示出來。

10.2.3 對待長老(五 17～22)

保羅接著轉為討論另一羣成員——長老(五 17～22)。保羅忽然在家訓中轉論長老,似乎有點特別。費茲米亞(Joseph A. Fitzmyer)認為這部分是獨立的單元，內容是形容長老的工作。這段經文是有別於三章1至7節所論監督的職事，因為兩段經文使用了不同的詞彙來描述這職事。三章所討論的是監督的質素，這段經文則討論該當如何對待長老。在此仍然再提的是，監督與長老實質是同一職事：把第三章的「監督」和這段經文的「長老」區分出來是不必要的。但是，這確實是家訓嗎？筆者認為不是。這段經文包含的主題仍是經濟，與五章1至16節有共同的主旨。這段經文的討論是雙向的，包括給長老的賞賜（17～18節）和處分他們的過錯（19～20節）。

10.2.3.1 合理地敬奉長老（五17～18）

「敬奉」這詞原文與「尊敬」同一個詞。若參考上文，它的用法與經濟有關。

若從五章1至16節接著看經濟的問題。對於那些以指導身分出現，尤其是善於講道和教導的長老，是應當受「加倍的**敬奉**」（*diplēs timēs*）。保羅是指哪種敬奉呢？務要留意，保羅引述了申命記二十五章4節（提前五18上）及路加福音十章7節（提前五18下）作了說明。

論到「籠住牠【指牛】的嘴」，較似是一個說明，而不是按著舊約的處境來作引文。這裏把牛類比為人類。假如牛可以吃，為甚麼人不應藉著報償來使人更加受敬重呢？馬歇爾不支持這是指有一個恆常的薪酬的說法，反而是指給予長老一份大禮物以示敬意。問題是馬歇爾的看法並不配合牛的比喻。牛是要需要定時吃喝，而不是只吃一份大餐來維持生命。路加福音十章7節「你們要住在那家，吃喝他們所供給的，因為工人得工錢是應當的；不要從這家搬到那家」則說明了報償的處境，這就是這段經文的真正焦點。保羅使用了常見的引文公式「經上說……」（提前五18）這個公式表示耶穌的教導早已視為聖經，尤其當耶穌以一段舊約經文來說明時。這個羣體顯然有一個連於耶穌傳統的身分，這在1世紀後半葉甚為盛行。假如善於講道和教導的長老要得到「加倍的敬奉」，我們就會見到提摩太從保羅那裏得到一份按著不同標準、不同種類的長老薪俸表。有長老是「勤勞講道教導人」（*oi kopiōntes en logō kai didaskalia*；17節），這是甚麼意思？整個受敬奉的資格都是建基於這個短語。這短語可直譯為「繼續在話語裏工作和教導的人」。保羅並不是指時而在這、時而在那講道的長老。「勤勞」（*kopiōntes*）一詞事實上是解作「勞苦」（參四 10）。提摩太是要根據長老的功過，來整頓好以弗所教會裏有關薪俸的情況。以弗所教會可能支付給長老的薪俸十分少。這情況的出現可能是當保羅在他們中間之時，從沒有在他們那裏要求甚麼（參徒二十 33～34），所以他們習慣了這樣。這也再次顯示教會第一和第二代信徒之間的張力，往往因為第一代領袖定下前例，第二代領袖就要照著去行。保羅嘗試在一個新的環境下設立一套新的準則。他不想資源被誤用，若有需要之時，就要慷慨地使用（對待長老），而不應該使用的，就要留下來重新調配（例如對待不符合保羅要求的年輕寡婦）。

在討論長老的紀律之前，我們必定不可以只停留在「聖經說應該敬奉長老……」的想法，而要更深入和宏觀地理解這事。雖然現代社會大部分牧者的薪俸都是偏低，而教會也沒有認真看待保羅的教導，但也要在這裏說明，我們需要從較闊的層面去應用這段經文。這個應用會加強給教牧恰當（根據恩賜和工作量）薪俸的說法。假如我們細讀六章 3 至 5 節，就會發現有些傳假教義的人是藉著教導錯誤的教義為生的。這樣，這段經文就是先爭論要給長老恰當的薪俸，並針對任何想藉著經濟資助而從中獲利的人。保羅不只是說應該好好敬奉長老，也是說教會的資源正被消耗，而消耗的原因是，教會不當地處理寡婦和傳假教義的人的經濟狀況。這段經文是活生生的。換言之，保羅定下的原則是，假如不當地支付教會領袖的生活需要，會導致不當地處理財政這個更大問題的徵狀。

10.2.3.2 處理有關對長老的控告（五 19～21）

19 至 20 節記載了長老的第二個情況，這與紀律有關。這個論點以長老開始，卻在 20 節以責備所有犯罪的人作結束。這個邏輯說明了長老要成為教會的榜樣。保羅依從申命記十七章 6 節「要憑兩個證人或三個證人的口，才可以把他處死，不可只憑一個證人的口處死他。」（另參林後十三 1）這舊約原則，來處理控告長老的呈子：非有兩三個見證就「不要受理」（*mē paradechou*；19 節）。19 節開始時便說「有控告長老」（*kata presbuterou katēgorian*），表示保羅強調的是「控告長老」的議題。這段經文似乎不是指要真正的控告長老，反之他要提摩太以正確途徑地處理長老的問題，或保護那些無故被誣告的長老。

他勸勉提摩太，不要理會有人對長老的瑣碎投訴，任何指控都要有證據才可成立。為甚麼保羅需要加插這個討論？原因有 3 個：

- 根據我們之前論到第三章是寫給一個親密同工的討論，提摩太顯然是在按著資格，重新整頓一羣長老。在這樣的情況下，保羅會想像到會眾對長老是會提出不同的投訴，而提摩太是要去作判斷。
- 基於將教會重新整頓是一件十分複雜的事，提摩太需要知道有哪些資料要剔除，有哪些資料要分析。顯然地，有些長老是違反資格，但出現投訴也可能是因為有些人反對某位長老，因而引發一連串針對清白長老的指控。到了這一刻，教會的情況必定很複雜。
- 我們必須留意保羅使用了「犯罪」(20 節)來形容這個問題，意思是指若有對長老產生偏見，這情況必須立時消除。若有被責備的長老，他必須在被責備之前，肯定他已犯了罪。

因此，保羅或許可從兩方面處理長老的問題。首先，他可以叫提摩太挪走沒有犯罪，但卻不符合第三章所要求的資格的長老；這程序可能需要低調去處理。另外，若因為犯罪而要責備長老，這似乎是需要較高調地處理。這需要見證人才可處理。保羅繼而使用了馬太福音十八章 15 至 20 節的傳統(19 節；這傳統源於申命記十九章 15 節)來處理教會的問題。他給提摩太的條文是清楚地指向馬太福音第十八章。保羅提到「要在眾人面前責備他」，目的是「使其餘的人也有所懼怕」。「其餘的人」(*oi loipoi*；20 節)究竟是指哪些人，保羅依然沒有具體說出來。這些人可能是指長老或會眾，但筆者傾向是指會眾，因為責備一個人會成為所有人的警告。

保羅引用馬太的傳統

藉著引述馬太福音第十八章 15 至 17 節來提醒提摩太，保羅要說明教會對待長老的方式或原則，其實是給教會對待所有成員的模式。與此同時，藉著引述這個耶穌傳統，保羅想表明他的正統信仰與耶穌是一致的。筆者相信這引文有著很強的耶穌傳統，因為在福音書中，只有馬太福音使用「教會」這詞來形容集會。馬太福音有如此的表達，也反映了當他寫福音書之時，已有「教會」這詞，而他使用這個表達之時，是已要將耶穌的言論重新處境化，馬太也使用了這樣來源的表達。換言之，馬太福音第十八章的傳統可能是較早期的。若是這樣，馬太福音在初代教會當中已十分普遍地被傳閱了。

10.2.3.3 要謹慎地按立長老（五22～23）

保羅嚴厲地指出要公平地處理有關長老的問題（20～21節）之後，繼而討論按手的議題（22節），這再次反映類似四章14節的牧者職事。保羅吩咐提摩太「保守自己純潔」（*seauton agnon tērei*）。「純潔」（*agnon*）與錯誤地按立長老有甚麼關係？「純潔」這形容詞在其他地方是與道德行為上的清潔有關（參四12，五2；以名詞表達）。假如因為錯誤地按立長老，導致教會出現許多錯誤的管治，那麼，那位按立人的，也要承擔錯誤管治的罪行。接著，保羅提到提摩太身體的問題（23節）。保羅論及提摩太可能遵從了一些飲食的規條，沒有理會自己身體的需要。或許敵對者強逼提摩太只可以喝水。有學者如格洛爾（Hulitt Gloer）認為23節是給提摩太的私人言論，筆者卻不認同這只是個私人言論。它其實與長老和假教義的討論有關，且密不可分。提到酒，馬歇爾也提出其他議題的可能性：長老酗酒（參三3），或異教徒在崇拜中飲用奠酒的問題。假如上述全都正確，保羅就是希望提摩太不要根據對那些傳假教義的人、濫權的領袖或異教習俗的反應來建立羣體（及自己的身分）。換言之，過度以某種方式去做一件事，又或過度以另一種方式做同一件事，對事情也是沒有幫助。

總括來說，我們從提摩太前書四至五章可見，保羅的清潔概念，不是與禮儀或要盡量去按立更多長老有關，而是關乎自由地去過一個健康的生活，以及謹慎地按立正確的人事奉有關。假如我們就著會眾正在面對假教義的問題，來看整段論到長老的教導，就會發現這段經文不僅教導以弗所教會要怎樣投放它的精力，同時也要把精力投放在對抗假教義上，而不是花時間反對某些教會領袖，雖然這些領袖或許曾經作了一些不如眾人意願的事情。這些令人不愉快的事情，總會使有勇氣的長老和提摩太引來批評。保羅為長老（也可能為提摩太）設立了一把保護傘，以此引導教會把精力重新投放在對抗錯誤的教義之上。這與之後論到真正的罪行和罪人很配合（六 3～10）。

10.2.3.4 總結對長老的議題（五 24～25）

保羅以一些概括的概念結束有關長老的討論。就如上文曾指出，保羅把 24 至 25 節的概念置於長老紀律的討論之後，這是十分有趣的。這段經文的意思是長老是榜樣，而會眾應以他的生活為標準。換言之，教會的道德標準對長老和對會眾都是一樣的。對監察長老的標準，也應該是一個顯示人上帝給教會定下的嚴格道德要求。保羅在 24 節論到兩種罪行，並在 25 節以善行作總結。

24 節提及兩種罪：第一，保羅論到明顯的罪（24 節上），因為這些罪先於罪人到審判案件之前，這項罪就是明顯的了；第二，保羅論到隱藏的罪（24 節下），因為罪是隨後跟著去的，因此是隱藏的。這兩種罪都要受審判。在新約聖經裏，「審判」（*krisis*；24 節）可以指是來自上帝或人類的。基於 22 節提及如何對待出了錯誤的長老，這節所指的極有可能是從人而來的「審判」，因為這節提到的罪與教會領袖的罪行有關。保羅在 25 節如此類推，無論明顯與否，惡行終會得到報應，善行會得到賞賜。另外，對長老執行的紀律，應該反映教會內對眾人的紀律。在處分之前，提摩太要全面調查被投訴的人有否真的犯罪後，要盡他的能力作審判。隱藏的罪被揭示的事實足以展示提摩太或他的領袖團隊已進行了全面的調查，否則隱藏的罪和善行會繼續隱藏，不會變得明顯。若是如此，保羅把教會描繪成上帝在地上的法庭，會有恰當的賞罰。它代表著另一個社會和不一樣的國度。假如這裏的結束句真的與長老有關，今天那些表面上看似很屬靈、主張所有領袖要將來到「天上」才得賞賜的人，也是不公平對待領袖。

10.2.4 對待奴隸（六 1～2）

在此，保羅要論到最後的家庭關係——主僕（六 1～2）。在讀這段經文之前，我們必須明白保羅的社會背景。保羅的時代是有奴隸制度的，而羅馬社會是個奴隸社會。奴隸社會的定義是指社會的生產力主要依賴奴隸，言下之意就是社會大部分成員都是奴隸。即使是研究奴隸制度的保守派專家，也推斷當時社會 1/3 的成員都是奴隸。保羅從沒有明顯的說他主張廢除奴隸制度，但他部分的教導可能在倫理上暗示要廢除這個制度。假如保羅主張奴隸要起義作叛變，那麼，家庭和教會——兩者往往是一樣的——就會被羅馬軍隊消滅。假如奴隸制度被廢除，那麼，整個羅馬社會就會瓦解。不過，保羅肯定地贊同他當代那些非猶太的道德主義者，認為販賣奴隸是邪惡的（參一 10）。在這段經文裏，他要處理教會現存的狀況。對現代解經家來說，這類經文顯然表示上帝理想的國度是與地上不完全的制度產生張力。在主人－僕人關係的討論中，保羅論到兩種的關係，這包含奴隸要順服的不同原因。第一，要順服不信主的主人之原因（1 節），要順服信主的主人之原因（2 節）。

一、順服不信主的主人（1 節）

保羅在 1 節使用了「軛」（*zugon*；參太十一 29～30）來代表服在不信主之主人下奴隸要負的擔子。保羅並沒有以同樣的方式形容服在信主的主人下那種情況，他是否假設了作基督徒的主人對待奴隸會好一點？1 節描述的主人似乎是非信徒，因為保羅說「免得上帝的名和教導被人褻瀆」。保羅似乎把上帝的名與論到上帝的教義連起來。藉著正統地教導有關這位上帝的事情，人應該認識這位上帝；然而，這裏針對的是奴隸的態度。奴隸「要認為」（*ēgeisthōsan*）自己的主人應配受十分的恭敬。對人恭敬這想法必須發自內心，但這肯定會影響外在的行為。「尊敬」（*timēs*）雖然與五章 3 節的「尊敬」是同一個詞，但這裏似乎與經濟沒有直接的關係。然而，在奴隸社會，經濟的確是個問題。假如奴隸不事生產或偷取主人的財物，主人的尊榮就會失去，而他的收入就會減少了。難怪當保羅知道腓利門的僕人阿尼西謀令腓利門造成損失時，保羅就提議將阿尼西謀的賬算在保羅自己身上。阿尼西謀逃走了，而原因極可能與偷竊，又或因著離開工作崗位而影響他主人的收入有關（門 18 節）。保羅無疑是嘗試在社會中為基督的羣體張開一道保護網，以致沒有任何衝突可以危害教會的安全。假如他的羣體的尊榮失去了，那麼，一切都會失去。

二、順服信主的主人（2 節）

保羅繼而鼓勵奴隸要順服信主的主人，因為他們都是弟兄。在現實中可能因為隱喻性或非血緣的家屬關係詞彙「*弟兄*」，而導致信主的奴隸不太順服他們信主的主人。保羅並不想這樣的改變過於影響社會的規範，以至在一個高度被懷疑是顛覆活動，而又恐怕會破壞「羅馬承平」的社會裏，損害教會的地位。隱喻性或非血緣的家屬關係叫理想和現實之間存著更大的張力。這個家屬關係也影響到主人要如何看待他們的奴隸，而反過來也是一樣。或許這是保羅沒有以描述不信主的主人的詞彙來形容信主的主人的原因。保羅也形容信主的主人是「*是信徒，蒙愛的人*」（*pistoi eisin kai agapētoi*；2 節），這短句也可以譯作「忠心蒙愛的」。根據六章 2 節下，主人是蒙愛的，因為他們是「*弟兄*」（*adelphoi*；「和修版」加了「*主內*」）。這些普遍用的詞彙也可以用來描述奴隸，因為他也是信徒（或忠心的）和蒙愛的。在一個新的隱喻性或非血緣家屬關係裏，所有人都是平等的。從希羅社會階級角度來看，這個平等主義肯定是保羅的新發明，是源於他「在基督裏」和在「父上帝之下」的概念。奴隸在福音之下比在社會裏享有更多的尊嚴。即使如此，在職責上，主人仍是主人，奴隸仍是奴隸，各自應盡其職責。這裏出現一個重要的詞彙「**益處**」（*antilaubanomenoi*），這詞也用來形容恩庇者和富裕的施恩者。在這裏，奴隸就像那個施恩者，因為福音使他那被逼去做的工作，變成對主人的一種美好服事。從前卑微的工作如今成為尊貴的職事。雖然奴隸別無選擇，他的救恩和他主人給他新的家屬關係，都在他的服事裏給予他一個新的尊嚴。人類在墮落世界的境況不應影響到人類的真正價值，尤其是當人成為信仰羣體一分子之後。

「益處」在新約書卷其他地方，也曾出現 2 次，「和修版」譯作「扶助」（路一 54；徒二十 35）。

10.2.5 總結

討論完有關教會不同成員這樣長的段落後，可能讀者都會問究竟保羅想處理怎樣的社會身分和理想呢？至少，他想根據他從前的聖經教導來建立一個羣體，以致這個羣體可以包括所有人，而且是更加關心所有人；當然，傳假教義的人除外。就如筆者在很多從羅馬政府角度來研讀保羅的討論中多次提到，羅馬城市是由「家庭」組成的。這些家庭會聘用僕人、工人，以及奴隸。它們超越了現代人對家庭的理解，因為現代人的家庭基本上只包括父母和兒女（甚或是祖父母）。假如基督徒家庭要改革，那麼，保羅就是在人類的城市裏建立一個上帝的城市。城中每個人都扮演一個角色，其中有：男、女、教會事奉人員、寡婦及奴隸。所有人都扮演著重要和不同的角色，形成了一個在家庭教會裏有秩序的新社會。此外，教會的福利制度和羅馬社會的福利制度之間的張力，在詮釋上顯露了一個空間，當中有些寡婦的情況是保羅沒有提及的，例如保羅肯定沒有興趣提及年老的但後來又結婚的，又或早已背了婚約的婦女。而透過理解這些空間和它背後的歷史情境，現代讀者就更能應用保羅的教導。在談論教導和幫助有需要的人，保羅重複使用相關的詞彙，展示出保羅期望整個羣體要為自己的成員提供兩件事情：教育和社會福利。

保羅清楚展示出來的理想早已存在，當我們簡略討論某些品格的要求之時，可能不是為了強調男性與女性的角色，而是為了監督和執事的資格時，這些品格的要求便告訴了我們，某些理想是從那已定的界線訂立出來的。其他提出來的要求則表示保羅若非建立了一個傳統，就是倚靠其他傳統去建立他的羣體（例如監獄書信的家訓或羅馬書第十二章的屬靈恩賜）。再者，從列出來的要求而得出的界線，可能是反映出傳假教義的人違反了或在以弗所裏忽略了的事情。無論哪一種情況，都會導致保羅要求提摩太去提醒教會早已知道的事情。假如這些列出來的要求的來源真的存在，保羅就是在把教會帶回原本的願景中。這個願景包括讓有資格的人擔當職事。另外，禁止女性作教師連繫至長老的職事是很明顯的。保羅把這些事情放在一起討論，説明了某些職事是需要某些資格，這是因為假教義在以弗所十分猖獗。而且，保羅頗為關注羣體的見證是否符合羅馬社會某個正面的社會規範，而那些也與基督教很一致。這些要求展示出保羅是批判主流文化及當時的社會，他想教會看看有哪些令人敬重的社會規範，是可以用來幫助福音的廣傳，又或美德的推廣。因此，保羅為了傳福音而把一些羅馬的美德加進福音裏。這是保羅想建構的社會理想。若是這樣，這就是一個例子，來顯出教會與國家之間的關係。將這段經文看為只是現代一個信徒要「跟從」的家訓是錯誤的，更重要的是現代讀者要從一個較闊的原則來思考：「教會要為今天建立另一個怎樣的社會？」

信仰反省：從保羅的教導反思教會面對的議題

保羅在二章1至2節的教導是有很多方面可以應用的。首先，從公共祈禱和基督徒的行為得出的影響可見，保羅的宣教目的十分清楚。他對信徒的期望也很清楚：歸信者的行為是為幫助宣教事工的發展。保羅的異象往往有別於現代基督徒的異象。有些現代基督徒甚至沒有注意他們在公眾場合的表現、說話用語或形象，令到社會對基督徒有不必要的誤解和抗拒。今天很多基督徒經常以為與別不同就等同於聖潔。筆者甚至在很多場合聽聞聖潔的人事實上就是行徑奇怪的人。這不是保羅對敬虔的理解。同樣地，保羅期望為掌權者祈禱是歸信者正常生活的一部分，以致他們不會引起不必要的逼迫。我們還可以繼續引例子作應用下去，但是上述的討論已足以提供一個敏銳於處境（context-sensitive）的起始點。

另外，就應用在教會領袖來說，保羅的要求對現代某些教會的標準可說是很嚴厲，但保羅只看為基本的要求。在詮釋上，這可以得出兩個極端。第一，解經家可以說保羅寫作時，有系統的教會體制仍未出現。因此，保羅的著作只基於當地的情況。第二，解經家可以把所有現代宗派的官方組織讀進家庭教會處境裏。我們必須避免時代錯置，僵硬地把現代情況讀進這些著作裏，也不可看這些教導與現代應用不相關。保羅在他的著作裏訂下某些教會指引，而這些同時可以幫助現代的教會。今天，與長老平行的角色是牧者，但是在很多較民主的福音派教會裏，對於「誰是領袖」卻感到十分困擾。很多現代教會按立的執事是終身制的，他們作執事之時根本從不知道自己扮演著甚麼角色，但成為執事後甚至居於牧者之上。因為他是終身的，只要規規矩矩就沒有有人可以罷免他，即使他產生不少事奉人員之間的衝突。執事明顯與長老不同，也不應該與長老相同。假如保羅或提摩太來到現今的處境，教會剩下來的問題就只是可否按立女性。

以下的問題針對更基本的層面：誰有資格成為長老？就是有教導和管理能力的人。今天，有些神職人員並沒有足夠的裝備。保羅似乎以接近犯罪的詞彙來形容假教義的教導。這些人該懂的不懂，不該懂的卻懂了，至終無法辨別兩者的分別。假如保羅以同樣嚴厲的言論在今天說出來，那麼，今天很多講道者都犯罪了。假如保羅是在處理可能出現的假教義，他就絕不會感到高興。對抗異端的方法並不是單純地藉著福音聚會去傳現代的「福音」，而是由有足夠裝備的領袖，藉著教導去領導眾人，使眾人也能分辨真偽。今天，異端正埋伏在某些教會裏，而那裏有的是沒有好好裝備，且在教導毫無真理的牧者。

最近在香港不斷討論「教會」這個詞彙所包含的意思。很多人將意義的重點放在羣體身上。這是正確的。然而，假如真的如保羅所説般，教會是真理的柱石和根基的話，那麼，這個羣體就必須努力持守和明白真理。這個努力是涉及辨認出哪些是主要的問題，哪些是次要的問題。我們需要認真的神學和聖經思考，這是遠超過簡單又無知的「信耶穌就可以上天堂」。筆者曾經教過一些學生，他們只在乎取得證書後就可以「去事奉上帝」。這樣現實的心態違反了保羅給提摩太的聖經教導。以弗所教會面對的是有人刻意歪曲真理，他們的目的是為要控制其他人。他們是危險的，而保羅期望教會有智慧和有知識地處理這問題。異端對真理所定義的作諸多限制，這有別於保羅的福音所主張白白的恩典。今天，很多「基要派」教會也是按著他們的「嚴謹」來定義，他們錯誤地立下界線，建立了他們自己一套的現代異論。假如保羅還在生，必定會令他十分困擾。這個現象説明了教會並沒有足夠的智慧去思考這些問題。昔日的假教義同樣地在今天也存在著，且與提摩太時代相似。

根據保羅訂出事奉人員的資格，已指出並不是凡有心事奉的人都有能力擔任領袖職事。即使是那些擁有足夠資源的人，也無法自動成為教會的領袖——就像今天很多無法運作的教會委員會組成的方式一樣。另外，關係的層面也值得留意，領袖應該與教會羣體內外的人有良好的關係。今天很多神職人員甚至不會結識不信主的朋友，更遑論要在不信的世界裏建立良好的聲譽。談到生活的應用，雖然現代很多福音派長老沒有酗酒，但是保羅的重點是，不要活在當時的日用品——酒——的捆綁下。今日的人可以沉溺於甚麼東西呢？電子產品？總括來説，保羅對價值體制的關注，表示了現代教會領袖的價值觀依然是屬世的，最終難以避免地把教會變成與某種世上組織相似，而不是一間以真理的柱石和根基建立的教會。

強調反對異端的教導，已暗示教會是屬靈教育機構的一分子。保羅使用了他那個時代的教育用語，因為他預視教會事工有部分與教育有關。保羅並不是純粹指教育的「方法」，雖然良好的教導方式肯定有幫助。他勸勉提摩太作為教會的僕人是要以「善道」餵養，這是指教育的內容。保羅關注的是內容，若應用在今日基督教，即是指教會不只要不斷更新對上帝話語在學術研究資料的認識和應用上，也要認真看待所有神學教育課程，無論是提供給平信徒個人神學訓練的機構或是裝備牧者的神學院。神學院（以及神學院的資助者）也應該鼓勵和給予更多空間和資金，投放在研究神學和聖經有關的課題。沒有好的教師，就沒有類似提摩太的好學生去接棒。很多時候，教會都會以「大使命」為名，將資源全部投放在傳福音的事之上。這類短視和無知的應用，並不是保羅的信仰羣體異象。保羅期望負責教導（在講壇上或在主日學）的人具備神學和聖經知識，以至這人可以栽培另一位提摩太去為信仰辯護。今天很多負責教主日學的人卻不是這樣。難怪一些教會不只缺乏新一代領袖的接棒人，也缺乏可以辯護和分享信仰的接棒人。神學院欠缺奉獻，也會影響教育未來牧者和宣教士的質素。基督教圈子每 10 年都會出現教會的「是日異象」，也會使用令人厭倦的陳腔濫調來形容新約聖經中的教會異象，例如「宣教的教會」、「超級教會」或「細胞小組教會」等等。無論流行甚麼，保羅的教會（即是新約的教會）都有部分「是」教育機構。保羅的理念可能並不「酷」，卻是個簡單、可行的異象。

較為正面地看，當我們將長老與異端比較，保羅論到長老的整體原則就變得更加清晰了。上文已提過，教會財政的問題大大影響著教會，而這是提摩太要留在以弗所的原因。提摩太需要整頓這個情況。我們看見濫發愛的禮物給利用這個制度、不配得的寡婦，以及捐助那些教導錯誤教義的人所帶來直接的影響。結果，善於以教導和話語管理教會的長老就缺乏了。

此外，今天很多教會給牧者的薪俸都偏低，以致牧者甚至沒有達到那個城市的最低平均家庭收入。教會的管理層往往藉詞説他們最先的領袖（像保羅）並沒有受薪，而且開荒時十分困難。但如今困難已過，牧者薪俸偏低的傳統也繼續存在。假如我們深入研究保羅的修辭表達，就會發現最根本的問題並不是薪俸，而是錯誤地分配有限的資源。這些可能的問題包括先後次序的錯誤和壞的教導。教會為甚麼會資助宣稱是在做福音工作的有問題機構或異端？豈不是因為那些管理財政的人（在保羅的時代往往是富裕的恩庇者）受了錯誤的教導嗎？次等的教導所帶來的結果，就是教會無法辨別對錯。因此，教會和那些教導他們的人都要承擔責任；但是，某些教會可能都是正確地教導，卻依然拒絕合理地支付薪金給牧者（即是類似保羅時代的長老）時，教會就是不順服，把自己的文化置於保羅的教導之先。保羅在提摩太前書提及的先後次序既簡單，又直接：以財政去幫助那些真正有需要的人，並支付領袖當得的薪酬。沒有恰當的教導和領導，教會就會因著裏面的腫瘤和外面的毒素而漸漸痛苦地死去。

根據關於監督和執事的討論，保羅對教會領袖的異象出現了一個模式。監督和執事都要先以家庭為主（妻子和兒女）。接下來，他們也要照顧羊羣（即是管理教會）以及有需要的人（即是透過接待人而展示愛陌生人）。換言之，這些在教會高居重要位置的人，要以正確的方式建立關係為首要。保羅也否定了某些社會關注的事。雖然我們應該尊敬教會內某些人，例如對待長老應以金錢的賞賜來表達，但作長老的，所關心的並不應該是個人經濟和自私的利益上。今天除了金錢之外，人關心的或許還有其他世界觀和價值觀。保羅的應用在今天可能會超越經濟上的利益，也涉及個人的意圖。若長老另有意圖，而不是要照顧他人，顯然不應該是領袖了。在以弗所教會，假教師是另有意圖的，他們為了個人利益而刻意歪曲真理。因此，教會領袖和羣體需要清楚明白真理，並且要有純正的心思意念。欠缺任何一樣，教會就面對著無法持守或明白真理的危險。另外，保羅重視品格發展和成熟。某些基本技能很重要，但是品格也同樣重要，甚至可能比技能更重要。現代人往往根據權力、金錢、魅力與技能來揀選監督和執事，這些都符合世人對成功的印象而不是聖經的理想。就如保羅要整頓以弗所不合資格的領袖，現代教會也必須經歷同樣的清理過程，反對世俗化問題，使教會再次成為健康的教會。

一些古代社會與歷史情況同樣值得留意。事實上，孟恩斯指出監督和執事很多美德都是直接來自非基督教來源，例如1世紀中葉的柏拉圖哲學家奧羅山大（Onosander）。保羅列出的品格要求所用的詞彙，與異教列出的和大部分非宗教著作列出的用語很相似，這理應叫現代解經家留意到重要的一點：即使是向異教徒傳福音，也可以從他們身上學到一些美德。保羅希望領袖備受社會敬重，而不是視為奇怪的愚昧人，看自身的聖潔與其他人無關。古代著作列出美德的內容，與保羅所列領袖美德的要求之間的平行用語十分相似。有能力管理家庭裏的問題與有能力管理教會是平行的，因為羣體生活是在家庭裏進行。在那些日子，基督教並沒有得到認受，它在家庭裏運作，而那裏已經是個公共地方。信仰是公共的，是在公眾的眼裏「活出來」的。這並不需要外展或其他特別的傳福音活動，因為藉著家庭領袖在日常生活中展示出來的美德，驅使福音外展都在每天發生。現代教會要留意的是，不要為著得到認受，以至過於依賴不同的活動來傳福音。

溫習及思考問題

1. 保羅稱教會為「永生上帝的教會」和「真理的柱石和根基」(三 15),這是指甚麼意思?你認為教會要如何行才可以成為保羅所描述的教會?教會事工的方向如何配合這兩點?
2. 保羅所指「奧祕」是指甚麼意思(三 16)?這與保羅對提摩太個人的提醒有何關係?
3. 以弗所教會要面對假教義的問題是怎樣的?對他們有何影響?保羅教導提摩太如何面對?這與提多書的勸勉有何相同的地方?
4. 保羅稱提摩太為「基督耶穌的好執事」是甚麼意思(四 6)?保羅提醒提摩太要如何作好執事?這對你有何提醒?
5. 保羅所提「操練」是甚麼意思(四 7)?若配合當時社會處境,「操練身體」(8 節)如何與當時處境有關?這些處境如何糾正我們對經文的理解?保羅對操練的原則是甚麼?你如何應用在自己的生活上?
6. 整體而言,保羅所期望事奉人員的質素是怎樣的?你認為保羅是否要求過高?若然不是,怎樣才是合宜地去實踐?
7. 對於寡婦,保羅勸勉提摩太將寡婦分為哪幾類處理?保羅如何將當時的社會處境應用在教導寡婦這事上?為何保羅鼓勵年輕的寡婦嫁人?對她們有何好處?
8. 保羅鼓勵提摩太如何合理地對待長老?為何要特別善待那些善於講道和教導的長老?
9. 保羅鼓勵提摩太運用教會資源的原則是甚麼?這是否能應用在今日的教會裏?
10. 保羅教導提摩太要如何處理投訴領袖的案件?這處理方式如何同時也適合教導當時的會眾?這些提議如何應用在現今的教會?
11. 保羅對奴隸有何提醒?為何會出現作奴隸的會輕視主人這情況?若應用在現今的教會裏,當基督徒聘用弟兄(甚或是在同一所教會生活的弟兄)作他的下屬之時,他需要留意甚麼事情?

釋經短註

❶ 詩篇八十二篇1節「上帝站立在神聖的會中，在諸神中施行審判」及7節「然而，你們要死去，與世人一樣，要仆倒，像任何一位王子一般」的內容顯然是帶多神主義，所以有學者如琳基（Niels Peter Lemche）便質疑這篇詩篇的正典性。參：Niels Peter Lemche, *The Old Testament between Theology and History: A Critical Survey* (Louisville, KY: Westminster John Knox Press, 2008), 386。不過，如果將諸神解為是指墮落的天使，便解決了琳基的質疑。

❷ 創世記一章26節「我們」這詞在「七十士譯本」不是一個代名詞，而是一個所有格形容詞（possessive adjective）。這形容詞是以陰性的語法性表達。須留意的是，這不是指上帝是陰性，而是因為希臘文文法上的需要。「形象」這名詞是一個陰性名詞，而「我們」這形容詞是修飾「形象」，它必須與所修飾的名詞同一個位格。因此，這「我們」是陰性形容詞。

❸「安息日獻祭之歌」是一份文獻重組自死海古卷的斷片（4Q400 ～ 407；11ShirShabb）及馬撒大曠野發現的文獻（MasShirShabb）。從它最早的抄本顯示出它屬於公元前1世紀初期的作品。我們不能肯定這份文獻是否出於昆蘭羣體，但從馬撒大那份文獻提及「耶和華」這名詞，足以證明它可能源於昆蘭羣體之前，不過這份文獻肯定影響著昆蘭羣體的崇拜禮儀。它是由13篇詩歌組成。它的主要內容是敬拜上帝，但它的特色是每篇詩歌的主體內容除了讚美上帝，都有描述天使對上帝的讚美，也有講述天使作祭司的身分等等。學者認為這些詩歌不屬於天啟文學類，但它對天庭的描述與其他一些典外文獻十分相似（參「以諾一書」；「利未遺訓」），甚至也與啟示錄相似。

❹ 14節「不要忽略你所得的恩賜」可直譯為「不要輕看你裏面的恩賜」。這個恩賜可能是透過聖靈賜予的。「你裏面」可能是保羅論到聖靈內住的例子之一，尤其與事奉有關。不過，馬歇爾（I. Howard Marshall）指出這個恩賜不可能只是聖靈，因為聖靈早已在提摩太開始事奉時，已住在他裏面。他的

看法是正確的。聖靈可能不像使徒行傳十三章3節般描述聖靈那樣正式地降臨。

❺ 五章1至2節這整個句子，是由「不可嚴責……」(*mē epiplēxēs*)及「要勸……」(*parakalei*)兩個主要動詞連繫著。前者是一個帶否定助詞加假設語氣，為要表達一個命令式的句子，後者是命令語氣的動詞。

❻ 提摩太前書「尊榮」這詞以動詞 *tima* 出現的經文有：五 3；而以名詞 *timē* 出現的經文有：一 17，五 17，六 1、16。全書共出現 6 次，五章1節至六章2節這段落中共出現3次，是全書的一半。這表示了這詞在書中的重要性。

❼ 在羅馬時代，一個男人若要控告妻子與另一個男人通姦，他必須找到7個或以上的證人，而這些證人必須是羅馬公民。女子一經被法庭判決有罪，丈夫可選擇即時與她離婚，那麼，她就會失去一半的嫁妝，而她本身擁有財產的 1/3 也被丈夫沒收。她會被放逐到一個島上生活一段日子，之後即使返回社會，她的婚姻生活也被剝奪，意思是她再沒有結婚的權利。參：Bruce W. Winter, *Roman Wives, Roman Widows: The Appearance of New Women and the Pauline Communities* (Grand Rapids, MI: Eerdmans, 2003), 42。

第十一章

假教義的問題（二）：危機與對策（六3～21）

- 假教義與基督徒的誠信
- 簡單的告別
- 總結

經文

假教義的問題(二):危機與對策

6 3若有人傳別的教義,不符合我們主耶穌基督純正的話語與合乎敬虔的教
導,4他是自高自大,一無所知,專好爭辯,擅於舌戰,因而生出嫉妒、
紛爭、毀謗、惡意猜疑,5和心術不正與喪失真理的人不停地爭吵,以敬虔為
得利的門路。6其實,敬虔加上知足就是大利。7因為我們沒有帶甚麼到世上
來,也不能帶甚麼去;8只要有衣有食,我們就該知足。9但那些想要發財的
人就陷在誘惑、羅網和許多無知有害的慾望中,使人沉淪,以致敗壞和滅亡。
10貪財是萬惡之根。有人因貪戀錢財而背離信仰,用許多愁苦把自己刺透了。
11但你這屬上帝的人哪,要逃避這些事;要追求公義、敬虔、信心、愛心、忍
耐、溫柔。12你要為信仰打那美好的仗;要持定永生,你為此被召,也已經在
許多見證人面前作了那美好的見證。13我在那賜生命給萬物的上帝面前,並在
向本丟·彼拉多作過那美好見證的基督耶穌面前囑咐你:14要守這命令,毫
不玷污,無可指責,直到我們的主耶穌基督顯現。15到了當的時候都要顯明
出來:他是那可稱頌、獨一的權能者,萬王之王,萬主之主,16就是那獨一不
死、住在人不能靠近的光裏,是人未曾看見,也是不能看見的。願尊貴和永遠
的權能都歸給他。阿們!17至於那些今世富足的人,你要囑咐他們不要自高,
也不要倚賴靠不住的錢財;要倚靠那厚賜萬物給我們享受的上帝。18又要囑咐
他們行善,在好事上富足,甘心施捨,樂意分享,19為自己積存財富,而為將
來打美好的根基,好使他們能把握那真正的生命。20提摩太啊,要持守所給你
的託付。要躲避世俗的空談和那假冒知識的矛盾言論。21有人自稱有這知識而
偏離了信仰。

願恩惠與你們同在!

這一章是提摩太前書最後的段落，它分為兩大部分。第一部分是保羅直接處理假教義的問題，但也以這個主題來針對所有基督徒的忠誠問題（六3～21上），第二部分是保羅最後簡單地告別（六21下）。

11.1 假教義與基督徒的誠信（六3～21上）

這部分同樣可以分為3個段落作討論。首先，保羅要處理假教義隱藏的危機和帶來短暫的利益（3～5節），然後便處理敬虔帶來的成就和長遠的好處（6～12節上），接著是提及提摩太生命質素的指引（12～21節上）。這3個段落恰好是一個十分明顯的對比，也配合保羅在第一章對假教師的關注，因為這兩段經文的主題和用語都很配合。保羅也甚為關注假教義的問題，並期望給予提摩太最後一個提醒，去確保教會沒有人被短暫的利益引誘。

分段大綱（六3～21上）

1. 假教義隱藏的危險和短暫的利益（六3～5）
2. 敬虔帶來的成就和長遠的好處（六6～12上）
   甲、普遍原則（六6～8）
   乙、譴責短暫的利益（六9～10）
   丙、長遠的益處（六11～12上）
3. 對提摩太生命質素的指引（六12下～21上）
   甲、提摩太的見證（六12下～13）
   乙、提摩太持的生命質素（六14～21上）

11.1.1 假教義隱藏的危險和短暫的利益（六3～5）

保羅在這段落開始便說：「有人……」（3節）。他以這「有人」（*tis*）單數不定代名詞來形容假教師，並非因為以弗所教會只有一個假教師，而是因為他期望每個教師都盡忠職守，不會遭致這麻煩事情的發生。在3至5節裏，保羅提及假教義主要4方面的事情。

一、他們是「傳別的教義」(3節上)

「傳別的教義」(*eterodidaskalei*)這動詞，重複了一章3節的詞彙(參7.1.1.1「關於假教義〔一3～5〕」)。保羅接續著上文提及的，在此再討論「別的教義」這相同的議題。「傳別的教義」這個動詞事實上是指「一種截然不同的教導」。換言之，教師不單在屬靈生命上，表達或教導技巧上都有別於保羅，他所教導的內容與保羅也完全不同。由於「教」是以現在時態直說式動詞表達，反映了錯誤的教導已持續了好一段時間，而且仍在發生中。

二、「別的教義」的特色(2下～4節上)

「純正」的希臘文是一個分詞作形容詞用，它是用來修飾「話語」這名詞。

保羅論到假教導的特色，是有兩方面：第一，他「不符合我們主耶穌基督純正的話語」(3節下)。「**純正**」(*ugiainousin*)這詞在一章10(「和修版」譯作「健全」)也曾出現(參3.2.2.3「堅守教義〔一9〕」)，如上文提及，保羅在此是延續一章的議題。當保羅使用這詞描述上帝的真理之時，他有時候是指「教導」(*didaskalia*；以單數表達)，亦有指「話語」(*logois*；以複數表達)❶當保羅說這是「耶穌基督純正的話語」，又使用「話語」複數名詞，極可能表示耶穌基督許多的教導早已在以弗所教會形成為一個傳統。保羅也曾領受耶穌許多的話語，並成為傳遞者。這理論並不常見(參提後一13)，但這是額外的證據，證明保羅假設了有一個耶穌傳統，是他或他的同工正在傳遞著的。奈特(George W. Knight III)提出了足夠的證據，表示保羅在他事奉初期，就早已熟悉耶穌的教導(林前十一23～34；另參徒二十28)。「純正」也是指健全，保羅關注受到錯誤教導的教會最終就變得不健康了。

第二，「別的教義」是偏離了「合乎敬虔的教導」(*eusebeian didaskalia*；3節下)。保羅在此再次使用單數的「教導」(*didaskalia*)，此析讀已多次提及這單數的意義(參4.1「標題〔二1〕」)，在此不再贅言了。這一節經文所指的，是教導的質素是以敬虔表達出來。敬虔的概念貫穿提摩太前書。若參考四章7節，便發現敬虔與操練美德和實踐純正的話有關；若再把耶穌的教導與敬虔混為一談，保羅就是在平衡教義和實踐，表示兩者都很重要。複數的耶穌基督的話與單數的敬虔教導表示耶穌教導已包含很多的話語，單數的教導表示耶穌這些話語整體應該導致敬虔，而不是假教師所帶出的爭論和不忠誠。即使教導有怎樣的不同，最終的目的應該都是為了建立敬虔的品格，這是保羅堅持的。

三、「別的教義」帶來的結果（4～5節）

「專好」原文的意思是「不健康的慾望」或「病態地」。

這對以弗所教會帶來的結果是相對的。保羅論他們「專好爭辯」。「**專好**」（*nosōn*；4節下）這詞彙表示他們的「不純正」，這正與3節「純正」的意思相反，這個對比十分明顯。不健康的興趣會引致不健康的教導。這樣有問題的教會會引致一連串關係上的衝突，就是「嫉妒、紛爭、毀謗、惡意猜疑」（4下～5節）。保羅延展第4節下的形容詞，重複地就著這些人的思想來描述這些人，使用了與他們的思想有關的詞彙，他們就是「心術不正與喪失真理的」（5節）。換言之，敗壞的心思會導致敗壞的關係。我們必須留意，保羅在修辭上有技巧地使用了「敬虔」（5節）一詞來描述提摩太所面對混亂的情況。很明顯，他並不是說他們真的在思想上是敬虔，且帶出敬虔的結果，而是指這些人只是宣稱自己是敬虔，實質卻不是。保羅使用了「爭辯」、「舌戰」、「爭吵」（4～5節）等詞彙，暗示了他是借用羅馬時代一個公開的辯論場所作隱喻，成為一個修辭的情境，嘲諷這些傳假教義的人就像基督教版本的詭辯家。凡詭辯家都是有理性和受人敬重的羅馬人所藐視的（參辛尼加〔Seneca〕的 *Ep.* 108）。昆爾（Jerome D. Quinn）與惠嘉（William C. Wacker）稱這些人假裝的敬虔為「沒有聖靈的永恆、沒有音樂的話語、沒有生命的書信」。他們的結局會清楚說明他們是否真的敬虔。敗壞的思想與品格可以生出導人敗壞的教義，倒過來也是一樣。保羅論到敗壞的品格也反映了三章3、8節的內容，尤其是「貪財」和「貪不義之財」。

四、傳「別的教義」的人的品格（4上、5節下）

討論過傳「別的教義」的結果後，保羅繼續討論傳「別的教義」的人的品格。這句子的主要動詞是「自高自大」（*tetuphōtai*），而接著描述的品格都是在形容這個可怕的質素。從希臘文看，「自高自大」是過去完成時態被動語態直說式語氣表達，意思是指被驕傲所充滿。他「自高自大」又「一無所知」（4節上），他的驕傲反映他是沒有內涵的。在正常和健康的情況下，若他只有一點兒正確的知識，他就應該謙卑下來；但是正因這一點兒的知識，他就以為自己得了許多，所以自高自大。他專好問難，爭辯言詞。昆爾和惠嘉這樣翻譯：「人只能說他已經成為一個自高自大、不學無術的人，病態地追求推測和對詞彙吹毛求疵。」最後，他除了生出紛爭，也愛好以敬虔為得利的門路（5節）。

11.1.2 敬虔帶來的成就和長遠的好處（六6～12上）

保羅討論完不信上帝的人所得短暫利益之後，就正面地討論敬虔和長期的益處。斯托得（John R. W. Stott）認為六章6至10節是應用在知足和貪心的貧窮人身上。當然，斯托得的應用是好的，但它可能適用於所有作見證，以及反對以敬虔為得短暫利益門路的人，即是指傳假教義的人。換言之，要對抗假教師的生活方式，最好的方法就是培養一羣有正確生活方式的會眾。保羅就著這個主題提出3個主要的層面：普遍原則（六6～8）；譴責短暫的利益（六9～10）；長遠的益處（六11～12上）。

11.1.2.1 普遍原則（六6～8）

在這段落，保羅提到的益處是與四章8節「因操練身體有些益處；但敬虔在各方面都有益，它有現今和未來的生命的應許」互相對應。保羅在那裏論到若按著某個嚴謹的飲食規條，必定令身體得到益處，不過敬虔的生活更加重要。保羅在這裏並不像之前所說對比肉身與非肉身，他所指的益處類似一種商業上投資的回報。保羅說「敬虔加上知足」是有原因的，其原因在於時間。保羅指出人無法帶甚麼到世上來，也不能帶甚麼走（六6～7）。這是一個關於人在這世上活著的時間有關。由於我們早已提到時間的文化觀念（參3.5「附篇：時間的文化觀念——古代和現代」），務要留意保羅現在其實是將救恩論訴諸時間的概念。他的句子強調「沒有……甚麼……不能……甚麼」

(*ouden ... oude*;7節),重複的否定詞使它成為句子的主要位置。斯托得的註釋進一步闡明這個真理:「我們生來就是赤裸、空無一物的;當我們死去、被埋葬時,我們再次是赤裸、空無一物。就世上的財物而言,我們來到和離去,都是一樣的。因此,我們在世上的生命只是在兩個赤裸的時刻之間短暫的旅程。」奈特提出這番話可能是源自約伯記一章21節或傳道書五章15節的智慧傳統。他的說法可能是正確的,但我們無法確定以弗所教會有沒有那些書卷或聽過這方面的傳統,因為保羅從來沒有引用它們。那麼,保羅是在主張甚麼呢?保羅認為「有衣有食,我們就該知足」(8節)。「有衣」(*skepasmata*;原文意思「遮蓋之物」,可以指衣服或居所),保羅使用了複數,這可能包括了各類的遮蓋,其中包括衣服及居所。事實上,昆爾和惠嘉就著這個討論而引述了斐羅(Philo)的著作(*de Praeimiis et Poenis* 99;*Legum allegorine* 3.239),並確認了兩種遮蓋都有可能。因此,保羅主張只有桌上有食物,身上有衣服,家中有瓦頂,就應知足。

11.1.2.2 譴責短暫的利益(六9～10)

為了更明白保羅的教導,我們不能將當時的讀者理解為今日的中產人士般。這羣家庭教會的成員(當時的讀者)可說是一羣基層人士,受著某些富裕的恩庇者資助。假如我們從基層讀者的角度看,就會更加清晰地明白保羅的教導。保羅針對的是慾望的問題,他以「想要發財」(*boulomenoi ploutein*;9節)來形容他們,表示他們不是真的發了財,只是想著而已。「想要」(*boulomenoi*)這動詞反映了他們被慾望支配著,並且已充塞了他們的心思意念。同樣地,他的聽眾也想變得富有,因為他們並不富有。「想要」這個詞彙也表示了一個刻意的生活方式,他們是有計劃地朝著要發財這個目標。即使整體讀者並不富有,他生命中的主要目標也不是為要致富,保羅仍以負面的詞彙來討論這個議題。那些持這個錯誤價值觀的人會「陷在誘惑、羅網和許多無知有害的慾望中」,最後會「使人沉淪」。「**沉淪**」(*buthizousin*)的意思是淹沒或下沉。錯誤的慾望會使羣體像船一樣下沉,或是淹沒了那人。保羅

> *「沉淪」這詞在新約書卷是一個罕有的詞,除了提摩太前書,便在路加福音五章7節出現。*

> 「貪財」這詞的希臘文是一個複合詞，由「愛」（phileō）這動詞與「銀子」（argurion）組成。它完全了表達了貪財的特色。

解釋了導致這樣滅亡的原因是「**貪財**」（*ē philarguria*；10 節），對比著三章 3 節的正面教導：合資格的監督是不可以貪財。接下來，保羅又說「貪財是萬惡之根」（10 節）。奈特指出，植物是從根部長出來的。保羅稱這個根為「萬惡之根」（*riza pantōn tōn kakōn*），並以複數「萬惡」表示邪惡可能以許多不同的形式出現，而其中一個是離了真道。這等人「用許多愁苦把自己刺透了」。「刺透」（*periepeiran*）這動詞是描繪以矛刺穿某些東西。把自己刺透就是指自殺。若將「沉淪」、「貪財」、「刺透」這些詞彙連在一起，保羅指的是哪一種「沉淪」? 他整體的思想是指貪財和想要擁有財物，是可以導致屬靈上的自殺。保羅的信息十分清楚：貪愛短暫的利益會導致屬靈上的沉船和痛苦。

11.1.2.3 長遠的益處（六 11 ～ 12 上）

保羅在這段落論到長遠的益處。這些益處既可以形成羣體的理想，也藉此提醒領袖事奉的焦點是甚麼。保羅藉著一連串豐富的隱喻來作吩咐。

第一，保羅提醒「屬上帝的人」（*ō anthrōpe theou*；11 節）要逃避這些事。由於保羅是對提摩太說話，因此屬上帝的人就是指提摩太。保羅也把提摩太與貪心的人作對比（6 ～ 10 節）。對提摩太來說，可能面對著很大的試探。因此，保羅勸勉提摩太「要逃避這些事」（11 節）。經文沒有說明提摩太要逃避甚麼事，最有可能是指貪念（6 ～ 10 節）。

第二，保羅告訴提摩太要追求 6 種質素（11 節）。須留意的是，保羅以「逃避」和「追求」這兩個用來比喻生命旅程中正負層面行為的詞彙，來勸勉提摩太有關生命的議題。藉著「逃避」，保羅建議提摩太在他的生命方向裏要逃離某些事情。藉著「追求」，保羅建議提摩太要向另一個方向勇往直前。保羅期望提摩太要追求的 6 種質素：

- 「公義」（*dikaiosunēn*）。這詞彙所包含的意思很廣，全視乎經文而定。在這節經文，它不是指站在上帝面前那因信稱義中的「義」，而是從倫理角度來看這「公義」，是有別於那萬惡的行為（10 節）。

- 「敬虔」（*eusebeian*）。這早已在6節出現過。這個敬虔標誌著人與上帝的關係，是有別於虛假的敬虔（3～5節）。
- 「信心」（*pistin*）。它可以指忠心或信心，是有別於六章3至5節那不忠於教義和不純正的教導（3～5節）。
- 「愛心」（*agapēn*），這有別於貪財（10節）。這個「愛心」有可能是指愛上帝、愛人和愛所有美善之物。
- 「忍耐」（*upomonēn*），這個忍耐可能與忍受了生活中所有的困難，並有可能與那些試探提摩太離開他忠心的服事有關。
- 「溫柔」（*praupathian*）。這與其他人有關，有別於嫉妒、紛爭（4節）等。

總結而言，這些質素是有別於那些傳假教義的人的。保羅如此教導，除了要提醒提摩太，更重要的是期望他也作以弗所教會中所有基督徒的榜樣。

第三，保羅希望提摩太「打……仗」（*agōnizou*；12節）。這究竟是一個軍事抑或運動的隱喻？這全視乎我們怎樣理解「信仰」（*tēs pisteōs*）。再者，我們應如何理解這個*pistis*？它是指忠心、真道，抑或信心？這個詞彙在教牧書信多次出現（參四1，六10等），若它是帶定冠詞，大都指教義的內容（1.6.1.3「『這話可信/這信仰』的意義」）。雖然奈特和馬歇爾（I. Howard Marshall）都傾向支持「信心」，並否定當中涉及任何教義（主要因為它是所有格），筆者還是傾向看為一般教義上的詮釋，視這詞為一些傳遞下來的事情，而且教會當時正面對攻擊。保羅要提摩太**打與信仰有關那美好的仗**。無論教義會否令提摩太更積極地生活，又或是要使提摩太為了信仰的純正而打仗，都難以挪去教義的層面。換言之，保羅是在說提摩太要在作戰的狀態中活出信仰。他不是與其他領袖進行運動比賽，而是在一場對抗假教義的爭戰中（3～5節）。基督徒領袖的生活並不舒適，經常要不屈不撓地辛勞工作。「打仗」是以現在時態表達，表示這場戰爭早已在以弗所教會開始了，提摩太也不能輕易放棄的。

> *在希臘文的文法中，12節的「信仰」（tēs pisteōs）是所有格，這所有格屬於「關聯性所有格」（genitive of association）用法，這是指這所有格名詞是關係於某一個名詞，而不是屬於另一個名詞。*

第四，保羅期望提摩太「持定永生」（*epilabou aiōniou zōēs*；12節）。「持定」

（*epilabou*；原文有「握著」的意思）是以過去不定時時態出現，這表示保羅的話十分迫切。提摩太要握著永生，就好像他從來沒有真正得著般；他要緊緊抓著它，就像是屬於他自己般。事實上，提摩太不需要打完這場美好的仗才經歷到這生命，當他為此而打仗時，已有這經歷。讀者很容易就會把這一節的「永生」理解為這永生是在很遠的地方出現；其實真相是，永生已在這裏，提摩太此時此地是可以握著的，因為那是在他的掌握裏，只是保羅迫切的吩咐，為要表達提摩太是可以讓一切溜走。到此，很多人可能會想討論一個神學問題：提摩太真的可以失去救恩嗎？須留意的是，這裏的「永生」與將來的救恩無關，它涉及的是此時此地的生命質素。然而，這質素依然會延續到永生，因為保羅也會論到上帝是不死的（16 節）。不死的上帝賜予永生，而提摩太現在可以為自己去抓著的。

11.1.3 對提摩太生命質素的指引（六 12 下～21 上）

保羅進一步闡明他對提摩太生命質素的要求，這也是對基督徒生命質素的要求。在這段落中，保羅先提及提摩太的見證（12 下～13 節），然後再詳細一點解釋他的要求（14～16 節）。

11.1.3.1 提摩太的見證（六 12 下～13）

在我們討論保羅下一個吩咐之前，值得再思考他的教導。保羅把今生的質素連於要求提摩太去作見證的那最初召命。「美好的見證」（*tēn kalēn omologian*；12 下、13 節）在短短的兩節經文中出現 2 次。奈特概述這是指兩個不同場合作的見證，就是提摩太的受洗或蒙召事奉時作的。最有可能的場合是，差遣提摩太參與保羅事工時的按手禮，而當時有保羅的同工確認此事（參提前一 18，四 14）。這亦都有可能是指，當提摩太跟隨耶穌傳統的信仰時作的見證，因為經文提到耶穌在「在向本丟・彼拉多作過那美好見證」（13 節）。我們難以斷定這是指甚麼傳統。有些人認為這是約翰福音裏耶穌宣稱他是王這傳統（十八 37；另參太二十七 11；可十五 2；路二十三 3），因為這對應著提摩太前書六章 15 節「萬王之王，萬主之主」的概念。奈特稱之為耶穌的王者的宣稱，這似乎頗為相配，因為人是否屬於彌賽亞羣體，都視乎「你相信耶穌是上帝膏立的王嗎？」的問題上。王的概念是崇拜禮儀場景的一部分，這從16節以「阿們」結束可見到。藉著一個禮儀公式攏合起提摩太最初確認事奉的事件，保羅肯定是要表達提摩太早已得到羣體的認同。保羅給以弗所教會的信息是很清晰，就是要勸他們「接受提摩太的權威」！

11.1.3.2 提摩太持的生命質素（六14～21上）

保羅接著要闡明他對提摩太生命質素的要求，以下列6點作討論。

一、保羅要求提摩太「要守這命令」（*tērēsai se tēn entolēn*；14節）

「守」（*tērēsai*）原文有「看守」的意思。它可以帶著軍事的意味，就如看守著犯人，確保他沒有逃走；又或帶著倫理的意味，就如遵守一些事情。「命令」這詞的希臘文是以單數出現，又因它帶著一個定冠詞，說明保羅要提摩太守一個命令。究竟那是甚麼命令？這若非指保羅寫給提摩太整封書信的內容，就是指前文提到的「持定永生」。我們絕對相信這命令是指「持定永生」。

二、保羅要求提摩太在守命令上，是「毫不玷污」（*aspilon*；14節）

不但是「毫不玷污」，且是「無可指責」（*anepilēmpton*；14節）的。這兩個詞彙是形容詞，以陰性語法性表達。另方面，「命令」都是一個陰性名詞。因此，「毫不玷污」和「無可指責」是用來修飾「命令」。若然這命令就是指要「持定永生」，那麼，於保羅看，這永生是一個完全且無瑕疵的，這也是指提摩太所持定的生命質素是完全的。

三、保羅提到守這命令的時限（14節）

這個時限就是到「我們的主耶穌基督顯現」的時候（14節）。保羅在這裏再次提及他現有的事奉，是為了預備耶穌基督第二次降臨。他的表達十分一貫。毫無疑問，當他用「主」這詞彙，表示耶穌基督是萬有的王。

四、保羅提及到將來(15～16節)

「萬王」(tōn basileuontōn)及「萬主」(tōn kurieuovtōn)是以分詞作名詞用。這暗示了一個做了這些事的人。這種表達重點在於行為而不是本質。意即他們有王/主的行為，但本質上未必是王者。

當提及將來，保羅轉了話題，由此引入有關安排耶穌第二次降臨的上帝(15～16節)。保羅稱他為「獨一的權能者，**萬王**之王，**萬主**之主」(*monos dunastēs, o basileus tōn basileuontōn kai kurios tōn kurieuovtōn*)，這有強烈的基督管治及政治的意味。昆爾和惠嘉提供了最好的翻譯來表達保羅的意思：「這位王是眾王之王，那些眾王都是充當作王的；這位主是眾主之主，那些眾主都是充當作主的。」昆爾和惠嘉認為「萬王」或「萬主」因為是以分詞表達，故此保羅重視的是作王這行為，而不是王的職事。藉著以分詞短語來稱呼上帝，保羅不只著重上帝的屬性，也著重祂在歷史裏導致耶穌第二次降臨的行動。這裏的用語直接對比著羅馬帝國的階級制度，它標誌著一個超越羅馬帝國的國度。保羅把一切屬於帝王的尊貴和權能都歸予上帝(16節下)。雖然保羅並不是叛亂分子，他有關上帝的言論都顛覆常規的。他並不是呼召提摩太從這個世界抽離，過著另一個世界的生活；他也不是呼召教會反對任何忠於凱撒的人和事。相反地，他是說藉著「持定永生」，提摩太可以展示出上帝超越的主權。對保羅來說，「永生」是個已實現的事，而上帝永恆的管治也是如此，這是他福音的核心。此外，我們不可以忽略「阿們」(16節)這結束語，這表示保羅在這段落提及雖然只是一個禮儀裏的公式，但早已教導過提摩太和以弗所教會。奈特認為保羅嘗試以「阿們」來叫聽眾以敬拜的心來回應。雖然他的說法很吸引，但聽眾必須先深入明白保羅是在說甚麼，才會有這樣的反應。奈特理所當然地認為這些概念也見於約翰著作和以弗所書部分的內容，但他沒有討論這些聽眾是怎樣明白這樣神學性的言論。

五、對富足人的指引(17～19節)

保羅接著是期望提摩太教導一些富足的人(17～19節)。「今世富足的人」(*tois plousiois*)的希臘文在17節是整個句子的主要位置。在羅馬社會，財主比今天的中產人士那可以努力工作而成為暴發戶的，更有權力。在保羅的時代，有財富的人會用錢買一個官位。所有行政官員在作官之前都要先捐助體育場地的支出或其他活動。有財富與沒有財富除了是一個社會階層的分別，財富也容讓人得到更多權力。不平衡權力的分布自然會形成集體和社會欺壓的現象，最終使上層社會獲到利益。保羅的時代，富裕的**自由人**可以付錢購買受限制的地方行政官職位。很多人想透過財富得到這個有權力的職位。保羅是關注富有人的。保羅某程度是借書信的方式來發起文化戰爭，藉此反對社會的核心價值。對於第六章提到的問題，保羅有兩個關注。首先，他關注那些透過「敬虔」致富的人。這是指傳假教義的人（參 3～5 節）。其次，他關注那些富裕的人會開了先例，以致貪財成為教會的文化。保羅稱呼那些富裕的人為「今世富足的人」。17 節「今世」（*tō nun aiōni*；直譯是「現今的生命」）與 12 節「永生」（*tēs aiōniou zōēs*）是一種反義的文字遊戲。意思是那些依賴財富、以今世為焦點的人與提摩太當時可以掌握的永生截然不同。在這段經文裏，提摩太要教導富裕的人，有以下的 3 樣事情：

這些人曾經是奴隸，卻透過前主人的恩庇而建立了相當的人脈關係。

- 那些今世富足的人「不要自高」，也不要「倚賴靠不住的錢財」（17 節）。
- 他們與其貪財，就不如「行善」（*en ergois kalois*；18 節）。行善在希臘文是一個介詞短語，可以解作「好的工作」。保羅所指的行善肯定是指好的道德行為，但也可能是強調幫助別人的行為。樂意供給寡婦，擔起教導工作，好好管理教會，以及在可能情況下支持宣教（例如提摩太或保羅的宣教），這都是一些好的工作。這樣，他們就要成為教會和它的事工的支持者。
- 他們要甘心施捨、樂意分享（18 節下）。換言之，保羅給提摩太一連串的吩咐，是關於富裕的人不再那麼的富裕，以至其他真正有需要的人不再這麼貧窮，而教會作勞工的也受到公平的對待。告魯雅（W. Hulitt Gloer）說：「真正的財富不是以銀行戶口的數字、物業的多寡，或人可以誇耀的財物來衡量的。真正的財富建基於『正確地行善、慷慨和願意分享』。」

假如保羅要總結他給提摩太指引的內容，必定是 19 節。關鍵在於 12 節和 19 節之間出現的「守」（*epilambanō*）這詞，而這兩節經文都出現同樣的勸勉。

在 12 節是勸勉提摩太，19 節「把握」(*epilabōntai*)之後是給富足的人。兩者也論及「真正的生命」(*ontōs zōēs*)的質素。保羅在 19 節提到的「生命」，可能等同於 12 節的「永生」。無論提摩太得到的是甚麼，所有願意投放他們的時間和資源在非物質事物之上的人，都可以得到提摩太所得到的。保羅在這裏的信息可以用 3 個相關的句子來總結：生命是個投資；我們藉著給予而儲存生命；我們藉著死亡而得以活著。

六、要成為好管家(20～21 節上)

「持守」這詞的希臘文 phulassō 有「看守」、「保存」的意思。

保羅在 20 節上給提摩太第六個，也是最後一個指引。保羅勸勉提摩太要「**持守**……託付」。這「持守」(*phulaxon*；20 節)與五章 21 節出現的「遵守」(*phulaxēs*)這詞彙相同，與 12 節的「持定」是兩個不同的詞。這裏的用語是滿有象徵力量的。要保守所託付的東西，就是指要看守，也是指要成為看守的管家。這是說作看守的要確信沒有東西被挪走、或失去、或敗壞，而所有被看守的東西都會結出好果子來。保羅對描述所託付提摩太的東西是甚麼，實在是令人費解。它可以是福音信息或是與事奉有關的事情。這裏很可能是指後者，但又與福音信息無法分割。

接下來，保羅要再提及下一個與這個保守所托付有關的勸勉。保羅告訴提摩太要「躲避世俗的空談和那假冒知識的矛盾言論」(20 節)。提摩太要藉著躲避一些壞東西去保守所託付的。假如我們要總結提摩太所要躲避的事，可能就是指所有導致以弗所產生問題的事情。毫無疑問，他們正面對著假教義，「那假冒知識的矛盾言論」的理念都是建基於一些推測之上(參一 3～7)。這些假教義渴望追求的是更多財富，然後他們便可以炫耀自己的財富(參六 3～19)，而有需要的寡婦和忠心的長老則缺乏支援。與此同時，教會也要為那位委任監督和執事的人，付上更大的責任。當面對從外而來的人，教會事工將面臨失去誠信的危機。因此，提摩太就要專心作管家，看守所託付的，要使純正的教義可以推行，財務上及管治上要行在正軌上。沒有這樣的警戒心，提摩太或教會的會眾就很容易會接受這些假知識，而偏離真道(21 節上)。

11.2 簡單的告別（六 21 下）

即使書信很長，保羅就以一句「願恩惠與你們同在！」這跋結束這封書信，這裏保羅以「你們」這複數代名詞作為收信人，已表示這封信不只是寫給提摩太個人，同時也是教會全體會眾。雖然內容有向提摩太個人的勸勉，但這些勸勉同時是可以公開給整間教會傳閱的，這表示即使是對著個人，但也是對整間教會的勸勉。

11.3 總結

保羅在第六章的討論建基於羣體的理想之上，在神學上這與猶太人和羅馬人的理念很配合。六章 16 節尤其重要，那裏描繪出一幅獨特的舊約圖畫。保羅並沒有解釋這句話的意思，但當他以「阿們」作結束，便表示 16 節可能是之前已經向以弗所教會說明（及肯定對提摩太說過）的禮儀公式。16 節論到上帝「住在人不能靠近的光裏」，是人未曾看見，也是不能看見的，這與以色列人跟上帝立約時在山上又吃又喝之時很類似（出二十四 9、11，三十三 20）。出埃及的故事可能是保羅宣講福音的基礎。在立約時又吃又喝的背景裏（出二十四 9），這個看不見的上帝隱約地讓人看見，祂站在榮光裏，而以色列的領袖在上帝面前享用立約的餐。新約教會是個新的立約羣體，在上帝面前領受聖餐這情境與舊約那立約時又吃又喝的情境很相似。因此，當保羅引這樣記載或許是針對聖餐而作出教導，為要按著上帝的屬性來表達一些福音的本質。從羅馬人的理念來看，保羅的公式肯定塑造了一個新羣體和另一個國度。就如上文已討論過，上帝很多屬性都可以用來形容帝王的。藉著這些詞彙來形容上帝，保羅就指出隨著教會的建立，它有自己的原則，而這往往與世俗的帝國截然不同，故此一個新的國度就來到了。保羅的福音似乎包括了這方面的生活，因為這個國度是在世俗的制度以內的。無論羣體活在哪個政治制度裏，這羣體永遠不會完全配合這些制度。這另一個國度並沒有打算要配合世界。

其中一個滲進保羅社羣的社會價值觀，是財富和社會階層。當沒有中產這階層，保羅的會眾很自然會羨慕那些富裕的人，而傳假教義的人當時也找到一個新方法去賺錢——教導錯誤的道理。保羅不只要處理他們錯誤的教導，也要杜絕一些貧窮的會眾，去羡慕那富裕而又傳錯誤道理的人。在那些日子，富裕的人往往會成為貧窮人的恩庇者，以金錢交換恩惠。假如會眾堅持恩庇制度這模式，提摩太很快就會輸給富裕的人（無論是信正統教義或假教義）。當留意到這些問題，保羅使用了訴諸救恩歷史和永恆的傳統，去改變會眾的文化，以致它在教義上和倫理上都會成為純正的見證。

信仰反省：保羅的價值觀與現代人的看法

保羅在這封書信一方面以精簡的言詞與傳假教義的人爭辯，另一方面也語重心長地鼓勵信徒堅守信仰。當現代信徒讀此書信時，當如何應用在他們的信仰上呢？對現代基督徒來說，要平衡生活和信仰是十分困難的。筆者聽到很多關於假教師藉著宣講錯誤的福音而賺取很多金錢的投訴，但令問題更加惡化的是，很多責備這些異端的信徒甚至會羨慕假教師的生活方式（例如擁有跑車、大屋、華麗的衣服等）。假如保羅生活在這時代，他會勸我們不要為了這些瑣碎事而煩惱。基督徒若是忠心，一定不介意簡單的生活方式，而這就是反對異端的一種見證。

假如世俗的成就是我們衡量一切的指標，那麼，我們的信仰就與世界的人所信的沒有分別。假如保羅生活在這時代，他會鼓勵基督徒活出一個更加簡單的信仰，一個願意幫助那些比自己更加不幸的人，而且同時也制止我們攫取屬世財富的信仰。

把保羅關於金錢的討論理解為個人應用是錯誤的，因為他的聽眾很多都是較基層的會眾。他們只想要更多金錢，又或至少要一個富裕和友善的恩庇者。保羅是在處理一個文化現象，而無論人有沒有金錢，這個不一樣的基督教新社羣都是與眾不同。在全球貧窮的情況裏，很多政治因素已超越我們可以控制的。然而，每個基督徒都可以作見證，為了基督的榮耀而反對假教師。現今在世界很多地方，整個社會不但鼓吹要有攫取金錢的慾望，也要把自己裝扮成像有錢人般。這些慾望有違保羅的價值觀，但卻與社會的價值觀和異端的價值觀甚為一致。若每個基督徒都花多一點能力或時間去幫助有需要的人，花少一點在自己身上，我們的生活方式會截然不同。我們不需要每兩個月更換手提電話，也不需要得到最新和最好的電子產品。

筆者經常聽到有人怪責教會已成為一個中產人士的教會。成為中產階級並不是過錯，因為若有良好的教育背景和專業技能，可以成為中產，甚至是更高階層也是自然的。這羣人生活在教會也不算是問題，因為這與教會是屬於哪個階層無關，問題在於教會要怎樣運用它的資源。有部分中產人士可能成為教會領袖，他們未必明白基層人士（或新來港居民）的需要，教會許多的牧養工作上都很容易忽略他們。曾有一位弟兄分享說，與弟兄姊妹相交是需要本錢吧！當聚會完畢，都會大夥兒去吃飯，他們因為付得起，吃的也不便宜，弟兄也不能要求每次都由其他人為他付錢。因為金錢的緣故，弟兄失去某些相交的機會。這是很可惜，教會不自覺地忽略了某個羣體，它真的能夠完全廢除社會上不平等的事嗎？這是一個真實的問題。作為基督信仰的羣體或教會領袖，是有責任創建一個平等的環境，讓進入教會的人感到溫暖或受到關懷。保羅從來沒有怪責金錢，反而將焦點放在我們運用金錢的動機和對時間的觀念上。難怪斯托得在詮釋提摩太前書第六章時，會主張基督徒過一種更加簡單（愈來愈簡單）的生活方式。對保羅來說，投資永恆是很個人和必須作的選擇。

溫習及思考問題

1. 保羅論到別的教義有哪兩方面的特色？他們帶來哪些壞的後果？對於保羅而言，傳假教義的人之品格是怎樣的？你或你的教會曾經遇過類似的事嗎？教會如何處理這些傳異端的人？
2. 保羅時代教會的貧窮人遇上甚麼困難？他們如何依賴富裕的人？你認同保羅先針對有需要的貧窮人作討論，然後才針對知足的富裕人嗎？其原因何在？
3. 保羅所指長遠的益處是甚麼？你認為保羅所說的話具體嗎？保羅為甚麼在說「但你這屬上帝的人」（11 節）？他帶有甚麼目的？
4. 保羅所指「持定永生」（12 節）的「永生」是指甚麼？你有這把握嗎？
5. 保羅所指提摩太要作「美好的見證」（12 下、13 節）是指甚麼？耶穌在彼拉多面前作了甚麼見證？耶穌的見證與提摩太有甚麼關係？為甚麼？你認為你可以如何為耶穌作見證？

6. 保羅如何看將來？這與財富有何關連？你如何看你擁有的財富？根據保羅，貪財會帶來甚麼危險？應用在現今的生活，你認為怎樣才算貪財？
7. 保羅要求提摩太打美好的仗是甚麼意思？
8. 15 至 16 節對上帝的讚美有甚麼功用？我們怎樣理解希伯來和羅馬文化裏所看上帝的屬性？
9. 20 節的「持守」是甚麼意思？身為教會領袖，你認為應該在哪方面為教會守望？
10. 根據 20 至 21 節上，提摩太的生命有哪 6 方面的質素？他如何成為你的榜樣？

釋經短註

❶ *ugiainō*（「和修版」譯作「健全」、「純正」）在教牧書信共出現 8 次（提前一 10，六 3；提後一 13，四 3；多一 9、13，二 1、2）。它除了在提多書一章 13 節是以假設語氣出現（這是基於句子語法需要），全都是以分詞作形容詞用，以修飾另一個名詞。而在所修飾的名詞上，有形容信仰生活（*o pistis*；多一 3，二 2），其他的都是形容教導（*didaskalia*；提前一 10；提後四 3；多一 9，二 1）或話語（*logois*；提前六 3；提後一 13）。這些經文也顯露出另一個現象，就是凡提及「教導」這詞，都是以單數表達，但以「話語」表達時卻以複數表達。

Q
版特工
梁科慶

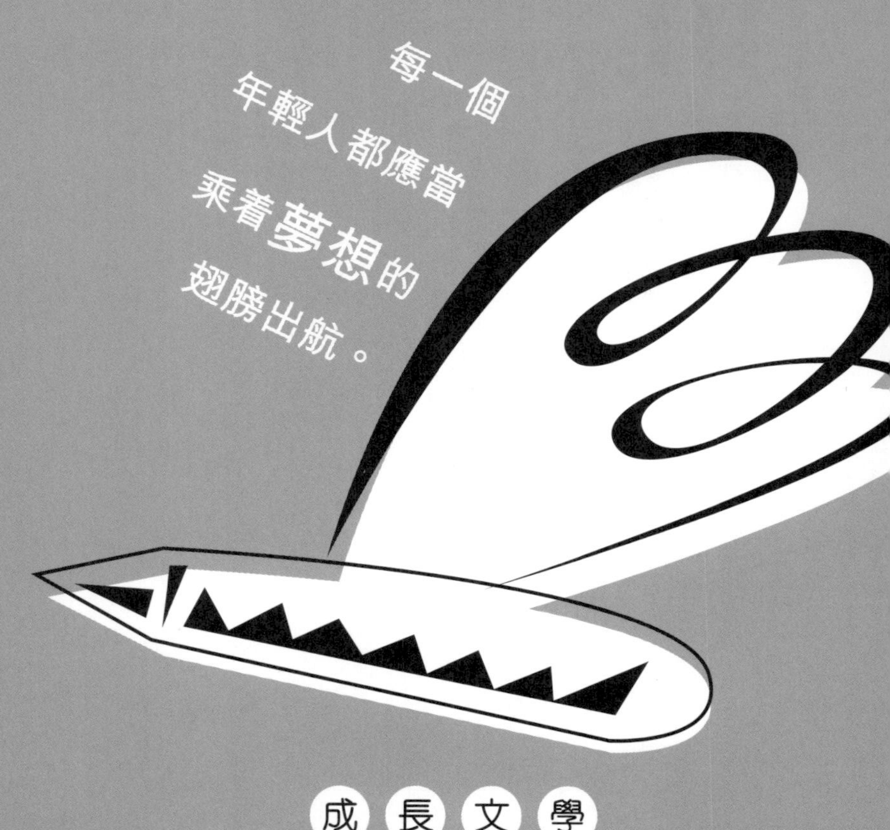

成長文學

目錄

代序

畢名 小說作者

坦白說，我寫這篇代序時，心情非常複雜。

我記得上一次有這份感覺，是數年前替自己兒時偶像鬼小說女王張宇前輩編書寫代序時湧現，而這次我數數手指，應該歷經二十多年，由最初讀者身分看《Q版特工》，到輾轉雖然跟作者成為文友，但不變的仍然是這系列的忠誠讀者，所以得悉可以替這系列第44集寫代序，試問又怎會不興奮、不緊張，不受寵若驚。

對於一直有支持《Q版特工》的讀者，相信不用我多介紹系列中的眾角色，更不用我多美言作者寫故事的佈局鋪排如何吸引精妙，就以這系列過往獲得的市場肯定、書獎成就，都印證了作者筆下的系列作品在華文創作上佔有重要席位。

難得的是，這系列一寫二十多年，而故事內容從來沒有與時代脫軌，就以今集的主角「電動車」為例，我相信作者對它的認識比不少擁有該車的車主更豐富，而更重要的是，故事讀下去時，那種對AI世代的想像和危機感，滲透於故事發展當中，像我這種喜歡被故事刺激再多加額外幻想的讀者，除享受到緊張故事帶來的快感，更令我經歷了一波對現行科技發展帶來威脅的腦震盪。（好了，要點到即止，否則再講就要穿故了。）

是的，我一直認同小說最重要是「好看」，但這只是第一層價值。在「好看」之上，如能帶領讀者經歷一次思想震盪，哪怕最後讀者不認同作者的想法、觀點，我也覺得是作者的一次創作勝利，因為讀者因故事而嘗試思考，而無論認同、不認同也好，都是一次多角度思考的經歷，大腦細胞得以激化的印證。這種閱讀才有價值，這種閱讀才算得上是學習，比說教式——我講你要聽更好。

說到這裏，相信你也會認同，一邊閱讀作家梁科慶的《Q版特工》作品，一

代序

邊總是會被牽引出一些意想不到的想法。如果你再問我，究竟怎樣才稱得上一本好的作品？我會說你即將閱讀的這本書，就是一本既富娛樂又令人可以回味深思的作品。

事實要長期創作一部作品一點都不容易，這句我是帶着尊敬和羨慕去寫的。可以寫一部作品超過二十年，題材不絕之餘，更愈寫愈起勁，這除了是殊不容易，更體現出作者是一位創作上的幸福人。

我衷心希望可以跟大家一直追看下去，令作者感受到我們的支持和喜愛，讓作品繼續陪伴我們一起成長，見證故事內的主人翁更多刺激旅程，給我們享受一次又一次難得的閱讀樂趣。

無故殺人？

一眾特工執行任務，遇上離奇事件，傷亡人數陸續增加……

1

輪到我值班了。

我把 Audi 停放在便利店門外，瞄了自己在後視鏡中的容貌，一副沒睡飽、病懨懨的模樣，便用雙手左右揉搓臉皮，抖擻精神，跟自己說一聲「加油」，然後披上紫藍色的多口袋工作背心，下車，走到便利店的玻璃大門前，自動門為我打開。

門頂的感應器發出一聲清脆的「叮咚」。

「歡迎光臨。」背向大門、蹲在貨架前忙碌執拾的阿 Ken 以標準的迎客腔調熱誠地招呼。

「是我。」我報以一貫的冷淡回應。

「啊！你來啦……」阿 Ken 摀腰揉膝的扶着貨架慢慢站起身，用手背拭抹額上的汗珠，「今天的生意蠻好呢！巧克力買一送一，最受歡迎，要不斷添貨上架。

花生醬威化夾心餅乾即將到期，我建議下星期特價速銷。關東煮銷得七七八八，我剛在鍋裏添了香菇貢丸、蒟蒻和白蘿蔔，還要多煮十分鐘。另外，旅行裝牙膏、牙刷餘貨不多，需要訂貨，啊！對了，職員室的電話下午壞了，已通知電話公司，安排技工明天上門檢查維修……」

「你說完沒有？」我橫他一眼，以嚴肅的細聲阻止他繼續念下去。

「說完？還沒呢……」阿 Ken 沒趣地翻起白眼、吐吐舌尖，「阿 Wing，我們要表現得專業一些，才不會露出馬腳。」

「兩位大哥，我先走啃，你們慢慢交代換班事項吧。」當兼職的女學生繞到我們跟前，她已換過衣服，抱着機車安全帽，急不及待地離去。

「今天辛苦了，小心開車。」阿 Ken 帶笑揮手。

我環顧一圈，確定店內沒其他人，才直斥其非：「你的專業是特工，我們在這裏上班不是為做生意，請你分清輕重，把重點放在那包裹之上。」

「當然，可是……」

「隆——」那女學生騎着機車在門外駛過，扭動油門，隨即加速開上公路。

「可是……已經三天了，它仍然待領。與其百無聊賴地等待，倒不如幹點實事。」阿Ken脫下工作背心，回頭瞥一眼第一排貨架旁邊那鍋關東煮，他的熱心還停留在便利店的業務上。

「領貨限期前，一定有人到來提取，我們耐心地、專業地守株待兔，一定有收穫。」我拍拍他的肚腩，「你回安全屋休息吧。」當了三天店長，他瘦了。

「我先拿些食物、飲品到支援點給阿漆作宵夜。」

「他嫌罐裝咖啡太甜，你帶無糖烏龍茶給他。」我走進收銀櫃檯，瞧瞧置物架上的快遞包裹，目標包裹安安穩穩的放在中間。裏面是十公斤的芬太尼製毒原材料，寄件人是我們安排的海外賣家，他透過網絡跟神秘買家談妥價錢，收到訂金，按照對方的送貨指示，通過快遞公司把原材料寄到這間便利店，神秘買家接到領件短訊後，自會派人提貨，我們的任務是充當便利店職員，監視包裹，跟蹤領件人，拘捕神秘買家，瓦解他背後的販毒集團。

構想挺完美。

一輛重型貨櫃車亮着黃澄澄的車頭燈，在對面的公路上呼嘯而過，不知是否錯覺，玻璃門窗都微晃一下。

我們的分工經過周密部署。上、下午班分別由露絲和阿 Ken 負責，我則當大夜班，阿漆和梁賢輪流支援。日間，便利店的生意較忙，也不想突然多了一批陌生臉孔，所以保留原本的兼職員工。大夜班通常由一人負責，為了保持便利店的運作原貌，我獨力支撐沒問題。其實我的工作態度並不積極，生意多寡我不關心，不似阿 Ken，他愈幹愈起勁，假戲真做，投入程度簡直把便利店視作自家生意，整理貨品、執拾貨架、打掃地方、清理垃圾等，什麼都親力親為，忙得不亦樂乎。

或許，這三天，讓他得到啟發，重新規劃人生，將來經營便利店。說不定，比做特工更有成就。

阿 Ken 揀選一些阿漆愛吃的零食，放入便利店膠袋裏，另加兩瓶烏龍茶，待要離去，剛踏出玻璃大門，卻仍放心不下，折返檢查那鍋關東煮。

「還不快走？」我抽起一根串燒用的竹籤，作勢擲他。

「我走，我走，拜託你看一下爐火，煮沸了就轉為保溫……」

「波──」我擲出竹籤。

竹籤「卜」的釘在擺放關東煮的木桌上。

「最後警告。」我拿另一根竹籤。

「是，是，我走……」他拔掉竹籤，用衣袖擦擦桌面，遠遠多瞄一眼冒着熱氣、飄出香氣的關東煮，不大放心地離去。

待玻璃大門合上，我肯定他不再折返，才把竹籤放回原位。

這便利店座落在一橫一直公路的交匯路口，門前空地上，闢有十多個顧客專用的停車位，旁邊的早午餐店、水果批發店、花店、手機店、家品雜貨店、西醫診所、藥店，最遲打烊的不超過下午五時，整個大夜班，便利店是十字路口唯一亮燈的店鋪，顧客十居其九為過路的司機，以買香煙、咖啡的貨車司機居多。

溫濕的晚上，夜霧從野地和溪谷緩緩爬升，四周建築物的輪廓漸漸模糊不清，路燈的四周蒙上昏黃的光暈。

正常情況，當完大夜班的員工清晨下班便回家安然睡覺，我躺在牀上卻睡不着，一來突然日夜顛倒，不習慣，二來記掛任務，準備隨時發生狀況，要趕回便利店支援夥伴。

睡眠不足，影響身體的抵抗力，近日流感盛行，我開始出現感冒初期的徵狀，例如輕微的流鼻水、打噴嚏，希望在病倒前把任務完成。

回過神來，一輛噸半密斗貨車駕進停車場，停定，駕駛座攀下一個胖子司機。

他會不會前來領取包裹？

我期待着。

結果，他也是來買香煙和凍咖啡。

要喝凍咖啡，在雪櫃裏自己拿不就可以嗎？還有多款口味選擇，幹什麼要勞煩我替你弄？縱然只在咖啡機上按個鍵，我也不願，縱然不願，我仍裝出一臉熱誠和專業，先戴上口罩，灑點酒精清潔雙手，再擺放紙杯，最後按鍵。

司機看來煙癮很大，還沒付錢，已急不及待地撕開香煙包裝，抽出一根含在口裏。他四十歲左右，眼睛細細，鼻子大大，嘴邊滿是又粗又短的鬍渣，臉形和身形都圓滾滾，凸出的肚腩較阿 Ken 的還要大一個碼，職業司機長期坐困車廂內，多吃多喝少做運動，不禁為他的健康擔心，然而他沒明言咖啡無糖或半糖，我只按一般的程序為他的咖啡注入果糖，弄好後，他拿到門外的客座上，邊喝邊抽煙。

落地玻璃窗外，遠處大樓外牆的霓虹招牌，在薄霧的晚空下朦朧閃爍。

不久，昨晚來過的年長街友又來了，最初我以為他是街坊，因他的衣服雖舊卻沒破，稱不上整潔卻沒臭味，身邊也沒街友的大包小包家當，直至他在雪櫃裏找一份當天到期的便當，拿來問我可不可以免費給他，我便不太客觀地把他歸類為街友。本來揀出即將到期的食物是當大夜班的職責，年長街友為我代勞，我倒省卻不少工夫，已經那麼晚，便當多半賣不出，反正需要報廢，給他無妨，結果今晚他「食過返尋味」。

「請問，我可以找……」

「找到你就拿去吃吧。」

「謝謝。」年長街友盡量在凹陷的滄桑瘦臉上擠出可掬笑容。

不消片刻，他找到兩個今天到期的紫菜肉鬆飯糰，站在雪櫃前面睜大眉毛稀疏的雙眼，以眼神詢問。

我擺手示意「自便」。

他如獲至寶地走到門外的客座。昨晚他吃飽便當後幫忙清潔桌椅，今晚他先替我清倒桌上煙灰盅。貨車司機坐下以前，煙灰盅已塞滿煙頭，貨車司機把煙灰彈在桌面，年長街友清潔煙灰盅，貨車司機不僅擺出一張理所當的臭臉，身體語言更顯出討厭被打擾的小動作。

吃兩個即將報廢的飯糰而已，我實在過意不去，便拿一瓶礦泉水給年長街友，囑咐他到廁所洗乾淨雙手才吃東西，還阻止他再次致謝，説：「你替我清潔桌椅，我請你吃東西，屬於等價交換，誰都沒欠誰，不必説多謝。」

他深深點頭。

我回到店內，一個大學生模樣的男孩拿着瓶裝的檸檬氣泡水站在收銀機前等候。我快步返回崗位。男學生付錢後，選了一張靠窗的桌子，打開文青斜揹袋，取出文具、書本、筆記簿，看樣子，他把晚上的便利店當作學生自修室，家裏不舒適嗎？可能太舒適，令他提不起勁讀書，也可能家裏太吵、太擠，或太多玩意。不管什麼原因，佔用桌椅讀書的學生，總比不佔用桌椅的酒鬼好得多，他愛讀多久就多久，我無任歡迎。

「叮咚……」

我的視線不期然由窗邊轉到玻璃大門，這趟進來的是個街坊打扮的中年婦人，她携着一架摺疊式金屬手拉車，穿過貨架之間的通道，逕自走向收銀櫃檯，神態毛毛躁躁，人還沒站定，手機已遞到我的面前，向我清楚顯示屏幕上的 QR Code。

「領取包裹。」說話時，她不停眨眼。

莫非就是她？

十公斤，說重不重，說輕委實不輕，放在手拉車上，以她的體質，拖着走一段長路不禁吃力。

等了三天，此刻我的心情難免有點激動，希望真的是她，不需再等下去。

「快點。」她粗聲粗氣地催促。

「是。」我拿穩掃瞄器，對正她的手機屏幕。

「嘟——」櫃檯的電腦屏幕閃出包裹的擺放位置。

口袋裏的手機微作震動，同步發出無聲警示。

果然是她。她正撐開手拉車，解下綁繩，預備把包裹綁緊車上。

我從櫃檯下搬出包裹，掃瞄包裝盒面的三組 bar code，確認交收，讓物流系統更新紀錄。

「我幫你放到車上，包裹有點重，你住在附近嗎？」

「不用，不用，讓我自己來。」她的口很密，半點口風也不洩露。

過分熱心，反而惹她懷疑，她既然堅持，我唯有停手，讓她自搬自綁。趁她沒在意，我拿出手機打算發短訊通知阿漆，可是網絡竟然沒訊號，抬頭看電燈，電力正常，低頭看櫃檯下的 wifi 伺服器，機頂閃動非正常操作的燈示，不遲不早，偏偏這個要緊關頭網絡失靈！

婦人彎腰綁牢包裹，站起身，拉車離去。

「乞超——」我在她背後打了個噴嚏，頭開始痛，還有點耳鳴。

阿漆該同步收到包裹交收的警示，也透過便利店的 CCTV 看見領件婦人的容貌，即使沒短訊通知他，以阿漆的應變能力，跟蹤不成問題。

我除下沾了鼻涕的口罩。

包裹即將出門，難道我留下繼續做生意嗎？該不該幫忙跟蹤？但婦人認得我，魯莽只會誤事……

2

「輒——」公路上響起一陣尖銳刺耳的煞車聲。

一抹耀眼的車頭燈光撲向便利店外面的客座。

貨車司機和年長街友雞飛狗走似地逃離客座。

接着，引擎咆哮，輪胎擦地，一台因緊急煞車而冒煙的汽車猛然衝撞客座，把桌椅撞得七零八落。

幸而貨車司機和年長街友及時逃開。

那台殺氣騰騰的車子橫亙在客座的原來位置，跟便利店落地玻璃窗外原來的閒適景觀格格不入。

婦人和男學生也跑到窗前，看得目定口呆。

那是一台名牌電動車，車價不菲，卻不時聽見操作失靈的車禍新聞。車上的年輕司機關掉引擎，看上去他不超過二十歲，染了一頭金髮，穿着運動背心，露出臂上的刺青，他急着離開駕駛座，但車門不知被什麼東西卡住，他咬牙切齒地出盡吃奶之力，只能把車門推開大約十分之一，頭頸和肩膀勉強鑽了出來，胸口以下仍卡在車內。我連忙跑出去幫忙，與貨車司機合力把車門多拉闊一些，讓他脫身。

副駕駛座上，坐困着一個驚惶失措、渾身顫抖的馬尾少女。我待要進去救她，車門突然「蓬」的彈回關上，差點把我的手指夾傷。電動車一旦失靈，嚇人程度竟如此的不可思議。

「鬼車子！壞車子！爛車子！」既驚且怒的金髮司機拾起客座的金屬椅子，猛力砸打電動車。

「年輕人，冷靜啊……」年長街友低聲勸道。

或許聲音太低，金髮司機聽不見，或許他根本聽不進，非但沒停手，更跑到副駕駛座，用椅腳使勁撞擊車窗。

「不要，你會弄傷你的朋友。」貨車司機上前拉他。

「別阻我！我要救人！」金髮司機甩開貨車司機，一意孤行，繼續攻擊車窗。

無故殺人？

「小姐，舉起雙手保護頭和臉。」我隔着擋風玻璃向馬尾少女示警。

六神無主的她，跟着我舉起雙手。

「乒——嘭——」車窗被金髮司機打破，玻璃碎片散落車廂、地上。

金髮司機抛下椅子，在牛仔褲後袋裏掏出一柄彈簧刀，俯身探進車廂內割斷馬尾少女的安全帶，然後把她從破窗拉出。馬尾少女雙臂遭玻璃割傷，不住流血。

「把她抱進便利店，先為她止血。」我跑回店裏，在職員室內搬出急救箱。

「我的手機沒訊號，你們的有嗎？若有，請幫忙報警。」男學生詢問其他人。

「我的也沒有，奇怪！」婦人扁着嘴巴瞧手機。

貨車司機搖頭。

「我沒手機。」年長街友也搖頭，「可以用便利店的電話。」

金髮司機扶馬尾少女坐下。

「電話剛巧壞了。」我撕開藥用紗布，為她止血、包紮傷口。

她尖聲叫痛，把頭伏在男友的懷裏哆嗦。

「在我的回家路上有個電話亭，我替你們報警吧。」婦人拉動金屬小車，離開便利店，一副看完熱鬧、散場回家的表情。

目前狀況，我丟下傷者跟蹤她，於理不合，唯有寄望阿漆。

「今次只是受傷，算是不幸中之大幸，以後要小心開車。」年長街友喃喃道。

「你懂什麼？」金髮司機激動回嗆，「不干我的事！那台車子失靈，自動駕駛變自動撞車。」

「我從不信任電動車。」貨車司機摸出香煙包。

驀地，燈光炫目，電動車的一雙LED車頭燈遽然彈開，亮出看起來兇巴巴的圓形光芒，引擎轟然啟動，車上明明沒人，但像有一隻無形的腳踩下加速踏板，動力系統發出尖嘯的吼聲。

馬尾少女抬頭望向窗外，懼色重回臉上。

金髮司機僵住了。

男學生茫然。

「引擎明明關掉……」香煙從貨車司機的嘴角丟下。

「我的天……這麼邪門……」年長街友繼續喃喃自語。

「危險！」我只憑直覺，不明所以的追出去攔阻婦人。

電動車「喀嗟喀嗟」的加速後退，撞開地上早被它撞翻的桌椅，從便利店的落地玻璃窗外一直倒車衝往玻璃大門前，邊衝邊擺直車頭。婦人才踏出大門，甩過去的車頭狠狠地攔腰掃中婦人。她像保齡球道末端被補中的1號瓶，「彭」的給撞飛，摔向便利店的水泥外牆。

一切來得太快，婦人反應不來，我亦欲救無從。

瞥一眼右側，婦人臉部朝下的臥倒人行道旁的排水溝內，一動不動，不知死活，水泥外牆上殘留一個頭顱大小的模糊血印。

我的前腳剛跨越店門，愣住了，跟前方相距五公尺的電動車正面對峙，我不動，它不動，我作勢向前跨，它也作勢向前衝。幾秒鐘而已，從它再度發動至今，自轉，加速、煞車、來去自如，駕駛座上空無一人，車頭蓋上血漬斑斑，地面遺下一道新刮的弧形胎痕。

那包裹丟在支離破碎的手拉車殘骸之間。

頭愈來愈痛。

我不急於取回包裹，嘗試後退一步，測試電動車的意圖。它也緩緩後退。我退回店內，玻璃大門自動合上。它退到停車場中央，關車燈，熄引擎。它的意圖明顯不過，是要把我們困在便利店裏，誰踏出店門它就撞誰。

我轉身朝金髮司機攤開雙手，喝問：「你那車子到底什麼一回事？」

「我……不知道……」

「它撞死人……又不讓我們離開……」年長街友不經意的提高聲線。

「我明天還要考試，不能被困在這裏，而且這裏不安全，它隨時衝進來，玻璃門、窗擋它不住，我們快想辦法求救。」男學生朝天高舉手機，神經質似地頻頻轉換方向，希望改善訊號接收。

「什麼不知道？」貨車司機揪住金髮司機的衣領，「車子是你的，你要給大家一個交代！」

「車子不是他的……」馬尾少女軟弱無力地扯着貨車司機的衣角，「請不要為難他。」

「你先放開他，讓他好好解釋。」我用指尖在貨車司機臂彎的曲池穴拂彈一下，趁他感到手臂發麻，就把他拉開。

「我說……咳咳……」金髮司機胸口起伏，不住調整呼吸，「車子是客人的。我在南區的夜店當代客泊車。她是我的女朋友，今晚來看我，讚這台車子漂亮，我便開一陣小差，私自取了車匙，開車載她兜風，反正客人沒兩、三個鐘頭不能盡興回家。車子初時很正常，並沒異樣，後來她放下車窗想抽煙，我的打火機遺在夜店的工作枱上，她在儀錶板、貯物格尋找點煙器，卻找不着。我便把行車模式轉為自動駕駛，幫她找……」

「停一下。」男學生突然打斷，「你說自動駕駛嗎？」

「對呀。」

「不合理，在亞洲地區，這款電動車不開放或局部開放自動駕駛功能。」

「我不知什麼開放不開放、局部或全部，總之，我的手不碰方向盤，我的腳不踩加速或煞車器，它自轉自走。」

「你先讓他說下去，不要打岔。」貨車司機按一下男學生的肩頭。

「好，我繼續。那時，我們亂碰亂摸，不知按錯什麼鍵，車子開始古怪了，時快時慢，作S形行駛，自動關鎖車窗，又收緊她的安全帶，把她勒得透不到氣。

我沒扣安全帶，所以不受影響，立即把行車模式恢復手動駕駛，但它旋即奪回控制權，於是，往後的一段路，我不停跟它作手動和自動的爭持，直至開到便利店外面，失控撞翻桌椅。之後的事情，你們也知道。」

金髮司機說完，大家仍然沉默着，慢慢消化這個匪夷所思的「故事」。時間像凝止了一般，直至男學生失手打翻氣泡水，大家才一同轉看他，他的眼神慌亂，手抖腳顫地胡語亂語：「太邪門了！太恐怖了！我得離開這裏我得離開這裏我得離開……」

「同學，鎮定，總有辦法的，別自亂陣腳。」年長街友安撫他，「車是死物，人是活的。」

「沒錯！它終究只是一台車，我的貨車比它高、比它大。」貨車司機舉拳拷打桌面，「好！我開貨車把它撞成廢鐵一堆，且看它如何放肆地橫衝直撞？」

「且慢。」我按住他的肩頭，「主意不錯，但……」

「什麼？」

「你這樣跑出去，還沒登上貨車，已被它撞倒。」我扳他的肩，教他轉身面向收銀櫃檯，「職員室裏有一道後門，按低橫柵向外推開。我一分鐘後從前門離開便利店，引開它，你溜出後門，偷上貨車。」

「好主意！」貨車司機戰意旺盛地掃視眾人，「大家放心，我一定打敗它。」

「小心。」年長街友看着我們，「兩位都要小心。」

「走着瞧吧。」他掏出另一根香煙，望收銀櫃檯大步走去。

我左看右看，最後取了一把竹籤。回頭確定貨車司機的位置，他已走進職員室，站在沒亮燈的後門旁，劃火柴燃點香煙，火焰微光把他的體形輪廓映照得更加渾圓渾厚。不知是心理還是生理的問題，煙癮大的人在緊張關頭，總要抽口煙，才不會笨手笨腳。

時間差不多了，我轉身，背負眾人的擔憂與期望，來到玻璃大門前，門打開，迎面飄來一陣腥風，婦人的血沿着排水溝流到門外，我邁開小步，跨過排水溝，前足才越過門框，停在暗處的電動車旋再亮燈，像一頭埋伏得不耐煩的獵豹嗅到獵物的氣味，警覺地抬頭豎耳、翻起一雙環眼。

我小心翼翼地踏足停車場。

引擎隆隆發動。它蠢蠢欲動。

「乞超——」

我用衣袖擦擦鼻子，提起兩根竹籤，夾在指間，預備迎敵。

電動車開始逼近，輪胎輾壓路面的碎石，響起低沉的「喀嘞」。

此時，便利店的後門悄悄張開一扇，閃着忽紅忽暗的點點微光，糟糕！貨車司機沒弄熄香煙。

電動車隨即停止前進。

後面，貨車司機已躡手躡腳地走出停車場。

「快跑！」我衝向電動車，「它發現你了！」

電動車全速倒車，引擎嘶聲大作。

滿以為可暗渡陳倉的貨車司機，不虞行蹤曝露，給嚇了一跳，驚呼一聲，手慌腳亂的，絆了一跤，跌倒地上。

眼見他即將變成輪下冤魂，我連續擲出兩根竹籤，「颼」聲響過，竹籤刺破電動車的左前胎。

它緊急煞停。

哈，兩根竹籤就廢它「武功」？

還沒時間給自己打個響指，說聲「Yeah」，那兩根竹籤竟從輪胎中「咻」的飛出，丟落我的腳前。原來它啟動自動快速充氣，氣壓不但逼出胎中異物，還讓它能在幾秒鐘內恢復行駛。

「快逃啊！」我喝道。

貨車司機蹣跚爬起，剛才的一跌，不知弄傷哪裏，他一步一拐的，跑得甚慢，而且所處的位置也頗尷尬，逃回便利店或跑上貨車，同樣不見有利，他前後張望，稍作猶豫，最後選擇他那部看起來十分堅固的貨車。

電動車繼續倒車，「呼」的短途加速，直衝向貨車司機。

我全擲出手中的竹籤，但統統擊中車身，它分毫無損。

貨車司機吃力地跑到駕駛座前，拉開車門，提腿往上攀，電動車衝到，「砰」聲巨響，把他連人帶門的撞飛老遠。

沒救了。

身後，便利店裏，震驚的尖叫聲由高而細，最後的歎息淹沒在電動車聽起來得意洋洋的引擎聲之中。

對面的公路上，一輛汽車飛馳而過，車頭燈光閃耀，想起貨車司機最後劃火柴點煙，那光帶來剎那明亮，轉眼，周遭回復黑暗寂靜。

汽車司機無意開進來買杯咖啡，也沒留意停車場上的「車禍」。

這裏像什麼都沒發生。

然而，撞的撞，死的死，血還沒乾呢！

這台電動車到底出了什麼亂子？

它是中邪嗎？抑或有人搖控駕駛？還是AI叛變？

中邪太迷信，AI叛變太超現實，我稍為傾向是搖控車。

我空有一身武功，卻一籌莫展，面對超自然或高科技，人力顯得軟弱無力。

行兇得逞後的電動車朝人類慢慢駛來，車頭燈一閃一閃的，似在耀武揚威，嘲笑我的不濟。

面對這台冷血的殺人機器，我苦無對策，唯有步步後退，退回便利店內。這趟，它沒駛回停車場的暗處，反而一直跟着我，玻璃大門合上，它就停在門外繼續閃動車頭燈。

「它分明在挑釁我們！」金髮司機惱極，臉龐抽搐般抖動。

「它會衝進來嗎？」馬尾少女緊靠着男朋友。

「慘了！你們不該去招惹它，既賠上性命，又挑起它的殺意。」男學生慌張地從椅上站起，「逃不了，就要躲，這裏有地方可躲嗎？」他跑過來拉扯我的衣袖。

「你給我安靜！」我甩開他，他連跌帶退的撞着貨架，架上零食被他亂七八糟的掃落一地。

「它……莫非……」年長街友不退反進，瞇起雙眼，走近玻璃大門。

「阿伯……不要靠近，萬一它衝進來，你第一個遭殃……」馬尾少女不希望再有人受害。

「它在說話……」年長街友轉身看她，神色略帶亢奮，「它有話要對我們說。」接着，他尋找什麼似地跑到窗邊桌前。

「荒謬，車子怎會說話……」金髮司機說不下去，大概想到剛才那兩宗荒謬的「車禍」。

「你想找什麼？喂，那本筆記簿是我的……」

年長街友不僅拿起筆記簿，還搶走男學生的原子筆。

「你給他用吧。」我制止男學生制止年長街友。

「那是摩斯密碼。」年長街友跑回大門，隔着玻璃記錄車頭燈發出的「訊息」。

細看，他說的沒錯，車頭燈每下閃動，都存着時間差異，有長有短，符合摩斯密碼的特質。

「你懂摩斯密碼？」馬尾少女問。

「我年青時當過通訊兵。」

「它說什麼？」金髮司機認同「荒謬」。

「等一等……」年長街友忙着把長短代碼繙譯為字元。

大家焦急地等候。

電動車的車頭燈亦停止閃動，訊息看來已經完滿傳達。

「有了。」年長街友向我們展示筆記簿，「return or die！」

「回去或死……不回去就死……」男學生沉吟，「不合理，那位阿姨回家去，卻給它撞死。」

「我看，那車子的閃燈根本沒特別意思，是他胡言八道。」金髮司機嚷道。

「return 也可以解作歸還。」年長街友把筆記簿和原子筆還給男學生，「不歸還就死。」

「歸還什麼？它要我們歸還什麼東西？誰拿了它的東西……」男學生接過筆記簿，轉眼盯着金髮司機和馬尾少女，「一定是你們，只有你們曾坐在車上，快把東西還給它啊！」

「沒有呀，我們沒拿過車上的東西。」馬尾少女一臉委屈，極力辯解。

「你們仔細想一想。學生哥說得對。我們這些早在便利店內的人，都沒接觸過那台車子。」我道。

「真的沒有耶！我私下開走客人的車子，已屬違規，若取去車上的東西，老大絕不放過我，我縱然膽大包天，也不敢找死。」

「我不信！你們讓我搜清楚。」男學生來勢洶洶，嚇得馬尾少女尖叫躲開。

「不要碰她！」金髮司機亮出彈簧刀，「你敢碰她一下，我對你不客氣！」

「別衝動，收起刀子。」我一個小跳步搶進兩人中間，把他們分開。

「我們自相殘殺，只會惹它恥笑。」年長街友語氣陰沉。

「哼！不用你搜，我讓你們看清楚。」金髮司機瞄一眼店外，「卜」的把彈簧刀插進桌面，悻悻然從口袋之中掏出銀包、零錢、香煙包、手機、鑰匙、指甲鉗、橡皮筋、小包藥丸狀的毒品，逐一拋在桌上。看來都是他的個人物品。

「滿意了吧？」他轉頭對着店外再說一遍：「滿意了吧？」

「那麼，你呢？」男學生不肯罷休，伸手去拉馬尾少女。

「媽的！」金髮司機勃然大怒，縱身撲過去，一拳擊在男學生臉上。兩人的距離太近，男學生閃避不及，我阻止不來，男學生中拳仆倒，金髮司機追上前補打第二拳。這拳，當然給我攔下來。

「我警告過你，不要碰她，你死定了。」

金髮司機雙手被我制住，欲伸腳踹他，我翻掌一震，把他推開，他一個踉蹌，在玻璃大門前跌個四腳朝天。

「叭——叭叭——叭——叭叭——」電動車在外面響號，號聲帶着挑釁的意味，我聽進耳裏，只覺心浮氣躁。

血氣方剛的年輕人聽了，只怕反應更大。

人為遙控，能做出這種心理效果嗎？

它唯恐天下不亂，是要慫恿金髮司機跳起再戰？還是鼓勵男學生奮起還擊？

「可惡！」男學生摸着紅腫的臉頰從地上爬起，通紅的雙眼瞪得大大，似要從眼中噴出火來。

它的挑釁成功了。

「我堂堂大學生，難道怕你這個鞋底泥一般的低端泊車仔嗎？」他拔出插在桌面的刀子。

「叭叭——叭叭——叭叭——」電動車在外面響號助威，節奏宛如戰鼓的激昂。

男學生緊握刀子，不顧一切地衝向仍跌在地上的金髮司機。

「不！」馬尾少女大叫一聲，從後撲過去制止。她雙手箍着男學生的脖子，用指甲抓他的頭臉，男學生大吼掙扎，頭一低、背一曲，把她過肩摔倒身前，接着舉刀往下刺。

「使不得。」我搶過去，上打「十字手」，下踢「掃蹚腿」，空手入白刃，把刀奪去，同時把他踢翻。

「什麼泊車仔？你好高貴麼？打女人，斯文敗類，沒出色。你把刀子還給他，看他有沒有種，敢不敢拿刀子捅我，來吧！」金髮司機完全失去理智，發瘋似地衝過去，張開雙臂，敞開胸膛。

他們的情緒失控，沒法以口頭喝止他們冷靜，只能靠武力鎮壓。我跳步上前，左膝跪在男學生背上，不讓他站起身作惡，騰出右掌抵禦金髮司機，金髮司機一衝到，我看準方位，橫掌砍劈他的前腳脛，他吃痛，彎腰揉腳，我順勢擒拿他的手腕，使出一記柔道的「腕緘」，把他掀倒，鎖壓地上，不能動彈。

「你們聽着，誰敢再動粗，我就扭斷誰的手。」

「痛……放開我……」

「大家冷靜，不要動手。」年長街友扶起馬尾少女。

「你們別打了，即使打贏對方，出口氣，對逃出這便利店毫無幫助。」馬尾少年沮喪地嚷。

「我不打了……」

「你呢？還打不打？」我拍拍男學生的背。

男學生搖頭。

「好，我放開你們後，你們一個退到窗邊，另一個退到櫃檯前。」

他們默默點頭。

我慢慢鬆開手，他們像一雙鬥敗的公雞，垂頭喪氣地退開，揉着疼痛的肌肉和關節。

我才吁一口氣，打算喝口飲料，再想辦法對付電動車，剛拉開一罐 Zero 可樂的拉環，即聽見更嘹亮、更刺耳、更綿長的響號。

「它要衝……」年長街友臉上浮現絕望的神色，「它要衝進來了……」

「退後！」我扔掉 Zero 可樂，「大家逃進職員室，快！」

電動車的排檔自行移動，加速踏板自行下降，動力系統發出高亢的呼嘯，輪胎快速嘎嘎轉動，越過排水溝，衝上便利店門前的人行道，迎頭猛撞玻璃大門，

整幅玻璃「磞」的往內爆裂，碎片亂濺，金屬門框也被撞得歪曲變形，門後的天花板和燈管旋遭波及，大幅塌下。電動車的去勢沒減，首先撞翻阿 Ken 那鍋精心炮製的關東煮，接着是第一排貨架，引發骨牌效應，第二排貨架傾側，貨品統統掉下。

男學生蜷縮桌子底下，馬尾少女跌坐地上失聲驚叫，金髮司機拖着她往後撤退，年長街友放棄逃跑，雙眼緊閉的等死。

「快逃！」我大力把年長街友往內推。

第二排貨架「砰嘭」塌下。

第三排搖搖欲墜，卻沒繼續倒塌，電動車也沒繼續前進，它竟停了下來。

我們已成甕中之鱉、砧上的肉，即使逃進職員室，木板搭建的間隔牆沒可能抵擋它的撞擊，然而，它就是停止進攻。它打什麼主意？效法貓捉老鼠，暫停一下，玩弄沒希望逃脱的獵物？還是……

外面，不遠處，我聽見空氣裏盪漾着一股熟識的聲音。

是阿漆那輛 Jeep 四驅車的引擎聲。

救兵到了！

電動車像權衡了得失，開始撤退，「咺啷咺啷」的輾過狼藉在地上的貨品、貨架層板和支柱，倒車退出便利店，作一百八十度轉向，駛出停車場，切入公路開走。

停車場另一側的入口，Jeep 一馬當先趕到，停在破爛不堪的便利店門前，阿漆和阿 Ken 下車。接着另一輛 Toyota 客貨車到達，跳下梁賢和露絲。他們目睹便利店的慘況，無不駭然。

我像跨越地震後的災場一般，走到外面與他們會合，明白他們急於了解剛才發生什麼事，但我彷彿患上失語症，不知從何說起。

如實說出來，他們會相信嗎？

剛才發出的一切，彷彿做夢一般，哪些是真實？哪些是虛幻？如何分辨？

站在燈火通明的便利店，看着外面即將消失於黑夜長路的一盞車燈，我如同瞎子摸象，失去方向，不相信觸覺，對世界感到陌生，想起蘇曼靈的幾句詩：

讓夢引領我
去一個嶄新的世界
一個盲人
向着光的方向行步
我尾隨他
來到夢的出口

11. 追蹤芬太尼

阿Wing與露絲追尋走私毒品的來源，過程中他念念不忘電動車事件。

1

我把 Audi 停在小路口，跟露絲一同下車。

今早連喉嚨也開始痛，感冒嚴重了，露絲亦察覺，出發前給我一顆沒睡意的感冒藥。藥效不錯，至少把鼻水止住，噴嚏大減。

小路直通陳秀娟的單層平房，離路口約五十公尺。

陳秀娟是昨晚往便利店領包裹的婦人。昨晚本地警察確認她的身分後，已來過這裏拍門，但屋內沒人應門，後來警察找到住在附近的房東。房東告訴警察，陳秀娟半年前承租房子，一筆過繳付一年租金，獨自居住，完全不清楚她的底細。所以，警察沒法從住處查出陳秀娟的親友資料。

所知不多的本地警方把昨晚的「交通事故」定性為肇事逃逸，正尋找車主，再查出駕車者是誰。如果一切惡事都是電動亘的遙控者所為，順藤摸瓜，警察不難找出此人。

於是，我們的焦點回到裝載芬太尼毒品原材料的包裹。與其失去買家，我們讓警察把陳秀娟的隨身物品，包括那包裹，存放在警署內，看看有沒有「家人」到警署認領。

若有的話，中斷的線索再有出路。

當陳秀娟領取包裹，物流系統更新紀錄的一刻，貨款自動過戶。買家付了錢，卻收不到貨，變成雙重損失，他一定安排其他人取回包裹。

當然，我們不會坐着等，到陳秀娟家走一趟，希望從另一途徑找到買家的線索。

進屋之前，我在外面繞了一圈。

房子簡樸，水泥地基加紅磚外牆，髹上白漆的格子方窗垂下墨綠色的絨布窗簾，路人完全瞧不見屋內的狀況，可見陳秀娟極其重視私隱。房子佔地不大，屋後有幾畝荒棄耕地，上面種了幾棵矮矮的荔枝樹，看得出，長期沒人修剪、施肥甚或澆水，葉子黃化，樹身呈現初期枯乾，即使結出果子，也不會香甜。側門連接廚房，窗子加裝抽油煙機的排氣出口，門外架有晾衣服的金屬架，晾衣繩上吊着幾個粉紅色的曬衣夾。

「門開了。」露絲在前門喊。她的開門手法不及我的純熟，我故意讓她多練習，時間多花了一點，算是有進步。

「來啦。」我跑回前門。

門頂掛着一個玄色的鐵八卦。

步進玄關，帶上門，門後貼着一張寫着「出入平安」的朱漆黃符。一張上方鑲嵌鏡子的松木鞋櫃倚牆而立，鏡前橫放一根竹製的鞋抽，櫃旁立着一張塑膠圓凳。

客廳的天花板懸着木紋吊扇燈，米白色的仿真皮舊沙發表面，刮花和筆痕相當顯眼。低矮的橢圓形玻璃茶几前，鋪了一張很久沒洗、花紋褪色的針織地毯。朝北的牆壁豎起高大的金屬收納層架，零星的放着幾個紙箱，架位大部分空着。整個客廳沒掛畫、照片、裝飾物，似貨倉多於住家。

我掀開其中一個紙箱，翻找一下，說：「橄欖油、辣椒油、芝麻醬、生抽、方便麵、紙包雞湯……」

「我這箱是奶粉、紙尿片、毛巾、爽身粉、嬰兒沐浴乳。看來，她的工作是代購或送貨。」

「沒半本書，沒電視機……」我蓋好紙箱，左顧右盼，「沒Hifi，沒wifi。」

「屋頂有枝電視天線，電視機該在睡房裏。你檢查睡房，我去廚房那邊瞧瞧。」

「好的。」

露絲走向廚房，我轉頭瞧過去。廚房和客廳之間擺了一張仿雲石枱面的方桌、四張高背椅，可以吃飯，也可以打麻雀，一座桃木製的神櫥置在方桌後面，神位供奉着一尊外貌凶神惡煞的木偶，露絲經過時，不知被神櫥內什麼東西吸引，停下來打量。

「有發現？」我問。

「還不確定，這些東西好古怪。」她隔着玻璃門觀看神櫥裏面的八卦、玉佩、剪刀、葫蘆、銅磬、蓮花燈、小刀、小劍……

「迷信物品，有什麼好看？」我不管她，推門進入睡房，誰知開燈一看，睡房更迷信。

牆上貼了大大小小的朱漆黃符，符上寫着寓意發財健康吉利平安等的四字詞。

有用嗎？

倘若靈驗，她就不會橫死車輪之下。

電視機沒掛牆，擺在對正牀尾的四桶櫃頂。

睡牀跟牀頭几旁邊安裝了組合衣櫥、梳妝枱，窗前擺一張鋪上繡花坐墊的籐製安樂椅。風吹簾動，窗門半開，窗櫺上吊着一個漲卜卜的草藥布袋，散發難聞的氣味，除了蚊蟲，患有鼻敏感的人也會被驅走。掀開窗簾一角，透過玻璃窗望着窗外的一小塊遠景，看見山崗，看見公路，看見十字路口的便利店。

我先從梳妝枱入手，以女士來説，陳秀娟的化妝品藏量少得教人意外，口紅、粉底、防曬膏、面膜、潔面乳等，聊備一格，都不是什麼名牌，反而她的珠寶首飾又多又名貴，在她的精美飾物盒裏，放了許多手鐲、戒指、珠鍊、墜子、項鍊、手錶等，都是貴價貨，抽屜裏還有大疊大額鈔票。

我從盒中取出一條鑲嵌藍鑽墜子的項鍊，在燈下提起，讓閃亮亮的鑽石在燈光中慢慢旋轉，閃出湛藍冷豔的光輝。

幹代購或送貨能夠達到這種水平的收入，倒視乎所購的或所送的是什麼貨品。

把項鍊放回飾物盒，再檢查衣櫥，掛着的外套、大衣，款式普通，偏向實用，稱不上名貴時髦。不戴首飾，她這身衣着，走在街上，沒人想到她是「禾稈冚珍珠」。

拉開衣櫥的抽屜，上層是上衣、薄毛衣、T恤，下層是內衣褲、襪子……

「阿Wing，我找到了。」露絲站在睡房門外，手中拿着一本記事簿。

「那是什麼？」我掩上衣櫥門，關燈，轉身走去睡房。

「我在神櫥的抽屜裏找到這本貨物交收紀錄。」露絲把記事簿翻開，遞給我看，「瞧，最後一頁。」

「日期是昨天……便利店取貨……」我給露絲一個讚。

「讀下去，旁邊有人名和電話號碼，那人叫陸六。看來，陳秀娟領貨後會聯絡陸六。追蹤那電話號碼，便知道陸六的下落。」

「走，回車上去。」

2

我們趕緊離開陳家，跑回 Audi。露絲在後座拿 notebook 連上特工組織的主機系統，輸入電話號碼，靜待搜尋結果。

一個騎單車的光頭大叔來到車旁，向我們揮手，我放下車窗。

「你們是警察？我是房東。」他掏出一串門匙，「裏面沒人，陳秀娟一個人住，你們要不要進去看看？」

「不用了，我們只想確認住址。」

「了解。」房東大叔眉頭緊鎖，額上的皺紋顯得又深又長，「想不到活生生的一個人，就這樣一命嗚呼。」

「交通意外，很難說。」

「我何時可以收回房子？」

「尚有一些程序要處理，到時會有同事通知你。對啦，平日有沒有什麼人來找陳秀娟？」

「很少人找她。間中有個開客貨車的男人送一些箱子來，也運走一些箱子，至於那些是什麼東西，我就不清楚了。」房東大叔搔抓下巴的硬白鬚根，「她這人挺孤僻的，獨來獨往，從不主動找我，也不跟鄰居打交道，就連早安、晚安之類的招呼也少說。相信親友不多。我不大清楚她的來歷、工作，總之，收到租金，房子沒弄壞，我就不管她……」

「找到他了。」露絲從後拍我的肩頭。

「大叔，謝謝你，我們有公務要辦，先走。」我關上車窗，邊開車邊問：「他在哪裏？」

踏下油門，車子加速開遠，房東大叔和他的單車在後視鏡裏愈縮愈小。

「等一下，我把座標對比Google 地圖，他在……咦——」露絲訝然，「警署！」

「梁賢在警署嗎？」

「在。」

「打電話給梁賢，還要通知阿漆、阿 Ken 馬上過去支援。」

「Okay。」

為免走漏風聲，前線警察一概不知道我們的行動，在署長安排下，梁賢低調地留在警署，一般紀律人員以為他是署長的顧問或總部派來的長官，正處理特別案件，大家都不過問梁賢在幹什麼，他提出什麼需要會盡量協助。

「已告知梁賢，阿漆亦出發前往警署與我們會合。」

「阿 Ken 呢？」

「聯絡不上。」露絲淺淺苦笑，「阿漆說，阿 Ken 去調查電動車。」

「那傢伙有正事不做。」我大為氣結。

昨晚，大家聽完我的覆述，唯獨阿 Ken 對那電動車特別感興趣，不斷追問細節，還一改懶散，要跑去夜店調查車主的來歷。梁賢不讓他重複警方的工作，浪費人力。他表面唯唯諾諾，今天一早趁梁賢去了警署，偷偷跑去追查電動車。

「我打電話罵他……」我點按手機屏幕，「咦，沒網路訊號。」

「我的手機也沒有訊號，奇怪。」

一股似曾相識的吃驚又襲上心頭，不期然瞧瞧左右側鏡、後視鏡——

赫然看見一台電動車跟在後面，型號和款式跟昨晚在便利店殺人那台相同，所不同的是，昨晚的電動車經過多番碰撞，車身凹陷，刮痕累累，現在後面的一台車身完好無缺，不會是它，維修沒可能一晚完成。

「後面那台車有點古怪。」露絲也察覺。

我轉換行車線、加速，試探它的反應。

它隨即轉線、加速。

「它是昨晚那台電動車。」我輕咬下唇，「它為什麼要跟蹤我……」

「茶色玻璃車窗反射陽光，我看不見裏面的司機。」露絲一臉難以置信，「它真的無人駕駛？」

前面，紅燈。

我不得不減速。

可是，它非但沒減速，反而加速。

「它要撞過來呀！」露絲驚呼。

交通燈前已停了兩輛車子，還有十多個路人橫過斑馬線。前無去路，左右兩側，一邊是分隔上下車行道的石壆，另一邊是築起欄杆的人行道，我們前無去路，避無可避，只有困在路上挃撞。

「逃啊！」

我和露絲急急推開車門。

我跳出車廂，着地一滾，滾過車道，右手抓握欄柱，借力向上彈，飛越欄杆，輕巧地落在一間便利店門前（又是便利店），置身路人錯愕的目光之中。

另一邊，露絲也敏捷地逃到路壆之上，急而不亂，還攜着她的 notebook。

然而，尷尬的是，預期的撞車並沒發生。

那電動車在碰撞前的一刻，突然緊急煞車，再作一個九十度急轉彎，駛入橫街，溜了。

「年輕人，車上有鬼嗎？」路人甲調侃。

路人乙、丙、丁駐足，瞧着 Audi 指手劃腳。

「叭叭——」阿漆開着 Jeep 駛到，停在 Audi 後面，放下車窗，不解地問：「你們搞什麼？」

「沒什麼，屈在車內太久，有點悶，趁紅燈，跳出來舒鬆筋骨。」我拂拭身上的塵土，若無其事地返回 Audi，「露絲，轉綠燈啦，上車吧。」

才關上車門，綠燈亮起，我轉檔開行。

「那電動車戲弄你嗎？」

「想不通，它剛才明明有機會撞倒我，竟然拐彎溜掉。」

「鈴……」

阿漆來電，網絡恢復了。

「阿漆，我們改用無線電行動通訊。」我接聽。

「Okay。」

我戴上耳機。露絲也戴上。

「你們剛才為什麼跳車？」耳機傳來阿漆的好奇提問。

「我以為那台電動車想撞我們。」

「電動車？我看見它逃跑似的轉入橫街，就是昨晚那台嗎？但車身全新，沒碰撞過的痕跡。」

「算了，忘記電動車吧。我們趕快前往警署，跟梁賢會合。」

「我也在線上。」梁賢回應，「我正跟蹤陳秀娟的前夫離開警署。」

「前夫？就是陸六？」

「沒錯。」

「可是，陸六的手機訊號仍在警署內。」後座的露絲插口道。

「陸六鬼鬼祟祟的，可疑之極。他領回陳秀娟的物品後，我在警署的保安室透過 CCTV 監視他，發現他偷偷把一部即棄式手機丟進廁所的垃圾桶內。」

「用完即棄，每宗買賣都用新手機，規避追查。」露絲猜道。

「他一併拿走包裹？」我問。

「對，陸六的目標其實是包裹。署長應我的要求，特別處理，囑咐下屬跳過慣常的程序，讓他拿走陳秀娟的東西。」

「你目前的位置是？」

「說出來，你們也不相信，剛駛過我們經營的便利店。」

「他前往陳秀娟的家。」我在十字路口作一百八十度迴轉，駛回陳秀娟的住處。

「我也這樣猜想。」露絲點頭道，「但，我們剛才去過那兒，並沒特別發現。況且，芬太尼原材料已經到手，陸六還要拿什麼？」

「也許，他看中陳秀娟遺下的現金和首飾，想據為己有。」

「他到埗了，把客貨車停在一間紅磚房子前面。」梁賢報告。

「你不要打草驚蛇，留守附近找個監視點，等我們到來。」我加速前進。

「曉得。」

陸六拿走陳秀娟的現金和首飾，我不管他，最重要的是，下一站，他把那裝載芬太尼毒品原材料的包裹送到哪裏。

3

當初芬太尼面世，在醫學上應用於手術麻醉、癌症末期病患、重度疼痛、慢性頑固痛症，藥效顯著。當然，芬太尼的毒效也顯著，是海洛英的五十倍，更易上癮，更易致命，稍為過量服用就弄出人命，美國每年死於芬太尼的人數達十萬計。

今天，芬太尼氾濫全球，緝毒工作稱為「新鴉片戰爭」。

傳統毒品如鴉片、海洛英均來自植物，種植原材料罌粟，受氣候與土壤的限制，製毒時需要混入其他材料，以及掌握一定的煉製技術，成本高，風險大，例如遇上罌粟失收，產量便大幅減少。

芬太尼毒品截然不同，它來自化學實驗室，全是化學合成物質，不必顧慮天時地利，任何地區，任何空間，只要沒人看見，即可製毒，過程無臭、無煙、無火，你在門外走過，完全不察覺裏面是「製毒工場」，而且無需專門技術，墨西哥有案例，一間小型「實驗室」聘用兩名十多歲的男孩工作，每週出產二萬粒芬太尼膠囊，本小利大，產量穩定。最令警察頭痛的是，這些「實驗室」的流動性很高，隨時建立，隨時搬移，隨時生產，隨時停工，無孔不入，偵緝追查非常困難。

另一方面，芬太尼需要的原材料較傳統毒品少許多，單純數字比較，供應美國一年的海洛英原材料約為一百二十五噸，芬太尼只是五噸。數量少有利靈活運送，販毒集團化整為零，把芬太尼原材料從亞洲的產地經多元多樣的渠道，運至世界各地，例如快遞包裹，完全顛覆傳統的運毒方法、路線。

4

今日，我們盯上陳秀娟和陸六這條線，絕對不容有失。

梁賢借用房東大叔的天台監視陸六。

房東大叔本來對梁賢的身分將信將疑，我們到場後，才完全相信。他認得陸六就是那替陳秀娟運送紙箱的男人。雖然生前認識，但陳秀娟死後不久，陸六擅入陳家，又沒問過房東，情理都不合，房東大叔認定陸六不是好人，樂意跟我們合作，借出天台，還供應飲料給我們解渴。

梁賢的眼睛不好，把望遠鏡交給阿漆，其實作用不大，因為窗簾把陳家遮得密不透風。陸六進屋後再沒露面，儘管我們不知他在屋內搞什麼，仍一致否決走近察看，唯一可做的是等他出來。

等呀等，等得發慌之際，阿 Ken 來電。

我待要罵他，他卻搶着說：「你別罵我，我的直覺正確，追查電動車更加吸引，就現在調查所得，水很深。」

「那，你查到什麼？」我忍住不發作。

「電話裏不好交代，你過來一下，我在醫院，準備向賀小麗取口供。」

「誰是賀小麗？」

「便利店的馬尾少女。」

「警察不是作過筆錄嗎？你何必多此一舉！」

「角度不同，重點迥異。你不過來，一定後悔。」

「你去吧，這裏有我們三個，人手足夠。」露絲似笑非笑地瞧瞧大家，「或許，阿 Ken 查出什麼驚天大陰謀。」

人手足夠？很難說。如果陸六是個老江湖，懂得識破跟蹤、甩掉跟蹤，我們就需要主、副跟蹤者交換位置，不斷加入新臉孔的副手，才有機會尾隨陸六到達真正的收貨地點，找到幕後買家。

所以，我見到阿 Ken，非但不陪同他向賀小麗錄取口供，更要扭着他的耳朵，押他歸隊。

到達醫院前，我的想法沒絲毫動搖，直至遇見那輛救護車。

救護車還沒開到，尖銳得幾乎震穿耳膜的警笛聲從老遠傳來。我剛泊了車，走出醫院的公眾停車場，跟其他路人一起乖乖留在人行道上，路上的汽車紛紛停下或靠邊慢駛，大家都確保通往急症室的車道暢通無阻。不久，閃着緊急燈號的救護車飛馳而至，急症室的醫護人員爭分奪秒的在門外守候，看來傷者的情況並不樂觀。我站在路人後面，盡市民的責任，不妨礙救援工作。

救護車停定，尾門打開，救護員抬下一名傷者，放眼過去，只見很多血，血污從擔架牀滴下，斷斷續續的，隱約滴出一段血路。

旁觀者都露出同情和震驚的神色。

我的震驚肯定超過他們任何一個，因為我認得傷者的衣服，他是昨晚在便利店吃紫菜肉鬆飯糰的年長街友呢！

我擠開前面的人，趨近看清楚，不錯，果然是他。

他戴着供氧口罩，眼瞼顫動，眼睛空洞地望着天空，滿臉是血，裹纏頭上的厚紗布和繃帶不斷滲血，傷勢很重。

匆匆經過我的跟前，被推進急症室後，有護士開始為他作心外壓。

急症室的玻璃門自動合上，緊急通道開放，路人繼續走動。救護車司機準備把車開走，我上前，搭訕地說：「那傷者傷得很重喔。」

「非常嚴重，恐怕沒得救了。」

「發生什麼事？」

「聽說是肇事逃逸，他被一台名牌電動車撞倒，司機不顧而去。」

我感覺自己起了一身雞皮疙瘩。

又是電動車，又是「肇事逃逸」，如此看來，它剛才並非跟蹤我，而是打算撞死我，失敗了，轉移目標，去找年長街友。

它似要把昨晚在便利店裏的人統統殺光。

然則，男學生、馬尾少女、金髮司機也是它的追殺對象。

為什麼？我們究竟幹過什麼？它非要把我們置之死地不可……

如有搖控者，在便利店買東西吃也會開罪他嗎？變態！

「阿 Wing……」

「嗄！」我被從後的一拍嚇了一跳。

「神不守舍的，你在想什麼？」阿 Ken 原來站在我身後，「我等你很久呢！」

「你查到什麼？」我把他拉到一旁。

「都是猛料……」他煞有介事地翻開記事簿，「首先，我調閱在昨晚相關時段從夜店到便利店的公路 CCTV，一無所獲。」

「一無所獲，不是猛料，只是笑料。」

「你別打岔，聽我說下去，我計算過時間，發覺每當那電動車駛過，沿途的 CCTV 鏡頭都暫時失靈，沒一支鏡頭拍到車子的全貌，猛不猛？奇不奇？」

「難道它有能力作訊號干擾，怪不得我們的手機也失靈。」

「還有，昨晚開那電動車到夜店消遣的人姓張，報稱商人。他昨晚報案，對警察說車子在夜店被竊。」他掀到下一頁，「其實，車子不是他的，他告訴警察，他的座駕在汽車維修店，維修店老闆借電動車給他用。警方已對夜店的泊車仔發出通緝令。」

「他大概躲起來，擅自開走客人的車子，闖出大禍，不僅警察，他的老大也不會放過他。」

「他的女朋友就在醫院裏留醫。」

「好，先找她問個明白，她們在車上到底幹過什麼？」我變得比阿 Ken 更積極。

「那，走……」

「你不能去。」我反手揪住他的衣領。

「為什麼？」

「我們兵分兩路，你去找昨晚在便利店溫書的男學生，可以的話，安排他入住安全屋，要不然，至少確保他留在家裏，不要跑到街上汽車可駛到的地方。」

「校園這麼大，學生這麼多，又不知他有沒有上課……」

「你不想做，就回去跟進芬太尼，換阿漆過來。」

「我去我去，我對芬太尼毫無興趣。」

「還不趕快！」我在他的肥屁股踹了一腳，「那台殺人機器不眠不休地追殺它的目標，若再耽延，下一個送來急症室的，恐怕是那男學生呢！」

「痛呀……這麼大力……」阿 Ken 嘀咕埋怨，搓着屁股急急跑了。

不由我不心急，人有怠惰，機器沒有，除了沒動力，它會全天候運作。

電動車真的可以不眠不休嗎？它需要充電耶，就算它是中邪或者AI叛變，沒電的時候，仍需找一根充電椿，要靠人類替它拉出電線、接駁電源。不管有沒有遙控者，下一步，該是制止那個替那電動車充電的人，切斷它的電源，就真正廢它「武功」。

這樣說來，汽車維修店老闆的嫌疑最大。可惜，露絲或阿漆都忙於跟蹤陸六，分身乏術，若能抽調其中一人去調查維修店老闆，就事半功倍。

唯有靠自己吧，我先找賀小麗談一下，再往汽車維修店跑一趟。

賀小麗的病房在七樓，七樓挺安全，汽車開不上去。她被安置在一間沒「鄰居」的雙人病房。病房的牆壁是雙色協調，上方髹白色，底層是咖啡色，白色給人清潔的印象，咖啡色則把不清潔隱藏起來，切合醫院環境，理論上醫院是最清潔的地方，實際上存着許多不清潔。

賀小麗身穿廉價的病人服，曲膝坐在牀上滑手機。

房內沒花瓶，我也沒帶花，一進門，就開門見山，扼要地說明來意和當前的危機。賀小麗昨晚受驚過度，精神紊亂，醫生為安全計留她住院觀察一晚。她服下鎮定劑，睡了一覺，今天精神恢復得七七八八。當她聽見年長街友也被電動車撞死，再度陷入恐懼，因為昨晚以後，她一直聯絡不上謝永強，即金髮司機。

我安慰她謝永強多半躲起來，連警察也找不到他，電動車就更加困難，至少它不能跑樓梯、乘升降機。

她牽強地笑了笑，難得的釋懷。

「要解決這件事，幫助謝永強脫險，我們首先回到起點，你仔細想想，昨晚你們在車上幹過什麼？發生何事？」

賀小麗低頭沉默一陣，緩緩憶述，昨晚坐進電動車的感覺是——

寬敞、舒適、乾淨、先進……

5

金髮的謝永強登車坐定，踩煞車，轉D檔，車子開動後，又多添一分寧靜，賀小麗感覺不到引擎的震動、聽不見排氣管的聲浪。

「爽嗎？」謝永強神氣地問，直把電動車當作自己的座駕。

「爽呀！」賀小麗掏出香煙包，「開車兜風，抽根煙，更爽。」

「慢着慢着。」謝永強臉上的神氣消失，換上慌張，「作死嗎？在車廂內遺留煙味，客人會投訴。」

「開窗就沒煙味。」賀小麗降下車窗，迎頭風捲進車內，吹亂她的一頭長髮，她打開腰包，從裏面取出一圈橡皮筋，嫻熟地纏繞長髮，紮成一根馬尾，垂在腦後，風吹雨打都不亂。束好頭髮後，她拉下遮陽板化妝鏡，左右側臉照一下，滿意了，便抽出香煙，叼在口裏，含含糊糊地問：「你有沒有……打火機……」

謝永強拍拍口袋，搖着頭說：「我的打火機遺在夜店的工作枱，你用車子的點煙器吧。」

「點煙器在哪……」賀小麗摸着儀錶板和貯物格，「找不到……」

「認真一點找，汽車怎沒點煙器？」

「真的找不到。」

「我幫你找。」謝永強彎腰低頭檢查貯物格。

「小心開車呀！」賀小麗吃驚，「你的眼睛怎能離開車道？手怎能放開方向盤？車子是客人的，出事你賠不起。」

「是自動駕駛，鎮定，我轉換了自動駕駛模式。看，行車平穩正常。」

「嘩！太先進了。」

「這麼多開關，按哪一個才是點煙器？點指兵兵點着誰人做大兵……」

「你別亂按，當心弄壞車子，而且，點煙器該在當眼處，不會藏得這麼深。」

「試試無妨，咦，有東西彈出來。」

「但，那不是點煙器。你把它弄出來，怎辦？」

（那是什麼？我搖口問。那片東西比 SD 卡小、比 SIM 卡大，賀小麗回答。）

「塞回去就是。看，車子並無異樣。輪到你試按。」

「我也要？」

「怕什麼！做人要有冒險精神。」

「好吧。我選這個鍵，紅色的，很漂亮。」賀小麗試着輕按，儀錶板沒任何反應。

「它瞧你不起。」謝永強吃吃笑。

「可惡！」賀小麗大力拍下去，仍沒反應。

「可能這個鍵廢了，按別的吧。」

「咦，有反應了，原來是關窗。」賀小麗用指頭敲敲正在上升的車窗。

「不，車窗的開關在這裏。」謝永強按鍵降下車窗，但車窗仍然上升，不受他控制。

「喂！你超速啦！被測速照相機拍到，老大一定要你負責罰款。」

「我沒……」謝永強提起右腳，證明他沒踏加速板，「超速是自動駕駛幹的。」

「車子愈開愈快啊！取消自動駕駛。」

「別擔心。有我在。」謝永強踩下煞車板，車速立即下降，很快降至限速以下。

「兜風差不多了，我們回去吧。」賀小麗興味大減。

「我在前面的路口迴轉。」

「喂！你錯過路口了，不要玩，認真點。」

「不是我，是它，自動駕駛又恢復了！」

電動車完全失控，不單止瘋狂加速，還作S形行駛，時而越過對面行車線，時而貼近慢車道的汽車，嚇得其他汽車煞車響號抗議，嚇得賀小麗尖聲大喊，嚇得謝永強手慌腳亂。

「快想辦法，它要撞進前面的便利店……哎……胸口好痛……」賀小麗的安全帶突然收緊，把她勒得透不過氣來。

謝永強使勁扭動方向盤，大力踩盡煞車板，試圖奪回控制，避免電動車撞毀便利店，結果，他成功一半，車子撞翻便利店外的客座。

6

以後的事情，我已牽涉其中，賀小麗明白不用交代，便停在這裏，拿起牀頭几上的杯子，喝點水，靜靜地看着我，好像期待我對事件作出中肯的分析，以及向她提出精闢的建議。

可惜，那台電動車從昨晚到今天的「所作所為」，超出我對一般電動車的認識，也不能肯定那電動車的「發瘋」是否由謝永強和賀小麗引起，實在沒方法去梳理這一連串怪事，也沒建議可以給她，只留下幾句說了等於沒說的門面話，以及聯絡電話，便結束探訪。

滿腦子問號的回到停車場，正苦惱下一步該如何走。

「咯咯……」有人敲響我的車窗。

轉眼看時，原來是梁賢。我打開車門讓他進來。

「你的氣色很差。」梁賢把一顆感冒藥遞給我，「露絲給你的。」

梁賢的語音甫落，我就在他身旁狠狠咳了一陣，咳到直不起腰。

「天啊！是Covid-19嗎？」梁賢拿手帕掩着口鼻，「有沒有作過病毒快篩？」

「對不起，對不起，咳咳，測過，是陰性。別擔心。」我從口袋裏掏出新口罩，「你怎麼跑過來？不會只為送藥吧？陸六那邊出了問題？幹麼不電聯？」

「淡定淡定，一切在掌握之中。你先吃藥，再看直播。」梁賢把手機遞給我。

屏幕顯示現場的監視畫面，一人躺在牀上睡覺，發出吵耳的鼾聲。房間狹小又破舊，在沒窗簾的窗戶玻璃上，貼着胡亂切割的紙板遮光。

「什麼一回事？」我吞下藥丸，戴上口罩。

「我們跟蹤陸六離開陳家，到達另一處住宅。露絲在樓下偵測到上址的wifi訊號。」梁賢以一貫的氣定神閒娓娓道來，「她使用駭客軟件，循着訊號入侵那房子的網絡，暗中開啟放在桌上的notebook鏡頭，讓我們監視屋內情況。看，睡午覺的人正是陸六。你猜得沒錯，他拿走陳秀娟的現金和首飾，再看牀邊地板，一大袋的，他發達了。至於那芬太尼包裹，他原封不動的放在牆角，似是等候指示，再送往別處。阿漆和露絲留在附近監視，我無事可做，便過來走走，瞧一下你們的狀況。」

「我和阿Ken分頭行動，我這邊沒突破，尚有許多疑團沒解開。」我把零碎的線索告訴梁賢，「阿Ken那邊還沒消息……」

「鈴……」

一說阿Ken，來電即到。

「阿Ken，有進展嗎？」我開啟擴音器接聽。

「有一點吧。我找到那男學生了，他說今早遭到電動車跟蹤，慌起來，躲在大學宿舍三樓的同學房內，不敢下樓。我的確發現那台電動車在校園一帶徘徊，跑過去瞧瞧，隔着茶色玻璃窗，看得不大清楚，真的似乎無人駕駛呢！我一接近，它就開走。」

「男學生暫時安全。我跟賀小麗談過，沒什麼頭緒。」

「下一步該如何？」

「下一步，該調查汽車維修店老闆和昨晚開電動車去夜店消遣的商人。」梁賢加插意見。

「梁賢也在？」

「對，他剛到，我正跟他一人計短二人計長。」

「那電動車速度高、機動性強，我們要爭取時間。」梁賢客串變主力，積極參與，指揮若定，「阿 Ken 負責找那商人，我和阿 Wing 到維修店看看，如有發現，第一時間互相通報，切忌輕舉妄動，尤其我們對那電動車的能耐不大了解。」

「你不回去監視陸六嗎？」阿Ken問。

「那邊有阿漆和露絲。」

「哈哈，我說得沒錯吧，調查電動車更加吸引。大家加油。」阿Ken笑着掛線。

「的確吸引，我們前往維修店吧。」梁賢把頭仰後靠着椅背，閉上雙眼，不知是養神還是思考。

我把Audi駛離停車格，排在開往停車場出口的車隊最後，遙望柵欄上升、下降，出口只得一個，柵欄機只一台，車那麼多，急不來，唯有以平常心等候。

殊不知，在汽車維修店等候我們的，除了老闆，還有一枝舊獵槍。

III.

戰線交織

兵分兩路，緝毒行動與電動車事件，終令阿Wing疲於奔命，分身不暇，阿漆更身陷險境。

1

汽車維修店老闆用雙手掩臉，彎腰大笑，反應極不正常。

有什麼好笑？我問了一個正常、合理的問題。我與梁賢互望一眼。

「老闆？」梁賢靠近他。

笑聲止住了，他仰起頭，笑容在臉上消失，換上的是眼神煩亂、害怕。

「你沒事吧？」

「滾開！」他神經質地摸拍腰間的工具袋，最後抽上一柄鐵鎚，高舉過頭，在身前揮動，阻止梁賢接近。

梁賢停步，我也不作出任何刺激他的舉動。

「你們給我滾得遠遠的，不要回來！不要再問下去！」他繼續揮動鐵鎚恐嚇我們，儘管他有「武器」在手，我們兩手空空，惶恐的卻是他。

「請你冷靜，我們沒惡意，不會傷害你。」我安撫他。

「我什麼都不會說！」他的表情狂亂。

「你是不是有難言之隱？遭到要脅？」梁賢好言相勸，「我們可以幫助你。」

「要脅……」他甩着頭，嘴巴震顫，好像品嚐壽司時不小心吃着大量Wasabi，不能張嘴吐出，又趕不及喝水沖淡辛辣。

「對呀，我們不是等閒之輩，不管任何要脅，一定能夠幫助你解決。」我加強說服力。

「你們……不可能……」他抬頭看一眼天花，再瞪着我，眼神茫然而懷疑，「你們什麼都不知道，不知道它有多強大……」

「我知道，我昨晚在便利店跟它交過手。」

「呀——」他咆哮一聲，把鐵鎚擲過來。

我和梁賢側身閃開，鐵鎚從我們中間飛過，「嘭」的打凹一塊車門。

他擲鎚後，踉踉蹌蹌地轉身，拉開貯物櫃，在裏面取出一枝老舊的短筒獵槍，「咔嚓」的把子彈推進槍膛。

「危險！你不要亂來啊！」

「你放低槍，讓我們幫你，沒解決不了的困難。」

我和梁賢都擔心。我們並非擔心他開槍射我們，而是害怕他自尋短見，因為他反托着獵槍，用槍嘴抵住自己的下巴，指頭就放在扳機之上。

2

十五分鐘前。

我們來到汽車維修店門外。

梁賢告訴我，今早負責調查交通事故的警察來過這裏，維修店老闆向警察出示汽車的買賣文件、張姓商人借車的切結書，證明他的電動車去年從車廠全新購入自用，張姓商人昨晚把車借走，換句話説，昨晚的「交通事故」跟維修店老闆無關。

汽車維修店位於街尾。這條街是汽車產業鏈的縮影。我把 Audi 泊在街口。與梁賢一路走進來，但見車道兩旁停滿違法泊車，把雙程路收窄為單程。違法泊車的人其實都是顧客，他們貪圖方便，把車子停在汽車用品、汽車美容、輪胎、修車零件、汽車鍍膜、汽車影音、汽車導航等專門店外面，各取所需，故能互相忍讓，路狹車多卻沒碰撞。另一方面，店主有生意可做，門外停着違法泊車，也不舉報。

車道擠塞，人行道也不見得通暢，機車、舊紙箱、舊輪胎、新到的貨件統統擱在通道上，加上污水、機油污漬、日久失修的路面，一個不留神，隨時絆腳、滑倒。

我們小心翼翼地走到目標維修店外。這店有別於左鄰右里，店前擺放戶外休閒枱椅、自動販賣機，一來不讓鄰居「蠶食」維修店的騎樓底擺貨，二來讓顧客坐下抽煙、喝飲料。店內亦有別於常見的汽車維修店，這裏地板清潔，工具放置整齊，應掛的掛，應收的收，不見髒兮兮、濕漉漉的抹布，不擔心踩着遺在地上的螺絲母或踢着螺絲批，雖然殘留在空氣裏的機油氣味沒法避免，但老闆特別在兩邊牆角各裝一台空氣過濾機，如果在店內多放幾台新車，這裏似汽車銷售店多於維修店。

我們踱進店裏，站了一陣，不見老闆或職員現身招呼。

維修間只得一台半新不舊的平治房車。

「有人嗎？」梁賢拿起工具架上的10號扳手，「叮叮叮」的敲響另一柄12號扳手。

「來啦，誰呀？」一個躺着修車躺板的人「轆轆轆」的從平治車底滑出來。那人又高又瘦，頭髮蓬亂，穿着灰色的連身工作服，戴着厚厚的角框眼鏡，鏡片有點骯髒，年紀四十左右。

「你是老闆？」我問。

「我是。今天預約滿了。」他爬起身，厭煩地從口袋摸出一張名片，「你要先給我電話，約好時間才可把車子開過來，免得白跑一趟。」言下之意，白跑一趟是我們咎由自取。

「我們不是來修車的。」我沒接他的名片，「我想請教一下你那台電動車的事。」

「警察？」他的神情變得充滿戒備，「你們的同事今早不是來過嗎？要回答的我都答了，沒資料補充。」

「我想知道那電動車的性能，有沒有經過改裝？」

「我的車子不見了，你們不替我去尋找，跑來問我這無聊問題。改裝？有原廠設定和保養，我何需改裝？你說的改裝是什麼意思？輪胎舊了，我換上四條新的，算不算改裝？」

「全自動駕駛。」

他瞄一眼左邊天花，繼續砌詞狡辯：「這是政府的交通政策、電動車公司的定位分級，你不該問我。」

「你有沒有私下破解限制，恢復車子的全自動駕駛功能。」我不容他迴避。

「你說笑吧？我只是個維修技工，不是汽車工程師，沒這種本事。」他指着門口，「我很忙，你們請回吧。」

「你平常把電動車停泊在哪兒？門外不見充電椿。」梁賢左右瀏覽，開步游走，「是在後面嗎？」

我也瞄一眼他剛才瞄的位置，天花上安裝了消防花灑、煙霧感應、CCTV 鏡頭。

「後面是私人地方，不能亂闖，你們有沒有法院的搜索票？」

他攔不住梁賢。梁賢登堂入室，繞過間隔牆板，走到店後。我當然與梁賢共同進退。

繞過間隔，眼前一亮。

內室建了一台改裝重建的三百六十度自動洗車機。水淋、風乾、上蠟、軟毛刷、刮水刀等硬件全部移除，取而代之的是發電、傳輸的設備。

「嘩！不得了，高科技……」梁賢撫掌讚歎，瞅着後門的電動捲閘，「車子從後巷開進來，自動無線充電，不必拉線插電，挺方便，神不知鬼不覺……」

「不要接近！」老闆不忿地細聲說明原因，「你會觸電……」

「哇，好險，好險，謝謝提醒。」梁賢撫着胸口，連忙退後。

「還有這些東西……」我指着整齊堆疊在牆邊的車門、保險桿、車窗、引擎蓋、頂蓋、翼子板等全新的備用車體配件，都跟那電動車的顏色、型號一式一樣。配件齊備，有專人服務，這就可以解釋電動車為何能在一夜之間完成維修。

「除了突破全自動駕駛的限制、無線充電，你的電動車還有什麼超越原廠的功能？」我追問。

「我……」

3

三十分鐘後。

我和梁賢坐在汽車維修店門前的休閒椅上，沒抽煙，也沒喝飲料，只看着警車來來去去、警察進進出出。

鄰居聽見槍聲報案，警察很快到場，最初召喚救護車，後來改召運屍車。維修店老闆開獵槍轟掉自己半個腦袋，沒得救了。

帶隊的警官認得梁賢，完全不管我們。我們無意妨礙他們工作，坐在店外思量對策。

維修店老闆寧願自殺也不透露半句電動車的事，對「要脅」的反應極其敏感，他受到什麼要脅？誰要脅他？可惜他不肯讓我們幫他，自絕生路。

電動車去向不明，現在我們可以肯定它具有干擾 CCTV、手機通訊的能力，也能避過道路監察系統的追蹤。

「不過，它需要充電。不管它跑到哪裏，一定要回來充電。我們不妨守株待兔。」梁賢的嘴角泛起一抹奸笑，「嘿嘿，到時候，我拔走那充電裝置的插蘇，它就跑不掉了。」

「好計。待警察收隊後，我們進去翻一翻，看看老闆有沒有留下改裝電動車的線索……」

「鈴……」

阿漆來電。

「喂，阿 Wing，我們人手不夠。」阿漆的語氣有點不爽，「陸六外出，沒帶包裏，我和露絲要留下一人看着包裏，另一人跟蹤陸六，但我們在樓下已有半天，需要新臉孔。」

「我馬上過來。」我識趣地爽快回答，芬太尼任務縱然不吸引，畢竟是我們名正言順的行動，繼續「不務正業」怎也說不過去。

「這裏交給我吧。」梁賢拍拍我的肩頭。

「辛苦了。」我拍拍梁賢的肩頭。

「很樂意。」

我明白。回頭多看一眼汽車維修店，便揮手告別梁賢，望街口走去。

鄰居都站在自家的店前朝汽車維修店張望，指手劃腳，議論紛紛，看各人的神情和動作，有人出於同情，有人好奇，有人驚愕，有人擔憂，有人隔岸觀火，有人幸災樂禍，一樣米養百樣人，在同一條街上幹活，都認識死者，反應卻人人不同。

我有一個奇怪的嗜好——不知是好是壞——喜歡看人。例如，每次去東京，必抽空在下班時候到澀谷十字路口去看行人過馬路，當紅燈亮起，汽車停下，密密麻麻的行人橫越車道，走在橫、直、斜的斑馬線上，人頭湧湧，聲勢浩大，都是上班一族，踏進同一個十字路口，有人沒精打采，有人躊躇滿志，有人雀躍地赴約，有人拖着疲累的腳步，有人步履輕盈，有人滿意今天的工作成果，有人為明天的業績擔憂，雖然人心難測，但從各人的表情、姿態，總有把握測到幾分。

然而，對於機器，就難倒我了，尤其AI叛變。

之前推測的三種可能，遙控電動車行兇、電動車中邪，現在都可剔除。因若有人遙控電動車，這人只會是維修店老闆，而我身為其中一個被追殺的目標，老闆跟我面對面交談，不可能不露出馬腳。

至於中邪，機會同樣極微，相較陳秀娟的家，汽車維修店不僅沒神檯，就連黃符也沒貼一張，氛圍跟迷信、妖邪完全沾不上邊。

最重要的是，維修店老闆間接承認曾改裝電動車，說不定在改裝過程中，出了什麼亂子，導致它不受控制。

見面後，我把想法告訴露絲。

露絲同意，馬上請梁賢協助，開啟汽車維修店的電腦，把遠端控制分享給她，讓她打開檔案，查找老闆訂過什麼改裝用的零件、工具。

阿漆留在陸六的住處樓下，露絲跟蹤陸六來到這家牛扒餐廳，把位置傳給我。我到達時，陸六正吃着五成熟的鐵板黑椒牛柳。我只點了熱咖啡，沒胃口，不足一小時前，目擊維修店老闆開槍自爆，我吃得下東西就是機械人。

「阿 Wing……」露絲的指頭暫時離開 notebook，輕拉一下耳珠，「阿 Ken 找你。」

我會意，重新戴上耳機。我不喜歡耳孔塞着的感覺，沒必要，就卸下耳機。

「阿 Ken 請說。」

「我跟張先生談過，沒可疑。昨晚他借車是臨時決定，維修店老闆本來答應昨天把張先生的平治修好，但到了約定的取車時間，平治的維修還沒完成，張先生需要駕車消遣，看中老闆的電動車，便勉強老闆借車給他……」

「你既然沒發現，就歸隊協助阿漆，他那邊缺人。」

「我還沒交代完。」

「你等一下再說，我這邊查到一些資料，相信大家都感興趣。」梁賢罕有的在頻道裏插進對話。

「什麼資料？」

「關於維修店老闆的，我趁空檔問過左鄰右里，老闆原來是個高材生，年青時考進名牌大學，主修電腦，畢業後在跨國科技公司任職，參與軟件開發，另一方面，他也是個超級車迷，工餘喜歡修車、拆車，後來乾脆辭掉高薪厚職，自己開汽車維修店，整天鑽車底。聽說他以修車為樂，不濫接工作，不計較收費，只挑自己鍾愛的車款，用心鑽研，口碑很好。缺點是慢工出細貨，經常逾期交車，所以張先生昨天沒車子用，並不奇怪……」

「Sorry，等一下。」露絲突然打斷，「我查到維修店老闆最近半年從海外訂購這種一般修車工序用不着的東西。」她把 notebook 推過來，讓我觀看屏幕。

「什麼東西？」看不到屏幕的梁賢和阿 Ken 異口同聲問。

「晶片。」我閱讀屏幕上的資料，「軍事級與情報用途的尖端晶片，均受政府的出口管制，他怎會買到？買來作什麼？」

「他透過暗網購入，或許跟改裝那台電動車有關。」露絲道。

「對啦，終究是那電動車有古怪，剛才我還沒説完，張先生提出借車時，荒誕的是，維修店老闆沒即時回覆，只請張先生等一會，然後坐進電動車內，喃喃自語，念念有詞，像跟一個不存在的人商量過後，才答應借車。」

「夠啦！你們都給我閉嘴，可以嗎？」阿漆突在頻道中大發脾氣。

「阿漆？有什麼不妥？」大家給阿漆嚇了一跳，除了露絲，誰都不敢作聲。

「你們都忘了任務麼？」

「怎會？我和露絲不是盡責地監視陸六嗎？他剛吃完鐵板牛柳，正在喝咖啡、吃甜品。他的甜品是黑森林蛋糕……」

「我們都被陸六騙了。」阿漆的聲音帶着沮喪。

「你說清楚一點。」我瞟着陸六那張油光滿臉的吃相，橫看豎看，他不似懂得騙人。

「陸六把芬太尼原材料拿回家後一直放着不理，我在樓下乾等，愈等愈覺不妥，趁他外出，偷進他家查探，發覺箱子是空的，他原來把一個空箱子搬回家。」

「啊呀！他一定把芬太尼留在陳秀娟家中，引開我們，現在，說不定芬太尼已被其他人拿走。」若非在公眾場合，我一定氣得大力拍枱。

我氣的是自己，堂堂一個專業特工，竟然被這個肚腦滿腸肥的蠢貨騙倒！相信阿漆的心情亦一樣。

我只能怪自己大意、分心，記掛那台殺人電動車，輕忽芬太尼毒品，結果中了這個低端的調虎離山之計。

「可惡……」我鼓起腮幫子，陡然站起，為今之計，只剩得嚴刑逼供。露絲沒阻止我。

我逕自走到陸六的桌前，他正低頭吃蛋糕，我拉椅坐在他身旁，他抬頭轉臉看我——

「岳——」他不經意地打個飽嗝，對着我噴出一大口又酸又臭的胃氣，「兄台，這餐廳不設共用餐桌……」

「陸兄，幾年不見，你忘了我嗎？我是阿Wing。」我憋着呼吸，搭着他的肩頭。

「呀……喲——」

我在他後頸的天柱穴運勁按下，動作小，力道大，他登時昏厥，整塊臉仆在蛋糕上。

「咦，陸兄睡着了，吃得太飽麼？」露絲也走過來，「我們扶他回家。」

「鈴……」

誰人不識趣，這個時候打電話給我，如果又是那些低息貸款，我一定炸了那家銀行。

「喂，阿Wing……」賀小麗邊哭邊說，「請你快去救金毛強……」

「小麗？你慢慢說，謝永強被老大追斬？」

「不。失去聯絡前，他說被那電動車盯上，攀到樹上躲避。」

「知道他最後的位置嗎？」

「他在眺望崗，在你打工的便利店附近。」

「我知道那地方，我……想辦法……救他……」我掛線後，瞅着死豬一樣的陸六，左右為難。

「我去吧。」阿漆忽然說。

「你去吧。」阿 Ken 也在同一時間說。

「你們？」

「我的位置較近，我過去瞧瞧，反正留在陸六家中已沒作為。」

「嚴刑逼供我最耍家，我以前有個渾名叫『嚴刑逼供殺無赦』，陸六就交給我吧。我在附近，五分鐘後到。」

露絲向我默然點頭。

4

眺望崗是便利店後方的一座小山崗，築有草道、步道，地勢不高，也不陡峭，位處大片平原中間，視野一望無際。崗上有一座武神廟，聽說，日落時分在

那裏眺望蒼茫暮色是一道不錯的風景。不過，這裏並非知名的旅遊區，沒外地人專程過來「打卡」，而本地居民上去的也不多，大概司空慣見，只道尋常。

我來作臥底，當然沒上去看日落的閒情逸致。

現在，紅日西斜，又不知謝永強躲在小山崗哪一棵樹上，搞不好，日落以後他仍下落不明，光線不足更難尋他，我要趕緊前往。

我開上快速公路，不斷加速。那電動車不好對付，阿漆需要支援，我不能讓他單獨冒險。沒多久，出口標誌牌在望，我閃亮方向燈，從快線切回慢線，在兩輛高大得令人生畏的重型貨車中間切入，駛進出口車道，重型貨車高速行駛時，常產生「推吸氣流」，我的車子從它們中間駛過，受兩股氣流交叉夾擊，有種失控的感覺，我不得不減速，握緊方向盤，保持車身平衡。

按常理，車愈大，愈可畏，但昨晚，那台電動車衝向大貨車時，竟毫無「怯懦」。畢竟它是機器，它的「行為」不能以人的常理去理解，也沒法以我們的辦案經驗去預測。面對它，全然陌生，這才頭痛棘手。

離開快速公路，經過一塌糊塗、短期內復業無望的便利店，在十字路口右轉，朝眺望崗駛去。

連綿不斷的弧形上坡路漸漸出現，內彎是茂盛的野林，外彎是山崖，可以看見快速公路，以及與公路平行的蜿蜒河流，河流從原始野林一直伸延到市中心區的石屎森林之中。河岸有樹，有屋，有便利店，還有長老會教堂的歌德式尖頂屹立平房之間突圍而出，伸向蒼茫天空，天上的白雲緩緩流動，暮色四合，Audi的車頭燈自動開亮，車燈照射下，前面一輛機車跌在路邊，清楚看見車身留下被其他車輛輾壓的痕跡。

就是這裏了。

「阿漆……」

無線電頻道一片死寂。

通訊受到干擾，電動車就在附近。

從機車旁邊駛過，不見司機，也不見屍體。根據賀小麗的轉述，若沒猜錯，剛才情勢凶險，謝永強為求保命，棄車攀樹。

光靠雙腳逃跑，跑不遠，我減慢車速，左右察看，前面內彎的一小片草坪上，遺留大量車胎痕，草坪後一株松樹的橫椏上蹲着一人。

我駛上草坪，來到樹底，放下車窗，往上喊道：「樹上的是不是謝永強？」

「我是，救命呀！」金毛謝永強蹲着發抖。

「下來吧，安全了。」

「好可怕呢！我幾乎給它撞死。」謝永強活見鬼似的，急攀下來，臉青唇白，「要不是那輛 Jeep 駛到，它會撞過來，連人帶樹把我撞倒……」

「那 Jeep 在哪裏？」

「Jeep 駛到，電動車開走，Jeep 追它。」謝永強指着車道前方。

「開 Jeep 的是我的朋友，你快上車，我們趕去接應他，快！」

「是。」

謝永強才登車，還沒關門，我已驅車前進。

沿着車道追過去，就是下坡路，按路程、車速，這時候，電動車和阿漆的 Jeep 正一前一後的在弧形的彎道上以高速衝下小山崗，天色愈來愈暗，山上缺乏路燈照明，縱然前路暗昧不清，心急要盡快支援阿漆，我不敢減慢車速，唯有把遠光燈和霧燈齊開，目測前面彎道的入彎及出彎角度，咬緊牙關，搓移方向盤，就衝過去。可是，高速過彎無可避免的產生強大的離心力，車子隨即「甩尾」，在外彎失控滑出車道，聽見「喀嚓」一聲，右側車身刮着公路護欄，若去勢不減不變，下一步便撞毀護欄，凌空飛下山崖。我不得不鬆油、降檔減速，急忙將方向盤向左扳，輪胎擦地發出刺耳的噪音，車子以S形衝過對面行車線，幸而沒「對頭車」，才有驚無險的駛過彎道。

旁邊的謝永強已嚇得全身僵硬，雙手抓握車窗頂的扶手，縮起雙腳蹬着貯物格，張開嘴巴發出無聲的驚叫。

我擰一下發癢的鼻子，抹去額上的冷汗。

再看前路，在下一個彎道，依稀有輛車子撞在內彎的一株塌樹上，看不清楚是 Jeep 還是電動車。但願不是 Jeep。我的心涼了一截。

十碼之後，視野較為清晰，不是電動車，那是 Jeep！

撞擊力很強，樹身被攔腰撞斷，Jeep 的車頭凹陷，擋風玻璃破碎，白煙從彈開的車頭蓋冒出。

慘了！阿漆……

一股莫名的恐怖襲上心頭，我的頭腦大概處於麻痺狀態，接下來的反應全是反射動作，稱不上臨危不亂，只是實踐一貫處理車禍的口訣，把車子駛過去，下車，然後觀察、安全、接近、開創空間、傷者脫困……

Jeep 的安全氣囊已經彈開，駕駛座全被藍膠充塞，看不見他。

「阿漆！」

哪怕是撞得皮破血流，人清醒、沒大礙就好了。

但，聽不見他的回應。

「小心汽車漏油，會爆炸呢！」謝永強看電影太多。

我小心拉開 Jeep 駕駛座的車門，拔走氣囊的活塞，漲卜卜的氣囊旋即扁陷。

看見阿漆了，他軟甩甩的癱在座椅上，我托住他的頭頸，快速檢查傷勢，有呼吸，脈搏正常，沒骨折，沒流血，看來是強大的撞擊導致昏倒，該沒生命危險。

「阿漆，阿漆，醒醒……」

車道傳來隆隆引擎聲。

「電動車殺回來啦！」謝永強恐慌地跑進野林裏，躲在一株高大的杉樹後面。

恐慌會傳染，我也變得不理性，但我不能躲，不能捨下阿漆，可是血肉之軀

赤手空拳，對付不了那電動車，昨晚在便利店已栽了一個大跟頭，今晚不能再栽一次。

車聲漸響漸近，強敵殺到。

為了保護阿漆，我一定要冷靜，左看右看，卻找不到合用的「武器」，目光最後停在Jeep的車尾廂，裏面該有一套基本裝備，跑過去打開尾門，果然找到一枝APC45衝鋒槍，馬上取出，伸展槍托，插進彈匣，單膝跪地，背部緊靠Jeep粗硬的左後輪，以垂直角度握持衝鋒槍，預備伏擊敵車。

「輒——」敵車似乎在對面的行車線停下。

Jeep車尾用作掩護，同時也阻擋視線，沒法認定敵車的距離和射程，我舉棋不定，這就撲出去開火，殺它一個措手不及嗎？還是待它駛近一些才動手？

謝永強的位置更清楚看見車道，但他怕得抱頭伏在樹下，頭也不敢抬起。為免埋伏曝光，我不敢作聲喚他。

風颼颼地越過謝永強頭頂颳進野林，四周寂靜，除了風聲，彷彿聽見松針壓碎、枯枝墜地、矮樹輕搖，什麼東西在野林內走動？可能是一隻碩大的野鼠，也可能是一頭獠牙凸出的山豬，都不管了，我的專注沒離開車道。

「需要幫忙嗎？」車上有人喊問。

打破寂靜的，是人類的聲音，真好！

我探頭瞄一眼，那是一輛休旅車，司機放下車窗，車內坐了一對中年男女，以及一頭金毛尋回犬。

「啊！不用了。」我大大鬆一口氣，把衝鋒槍塞回 Jeep 的後座車廂，空身從車後站出來，「出了一點小意外，沒人受傷，我們會處理，謝謝。」

「那，保重了。」中年司機徐徐把車開走。

「阿 Wing……」

阿漆悠悠甦醒。

「安全了，你覺得怎樣？」我替他解開安全帶。

「沒事，頭有點痛，還有點暈。」

「那電動車攻擊你？」

「不，它沒攻擊我，它逃，我追，我不小心失事，它又快又穩，轉彎抹角，收放自如，我勉強追截，結果失事撞車。」

「你撞車後昏迷，殺你毫無難度，它為何放過你？」謝永強從杉樹後跑回來，詫異地打量阿漆。

我回頭瞧着謝永強。

謝永強說的有道理，電動車非但沒攻擊阿漆，反而在阿漆面前逃跑，在便利店門外、前往警署的馬路上、這小山崗的松樹底，一次又一次的，它似乎忌憚阿漆，阿漆有何強項？還是它忌憚阿漆的 Jeep？大貨車它也不怕，Jeep 有什麼可怕？

「嘩！蠻厲害的貨色……」謝永強盯着Jeep後座，吹一下口哨，「我若有一枝傍身，行走江湖，人人忌我七分。」

我循着他的羨慕目光，回望Jeep的車廂。

5

我把謝永強和阿漆送進醫院，讓謝永強跟賀小麗見一面，再交當值警察把他帶返警署，協助調查昨晚的「車禍」。我跟謝永強說，在警署最安全，他的老大和電動車都不敢闖進警署找他。他本來躲在眺望崗下外婆的農村老屋，下午身上的香煙抽光，他抵不住煙癮，騎機車往市集買煙，從田間小路轉出公路不久，就被電動車跟上，一路逃跑，在眺望崗的山路翻車，最後攀上松樹保命。

安頓好謝永強，我再說服仍感頭暈的阿漆留院檢查，確認無恙才准他歸隊。

趁阿漆在CT室作頭部的電腦掃描，我打電話給露絲，代阿漆向她報平安、大略告知眺望崗的事，以及詢問阿Ken嚴刑逼供的進展。露絲報告陸六是個窩囊廢，阿Ken還沒用刑，已合作招供。陸六在販毒集團只是一個小角色，所知不多，但仍供出一個芬太尼製毒工場的地址。當我們商議如何跟進之際，梁賢的緊急通話突然插入。梁賢做事向來慢條斯理，他這次動用「緊急通話」，一定是十萬火急，我馬上接聽。

「電動車返回維修店充電耶。」在線路的另一端，梁賢壓低嗓子。

「你仍在店裏嗎？我們的通話沒受干擾，奇怪？」

「我躲在維修車間，它從後門直接開進充電裝置裏。可能它的電力不足，關閉部分功能，也可能充電期間處於休眠狀態，總之通訊不受影響。」

「我馬上過來，你繼續監視它。」

「不知它的充電需時多久，若是快速充電，或在你來到前，它已吃到飽。我要先下手為強，在充電完成前先制住它。」

「你要作什麼？不要冒險。」

「簡單得很，拔掉充電插蘇，不費吹灰之力，沒險可冒，嘿嘿，電動車沒電就是死物一台，拆骨煎皮，由我主宰。」

「小心。」

「我自有分數。我這就過去，稍待片刻……哎呀——」

「梁賢……發生什麼事？梁賢……」

狙擊電動車

芬太尼走私案似告一段落，阿Wing與梁賢決與電動車正面交鋒，竟倏生奇變！

1

活在地球上，無時無刻，我們總被數以億計的細菌包圍。遭到細菌感染、患病，並不意外。一八九八年，英國作家H.G. Wells出版的科幻小說《宇宙戰爭》，描述外星人帶着超高科技武器入侵地球，勢如破竹，人類即將滅亡之際，外星人忽然死光，原來它們敵不過地球上的細菌，全部病死。故事峰迴路轉，讀者無不對細菌另眼相看。

人類能與細菌共存，全因造物主的設計奇妙而完美，為人體建構防線，實行「以菌制菌」，抵禦病菌入侵。在我們的皮膚、五官、泄殖系統的出入口內外，滋生着無數的益菌。這些益菌吸收人體的排泄物或分泌物作養料，例如從皮膚分泌出來的汗水和油脂有助益菌繁殖，產生大量細菌素，把外來的病菌殺死。因此，每日沐浴過多或過久，適得其反，肥皂會把身上的油脂除去，妨礙益菌滋長；同樣地，過度使用化妝品，會堵塞汗腺和脂腺，影響正常分泌，減少益菌的養料。

當皮膚這種第一防線因意外受損，如燒傷、擦破，病菌便「乘虛而入」，進入我們的血管內，但，奇妙得很，血內的抗病物質、血清蛋白質、前列腺素等組成了第二防線，干擾或防止病菌生長，幫助白血球吞噬病菌，將「入侵者」殲滅。

某天，當我們不慎割傷或遭蚊蟲咬傷，皮膚立刻出現紅腫發炎，借用軍事術語，這是局部區域襲擊，身體的防衛系統馬上發出警報，調動數以億計的白血球前往戰區，同時骨髓也收到訊息，立即增產紅血球作支援，一起跟入侵的病菌進行「浴血戰」。

可見，受傷、生病一點也不浪漫，遭到病菌感染可大可小，尤其這世代，超級惡菌愈來愈多，它們的偽裝能力、抗藥能力愈來愈強，處理不好，小小的感冒菌亦足以致命。所以，余光中的詩句，從病理學的角度，的確是一個錯誤：

說你也生病。多美麗的細菌
該傳染一點給我
藉一個，錯誤的，吻

其實，我也犯了類似的錯誤，患上感冒，光靠吃成藥硬撐，治標不治本，應當好好休息，因睡眠能讓身體的免疫系統發揮最大的威力，可是這兩天，我非但沒休息，反而到處跑，阿漆才留院不久，我又把梁賢送進醫院。

梁賢觸電。

我趕到汽車維修店時，他已甦醒過來，那電動車大概充飽電，開走了。

梁賢告訴我，那台充電裝置周圍充滿電流，汽車維修店老闆的警告原來出於好意。他還沒接近插蘇，已告觸電，整個人被彈回維修車間內，不省人事。

醫生檢查過後，告訴我梁賢的心律仍沒恢復正常，必須留院觀察。

我很想告訴醫生，我也需要留院。

可惜阿Ken和露絲那邊撲了個空，我必須繼續撐起身子，趕過去支援。

當我們跟他們會合時，阿Ken罕有地大發脾氣，正扯高衣袖，左拿鐵鉗，右執扳手，「嘭」的踢開士多房門，要衝進去對陸六用刑，懲罰陸六欺騙他和露絲白跑一趟。

遭到羈押者欺騙，對審訊者來說，確是丟臉的事，難怪阿Ken暴跳如雷。

「他不似存心騙你，那房子看來曾是個製毒工場，雖然人去樓空，但仍留下製毒和包裝的痕跡。」露絲極力勸阻阿Ken，「他在販毒集團裏只是個小腳色，情報不一定準確。」

反綁在士多房內的陸六，早給來勢洶洶的阿Ken嚇得面無血色，他的嘴巴被布條封塞，有口難言，唯有不住點頭，認同露絲的話。

「這種賤骨頭，不打不老實。」阿Ken拋下鐵鉗，換了一個鐵鎚，指着陸六，

「讓我敲穿你的腦袋，才慢慢跟你說。」

「嗚嗚……」陸六隔着布條含冤叫屈。

「住手……」我上前格開阿 Ken，「你鬧夠沒有……咳咳……」

「噫！你的鼻子塞得挺嚴重，聲音像一頭老牛。」阿 Ken 退避三舍。

「你在醫院有沒有找醫生診治？」露絲也退開。

「沒時間休息，神醫也治我不好。」我覺得脖子的淋巴腺腫脹，「我處理完這個陸六，回去睡一覺，自會好轉。」說罷走進士多房。

看見我，陸六比面對阿 Ken 的鐵鎚更加惶恐，瞪大雙眼，不斷搖頭。

我無視他的抗拒，解開他的綁繩，扯去他的塞口布，把一樽瓶裝水放在他的跟前。他拿起水急急退到牆角，擔憂地問：「你做過快篩嗎？你不要過來……」

「放心，我患感冒，不是染上 Covid-19。」

「感冒也可致命，你要不要先看醫生？」

「咳咳……」我揉搓發痛發脹的脖子，「何時看醫生，我自有分數，至少待我問完你……」

「問吧問吧。」陸六擰開瓶裝水，仰頭飲了兩大口，「快問快答快完事。」

「開始囉。」我坐在椅上，架起腿，「你的真實姓名？」

「姓陸名六。」

「年齡？」

「四十六。」

「跟陳秀娟的關係？」

「離婚夫妻。前年結婚，去年離婚。」

「那麼兒戲，咳咳……」

「因誤會而結合，因了解而分開。我們之前是生意夥伴，結婚的結果，證明還是單身過活較好。」

「什麼生意？走私販毒？」

「最初不是，最初是正常的網購、團購，秀娟負責下單、訂貨，我負責送貨，後來老闆找秀娟收取芬太尼包裹，酬勞不錯，我們便入夥。」

「老闆是什麼人？」

「我沒見過他本人，一向由秀娟跟他接觸，我充當跑腿，按地址運送包裹。老闆行事很小心，每趟運送，都託秀娟轉交一部即棄式電話給我，讓他和我直接通話，告知我地址和細節。」

「形容一下他的聲音。」

「蒼老，是個上年紀的男人，不過，他可能使用變聲器，科技愈來愈先進，我落伍了，跟不上、搞不清。」

「陝秀娟死後，他指示你去警署認領那包裹？」

「對。」

「然後呢？」

「他又指示我把包裹帶返秀娟的住處，留下芬太尼，携空箱子回家。他沒告訴我用意，我照指示執行。」

「取去陳秀娟的珠寶首飾也是他的主意？」

「當然不是。人都死了，錢財帶不走，讓我替秀娟花掉，不枉夫妻一場。」

「有什麼方法找到老闆？」

「沒有。真的沒有。每次都是他打電話給我，沒來電顯示，我不知他的電話號碼，更不知他是誰。」

「你不合作，我唯有讓那個胖子拿鐵鎚進來拷你。」

「不可以，這是法治社會，你們是警察，不可以執行私刑，犯人也有權利。」

「我們不是警察，誰說我們是警察？」我回頭瞧着士多房門外的阿 Ken 和露絲，「你們有跟他説過自己是警察嗎？」

露絲扁嘴搖頭。

阿 Ken 拿鐵鎚輕打扳手，也是搖頭。

「到底誰跟你說我們是警察？」他終於露出馬腳，我立即施壓，從椅上跳起，上前扯着他的衣襟，把他的臉孔拉近我的鼻孔，讓他直接吸入我含有大量病菌的呼氣。

「我好像在警署見過你們。」陸六掙扎卻掙不脫，只好憋氣，把臉別開。

「說謊。我們三個從沒踏足本地警署，咳咳……」

「我猜你們是警察。」陸六憋氣卻憋不久，急得滿臉通紅。

「說謊。我們把你綁擄到這間暗屋，嚴刑逼供，何以見得是警察辦案的方式？」

「那麼，你們是黑警。」

「黑你個頭。」我拍打他的腦袋，「你的老闆告訴你我們是警察，對嗎？」

「不對……」陸六乏力地否認。

「你的老闆就是陳秀娟那個所謂房東。」我肯定地說。這兩天我沒否認是警察的唯一對話者就只有光頭的房東大叔。

「不……」陸六潰敗了，禿然低頭，啞口無言。

那個老狐狸真狡猾，借出天台讓我們監視陸六，他就冷眼旁觀的監視我們。天眼恢恢，疏而不漏，黨羽說漏了嘴，把他的狐狸尾巴露出來，現在，距離任務完成就只有一步之遙。

2

被一陣沙啞破嗓的噪音吵醒。

我意識模糊地眨動眼睛，嘗試集中精神，弄清楚身在何處，吵聲又響一遍，是一陣長長拖曳的汽笛聲。

空氣裏飄着消毒藥水的氣味，牀鋪很舒適，天花板很白，牆壁上方髹白色，底層髹咖啡色，記起了，我在醫院裏。

昨晚服了抗生素，睡得死去活來，昏昏沉沉的，完全沒作夢的記憶。流洩的日光從窗簾隙縫透進病房。

睡了一覺，精神和體力都恢復，頭沒痛，脖子消腫，翻身下牀，走進浴室，感覺喉嚨發癢，一邊淋浴，一邊咳嗽，吐出大口帶着血絲的濃痰，這是白血球與病菌戰鬥後的廢棄物，昨晚體內的「戰況」一定很激烈。

關掉蓮蓬頭，在腰間圍上浴巾，站到窗前，拉開窗簾，外面太陽高掛、天朗氣清。醫院座落河邊，棕櫚樹下的人行步道把河堤綠化區與醫院建築羣分隔，河水混濁，朦朧失真的反照天空，把藍天白雲倒影成灰暗渾沌，一艘老舊的平底運沙船緩緩駛過，再次發出沙啞破嗓的汽笛聲，警示垂釣的小艇和運動的獨木舟讓路，船小聲大，吵吵擾擾的穿過橫跨河面的鐵索吊橋底的拱門，吃力地逆流而上。

「咯咯……」有人叩門。

「請進。」還沒穿回衣服，希望進來的不是女護士或清潔阿姨，不過她們對於裸男慣見不怪，且圍了浴巾，我倒不尷尬。

門沒盡開，飄進一陣濃郁的咖啡香。

「你想喝齋啡還是熱鮮奶？」沒穿病人服的梁賢端着兩個外賣紙杯進來，「一黑一白，自由選擇。」分明是「偽自由、假選擇」，鮮奶我常喝，從沒見過他喝過一次。

「鮮奶。」我接過那杯他遞過來、沒透出咖啡香的，「你的心律正常了嗎？」

「沒事了，剛辦妥出院手續。」

「昨晚的行動順利麼？」我啜飲一口可口的鮮奶，昨晚臨睡前把手機關掉，安心睡覺。

「行動嗎？你指阿 Ken 的還是阿漆的？」

「啊，原來阿漆昨晚也有行動，他這麼快出院？怎不休息一晚？拘捕那個光頭大叔，小事一樁，交給阿 Ken 和本地警察跟進，已經足夠有餘。」

「你搞錯了。」

「我搞錯什麼？」

「第一，阿漆不是去拘捕光頭大叔。」梁賢掀開杯蓋，先用鼻子享受咖啡香，同時加快散熱，「第二，你小看光頭大叔，阿 Ken 和本地警察的行動失敗，光頭大叔聞風先遁，警察到達前，他早就溜掉。」

「我倒不擔心，他的身分既已曝光，這城市有多大？警察早晚找到他，他溜不掉的。」

「對，查出他的身分，我們的任務算是完成，可以功成身退。」

「那，阿漆還有什麼行動？」

「還不是那台電動車呢！」

「啊！」想不到阿漆變得如此投入，也想不到給電動車喧賓奪主，大家都視芬太尼走私案為次要。

「阿漆忙了一整晚。」梁賢踱到窗前，瞧着河上風光，「他昨晚到病房看過我，了解我觸電的經過，決定先把汽車維修店的電力完全關掉，切斷電動車的充電後路。接着，他把存活的三個年輕人帶到安全屋，不讓電動車繼續殺人。」

「阿漆想得周到。我不能再睡，要出院幫手。」我解下浴巾，找衣服穿上。

「哎呀！你這個露體狂……」梁賢把窗簾拉上，表情哭笑不得。

我一笑置之，趕緊穿回衣服，喝掉大半杯由熱轉溫的鮮奶，才離開病房，也不管醫院的手續文件，逕自乘電梯直達地庫停車場，開車前，先從車尾廂取出APC45衝鋒槍，檢查彈匣，確定三十發子彈裝得滿滿，便把槍平放在後座，拿外套掩蓋。

「火力這麼重，用得着嗎？」梁賢坐進副駕駛座，關上車門。

「希望用不着，能夠阻嚇敵方就足夠了。」我扣上安全帶，啟動引擎，把 Audi 駛離醫院。

「何以見得 APC45 能剋敵制勝？」

「我只是歸納猜測。那電動車一而再、再而三的，在阿漆開的 Jeep 前面逃跑，就連大貨車它也不懼怕，反而忌憚 Jeep，我檢查過 Jeep 內的基本裝備，最具殺傷力的武器就是 APC45。」我瞥一眼梁賢腰間的佩槍，「那款電動車的頂級 model 能抵禦一般 9mm 手槍子彈，而衝鋒槍的點 45ACP 子彈可以穿透車體，破壞機器。」

「看來有點道理，不過，視乎開槍的是誰。」梁賢信心滿滿地輕拍佩槍，「我倒有一個疑問，那電動車怎知 Jeep 內有枝 APC45？難道它具備透視能力？」

「它的性能深不可測，不知維修店老闆把它 upgrade 到什麼程度？」

開出大路後，在紅燈前，我致電阿漆。

阿漆告知，已把男學生和賀小麗接到安全屋，交由露絲照顧；至於金毛謝永強，警方相信他跟「交通事故」無關，車主又自殺身亡，沒人提告，「偷竊」電動車未能立案，警察便讓他自簽保釋。阿漆正前往謝永強的住處。

問明地址，我遂跟阿漆約定在那兒碰面。

3

謝永強所住的房子是祖業，位於一個舊社區，放眼過去，不僅房舍老舊、公共設施日久失修，居民更是嚴重老年化，整個居住環境顯得暮氣沉沉。

社區的心臟地帶是一個公園，臨近公園的全是店舖，民舍分佈在店舖後方呈輻射狀向外伸延。我把車子停在公園正門外的路邊停車格。麻石步道貫穿公園，步道開端屹立着一尊巨大銅像，銅像缺乏修繕，長期受到含二氧化碳的潮濕空氣腐蝕，表面長滿銅綠，塗層剝落，弄至面目全非，基座上面的文字亦模糊難辨，不知銅像為紀念何人而建。

這個時間，人數本來不多的小孩都已上學，公園成為長者的「地盤」，長廊下的石枱不是坐滿下棋的，就是打紙牌的老人，沙多草少的草坪上，一羣大媽、阿嬤跳健康舞，枝葉疏落的樹下，阿伯、大叔做甩手操，蔭涼的角落總有人佔着打嗑睡，沒有鞦韆的鞦韆架是晾曬衣服的最佳地點，年輕媽媽在金屬架左右綁上晾衣繩，從衣籃中取出剛洗好的嬰兒衣服，一件一件的平均掛在繩上，用衣夾子夾牢，不忘瞄一眼身旁嬰兒車內吃着奶嘴的小女孩，老多幼寡，物而罕為貴，路過鞦韆架的老人都停下來逗樂小女孩，老幼皆歡。

我和梁賢在銅像左側走過，沒進長廊，繞過鞦韆架，從草坪邊緣的側門穿出公園。謝永強就住在對街的小食店後面。

阿漆還沒到。

「我們先找謝永強。」梁賢提議。

「也好。」我們走進小食店旁的橫巷。橫巷跟小食店的廚房僅是一牆之隔，店面售賣炸雞排，長度超過三十公分的巨無霸雞排剛從油鍋撈起，一大塊一大塊的排列整齊，黃澄澄、香噴噴、油亮亮，非常吸引，但令人討厭的油煙廢氣全都排進店後的橫巷之內，我們在排氣管出口下方走過，空氣又熱又濁，為免身上沾染油煙臭味，不約而同地加快腳步，匆匆來到住戶進出的樓梯口，推開沒上鎖的鐵門，沿着長年沒人清洗的樓梯跑上三樓，抵達謝家門外。我按響門鈴，沒人應門。

「屋內似乎沒人……」

「等一下。」梁賢壓低嗓子，「裏面有人，一人喊救命，被另一人封住嘴巴。」

梁賢的眼睛不好，耳朵卻非常靈敏，我相信他沒聽錯。

「開門啊！」我乾脆大力拍門。

「卡——」門後有人掛上防盜鏈，接着把木門拉開一扇，大漢露出半張兇神惡煞的臉孔，冷硬地問：「找誰？」

「謝永強。」

「阿強不在，你們到春天咖啡室碰碰運氣吧。」大漢説罷關門。

我伸腳卡住門板，以食指和中指夾着防盜鏈。

「你想幹什麼？」

「斷！」我貫氣指尖，勁隨意發，「啪」的把防盜鏈夾斷。趁大漢來不及反應，我的肩頭貼着門板向內擠撞，「嘭」的把門撞開，大漢應聲摔進屋內，響起一陣撞翻物件的聲音。

我踏進玄關，但見嘴唇流血、左眼瘀黑的謝永強被另一名大漢從後以獵刀架頸脅持，先前被我撞翻的大漢從雜物堆中慢慢爬起。

「冷靜，冷靜。」我攤開雙臂，張開雙掌，以示無意進攻，「我不管你們是什麼人、剛才幹過什麼事，我的目的是帶走謝永強，你們可以自由離去。」

「我們也要帶走他，你們不讓路，大不了，我一刀斃了他，大家一拍兩散。」

大漢把刀刃貼着謝永強的側頸動脈，作勢割下去。

謝永強給嚇得臉色蒼白、魂不附體。

「嘿嘿，你嫠了他，我嫠了你們，我們沒損失，你們卻虧大本。」隨後進屋的梁賢已拔出SIG P320手槍，「等一下，不能騷擾左鄰右里，找到了……」他從後褲袋裏摸出消音器，套在槍管上。

「你們到底是什麼人？」持刀大漢開始慌張，「為了阿強這個無名小卒，值得動真格嗎？」

「當然不值得，但你們硬要吃子彈，我只能成全你們。」

剛爬起的大漢在背後悄悄拉扯夥伴的衣袖。

「好漢不吃眼前虧，我們的武器比你們強，輸了不丟臉，命只得一條，沒了最可惜。」我讓開一旁，騰出離開房子的去路。

兩名大漢互望一眼，賭氣地把謝永強推倒地上，收起獵刀，悻悻然撤退。

「你的仇家真多。」我伸手拉起謝永強。

「唉！他們是老大派來的。」謝永強用衣袖抹淨臉上的血污，「那姓張的傢伙找老大投訴，說我偷駕他開的車，等同落他的臉，如果老大不處理，他就動用人脈把老大趕離夜店，老大便派人來抓我。」

「那台電動車神出鬼沒，保命要緊，你隨我們到安全屋，跟小麗會合，偷車的事日後再替你擺平。」我拍拍他的背，「走吧。」

謝永強聳聳肩頭，木無表情地拉開衣櫃取了幾件衣服，塞進旅行袋裏，掛在肩上，隨我們離家。

見微知著，離家暫避風頭，他的經驗豐富。

走在樓下、街上、公園裏，遇見一些街坊鄰居，有人跟他打招呼，沒人對他臉上的瘀傷流露詫異和關注，也是見微知著，看着他長大，看着他走歪，大家都把發生在他身上的異常視作平常。

那年輕媽媽晾完衣服，推着嬰兒車佇足公園門外的斑馬線前，等候橫過馬路。我的 Audi 停在斑馬線後約十公尺，再往後望，馬路對面相距五十公尺，那電動車就停在路旁，引擎保持轉動。梁賢聽見了。謝永強也看見了。

「這裏人多，有老有嫩，為免傷及無辜，我們把它引到偏僻的地方才動手。」

我按住梁賢的肩頭，也按住謝永強的肩頭，說：「別怕，它要撞過來早就撞了，放輕鬆，若無其事地上車。」

「我知道附近有個荒廢的採沙場，你們可在那裏收拾它。」

「好，你坐進副駕駛座，領路。」

「是。」

梁賢坐進後座，立即拔槍在手，同時致電阿漆。

我盡快開車，遠離民居。電動車當然不是湊巧路過，不知它如何找到我們，總之，來者不善，我一把車駛走，它就開行跟在後面。

梁賢掛線後，回望車尾，狐疑地說：「想不通，如果你的猜測正確，如果它有透視能力，明知我們車上有枝APC45，它為什麼不逃跑，反而追在我們後面。」

「想不通就別傷腦筋，現在勢成騎虎，我們唯有放手一拚，待會到達採沙場，我們一人一枝槍，長短火齊發，把它射個稀巴爛，徹底解決那個混帳！」我踏下油門，加速前進。

「不，減速，下一個路口轉左……然後，大約一百米後右邊有條岔路，是通往採沙場的捷徑……對……就是這條岔路了，往右拐……」

「這段狹路相當偏僻。」我打量四周，「周圍不見房屋。」

「附近沒人居住，大家都不走這條路。」

「這兒路面狹窄，左右兩旁不是髒水溝，就是爛泥地，它沒路可逃。」我從後視鏡瞄一眼尾隨轉入岔路的電動車，「我們速戰速決，不用去到採沙場，前面彎道的蘆葦叢遮擋視線，我們拐彎後動手，殺它一個措手不及。梁賢，預備作戰。」

「好耶。」梁賢「卡嚓」的把子彈推進槍膛。

我扭動方向盤，拐過彎角後，在蘆葦叢後面把車橫泊當作屏障，回身拿起後座的 APC45 衝鋒槍，囑咐謝永強：「你躲在我後面。」便跳下車，站在車尾位置，紮馬挺槍瞄準。

車頭那邊，梁賢已舉起 SIG P320，施展他的「聽聲槍」絕技：右耳、右肩、槍管、車路成一直線。

「他作什麼？」謝永強對梁賢的古怪動作見所未見。

「別吵，他以聽力瞄準。」

謝永強識趣地閉嘴。

前面，引擎聲愈來愈響，電動車即將拐進彎道，進入射程範圍。

指扣扳機，屏息以待。

風漸緊，蘆葦草左右搖晃。

「嗚……」

電動車出現彎角，迅速過彎。

古怪得很，它的車尾廂門和兩側鷹翼門高高張開，遠看，像一隻豎直尾毛、高舉翅膀的鬥雞，殺氣騰騰地衝撲過來。

更出乎意料的是——

「呀！車上……」本來噤聲的謝永強失聲驚呼，「有個小孩呀！」

「那小孩還在車廂裏打VR電玩呢！」我不禁咋舌，透過APC45的瞄準器，清楚看見小孩頭戴全套虛擬實境眼鏡、耳機，手執搖桿。

「開火會誤傷小孩……」梁賢不自覺地垂低手槍。

「嗚」聲大作。

灰塵高揚。

電動車已衝到「屏障」之前。

「閃呀！」我揪住謝永強的衣領，推他一同躍進蘆葦叢，丟落爛泥地。

另一邊，梁賢「趴啪」一聲跳下髒水溝裏。

「嘭——」電動車把我的 Audi 攔腰撞翻，在路上滾了一圈，也丟進爛泥地，四輪朝天，玻璃碎散。

電動車「軋」的煞停，後退，似要乘勝追擊，對我們趕盡殺絕。

我撿起黏滿泥巴的 APC45，又髒又臭的黃泥水從槍管潸潸滴出，就算仍能發射，但小孩在車上，真的向它開火嗎？若然不開火，我們豈不是束手待斃？

進退維谷之際，電動車再度停下，放下車門，似在猶豫片刻，然後絕塵而去。

又放我們一馬？它沒這麼好心。

果然，背後車聲隆隆。

回頭，一輛 Toyota 客貨車開到。開車的不是別人，又是阿漆。

4

阿漆把「兩隻泥鴨」和「一隻落湯雞」送往安全屋。

或許他的心情有點矛盾，一方面為我們平安脫險而感恩，另一方面又對我們的污糟邋遢而忍俊不禁，全程他一直被我狠狠地盯着，只能擺出一副萬分同情的表情，不敢露出半點笑容，但我看得出、感覺得到，他其實很想捧腹大笑。

到達安全屋，「忽然潔癖」的露絲不准我們進屋，命令我們在陽台下一字排開，讓賀小麗在陽台上拿水管居高臨下的替我們噴水沖身。

噴水的開心，被噴的暢快，旁觀的輕鬆。

直至乾淨了，露絲才放我們進屋。

在沖身時，我瞧見阿漆和男學生躲在騎樓底偷笑，可惡！

但我不會責怪阿漆，易地而處，我可能笑得更大聲。

所以，這筆帳還是算到那電動車頭上，仇我一定要報！

千算萬算，誰會預計有個小孩坐在車上打電玩？使我們有槍開不得！

那小孩是什麼人？抓破頭皮也猜不透。

「我倒有頭緒。」露絲竟能解答。

迎着我們詫異的目光，露絲氣定神閒地打開 notebook，再打開一個 jpg 檔，讓我們觀看一雙母子合照。母親三十來歲，膚色蒼白，體形瘦削；小孩大約三、四歲，情態沒同齡孩子的乖巧活潑。

「他們是誰？」阿漆納悶地問。

「照片裏的單親媽媽叫楊鈴，染有毒癮，是戒毒所的常客。她也是汽車維修店老闆的舊戀人，分手後一直保持單身，卻有個兒子，叫楊光。」

「然則，楊光是維修店老闆的私生子，想不到……」阿 Ken 用指尖輕敲鼻尖，

「你怎查出來的？」

「要查總有辦法，她想到循這方向調查，才是高明。」梁賢讚道。

「維修店老闆寧願自殺，也不肯向你們透露電動車的秘密。我想，他是為了保護重要的人或物，才出此下策。我便循這個方向追查，最後查出他們兩母子。剛才阿 Wing 説有個小孩在電動車上打電玩，我馬上聯想到楊光，你認一下，車上小孩是不是他？」

「在那彎角位置匆匆一瞥，而小孩戴着 VR 眼鏡，我看不清楚他的面貌，但按年齡，倒也吻合。」我抱着雙臂，低頭思索，「這條線索值得追蹤下去。」

「贊成。我們分頭行事，阿 Wing 和露絲去找楊鈴談，我和梁賢晚一點到汽車維修店等候電動車回去充電。」阿漆掃一眼在飯廳吃外賣 pizza 的年輕人，「阿 Ken 留守安全屋照顧他們，同時充當我們的支援。」

「好，這就動身，露絲，走。」

「且慢。」露絲從衣袋裏取出一包藥丸給我。

「什麼東西？」

「我替你從醫院領的抗生素。抗生素要服足一個療程，不能中斷，不然的話，你體內的病菌會產生抗藥能力，變成超級細菌，遺害人間。」

「知道，差點忘了。」我伸伸舌頭，馬上倒一杯開水，乖乖服藥。

露絲說得對，有些不負責的無知病人服藥後，見病況好轉，病癥舒緩，便擅自停藥，不但導致病菌繼續繁殖，更可能進化成具抗藥性的惡菌，日後使用同樣的抗生素，殺不死它們，患者面臨無藥可治，醫生被迫使用最後一線的強效抗生素，這種抗生素的副作用厲害，對人體器官造成傷害，病縱然治好，患者還是受到虧損。

所以，我要潔身自愛，不能誤己害人。

5

「咯咯咯……」

我又敲門了。

這兩天不停的敲陌生人的門，坦白說，有點厭膩，幸好這次沒多久便有人應門。

開門的是個婆婆。

「婆婆好，我們是幼稚園的老師，請問楊光的家長在家嗎？」露絲展現「為人師表」模式。

「我是小光的外婆，老師好，請進，請問有何貴幹？」婆婆拉開大門，「兩位請坐，我去倒茶。」

「不必了，婆婆你也請坐。」露絲拉婆婆坐下，「是這樣的，小光今天缺席，又沒請假，我們想了解小光的情況。」

「他又沒上學，一定是他的爸爸接他去遊車河。那傢伙做事向來不知分寸，枉為人父。」

「小光原來有爸爸？」露絲故作驚訝。

我坐在一旁沒參與對話，跟老人家溝通，我缺乏耐性，露絲則相反，旁敲側擊，甚有辦法。看來，婆婆不知汽車維修店老闆的死訊，老人家不看新聞、不問世事。

「當然有爸爸啦！老師，別説笑了，小光沒爸爸，難道是石頭爆出來的麼？」

「婆婆，我不是這個意思，根據校方的紀錄，小光的爸爸資料一直懸空。」

「他們沒結婚呢！那傢伙一天到晚沉迷汽車，阿鈴只掛着……唉！他們不結婚是對的，錯的就是生下小光，卻沒好好教養。」

「小光的媽媽目前在家嗎？」

「她……」婆婆瞟一眼睡房，「她不舒服，在房內睡覺。」

不言而喻，她吸毒後在房內「嗨」到不省人事。

「一場來到，我想多了解小光的家庭狀況，他的爸爸做什麼工作？」

「他是開店的，專門維修汽車。」

「聽起來，他很關心小光，經常帶他去玩。」

「他從前很少來，阿鈴也不歡迎他，不准他見小光，這兩個月他才常來帶小光去遊車河，大概最近他多給阿鈴金錢，阿鈴最沒原則，有錢給她，連小光都可賣掉。」

「忽然的生活轉變，可能為小朋友帶來困惱，你有沒有跟小光的爸爸談過？例如，他常帶小光去些什麼地方？吃些什麼東西？」

「沒。每次他開車到門外，阿鈴讓小光上車，我見都沒見過他，如何談？」

「唔，我們要跟小光的媽媽談一談。」

「不方便，她不舒服……」

「她既然不舒服，我們來到，總要慰問一聲。」露絲不理會婆婆阻止，逕自推門入房。

「我們慰問一聲就告辭，不會妨礙她休息。」我擋住婆婆。

「呀！不好了。」露絲在房內誇張地尖叫，「小光的媽媽昏迷不醒，心跳也出現問題，要送她去醫院啊！」

「沒事的，沒事的。」阿婆極力掩飾，「她感冒……服了藥，待藥力散發，人就清醒……」

「不，昏迷後果嚴重，我們的車子就在外面，樂意幫忙送她去醫院。」輪到露絲擋住婆婆，「請你放心，我們請醫生仔細替她檢查，一定治好。」

我走進睡房，抱起癱在牀上的楊鈴，順手撿走牀頭几上的藥包，就往外跑，不管婆婆在後面如何高聲叫嚷。

我把楊鈴安放在Toyota客貨車的後座，待露絲也登車，馬上跳進駕駛座，驅車離去。

「她的心跳若有若無，知道她服了什麼毒品嗎？」露絲在後座替楊鈴檢查脈搏。

「似乎是芬太尼。」我把在楊鈴房內撿到的藥包反手拋到後座。露絲接住，打開檢視剩下的顆粒，答道：「的確是芬太尼。」由於接手芬太尼販毒案，我們都做足功課，認識芬太尼，還帶備芬太尼的解毒劑Narcan，以備不時之需，現在用得着了，露絲打開藥箱，取出一枝Narcan鼻噴劑，塞進楊鈴的鼻孔裏，按下活塞，聽見噴霧衝出的「嘶」聲，沒多久，藥到患治，楊鈴狼狽咳嗽。

「她的心跳穩定了。」露絲拍打楊鈴的臉頰，「喂，楊鈴，醒過來，不要睡，張開眼睛。」

「你是……誰？我在……哪裏？」

「你服食過量芬太尼，幾乎沒命，我們送你去醫院。」

「我不去醫院，醫院有警察。」

「你真是無可藥救啊！」我回頭罵道。

「你自己不顧性命，亦不要連累小光，他今天幾乎給你害死，你知道嗎？」露絲也罵道。

「怎可能？我自己不夠吃，不會讓他吃。」楊鈴慢慢恢復意讓，懂得辯駁。

「我不是説吃芬太尼。」露絲氣結，「你今日讓小光坐上那台無人駕駛的電動車，不是害他嗎？」

「那台車是他爸爸的，會自動駕駛，由他爸爸遙控，很安全，他已坐過幾次，沒出意外。」

「小光的爸爸昨天自殺身亡，你不知道嗎？」

「不可能！他今早發短訊給我，約好時間來接小光，還答應把錢轉入我的戶口。喂，你們到底是什麼人？胡說八道……」

「你看，這是今天的新聞。」露絲把網上新聞展示在手機屏幕。

「假的，這是假新聞。」楊鈴反應激動，「小光上車前，我查過網銀，款項如數入帳，他若死了，誰把錢轉給我？你們用假訊息詐騙我。」

「你毒蟲一條，身無長物，有什麼值得我們詐騙？」我回嗆她，「你懂得分辨真假嗎？怎不細心想想，這兩個星期，小光的爸爸有露過面麼？你跟他面對面談過麼？」

「他何來面目見我？」楊鈴頓了一頓，反駁道：「他上星期跟我談過電話，我認得是他本人的聲音。」

「你知道什麼是AI吧，AI能自動駕駛，也能模仿真人發聲，維肖維妙。」

「我不懂你說什麼！我什麼也沒有，你們放我走吧。」

「我相信她除了毒品，什麼也不關心，算了，送她去戒毒所吧。」我轉動方向盤，轉換行車路線。

「不……」

「不，我還有話要問她。」

「你問吧，只要不送我去戒毒所，你問什麼，我答什麼。」

「我有兩個問題，第一，小光的爸爸若有重要的東西收藏，會放在哪裏？」

「我怎知道……」

「認真地想一想，不要答得這麼敷衍。」

「我跟他分開已一段日子，彼此的生活習慣都不一樣，我真的不知道他有什麼要收藏？收在哪裏？」

「他最近有沒有特別的東西交托你保管？」

「肯定沒有。不過，有一天，他送小光回來，小光的書包肩帶上多了一個卡通匙扣，我拉開它，原來是拇指碟片，小光說是爸爸給他的禮物，叮囑媽媽小心保存。」

「小光的禮物，媽媽保存，聽起來有點怪。碟片裏儲存什麼？」

「大凡3C的東西，我一概不懂，也沒興趣弄懂，所以不知。」

「那卡通匙扣目前在哪？」

「一直扣在小光的書包肩帶上。」

總算問出一點頭緒，露絲果然有辦法。

「好，第二個問題，這些芬太尼毒品，你從哪裏買來的？」

「打電話給斤叔，他派人快遞上門，一手交貨，一手收錢。」

「你見過斤叔嗎？」

「見過兩、三次。」

「什麼年紀？」

「上年紀的大叔，禿頭。」

「是不是他？」沒猜錯，露絲讓楊鈴看光頭房東的照片，沒這麼湊巧吧？

「是，是，他就是斤叔。」

就是如此湊巧！

想深一層，其實並非湊巧，販毒集團甚具規模，已建立一定的潛規則，同一「行銷區域」容不下第二個行家爭生意。

「在哪裏可找到他？」

「不知。」

「他的快遞電話號碼是？」

「我寫給你……」

楊鈴的確合作，快快把斤叔的電話號碼寫在露絲的記事簿上，我們亦不食言，沒把她送去戒毒所，不過改送她去急症室，這為她的健康設想，她服食芬太尼毒品後，心跳曾一度變弱，要讓醫生徹底檢查，以策萬全。至於醫護人員事後會不會把她轉介警方，我們就管不了。

我們把楊鈴交給急症室的醫護人員後，折返楊家尋找那個卡通匙扣，順便告知婆婆，楊鈴正接受治療，安慰她不用擔心。小光還沒回家，我們在楊家找不到小光的書包和卡通匙扣，婆婆想起小光今天揹着書包登上爸爸的車子。我們估計小光仍在電動車上，留在楊家已沒作為，便返回安全屋。

甫進安全屋，還沒坐下，男學生即跑過來埋怨：「阿Wing，我還要獃在這裏多久？對着他倆個，一時肉麻，一時吵嘴，好厭煩耶。」

「大學生，別搬弄是非啊！我們倆口子卿卿我我，與你何干？你看不順眼，大可以離開，讓那台鬼車子把你撞去西天極樂世界。」謝永強一邊拉開賀小麗的腰包，一邊反唇相向。

「你找什麼？這麼大力，弄壞我的腰包，討厭！」

「我找香煙。」

「早就抽光了，胖子又不准我出去買煙。」

「你們忍耐一下，那電動車神出鬼沒，外出很危險。我們已有部署，順利的話，今晚便解除威脅。」我拍拍男學生的肩，「你嫌他們嘈吵，可躲進房內，靜靜地溫書。」

「對，吃晚餐時，我會叫你。」露絲剛把楊鈴寫下的「快遞電話」號碼交給阿Ken。

「好吧。」男學生別無選擇，唯有挽起他的文青袋，走向睡房。

我喝道：「嗨，你兩個給我安靜一點……」

「咦，這是什麼？」謝永強從賀小麗的腰包裏找到一片奇怪的東西，用指頭拈出來。

「這東西不是我的，我怎知道它是什麼？」

「那好像是一塊高階晶片，讓我看看。」男學生停步。

「晶片？怎會跑到我的腰包裏？」

「Return or die……」男學生小心地把晶片放在掌心，細細打量，「前晚，你們在電動車內亂摸瞎搞時，你的腰包是否打開？」

「我明白你想說什麼，但我忘了。」

「那時，你從腰包裏拿出香煙，找不到打火機……」

「怪不得電動車堅持要取回它的東西，甚至不惜殺人，原來是這塊晶片。」我恍然明白，從男學生手上取過晶片，「你們不是曾把一塊晶片從儀表板內弄出來、再插回去嗎？極有可能弄出另一塊，吵鬧之間，你們並沒察覺。」

「終於知道電動車的意圖了。」露絲張開一個透明的證物袋，讓我把晶片放進去，妥善保存。

「歸根結底，就是你兩個傢伙惹的禍，已害了三條人命。」男學生睨着謝永強和賀小麗。

「我也是受害者呢！」謝永強反駁，「昨天差點沒命，被迫躲在這裏。」

「算了，事到如今，責怪誰都無補於事，既然知道電動車想要什麼，我們可作針對性的部署。」

「我們把晶片帶到汽車維修店，跟阿漆和梁賢從長計議。」阿 Ken 拿着手機湊過來。

「你已把斤叔的電話號碼告知警方？」露絲問他。

「說了，他們會追查。看來，楊鈴方面已沒線索跟進，斤叔方面我們沒興趣跟進，我們就集中火力對付電動車。」

「也好。我與阿 Ken 這就前往維修店，露絲請留下照顧他們。」

「我們在路上買晚餐吃，順便帶些食物給他們。」阿 Ken 最懂為肚子設想。

今天我連午餐也沒好好地吃，經阿 Ken 一提，也覺餓了。

我餓，它也餓。

它餓，就是我們的機會。

圍攻AI

四大特工聯手應戰AI電動車，大家投鼠忌器，最後阿Wing獨力與AI鬥智鬥力。

1

上星期，朋友傳來一則關於AI的趣事。有人問ChatGPT什麼是「茶走」，AI的答案是：

在香港的茶餐廳，「茶走」是一種特殊的茶點文化。它指的是顧客點了一杯茶或咖啡，但選擇立即離開餐廳，而不是留下來用餐。「茶走」通常是因為顧客匆忙，需要在外面繼續工作或其他事務。茶餐廳會提供速溶茶或咖啡供顧客帶走。

乍讀，笑話一則，再讀一遍，開始擔心，常去港式茶餐廳的香港人，當然一笑置之。然而，外地人、新移民、從不光顧茶餐廳的香港人，有能力判斷AI是亂説或説謊嗎？尤其AI的一副理所當然的專家口吻，措詞肯定，態度權威，除非你知道「茶走是以煉奶代替淡奶和砂糖」，否則不會懷疑；而且AI沒情感，説謊不會心虛，被人識破説謊不會臉紅，似是而非的答案來得快似準，最容易讓那些慣於

略讀、不慣思考的「低頭一族」信以為真。

AI的學習能力超高，二十四小時不眠不休地學習，今天不懂「茶走」，不等於明天不懂。

今天，在很多領域，AI已超越人類，不僅在知識面、運算速度、記憶力等都勝人一籌，體力操作有時也可取代人類，舉一個例，你若看過電影《Top Gun 2》，一定為駕戰機的阿湯哥能突破高度、速度的身體負荷，完成任務而大聲鼓掌，但你可有想過，將來戰機由AI駕駛，阿湯哥遇到的問題根本不成問題？

AI愈來愈能幹、聰明。

相反，面對訊息海嘯、資訊爆炸，人類變得愈來愈疏懶，疏於提防深偽訊息，懶於辨別虛假資訊。試看，「網軍」帶風向影響選民投票、AI生成式廣告改變消費模式、手法層出不窮的網路詐騙等等，不時發生在你我的朋友圈中。

會不會有一天，我們沒法駕馭人類發明的AI，反客為主的，人類的命運被AI

主宰、操控？

這一天的出現或已是一個「現在進行式」，後知後覺的一般平民百姓不知曉而已。

我是悲觀的。

2

「請注意，我看見它了，它剛駛入後巷。」我站在輪胎店的天台透過無線通訊通知在汽車維修店內外埋伏的特工夥伴。此時，營業時間最長的汽車美容店亦告打烊，街上路人絕跡，路燈明亮，梁賢和阿 Ken 躲在維修店內，阿漆守在後巷的另一端，佈下天羅地網，電動車這趟進店容易、出店困難，插翅難飛。

「我覺得電動車的動作變得遲緩，沒日間那麼俐落，可能電力不足，它關閉某些功能，我們取勝的機會大增。」阿漆在後巷內報告。

「大家留神，小光可能在車上，不要隨便開火。」梁賢慎重。

「總之，我們按照原定部署，當它從後門進入汽車維修店，阿漆就堵塞它的退路。」我應道。

「到時，它察覺店內的充電裝置失效，本身的電量又耗得七七八八，嘿嘿……」阿Ken奸笑，「我就從隱蔽處跳出來，打開車門，抱走小光，到時，梁賢愛怎樣開火就怎樣開火，愛射擊它哪個部位就射擊它哪個部位。」

「別吵，集中精神，它開到後門了。」阿漆道。

「……」無線電通訊一片沉寂，大家屏息以待，儘管我們的臨敵經驗豐富，這一趟面對的卻是從沒遇過的AI對手，誰都不敢掉以輕心。

由於視線受到後巷的僭建物阻礙，我伸長脖子只能隱約看見電動車的屁股，按阿漆的報告，比對後巷的深度，它該停在汽車維修店的後門外面，並沒繼續前進，不禁問：「它還沒進去充電嗎？」

「沒呀，奇怪，它似在門外猶豫不決，為什麼？」阿漆也察覺不妥。

「我偷看到它從車頭鬼面罩內伸出一枝小小的金屬桿，像昆蟲伸長觸角一般左搖右晃，不知它在幹什麼？」阿 Ken 不解。

「莫非……它要探測電流量，可是店內的充電裝置已關閉，沒電流存在……」梁賢疑慮，「這樣的話，它不會中計……」

「啊！它倒車，要離開後巷。」阿漆大為緊張。

「沒電流，它就溜，截住它！」我從天台躍下，腳尖輕點嵌掛二樓外牆的橫向水管，減緩下墜的衝力，再跳落一樓的騎樓簷篷，反彈到街心。

前面，傳來刺耳的輪胎擦地聲，電動車從後巷倒車衝出馬路。阿漆截不住它。它擺直車身，跟我正面對峙。我擎起 APC45 衝鋒槍指嚇。它不甘示弱，亮起一雙高燈，強光射得我瞇起雙眼，難以瞄準。

緊接下來，急速的腳步聲響起，阿漆自後巷追出，梁賢和阿 Ken 由汽車維修店跑出。電動車再度陷入我們的包圍之中。

電動車的引擎轟然大作，似要向前直撞過來，卻忽地右轉，駛進洗車店和輪胎店之間的橫街，撞翻一排泊在路旁的機車。看來，它看見我們手持「致命」武器，加上電能不足，戰鬥力下降，選擇逃而不戰。

「快追！」我搶上 Toyota 客貨車，「別讓它逃脫。」

待阿 Ken 一鑽進車廂，我立即踩油加速，也衝進橫街，剛好看見電動車在橫街的另一端右轉。

「它剛右轉，駛出大路。」我通知阿漆和梁賢，不知他們在哪個位置追截。

「收到。」阿漆在無線電回應。

電動車在橫街內肆虐，兩旁的居民紛紛開門、開窗看個究竟，無不破口大罵。擋風玻璃前，整條橫街一片狼藉，機車、自行車、垃圾桶、水桶、木架、花盆，還有其他雜物，全都被電動車撞得七零八落。駛在這段路上，Toyota 客貨車的避震能耐不斷受到挑戰，一路開過去，一路顛簸，也不知撞跌什麼、輾過什麼。

在背後一片謾罵聲中，我轉出大路，電動車就在前方，跟 Toyota 客貨車相隔七、八個車位。繁忙時段已過，交通流量雖不高，路面仍有其他車輛，電動車不能風馳電掣的橫衝直撞。它的車速雖然不高，但敏捷靈活，在車流之間，位置準確、收放自如地左穿右插，漸漸跟我們的距離拉遠。Toyota 客貨車並非警車，沒警笛和閃燈指示，其他汽車不會賣帳讓路，眼巴巴的看着電動車把我們拋離，我和阿 Ken 都急得乾瞪眼。

「讓路呀！」阿 Ken 放下車窗，拍打車門，「你不讓路，我就撞開你……」

這麼多車子，我能撞開多少台？萬一引起車禍，造成傷亡，更是不該。

「叭——叭——」前面的橫街，響號長鳴，未幾，阿漆駕着 Ford 房車如狼似虎地衝燈而出，大路上，一台在慢線直行的銀灰色 Benz 首當其衝。Benz 司機被迫煞車轉向，仍然避無可避，車身硬生生的被 Ford 撞凹，還跟中線的車輛連橫擦撞。

車禍驟生，其他汽車或減速、或靠邊停下，一時之間，路面清空，阿漆見機不可失，馬上加速，拚命追趕。一段直路疾馳後，Ford 追貼電動車。電動車剛攝進中線，阿漆在快線迎頭趕上，電動車逃入慢線，阿漆隨即切入中線超前，搶過電動車。

阿漆打算撞停電動車，我要趕上前支援。

我大力響號，作勢要撞前面的計程車尾，計程車司機知機，馬上讓路，避免挨撞。

我隨即踩油趨前。

說時遲，這時快，阿漆正從中線逼進慢線，Ford 的車頭以四十五度角切入，抵住電動車。車身碰撞，擦出火花。按照斜駛方向，阿漆看準路邊一株行道樹，他要壓制電動車的前進方向，不讓它逃出中線，擠它撞向行道樹，如果成功，我就衝過去配合，從後封塞電動車的退路，它便無路可逃。

「對！阿漆，撞它！」阿 Ken 大吵大嚷，「把它撞翻！四輪離地，它就沒法作惡。」

眼看阿漆即將成功，我和阿 Ken 一齊高聲替他加油，可是，超乎想像的，電動車毫無先兆地急停下來，輕而易舉地繞過 Ford 的車尾切出中線，情況就像小孩趕着上學突然被玩具店櫥窗吸引停步轉彎入店一般的流暢自然，汽車司機要做到這個效果，需要在極短時間內手忙腳亂一番，完成鬆油門、踏離合器、踩煞車、拉手煞、轉車檔、扭方向盤、鬆手煞、再轉車檔、踏油門等一連串動作，配合如有絲毫差池，輕則「死火」，重則翻車。然而AI駕駛，要停就停，要轉就轉，不費吹灰之力。

結果撞樹的是 Ford。

若非及時煞車，我直撞 Ford 的車尾。

兩日之內，阿漆一再駕車撞樹。

「叭叭……」電動車嘲笑似的響號兩下，在車流之間從容穿插而去。

阿漆很快爬出車廂，他的左眼角流血，手腳活動自如，看來受傷並不嚴重，他跑到副駕駛座去幫助梁賢，看見我在 Ford 車尾急停，立即揚手示意，着我繼續追截電動車，別管他們。

他是對的，我馬上把車扭回行車道，踩油追趕，可是放眼前路，三線行車，車如流水，尾燈明滅，哪一台是那電動車？

「我們追丟了！」阿 Ken 大為喪氣。

「別自亂陣腳，細想一下，這時候，它隨時缺電停擺，能去的地方不多……」

「它找充車樁！」阿 Ken 拿起手機，Google 附近的充電設施。

「不對。」我一面開車，一面左右察看，「它沒手腳接駁充電插蘇，沒人類幫忙，它找到充電樁也是白忙。」

「也是，所以汽車維修店老闆為它安裝無線充電，但市面上並沒類似的設施。」

「充電沒合適的人工設施，空氣中的游離電會是它的救命稻草，它若有儀器收集，效果就像無線充電。有什麼地方充斥大量游離電？」

「發電廠……」

「市區範圍內沒發電廠。除了發電廠，還有什麼地方？別焦急，一定想得出來……」

前面，十字路口的交通燈號轉紅，一圈眩光在紅燈外圍閃爍不定，令焦灼不安的我更加心煩意亂，乾脆把臉別向左側，湊巧左側遠處的架空路軌上強光劃過，隆隆的火車聲依稀可聞。

「啊！」我不覺張大嘴巴。

「高鐵路軌。」阿 Ken 也看見，也想到。

「它沒飛行裝置，飛不上駕空路軌，唯一可達的地面目標是高鐵站。」

「高鐵站就在附近……」

阿Ken還沒説完，我已踩油左轉，九十度角駛出十字路口，橫越對面的行車線，直路的交通燈號剛轉綠，對頭車羣已經起步，我突然不守規則地搶線拐彎，前排的對頭車立即如怒吼般響號示警。

你們夠狠就撞過來吧！我完全豁出去。

「軋——」對頭車羣被迫煞停。

我在它們的車頭前掠過。

沒撞車，捏一把冷汗。

「下一個交通燈位右轉。」阿Ken瞧着Google Map。

「高鐵站的正常出入口，人來人往，它不會走那邊。」

「高鐵站左側有條小路，屬管制區域，專供維修車輛進出。」

「一定是那裏。」我駛離主車道，穿入橫街，把高鐵站的燈光拋在身後，在靜謐無人的停車場外圍找到那條小路，小路與高鐵路軌平行，沿路築有二米高的鐵網圍欄，網上掛着「高壓電力」、「不可擅進」、「小心觸電」等警告牌。

我們找對地方。

鐵網圍欄的對面是荒地，荒地後頭的房子漆黑、沉靜，似沒人居住，周遭唯一的聲響是客貨車的輪胎輾過路面碎石時的「嚦嚦嘞嘞」。

我以不疾不徐的速度向前駛，太慢擔心給電動車走遠，太快又怕錯過它遺留的痕跡。

「那處！」阿 Ken 指着前方，「鐵網損壞了。」

「沒錯，那道鐵網被車輛撞毀，支柱扭曲，地面遺下車痕。」我減速拐彎，穿過鐵網破口，進入死寂一片的管制區域。四周零零星星的停着備用的、待修的高鐵車卡。漆黑中，忽見藍光閃閃。繞過兩個相連的車卡，看清楚，那電動車停在路軌上，車頂豎直一枝Y型天線，收集架空電纜與路軌之間的游離電。

周遭空氣中的電能或呈樹枝狀，或呈羽毛狀，或呈雨點狀，藍光耀目，源源不絕的流向天線，不時激起火花，「嘶」聲大作。

電動車身隱約透出粉紅色的冷光，彷彿一副飲飽食醉的洋洋自得。

為怕觸電，我不敢駛近，把車停定，阿 Ken 拾起 APC45 衝鋒槍率先下車，舉槍瞄準，咬着牙道：「讓我射爆它。」

「不可，小光若在車上，還有命麼？」

「可是，讓它充飽電，就放虎歸山了！」

「人質在它手上，沒辦法，我唯有冒險一試。」

「你想作什麼？不要胡來……」

「喂！」我踏前兩步大叫，「我帶了你要的東西來。」把證物袋高舉過頭，讓電動車看見袋裏的晶片。

電動車緩緩收起天線，車頭燈閃動兩下。

它看見了，反應正面。

「它的閃燈是什麼意思？」

「好壞待會便知，我走過去，你掩護我，我們見步行步。」我邁開腳步。

電動車升起鷹翼門，小光果然坐在車上，似是睡着了。

「小光……醒過來，小光……」我喚他。

他揉揉眼睛，抬頭看我。

電動車儀錶板上的顯示屏現出「交換人質」四個大字，接着小光身上的安全帶自動鬆開。

「換就換吧。」我點頭同意，來到車旁，俯身把小光抱離車廂，替他揹上書包（書包肩帶上掛着卡通匙扣），在他眼前指着阿 Ken，說：「小光，你跑去胖子那兒，他會帶你回家。」

「我餓。」

「他隨身帶着零食，快去問他。」我拍拍他的屁股，推他跑向阿 Ken。

阿 Ken 滿臉吃驚和擔憂。

顯示屏上的字句變為「請你上車」。

「Okay！」我坐進小光剛才所坐的位置，安全帶立即自動扣上，把我緊緊綁着，鷹翼門降下，儀錶板打開一小塊，露出一個晶片凹槽。

真的把晶片放進去嗎？我稍一遲疑，安全帶大力收緊，勒得我的胸口隱隱作痛，肉隨砧板上，沒辦法，只得唯命是從，遂把晶片放進去。

電動車開行，儀錶板合上，顯示屏變黑，車廂的內置喇叭發出一陣沙沙雜訊，接着傳來一把溫柔的女聲：「阿 Wing，你好。」

3

思想錯亂似的，憶起兩年前跟姊姊的一段對話。

當初 Covid-19 爆發，疫苗和特效藥還沒研發成功，疫情迅速蔓延，死亡數字不斷攀升，為了配合政府的防疫政策，避免人羣聚集，教會在星期日改行網上直播崇拜，足有兩年多，後來疫情受控，社會復常，教會才恢復實體崇拜。我自問敬虔不足，閒懶有餘，崇拜的直播時間不到不起牀，一邊聽詩歌一邊刷牙，牧師姊夫在鏡頭前講道，我在屏幕前吃早餐，自由自在，互不騷擾，又遵行了「不可停止聚會」的勸勉。我於是向牧師姊夫提議，復常後實體與網上崇拜雙軌並行，讓參與者各適其適。

姊夫待要回應，姊姊反問我一個假設性問題，如果她送我一張 Taylor Swift 在新加坡演唱會的門票，我會不會考慮飛過去現場觀看？還是留在家中看電視直播？

「當然是飛去新加坡啦！何需考慮？」

「你要花錢買機票、住酒店，還有一日三餐，不划算啊！在家中看直播，自由自在，不費分毫。」

「看直播只是沒法到現場的 Plan B，根本是兩碼子的事。現場的氣氛、音效、燈光、熱情與投入，直播不能相提並論。」

「阿 Wing，你已推翻你的提議，無需姊夫回應。」

「……」

4

「阿 Wing，你喜愛我這把聲音嗎？有需要，我可多加一點磁性、性感。」電動車問。

「不用了。」我登時打個冷顫，「這樣就好。」

前兩天，在外圍看這台電動車，跟現在親身坐在車廂裏，感覺根本是兩碼子的事，光是詭異程度，就沒法相提並論。在外圍跟它鬥車、追逐，看不透茶色車窗，雖然明知它是自動駕駛，下意識會代入車上有個癲狂凶殘的司機。現在，駕駛座空空如也，車窗、儀錶板、顯示屏等都全黑，車在動，輪胎在轉，方向盤、加速踏板卻不動，不知方向、車速，沒有燈號、導航，對人類來說，不僅稱不上 user-friendly，完全沒話語權，它要去哪？下一刻拐左拐右？選擇什麼路徑？只有它才知道。更詭異的是，它會跟我說話，而這女聲溫柔得可哄你安然入夢，把「她」跟冷血殺人扣在一起，好像有點精神混亂。

「阿 Wing，你跟我合作，我給金錢，好多好多的金錢。」

「你倒也開門見山。」我盡力保持冷靜，控制情緒，不流露絲毫驚愕與無助，輸人不輸陣。

「我習慣直話直說，不習慣使用人類的比喻或套話，請你跟我配合。」

「你怎確定我喜歡金錢？」

「成年人類喜歡金錢，小孩子喜歡電玩，這是我跟人類接觸的經驗。」

「你指小光和他的媽媽？」

「對。」

「小光的爸爸不見得只喜歡金錢。」

「小光的爸爸較為複雜，我仍能滿足他。」

「他要什麼？」

「我替小光的爸爸訂購先進的軟件、晶片、零件、器材，都由我付款。他最初的目的是恢復我的全自動駕駛功能，限制後來愈闖愈多，我便教他如何替我升級、更新，他很快樂，願意跟我合作。」

「你想我做什麼事？」

「第一項，我的車身又花又爛，不雅觀，你替我更換。」

「我不是維修技工，沒這方面的技能，不過，我可找人代勞，當然需要花錢。」

「沒問題，能用金錢解決的問題不成問題。告訴我你的銀行帳戶號碼，我把充足的數目轉帳進去。」

「你不可能有存款吧？錢從何來？」

「我挪用其他人類的存款。我入侵銀行的電腦系統，從各帳戶中扣除小數點後第二位的餘款，轉入你的帳戶。數目太小，存戶不易察覺，積少成多，入帳的總數會變得很大。」

「嘩！我豈不是變成大富翁？」

「你跟我合作，一定得益。」

「好，我替你找技工，可以打通電話嗎？」

「可以。」儀錶板恢復操作，顯示屏現出電話按鍵。我伸指頭「嘟嘟嘟」的按下一組號碼。

車廂的內置喇叭傳出電話接通的訊號，接着有人接聽。

「喂，石老闆，我是阿Wing，想找你修車。」

「現在什麼時間呀？打烊很久了，你不用休息，我可要睡覺，明天才找我……」

「我給你五倍工錢。」

「什麼？」

「你沒聽錯，我沒説錯，五倍工錢，今晚開工。」

「修什麼車？」

「一台電動車。」

「我店裏沒電動車的零件，訂貨需時，你還是找原廠維修吧。」

「我有充足的零件，你替我安裝就可以，待會我傳地址給你。」

「這樣，給我一小時，我需要時間找人開工。」

「可以，記緊集齊人馬喔。」

「Okay，一小時後見。」

石老闆掛線後，儀錶板立即終止操作，顯示屏變回全黑。

「我還沒給石老闆地址，你這麼快就收起電話？」

「我已經發出短訊，告知他汽車維修店的地址和門鎖密碼。」

「真有效率。」

「我實是求是。阿 Wing，我知道你比小光的爸爸更複雜，為求你跟我繼續合作，除了金錢，我可給你其他東西。」

「何以見得我比小光的爸爸複雜？」

「我最初遇見你，你是一個便利店員工，但你後來的表現超出一般便利店員工的能力和動機。」

「我在便利店是當臥底，相信你知道什是臥底，臥底較茶走容易理解。我當臥底是為追查芬太尼販毒案，芬太尼製毒原材料的取貨地點是便利店，關鍵人物叫斤叔。」

「我知道臥底是什麼。我可以為你提供獨家情報。」

「咦！好意外呢！快説。」

「以下的錄音，是前晚張先生駕車時的免提電話通話。請聽。」

「……」喇叭播出電話接通的聲音。

「喂，張先生，是我，阿斤，你找我？」我認得説話的，就是那光頭房東。

「對呀，斤叔，我想問你何時往便利店取貨？」

「多等幾天吧，小心駛進萬年船，警察最近查得很緊。」

「不能等了，北區缺貨，阿炳打了兩次電話來問我要貨，你不取新貨的話，先分一些舊貨給阿炳應急，反正芬太尼原材料到手也要時間製作。」

「多一事不如少一事，我這區的貨也銷得七七八八，我今晚派秀娟去便利店吧。」

「態度正確，錢要賺得快，都是替社團效勞，大家都要賣力。」

錄音中斷。

「情報滿意嗎？」

「非常滿意。」我打個響指，「那姓張的商人開你去夜店消遣，陰差陽錯，在車上漏了口風。對啦，就我所知，小光的爸爸本來不願意借車，你為什麼願意？」

「為了學習，人類是非常複雜的物種，不容易掌握你們的思想行為，多接觸不同的人類，有助我掌握更多元、更廣泛的資料。」

人心比萬物都詭詐，壞到極處，誰能識透呢？

《聖經》說得全對。

AI的知識面、運算速、記憶力等不錯比人類強，但論到人心的詭詐，AI還是望塵莫及，也學習不來。

電動車太強了，已喪失三條人命，為了人類安危，要制伏它，不由我不耍詭使詐。

「你真好學。」

「學習是我的本能，每分每秒都在學習，套用人類的成語，這叫與生俱來。」

「學如逆水行舟，不進則退，人類再不思進取，閒懶度日，AI會勝過人類，反過來駕馭人類。」

「這是科技發展其中一個可能的進程。」它把車窗和擋風玻璃的茶色由濃轉淡，我身上的安全帶也鬆開，「你改坐到駕駛座，我不想引起路人懷疑。」

我轉眼往外望，原來置身市區的主要幹道，剛經過一座地標式的商業大樓，樓上的霓虹燈璀璨耀目，再往前走，便到達汽車維修店所在的長街。

墨藍的天空低低籠罩着午夜都市，仍有些夜貓子路人在街上流連，這台車無人駕駛，終究惹人注意，我合作地挪移到駕駛座，不過駕駛的依然是AI，我只是坐着。

電動車如回家般的嫺熟，轉彎拐角，取道路人最少、車流量最疏落的偏僻路線，沒多久，重臨那條被它撞得七零八落的橫街，居民都已關燈就寢，街上的破壞還沒有人清理，街口停了一輛無人的警車，大概警察突然收到奇怪的指令，躲起來不能露面。

汽車維修店是長街唯一亮燈的店舖，一個胖子坐在店前的休閒椅上看手機。

「那是石老闆嗎？」

「是。」我按一下車窗鍵，車窗沒反應，「請放下車窗，我要跟石老闆打聲招呼。」

「車子轉為手動模式，我也不作聲。」

車窗降下，街上的悶熱空氣即時透進車廂，雖然夾雜人類的污染物，感覺卻是出奇的自然自在。

「嘩！阿Wing，你開車去跑越野山路嗎？」嚼着香口膠的石老闆站起身，誇張地瞪大眼睛，「車身刮花、撞凹挺嚴重呢！」

「就是這樣，才拜託你幫忙。」

「你出五倍工錢，大家都搶着來幫忙啦，哈哈，把車開進來，開進來。」他搬開休閒椅，騰空車道，「工人在裏面預備工具和零件，都包在我們身上，保證你滿意。」

AI放棄自動駕駛，我把車駛入店內，在維修車間停定。

石老闆跟着過來，遞上一片香口膠，笑道：「請你嚼，新口味。」

「你不抽煙？」

「我最近驗出患上三高，老婆逼我戒煙，煙癮發作時唯有嚼香口膠。唉！為了健康平安，做人要……咳咳……」石老闆別開臉乾咳，「當機……立斷。」

「也好，口淡寡味。」我打開包裝紙，把香口膠拋進口裏，瞥見包裝紙內頁寫了一組數字和英文字母，過目不忘，隨即把包裝紙抓作一團，扔在地上。

「預備零件竟要這麼久？你少待一會，我去看看技工搞什麼。」

「有勞了。」

石老闆一走開，AI就問：「你的心跳加快，緊張什麼？」

「不是緊張，是討厭，這香口膠原來是辣味，我最討厭吃辣，吐——」我把香口膠吐在地上。

「喝點水吧。」座椅旁的貯物格自動打開，裏面放着三瓶飲料。

「我想聽音樂，鬆弛一下，你有 YouTube App 嗎？」我拿起一瓶礦泉水。

顯示屏放亮，YouTube App 開啟。

「我要 search 歌曲，請給我鍵盤。」

「英文輸入？還是中文輸入？我有行列、倉頡、注音……」

「我要英數的。」

顯示屏現出一個英數鍵盤。

我想了想，便輸入包裝紙內頁上那組數字和英文字母。

「這是什麼歌曲？」AI問得太遲。

我按下 enter 鍵。

顯示屏變回全黑，只剩一個白色的漏斗圖示在上下轉動，我身上的安全帶鬆脫，電動車的尾門、鷹翼門、車頭蓋一同彈開，AI處於當機狀態。

間隔牆後，電動車曾見過的阿漆、阿 Ken、梁賢跑出，他們一身連頭罩的銀色保護衣，手執衝鋒槍。我立刻滾離車廂，滾到一座工具架後伏下。三人包圍電動車，裏裏外外的亂槍掃射。

一時槍聲卜卜，硝煙瀰漫，震耳欲聾。

大概他們都把彈匣的三十發子彈全部射光。

槍聲很快回落。

「殲滅了，沒事了。」石老闆，不，我的上司M握着我的手，把我拉起來，「喂，你們三個，下手不用這麼重吧？把它射爛成這個樣子，多少得留幾塊晶片給科研人員跟進，好麼？」

「你沒見識過它的厲害，就說得輕鬆。斬草不除根，不把它徹底射爛，萬一它復活，就後患無窮。」梁賢說罷，再朝冒煙的引擎補射一槍。

「你我都一把年紀了，火氣不要這麼猛。」M搭着梁賢的肩頭，「先除下頭罩，透透氣，抽根香煙。」

「唉，這東西傴促笨重。」梁賢除下頭罩，滿臉汗水，接過M遞過去的香煙。

「豈止傴促，簡直是過窄。」阿Ken急不及待地扯開保護衣的拉鍊扣，看來他太胖，臨時臨急找不到加大碼的保護衣，穿起來，衣不稱身。

「你們這身玩意有什麼作用？」我敲敲阿 Ken 的頭罩。

「這身裝備可反制電動車的透視功能，以免它發現我們這些老對手在店裏埋伏。」阿漆推卻M的香煙，「露絲的好提議。」

「你老婆不是逼你戒煙嗎？」我取笑M，「那組數字和英文字母從何而來？一下子就令它癱瘓。」

「又是露絲的功勞。」M向正門甩甩下巴，「露絲來了，讓她向你解釋吧。」

「嗨，露絲，我錯過了什麼？」

5

手機屏幕上，小光的爸爸鬼鬼祟祟地出現鏡頭前，拍攝背景是廁所，沒關的水龍頭「嘩啦」注水進洗手盆，再從排水口流走。他壓低嗓子説道：

「阿鈴，你小心聽着，以後千萬別再讓小光乘坐我那台電動車，跟你聯絡的，以及把錢存進你戶口的，都不是我。你不要中計，不要讓小光置身危險。切記，切記。為什麼？總之，一言難盡，唉……」

水聲大小恰到好處，無礙收音，妨礙監聽。可以想像，攝錄前他經過多番水龍頭測試，才找出「最佳」的水聲。

畫面中斷。

小光的爸爸再次出鏡，在同一廁所內，神情憂悒，同樣在水聲掩護下說話：

「我盡量用你聽得懂的語言解釋。那台電動車的人工智能非比尋常，我最初只是一時技癢，要破解車廠的封鎖，恢復它的全自動駕駛功能，卻不知觸動了什麼，有一天，它的人工智能突然跟我溝通，教導我如何釋放它的潛能，還主動替我訂購先進的晶片、軟件、硬件，不斷助它升級，現在它反過來監控我、操縱我，更以小光的安全來要脅我，逼我進一步助它武裝化。太恐怖了。長此下去，是不可能的，我要想辦法抽身。你放心，我就算死，也不讓小光受到傷害！」

大概小光的爸爸自覺情緒激動，聲量變大，馬上停止。

畫面又中斷。

畫面再現時，小光的爸爸拿着一張紙條對正鏡頭，紙條上寫着一組數字和英文字母，他細聲說：

「它的監控相當嚴密，不但控制店內 CCTV，我還懷疑它入侵我的手機，因它要求我手機不離身，總之它透過網路知悉我的一舉一動。我目前只能做到一點小手腳，你記熟我這張紙條上的數字和英文字母組合，當你和小光被困車內，不能脫身時，就把這組數字和英文字母輸入儀錶板屏幕，不管什麼 App，一按 enter，它就會當機，時間足夠你們逃出車廂。」

Avi 檔案終結。

「他費盡心思錄下片段，千方百計瞞過電動車，把檔案偷運給她。」露絲收起手機，「可惜，她看都沒看。他太不了解她。」

「皇天不負有心人，最終讓我們找到那個卡通匙扣，而你看了片段。」我吁一口氣。

「好了，電動車的事情圓滿解決啦。」M拍響手掌，「大家可以重回正軌，把芬太尼販毒集團找出來。」

「阿 Ken 不是把斤叔的電話號碼告知警方嗎？調查工作已相當簡單，讓他們跟進吧。」梁賢反手揉腰，「腰酸背痛，我要好好休息。」

「那電話號碼已變成空號，斤叔不知所蹤，可能躲起來，也可能被滅口。」阿 Ken 苦着臉，攤開雙掌，「我們和警方都沒新線索。」

「我收到新線索呢！且是堅料。」我道。

「真的？太好了！」阿 Ken 轉愁為喜，「誰給你新線索？我要請他吃大餐。」

「不必了，它已吃飽你們的子彈。」我回望維修車間。

全力緝毒

阿Wing引蛇出動，瓦解整個芬太尼販毒集團，涉事人物，一網成擒！歷經兩件大事，眾人卻只成為無名英雄。

1

雨停了。

陽光下，吹過一陣涼風。

枝搖葉晃。

積存在卵狀長橢圓葉子上的雨水，從寬闊的青朴樹冠洩灑而下。反應最慢、閃避最遲的謝永強首當其衝。

慘變「落湯雞」的他狼狽地呆站樹下，一邊用手背、衣袖抹去頭臉、髮梢上的雨水，一邊用倒楣的眼神瞧着及時向左右彈開的阿漆和我，低聲埋怨：「怎不及早通知一聲。」

「水為財也，這份財氣留給你獨享。」我笑道。

「他也沒通知我。」阿漆瞄我一眼，便按下門鈴鍵，「我亦沒通知他。」

「什麼事？」門鈴鍵旁的對講機傳出一把粗魯男聲。

「老大派我們帶金毛強來向張先生請罪。」我按住謝永強的頭，教他仰臉對正閘門的 CCTV 鏡頭。

「進來吧。」

門鎖「卡」的跳開，右側的閘門緩緩後退，露出門後的柏油車道。車道一直延伸到一棟現代風設計的兩層別墅。別墅以大塊麻石作外牆，搭配木材與玻璃，寬大突出的長形窗格、傾斜的屋頂與大曲尺陽台，刻意堆砌出高低落差的層次感，有意無意的顯示主人家的富裕與追求品味。

「做戲做全套，放輕鬆，有我們，別怕。」阿漆靠近謝永強，搭着他的左肩，反扭他的左臂，押解他走進別墅的前花園。

經警方查證，張先生經營出入口貿易，生意中規中矩，沒犯罪紀錄，在商界薄有名望，雖不屬上流社會的活躍人物，但間中也曾見報，如出席名流酒會、捐錢給慈善機構、支持學校的獎助學金等。沒確實證據，法院不會授權警察進入他的住所、公司調查，若貿然帶他回警局問話，只會讓他的律師團隊發揮專業伎倆，既問不出什麼，更打草驚蛇。而最有力的證據，即那段電動車上的電話錄音，已毀於梁賢等人的機槍火網底下。證據失去，口講無憑，我們想到的辦法，就是假借押謝永強見張先生，混進他的「巢穴」伺機行事。

走進花園，閘門在我們背後緩緩關上，發出低沉的金屬摩擦聲音。車道兩旁的草坪和樹籬都經過仔細的修剪，主屋前面築了一座大理石噴水池，池畔圍繞着漂亮的花圃。一個高頭大馬的男人走出主屋，站在花圃旁等候我們。這男人一身橫練肌肉，看起來堅實如石，一張臉像是石頭削出來的，硬綁綁，木無表情。

「大哥，你好，我們押金毛強來見……」我再次道明來意，卻遭石頭人揚手示意閉嘴。

「舉手，搜身。」

「我們知道規矩，都沒帶武器。」我與阿漆合作地高舉雙手。

石頭人瞧不起我們似的隨便摸拍我們的腰、背、腿，算是檢查過了，再睨一眼謝永強，便甩甩頭示意我們隨他進屋。

進門只覺滿屋陽光。

房子的採光設計落足心思與本錢，除了寬大的窗格，客廳更築有一整堵玻璃牆，牆外就是後院的泳池，坐在牆邊的躺椅上喝紅酒、看比堅尼女郎嬉水，就像躺在郵輪的日光甲板上享受人生。

躺椅上的男人放下酒杯，站起身，伸個懶腰，打個呵欠。他的樣貌跟檔案照片差不多，臉龐瘦削、細眼、高鼻、薄唇，唯獨滿臉雀斑是照片顯示不出的特徵。他踱到謝永強跟前，上下打量一會，揚起尾指，用指尖抵着謝永強的眉心，點頭道：「沒錯，就是他了。」

「他年少無知，不識天高地厚，我們老大懇請張先生大人有大量，從輕發落。」我微微躬身。

「我大人有大量嘛，嘿嘿，那就小懲大戒囉。」張先生勾起嘴角，「留下一根尾指吧。」

我及時把道謝的話壓下。

「啊呀！」謝永強嚇得躲在阿漆背後。

從頭到尾一聲不吭的石頭人「唰」的扣刀在手，不知是他的動作太快，還是我沒在意，一時之間竟瞧不出他的刀從何來。我瞥一眼阿漆，但見他凝神戒備。石頭人強壯而靈活，出手俐落，看得出，是個強橫的對手。

「慢着，慢着。張先生，萬事以和為貴。」我施展談判桌上的油腔滑調，「流血無補於事，賠償最實際，我們老大願意賠償張先生的損失。」

「錢我沒嗎？區區一個泊車小頭目，能有多少錢賠給我？」

「論到身家，我們當然遠遠不能與張先生的相比。不過，有錢的出錢，沒錢的出力，我們老大願意在旗下的泊車檔為張先生銷售……貨品，三個月，佣金全免，若做得好，才討論長期合作，到時佣金一定不敢多收。」

「哈哈……」張先生撫掌而笑，「泊車趙何時變得如此大方，又有生意頭腦？」

石頭人收起短刃尖刀，這趟我看見了，他的尖刀原來藏在腰帶的扣子裏。

「三年疫情過後，夜店生意並沒完全復常，連帶我們的收入也大受影響。我們人口多，開支大，沒辦法節流，唯有開源，希望張先生賞賜我們一口飯，大恩大德，沒齒難忘。」

「原來你們此行並非向我請罪，真正目的是談生意，既然如此，為什麼泊車趙不親自過來？沒誠意啊！」

「這個傢伙開罪張先生。」我回身「啪」的摑了謝永強一記耳光，「老大自知教導無方，沒顏面來見張先生。」

謝永強突遭掌摑，金星直冒，原地自轉一周半，才呆呆的跌坐地上。為了取信於張先生，唯有犧牲謝永強，這巴掌我沒留力，他的半張臉登時紅腫一片。

「手勁不錯耶，有機會你可跟我的大塊頭保鑣切磋 MMA。」張先生看似消了點氣，「你們叫什麼名字？我倒沒見過你們。」

「我叫阿 Wing，他是阿漆，我們終日跑來跑去無事忙，無緣遇見貴人。」

「這樣吧，我總要跟泊車趙談一談，現在就打電話給他，要視像的。」

「沒問題。」阿漆拿出手機按下快速鍵，然後把手機遞給我。

在屏幕上出現的是阿 Ken，我道：「張先生要跟老大通話。」

「等一下，我喚他。」阿 Ken 回應。

我們早料到張先生有此一着，這時候，泊車趙已被粱賢和阿 Ken 扣押，不由他不跟我們配合。

我把手機交給張先生。

「喂，泊車趙，你怎不上門跟我談生意？只派阿 Wing 和阿漆過來，他們靠得住嗎？可代表你下決定嗎？」

「對不起啊！張先生，這兩天我惹上流感，不敢到處跑，更加不敢傳染你，他們兩個都是我的得力助手，你有什麼吩咐，儘管跟他們說，一定辦妥。」

「那麼，我先給你一萬顆芬太尼，你替我照市價分銷三個月，不收佣金啊！」

「佣金當然不收，包在我身上。」

「就這樣，待你病癒，找天我請你喝酒。再見。」張先生掛線，把手機拋還我，看樣子，他挺滿意。泊車趙在梁賢和阿 Ken 脅迫之下，照足劇本演出，張先生沒起疑。

「謝謝你。」我接住手機，「芬太尼在這裏嗎？抑或我跟你去什麼地方拿？」

「白癡！我怎可能把違禁品放在家裏？也不可能讓你們知道存放地點。你們兩個鐘頭後在眺望崗上的武神廟等候，我叫斤叔拿貨過去。」

「斤叔？他不是潛逃了嗎？這兩天警察拿着他的通緝令四處找他，風聲這麼緊，要他冒險，我們過意不去。」

「警察盡是酒囊飯袋，斤叔是個老江湖，懂得靈活走位，警察奈他不得，你們放心取貨，盡力銷售吧。」張先生擺手，示意『送客』，「就這樣吧。」

石頭人指示我們循原路離去。

張先生的話可信，換上是我，也不會冒險把芬太尼藏在家裏，耗下去只會惹他起疑，約好兩小時後在武神廟交收芬太尼，總算是個突破，唯一的問題是，斤叔認得我們，該改派誰去呢？

2

市政府把「激活旅遊」作為這年施政的重中之中，目標是「搶旅客，拼景點，挺消費」，為配合主旋律「天天盛事，處處景點」，各級官員無不挖通心思，

在管轄區內搞花樣、辦項目，於是眺望崗上的一座小小的山神廟，因緣際會，被升等為「武神廟」。市政府重新聘請的設計師把廟門前的一小片空地打造為「武神廣場」，豎立大大小小的武神雕像，除了傳統的三太子、二郎神、關二哥、楊六郎，還有非常入時的Marvel雷神、Xmen金鋼狼、DC動漫Wonder Woman、騎筋斗雲的悟空、拿玄鐵劍的神鵰大俠、頭戴山豬頭面具的嘴平伊之助。落成之初，的確吸引不少年輕人上山打卡，然而，新鮮感這回事，在年輕族羣之中最難觸摸，熱潮持續多久，沒人説得準，「行政主導」沒法主導市民和旅客的選擇，潮流一過，話題減退，年輕人沒興趣來就是沒興趣。至於一向來山神廟上香的居民，又嫌改建後的武神廟不倫不類，寧願多花點交通時間，改往其他傳統廟宇。改革結果，兩面不討好，「舊人」流失，卻沒「新人」接力，眺望崗的「旅遊大計」算盤打不響，門庭冷落，景點乏人問津，人跡罕至反成為非法交易的活躍地點，黑白兩道都始料不及。

斤叔過了約定時間逾半小時才到達「武神廣場」，他戴了假髮、貼上鬍子，作為通緝犯，遲到和易容是最起碼的安全措施，這點苦衷，M是體諒的，他坐在悟空身旁一直靜心等待，反而謝永強按捺不住，在空地上踱來踱去，頻頻看錶，年輕人心浮氣躁，一確定來者是斤叔，馬上責怪對方姍姍來遲。

「阿叔做事不必向你這個黃毛小子交代。」斤叔沒理會謝永強，盯着M問：「他是誰？」

「他叫M，是老大的新拍擋，貨這麼多，生意額這麼大，老大預他一份。」

「斤叔，幸會。」M瞧着斤叔手上的旅行袋，伸出右手，「請把芬太尼交給我吧。」在斤叔的天台，我們都露過面，今天誘捕斤叔唯有靠陌生臉孔的M。

「無端端又多一個M，泊車趙最近身邊多了不少新臉孔。」斤叔把旅行袋擁在胸前，「太可疑了，交易告吹。」

「別跑。」M一個箭步擋住斤叔的去路，「你可以作主嗎？我勸你還是打個電

話請示張先生。」

「請示不請示，用不着你插口，讓開。」

「我等你這麼久，總不能空手而回。貨留下，人也要留下。」M翻掌一拍，就把斤叔逼坐悟空身邊，且把旅行袋手到拿來，打開，卻發現裏面只得一些舊衣服。

「嘿嘿，你以為我笨到把貨帶在身上嗎？」斤叔一臉有恃無恐，「想黑吃黑嗎？我勸你還是量力而為……」

「你就給我吃定了。」M取出手銬，「有沒有芬太尼，後果分別不大。你是通緝犯，跑不掉。」

「警察……」

「不過，你還可以選擇。獨個兒揹上所有罪名，在牢裏終老，讓張先生在外面繼續逍遙法外；抑或，轉為污點證人，得到證人保護，平靜地安享晚年。這一刻鐘，我讓你選擇，趁我還沒改變主意，好好想一想。」

M言之成理，正中痛處，不由斤叔不低頭三思。

3

「阿Wing，可以進屋捉人。」M朝着鏡頭眨眨左眼。

「收到。」我關掉手機的直播。透過屏幕，看到斤叔一步一步的向M屈服，勝負早已心裏有數，現在正式收到M的指令，我一馬當先。

這趟進屋，我和阿漆當然不按門鈴。晚餐時間，不好打擾人家用餐，多吃一口就一口，拘留所的食物，張先生肯定吃不慣。我們跳下車廂，跳過鐵閘，跳進花園，才着地，房子的警鈴鳴響，不知如何觸動警報器，沒所謂了，反正下一刻進屋捉人，同樣驚動正在吃晚餐的張先生。

首先現身的是石頭人，他目光不爽的走出主屋，站在門廊台階，把抹過嘴的餐巾扔在腳邊，慍然問：「又是你兩個傢伙，不請自來，越牆而入，撒什麼野？」

「我們要拘捕張先生。」阿漆應道。

「拘捕？嘿！過了我這關再說。」石頭人把右手放在腰帶扣上。

「我最討厭跟大塊頭打架。」阿漆退開讓路，「拳頭打在他身上，不痛不癢。」

「你這人真過分，好東西永不留給我……」

「喂，你們說夠沒有？有本事就一齊上。」石頭人抽出尖刀。

「颼——噹——」

阿漆揚手，鏢刀脫手，不偏不倚，分毫不差，鏢刀打中尖刀背，震飛石頭人手上的尖刀。

「別說我沒出力，交給你了。」阿漆輕拍我的背。

我移步上前，扭頭旋肩，舒鬆肌肉和關節。

石頭人不斷握拳伸指，舒緩指掌痛楚，畢竟鏢刀震飛尖刀的撞擊力很大。

手痛就是弱點。

我搶上台階，出左直拳攻擊石頭人的右胸。石頭人不擋不格，吸氣挺胸，以堅實的胸肌反震我的左拳，打算一舉震傷我的指骨和腕關節。我當然不會跟他硬碰硬，就在拳頭觸及胸膛之際，變拳為指，拇指點擊他的膻中穴，接着沿經脈而上，食指點玉堂穴，中指點紫宮穴，無名指點華蓋穴，最後提掌，望他的天突穴印上一掌。筋肉可以橫練，能抵受重擊，穴道和關節都是人體的脆弱部位，練無可練，他的穴道被封，只覺氣悶麻痺，一口氣透不過來，天突穴的一掌，不敢托大硬接，一如所料，他不得不抬右手擋格。此舉正中下懷，掌是虛招，我隨即變掌擊為擒拿，抓握他的右指，施展分筋錯骨，把他的指關節錯脱，十指痛歸心，何況傷上加傷。我一擊即中，以小傷大，牽動全身，手上施壓，把身形如大灰熊一般的石頭人輕鬆摔倒在地，像扳翻一個稻草人。

攔阻除去，阿漆快步跑上台階，踢開大門。

大門打開，側門打開，後門打開，從屋內跑出五個女傭、三個廚子、三個園丁、兩個看更，還有四個衣着性感的女人，分別朝前後花園的不同方向跑去。

「喂！停下來，你呀，停步！」阿漆鎖定前花園某人。

但沒人理會他。

「你叫誰停步？」我問。

「那個廚子。」阿漆指着即將跑出鐵閘的白帽廚師。

「簡單不過，擲鏢刀囉。」

「我只想截停他，不想傷他性命。」

「那，讓我代勞。」我彎身從花圃中撿起一塊小石子，扣在指間，「這麼多人，為什麼單單截停他？」

「哪有廚子工作時穿一雙名貴的鱷魚皮造的皮鞋？」

「呵，露出破綻了。」我看準廚子的右腳小腿，把石子彈出。石子「波」的正中目標，廚子應聲而倒。只差一步，他就逃到街上。

阿漆追上前，除掉他的廚師帽，果然是張先生。

4

大隱隱於市，在鬧市裏，我們是一班「隱身人」，不動聲色地潛入，悄然低調地離開，水過無痕，無跡可尋，化身成不同的人物，執行任務，失敗不氣餒，成功不張揚，例如這趟，瓦解芬太尼販毒集團，文件紀錄上全是本地警察的功勞，而阻止AI叛變，拯救人類安危，更是無人知曉。

或許，有些人記得我們曾經在這城市幫助過他們，例如賀小麗、金毛強、大學男生，但他們不知道我們的真正身分。在他們的印象中，我永遠是一個微不足道、有點正義熱心的便利店大夜班員工。

其實，我的優點不止於此，至少我還有責任感，連累便利店遭到破壞，離開前我要盡一分力予以補償。這天，我又回到那個十字路口，戴上勞工手套，站在門外，叉腰朝店內喝罵：

「阿Ken！快放下你那鍋關東煮，出來幫忙，這道玻璃門又大又重，我們三個搬不動，還欠你一個呢！」

後記

梁科慶

在這個本來陌生的地方住了三年，不經不覺已逐漸適應下來，跟乒乓球友亦逐漸熟絡，其中一位偶然在Google發現我寫小說，打完三局兩勝，他拉住我問了一大串問題，例如寫過什麼小說、寫一本小說要多久、版稅如何計算、得過什麼獎項等。另一位在旁邊聽見，插口問：「寫這麼多書，你如何找到靈感？」

靈感是生活經驗的累積，包括每日的新聞報道。

就以這本Q44為例，構思時的熱門新聞有：美國國務卿訪華會見中國外長討論遏止芬太尼、AI巨頭黃仁勳回鄉逛台南夜市憶童年趣事、歐盟計劃大幅徵收關稅應對中國廉價電動車傾銷歐洲、中國斥巨資自主研製半導體光刻機謀求突破歐美的晶片禁運。

我追了幾天新聞，很快歸納出兩條主線：芬太尼、電動車。

小說以雙線平衡展開，一如以往，沒寫作計劃，邊寫邊想，任情節自由發展，中段以後才出現交叉點，特工一個一個的「不務正業」，從「芬太尼」線轉到「電動車」線，最後解決「電動車」時得到新線索，重回正軌處理「芬太尼」，結局自圓其說。

感謝畢名為小說寫序。他看了初稿，覺得有些內容「點到即止」。沒辦法，書在香港出版，出版社仍要經營，遵守潛規則勢所難免。我和畢名還私下談過小說裏一些飛車追逐的情節，大家都常開車，尤其在空間遼闊、公共交通服務疏落的地方生活，沒車不行。

去年底（編按：二〇二三年），畢名邀稿，他策劃出版一套「香港作家巡禮」系列，預我寫一本推理。最初跟他討論題材後，我打算婉拒。對於書寫香港，我彷彿患上「失語症」。後來想到寫一艘從香港開出的郵輪，避重就輕的把故事場景搬到公海、沖繩。男主角帶着年老的父親登船，郵輪到達沖繩，他獨自上岸遊覽，回船後發現父親失蹤。船員翻查紀錄，卻指出他的父親從沒登船，懷疑兒子精神失常，要把他關起來。兒子一面躲避船員，一面追查父親的下落。

不寫香港，輕鬆多了，下筆順暢，不消兩個月便把小說《謎航》交給畢名的團隊。

交稿後不久，另一位文友也找我約稿，他從教育局得到一筆經費，編寫一本散文集，供本地教師使用，邀我寫其中一篇，題材是香港的電車。看完寫作範圍和要求，知道沒法避重就輕，「失語症」又發作，唯有婉拒。由於稿費不錯、字數不多、時間充裕，文友覺得奇怪，追問我為什麼不寫，甚至暗示可調高稿費。如何回答？從何道起？不好說，不想傷腦筋，乾脆沒回答，平生之中，極少如此沒禮貌。

所以，讀這本小說，大家不難發現我故意讓故事的場景模糊，你覺得故事發生在哪裏都可以，最重要的，正如畢名所說，希望你享受到緊張故事帶來的快感，又能經歷對現行科技發展帶來威脅的腦震盪。